Ursula Hegi

Die Andere

Zu diesem Buch

Trudi Montag wünscht sich ganz fest, so groß zu werden wie die anderen Kinder, aber ihr Körper wächst einfach nicht mehr. Als sie älter wird, beginnt Trudi zu verstehen, dass sie in ihrem kleinen Dorf am Rhein immer die »Andere« sein wird. Aber Trudi hat etwas, was sonst niemand hat: Geschichten. In der Leihbücherei ihres Vaters saugt sie alles auf, was die Leute erzählen, sammelt Geheimnisse, Wünsche und Wahrheiten. Doch mit den Jahren wird der Ton im Dorf ein anderer. Braunhemden schwingen wütende Parolen, und der Metzger stellt Alpenveilchen vor das Porträt des Führers. Die Geschichten werden düsterer, und schließlich kann Trudi nicht mehr nur zuhören. Ursula Hegis Geschichte eines deutschen Dorfes im Dritten Reich ist einer der großen, vergessenen Romane der deutschen Literatur.

»Die Lebensgeschichte der Autorin verbürgt sowohl Authentizität als auch kritische Distanz, Einfühlungsvermögen in die deutsche Mentalität und Vertrautheit mit dem amerikanischen ›Way of Life‹.« *Deutschlandfunk*

Die Autorin

Ursula Hegi, geboren 1946 in Düsseldorf, ist eine deutsch-amerikanische Autorin und Dozentin für Kreatives Schreiben und Literatur. Sie hat Romane, Kurzgeschichten, Kinderbücher und Sachbücher veröffentlicht. Ihre Werke wurden millionenfach verkauft und u. a. mit dem NEA Fellowship und fünf PEN Awards ausgezeichnet. Heute lebt sie in New York.

Die Übersetzerin

Cornelia Holfelder-von der Tann (*1950) studierte Germanistik, Romanistik und Anglistik und übersetzt aus dem Englischen und Französischen, u. a. die Werke von Tad Williams, Kawai Strong Washburn und Marilyn Yalom. 2021 erhielt sie den Übersetzerpreis »Rebekka« für langjährige Übersetzungen.

Mehr über die Autorin und ihr Werk auf *www.unionsverlag.com*

Ursula Hegi

Die Andere

Roman

Aus dem Englischen
von Cornelia Holfelder-von der Tann

Unionsverlag

Die Originalausgabe erschien 1994 bei Poseidon Press, New York
Die deutsche Erstausgabe erschien 1998 im Rowohlt Verlag, Reinbek

Im Internet
Aktuelle Informationen, Dokumente und Materialien
zu Ursula Hegi und diesem Buch
www.unionsverlag.com

Unionsverlag Taschenbuch 985
© by Ursula Hegi 1994
Diese Ausgabe erscheint in Vereinbarung mit der Autorin
Originaltitel: Stones from the River
© by Unionsverlag 2023
Neptunstrasse 20, CH-8032 Zürich
Telefon +41 44 283 20 00
mail@unionsverlag.ch
Alle Rechte vorbehalten
Reihengestaltung: Heinz Unternährer
Umschlagfoto: Mindseyes (Photocase)
Umschlaggestaltung: Sven Schrape
Satz: Fotosatz Amann, Memmingen
Druck und Bindung: CPI – Clausen & Bosse, Leck
ISBN 978-3-293-20985-5

Der Unionsverlag wird vom Bundesamt für Kultur mit einem
Verlagsförderungs-Strukturbeitrag für die Jahre 2021–2024 unterstützt.

Auch als E-Book erhältlich

Für Gordon

I

1915–1918

Als Kind dachte Trudi Montag, alle Menschen wüssten, was in anderen vorgeht. Das war, ehe sie um die Macht des Andersseins wusste. Um die Qual des Andersseins. Und um die Sünde des Wütens gegen einen untätigen Gott. Aber davor – Jahre und Jahre bis dahin – betete sie darum zu wachsen.

Jeden Abend beim Einschlafen betete sie, dass ihr Körper sich über Nacht strecken möge, zur Größe anderer gleichaltriger Mädchen in Burgdorf, nicht mal zu der der größeren – wie Eva Rosen, die auf der Schule für kurze Zeit ihre beste Freundin werden würde –, aber zu einem Körper mit normal langen Armen und Beinen und einem kleinen, wohlgeformten Kopf. Um Gott zu helfen, hängte Trudi sich an Türrahmen, bis ihre Finger taub waren, fest davon überzeugt, dass sie fühlen konnte, wie ihre Knochen länger wurden; oft band sie sich nachts die Seidenschals ihrer Mutter um – einen um die Stirn, den anderen unterm Kinn verknotet –, damit ihr Kopf sich nicht noch weiter ausdehnte.

Wie sie betete! Und morgens, wenn ihre Arme immer noch stummelig waren und ihre Beine nach wie vor nicht auf den Boden reichten, wenn sie sich von der Matratze schwang, dann sagte sie sich, dass sie nicht inbrünstig genug gebetet hatte oder dass es noch nicht der richtige Zeitpunkt war, und so fuhr sie fort, zu beten und zu wünschen und zu glauben, dass einem alles, wofür man betete, bestimmt gewährt würde, wenn man nur Geduld hatte.

Geduld und Gehorsam – das war kaum zu trennen, und die Erziehung dazu begann mit dem ersten Schritt, den man machte: Man lernte, dass man den eigenen Eltern gehorchen musste und allen anderen Erwachsenen, dann der Kirche, den Lehrern, dem Staat. Ungehorsam wurde rasch und wirksam bestraft: ein Schlag mit dem Lineal auf die Fingerknöchel, drei Rosenkränze, eingesperrt werden.

Als Erwachsene sollte Trudi die gehorsamen Dummköpfe verachten, die in der Kirche knieten und warteten. Doch als Kind ging sie jeden Sonntag in die Messe und sang im Chor; unter der Woche schlüpfte sie manchmal auf dem Heimweg von der Schule rasch in die Kirche, um den tröstlichen Duft des Weihrauchs zu riechen, während sie flüsternd zu den bemalten Gipsheiligen betete, die an den Längsseiten von St. Martin aufgereiht waren: der heilige Petrus gleich neben dem Beichtstuhl, die Augenbrauen immer schockiert in die Höhe gezogen, als hätte er jede einzelne Sünde mitgehört, die die Burgdorfer Generationen von müden Priestern flüsternd gestanden hatten; die heilige Agnes, die traurigen Augen himmelwärts verdreht und die Finger in die Brust gekrallt, als probe sie, unzähligen weiteren Angriffen auf ihre Keuschheit zu widerstehen; der heilige Stefan, die Füße – bis auf einen teigigen Zeh – unter einem Haufen schokoladenfarbener Steine versteckt, die blutenden Arme ausgebreitet, als lade er seine Feinde ein, noch größere Steine auf ihn zu werfen und so sein ewiges Seelenheil zu sichern.

Zu ihnen allen betete Trudi, und ihr Körper wuchs, aber – als hätte jemand einen schlimmen Scherz gemacht und ihre Gebete ins Gegenteil verkehrt – nicht in die Höhe, wie sie gemeint, aber nicht in jedem einzelnen Gebet klargemacht hatte, sondern in die Breite, bis ihre Arme schließlich so massig waren wie die von Herrn Immers, dem Inhaber der Metzgerei, und ihr Kinn so mächtig wie das von Frau Weiler, die das Lebensmittelgeschäft nebenan führte.

Doch da hatte Trudi bereits den Moment hinter sich, in dem sie erkannte, dass es nicht half, um etwas zu beten, dass nichts passierte, dass alles so blieb, wie es war; dass es keinen Gotteszauber gab; dass sie nie größer werden würde, als sie war; dass sie eines Tages sterben würde und dass alles, was ihr bis zum Tag ihres Todes widerfuhr, ihr Problem war. Das alles erkannte sie mit einer verblüffenden Klarheit, die ihr kalt bis ins Mark fuhr, an jenem Aprilsonntag 1929 im Kuhstall der Braunmeiers, als sich der Ring der Jungen um sie schloss – jener Jungen, die ihre Beine auseinanderrissen, die ihre Seele auseinanderrissen, bis es sich anfühlte, als ob der getrocknete Rotz auf ihrem Gesicht für immer dort bleiben und ihre Haut wie verkleckertes Eiweiß zusammenziehen würde – und sie sich selbst als alte Frau sah und gleichzeitig als kleines Kind, als hingen Vergangenheit und Zukunft an den Enden eines gespannten Gummibandes, das jemand für einen kurzen Moment losgelassen hatte, sodass ihr ganzes Leben – jede einzelne Minute, die sie gelebt hatte und noch leben würde – zusammenschnellte und sich berührte, hier in diesem Moment im Stall, und sie wusste, dass sie noch öfter so sehen würde: Sie sah, wie sie ihre Mutter aus dem Erdnest unter dem Haus zog; sah sich einen Teil der Steinwand im Keller demontieren und einen geheimen Tunnel zum Haus der Blaus hinübergraben; sah, wie sie den Rücken ihres Liebsten mit beiden Händen streichelte und das feine Haar oval am unteren Ende seiner Wirbelsäule befühlte, während um sie herum der Nachthimmel wirbelte; sah sich vor der Hitze der Flammen zurückzucken, die aus dem geborstenen Fenster der Synagoge loderten und die Schule und das Theresienheim mit einem Funkenregen überschütteten, der dieselbe Farbe hatte wie der Judenstern aus Stoff, den ihre Freundin Eva Rosen auf ihrem Mantel tragen musste.

Nach Trudis Geburt wollte ihre Mutter sie monatelang überhaupt nicht berühren. Aus dem, was sie aufschnappte, würde sie sich später zusammenreimen, dass ihre Mutter einen Blick auf sie geworfen und dann die Hände vors Gesicht geschlagen hatte, als wollte sie das Bild der kurzen Gliedmaßen und des etwas zu großen Kopfes des Säuglings aussperren. Es half auch nicht, dass Frau Weiler, nachdem sie in den Korbwagen geschaut hatte, fragte: »Hat das Kind denn einen Wasserkopf?«

Trudis Augen wirkten älter als die der anderen Säuglinge, so, als enthielten sie die Erfahrung von jemandem, der schon lange gelebt hat. Die Frauen in der Nachbarschaft übernahmen es abwechselnd, sie am Leben und sauber zu halten. Sie waren es, die ihr silberblondes Haar zu einem dünnen Löckchen oben auf dem Kopf bürsteten und mit einem Tupfer Tannenhonig zusammenhielten, die Ziegenmilch kochten und sie ihr aus der Flasche gaben, die flüsternd ihren Körper mit dem anderer Kinder verglichen, die am Bett von Trudis Mutter saßen und ihren unruhigen Schlaf bewachten, wenn jemand sie heimgebracht hatte, nachdem sie aus ihrem Haus in der Schreberstraße weggelaufen war.

Es war der Sommer 1915, und die Stadt gehörte den Frauen. Da ihre Männer schon so lange an der Ostfront kämpften, hatten sie wieder gelernt, auch die schwierigsten Häkchen an ihren lachsfarbenen Korsetts selbst zu öffnen; sie hatten sich daran gewöhnt, Entscheidungen zu fällen – wie etwa die, welche Reparaturen sie selbst vornehmen und welche sie bis nach dem Krieg aufschieben sollten; sie fegten weiter ihre Bürgersteige und ermahnten ihre Kinder, Klavier zu üben; sie überredeten Herrn Pastor Schüler, einen alten Schachmeister aus Köln einzuladen, damit er ihren Kindern eine ganze Woche lang nach der Schule Unterricht gab; sie verscheuchten die Gaukelbilder der Gesichter ihrer Männer unter der Erde, wenn sie die Pflanzen auf den Familiengräbern gossen. Manchmal, wenn sie ihren Hunger vergaßen und ihre Abneigung gegen Rüben, die jetzt ihr Hauptnahrungsmittel waren, schien es merkwürdig, dass um sie herum das Fest des Lebens weiterging, als gäbe es keinen Krieg: die Kirsch- und Apfelblüte, der Gesang der Vögel, das Lachen ihrer Kinder.

In diesem kleinen Ort, der mit den Traditionen von Jahrhunderten befrachtet war, fielen Frauen ohne Männer aus dem Rahmen: Sie waren Gegenstand von Mitleid oder Klatsch. Doch der Krieg änderte das alles. Ohne Männer verschwammen die Grenzen zwischen den verheirateten und den unverheirateten Frauen: Plötzlich gab es mehr Gemeinsamkeiten als Unterschiede. Jetzt wurde ihnen Respekt nicht mehr wegen der Stellung ihrer Männer zuteil, sondern ihrer eigenen Fähigkeiten wegen.

Das war etwas, was die alten Witwen schon lange erkannt hatten. Sie waren es, die den Ort in Wahrheit beherrschten, aber sie waren klug genug, das für sich zu behalten. Sie umrissen die Grenzen der Gemeinschaft mit der unsichtbaren Kette ihrer Hände, wenn sie ihre Kinder mit ihren Ratschlägen versorgten und ihren Enkelkindern alte Märchen erzählten, als wären sie noch nie zuvor erzählt worden.

Sie waren misstrauisch gegenüber den wenigen Männern, die in Burgdorf geblieben waren, und sie tratschten über sie – etwa über Emil Hesping, einen ausgezeichneten Sportler, der den Turnverein leitete, aber behauptete, wegen seiner schwachen Lungen kriegsuntauglich zu sein, oder über Herbert Braunmeier, der darauf beharrte, dass sich niemand anders um seine Milchwirtschaft kümmern könne. Selbstsüchtig, sagten die alten Frauen, aber sie verhätschelten die Männer, die im Krieg verwundet worden waren, wie etwa Leo Montag, der als Erster wiederkam; sie strickten ihm Wollwesten und brachten ihm Pflaumenkompott aus ihren mageren Vorräten, um ihn für seine Verwundung zu entschädigen.

Zwei Monate nach der Schlacht von Tannenberg im Oktober 1914 war Leo Montag nach Burgdorf hineingehumpelt, mit einer Stahlplatte anstelle seiner linken Kniescheibe und einem langen Seehundmantel, der einem russischen Gefangenen gehört hatte. Auf diesem silbergrauen Pelz – ausgebreitet auf dem Fußboden der hastig geschlossenen Leihbücherei – war Trudi Montag noch am selben Nachmittag gezeugt worden. Ihr Vater war nur ein paar Monate fort gewesen, aber er umklammerte seine Frau, als seien es Jahre gewesen. Gertruds Gesicht, das oft fiebrig wirkte, wenn sie erregt war, war jetzt fast durchscheinend in seiner Schönheit, während sie lachte und weinte und ihn in den Armen hielt. Die Burgdorfer sagten von ihr, sie nehme die Freuden und Leiden anderer auf sich, als seien es ihre eigenen.

Die meisten waren sich einig, dass es ihr gar nicht ähnlich sah, ihr Kind abzulehnen. Aber einige behaupteten, den Keim des Wahnsinns in Gertrud gespürt zu haben, lange bevor er zum Ausbruch kam: Sie sprachen von jenem Sommer, als sie vier gewesen war und für ein ganzes Jahr aufhörte zu reden, und sie erinnerten sich gegenseitig an ihre Erstkommunion, als sie sich geweigert hatte, die Lippen zu öffnen, um die heilige Hostie zu empfangen, sodass die anderen Kinder am Altargeländer warten mussten, bis sich der Pastor schließlich bereitfand, ihr die Absolution für die Sünden zu erteilen, die in den Stunden seit ihrer letzten Beichte an ihr haften geblieben waren.

Drei Tage nach Trudis Geburt war Gertrud Montag aus ihrem Zimmer geflohen, weg von dem Geschrei des Säuglings, das ihre Brüste von der eingeschlossenen Milch stechen ließ. Blut aus ihrem eingesunkenen Leib hatte sich auf der Vorderseite ihres Batistnachthemds ausgebreitet, als Herr Pastor Schüler sie hinter der Martinskirche fand, die Arme vor der Tür der Sakristei ausgebreitet, als wollte sie ihn nicht hineinlassen. Automatisch bekreuzigte er sich, als zwänge ihn etwas, die Form ihres Körpers nachzuvollziehen. Während er um des Anstands willen ihre Hände von der Tür zu lösen und sie in die Sakristei zu ziehen versuchte, rannte einer der Ministranten los, um Trudis Vater zu holen, der rasch von der Leihbücherei zwei Häuserblocks weiter herbeihumpelte, wo die Burgdorfer auch weiterhin die billigen Liebes- und Kriminalromane ausliehen, gegen die Herr Pastor Schüler in seinen Sonntagspredigten wetterte.

Leo Montag trug seine Frau, in eins der Altartücher gewickelt, nach Hause. Ihr Blut sickerte in die alte Spitze, und obwohl die Haushälterin des Pastors das Tuch in Salzwasser einweichte, verblassten die Flecken lediglich zu rosa Wölkchen. Bald stand Gertrud wieder an der Sakristeitür – korrekt gekleidet, war der erste Gedanke des Priesters, als er sie sah, in ihrem Wollkleid und der grauen Strickjacke ihres Mannes, trotz der Schwüle, die ihm gar nicht lieb war. Er fühlte schon den Schweiß auf seiner Brust und unter seinen Genitalien jucken, diesen Schweiß, den er hasste, aber mit nichts anderem eindämmen konnte als mit medizinischem Fußpuder, der elfenbeinfarbene Ringe auf seinen Kleidern und eine kalkige Staubspur auf seinen Schuhen hinterließ.

Der Pastor – dessen Gesicht so rund war, dass man eine massige Gestalt erwartete, wenn man ihm das erste Mal begegnete – blieb in sicherer Entfernung vor Gertrud Montag stehen, den schmächtigen Körper in ihre Richtung gebeugt. Tauben pickten um seine Füße und stoben auf, als er in seine Tasche griff, um sein Taschentuch aus seinem Rosenkranz zu entwirren. Er tupfte sich den Hals ab.

»Warum sind Sie hier?«, fragte er.

Sie hob den Blick, um einem weißen Storch nachzusehen, der auf trägen Schwingen über den Markt zum Dach des Rathauses glitt und mit seinen langen bernsteinfarbenen Beinen über die Tonziegel schleifte, ehe er neben dem Schornstein landete. Aus den offenen Fenstern der Bäckerei eine Querstraße weiter drang der hefige Geruch von warmem Brot herüber. Zwei Dackel sprangen kläffend um die Hufe des Lumpenhändlerpferds.

»Warum sind Sie hier?«, fragte der Pastor noch einmal.

Aber sie antwortete nicht, diese große Frau mit den lodernden Augen, die sich durch ihn hindurchsengten, und da er nicht wusste, was sonst tun, und sich gern als barmherzigen Menschen sah, segnete der Pastor Gertrud Montag mit einer ähnlichen Geste, als ob er die Letzte Ölung verabreichte. Und als das keine Wirkung zeitigte, teilte er ihr mit, dass ihr all ihre Sünden vergeben seien, da sie das schließlich schon einmal besänftigt hatte, damals am Tag ihrer Erstkommunion. Während er sich immer wieder umsah, ob ihr freundlicher, bestürzter Mann endlich käme, vergab er ihr – ohne es zu wissen – sogar die eine Sünde, die sie selbst sich nie vergeben würde.

Auch als aus ihren Brüsten längst keine Milch mehr rann, lief Gertrud Montag weiter von daheim weg, aber sie versteckte sich nicht immer hinter der

Kirche. Manchmal drückte sie sich in die Fliederbüsche hinter dem Haus der Eberhardts. Renate Eberhardt hatte den üppigsten Garten in der ganzen Stadt: Löwenmäulchen, Rosen, Geranien und Gänseblümchen wuchsen hier in großen Farbklecksen – nicht ordentlich wie in den meisten anderen Gärten –, und ein prächtiger Birnenbaum trug goldgelbe Früchte. Sie ließ Gertrud Montag einen Blumenstrauß pflücken, ehe sie sie nach Hause führte, und sie blieb dort und brachte sie ins Bett, legte die kühlen Finger auf Gertruds heiße Stirn. Renates schlanker Hals schien zu lang für die Last der schweren Zöpfe, die sie in einem Kranz um den Kopf trug.

Gertruds Lieblingsversteck war unter dem erhöhten Teil ihres Hauses, das an einem sanften Abhang stand, vorne, wo die Leihbücherei war, ebenerdig und hinten auf alten Säulen aus Holz und grauen Feldsteinen. Gleich am Eingang zu dem Unterschlupf hing die Halterung für Leos Bambusrechen und Gartenschaufeln. Dahinter war ein Hohlraum, wo schwarze Käfer mit hart gepanzerten Körpern mit dem Dunkel verschmolzen und feine Spinnweben von den Balken hingen, sanft gewiegt von einem Wind, der von zu weit weg kam, als dass ihn ein menschliches Wesen hätte spüren können. Leo musste hinter seiner Frau herkriechen und sie hervorziehen, während sie Kirchenlieder sang und ihre bloßen Fersen in den Boden stemmte, sodass kleine Dellen zurückblieben. Danach waren ihre Wadenmuskeln so verspannt, dass er sie ihr massieren musste.

Manchmal fand er sie gar nicht, obwohl er die Leihbücherei, wo sie vor Trudis Geburt mit ihm zusammengearbeitet hatte, abschloss und auf seinem Fahrrad – mit dem rechten Bein tretend, das versehrte linke ausgestreckt – durch die Straßen rings um die Kirche fuhr und von da durch die ganze Stadt, die Römerstraße hinunter, einmal um den Jahrmarktsplatz, die Barbarossastraße hinauf zum Rhein, wo er und Gertrud auf der breiten Wiese zwischen Deich und Fluss als Schulkinder Drachen hatten steigen lassen.

Manchmal spürte er sie auf, aber meistens kam sie von allein wieder heim, und ihr schwarzes Haar war wirr und roch nach dem Fluss oder nach den Weizenfeldern rings um den Ort. Dann pflegte er den Kamm aus seiner Brusttasche zu nehmen und sie sanft im Arm zu halten, während er die Zinken durch das verfilzte Haar zog. Eines Sonntags grub er eine junge Kastanie im Wald bei der Mühle aus, schenkte sie Gertrud und erklärte ihr – während er ihr half, den Schössling vor der Leihbücherei einzupflanzen –, dass dieser Baum sie daheim halten würde. Doch am nächsten Vormittag war sie wieder weg, und zwei Nonnen brachten sie zurück.

Um sie müde zu machen, beschloss Leo, weitere Wanderungen mit ihr zu unternehmen als nur den sonntäglichen Spaziergang mittags um zwölf, wenn er die Leihbücherei schloss, aber sie rannte vor ihm her, während er mit der doppelten Bürde seines steifen Beins und des Kinderwagens kämpfte. Er sammelte Kamille und brühte aus den Blüten Tee, in der Hoffnung, er werde sie beruhigen – diese Frau, die er kannte, seit sie beide Kinder gewesen waren, diese Frau, die einen Tag älter war als er. Ihm hatte es immer gefallen, dass sie gleich alt waren, obwohl das für Eheleute unüblich war. Bei den meisten Ehepaaren, die er kannte, war der Mann etliche Jahre älter als die Frau, aber er konnte sich nicht vorstellen, mit einer Person verheiratet zu sein, mit der er nicht aufgewachsen war.

Nachts versuchte er, Gertrud an seinem Körper zu bergen, aber sie lachte in seinen Armen, ein seltsames, wildes Lachen, das seine Lenden gefrieren ließ, und obwohl sie sich der Länge nach an ihn schmiegte, schrak sein Geschlechtsteil vor ihr zurück, und er konnte sie nur wie eine Schwester halten.

Vor der Geburt ihrer Tochter hatte Gertrud ihre Arbeit im Haus und in der Leihbücherei freudig getan, aber jetzt bewegte sie sich abrupt und laut. Beim Einkaufen vergaß sie, was sie hatte holen wollen, und sie verstreute Asche, wenn sie den Küchenherd oder den grünen Kachelofen in der Wand zwischen Wohn- und Esszimmer ausräumte.

Eines frühen Septembermorgens, als Leo vor ihr aufwachte und ihr friedliches Gesicht betrachtete, sah sie genauso aus wie früher, und er war überzeugt, dass sie wieder die Alte werden würde, dass sie jetzt bereit war, ihrem Kind eine Mutter zu sein. Er schlug das leichte Federbett zurück, stand auf und zog seinen guten Anzug an, obwohl Werktag war. Er holte seine Tochter von Frau Abramowitz drüben auf der anderen Straßenseite, wo sie in dieser Nacht geschlafen hatte – die Nacht davor war sie bei Frau Blau nebenan gewesen –, aber statt sie wie gewöhnlich in ihr Bettchen im Kinderzimmer zu legen, außer Sichtweite ihrer Mutter, setzte er sich mit ihr auf Gertruds Bettkante.

Trudi war der erste Säugling, den er je in den Armen gehalten hatte, und ihm schien sie nicht anders als die anderen Säuglinge, die er im Lauf der Jahre aus sicherer Entfernung angeschaut hatte. Während er in ihre weisen

Augen sah, dachte er verwundert, dass dieses Kind im Gegensatz zu ihm und seiner Frau, zwei langen, eckigen Menschen, wie ein Flusskiesel war – rund und kompakt. Es hatte seine helle Haut- und Haarfarbe, sein kräftiges Kinn und seine hohe Stirn. Die Zunge titschte gegen die Oberlippe, als suchte sie etwas Essbares, und produzierte eine kleine, schimmernde Speichelblase. Er ließ das Kind an seinem Finger saugen und staunte über den heftigen Sog der Zunge und der Kiefer. Spitzengardinen bauschten sich vor dem offenen Fenster, und im Morgenlicht schimmerte das glatte braune Holz der Fensternische honigfarben. Als er Trudis hohen Gaumenbogen an seinem Fingernagel spürte, drehte er den Finger behutsam zur Seite, um sie nicht zu kratzen.

»Schau sie an, Gertrud«, sagte er, als seine Frau die Augen aufschlug und sich erschrocken aufsetzte. »Schau sie nur mal an. Bitte.«

Aber seine Frau, nach der er das Kind, wie während der Schwangerschaft geplant, genannt hatte, kniff die Augen zusammen und drehte den Kopf weg.

Die Leihbücherei bestand jetzt in der dritten Generation und verschaffte den Montags selbst in den mageren Kriegsjahren ein Auskommen, denn die Leute brachten Kohlen, Lebensmittel und Kleider im Tausch für die bunt kolorierten Bücher, die eine andere Art von Abenteuer in ihr freudloses Heim brachten als das, das sie erlebten – das Abenteuer des Krieges, der Armut, der Angst.

In der Leihbücherei konnte man auch Tabak kaufen. Hölzerne Zigarrenkisten und große Gläser mit neun Sorten Tabak standen auf dem einen Ende des Ladentischs, gleich neben dem Eintragungsbuch, in dem Leo Montag die Leihbücher registriert hatte, eins auf jeder Seite. Die Länge der Eintragungsspalte unter dem Titel, die die Namen der Entleiher enthielt, zeigte die Beliebtheit des jeweiligen Buches.

Die Seitenmauern des Montag'schen Hauses waren noch nicht einmal eine Armlänge von den Mauern der Nachbarhäuser entfernt – dem der Weilers zur Linken, dem der Blaus zur Rechten. Herr Blau war früher Schneider gewesen und jetzt im Ruhestand, und Frau Weiler führte das Lebensmittelgeschäft. Die Fassaden der drei schmalen Häuser waren weiß verputzt, mit einer Reihe Backsteinen unter den Fenstern und über den hohen Türen, und die Grundmauern bestanden aus großen, glatten Steinen, die aus dem

Rheinbett stammten. Die meisten anderen Läden und Geschäfte Burgdorfs lagen ebenfalls in den Straßen rings um den Kirchplatz: Hansens Bäckerei und der Frisiersalon, der Eisenwarenladen und das Hutgeschäft, zwei Gasthäuser und der Markt.

Die Weilers hatten einen Sohn, Georg, der in der Nacht vor dem Aufbruch seines Vaters an die Ostfront gezeugt worden war. Frau Weiler, die bei Georgs Geburt schon alt genug gewesen war, um Großmutter zu sein, hatte ein breites Gesicht mit traurigen, hervorquellenden Augen und klang oft so panisch, als hätte sie Angst, ihre Arbeit nicht ganz zu bewältigen. Sie verzieh es ihrem Sohn nie, dass er nicht als Mädchen zur Welt gekommen war, und sie versuchte immer noch, diesen Irrtum zu korrigieren, indem sie ihm Kittelkleidchen anzog und sich weigerte, ihm die Haare zu schneiden.

Die Kinder der Blaus waren schon erwachsen: Margret und ihre Familie bewohnten eine Mietwohnung in der Nähe der Kapelle, und Stefan Blau, der als junger Bursche nach Amerika durchgebrannt war, war nur einmal, 1911, nach Burgdorf zurückgekehrt, um Leo Montags Schwester Helene zu holen, damit sie seine dritte Frau und den Kindern ihrer Vorgängerinnen, die im Kindbett gestorben waren, eine neue Mutter würde. In letzter Zeit wünschte sich Leo manchmal, seine Schwester würde noch bei ihm und Gertrud leben. Sie hätte gewusst, wie man Gertrud dazu bringen könnte, ihr Kind anzunehmen. Aber Helene war ein paar Tausend Kilometer weit weg, hatte drei Stiefkinder und inzwischen auch noch ein eigenes Kind.

Die Leihbücherei, die Küche und das Wohnzimmer mit dem Klavier nahmen das Erdgeschoss des Montag'schen Hauses ein, die Schlafzimmer den ersten Stock. Oben im zweiten Stock befand sich ein Nähzimmer mit einer Stiefmütterchentapete und einem schmalen Fenster; hier schloss Leo Montag seine Frau zur Sicherheit ein, nachdem sie begonnen hatte, sich für die Engel auszuziehen. Das erste Mal war es mitten in der Sonntagsmesse passiert. Leo, der zwischen zwei älteren Männern saß, registrierte zwar, dass der Priester oben auf der Kanzel predigte, hörte aber nicht auf die Worte, da ihn das Licht beschäftigte, das – obwohl es draußen regnete – in blauen, lilafarbenen und goldenen Sternen durch die Buntglasfenster strahlte, als schiene die Sonne. Er bemerkte nicht einmal, dass Gertrud ihr Kleid aufgeknöpft hatte, bis der Priester mitten im Satz innehielt, einen mageren Arm zur Frauenseite der Kirche hin reckte und alle Blicke für einen endlosen Moment auf Gertrud lenkte, bis Frau Eberhardt, die in der Bank dahinter kniete, Gertrud ihren Mantel um die Schultern warf.

Das nächste Mal war Gertrud nicht so schnell erwischt worden: Sie schlüpfte hinaus, als der Eismann eine Stange Eis lieferte. Leo hatte bezahlt, dem Pferdewagen des Eismannes nachgeschaut und erst dann gesehen, dass Gertrud nackt und hocherhobenen Hauptes zum Ende der Schreberstraße spazierte. Er hatte das rot-weiß karierte Tischtuch vom Küchentisch gerissen und war hinter ihr hergerannt.

Von da an presste er jeden Morgen, ehe er die Leihbücherei öffnete, ein Glas Karottensaft, den Gertrud so gern mochte, schnitt ihr einen Apfel in Schnitze und mühte sich, sie nach oben in das Nähzimmer zu schaffen, um sie dort einzuschließen. Um ihr eine Freude zu machen, hängte er einen kleinen Spiegel mit einem Goldrahmen auf, den sie einmal drüben im Wohnzimmer der Abramowitz bewundert hatte. Sie hatten ihn von ihrer Venedigreise mitgebracht, zusammen mit Fotos für ein ganzes Album, die sie überall machten, wohin sie fuhren – und sie reisten in so weit entfernte Länder wie China und Venezuela. Im Tausch für den Spiegel hatte Leo Frau Abramowitz fünf Jahre Gratisausleihe angeboten.

»Ich würde ihn Ihnen lieber schenken«, hatte sie gesagt. Die unzähligen feinen Fältchen, die sie schon als junge Frau gehabt hatte, erkannte man erst, wenn man ganz genau hinsah – wie bei einem Seidenstoff, der zerknittert und gebügelt worden war und unter dessen glatter Oberfläche eine feine Maserung lag.

»Aber Sie sollen auch etwas dafür bekommen.«

»Zwei Jahre Ausleihe sind mehr als genug.«

»Fünf. Mindestens fünf.«

»Na ja, in diesen Büchern werde ich wahrscheinlich mehr finden, als ich je in diesem Spiegel sehe«, hatte sie eingelenkt.

Leo kaufte Gertrud einen Porzellannachttopf mit einer Bordüre aus aufgemalten Rosen und acht glänzende Bögen mit Ausschneidepüppchen und den dazugehörigen prächtigen Kleidern. Da es ihm nicht geheuer war, ihr eine Schere in die Hand zu geben, schnitt er die Püppchen für sie aus und zeigte Gertrud, wie man die Abendkleider, Mäntel und Hüte an ihren papierdünnen Körpern befestigte, indem man die kleinen Laschen um Schultern und Taille bog.

Er brachte ihr ein blaues Samtsofa, das er Emil Hesping beim Schach abgenommen hatte, sagte Gertrud aber nicht, woher es stammte. Obwohl Emil seit der ersten Klasse sein Freund war, duldete ihn Gertrud nicht mehr im Haus. Sie verließ die Leihbücherei, wenn Emil hereinkam, um sich Tabak zu kaufen.

»Ist ja nicht deine Schuld«, versicherte Emil, wenn Leo sich für das Verhalten seiner Frau entschuldigte. Emil war der Bruder eines Bischofs, ging aber nicht in die Kirche. Obwohl erst Anfang dreißig, hatte er schon seit zehn Jahren eine Glatze; aber er sah trotzdem jünger aus als andere Männer seines Alters, da sich die rosige Haut seines Gesichts einfach über die Stirn hinaus und am Hinterkopf wieder hinunterzog. Er lachte viel, und wenn er es tat, stießen seine Augenbrauen – eine beinahe durchgängige schwarze Linie, die einzigen Haare, die man von ihm sah – über der Nase zusammen.

Leo, der vor seiner Kriegsverletzung Mitglied in Emils Turnverein gewesen war, vermisste es, am Schwebebalken dahinzufliegen, seinen Körper über die glatten Holzholme des Barrens zu schwingen und über den stabilen Lederleib des Pferdes zu springen, fast ohne ihn zu berühren. Und er vermisste das kameradschaftliche Zusammensein mit Emil. Durch sein schmerzendes Knie zur Schwerfälligkeit verurteilt, spürte er in Emil den Rausch des Siegens, wie er ihn in der Turnriege erlebt hatte. Emil Hesping konnte einen glauben machen, dass man noch immer das Zeug zum Sieger hatte. Er brachte einen zum Lächeln und sogar zum Lachen. Er brachte einen dazu, sich mit ihm auf ein Bier oder zwei in der Traube zu treffen, wenn die eigene Frau einen nicht mehr ins Haus ließ.

Eines Nachmittags kam Emil in die Leihbücherei und brachte ein altes Klassenfoto aus der fünften Klasse mit, auf dem Leo neben ihm stand, während Gertrud mit den anderen Mädchen in der vordersten Reihe kniete. »Schau, was ich gefunden habe«, sagte er aufgeregt und drückte Gertrud das Bild in die Hand. »Erkennst du uns?«

Einen Moment lang stand sie da, das bräunliche Foto in der Hand, die Zähne gefletscht wie ein wütender Hund; dann ließ sie ihm das Bild vor die Füße flattern und schoss in die Küche.

Als Leo ihr nachlief, riss sie die Türen der weißen Hängeschränke auf und knallte sie so heftig zu, dass die Blümchentassen-Kollektion ihrer Urgroßmutter auf dem Bord über der Spüle zitterte.

»Emil war auch dein bester Freund«, rief Leo ihr in Erinnerung.
»Er denkt, er kann sich alles nehmen, was er will.«
»Er hat dir etwas gebracht. Und außerdem zahlt er für seinen Tabak.« Sie starrte ihn aus wilden Augen an, starrte auf das sanfte Gesicht und den steifen Kragen dieses Mannes, den sie geliebt hatte, seit sie beide acht Jahre alt gewesen waren, und der so oft für alles stand, was ihr hier missfiel – an diesem Ort, wo das Leben langsamer ablief als in der Großstadt, in der sie ihre ersten Jahre verbracht hatte.

»Wir zahlen alle, Leo.« Sie horchte ihren Worten hinterher und musste lachen. »Wir zahlen alle.«

Während seine Tochter in ihrem Korbwagen zwischen der hölzernen Ladentheke und den Regalen lag, bediente Leo seine Kunden, oder er studierte raffinierte Schachzüge auf dem Brett mit den handgeschnitzten Figuren, das immer in irgendeinem Stadium einer Partie gegen einen imaginären Gegner auf dem Ladentisch wartete. Gelegentlich kam einer der alten Männer vorbei, um gegen Leo zu spielen, und dann redeten sie über die Männer an der Front. Sie schwelgten in Erinnerungen an den Burgdorfer Schachklub und schmiedeten Pläne, die Montagstreffen wiederaufleben zu lassen, sobald der Krieg vorbei war.

Von Zeit zu Zeit sah Leo an die Decke, um sich zu vergewissern, dass seine Frau noch im Nähzimmer war. Seine Augen verengten sich, als wollten sie die Schichten aus Stein und Holz durchdringen, die zwischen ihm und dem zweiten Stock lagen. Er war besorgt, wenn er ihre unruhigen Schritte hörte, aber noch besorgter, wenn er nichts hörte, da Gertrud es mindestens einmal pro Woche schaffte zu entkommen. Es war ihm ein Rätsel, wie es passieren konnte, dass sich der einzige Schlüssel, den er außen im Schloss stecken ließ, in ihrer Tasche befand, wenn er sie endlich einfing.

Einmal, als er sie durch die offene Tür der Leihbücherei den Flur entlanghuschen sah, fischte er Trudi aus ihrem Wagen und humpelte, das Kind an die Brust gedrückt, hinters Haus.

»Gertrud?« Er bückte sich und lugte in den schwarzen Hohlraum. »Gertrud, bist du da?«

Es dauerte ein Weilchen, bis er sie erkennen konnte. Sie kauerte zwischen dem Unkraut und den Steinen, das Gesicht halb von Haaren verhangen.

Leo wusste nicht, warum er es tat – wusste nicht einmal, dass er es tat, bis er merkte, dass er seine Tochter vor sich in die Luft streckte, fast wie ein Priester den Kelch. Er hielt sie in die Strahlen des perlgrauen Lichts, obwohl seine Arme von dem Gewicht zu zittern begannen, hielt sie, wie ihm schien, ein ganzes Menschenleben lang dort, zwischen sich und seiner Frau, während ihre dicken Patschhände die Luftschichten in Unruhe versetzten wie tropische Fische, hielt sie so lange, bis seine Frau auf sie zustürzte, aufschluchzte, ihm das Kind mit ihren dreckverschmierten Händen wegschnappte und sie alle drei in eine Wolke von modrigem Erdgeruch hüllte.

Leos Arme fühlten sich schwerelos an – fast wie Flügel –, und als sich die Leichtigkeit auf seine Brust und seine Kehle ausdehnte, wollte er seine Frau und sein Kind umfassen, um sich selbst im Boden zu verankern, aber er trat ein Stück zurück, nicht so weit, dass es Gertrud erschreckte, aber weit genug, um ihr Raum zu lassen, ihre Tochter aus den kleinen Söckchen, dem Kleid, dem Unterhemdchen und den Windeln zu schälen und jeden einzelnen Teil ihres drei Monate alten Körpers – die Zehen, den Nabel, den Hals, den Popo, die Finger, die Ohren – zu inspizieren, wie es frischgebackene Mütter tun, wenn ihnen ihr Kind nach der Geburt gereicht wird.

Für Leo würde dies der Tag der Geburt seiner Tochter bleiben, als wären all die vorangegangenen Momente nur die Vorbereitung auf das gewesen, was er sich unter einer Familie vorgestellt hatte, und es erfüllte ihn eine grenzenlose Hoffnung – auch dann noch, als Gertrud an ihrem Kleid herumfummelte und den Mund des Kindes an ihre trockene Brust presste. Obwohl er Trudi erklären würde, dass es unmöglich sei, sich so weit zurückzuerinnern, bewahrte sie es für immer in sich: diesen Moment, in dem ihre Mutter sie zum ersten Mal berührte, und die alles durchdringende Wonne, die sie durchströmte, obwohl ihr Bauch hungrig blieb und die Hände ihrer Mutter rau waren, als wären sie es gewohnt, große Erdklumpen beiseitezuräumen.

Von diesem Tag an war Trudi die Einzige, die ihre Mutter ohne körperliche Gewalt aus dem Erdnest unter dem Haus hervorlocken konnte – zunächst von den Armen ihres Vaters aus, und als sie dann laufen lernte, allein. Hier suchte sie zuerst, wenn ihre Mutter verschwunden war. Eine saubere Schürze über ihrem Kleidchen, die knöchelhohen Lederschuhe ordentlich geschnürt, marschierte sie los, um ihre Mutter zu suchen, und was sie fand, war eine seltsame Schönheit, dort unten in diesem dunklen Hohlraum, den die Stimme und die lebhaften Bewegungen ihrer Mutter erhellten, jene Art Schönheit, die der Unterseite der Dinge eigen ist und nur selten sichtbar wird, jene Art Schönheit, die einen – wenn man einmal von ihr weiß – immer wieder treibt, nach ihr zu suchen. Man erkennt sie allmählich an Orten, wo niemand anders sie sieht – im komplizierten Muster der Falten um die Lippen eines alten Mannes; in der Art, wie die Luft sich unmittelbar vor dem Blitz verdichtet und intensiv nach Eiern riecht, im schrillen Wutgeschrei eines kleinen Kindes.

Und da sie begonnen hatte, solche Dinge zu sehen, kam Trudi gar nicht auf die Idee, zurückzuzucken, als ihre Mutter eines Nachmittags einen schwarzen Käfer einfing, seinen runden Körper zwischen ihren Fingern zerdrückte und mit verzückter Miene daran roch. »Es riecht wie Erdbeeren«, sagte sie und hielt Trudi ihre Fingerspitzen unter die Nase. Und es stimmte. Es roch wie frische Erdbeeren, und die roten Kleckse auf den weißen Fingern ihrer Mutter hätten gut kleine Stücke süßen Fruchtfleischs sein können.

Schon mit zwei Jahren fühlte sich Trudi älter als ihre Mutter, wenn sie ihr unter das Haus folgte, mit ihr dort saß und sie damit unterhielt, dass sie ihr erzählte, wer alles an diesem Tag in der Leihbücherei gewesen war. Sie würde ihren Besuch so angenehm gestalten, dass ihre Mutter den Wunsch hätte, ihr hinaus ins Licht zu folgen, und dann würde sie ihr sachte zureden, bis sie wie ein Krebs seitwärts zu ihr gekrabbelt käme.

Und es ging nicht nur darum, sie herauszulocken. Man musste es tun, ohne dass jemand es sah, damit die Nachbarinnen es nicht ihrem Vater erzählten, denn der würde ihre Mutter sonst nur wieder einsperren. Deshalb wurde es Trudis Geheimnis, wenn ihre Mutter sich unter dem Haus versteckte – ein ernstes Geheimnis für ein Kind ihres Alters, zumal ihre Mutter ihr den Trick gezeigt hatte, wie man aus dem Nähzimmer entkam: Man schob ein Blatt Papier unter der Tür hindurch, stocherte mit einer Haarnadel im Schloss, und wenn der Schlüssel draußen auf das Papier fiel, zog man ihn vorsichtig herein und schloss auf.

Ihre Mutter an beiden Händen aus dem Dunkel zu führen, war das Einzige, was Trudi tun konnte, um die Schuld abzutragen, dass die Mutter ihretwegen die Grenze zum Wahnsinn überschritten hatte. Sie wusste das nicht nur, weil sie Frau Weiler und Frau Buttgereit im Lebensmittelgeschäft hatte reden hören, sondern auch, weil sie ihr in die Augen schaute und die wirbelnden Bilder hinter den blauen Iris reisen sah, ein Geflecht von Bildern, das ihre Mutter verwirrte und das Trudi nicht verstand, obwohl sie seine erschreckende Macht spürte. Und sie sah noch etwas: dass ihre Mutter sich schuldig fühlte, dass da eine längst vergangene Sünde war, die so abscheulich sein musste, dass ihre Mutter dachte, sie sei der Grund, dass sie ein Kind mit missgestaltetem Körper zur Welt gebracht hatte.

Ihre Mutter aus dem Dunkel und über das Netz der Fersenabdrücke locken, das den staubigen Boden überzog wie das feine Muster der Spuren, die die Beine der Erdbeerkäfer hinterlassen hatten ... Die Hände ihrer Mutter in dem Bach abspülen, der, vom Ende der Schreberstraße kommend, hinter der Leihbücherei vorbeifloss und sich dort auf seinem Weg zum Jahrmarktsplatz gabelte ... Wenn sie sie auf diese Weise wieder ins Reich der Normalität hätte zurückholen können, Trudi hätte ihre Geburt drangegeben und jeden Atemzug, den sie seither getan hatte. Wenn sie die große Frau mit dem Schattenhaar nur wieder so machen könnte, wie sie auf den Fotos aussah. Aber wie sollte sie das können, wenn nicht einmal der Priester und die Ärztin wussten, wie?

Es war der Beschluss der alten Frauen im Ort, dass Gertrud Montag – nachdem man sie ohne Kleider auf der Eingangstreppe der katholischen Schule entdeckt hatte – eine Zeit lang in die Grafenberger Anstalt sollte. Die alten Frauen hatten ihre Krankheit geduldig hingenommen, aber Unsittlichkeit war gefährlich, da sie die Jugend verdarb. Sie schickten eine Abordnung zu Herrn Pastor Schüler, der Leo Montag ins Pfarrhaus einlud, um ihn dort bei Kaffee und Apfelstrudel von der Besorgnis des ganzen Ortes in Kenntnis zu setzen.

»Ich wünschte, ich wüsste einen leichteren Weg«, begann der Pastor in mitfühlendem Ton.

Leo hörte höflich zu, wie man es ihn als Jungen gelehrt hatte; er lobte die Kruste des Strudels, nahm dankend eine zweite Portion, widersetzte sich aber dem Rat des Pastors, Gertrud nach Grafenberg zu schicken. Genauso, wie er das Anderssein seiner Tochter und die Schmerzen in seinem Bein akzeptiert hatte – unter gelegentlichen Ausbrüchen von Trauer, aber mit einer alles überlagernden Hoffnung –, akzeptierte er auch, wie seine Frau geworden war. Erst als Gertrud sich bei einer ihrer Eskapaden das Handgelenk gebrochen hatte und Frau Doktor Rosen, nachdem sie das Gelenk gerichtet hatte, meinte, es sei wohl das Beste, sie in Grafenberg untersuchen zu lassen, gab Leo dem Drängen des Pastors nach – doch nicht, ohne zunächst stattdessen das Theresienheim vorzuschlagen, das Kloster gleich um die Ecke, wo die Nonnen die Alten und Kranken betreuten.

»Da ist sie in der Nähe«, erklärte er der Ärztin. »Trudi und ich können sie besuchen.«

»Die Schwestern ...« Frau Dr. Rosen zögerte und rieb sich die weiße, erhabene Narbe zwischen Nase und Oberlippe, die Spur ihrer Hasenscharte. »Die Schwestern«, sagte sie sanft, »meinen es gut ... Sie tun gewiss eine Menge für die alten Leute, aber was Ihre Frau braucht, ist ein Spezialist, jemand, der sich mit der menschlichen Psyche auskennt.«

Sie behielten Gertrud drei Wochen in der Anstalt, und während ihrer Abwesenheit kam das Geschenk des unbekannten Wohltäters – ein hölzernes Grammofon und acht dicke schwarze Platten mit Musik von Beethoven und Bach. Leo entdeckte es eines Morgens auf dem Ladentisch der Leihbücherei, als er die grünen Läden öffnete. Der unbekannte Wohltäter verteilte schon seit zwölf Jahren Gaben an die Burgdorfer – Kleider und Körbe mit Lebensmitteln und Umschläge mit Geld, die in kritischen Zeiten in verschlossenen Häusern auftauchten, ohne Begleitbrief und ohne jeden Hinweis auf den Spender, der, da waren sich alle einig, aus dem Ort sein musste, da die Geschenke immer genau das Richtige waren – so wie das glänzende Fahrrad, das Frau Simon, zwei Tage, nachdem ihr Rad gestohlen worden war, in ihrem Schlafzimmer gefunden hatte, oder der Pappkarton mit neuen Mänteln für die gesamte Familie Buttgereit, nachdem Unwetter ihre Ernte ruiniert hatten.

Leo Montag stellte das Grammofon in der Leihbücherei auf, und Trudi vergaß beinahe ihren Kummer um die Mutter, als die ersten Töne den Raum mit Ekstase, Wut und Leidenschaft erfüllten. Sie stand ganz still da und sog diese Schwingungen ein, spürte, wie ihre Kraft sie durchdrang und Gefühlen Gestalt gab, die sie noch nicht kannte, aber dunkel erahnte.

Als ihre Mutter wieder heimkam, das Kleid bis zum Hals zugeknöpft und den Unterarm in Gips, waren ihre Augen zu stumpf, um irgendwelche Bilder durchzulassen, und sie bewegte sich, als wate sie durch hüfthohes Wasser.

Aber die alten Frauen nickten zustimmend, als sie an diesem Sonntag, mit einem blauen Hut aus der Hutmacherei von Frau Simon, zwischen Frau Blau und Trudi in der Kirche kniete und die einzig entblößte Haut an ihr die des Gesichts und der gefalteten Hände war. Als Frau Blau das schwarze Gesangbuch für sie aufschlug, bewegte sie fügsam die Lippen mit den Worten, die aus der Gemeinde emporstiegen.

Mit jedem Tag wurden ihre Bewegungen weniger verhalten. Das waren immer die schönsten Momente für Trudi – nachdem die Trübheit aus den Augen ihrer Mutter gewichen war und ehe sie wieder anfing, unruhig im Haus umherzulaufen –, die Momente, wenn ihr Vater die Leihbücherei schloss, ihre Mutter aus dem Nähzimmer ließ und sie beide mit an den Rhein nahm. Dort band Trudi ihre Schuhe auf, raffte ihren Rock und watete am seichten Ende der Bucht hin und her oder hopste auf einem Bein, Bewunderung heischend, vor ihren Eltern herum, die auf dem Steg saßen und ihr zuwinkten, während Silberbänder von ihren Zigaretten den Himmel an den Fluss hefteten.

»Versprich, dass du mich nicht wieder nach Grafenberg schickst«, flehte Gertrud eines Abends, als Leo gerade Bratwürste und Zwiebeln briet.

Er nahm sie sanft in die Arme. »Wenn ich kann«, sagte er. »Wenn ich kann, Liebchen.«

Trudi kletterte auf den hölzernen Eiskasten, um dicht bei ihren Eltern zu sein, und hockte sich zwischen die Zuckerdose und die Eierwärmer. Die Strickjacke ihres Vaters hing wie üblich von der Lehne eines Küchenstuhls, und auf der Fensterbank am offenen Fenster saß eine Fliege, die Flügel schillernd, die Vorderbeine so geschäftig werkelnd wie Frau Blaus Stricknadeln. Auf der Wiese hinter dem Lebensmittelladen schlug Georg Weiler Purzelbäume, wobei ihm das Kleid über den Kopf fiel, als sollten die Leute an seiner Unterwäsche sehen, dass er kein Mädchen war.

Trudis Mutter war genauso groß wie Trudis Vater. »Versprochen?«, fragte sie noch einmal und sah ihm direkt in die Augen.

Er lehnte die Stirn an ihre. Sie trug ihr Lieblingskleid, weiß mit bunten Stickereiblumen, die sich als Borte um Ärmelränder und Ausschnitt zogen und sich in einer langen Ranke vom Hals bis zur Taille hinab wanden. Dieses Kleid – so war Trudi erzählt worden – hatte sich ihre Mutter zwei Jahre vor Trudis Geburt genäht, für einen Kostümball. Sie war als Prinzessin gegangen, mit Krone und Zepter, während Trudis Vater sich als Seeräuber verkleidet hatte, mit Augenklappe und Pappsäbel.

»Versprochen?«

Er nickte.

»Du wirst dich freuen«, sagte sie und lachte. Ihre Hand – die ohne Gips – schoss zwischen seine Beine.

Er machte einen Satz rückwärts. »Gertrud!«, sagte er und starrte Trudi an, als hätte sie ihn bei etwas Verbotenem ertappt.

»Papst Leo ...«, sang Trudis Mutter laut. »Wie viele Päpste gab es, die Leo hießen?« Sie schwang herum und hob Trudi hoch. »Heiliger Mann ... Leo, Leo, heiliger Mann ...«

Trudi hielt sich an dem Stoff auf der Schulter ihrer Mutter fest, während sie zusammen durch die Küche wirbelten.

»... heiliger Mann. Ab sofort erklären wir deinen Vater zum Papst – Leo der Siebzehnte, der ihn nicht ...«

»Gertrud!« Er packte ihre Mutter an den Ellbogen, um sie am Weitertanzen zu hindern, und zog Trudi aus ihren Armen. »Deine Mutter braucht Ruhe«, sagte er.

Draußen hatte Georg das Purzelbaumschlagen eingestellt, und er spähte zu ihrem Fenster herüber, den Kopf gereckt, als könne er so besser hören. Blonde Ringellocken fielen ihm auf den runden Kragen.

»Heiligster unter den Heiligen ...«, sang Trudis Mutter. »Gebenedeit seist du unter den Päpsten, und gebenedeit sei die Frucht deines ...«

»Das Kind«, sagte er. »Nicht vor dem Kind.«

In den folgenden Wochen bekam Gertruds Körper etwas Quecksilbriges, was bewirkte, dass sie von Zimmer zu Zimmer huschte und unablässig vor sich hin schwatzte oder Kirchenlieder sang, viermal so schnell, wie der Organist von St. Martin sie spielen konnte. Als ihr der Armgips abgenommen worden war, beschloss sie, das Haus zu renovieren. Leo machte sich zwar nichts aus der Tapete, die sie fürs Wohnzimmer ausgesucht hatte – spinnwebfeiner Farn auf braunem Grund –, aber ihr Bestreben, sich einen besonderen Raum *innerhalb* des Hauses zu schaffen, erleichterte ihn so sehr, dass er ihr beim Tapezieren half. Er zimmerte ihr einen hölzernen Ständer für zwei Tontöpfe mit Farnpflanzen und das ausgestopfte Eichhörnchen, das sein Großvater als Junge geschossen hatte, doch ehe er es geschafft hatte, die Holzflächen und -rahmen weiß zu streichen, damit das Zimmer heller wirkte, fing Gertrud wieder an, sich unter dem Haus zu verstecken, so, als hätte er dabei versagt, den einzigen Ort, an dem sie sich sicher fühlte, noch einmal für sie zu bauen.

Leo spürte sie dann auf, brachte sie nach oben und schloss – wie üblich – die Tür zum Nähzimmer von außen ab, nur war jetzt der Schlüssel mit einem abgewetzten Schnürsenkel an der Türklinke festgebunden, sodass er, selbst wenn es ihr gelang, ihn herauszustoßen, nicht auf den Boden fallen konnte.

Wenn Trudi mit ihr in diesem Zimmer war, unterbrach Gertrud ihr aufgeregtes Hin und Her zwischen der Tür und dem kleinen Fenster, durch das sich nicht einmal ein Kind hätte zwängen können. Stattdessen zeigte sie Trudi, wie man den Papierpüppchen Kleider anzog. Frau Simon hatte ihr eine satinbezogene Hutschachtel geschenkt, und darin bewahrte sie die Püppchen auf, wobei sie sie, ehe sie den Deckel schloss, jedes Mal auszog, als ob sie sie schlafen legte. Sie sang Trudi »Hänschen klein« vor und »Fuchs, du hast die Gans gestohlen«, und sie brachte ihr bei, an den Fingern und Zehen bis zwanzig zu zählen und den Takt zu »Backe, backe Kuchen« zu klatschen. Oft hob sie Trudi ans offene Fenster und zeigte ihr, wie weit man sehen konnte – über die Schreberstraße und am Kirchturm vorbei bis zu den Weizenfeldern, dem Kuhstall der Braunmeiers und dem Deich, der den Ort schützte, wenn im Frühjahr der Rhein über die Ufer trat.

Trudi hatte keine Angst vor ihrer Mutter, nie, nicht einmal, wenn sie Buchstaben in die Wände ritzte, immer wieder dasselbe Wort: Gefangene – wie eine dringliche Botschaft an einen geheimnisvollen Retter. Sie benutzte dazu Haarnadeln, einen Löffelstiel, ja, sogar die Fingernägel. Gefangene – es grub sich durch die Blümchentapete in den Putz und ließ hellen Staub die Wand hinunterrieseln. Gefangene: Es war ein Wort, das man auch lernen konnte, wenn man noch zu klein zum Schreiben war, ein Wort, das man im Herzen fühlte, wenn man die Buchstaben mit dem Finger nachfuhr.

Trudi war drei, als die Männer von Burgdorf aus dem Krieg zurückkehrten. Ein paar – so etwa Herr Abramowitz, der, wie die Leute sagten, zwei Reihen Zähne hatte und kein Hehl aus seinen linken Überzeugungen machte – waren verwundet heimgekommen, wie Trudis Vater. Viele weitere – darunter Herr Sturm, der Besitzer der Spielwarenfabrik und einer der reichsten Männer im Ort – wurden in Holzkisten heimgeschickt, und die Burgdorfer waren auf dem Friedhof zusammengekommen, wo sorgsam gepflegte Blumen auf Familiengräbern entfernt wurden, weil Platz für neue Särge ausgehoben werden musste.

Die meisten Männer kamen in geordneten Formationen, die sich rasch auflösten. Es war eine Zeit der kleinen Revolutionen: Lastwagen mit Gewehren und Pistolen tauchten auf, und die Waffen wurden an ganz normale Männer verteilt, die damit herumliefen, sogar am helllichten Tag, als hätte der Krieg zusätzliche Gliedmaßen aus ihren Leibern sprießen lassen.

Kinder, für die die Abwesenheit der Väter selbstverständlich geworden war, mussten sich wieder an deren Autorität und Zärtlichkeit gewöhnen, und Frauen mussten die Verantwortung abgeben, die sie während der Kriegsjahre übernommen hatten – was manche mit Erleichterung und viele mit Widerstreben taten. Wenn sie beim Bäcker, beim Metzger und im Lebensmittelgeschäft um ihre täglichen Einkäufe anstanden, sprachen sie nicht mehr über ihre Leistungen und Ängste, sondern darüber, was ihre Männer oder Väter gern aßen.

Nach der Rückkehr der Männer war es, als sei der Ort über Nacht geschrumpft: Die Straßen schienen schmaler, die Zimmer voller zu sein: Stiefel, die darauf warteten, von Töchtern oder Ehefrauen geputzt zu werden, okkupierten den Platz neben dem Küchenherd: Die beiden Wirtschaften – Potters Gasthof und die Traube – waren wieder voll; die Stimmen klangen lauter, und selbst die Kirchenglocken schienen tiefer zu dröhnen.

Herr Abramowitz öffnete seine Anwaltskanzlei wieder, staubte seine teure Kameraausrüstung ab und erwarb einen gebrauchten Mercedes, Baujahr 1908, mit einem Gepäckträger auf dem Dach und weißen Reifen. Sonntags kutschierte er seine Frau und seine beiden Kinder hinaus aufs Land, wo er sie vor Seen, Wäldern und Hügeln für unzählige Aufnahmen posieren ließ.

Als Anton Immers einem der heimkehrenden Offiziere – dem Tierpräparator Kurt Heidenreich, einem großzügigen, fröhlichen Mann – für zwanzig Pfund Wurst seine Uniform abgehandelt hatte, bat er Herrn Abramowitz, ihn darin zu fotografieren. Der Anwalt konnte das großspurige Gehabe des Metzgers zwar nicht leiden, lehnte aber niemals ab, wenn er gebeten wurde, jemanden zu fotografieren, da er sich als Fotograf und Chronist des

Ortes sah. Der Metzger – der die ganze Zeit unter der Schmach gelitten hatte, abgewiesen worden zu sein, als er sich freiwillig meldete – hielt den schmerzenden Rücken so gerade, wie er irgend konnte, und starrte mit triumphierender Miene an der Kamera vorbei, als blicke er auf ferne Schlachtfelder, die niemand sonst erkennen konnte. Sechs Jahre vor Kriegsbeginn war eine Kuh beim Schlachten auf ihn gekippt und hatte ihm das Rückgrat gebrochen, und obwohl er nicht über den Unfall redete, sah man an der Art, wie er ging – leicht nach links gebeugt –, dass er ständig Schmerzen hatte.

Herr Immers ließ eine Vergrößerung der Aufnahme rahmen und hängte sie in der Metzgerei neben den Schutzheiligen der Metzger – St. Adrian, den heidnischen Soldaten, der sich zum Christentum bekehrt hatte und zu Tode gefoltert worden war –, und immer, wenn er darauf sah, konnte er sich vorstellen, dass er tatsächlich im Krieg gekämpft hatte, natürlich nicht als gemeiner Soldat, sondern als hochdekorierter Offizier. Im Lauf der Jahre glaubte er selbst an diese Fiktion, und es wäre sehr unklug von seiner Frau und seinen Kunden gewesen, ihn eines Besseren belehren zu wollen. Schließlich übernahm die ganze Stadt die Version des Metzgers, sogar der Tierpräparator, der ihm seine Uniform abgetreten hatte, und der nächsten Generation wurde die Illusion als geschichtliche Tatsache vermittelt.

So war es auch mit vielen anderen Geschehnissen, und es forderte Mut von den wenigen, die an der Wahrheit festhielten, nicht zuzulassen, dass ihnen die Fäden entschlüpften und unter dem Gespinst aus Schweigen und Einverständnis verschwanden, das die Leute – oft in bester Absicht – spannen, um sich gegenseitig zu schützen.

Trudis Vater, der schon viel länger wieder zurück war als die anderen Männer, wurde in eine inoffizielle Führungsposition gedrängt, da die heimkehrenden Soldaten von ihm erwarteten, dass er sie wieder in das Leben einführte, das sie hinter sich gelassen hatten. Seine still akzeptierende Art zog sie in die Leihbücherei, wo sie so kleine Portionen Tabak kauften, dass sie einen Vorwand hatten, am nächsten Tag wiederzukommen. Viele von ihnen konnten nicht begreifen, wie Deutschland diesen Krieg gegen die Welt hatte verlieren können, und schrieben die Schuld an ihrer schmählichen Niederlage Verschwörungen und heimtückischen Kräften zu. Die Gesichter starre Masken der Erschöpfung, wankten sie durch den Tag wie Schlafwandler, da sie nicht mehr wussten, wie man die ganze Nacht schlief, ohne nach dem Feind zu horchen. Leo brauchten sie nichts von ihren Träumen zu erzählen, von den gesplitterten Knochen und leeren Augenhöhlen, da er die Träume kannte, die einen aus dem flachen Schlaf rissen und die wüsten Erinnerungen über einem zusammenschlagen ließen, auch wenn man nur ein paar Monate Soldat gewesen war.

Während Leo die Hand über einer Schachfigur verharren ließ und den nächsten Zug erwog, hörte er den Männern zu, und auch wenn er nicht viel sagte, fühlten sie sich gestärkt, wenn sie gingen. Leo offenbarte sich nur wenigen Menschen – nicht, weil er schüchtern gewesen wäre oder sein Inneres hätte verbergen wollen, sondern deshalb, weil ihm der Wunsch, von anderen verstanden zu werden, unbekannt war. Dennoch wollten die Männer aus ihm herausbekommen, was in Burgdorf passiert war, nachdem sie 1914 mit Blumen und Musik verabschiedet worden waren – gefeierte Helden, noch ehe sie je auf den Feind getroffen waren, als könnten sie die wahre Geschichte nur von einem anderen Mann erfahren.

Versteckt auf dem Schemel hinter dem Ladentisch, eingehüllt vom schweren Duft verschiedener Tabaksorten, sog Trudi die Worte auf, die ihr Vater wählte, um den Männern zu erzählen, was in ihrer Abwesenheit in der Stadt los gewesen war. Seine Warte war höher als die ihre, sein Blickwinkel weiter, und obgleich er von Dingen sprach, die sie auch erlebt hatte, wurden sie vielschichtiger und dann noch einmal angereichert, wenn sie sie – später, allein – mit ihren eigenen Beobachtungen verband.

Obwohl Leo Montag gern aß, war er extrem dünn, und seine Haut war so farblos, als erhole er sich gerade von einer langen Krankheit. Die Frauen aus der Nachbarschaft drängten ihn immer, Milch zu trinken oder Fleisch zu essen. Dabei war er erstaunlich kräftig und beweglich. Als Turner hatte er zahlreiche Trophäen gewonnen – blitzende Statuen von Männern, deren Muskeln, anders als seine, die bronzene oder silberne Haut dehnten und deren Körper in ihren verschiedenen Flugposen wirkten, als würden sie jeden Moment von dem Bord in der Leihbücherei abheben, wo er sie, stets auf Hochglanz poliert, aufbewahrte. Seinen Kunden fiel es von Jahr zu Jahr schwerer, diese prächtigen Figuren mit dem Mann in Verbindung zu bringen, der hinter dem Ladentisch herumhinkte und sich über das Eintragungsbuch beugte, um ihre Ausleihen zu registrieren.

Eines frühen Morgens im Oktober, als Leo gerade Apfelpfannkuchen buk, nahm Gertrud Trudi aus ihrem Bettchen und trug sie auf ihrer Hüfte in die Welt aus gedämpftem Licht, Spinnweben und Erdbeerkäfern. Silbriger Reif überzog die Grashalme, aber unter dem Haus war der Boden noch immer weich und formbar unter Gertruds Füßen. Es war etwas Drängendes in ihrer Berührung, etwas Hartes, fast Kneifendes in ihren Händen, und zum ersten Mal fürchtete sich Trudi vor ihr.

»Menschen sterben, wenn man sie nicht genügend liebt«, flüsterte ihre Mutter ihr zu, den langen Körper gegen die Erde geschmiegt, als hätte sie sich bereits ihre Grabstätte ausgesucht.

»Du stirbst nicht«, sagte Trudi.

Die Augen ihrer Mutter glitzerten im Dämmerlicht.

»Ich hab dich lieb genug«, sagte Trudi.

Ihre Mutter schob ihren Rock hoch und entblößte ihr linkes Knie.

»Hier«, sagte sie und legte Trudis Hand auf ihre Kniescheibe. »Fühl mal.«

Trudi schüttelte verwirrt den Kopf. Ihr Vater hatte das schlimme Knie. Manchmal konnte man die Kanten der Stahlscheibe durch den Stoff seiner Hose sehen.

»Fester.« Ihre Mutter presste Trudis Hand auf ihr Knie.

Tief unter der warmen Haut fühlte sie tatsächlich etwas – wie rohe Reiskörner, die sich unter ihren Fingern bewegten. Sie sah in die Augen ihrer Mutter; darin lag eine solche Qual, dass sie dachte, sie müsse wegschauen, aber sie konnte nicht.

»Das sind Steinchen«, flüsterte ihre Mutter. »Von dem Sturz ... Emil Hespings Motorrad ...«

Trudis Augen starrten ins Gesicht ihrer Mutter, lasen die Geschichte unter der Qual, obwohl ihre Mutter nur wenig sagte, aber diese wenigen Worte ließen die anderen Worte, die sie nie über die Lippen bringen würde, in ihre Augen springen. Die eine Hand auf dem Knie ihrer Mutter, fühlte Trudi das Geheimnis die Gestalt von Bildern annehmen, die durch ihre Haut drangen, Bilder voller Farbe, Bewegung und Wind – ja, Wind. Sie sah ihre Mutter auf dem Sozius eines Motorrads, die Arme um Herrn Hespings Taille geschlungen. Ihre Mutter war jünger, als Trudi sie je gekannt hatte, und sie trug ein kurzärmliges gelbes Sommerkleid. Das Motorrad zog eine Staubwolke hinter sich her, während es die Schlossstraße in Richtung Rhein hinunterraste, und ihre Mutter hielt sich noch fester, als das Vorderrad für einen Moment vom Boden abhob und die Maschine den Deich hinaufschoss und dann auf der anderen Seite wieder hinunter. Haare peitschten ihr ins Gesicht, und als Emil Hesping das Motorrad unter einer Gruppe von Pappeln abstellte, war in dem breiten Ledersitz noch immer der warme Abdruck ihrer Schenkel. Er ließ die flache Hand einen Moment auf diesem Abdruck ruhen, und sie spürte plötzlich eine Hitze zwischen den Beinen, als berühre er ihre Haut. Als er sie umarmte, schloss sie die Augen vor der blendenden Sonne und vor der Angst, die sie seit dem Tag begleitete, an dem ihr Mann an die russische Front aufgebrochen war – der Angst, dass Leo nicht lebend zurückkommen würde.

»Wir sind weggerutscht ... auf dem Heimweg ... auf der anderen Seite des Deichs.« Trudi sah Emil Hesping schwerfällig von der rauen Straße aufstehen, sich den Staub von den Armen schlagen und an dem umgestürzten Motorrad vorbei zu der Stelle gehen, wo ihre Mutter lag. Ihr Gesicht war zerkratzt, Blut quoll rings um die Splittsteinchen hervor, die sich in ihr Knie gebohrt hatten, und lief ihre Wade hinunter in ihre weiße Sandale.

»Das gleiche Knie.« Ihre Mutter lachte dieses wilde Lachen. »Das gleiche Knie wie bei deinem Vater. Ihn hat es auch erwischt. Am selben Tag.« Sie zog Trudi zu sich und setzte sie in ihre Taillenbeuge wie ein viel kleineres Kind. »Meinetwegen«, sang sie und wiegte ihre Tochter, als wollte sie gutmachen, dass sie sie als kleinen Säugling so lange Zeit nicht gewiegt hatte, »meinetwegen ist er verwundet worden ...«

»Gertrud?« Leo Montags Schatten fiel durch die Öffnung zwischen den Balken. Zwischen seinen Stiefeln glitzerte Sonne auf dem gefrorenen Gras. »Gertrud?«, rief er. »Trudi?«

Ehe Trudi antworten konnte, legte ihre Mutter ihr einen Finger auf die Lippen. Ihr Atem war warm auf Trudis Gesicht. Behutsam fuhr die Kleine mit den Fingern über das Knie ihrer Mutter. Es war glatt; die Haut hatte sich über den winzigen Wunden geschlossen wie die Oberfläche des Flusses, wenn man Steine ins Wasser geworfen hatte. Nur man selbst wusste, dass sie da waren.

Außer man erzählte es weiter.

2

1918–1919

An diesem Tag öffnete Trudis Vater die Leihbücherei nicht. Stattdessen lieh er sich den Abramowitz'schen Mercedes aus. Der hatte hinten Fenster und sah so sehr wie eine Kutsche aus, dass man fast schon erwartete, Pferde davor geschirrt zu sehen, aber vorn war er offen, mit troddelverzierten Sitzen und einem Lenkrad auf einem langen, schrägen Schaft. Während Frau Abramowitz Trudi das Märchen vom Teufel mit den drei goldenen Haaren vorlas und ihr Brötchen mit Holländerkäse zu essen gab, setzte Leo Montag seine Frau in den geschlossenen Fond des Wagens, mit einer Decke und zwei Kissen aus ihrem Ehebett, die sie zerpflücken würde, sodass sich der Fond mit Federn füllte, die an ihrem grünen Mantel und ihrem Hut hängen blieben wie Schneeflocken, bis sie in Grafenberg ankamen, wo sie fast sieben Wochen bleiben sollte.

Es schneite richtig, als Trudi ihre Mutter endlich besuchen durfte. Sie war schon vorher im Wald von Grafenberg gewesen – es war eine bei Spaziergängern beliebte Gegend –, aber die hohen Mauern der Anstalt hatte sie nur von fern gesehen. Diesmal jedoch gingen sie und ihr Vater auf die Mauer zu, dicht genug heran, um die Glasscherben in dem Mörtel oben auf der Mauerkrone zu sehen. Scharf und spitz, konnten sie einem die Hände aufreißen, wenn man zu fliehen versuchte. Trudi grub ihre Hände tief in den Pelzmuff, der zu dem Kaninchenfellbesatz auf dem Rand ihrer Mütze und auf ihrem Mantelkragen passte. Sie fragte sich, ob wohl schon jemals jemand über diese Mauer geklettert war. Vielleicht war ja der Kaiser in seiner prächtigen Uniform über so eine Mauer geklettert, als er aus Deutschland geflohen war. Aber wenn nun Länder noch höhere Mauern ringsherum hatten?

Ein paar Tage vorher hatte ihr Vater ihr erzählt, dass der Kaiser abgedankt hatte und außer Landes geflohen war. »Er ist in Holland«, sagte ihr

Vater. »Jetzt wird es Frieden geben.« Trudi hatte Bilder vom Kaiser gesehen: Sein Mund unter dem kunstvollen Schnurrbart sah eitel aus, und er trug einen glänzenden Helm mit einem steifen, glitzernden Vogel darauf, der so groß war wie eine Taube und die Flügel ausgebreitet hatte, um nicht herunterzufallen.

Ein Wächter, der wie ein Soldat gekleidet war, öffnete das Tor. Sein Nacken war wulstig, und seine Finger waren nikotinverfärbt. In seinen Augen sah Trudi kurz jene Neugier aufglimmen, die sie schon öfter bei Fremden bemerkt hatte, aber heute machte sie diese Neugier ganz kribbelig und gab ihr das Gefühl, dass sie hinter diesen Mauern sein sollte, wo man Leute einsperrte, die anders waren. In den Augen des Wächters – das wusste sie genau – war sie anders, und dieses Wissen sollte sie von diesem Tag an quälen und ihren sehnlichen Wunsch, zu wachsen und sich an denen zu rächen, die sie verächtlich behandelten, noch verstärken.

Als der Wächter auf das größte der Gebäude zeigte, zögerte Trudi, aber ihr Vater fasste sie an den Schultern, und der Wächter schloss sofort das Tor hinter ihnen, als wollte er sie dabehalten. Sie hatte ihrer Mutter die Geschenke zu ihrem Geburtstag mitbringen wollen – einen dicken Bademantel und Pelzstiefel –, aber ihr Vater hatte es nicht erlaubt, obwohl der Geburtstag nur noch zwei Tage hin war.

»Das ist gefährlich«, hatte er gesagt. »Wir feiern, wenn sie heimkommt.«

In seiner Familie waren schon eine ganze Reihe Katastrophen passiert, weil Feste zu früh gefeiert worden waren: Seine Tante Mechthild war im Rhein ertrunken, als sie das Geburtstagspicknick ihres Großvaters einen Tag zu früh veranstaltet hatten; Vetter Willi war bei einem Zugunglück ums Leben gekommen, nachdem seine Eltern ihre Silberhochzeit eine Woche zu früh gefeiert hatten, und Leos Schwester Helene hatte sich den Arm gebrochen, als sie ein Konfirmationsgeschenk drei Tage vorher auspackte.

In der Eingangshalle, die nach Zimt und Kerzen roch, putzte ihr Vater Trudi die Nase und knöpfte ihr den Mantel auf. Eine freundliche Schwester mit knarrenden Schuhen führte sie einen Korridor entlang und durch ein paar kleinere Tore, die sich ebenfalls hinter ihnen schlossen. Trudis Mutter stand in einem Raum mit lauter weißen Stühlen an den Wänden. Sie hielt die Arme angewinkelt, als trüge sie etwas Zerbrechliches auf den Händen, sie kam mit erloschenen Augen auf sie zu, und plötzlich machte es Trudi nichts mehr aus, hinter diesen Toren zu sein; sie hatte ihre Mutter so sehr vermisst, dass ihr jeder Ort recht war, solange sie nur mit ihren beiden Eltern zusammen sein konnte. Ihre Mutter roch genauso wie die Eingangshalle. Sie sank vor Trudi auf die Knie und legte beide Hände an Trudis Wangen, als wollte sie sich die Form ihres Gesichts einprägen.

Ein paar andere Patienten bekamen ebenfalls Besuch von Angehörigen, und Leo Montag führte seine Frau und seine Tochter in eine Ecke, wo er drei Stühle so im Dreieck aufstellte, dass sie von den anderen Leuten im Raum abgesondert waren. Erst dann umarmte er seine Frau und berührte ihre Stirn mit den Lippen. Ihr Haar war auf eine Weise geflochten, wie Trudi es noch nie gesehen hatte – von den Schläfen an in festen Windungen, die an ihrer Haut zerrten, als ob es jemand gemacht hätte, der sie nicht gut kannte.

Diese Zöpfe trug ihre Mutter auch, als sie in der folgenden Woche nach Hause durfte, und sie lächelte ihr mattes Krankenhauslächeln, als Trudi die Zopfbänder löste und ihr Haar bürstete, bis es knisterte und ihr wie Engelshaar auf die Schultern fiel. Obwohl es nicht silbern war wie das Engelshaar, das man an den Weihnachtsbaum hängte, mischten sich mit jedem Bürstenstrich Lichtsträhnen in die dunkle Masse. Zuerst schlief ihre Mutter einen großen Teil des Tages, als müsse sie Kräfte für jede Bewegung sammeln, die ihr möglicherweise abverlangt würde, aber an Weihnachten, als Leo die Bienenwachskerzen auf dem Tannenbaum im Wohnzimmer anzündete, sah sie schon wieder sehr viel mehr wie die Mutter aus, die Trudi in Erinnerung hatte.

Sie aßen Karpfen in Biersoße und die weißen Kalbsbratwürste, die der Metzger nur von Mitte Dezember bis Weihnachten herstellte. Als Trudi zwei Lieder sang und ein Gedicht aufsagte, klatschte ihre Mutter, bis Trudi so verlegen war, dass sie die Hände ihrer Mutter zwischen ihren einfing, damit sie aufhöre.

Sie packten ihre Geschenke aus, die auf dem runden Korbtisch aufgebaut waren, als Erstes das Paket aus Amerika: Tante Helene hatte silberne Serviettenringe mit passenden Löffeln geschickt und einen Hampelmann. Als Trudi das größte Geschenk von ihren Eltern auspackte – eine Porzellanpuppe mit knallroten Lippen –, zog ihre Mutter sie auf ihren Schoß.

»Hättest du nicht gern ein richtiges Kindchen, ein kleines Brüderchen oder Schwesterchen?«, fragte sie und strahlte, als sähe sie schon ein perfektes Kind vor sich.

»Nein«, sagte Trudi.

»Ein Brüderchen oder Schwesterchen, das ...«

»Nein!«

»Gertrud ...«, setzte Trudis Vater an.

»Störche mögen Zucker.« Die Stimme ihrer Mutter war fröhlich. »Und sie bringen Säuglinge in Häuser, wo die Leute ihnen Zuckerwürfel aufs Fensterbrett legen. Daran sehen die Störche, wo sie kleine Kinder hinbringen sollen.«

Trudi presste ihr Kinn ans Schlüsselbein und fragte sich, ob Störche sich manchmal irrten. So wie mit ihr. Sie schlüpfte von den Knien ihrer Mutter und rannte an dem Ständer mit den Farntöpfen und dem ausgestopften Eichhörnchen vorbei zur Haustür. Die Stirn an die kalte Glasscheibe gepresst, starrte sie in das feine Schneegestöber hinaus. Mitten auf der Straße stand der Mann, der sich aufs Herz tippt. Er führte den rechten Zeigefinger zum Herzen und den linken zur Klasse und berührte beides gleichzeitig. Lächelnd, als sei er befriedigt, dass er das geschafft hatte, ließ er die Hände sinken und hob sie wieder, wobei er diesmal das Ritual umkehrte: linken Zeigefinger an die Nase, rechten Zeigefinger aufs Herz. Vor dem Krieg war er Biologielehrer gewesen, aber an der Front war irgendetwas aus dem Lot geraten. Es hieß, der Mann, der sich aufs Herz tippt, habe sein ganzes Bataillon sterben sehen. Jetzt lebte er bei verschiedenen Verwandten, immer ein Weilchen in einem Haus, bis er ins nächste geschickt wurde.

Aber wenn man nun keine Verwandten hatte? Trudi schauderte. Vielleicht war der Storch ja mit ihr auf dem Weg in ein Land gewesen, wo alle kurze Arme und Beine hatten. Vielleicht war sie ja gar nicht von einem Storch gebracht worden, sondern von einem Kuckuck. Kuckucke legten ihre Eier in die Nester anderer Vögel und überließen denen die ganze Arbeit des Brütens. Aber wenn die jungen Kuckucke schlüpften, geriet alles durcheinander.

Bisher hatten ihre Eltern sie behalten, obwohl sie das falsche Kind war. Aber was würde passieren, wenn der Storch ihnen das richtige Kind brachte?

Sie spürte die Hand ihres Vaters auf ihrem Haar. »Du hast noch nicht all deine Geschenke ausgepackt, Trudi.«

Als er sie ins Wohnzimmer zurücktrug, wickelte ihre Mutter ein rotes Band um ihr Handgelenk, immer rundherum. Sie lachte, als sie Trudi sah, und als sie die Arme nach ihr ausstreckte, löste sich das Band und ringelte sich vor ihren Füßen wie eine blutige Schlange. An diesem Abend sprach ihre Mutter nicht mehr von dem Kind. Sie half Trudi, ihre neuen Bilderklötzchen zusammenzusetzen. Auf jeder Seite eines Klötzchens war ein Stück von einem Märchenbild, und wenn man sie alle auf einer glatten Fläche richtig zusammenlegte, konnte man sechs Bilder damit machen, darunter Hänsel und Gretel, Schneewittchen und die sieben Zwerge, Rumpelstilzchen und Dornröschen, das hundert Jahre geschlafen hatte.

Ihre Mutter spielte »Stille Nacht« auf dem Klavier, und Trudi sang mit. Wenn ihre Stimme bei den langen Tönen mit der ihrer Mutter verschmolz, fühlte sich ihr Körper unbegrenzt und warm an. Aber als ihre Eltern ihr in ihrem Zimmer je einen Gutenachtkuss gaben und ihr eine eingewickelte Wärmflasche an die Füße schoben, legten sie die steife Babypuppe neben sie. Als es still und dunkel im Haus war, stopfte Trudi die Puppe unter ihr Bett, aber sie spürte die Anwesenheit ihres Porzellankörpers durch die Matratze.

Am nächsten Abend schloss ihre Mutter Trudis Finger um zwei Zuckerwürfel und hob Trudi an die Fensterbank in der Küche, wo sie den Zucker für den Storch auf eine Untertasse legen musste.

Sobald sie am Morgen aufwachte, rannte Trudi zu dem Fenster. Es war zu, aber die Untertasse war leer. Sie zog die Gardine beiseite, aber das einzige Tier, das sie sehen konnte, war der Hund des Bäckers, der die Wäscheleine hinterm Haus anbellte, weil der Frost die Wäschestücke in steife, menschliche Formen verwandelt hatte.

»Der Storch muss da gewesen sein«, sang ihre Mutter mit geröteten Wangen.

Ihr Vater sah mit ernstem Gesicht von seiner Zeitung auf.

Trudi war klar, dass er das neue Kind auch nicht wollte. Aber wenn sie immer weiter Zucker auf die Fensterbank legten, würde der Storch ihr sicher ein Brüderchen oder Schwesterchen bringen, das schon bald größer sein würde als sic. Sie gewöhnte sich an, jedes Mal aus ihrem Bett zu steigen, wenn sie nachts aufwachte. Sie schlich barfuß in die Küche, schob einen Stuhl vor das Fenster, und wenn die Zuckerwürfel, die ihre Mutter ihr am Abend in die Hand gedrückt hatte, noch da waren, stopfte sie sie in den Mund. Sie suchte den Nachthimmel nach den weißen Silhouetten von Störchen ab, während sie grimmig kaute, um zu verhindern, dass ein Geschwisterchen ins Haus kam und sie verdrängte.

Störche. Obwohl sie schon seit Monaten keinen dieser großen Vögel mehr gesehen hatte, suchte sie jetzt überall nach ihnen: auf Schornsteinen, in Bäumen, zwischen den Wolken. Sie dachte sich, dass sie die kleinen Kinder nicht unter ihren Flügeln verstecken konnten, denn dort würden sie herunterfallen, sobald der Storch die Flügel ausbreitete. Nein, sie trugen die kleinen Kinder in Tuchschlaufen, die sie in den langen Schnäbeln hielten, oder auf dem Rücken.

Manchmal, wenn sie auf der Eingangstreppe saß, bereit, einen anfliegenden Storch mit dem Teppichklopfer ihrer Mutter zu vertreiben, hörte sie die melodiöse Stimme des italienischen Lumpensammlers. »Lumpen, Alteisen, Papier ...«, sang der Lumpensammler, wenn sein Holzkarren durch die Straßen von Burgdorf rumpelte. Er läutete seine Glocke, während er in einem fort wiederholte: »Lumpen, Alteisen, Papier ...« Hinten auf seinem Karren stand eine Waage, auf der er alte Kleider, Metall und Papier wog, ehe er den Leuten Münzen aus dem Lederbeutel, der um seine Taille hing, hinzählte. »Lumpen, Alteisen, Papier ...« Der Lumpensammler hieß Herr Benotti. Er war aus Italien und trug immer ein weißes Hemd, selbst dann, wenn er die Ausbeute des Tages in dem eingezäunten Hof seines Hauses in der Lindenstraße ablud.

Jeden Tag redete Trudis Mutter von dem neuen Kind, und Trudi intensivierte ihre Storchenwache. Am Morgen nach Ostern erklärte ihr ihr Vater, dass das Kind gestorben war.

»Dein Bruder«, sagte er. Obwohl Trudi das Kind nicht gesehen hatte – wie konnte ein Kind sterben, ehe es da war? –, gab es eine Beerdigung. Frau Blau brachte ihre besten Leinentücher, um sie über die Tische im Wohnzimmer und in der Küche zu breiten, und die Nachbarsfrauen trugen einen üppigen Leichenschmaus auf: Bleche mit Pflaumenkuchen und tiefe Schüsseln mit Kartoffelsalat, Terrinen mit Erbsensuppe und Graupensuppe, Platten mit Blutwurst und Schweinskopfsülze, Laibe von Schwarzbrot und Körbchen mit knusprigen Brötchen, Schweizer- und Holländerkäse und köstlichen weißen Spargel aus dem Garten der Buttgereits.

Frau Doktor Rosen drängte Trudis Mutter, sich hinzulegen, aber sie huschte durch die Räume, arrangierte die Narzissen aus Frau Abramowitz' Blumenbeeten neu, bot den Gästen zu essen an, die schönen Augen fiebrig, die Haut fast durchscheinend. Den geflüsterten Bemerkungen entnahm Trudi, dass ihr Bruder zu früh gekommen war, um am Leben zu bleiben. Jetzt kannte sie schon sechs tote Leute. Aber die anderen fünf waren alt gestorben, wie Herr Talmeister, der immer auf den Bürgersteig gespuckt hatte, bevor er in die Leihbücherei gekommen war.

Sie war sich sicher, dass der Tod ihres Bruders damit zu tun hatte, dass sie den Zucker gestohlen hatte; der Storch hatte das Kind dafür bestraft. Diese Schuldgefühle sollten sie verfolgen, noch als Erwachsene, und eklig süße Galle ihre Kehle emportreiben, sooft sie Zucker schmeckte, und doch würde der Heißhunger danach zurückkehren, die Sehnsucht nach dem verbotenen Geschmack auf ihrer Zunge, gefolgt von der Scham, die sie an jenem Tag der Beerdigung empfunden hatte, als sie drei Stück Pflaumenkuchen und zwei Schokoladeneier aus ihrem Osterkörbchen gegessen und – mit einem unerwarteten Hickser – lilabraunes Zeug auf die Vorderfront ihres Kleides gespuckt hatte.

Ihre Mutter führte sie zur Hintertür hinaus. Ihre und Trudis Füße drückten die feinen Erdrippen flach, die Trudis Vater am Morgen mit seinem Rechen hinterlassen hatte. Er rechte den Hof einmal in der Woche und hatte es schon zwei Tage vorher getan, aber als Trudi aufgewacht war, war er wieder dort draußen gewesen, mit einem Bambusrechen, und hatte Zweige und Steine und Taubendreck weggemacht.

Am matschigen Ufer des Bachs hockte sich ihre Mutter hin, schöpfte mit ihren Händen von dem schnell fließenden kalten Wasser und wusch Trudis Gesicht und ihr Kleid ab. »Schau«, sagte sie und starrte in den Bach, als versuchte sie, etwas Verlorenes wiederzufinden.

Langsam erkannte Trudi unter der Oberfläche des fließenden Wassers noch ein weiteres Muster – das von frischen Blättern, deren lang gezogene Spiegelbilder auf der Stelle tanzten, während das Wasser durch sie hindurchfloss, und zwischen den Blättern wie silberne Monde zwei Gesichter.

Von diesem Tag an schien ihre Mutter zerstreut – selbst in ihrem hektischen Hin und Her wirkte sie zerstreut, so, als riefe schon etwas außerhalb des Hauses und der Stadt nach ihr. Jetzt nahm sie Trudi nicht mehr in die Arme, um sie an sich zu drücken oder ans Fenster zu heben; es war fast so, als fiele sie wieder in die Zeit nach Trudis Geburt zurück, in der sie sie überhaupt nicht hatte berühren wollen.

Im Mai riet Frau Doktor Rosen zu einem weiteren Aufenthalt in Grafenberg, und Gertrud Montag ging bereitwillig hin, aber Trudi war untröstlich. Leo fand bald heraus, dass er Trudi durch Musik besänftigen konnte, und er pflegte sie auf den Ladentisch der Leihbücherei zu heben, wo sie still neben dem Grammofon saß und mit einem Finger die Maserung des massiven Holzes nachfuhr, während sie den Schallplatten lauschte. Es machte ihn verlegen, wenn seine Kunden ihn lobten, weil er die Last mit seiner Frau und dem Kind so tapfer trug. »Sie sind keine Last«, sagte er dann.

Als Gertrud wieder heimkam, war sie noch verstörter als beim ersten Mal. Wenn Trudi die Arme nach ihr ausstreckte, reagierte sie, indem sie lächelte und sich bückte, um Trudis Kragen zurechtzuzupfen oder ihre Schuhbänder neu zu binden, obwohl sie ordentlich und fest gebunden waren. Man musste ihr nicht mehr gut zureden, um sie ins Nähzimmer zu lotsen; sie suchte das Alleinsein und gewöhnte sich sogar an, auf dem Samtsofa zu schlafen, wobei sie sich auf der Hälfte der Sitzfläche zusammenrollte, als wäre ihr Körper geschrumpft.

Sobald Trudi morgens angezogen war, stürmte sie die Treppe hinauf, um sich mit ihrer Mutter einschließen zu lassen: Sie tat so, als mache sie Tee, und drückte ihr eine imaginäre Tasse in die schlaffen Hände; sie zog die Papierpüppchen an und kletterte auf das Sofa, um sie vor den Spiegel zu halten, sodass jedes Püppchen eine Zwillingsschwester hatte; sie saß auf dem Schoß ihrer Mutter und streichelte ihr das Gesicht. Aber unter alldem kämpfte sie mit der Scham, weil der Blick ihrer Mutter für immer wirr war.

Als Gertrud Montag zum letzten Mal in die Anstalt gebracht wurde, umarmte sie Trudi vor der geöffneten Tür ihres Kleiderschranks und drückte sie so lange an sich, dass es schien, als wollte sie sie gar nicht mehr loslassen. Es war Anfang Juni, zwei Wochen vor Trudis viertem Geburtstag, und ihre Mutter trug ein Kleid aus einem Baumwollstoff mit pfirsichfarbenen Rosen. Eine ihrer Reisetaschen war gepackt, aber die Koffer und Hutschachteln waren immer noch oben auf dem Birkenholzschrank gestapelt – ein sicheres Zeichen, dass sie nicht lange wegbleiben würde.

»Wenn ich wiederkomme«, sagte sie, »wird es zwischen uns beiden besser werden.«

Und Trudi – das Gesicht an der Hüfte ihrer Mutter vergraben, den vertrauten, klaren Duft ihrer Haut und ihrer Kleider in der Nase –, Trudi glaubte ihr.

An diesem Tag war sie nebenan bei Frau Blau, deren Haus immer nach Bohnerwachs roch. Während die alte Frau ihre Schlüssel polierte und ihre Fensterbänke abstaubte, zockelte Trudi hinter ihr her. Die Spitze von Frau Blaus rechtem Zeigefinger war seitwärts abgeknickt, und Trudi war fest davon überzeugt, dass es vom vielen Staubwischen kam. Frau Blau hatte weiche, gepuderte Wangen und ein gebrochenes Herz. Die Leute sagten, es hätte ihr das Herz gebrochen, als ihr Sohn Stefan 1894 nach Amerika durchgebrannt war. Es war ein Kummer, der von einem Jahrhundert ins andere reichte, ein Kummer, der – wie Trudi abgezählt hatte – schon fünfundzwanzig Jahre dauerte.

Da die Blaus nichts wegwarfen, war ihr Haus vollgestopft mit alten Spielsachen und Möbeln, Spitzendeckchen und Blumentöpfen, Geschenken, die ihr Sohn mit dem Schiff aus Amerika geschickt hatte, und Kleidern, die ihren Kindern oder längst verstorbenen Vorfahren gehört hatten. Frau Blau, die holländischer Abstammung war, putzte jeden Tag. Wenn der Heiland nachts zu ihr käme, erklärte sie Trudi, solle er ihr Haus ordentlich vorfinden.

»Du kannst mithelfen«, befand Frau Blau und zeigte Trudi, wie man die Tischbeine abstaubte, von denen jedes in einer Löwentatze endete, die eine Kugel umkrallte. Sie hatte das Tuch um den krummen Zeigefinger gewickelt und fuhr damit in jede kleine Ritze.

»Das nächste Bein kannst du machen«, sagte sie.

Trudi versteckte die Hände hinterm Rücken, da sie solche Angst hatte, dass ihr Zeigefinger so werden würde wie der von Frau Blau. Sie wusste nicht, was schlimmer war: einen krummen Finger zu haben oder einen Daumen wie den von Herrn Blau, der sich – irgendwann während der vielen Jahre an seiner Nähmaschine – eine Nadel durch den Daumennagel gejagt hatte, wovon ein schwarzes, kraterförmiges Loch zurückgeblieben war.

»Kinder müssen folgen«, ermahnte sie Frau Blau.

Trudi starrte auf Frau Blaus robuste Schuhe. Die Schichten von Schuhwichse vergrößerten die Risse im Leder.

»Kinder müssen folgen!«

Vom Dach kamen die leisen, klagenden Rufe der Tauben. Trudi spürte, dass Frau Blau wartete, und sie war froh, dass sie daheim keine Großmutter hatte, auch wenn Großmütter backten und bügelten und strickten und schöne Blumen zogen. In den meisten Häusern gab es Großmütter. Großmütter ließen einen aufessen, was man auf dem Teller hatte, und erklärten einem, dass es unhöflich sei, Erwachsene anzustarren. Großmütter sorgten dafür, dass man seine Gebete sagte und sich hinter den Ohren wusch. Großmütter konnten einen zu allem zwingen, nur weil sie alt waren.

Frau Blau tätschelte Trudis Haar. »Ist es deswegen, weil du deine Mutter vermisst?«

»Weil ich nicht will, dass mein Finger so aussieht wie Ihrer«, stieß Trudi hervor.

»Ach so.« Frau Blau lachte leise und streckte Ihren krummen Finger zwischen sich und Trudi in die Höhe. »Denkst du, das kommt daher? Vom Putzen?«

Trudi nickte.

»Oh, aber der Finger war immer schon so. Von meiner Geburt an. So, wie du – « Sie unterbrach sich.

»Er war immer so?«

»Immer. Finger verraten eine Menge über Leute. Lass mich deine mal anschauen.« Sie hockte sich hin und beugte ihr Gesicht dicht über Trudis Hände. Ihr graues Haar war steif und wellig vom Friseur. »Siehst du die weißen Flecken da unter deinen Fingernägeln?«

Trudi sah auf ihre Fingernägel. Sie hatten die gleiche Farbe wie ihre Haut, nur glänzend, und manche hatten kleine weiße Flecken.

»Daran kann man sehen, wie viele Todsünden jemand begangen hat.« Frau Blau fuhr mit dem Daumen über Trudis Fingernägel. »Aber bei Kindern … bis sie ins Vernunftalter kommen, sind die Flecken nur Warnungen vor Todsünden, die sie begehen könnten, wenn sie nicht aufpassen. Du hast … lass mal sehen – fünf insgesamt. Das heißt, du musst dich fünf Mal gegen den Teufel entscheiden. Komm – « Sie richtete sich seufzend auf und strebte, noch immer Trudis Handgelenk umfassend, in Richtung Küche. »Ich mach dir eine Tasse Milch warm.«

Jeden Morgen beim Aufwachen dachte Trudi an die Worte ihrer Mutter –
»Wenn ich wiederkomme, wird es zwischen uns besser werden« –, und sie
versuchte, sich ihr neues Leben vorzustellen: Die Augen ihres Vaters würden nicht mehr so besorgt sein; sie und ihre Mutter würden am Fluss sitzen
statt im Nähzimmer oder unterm Haus; nach der Messe würden sie alle drei
auf dem Kirchplatz stehen und mit anderen Familien reden.

Aber ihre Mutter hielt ihr Versprechen nicht.

Sie kam nicht wieder heim.

Und sie erkannte Trudi nicht, als die sie das nächste Mal in Grafenberg
sah. Ihr rasselnder Atem krümmte ihren Hals auf dem Krankenhauskissen
bogenförmig. Über dem Metallbett hing ein Holzkruzifix. Jesus spreizte die
Finger, als wollte er die Nägel abwehren, die seine Handteller ans Kreuz hefteten. Das war das einzige Zeichen möglichen Protests: Der Rest seines Körpers hatte sich der Form des Kreuzes angepasst, als wäre er dafür geschaffen.

Über eine Stunde horchte Trudi auf den Atem ihrer Mutter, stand wie
erstarrt da, den Rücken zum Fenster, eingehüllt von dem Krankenhaus-
geruch nach Kerzen und Zimt. Die Züge ihrer Mutter waren verzerrt von
der Anstrengung des Ringens um einen weiteren Atemzug, der den Raum
füllte und machte, dass Trudi das Gefühl hatte, selbst zu ersticken.

Trudi spürte den heftigen Drang, wissen zu wollen, wie ihr Leben von
jetzt an verlaufen würde – jede Stunde, ja, jeder Augenblick, denn wenn man
es vorher wusste, konnte man verhindern, dass schlimme Dinge passierten.

Als das schreckliche Atmen ihrer Mutter schließlich aufhörte, war Trudi
froh über die Stille, bis sich die Schwester über das Bett beugte, um ihrer
Mutter die Augen zuzudrücken. Die Schwester hatte haarige Unterarme,
und Trudis Vater hielt sie zurück, indem er diese Unterarme packte. Da
rannte Trudi los.

Aus dem Zimmer.

Den Korridor entlang.

An offenen Türen vorbei.

Am Ende des Korridors fing sie die Schwester an dem verschlossenen
Gittertor ein. Sie hielt sie in den Armen und flüsterte Worte, die Trudi
nicht verstehen konnte, da ihr eigener Atem sich jetzt so anhörte, wie sich
der ihrer Mutter angehört hatte, ehe sie verstummt war.

Die Schwester führte sie in ein grünes Zimmer und ließ sie eine bittere grüne Flüssigkeit schlucken, die aussah, als hätten die grünen Wände sie ausgeschwitzt. Bald darauf fand Trudi sich neben ihrem Vater auf einer Lattensitzbank in der Straßenbahn, ein schweres Glühen hinter den Augen und in den Beinen. Ihr Vater starrte geradeaus, die Finger fest um die Krempe des schwarzen Huts auf dem Schoß gekrallt. Als der Schaffner durchkam, um das Fahrgeld zu kassieren, musste er mit dem silbernen Geldwechsler an dem Ledergurt klicken, ehe Trudis Vater ihn bemerkte und seine Brieftasche hervorkramte.

An manchen Haltestellen sprangen Leute aus dem Wagen, ehe die Straßenbahn richtig stand. Frau Abramowitz hatte Trudi eingeschärft, das niemals zu tun. Es sei gefährlich, sagte sie. Ihre Tochter Ruth hatte sich ein Stück von einem Schneidezahn abgeschlagen, als sie aus der Straßenbahn gesprungen und ihr Bruder Albert, der im selben Moment absprang, auf sie gefallen war. Trudi fuhr sich über die Vorderzähne. Sie waren glatt und gleichmäßig. »Trudi hat gute Zähne«, hatte der Zahnarzt zu ihrer Mutter gesagt. Sie mochte Dr. Beck nicht. Aus seinen Nasenlöchern wuchsen krause Haare.

Daheim wollte ihr Vater mit niemandem reden. Er saß am Esszimmertisch. Seine Hände waren jetzt nicht mehr angespannt, sondern lagen so schlaff auf dem blanken Mahagoni, als hätten sie gar keine Knochen. Frau Weiler und Frau Abramowitz riefen den Bestattungsunternehmer, suchten einen Sarg und Blumen aus und schickten schwarz umrandete Todesanzeigen an Verwandte und Freunde.

Wenn ich wiederkomme, wird es zwischen uns besser werden.

Trudi hatte ihrer Mutter geglaubt.

Trudis Vater führte Trudi in den Raum hinten in der Friedhofskapelle, wo der Sarg aufgebaut war, aber als Trudi hineinschaute, musste sie lächeln: Die Frau sah ihrer Mutter nur ein bisschen ähnlich. Ihre Züge waren scharf und wächsern. Sie hatte ein weißes Kleid an und lag auf einem weißen Kopfkissen, mit einer weißen Decke bis zur Taille. Wie eine Braut, dachte Trudi. Die Hände der Braut lagen über Kreuz auf der Brust, und am Kopfende des Sarges standen drei brennende Kerzen in hohen Leuchtern.

Trudi lüpfte die Decke über den Beinen der Braut, aber ehe sie das linke Knie berühren und sich davon überzeugen konnte, dass keine Steinsplitter unter der Haut verborgen waren, zog ihr Vater sie zurück und glättete die Decke wieder. Wie konnte er die Frau da im Sarg für ihre Mutter halten?

Hatte er keine Augen im Kopf? Und wenn ihre Mutter nun nur so getan hatte, als sei sie gestorben, um aus der Anstalt herauszukommen, und wenn sie – nach irgendeinem ausgeklügelten Plan – eine bereits tote schwarzhaarige Braut an ihre Stelle gelegt hatte? Dann würde sie es Trudi bestimmt bald wissen lassen. Sie brauchte nur zu warten und in dem Hohlraum unterm Haus nachzusehen, und dort würde sie sein – den Duft von Erdbeerkäfern an den Fingern, würde sie »Panis Angelicus« oder »Agnus Dei« singen.

Früh am nächsten Morgen, ehe Herr Abramowitz nach Düsseldorf in seine Anwaltskanzlei fuhr, bat ihn Leo Montag, mit seiner Kamera in die Friedhofskapelle zu kommen, und am nächsten Tag setzte Frau Simon Trudi einen neuen schwarzen Hut mit einem Gummiband auf, während Herr Blau an den Knöpfen des schwarzen Mantels herumfummelte, den er für Trudi aus einer Jacke genäht hatte, aus der sein Sohn vor einem Vierteljahrhundert herausgewachsen war.

Kränze und Gestecke aus Rosen und Lilien bedeckten den Boden rings um das längliche Loch, in das der Sarg hinabgelassen wurde. Ein paar von den Kriegerwitwen hatten ihre Gießkannen mitgebracht, um die Blumen zu besprengen, damit sie nicht welkten. Fünf Nonnen aus dem Theresienheim standen reglos da, die Köpfe gesenkt, während ihre Finger ihre Rosenkränze entlangglitten. Von den Ahornbäumen trudelten zweiflüglige Samen in der Farbe von Knochen langsam durch die schwüle Luft.

Während die Burgdorfer einer nach dem anderen vortraten – die Frauen mit Hüten oder schwarzen, unterm Kinn verknoteten Tüchern, die Männer in schwarzen Anzügen und mit Hüten, um jeweils eine Handvoll Erde in das Grab zu werfen, behielten sie Trudi die ganze Zeit im Auge, bereit, sie zu trösten, falls sie weinen sollte, und als sie es nicht tat, waren sie verblüfft, sagten ihr aber, sie sei ein tapferes kleines Mädchen. Sie wussten nicht, dass ihre Haarwurzeln wehtaten und jeder Atemzug in ihrer Brust stecken blieb.

Leo Montag stand so starr da, als sei er in die Landschaft gemeißelt. Neben ihm stand einer seiner Kriegskameraden, Richter Spiecker. Obwohl der Richter nicht älter war als Leo, verströmte sein Körper einen Alteleutegeruch, der von tief drinnen kam und seinem Atem und seinem Schweiß anhaftete, obwohl er sich peinlich sauber hielt.

Schwalben und Tauben schaukelten in den Bäumen und Hecken, und der Veilchenduft von Frau Simons Parfüm überdeckte den Geruch der Blumen.

Als Herr Pastor Schüler sich bückte und unter seine Hosenaufschläge fasste, um sich zu kratzen, bemerkte Trudi, dass die Haut an seinen Beinen ganz gespannt war und so glatt, als hätte er schon sämtliche Haare abgekratzt. Weiße Puderschüppchen schwebten unter seinem Ornat hervor und setzten sich auf dem glänzend schwarzen Oberleder seiner Schuhe ab.

Trudi fragte sich, wo wohl das Grab mit der Hand war. Irgendwo im katholischen Teil des Friedhofs, so hatte sie mehrere Leute sagen hören, war das Grab einer Frau, die als Mädchen ihre Eltern geschlagen hatte. Zur Strafe und als Mahnung an andere Kinder – »Erhebt niemals die Hand gegen eure Eltern« – war ihre Hand, als sie siebzig Jahre später gestorben war, aus dem Grab herausgewachsen. Obwohl Trudi das Grab nie gefunden hatte, war sie sicher, dass es da war, dass die Hand zwischen den Stauden lauerte, zusammengerollt wie eine Knospe, bereit, sich zu einer Klaue zu entfalten, die einen packte, wenn man ihr zu nahe kam.

Ein Geisterwind hob den Saum von Frau Doktor Rosens Rock und rüttelte an den Gestecken und Kränzen, sodass sie – für einen Moment – auf das Loch zuzugleiten schienen. Eva Rosen und ihre beiden älteren Brüder standen neben ihrer Mutter, aber Herr Rosen war nicht mitgekommen. Er war aus einer reichen, alten Familie und verließ nur selten das Haus. Sobald die Sonne schien – selbst im Winter –, sah Trudi ihn in dem Liegestuhl auf seiner Veranda liegen, ein sanfter Mann mit Stirnglatze und rosa Haut, mit einer karierten Wolldecke zugedeckt. Manche Leute sagten, er sei ziemlich krank; andere behaupteten, ihm fehle nichts; aber alle fragten sich, warum Frau Doktor Rosen nicht in der Lage war, ihren Mann gesund zu machen.

Als der Pastor Weihwasser in das Grab sprengte, hakte Trudi einen Finger unter das Kinngummiband und ließ es immer wieder schnipsen, bis sie nichts mehr fühlte als diesen brennenden Schmerz.

»Tu dir nicht weh«, sagte der Tierpräparator und umfasste Trudis Hand mit seinen warmen Fingern.

Bei Trudi zu Hause dankte Frau Blau, als wollte sie Leo Montags Schweigen wettmachen, dem Richter für sein Kommen. »Wir fühlen uns sehr geehrt«, sagte sie. Das war ihre Art, anzuerkennen, dass der Richter einer gehobeneren Schicht angehörte als die meisten anderen Gäste. Sie schnitt für Frau Doktor Rosen und ihre Kinder Streuselkuchen ab und ermahnte Trudi: »Hände waschen vor dem Essen.« Als sie auf ihr frisch gebügeltes Taschentuch spuckte, um ihr das Gesicht abzuwischen, entwand sich Trudi ihrem Griff.

Auf den Tischen stand eine noch größere Auswahl an Köstlichkeiten als bei der Beerdigung ihres Bruders, und Trudi nahm sich, was sie wollte: drei Stangen saftigen weißen Spargel, Blutwurst, Pflaumenkuchen, ein Brötchen, Tomatensalat und zwei Sorten Heringssalat – der eine rosa, weil Rote Bete daran war. Neue, bernsteinfarbene Fliegenfänger hingen in Spiralen über den Tischen, aber es klebten bereits etliche Fliegen daran. Trudi zählte elf Stück. Zwei zuckten noch mit den Beinen. Bei der Beerdigung ihres Bruders war es zu kalt für Fliegen gewesen.

Alle Gäste wollten mit ihr reden oder ihr übers Haar streichen, und sie fühlte sich wichtiger als je zuvor. Sie hatte sogar ein Geschenk bekommen – ein weißes Lämmchen aus echtem Fell, von Alexander Sturm, der die Spielzeugfabrik besaß. Er war erst vierzehn gewesen, als sein Vater im Krieg gefallen war, und er war vom Gymnasium abgegangen, um die Fabrik seines Vaters zu führen, die jetzt ihm und seiner älteren Schwester gehörte.

Emil Hesping bewegte sich durch die Räume, als forderte er seine verlorenen Rechte wieder zurück, und schenkte, als wäre er der Gastgeber, allen Moselwein aus grünen Flaschen ein, die er in einer Holzkiste hinten auf seinem Motorrad mitgebracht hatte.

Der Tierpräparator, Herr Heidenreich, half Herrn Hansen, zwei Schwarzwälder Kirschtorten aus seiner Bäckerei heranzuschaffen. Die Zigarre gegen einen Tellerrand gelehnt, schnitt der Tierpräparator das erste Stück Torte für Trudi heraus. Er hockte sich hin und reichte ihr den Teller. Seine Augen waren braun und freundlich. »Du hast wirklich Glück, dass du so schönes Haar hast, Trudi«, sagte er.

»So schönes Haar«, stimmte ihm der Bäcker bei und strich Trudi mit der Hand, an der ihm vom Krieg zwei Finger fehlten, über den Kopf.

Obwohl Trudi sich schlecht vorkam, weil sie die Aufmerksamkeit so sehr genoss, konnte sie doch nicht dagegen an. Es war etwas Aufregendes an dem Ganzen, etwas Neues, Unbekanntes. Aber immer, wenn sie an den geschlossenen Sarg dachte, fühlte sie etwas Kaltes durch ihren Körper zucken. Solange der Sarg offen gewesen war, hatte sie keinen Zweifel gehabt, dass die Frau darin nicht ihre Mutter war, aber als der Deckel erst einmal darauf gelegen hatte, war es schwerer gewesen, an dieser Überzeugung festzuhalten.

Sie ging an Herrn Immers vorbei, aber der Metzger sah sie gar nicht, da er und Herr Braunmeier so damit beschäftigt waren, über etwas zu klagen, was der Versailler Friedensvertrag hieß – ein Schandvertrag, sagten sie. Dann beschwerten sie sich über die Flüchtlinge, die anständigen Leuten das Essen wegaßen, so wie die Baums, die aus Schlesien geflohen waren und in Burgdorf ein Fahrradgeschäft eröffnet hatten.

»Diese Flüchtlinge haben keine Manieren, keine Werte.«

Herr Braunmeier zündete sich eine Zigarette an. Obwohl er der reichste Bauer im Ort war, stahl er Wörter, wenn er in die Leihbücherei kam. Er kaufte seinen Tabak und lungerte dann bei den hinteren Regalen herum, wo die Wildwestromane standen. Er überflog die Seiten der Neuerscheinungen, den mageren Körper fluchtbereit zur Tür hingedreht, und seine Schulterblätter standen hervor wie gestutzte Flügel.

»Sie glauben, sie können sich einfach hier niederlassen, und wir gehen hin und kaufen diese Fahrräder wie Schweinekoteletts«, sagte Herr Immers.

Da der Ort sein eigenes kompliziertes Klassensystem hatte – mit starren Barrieren, die sich auf Wohlstand, Bildung, Familiengeschichte und andere subtile Kriterien gründeten –, schlossen sich die Leute gegen Neuankömmlinge zusammen. Aber oft rang die Neugier mit dem Vorurteil, und viele von ihnen hatten durch die Scheibe zugesehen, wie der untersetzte Herr Baum die vier Räder in seinem Schaufenster arrangierte. Obwohl die Fahrräder bereits glänzten, polierte er sie immer wieder mit einem öligen Lappen. Hinter dem Schaufenster, im Ladenraum, stand seine Frau, zart und stumm. Auf jeder Hüfte hielt sie ein Kind. »Zwillinge«, sagte jemand in der Menge, obwohl der Junge größer war als das Mädchen. Beide hatten Rotznasen und waren ungefähr so alt wie Trudi, viel zu schwer, um noch getragen zu werden.

Trudi spazierte in die Diele, wo der Kleiderständer dick mit schwarzen Sommermänteln und Jacken bepackt war. Sie schlüpfte darunter hindurch, aber als ihre Finger die Stoffschichten teilten, stießen sie auf etwas, das sich viel fester anfühlte – ein Ärmel mit einem Arm darin.

»Was ist das?« Eine Männerstimme.

Ein gedämpftes Frauenlachen und Rosenparfüm.

Trudi tauchte hinter dem Kleiderständer auf, wo sich die Bäckersfrau und Herr Buttgereit küssten. Sie fuhren so rasch auseinander, dass sie ein berauschendes Machtgefühl spürte, weil sie sich sicher war, dass sie etwas gesehen hatte, was niemand wissen sollte.

Herr Buttgereit sah sie blinzelnd an. »Du sollst nicht so herumschleichen, Mädchen.«

»Mach ihr keine Angst«, sagte Frau Hansen. »Wir haben meine Brille gesucht, Trudi. Hast du meine Brille gesehen?«

Trudi schüttelte den Kopf und drückte sich rückwärts davon. An der Küchentür blieb sie stehen. Die Frauen tuschelten über ihre Mutter; sie waren sich einig, dass bei Gertrud Montag immer schon alles ein bisschen überzogen gewesen war – nicht nur, dass sie so leicht gelacht und geweint hatte, nein, auch ihre Großzügigkeit. Frau Simon benutzte das Wort »Stil«. Frau Simon war eine überschwängliche Frau mit wunderschönen Fesseln und rotem Haar, das sie oben auf ihrem Kopf zu unruhigen Locken türmte. Wenn jemand etwas von Stil verstand, dann war es Frau Simon – schließlich redete sie die ganze Zeit davon, und sie machte die elegantesten Hüte in der ganzen Gegend. Selbst aus Oberkassel und Krefeld kamen Frauen in ihr Geschäft im Erdgeschoss des Wohnhauses an der Barbarossastraße, das sie von ihrem eigenen Erwirtschafteten gekauft hatte. Die Leute redeten über sie, weil sie geschieden war und Diskussionen führte wie ein Mann, aber alle waren sich einig, dass sie ein Gespür für Mode hatte und dass sie – obwohl jeder wusste, dass Juden einem alles aufschwatzen konnten – nie einer Frau einen Hut verkaufte, wenn er ihr nicht stand.

Trudi merkte, dass die Frauen zu Frau Simon anders waren; sie beneideten sie um ihre direkte Art; sie versuchten, sie dazu zu bekommen, dass sie ihnen schmeichelte, aber sie nahmen sie nicht in ihren Kreis auf. So waren sie auch zu Frau Doktor Rosen; sie respektierten sie und konsultierten sie bei den Krankheiten, die die Nonnen im Theresienheim nicht heilen konnten, aber Freundschaft brachten sie ihr nicht entgegen.

»Gertrud Montag hatte immer Stil«, sagte Frau Simon.

Frau Buttgereit fragte sich laut, warum sie dann bereit gewesen war, Leo Montag zu heiraten. Krampfadern wellten ihre Stützstrümpfe, und ihr Bauch war so dick, dass sie ihn im Stehen mit den verschränkten Händen stützte.

»Wegen seiner Augen.« Frau Blau seufzte und nahm einen langen Zug aus ihrer Zigarette. »Leo Montag sieht einen mit seinen wundervollen Augen an, und schon folgt man ihm überallhin.«

Frau Simon lachte. »In Ihrem Alter?«

»In jedem Alter.«

»Leo ist ein Heiliger, dass er sich die letzten fünf Jahre so um Gertrud gekümmert hat«, erklärte Frau Weiler. »Ein Heiliger und ...«

»Ich weiß einen Witz von einem Heiligen«, verkündete Trudi.

Die Gesichter der Frauen fuhren zu ihr herum.

»Einen Witz?« Frau Weiler schien verlegen. »Das ist nicht gerade der Augenblick zum Witzeerzählen.« Ihr schwarzes Kopftuch war noch immer über ihr krauses, in der Mitte gescheiteltes Haar gebunden. Niemand im Ort konnte sich erinnern, ihren Kopf schon einmal ganz gesehen zu haben, da sie immer Kopftücher trug, aus denen nur die vorderen Haare hervorschauten.

»Ich möchte den Witz gern hören, Kindchen.« Frau Abramowitz kniete sich vor Trudi hin und küsste sie auf die Stirn. Der Kragen ihrer schwarzen Jacke war aus Füchsen – mit kleinen Krallen und Köpfen, deren spitze Schnauzen sich zwischen ihren Brüsten trafen.

Trudi schlang ihr beide Arme um den Hals und drückte sie fest. Der Fuchspelz kitzelte sie am Kinn. Sie wünschte, sie könnte Frau Abramowitz bei ihrem Vornamen nennen – Ilse, was so viel hübscher war als Abramowitz –, aber Kinder mussten Erwachsene mit dem Nachnamen und mit Sie ansprechen. Nur Kinder wurden von allen mit Vornamen und Du angeredet. Das war etwas Gutes am Kindsein. Viele Erwachsene nannten einander ihr Leben lang beim Nachnamen, und wenn sie sich einigten, sich mit Vornamen anzureden, mussten sie erst mit eingehakten Armen Bier oder Schnaps trinken, um Duzbrüderschaft zu schließen.

»Also los, Trudi«, sagte Frau Abramowitz. »Erzähl uns deinen Witz.«

»Es geht um St. Petrus.« Trudi strengte sich an, sich genau an die Reihenfolge des Witzes zu erinnern, den Emil Hesping im vorigen Monat ihrem Vater erzählt hatte, als er mit der Neuigkeit in die Leihbücherei gekommen war, dass er zum Leiter eines zweiten Turnvereins in Düsseldorf befördert worden war. Der Verein war größer als der von Burgdorf und unterstand demselben Mann, der mit Emil darüber gesprochen hatte, dass er noch andere Vereine eröffnen wolle, in Städten, die so weit weg waren wie Köln oder Hamburg.

»Der Witz fängt mit der Jungfrau Maria an«, sagte Trudi. »Sie will für drei Wochen auf die Erde. Sie muss St. Petrus versprechen, dass sie jede Woche schreibt … In der ersten Woche schreibt sie, dass sie drei Kirchen und zwei Museen angeguckt hat. Sie unterschreibt den Brief mit Jungfrau Maria …«

Frau Doktor Rosen, die gerade in die Küche gekommen war, zog eine ihrer eleganten Augenbrauen hoch. Eva hielt sich am Gürtel ihrer Mutter fest, die dunklen Augen wachsam. Trudi hatte sie schon oft gesehen – sie sah aus wie ihre Mutter, mit denselben schmalen Handgelenken und dunklen Locken –, aber sie hatte noch nie mit ihr geredet oder so dicht bei ihr gestanden. Wenn sie jetzt einen Wunsch frei gehabt hätte, hätte sie sich gewünscht, so groß zu sein wie Eva.

Trudi sah Eva an. »Im zweiten Brief«, erklärte sie ihr, »steht drin: ›Lieber Petrus, ich bin mit dem Zug und mit einer Fähre gefahren.‹ Sie unterschreibt den Brief wieder mit Jungfrau Maria. Aber im dritten Brief –« Sie hielt inne und hoffte, dass sie den Witz richtig hinbekam, damit Eva genauso lachen würde, wie ihr Vater und Emil Hesping gelacht hatten. Daran harte sie gemerkt, dass es ein guter Witz war, obwohl sie nicht verstanden hatte, was daran so komisch war.

»Im dritten Brief steht: ›Lieber Petrus, ich war in einer Schenke und habe mit einem Seemann getanzt.‹ Unterschrieben ist er mit ›Maria‹.« Sie wartete auf das Gelächter, aber der einzige Laut war ein abruptes Husten von Frau Weiler. Es war still in der Küche. Zu still. Hatte sie einen Teil des Witzes vergessen? Nein – irgendwas stimmte nicht. Sie hatte etwas Schlimmes getan. Es war heiß im Haus, und die Luft war blau von Tabaksqualm, obwohl die Fenster offen waren.

Frau Immers verscheuchte eine Fliege vom Kompott. »Ich sehe mal nach dem Kartoffelsalat.«

»Ich kann Ihnen helfen«, erbot sich Frau Blau.

»Herr Hesping –«, sagte eine der Frauen.

Sie sahen alle zur Tür, wo Emil Hesping in einem nagelneuen Anzug stand. Die Falten vorn an seinen schwarzen Hosen waren messerscharf gebügelt, und seine Perlmuttmanschettenknöpfe schimmerten. Er sah aus wie ein Bräutigam – nur dass alle wussten, dass er jemand war, der immer darüber witzelte, wenn andere heirateten, und dass er gegen das sechste Gebot verstieß, obwohl sein Bruder Bischof war.

Er hob Trudi hoch. Seine Lippen lächelten zwar, aber Trudi konnte sehen, dass er geweint hatte, weil seine Augen rot waren. »Ich werde dir einen Witz erzählen, den kleine Mädchen weitererzählen können. Hör zu. Du auch, Eva.« Er nahm Evas Hand. »Also, da ist ein Lehrer, der hat einen Hund, Schatzi, und er will nicht, dass Schatzi auf dem Sofa schläft, aber immer, wenn er in die Schule muss, springt Schatzi aufs Sofa und schläft den ganzen Tag dort. Wenn der Lehrer heimkommt, liegt sie auf dem Fußboden. Aber er merkt es trotzdem. Wisst ihr, woran?«

Die meisten Frauen beschäftigten sich damit, sich neue Zigaretten anzuzünden oder Töpfe auf der flachen Herdplatte herumzuschieben, aber sie bewegten sich langsam und geräuschlos, damit ihnen kein Wort entging.

»Ich weiß nicht.« Eva Rosen sah Trudi an und schnitt eine Grimasse, indem sie die Nase krauszog. Als Trudi grinste und ebenfalls die Nase krauste, lachte Eva.

»Tja – der Lehrer merkt es«, sagt Emil Hesping, »weil das Sofa noch warm ist. Also schimpft er Schatzi aus – Lehrer sind sehr gut im Schimpfen, das werdet ihr merken, wenn ihr in die Schule kommt. Als er am nächsten Tag heimkommt, ist das Sofa wieder warm. Er verhaut den Hund, und als er am nächsten Abend das Sofa anfasst, ist es nicht warm. Er denkt, jetzt hat er Schatzi endlich richtig dressiert. Aber eines Tages kommt er fünf Minuten eher heim, und ratet mal, was er sieht. Da steht Schatzi auf dem Sofa, und was macht sie?« Er spitzte den Mund und blies kurze Luftstöße aus, die Trudi am Kinn kitzelten. »Schatzi pustet auf das Sofa, um es abzukühlen.«

Ein paar Frauen lachten höflich. Trudi fand, dass es ein langweiliger Witz war. Sie merkte, dass Emil Hesping ihn auch langweilig fand, weil er ihr zuzwinkerte. Es war ein Geheimnis zwischen ihnen, dass er den Witz von der Jungfrau Maria auch viel besser fand. Aber dann zwinkerte er Frau Simon ebenfalls zu, und jetzt geschah etwas Seltsames: Frau Simons Hals wurde immer länger, und ihr Gesicht wurde so rot wie ihr Haar.

Als Eva hinausschlüpfte, folgte ihr Trudi. Sie wanderten durch die Zimmer, wo dicke Rauchschwaden unter der Decke hingen. Die Leute hörten auf zu reden, wenn die Mädchen näher kamen; sie sahen Trudi an und sagten ihr wieder, wie tapfer sie sei. Ihr Vater lehnte an der Seite des Klaviers mit reglosem Gesicht und leeren Augen. Trudi fiel wieder ein, was Frau Blau über seine Augen gesagt hatte – wundervoll, hatte sie sie genannt –, aber sie waren ganz gewöhnlich, grau mit blauen Sprenkeln, und sie sahen sie gar nicht, nicht einmal, als sie auf den Klavierhocker kletterte. Als sie die erste Klaviertaste drückte, klang es lauter denn je zuvor.

Herr Hesping ging mit zwei kleinen Gläsern und einer Flasche Schnaps zu ihrem Vater. Er füllte beide Gläser, reichte eines ihrem Vater und stieß mit ihm an. Sie nickten sich mit grimmigen Gesichtern zu und kippten – genau im selben Moment – die klare Flüssigkeit hinunter.

Trudis Vater schüttelte sich, als erwachte er aus einem langen Traum.

»So«, sagte Emil Hesping und umfasste seine Schulter. »So.«

Sie standen halb umarmt da wie Tänzer, die straffen Turnerkörper von den Beerdigungsanzügen verhüllt, und rührten sich nicht, bis Leo Montag sein Glas wieder vorstreckte.

Trudi drückte all die erhabenen schwarzen Tasten, dann die weißen. Alexander Sturm trat neben Eva und beugte sich herunter, als sie etwas zu ihm sagte. Es hieß, als Alexander die Fabrik seines Vaters übernommen habe, habe er sich über Nacht aus einem Knaben in einen Mann verwandelt: Seine Stimme war tief geworden und der Bartwuchs auf seiner Oberlippe kräftig, zum Neid der anderen Jungen, deren Flaumbärtchen aussahen wie verschmierter Dreck.

Trudi breitete die Arme aus, so weit sie konnte, zog die Zeigefinger von beiden Enden der Tastatur zur Mitte hin und ertränkte die Stimmen ringsherum in einem berauschenden Crescendo, das sie alles vergessen ließ, bis Frau Abramowitz sie vom Hocker hob und in ihr Haus drüben auf der anderen Straßenseite trug. »Es ist wichtig, niemals die Würde zu verlieren«, erklärte ihr Frau Abramowitz.

Aus ihrer luftigen Höhe schaffte es Trudi, mit der Hand über den schmalen Kasten am rechten Türpfosten des Abramowitz'schen Hauses zu streifen, so, wie sie es Herrn Abramowitz hatte tun sehen. In das Holzkästchen waren kleine Symbole und Blumen geschnitzt. Von ihrem Vater wusste Trudi, dass dieses Kästchen Mesusa hieß und dass sich darin eine Schriftrolle mit einem Gebet befand, das Schema genannt wurde. »Es bedeutet, dass Gott das Haus beschützt«, hatte er gesagt.

Frau Abramowitz öffnete die Bogentür und setzte Trudi auf dem Perserteppich ab, der auf dem Parkett in der Diele lag. Die Fenster im Wohnzimmer waren offen, aber die Damastvorhänge waren zu schwer, um sich in dem leichten Wind zu bewegen. Trudi konnte die Löwenmäulchen und die lila Geranien in den Blumenkästen vor den Fenstern sehen. Frau Abramowitz hatte sogar einen Gemüsegarten, obwohl sie es sich leisten konnte, alles zu kaufen, was sie wollte, und Rotkohl, Bohnen und Kohlrabi oft an die Nachbarn verschenkte.

Sie hatte auch ein Klavier, einen weißen Stutzflügel. Der Deckel war zu, und darauf standen zwei silberne Kerzenleuchter und mehrere Reihen Silberrähmchen mit Bildern ihrer Kinder in verschiedenen Altersstufen. Auf der Klavierbank lag ein Arztroman, das letzte Buch, das sich Frau Abramowitz, immer noch im Tausch gegen den Spiegel, ausgeliehen hatte. Aus ihrem verschlossenen Glasschrank nahm sie ein Album mit Fotos von Elefanten und Palästen, die ihr Mann aufgenommen hatte. Trudi durfte umblättern, Frau Abramowitz erzählte ihr von ihren Reisen in exotische Weltgegenden, und ihre Stimme wurde so leise, dass Trudi das Schlucken unterdrücken musste, um sie noch verstehen zu können.

Als Trudi müde wurde, breitete Frau Abramowitz einen großen Schal über sie und wiegte sie in den Armen. Sie fühlte sich diesem Mädchen mit dem kurzen, dicken Körper viel näher als ihren eigenen Kindern. Tüchtig, selbstständig und debattierfreudig – »Denken lernt man, indem man Dinge infrage stellt«, lautete die Devise ihres Vaters –, hatten Ruth und Albert ihre mütterlichen Zärtlichkeiten schon früh als peinlich zurückgewiesen. Obwohl ihr Körper sich immer noch danach sehnte, sie zu umarmen, hatten sie vergessen, wie gern sie ihre Arme um sich gespürt hatten, als sie klein gewesen waren. Sie hatten sich dafür entschieden, auf Internatsschulen in Bonn und Köln zu gehen, und wenn sie zu Besuch kamen, fiel es ihnen leichter, mit ihrem Vater zusammen zu sein, der ganz in seiner Anwaltspraxis und seiner radikalen Politik aufging. Er begriff sich als Kommunist und war den Unabhängigen Sozialdemokraten beigetreten. Wenn er seine Kinder für ein weiteres Foto posieren ließ, um ihre Entwicklung festzuhalten, wehrten sie sich nicht, wie sie sich gegen die Küsse ihrer Mutter wehrten, weil die Distanz durch die Kamera sie beruhigte.

Durch die halb geschlossenen Lider sah Trudi das Frühnachmittagslicht auf die Rosen in der Kristallvase und Herrn Abramowitz' Pfeifenständer fallen; es ließ das Holz an der unteren Hälfte der Wände honigfarben leuchten und die feinen Fältchen in dem lieben Gesicht über ihr sichtbar werden; es trug den schrillen Schrei eines Hahns heran und die Stimmen der aufbrechenden Gäste drüben auf der anderen Straßenseite.

Als Trudi eingeschlafen war, hielt Frau Abramowitz sie noch lange in den Armen. Sie gelobte sich, Trudi ordentliche Manieren beizubringen, jetzt, da die Kleine keine Mutter mehr hatte. Es gab ja nicht einmal eine Großmutter im Haus. Es war einfach zu viel für einen alleinstehenden Mann. Nicht, als wäre Leo Montag nicht der liebevollste Vater der Welt ... Oder Ehemann, dachte sie. Oder Ehemann. Und ihr Gesicht begann zu glühen.

In der Woche nach der Beerdigung war Trudis vierter Geburtstag, und ihr Vater fuhr mit ihr in der Straßenbahn nach Oberkassel, wo gleich bei der Rheinbrücke, die nach Düsseldorf führte, ein Feuerwerk Himmel und Fluss mit allen möglichen Farben übergoss. Trompeten und Trommeln spielten schnell und laut. Wie tausend andere Leute breitete Trudis Vater eine Decke auf dem Gras aus. Als die Luft kühl wurde, zog er seine Wollweste aus und streifte sie Trudi über den Kopf, sodass sie ihr von den Schultern hing, länger als ihr Kleid, und sie der wunderbare Geruch von Tabak und Büchern einhüllte, als ihr Vater sie in die Luft hob, empor zu dem roten, grünen und gelben Sternenregen, der in den Himmel schoss und sich hoch über ihnen ergoss – wie durch ein Wunder, ohne auf sie herunterzufallen –, und obwohl ihr Vater ihr erklärt hatte, dass das Feuerwerk zu Ehren des neuen Opernhauses stattfand, war Trudi doch ganz sicher, dass alle diese Menschen ihren Geburtstag mit ihr feierten, und sie fühlte eine leise Traurigkeit, weil bestimmt kein Geburtstag mehr so sein konnte wie dieser.

Am nächsten Tag pflasterte ihr Vater die Wände seines Schlafzimmers mit Fotos von der fremden Frau im Sarg. Jemand hatte eine lange Lilie unter die gekreuzten Handgelenke der Braut gesteckt, und die weiße Blüte lag an der Rundung ihres Kinns. Die Flammen der drei Kerzen waren milchig – noch weißer als das Gesicht der Braut. Trudi begann zu beten, dass ihre Mutter zurückkäme. Sie brauchte dafür kein Extragebet neben ihren üblichen Gebeten zu sagen, weil es alles mit ihrer Körpergröße zusammenhing. Sobald sich ihr Körper streckte, würde es ihrer Mutter wieder gut gehen. Sie blieb nur bis dahin weg – damit niemand sie wieder in Grafenberg einsperren konnte. Eines Tages, das wusste Trudi, würde sie die vertrauten

Schritte ihrer Mutter im Nähzimmer hören. Sie würde die Treppe hinaufrennen. Die Tür würde aufgehen, und ihre Mutter würde am Fenster stehen. Sie würde sich umdrehen und sie anschauen. »Oh, ... Trudi, wie groß
du bist«, würde sie sagen.

Aber bis dahin musste Trudi jeden neuen Tag ohne ihre Mutter überstehen, musste sie gegen die Gewohnheit ankämpfen, die bewirkte, dass sie
nach oben rennen wollte, sobald sie aufwachte. Ihre Mutter nicht erreichen
zu können – das stürzte sie in bodenlose Panik, die auch Gebete nicht lindern konnten, eine Panik, die sie in den Kleiderschrank ihrer Mutter klettern ließ, einfach nur, um die Sehnsucht abzustellen. Reglos zwischen den
Kleiderbügeln stehend, spürte sie die seidenen Stoffe an ihrem Gesicht, roch
den frischen Geruch der Rheinwiesen im Frühsommer und fühlte sich von
der freudigen Gewissheit durchdrungen, dass ihre Mutter bald wiederkommen würde. Wenn sie wieder aus dem Schrank hervorkam, lächelte sie den
Fotos der toten Braut zu, die als Einzige mit ihr das Geheimnis teilte, dass
ihre Mutter noch lebte.

»*Oh, ... Trudi, wie groß du hist.*«

Es musste doch eine Pille geben, die einen schneller wachsen ließ. Frau
Doktor Rosen wusste bestimmt etwas. Eines Morgens, als ihr Vater gerade
mit einer Kundin beschäftigt war, schlüpfte Trudi aus dem Haus, überquerte
die Schreberstraße und marschierte über den Kirchplatz, zu dem Haus der
Ärztin. Anders als die meisten Häuser in Burgdorf stand dieses – das vor
fünfhundert Jahren ein Kloster gewesen war – nicht dicht neben den Nach-
barhäusern, sondern in einem geschützten Garten, hinter einem niedrigen
Backsteinmäuerchen mit einem schmiedeeisernen Tor. Auf der Veranda im
ersten Stock lag der Ehemann der Ärztin in seinem Liegestuhl, das runde
Gesicht dem Himmel entgegengereckt. Orangerote Blumen in der Form
chinesischer Lampions wuchsen neben der Eingangstreppe.

Die Tür war verschlossen, aber als Trudi auf die eingelassene Klingel
drückte und immer weiter klopfte, machte Frau Doktor Rosen auf.

»Ich will eine Pille, damit ich wachse.«

Die Hand der Ärztin griff an die silberne Schmucknadel, mit der ihr weißer Kittel zugesteckt war. »Verstehe. Weiß dein Vater, dass du hier bist?«

Trudi schüttelte den Kopf.

»Komm doch rein.«

Trudi folgte der Ärztin durch das Wohnzimmer in ihr längliches Sprechzimmer, das zum Garten hin lag, wo der Goldfischteich und der Hühnerstall waren. An den Wänden zogen sich Regale mit Papieren und trüben Flaschen bis unter die hohe Decke hinauf.

»Setz dich da drüben hin.« Die Ärztin zeigte auf einen Ledersessel, ging um ihren Schreibtisch herum, setzte sich hin und begann, sich eine Zigarette zu drehen, wobei ihre eleganten Finger die Tabakfäden so unbeholfen in das dünne Papier wickelten, dass Trudi es viel schneller gekonnt hätte. Sie hatte es gelernt, indem sie ihrem Vater zugesehen hatte. Manchmal ließ er sie eine ganze Kiste Zigaretten für die Kunden drehen, die lieber fertige wollten.

»Weißt du«, sagte die Ärztin, »es gibt keine Pille, von der man wächst ...«

Acht Stifte lagen auf ihrem Schreibtisch, und Trudi zählte diese Stifte immer wieder, während die sanfte Stimme der Ärztin erklärte, dass es Menschen gebe, die Zwerge seien, und dass Trudi einer von diesen Menschen sei. Trudi zählte im Stillen – eins, zwei, drei, vier, fünf, sechs, sieben, acht. Eins, zwei, drei – Sie lachte und schüttelte den Kopf. Zwerge kamen im Märchen vor, zusammen mit Drachen und Elfen und Zauberwäldern. Sie kannte die Geschichte von Schneewittchen. Sie hatte sogar auf ihren Bilderklötzchen ein Bild von den sieben Zwergen, die Schneewittchen vor der bösen Stiefmutter gerettet hatten – eins, zwei, drei, vier, fünf, sechs, sieben. Sieben Zwerge. Aber acht Stifte. Eins, zwei, drei, vier – sie wusste, dass sie nicht aussah wie die Zwerge in Schneewittchen. Zwerge waren Männer, rundliche, kleine Männer mit dicken Bäuchen und lustigen Zipfelmützen, die aussahen wie Eierwärmer.

»Es gibt kein Zwergenmädchen bei Schneewittchen«, erinnerte sie Frau Doktor Rosen.

Die Ärztin zündete sich ihre Zigarette an und sagte, das stimme. Sie sah so traurig aus, und Trudi wollte sie beruhigen, ihr erklären, dass das, was in ihr zu wachsen aufgehört hatte – was immer das war –, nur eine Pause machte und bald wieder weiterwachsen würde, dass es nur darum ging, herauszufinden, was es wieder in Gang bringen würde. Aber sie wusste nicht, wie sie das der Frau Doktor sagen sollte, da sich die Zahl der Stifte und die Zahl der Zwerge die ganze Zeit in ihrem Kopf vermengten, und sie wusste, wenn sie etwas sagte, würde es nur ein Durcheinander von Zahlen sein.

3

1919–1920

Sie beschloss, ihren Körper zu strecken, indem sie sich mit den Beinen an die Eisenstange hinter den Häusern hängte, wo Frau Blau jeden Freitag ihren Teppich ausklopfte; aber davon wurde ihr Kopf so heiß und schwer, dass sie es lassen musste. Also zerrte sie stattdessen den Küchentisch in die Tür zum Wohnzimmer, kletterte darauf und hängte sich mit den Fingern an den Türrahmen, bis ihr die Arme und Schultern wehtaten. Allmählich hielt sie es länger aus. Manchmal träumte sie nachts, dass sie wuchs, und in diesen Träumen empfand sie ein intensives Glücksgefühl, das in Sekundenschnelle verflog, wenn sie in ihrem unveränderten Körper erwachte.

Eines Nachmittags, als sie gerade am Türrahmen hing, kam ihr Vater aus der Leihbücherei in die Küche, um sich eine Tasse russischen Tee zu machen. Er bemerkte sie nicht, bis er sich ein wenig von dem starken Gebräu eingegossen hatte, das er sich jeden Morgen bereitete, und es mit heißem Wasser so verdünnt hatte, wie es ihm schmeckte. Die Tasse in der Hand, wandte er sich zum Gehen.

Da sah er sie. »Was machst du da?«

Er stellte die Tasse ab. »Wachsen.«

Um seinen Mund legte sich dieser plötzliche Ausdruck von Schmerz – derselbe, wie wenn sein Knie unter ihm wegknickte. »Das brauchst du nicht.« Seine Stimme war heiser, und plötzlich wusste sie, dass Frau Doktor Rosen ihm von ihrem Besuch erzählt hatte.

»Ich höre auf, wenn ich groß bin.«

»Nicht jeder muss groß sein.«

»Ich schon.«

Er öffnete die Lippen, als wollte er ihr sagen, dass sie herunterkommen solle, aber er stand nur da, sah sie an und strich sich übers Gesicht. »Sei vorsichtig, Trudi.«

Sie spürte, dass er nicht die Sorte Vorsicht meinte, die einen davor schützte, sich wehzutun, sondern dass es um eine viel grundlegendere Gefahr ging. »Ich fall nicht runter. Schau.« Sie schwang die Beine vor und zurück. »Siehst du, was ich kann?«

Er fasste sie um die Taille und hob sie herunter.

»Nein.« Sie wand sich aus seinen Armen und stampfte mit dem Fuß auf. »Nein.«

»Komm«, sagte er. »Ich brauche da draußen deine Hilfe.« Er bat sie, seine Teetasse nach hinten in den Garten zu tragen, wo er die trockene Erde harkte. Während seine langen Arme den Rechen zu seinem Körper hinzogen, trat er schrittweise zurück in Richtung der Wiese, die sich bis an den Bach erstreckte. Sein Haar war gestern vom Friseur ganz kurz geschnitten worden, und die hellen Kringellocken lagen an seiner Kopfhaut wie das Fell von Trudis Spielzeuglämmchen.

»Es geht nicht ums Runterfallen«, sagte er. »Wir fallen alle manchmal auf die Nase.«

Ihre Augen verfolgten, wie die Bambuszähne des Rechens den Unrat erfassten und feine, gleichmäßige Erdriffeln hinterließen.

»Du bist völlig in Ordnung, so, wie du bist«, sagte er, als wollte er es sich selbst einreden.

Sie schluckte hart und krallte die Finger um die Tasse. Er hatte sie noch nie angelogen.

Von diesem Tag an hängte sie sich nur noch an den Türrahmen ihres Schlafzimmers oben im ersten Stock, und sie passte auf, dass sie rechtzeitig heruntersprang, wenn sie ihren Vater kommen hörte. Ihre Arme wurden kräftiger, und sie war stolz darauf, dass sie immer schwerere Bücherstapel vom Ladentisch zu den Regalen tragen konnte, wenn sie ihrem Vater beim Einsortieren half. Bald würden ihre Beine so lang sein, dass sie auf einem eigenen Fahrrad mit ihrem Vater zum Friedhof oder zum Fluss fahren konnte, statt zwischen seinen Armen auf dem Ledersattel zu sitzen, den er vorn auf der Stange festgeschraubt hatte und der genauso geformt war wie seiner, nur kleiner.

Sie half ihm gern beim Abtrocknen, nachdem er das Geschirr in zwei Blechschüsseln gespült hatte: eine mit Wasser, das er auf dem Küchenherd heiß gemacht hatte, die andere mit kaltem Wasser zum Abspülen der Seifenlauge. Danach nahm er sie auf den Schoß und las ihr aus den ganz besonderen Büchern vor, die er nicht an Kunden verlieh, Büchern von Stefan Zweig und Heinrich Mann und Arthur Schnitzler, die er in Regalen mit Glastüren im Wohnzimmer aufbewahrte. Auch wenn Trudi nicht viel von dem verstand, was ihr Vater ihr vorlas, hörte sie genau zu und blätterte für ihn um.

Manche dieser Bücher waren in Leder gebunden und fühlten sich kostbar an. Es störte Trudi, wenn ihr Vater sie mit auf die Toilette nahm. Er blieb immer so lang dort drinnen, rauchte und las, und wenn sie musste, nachdem er wieder draußen war, hielt sie das Pipi zurück, weil die Luft dort drinnen dick von Zigarettenqualm und Klogestank war.

Abends versuchte sie, so lange aufzubleiben, wie ihr Vater es zuließ, und ihn dazu zu bringen, ihr noch eine Geschichte vorzulesen, wenn er ihr erklärt hatte, jetzt sei Schlafenszeit, oder auf seine Knie zu klettern, sich den Kamm aus seiner Brusttasche zu schnappen und ihn ihm in die Hand zu drücken, damit er ihr Haar kämmte. Sie fürchtete sich vor dem leeren Nähzimmer oben über ihrem Zimmer, weil es mit jeder Nacht größer wurde und seine Leere das ganze Haus zu verschlingen drohte. Nur die Anwesenheit ihrer Mutter hätte der Ausdehnung dieser Leere ein Ende machen können. Noch im Alter sollte Trudi das Bild verfolgen, wie sie als kleines Mädchen vor der Tür stand, hinter der ihre Mutter eingesperrt gewesen war, und auf ihr Klopfen keine Antwort erhielt. Sie würde immer wieder die Szene vor sich sehen, wie ihr Vater sie sachte wegzog und sie mit Argumenten zu trösten versuchte, an die er selbst nicht zu glauben schien: »Deine Mutter hat einen friedlicheren Ort gefunden.« Und sie würde sich selbst sehen, wie sie den Abramowitz'schen Spiegel von seinem Haken im Nähzimmer nahm und nach unten ins Wohnzimmer trug, an dem Tag, als sie endlich begriff, dass sie ihre Mutter nicht mehr wiedersehen würde.

Doch mit vier war Trudi noch nicht zu dieser Einsicht gelangt – nicht einmal, als ihr Vater und Herr Hesping, der fast jeden Tag auf dem Weg zum Turnverein in Düsseldorf hereinkam, um sich seinen Tabak zu kaufen, das Samtsofa die zwei Treppen hinuntergetragen und beim rückwärtigen Wohnzimmerfenster aufgestellt hatten; nicht einmal, als Frau Blau ihrem

Vater geholfen hatte, den Kleiderschrank ihrer Mutter auszuräumen und alles der Kirche zu geben, für die Armen, bis auf zwei Seidentücher und ein Paar Wildlederhandschuhe, die Trudi unter ihrem Rock hatte verstecken können; nicht einmal, als sie nach der Messe auf dem Grab ihrer Mutter ein Kruzifix gefunden hatte, das seit dem Sonntag davor aus der fetten Erde gewachsen zu sein schien.

Ihr Vater sah auf das Kreuz, und seine Augen waren wie der Grund des Bachs hinter ihrem Haus. Das Kreuz hatte ein schmales Dach über der Dornenkrone des Christus und zu dessen Füßen zwei Täfelchen mit erhabenen Buchstaben: Auf dem einen standen der Name ihrer Mutter und zwei Daten – ihr Geburtsjahr, 1885, und das Jahr, in dem sie begraben worden war, 1919, das andere war für ihren Bruder, dessen Sterbedaten dasselbe war wie sein Geburtsdatum. Sein Name war Horst, und bis Trudi das Kreuz sah, hatte sie nicht gewusst, dass ihre Eltern ihm einen Namen gegeben hatten.

Sie hoffte, dass ihr Vater es noch geschafft hatte, ihren Bruder zu taufen, bevor er gestorben war. Wenn nicht, war er ein Heidenkind. Neben dem Weihwasserbecken in der Kirche stand eine Sammelbüchse, in die man Geld für die Heidenkinder stecken konnte. Vorn auf der Sammelbüchse war ein Bild von Jesus mit Kindern auf dem Schoß. Trudi fragte sich, wie das Geld wohl zu den Heidenkindern kommen konnte, wenn sie schon in der Vorhölle waren.

Heidenkinder, das wusste sie, konnten direkt bei einem im Ort wohnen oder in Afrika oder China. Solange Kinder nicht getauft waren, sagte der Priester, waren sie Heidenkinder. Evangelische Kinder waren Heidenkinder, obwohl ihre Haut weiß war. Jüdische Kinder waren wie evangelische Kinder, nur dass Juden in der Synagoge beteten und nicht an Jesus glaubten. Evangelen glaubten an Jesus, aber sie glaubten nicht die richtigen Sachen. Seit der Beerdigung ihres Bruders, so schien ihr, hatte sie dauernd von anderen Kindern gehört, die auch gestorben waren. Fast in jeder Familie gab es ein totes Kind. Die Buttgereits hatten drei. Die waren jetzt bei dem Jesuskind im Himmel.

Nur Katholiken konnten in den Himmel kommen, hatte Frau Buttgereit Trudi erklärt. Aber nicht, wenn sie gesündigt hatten. Für Sünden kam man ins Fegefeuer, das in der Mitte zwischen Himmel und Hölle war. Der Himmel war der Ort, wo Engel in weißen Gewändern um das Jesuskind herumschwebten, und die Hölle war da, wo Luzifer die Heiden folterte und die Katholiken, die gestorben waren, ohne vorher ihre Todsünden gebeichtet zu haben. Luzifer war einmal ein Engel gewesen, bevor er vom Himmel gefallen und zum Teufel geworden war. Im Fegefeuer war es heiß, aber nicht so heiß wie in der Hölle. Im Fegefeuer musste man bleiben, bis man für seine Sünden gebüßt hatte oder bis Leute auf der Erde – Katholiken natürlich – so viel für einen gebetet hatten, dass man erlöst wurde. So wie Frau Weiler, die jeden Abend acht Ave-Maria betete, damit ihre Mutter aus dem Fegefeuer erlöst wurde. In zwölf Jahren würde ihre Mutter, die als ganz alte Frau gestorben war, in den Himmel emporfahren. Ihr Stiefvater, sagte Frau Weiler, sei sowieso schon in der Hölle – es war sinnlos, wertvolle Gebete an ihn zu vergeuden.

Zwei Monate nach Gertrud Montags Beerdigung kam Leos Schwester Helene aus Amerika zu Besuch, zusammen mit ihrem Sohn Robert, der so alt war wie Trudi. Sie waren mit einem Ozeandampfer von New York nach Bremen gefahren, und an dem Nachmittag, als sie mit dem Zug in Burgdorf ankamen, regnete es so heftig, dass sie – mit ihren klatschnassen Kleidern und Haaren – genauso aussahen, wie Trudi sich Leute vorgestellt hatte, die von weit her übers Wasser angereist kamen.

Obwohl Robert viel größer und schwerer war als sie, sah er ihr im Gesicht so ähnlich, dass sie ihn – schon Minuten nach seiner Ankunft – vor den Spiegel ihrer Mutter zog und ihn dazu brachte, sich hinzuhocken, damit seine Schultern auf einer Höhe mit den ihren waren. Ernst starrten die beiden Kinder auf ihre Spiegelbilder: die kräftigen Montag'schen Kinne und Stirnen, das silberblonde Haar – auch wenn seins an den Schläfen klebte –, und einen Augenblick lang glaubte Trudi tatsächlich, dass sie gleich groß seien. Doch dann richtete sich Robert auf, und im Spiegel erschienen seine Jackenknöpfe.

Trudi trat einen Schritt zurück. »Ich werde hauptsächlich im nächsten Winter wachsen«, verkündete sie, und als Robert nickte, als überrasche ihn das kein bisschen, fügte sie hinzu: »In der Woche nach Weihnachten soll es losgehen.«

Robert hatte ihre Geschenke aus Amerika mitgebracht: einen roten Holzfisch auf Rädern, einen silbernen Eierbecher, Porzellangeschirr für ihre Puppen. Er sprach Englisch so gut wie Deutsch und lehrte sie, auf Englisch bis zehn zu zählen, während sie ihm den Text ihres Lieblingslieds »Alle Vögel sind schon da« beibrachte. Er fand jedes Lied rasch auf dem Klavier heraus, und sie sah gebannt zu, wie seine runden Finger über die schwarzen und weißen Tasten hüpften und die Töne zu Melodien verknüpften. In Amerika, so erzählte er ihr, habe er eine Klavierlehrerin, die immer dienstags und freitags zu ihm nach Hause komme.

»Ich will auch Klavierstunden«, erklärte Trudi ihrem Vater.

»Vielleicht, wenn ich es mir irgendwann leisten kann.«

Während Robert besonnen und anpassungsbereit war, war Trudi wagemutig, und sie übernahm rasch die Führung. Er folgte ihr überallhin – unters Haus, wo sie Erdbeerkäfer fingen und mit den Kartons spielten, in denen die Bücher geliefert wurden; auf das Jahrmarktsgelände und zur Bäckerei; ins Geschäft des Tierpräparators, Herrn Heidenreich, der sich so freute, dass er ihnen je ein Glasauge schenkte und sie das glänzende Fell des Cockerspaniels streicheln ließ, den er gerade ausstopfte; aufs Postamt, wo sie in der Schlange vor dem Schiebefenster warteten, um Marken für die Briefe zu kaufen, die Roberts Mutter nach Amerika schickte.

Mit ihren vierzig Jahren wurde Helene Blau immer noch leicht rot, und sie ging mit den linkischen Bewegungen eines jungen Mädchens, das zu schnell gewachsen ist und sich noch nicht an seine Größe und Schulterbreite gewöhnt hat; aber seltsamerweise war es ebendiese linkische Art, die sie jetzt jünger wirken ließ als andere Frauen ihres Alters. Sie war so blitzgescheit und wissbegierig, wie sie es als junges Mädchen gewesen war, und da ihr Bruder Leo zu den wenigen Leuten gehörte, in deren Gegenwart sie nicht schüchtern war, saß sie mit ihm in der Leihbücherei oder in dem braunen Wohnzimmer – das bei Tag noch dunkler wirkte –, und sie redeten stundenlang über ihre Kinder und über die Pfade ihres Lebens, die sie allein gehen mussten.

Leo schaffte es, ihr die Frage zu stellen, die ihn schon die ganze Zeit seit Gertruds Tod quälte – ob Gertrud wohl glücklicher gewesen wäre, wenn sie in der Großstadt gelebt hätte, wo sie geboren war.

»Das hätte sie dir gesagt«, sagte Helene.

»Vielleicht hätte ich sie in jedem Fall in die Stadt zurückbringen sollen.«

»Du warst gut für sie.«

»Meinst du?«

Seine Schwester nickte. »Gertrud war – ungewöhnlich.« Sie sah, wie seine Schultern sich spannten, und fuhr sanft fort: »Das habe ich immer an ihr gemocht – schon, als ihr beide noch Kinder wart.«

Sie überredete ihn, die Fotos seiner toten Frau herunterzunehmen, und für die Dauer ihres Besuchs steckte er sie zwischen die Seiten des Blumenbestimmungsbuchs, das er neben seinem Bett liegen hatte. Als sie ihm eine Waschfrau besorgte, die einmal in der Woche kam und im Keller die Kochwäsche machte, sahen Robert und Trudi zu, wie die Frau ein Feuer unter dem großen eingemauerten Kessel aufschichtete und die Seifenlauge mit dem hölzernen Waschlöffel umrührte.

Helene drängte Leo, wieder in den Schachklub zu gehen, dem er seit seiner Jugend angehörte, wo er aber seit Gertruds Krankheit nicht mehr gewesen war. Am zweiten Montagabend in der Zeit ihres Besuchs zog er seinen guten Anzug an und ging zum Haus der Stosicks, wo die Schachspieler von Burgdorf seit vier Generationen ihre Treffen abhielten und eine Sammlung von Hunderten von Schachbüchern zusammengetragen hatten, die alle berühmten Züge der Schachgeschichte enthielten. Obwohl Leo immer noch einer der besten Spieler im Ort war, vermittelte ihm das Schachspiel nicht dasselbe erregende Wettkampfgefühl, wie er es beim Turnen erlebt hatte: Beim Schach kämpfte man mehr mit sich selbst als mit einem Gegner.

Die Männer nahmen die Schachbretter aus dem Birkenholzschrank, setzten sich an lange Tische und spielten, und das Schweigen wurde nur vom Klacken der Schachuhren und dem knappen Warnruf »Schach« durchbrochen. Die weißen Tischtücher wellten sich von den Bewegungen der unruhigen Knie. Wenn es im Raum wärmer wurde, entledigten sich die Männer nach und nach ihrer Jacketts und saßen in ihren Hosenträgern da.

Vor lauter Begeisterung, dass noch ein Kind im Haus war, konnte Trudi es kaum erwarten, morgens aufzustehen. Sie zeigte Robert, wie man dem weißen Spielzeuglämmchen, das Alexander Sturm ihr geschenkt hatte, Taschentuchwindeln umband, und sie säugten es abwechselnd, indem sie sein wolliges Näschen gegen ihre Brustwarzen drückten. Am Bach balancierten sie auf einer Planke über das Wasser. Sie pflückten die letzten Gänseblümchen des Sommers und nahmen sie mit auf den Friedhof, wo sie sie in die spitze Vase auf dem Montag'schen Familiengrab steckten. Als sie nach dem Grab mit der herausgewachsenen Hand suchten, konnten sie es nicht finden, und Trudi führte Robert stattdessen zu einem anderen gruseligen Grab, dem von Herrn Höffenauer, der am Grab seiner Mutter vom Blitz erschlagen worden war.

Das war lange vor Trudis Geburt gewesen, und sie erzählte Robert die Geschichte, so wie sie sie gehört hatte – mit ein paar Ausschmückungen, die ihr unterwegs einfielen. Herr Höffenauer, ein Lehrer, hatte weit über das Alter hinaus, in dem Männer sonst ihr Elternhaus verließen, um selbst eine Familie zu gründen, bei seiner verwitweten Mutter gewohnt. Er hatte sich um sie gekümmert, bis er schon so alt gewesen war, dass er Großvater hätte sein können, und als sie gestorben war, hatte er jeden Tag nach dem Unterricht ihr Grab besucht – und genau da gestanden, wo jetzt sie und Robert standen, bis ihn eines Nachmittags bei einem Gewitter ein Blitz getroffen hatte, als er gerade einen Moosflecken vom Grabstein seiner Mutter kratzte.

Sie nahm Robert mit zu Frau Abramowitz, die sie beide mit Pralinen und Hagebuttentee bewirtete. Während Frau Abramowitz mit Robert ihr Englisch aufpolierte, spielte Trudi mit der silbernen Gewürzdose von Herrn Abramowitz' Großmutter, die auch schon in diesem Haus geboren worden war. Der aromatische Geruch der Gewürze hing immer noch in der Dose, die wie ein Turm geformt war, mit filigranen Balkonen und einem winzigen silbernen Fähnchen obendrauf. Als sie Bilder von Pyramiden in den Reiseprospekten auf dem Tisch betrachteten, stellte sich Trudi vor, dass Frau Abramowitz sie auf ihre nächste Reise mitnehmen würde. Die Leute im Zug würden denken, sie sei bei ihrer Mutter. Alle Kinder, die sie kannte, hatten Mütter. Viele hatten keinen Vater, aber das kam vom Krieg.

»Zeig mir mal dein Taschentuch«, forderte Frau Abramowitz, als Trudi und Robert gerade gehen wollten. Sie hatte Trudi zehn Taschentücher bestickt, und sie wollte sich immer überzeugen, dass Trudi eins davon zusammengefaltet in der Tasche hatte. Saubere Taschentücher gehörten zu den anständigen Manieren – das wusste Trudi, weil Frau Abramowitz ihr in der Woche nach der Beerdigung ihrer Mutter mitgeteilt hatte, dass sie ihr von nun an anständige Manieren beibringen würde. »Anständige Manieren lernen Kinder von Frauen«, hatte sie gesagt.

Anständige Manieren bedeuteten, nicht in der Nase zu bohren und Erwachsene nicht zu unterbrechen, wenn sie gerade redeten. Anständige

Manieren bedeuteten, in der Straßenbahn seinen Platz Erwachsenen anzubieten, sich zu bücken, wenn Erwachsenen etwas herunterfiel, und Erwachsenen die Tür aufzuhalten. Trudi hatte schon mitbekommen, dass anständige Manieren einen ganz schön auf Trab halten konnten.

Anständige Manieren hatten viel mit Erwachsenen zu tun und damit, was Kinder in ihrer Gegenwart durften und nicht durften. Erwachsene erklärten einem die ganze Zeit, dass es unhöflich sei, sie anzustarren, aber wie konnte man Leute sehen, wenn man nicht hinschauen durfte? Und die Sache mit der Ehrlichkeit ... Erwachsene sagten immer, dass man ehrlich sein müsse, aber das hieß nur, dass man gute Sachen über sie sagen sollte und schlechte über sich selbst. Wenn man schlechte Sachen über sie sagte, war man unhöflich, und wenn man gute Sachen über sich selbst sagte, gab man an. Trudi konnte es nicht erwarten, erwachsen zu sein, da Erwachsene immer recht hatten – außer, sie waren Dienstmädchen, Köchinnen oder andere Dienstboten: Dann mussten sie gehorchen wie Kinder.

»Kommt bald wieder«, rief ihnen Frau Abramowitz nach, als sie ihre Eingangstreppe hinunterrannten.

Vor der Martinskirche gedachte Herr Neumaier, der Apotheker, wie jeden Freitagnachmittag zwischen drei und vier des Todes Jesu Christi. Über die Jahre hatten sich etliche Gemeindemitglieder bei Herrn Pastor Schüler beschwert, das Ritual des Apothekers sei übertrieben – ein Spektakel, sagten sie –, und die Kinder von Burgdorf machten sich inzwischen einen Sport daraus, hinter dem schmallippigen Apotheker herzulaufen, dessen fleischige Backen sich noch weiter blähten, wenn er auf dem Kirchplatz herumwankte, in den Armen eine sperrige Jesusfigur, die er vom Kruzifix einer zerstörten Kirche in Frankreich losgestemmt hatte.

»Er lebt ganz allein mit dieser Figur«, erklärte Trudi Robert, während sie dem Apotheker folgten, der Bibelverse vor sich hinsprach. Ein Gewand aus einem alten Kartoffelsack verhüllte seinen Anzug. »Die Figur schläft in einem Kinderbett. Er deckt sie zu wie ein Baby ... mit einem Federbett.«

»Woher weißt du das?«

»Ich habs gesehen – einmal, als mein Vater Hustensaft gekauft hat. Ich bin in den Lagerraum geschlichen. Soll ich's dir mal zeigen?«

»Nein«, sagte Robert rasch, die Augen auf die Figur geheftet, die in den zitternden Armen des Apothekers auf und ab schwankte. Ihre Haut hatte die Farbe von Vanillepudding, während die Dornenkrone und das getrocknete Blut rindsleberbraun waren.

»Er redet mit keinem aus seiner Familie.«

Robert sah in Trudis breites Gesicht, das sich zu ihm emporreckte. Ihre blauen Augen waren gespannt, als wartete sie darauf, dass er fragte: Warum nicht? »Warum nicht?«, fragte er.

»Darum ...«, flüsterte sie, »weil seine Tochter einen Protestanten geheiratet hat ... Sie wohnen ein paar Häuser neben ihm. Aber er redet kein Wort mit ihnen. Auch nicht mit seinen Enkelkindern. Nicht mal mit seiner Frau. Sie ist zu ihrer Tochter gezogen.«

»Läuft er deswegen mit der Figur rum?«

Trudi wusste darauf keine Antwort, und Robert stellte diese Frage noch einmal, als sie am Abend – wie jeden Abend seit seiner Ankunft – alle zusammen nach nebenan zu den Blaus gingen, um mit seinen Großeltern und seiner Tante Margret zu Abend zu essen.

»Der Apotheker ist ein Verrückter«, sagte seine Großmutter.

Sein Großvater legte den Finger an die Lippen und ermahnte sie: »Pass auf, was du sagst. Du willst doch nicht, dass er es hört.« Seine Zähne machten ein komisches klickendes Geräusch.

Seine Großmutter schüttelte den Kopf und schöpfte Trudi zu viel Rosenkohl auf den Teller. »Ich scheue mich nicht, es ihm ins Gesicht zu sagen.«

»Was Herr Neumaier macht, ist so ähnlich, wie Rosenkränze zu beten«, erklärte Leo Montag dem Jungen. »Nur intensiver. Manche Leute glauben, wenn man ein bestimmtes Ritual vollzieht – vor allem eins, das mit Leiden zu tun hat –, werden einem alle Sünden vergeben.«

Frau Blau beugte sich herüber und gab Robert einen Kuss auf den Kopf. Noch vor ein paar Wochen war Trudi froh gewesen, dass Frau Blau nicht ihre Großmutter war, aber jetzt war sie so eifersüchtig, dass sie Robert in den Arm zwickte. Sofort fasste Frau Blau sie an den Schultern und führte sie ins Wohnzimmer, wo sie einen Katzentisch für ungezogene Kinder gedeckt hatte.

Doch auf dem Heimweg spielte Robert mit ihr im Dämmerlicht Verstecken, und sie fanden eine Biene, die in einem Spinnennetz hinter dem Blau'schen Haus zappelte. Während Trudi Robert die Schneiderschere seines Großvaters holen schickte, bewachte sie die Spinne, die aus einer Mauerritze hervorschoss und dann verschwand, ohne die Biene anzurühren. Als Robert mit der Schere zurückkam, schnitt er die Biene vorsichtig los, ohne das Netz kaputt zu machen.

Am Samstag, als ihr Vater gerade das Feuer in dem hohen, walzenförmigen Badeofen für das wöchentliche Bad schürte, zog Trudi ihre Tante in ihr Zimmer und zeigte ihr den Beerdigungsmantel aus Stefans Jacke.

Helene fuhr mit einem Finger den Ärmel entlang und sagte, sie werde es Stefan erzählen, da es ihn bestimmt freue. »Irgendwann musst du uns mal besuchen.«

»Wann?«

»Wann immer dein Vater dich zu uns bringen möchte ... Weißt du, was du jetzt schon mal tun kannst? Mit deinem Onkel telefonieren.«

»Nach Amerika?«

Ihre Tante nickte. »Frau Abramowitz hat gesagt, ich kann ihr Telefon benutzen.«

Die Abramowitz gehörten zu den wenigen Familien in Burgdorf, die ein Telefon hatten. Das hing damit zusammen, dass sie bessere Leute waren. Die Leute, die Telefon hatten, hatten meistens auch Dienstmädchen und Nähfrauen, die ein paar Mal im Monat ins Haus kamen, um neue Kleider zu nähen oder Sachen zu ändern. Die Hausherrinnen wetteiferten darin, den Nähfrauen köstliche Mahlzeiten vorzusetzen – weniger aus Großzügigkeit als aus der Berechnung heraus, dass die Nähfrauen ihren anderen Arbeitgeberinnen erzählen würden, wie gut sie behandelt worden waren.

Während manche Telefonbesitzer ihre Nachbarn das Telefon nicht benutzen ließen, waren die Abramowitz jederzeit gern bereit, einem etwas auszurichten oder einen von ihrem Wohnzimmer aus telefonieren zu lassen. Trudi hatte das Telefon drüben in ihrem Haus klingeln hören und hatte mitbekommen, wie Frau Abramowitz abnahm, aber sie hatte noch nie selbst telefoniert.

»Ich weiß nicht, wie«, erklärte sie ihrer Tante.

»Ich zeigs dir.« Ihre Tante sah sich im Zimmer um. »Das hier war mein Zimmer, als ich klein war. Stefans Schwester Margret war meine beste Freundin, und ihr Zimmer war gleich gegenüber. Wir haben uns immer Zettel durchs Fenster zugesteckt ... Möchtest du als Erste in die Wanne?«

Trudi nickte.

»Arme hoch.« Ihre Tante fasste Trudis Kleid am Saum und zog es ihr über den Kopf. Ihre Finger knöpften den Knopf auf, der Trudis Unterhemd an ihrem bauschigen Baumwollschlüpfer befestigte.

Im Bad setzte sich ihre Tante auf den Wannenrand und hieß Trudi stehen, während sie ihr die Haare wusch und den Rücken mit einem Schwamm abseifte.

»Robert sagt, in Amerika nennen die Kinder die Erwachsenen beim Vornamen.«

Ihre Tante nickte. »Das hat meinem Mann am besten gefallen, als er nach Amerika kam.« Sie lächelte. »Ich habe den formellen Umgang eher vermisst.«

»Warum?« Trudi setzte sich in das warme Wasser und bewegte die Beine hin und her.

»Vielleicht, weil ich älter war, als ich nach Amerika kam, und an bestimmte Dinge gewöhnt. Stefan war ja noch ein junger Bursche, als er ausgewandert ist.« Sie forderte Trudi auf, sich zurückzulehnen, damit sie ihr die Seife vom Kopf spülen konnte. »Er kam mich ja erst fast zwanzig Jahre später holen.«

»Mein Vater sagt, du warst seine dritte Braut.«

Ihre Tante lächelte wieder, aber diesmal wirkte ihr Lächeln traurig. »Seine anderen Frauen sind jung gestorben. Stefan brauchte eine Mutter für seine Kinder.«

»Vielleicht sind sie ja nicht gestorben«, sagte Trudi.

Ihre Tante musterte sie.

»Vielleicht haben sie ja nur so getan.«

»Warum sollten sie?«

»Damit sie keiner einsperrt.«

Ihre Tante hob sie aus der Wanne und trocknete sie sorgfältig ab. »Sie ist nicht mehr da – deine Mutter«, sagte sie und trug Trudi in ihr Zimmer. »Das weißt du doch, oder?«

Trudi antwortete nicht.

Ihre Tante kämmte ihr verfilztes Haar durch und flocht es für die Nacht in Zöpfe. »Sie ist wirklich nicht mehr da«, sagte sie, als sie sich herabbeugte, um Trudi einen Gutenachtkuss zu geben.

Als Trudi mit Onkel Stefan in Amerika telefonieren durfte, drang seine Stimme dünn und knittrig an ihr Ohr.

Von plötzlicher Sehnsucht nach diesem Onkel erfasst, den sie noch nie gesehen hatte, rief sie: »Ich komme dich besuchen.«

»Du brauchst nicht zu schreien«, flüsterte ihr Frau Abramowitz zu.

»Das ist gut«, sagte ihr Onkel. »Das freut mich. Bring deinen Vater mit.«

Tante Helene und Robert blieben fünf Wochen, und ehe sie wieder abreisten, schenkte Trudi Robert ihr weißes Lämmchen und einen eiförmigen Kiesel, den sie im Bach gefunden hatte. Nach ihrer Abfahrt hielt Trudi noch tagelang Ausschau nach Robert, erwartete sie immer noch, sein leises Lachen zu hören. Sie hatte nie gewusst, wie es war, einen Freund zu haben. Jetzt fühlte sich das Alleinsein an, als sei ein Teil von ihr mit ihm verschwunden. Es war anders, als wenn Erwachsene weggingen. Bei ihnen wusste man, dass sie nicht so waren wie man selbst.

»Wann können wir Robert besuchen?«, fragte sie ihren Vater.

»Es ist sehr weit«, sagte er. »Und teuer.«

»Aber wann können wir hin?«

»Vielleicht, wenn du älter bist …«

Sie lag in ihrem Bett und starrte durchs Fenster auf das dunkle Fenster jenseits des schmalen Durchgangs. Tante Helene hatte wenigstens eine Freundin ganz in der Nähe gehabt, als sie hier gewohnt hatte. Aber jetzt war Margrets früheres Zimmer ein Lagerraum für Tuchballen, Schneiderpuppen und Nähmaschinenzubehör. Sie konnte es kaum erwarten, in die Schule zu gehen, wo sie, wie sie glaubte, Freunde wie Robert finden würde. Aber es war noch über ein Jahr bis zur Einschulung, und die Kinder aus der Nachbarschaft und die, die mit ihren Eltern kamen, um Bücher auszuleihen oder Tabak zu kaufen, scheuten vor Trudi zurück, als hätten sie Angst, sie könne sie berühren und anstecken, sodass sie genauso aussehen würden wie sie.

Nur Georg Weiler von nebenan nicht. Aber das kam daher, dass er auch anders war als die anderen Kinder. Ein Junge, der wie ein Mädchen aussah. Obwohl er und Trudi einander schon jahrelang dauernd sahen, wurden sie doch keine Freunde, bis zu dem Tag, an dem er sie fragte, warum ihr Kopf so groß sei.

Damit es nicht so wehtat, schoss sie sofort zurück: »Er ist kleiner als deiner.«

Sie saßen auf den Backsteintreppchen, die zu ihren Häusern führten, sie vor der Leihbücherei, er vor dem Lebensmittelgeschäft seiner Eltern. Die tief stehende Wintersonne schien ihnen in die Augen, und er spielte mit seinen Murmeln, reihte sie auf der untersten Treppenstufe auf.

»Er sieht größer aus«, beharrte er.

»Er ist normal groß.« Ihr Hals begann zu jucken. »Der Rest von mir ist klein. Deshalb sieht er groß aus ... Aber er ist es nicht.«

Darüber musste er nachdenken. Seine Augen durchdrangen sie. Sie hatten die Farbe von feinem Sand. »Ich wette meine beste Murmel, dass dein Kopf größer ist als meiner.«

»Zeig mir die Murmel.«

»Georg ...« Frau Weiler steckte den Kopf aus dem Laden. Ihr Kopftuch war ein bisschen zurückgerutscht, und graue Haarspiralen hingen ihr ums Gesicht, als sei sie draußen im Wind gewesen. Der Scheitel war schon so lang an derselben Stelle, dass er sich verbreitert hatte und man die Kopfhaut sah. »Georg!«

Georg zuckte zusammen.

»Nimm diese Murmeln von der Treppe. Du willst doch nicht, dass Kunden darauf ausrutschen, sich das Genick brechen und für den Rest ihres Lebens zu Krüppeln werden.«

Trudi holte tief Luft. Das war eine Menge auf einmal, auch wenn sie Frau Weilers Unglücksprophezeiungen gewohnt war: Wenn man in den Wald ging, konnte man Quaddeln von den Brennnesseln bekommen; wenn man sein Essen nicht richtig kaute, hatte man Löcher im Magen, noch ehe man zwanzig war; wenn man eine Todsünde zu beichten vergaß, landete man mit Sicherheit in der Hölle ...

Georg schob seine Murmeln zusammen und hob sie auf.

Seine Mutter schloss die Ladentür, aber ihre Stimme war immer noch draußen bei den Kindern: »... und dann verklagen sie uns, und wir verlieren das Geschäft ... alles, wofür ich gearbeitet habe ...«

Georg hielt eine rotgelbe Glasmurmel von der Größe einer Kirsche gegen die Sonne. Die Murmel glitzerte. »Was krieg ich, wenn du verlierst?«

»Ich verliere nicht.«

»Doch, du wirst verlieren.«

»Dann kannst du meine ganzen Murmeln haben.«

Die Tür ging wieder auf, und Georgs Mutter erschien mit zwei Bechern dampfendem Kakao. Ihre Augen waren so besorgt wie immer. »Trinkt nicht zu schnell. Sonst verbrennt ihr euch die Zunge.«

»Danke, Frau Weiler.«

»Danke, Mutter.«

»Und bekleckert eure Kleider nicht.« Sie ging wieder in den Laden.

Der Kakao war heiß und süß. Ein Windstoß blies Laub über den Bürgersteig, sodass die trockenen Blätter auf dem Stein raschelten. Trudi fing ein Kastanienblatt ein, und als sie es aufzurollen versuchte, zerbröselte es in ihren Händen. Sie wünschte, Robert wäre anstelle von Georg da. Dem letzten Brief seiner Mutter hatte er ein selbst gemaltes Bild beigelegt, das ihn zeigte, wie er Klavier spielte.

»Nicht mal deine Schuhe sehen aus wie Bubenschuhe«, erklärte sie Georg.

»Und du – du bist nur ein Mädchen.«

»Deswegen hab ich ein Kleid an.«

Er funkelte sie zornig an.

Sie funkelte zurück. »Und lange Haare«, sagte sie.

»Hol eine Schnur«, befahl er.

»Wofür?«

»Um unsere Köpfe zu messen!«

»Hol du eine.«

»Meine Mutter lässt mich nicht wieder raus.« Er legte den Kopf schief und lächelte sie plötzlich an. »Bitte, Trudi?«

Sie zögerte.

»Bitte, bitte, bitte, Trudi?«

Sie wusste sich gegen seine Piesackerei zu wehren, aber nicht gegen seinen Charme. Sie sauste in die Leihbücherei und kam mit einem Stück Schnur wieder, mit dem eine der letzten Bücherlieferungen verschnürt gewesen war.

»Du zuerst«, sagte er.

Hocherhobenen Hauptes marschierte sie zum Eingang des Lebensmittelgeschäfts hinüber und erklomm die Stufe über ihm. Trotzdem reichte ihre Nase kaum bis an seine Schultern. Ein Hund bellte vom Marktplatz herüber.

71

Wind fuhr zwischen ihren Kragen und ihre Haut, kalt und plötzlich, und ließ die hölzernen Rollläden vor der Leihbücherei klappern. Georg legte ihr die Schnur um die Stirn, maß sorgfältig und markierte die Länge mit einem Knoten; als sie die Schnur über den Ohren um seinen Kopf legte, war sie einen Fingerbreit länger.

Sie lachte laut, als sie es ihm zeigte. »Ich habs gewusst«, sagte sie, in dem Gefühl, dass ihr Kopf genau die richtige Größe hatte.

»Deine«, sagte er und gab ihr die Murmel.

»Du bist nicht böse?«

Er strahlte sie an. »Ich werde sie zurückgewinnen.«

Wie Georg vorhergesagt hatte, gewann er seine Glasmurmel zurück; und außerdem verlor Trudi noch zwölf von ihren Tonmurmeln an ihn. Von da an spielten sie fast jeden Tag miteinander. Georg hatte Glück, wenn es darum ging, die Kügelchen in das Loch rollen zu lassen, das er in dem feuchten Boden zwischen den beiden Treppen ausgehöhlt hatte, aber er war auch großzügig und borgte Trudi Murmeln aus seinem Vorrat, wenn sie keine mehr hatte. Weiterzuspielen war ihm viel wichtiger als Gewinnen. Sachen gewinnen konnte er jederzeit. Trudi verspottete ihn nicht mehr wegen seiner Haare und seiner mädchenhaften Kittelchen, die hinten zugeknöpft wurden. Sie war froh, wenn er draußen vor ihrem Fenster stand und nach ihr rief, damit sie herauskam und mit ihm spielte.

Am Morgen nach Nikolaus teilten sie die Süßigkeiten aus den Schuhen, die sie am Abend vor ihre Zimmertüren gestellt hatten, und in der letzten Dezemberwoche leckten sie frischen Schnee von Tannenzapfen, die aussahen, als hätte sie jemand in Zuckerguss getunkt. Sie bauten einen Schneemann mit einer Mohrrübennase und Augen aus Kohlen, die ihre Handschuhe verschmierten. Trudis Vater gab ihr einen alten Hut für den Schneemann und überließ ihnen leihweise den Küchenbesen, den sie, mit den Borsten nach oben, in den einen Schneearm steckten.

Am Dreikönigstag gingen sie in Stiefeln und Handschuhen zur Kirche, wo der Priester und die Ministranten die Krippe abbauten, die auf dem Seitenaltar stand, mit einem Jesuskind, so groß wie ein richtiges Kindchen, und Maria und Joseph in der Größe von richtigen Eltern. Beiden Kindern gefiel es in der Kirche: der schwere Geruch des Weihrauchs und die prächtigen

Gewänder des Priesters, die bunten Glasfenster und das Wandgemälde vom Letzten Abendmahl über dem Altar, aber vor allem der Chor, die Stimmen, die sich emporschwangen. Sie genossen die Augenblicke der Stille, die viel bedeutsamer waren als jede andere Art von Stille, wenn sie in einer Kirchenbank knieten, halb hinter dem hellen Holz verborgen, und den Pulsschlag der Gemeinde um sich herum fühlten.

Man konnte, so stellten sie fest, eine Menge über Leute daran erkennen, wie sie in den Bänken saßen, wie viel Platz sie einnahmen und wie dicht am Altar sie knieten. Da gab es die, die gern frühzeitig in der Kirche waren, um zuzuschauen, wie alle anderen kamen, und es gab die, die nur da knieten, das Gesicht in den Händen vergraben, und kein einziges Mal aufschauten. Die Hochmütigen und die Demütigen – alle in ihren besten Kleidern. In der Kirche sah man schnell, wie es den Leuten ging: Man bemerkte neue Gebrechen ebenso wie neue Hüte; man spürte neue Freundschaften und neue Feindschaften.

Die Bänke der Männer waren auf der linken Seite, die der Frauen auf der rechten. Bis zur Erstkommunion durfte man bei einem Erwachsenen bleiben, egal, auf welcher Seite. Das hieß, dass Georg und Trudi immer noch auf derselben Seite knien konnten. Die Männerseite war immer leerer als die Frauenseite – nicht nur, weil einige Männer nicht aus dem Krieg zurückgekommen waren, sondern auch deshalb, weil viele die Gottesdienstzeit in der Traube verbrachten, dem über fünfhundert Jahre alten Gasthaus mit den Holzdecken. Die Traube – »Hier findet mein Gottesdienst statt«, pflegten die Männer zu witzeln – war das nächste Gasthaus bei St. Martin und lag der Kirche gleich gegenüber, ideal für diejenigen Männer, die ihre Frauen und Kinder zur Messe bringen wollten, um sich dann mit ihren Freunden auf ein paar schnelle Biere am Stammtisch zu treffen, das letzte Glas zu leeren, wenn sich das Kirchenportal öffnete, und wieder zur Stelle zu sein, um ihre Familie abzuholen und nach Hause zu ihrem Sonntagsbraten zu spazieren.

Natürlich gab es immer ein paar Ehemänner, die nach dem letzten Bier noch ein paar weitere bestellen mussten und deren Frauen dann mit gekünstelt munteren Gesichtern auf dem Kirchhof standen und so taten, als wollten sie nichts lieber als nach der Messe mit dem Priester plaudern. Doch sobald ihre Männer dann kamen, hakten sie sie unter und schleppten die armen Sünder nach Hause, wobei sie sie durch ihr Kirchgangslächeln tadelnd anzischten.

In diesem Winter wurde das Eis auf dem Rhein so dick, dass die Leute mit ihren Autos hinüber nach Kaiserswerth und Düsseldorf fuhren. Herr Immers wagte sich trotz der Unglücksprophezeiungen seiner Frau mit seinem neuen Laster aufs Eis, und Herr Hesping lieh sich den Pferdeschlitten seines Onkels aus und unternahm mit seinen Freunden und deren Kindern wilde Schlittenfahrten auf dem Fluss. Als das Eis schließlich wieder dünner wurde, zerbarst es in flache Schollen, die sich aufeinanderschoben wie streunende Hunde, wenn das Wasser sie stromabwärts riss.

Mit jedem Tag stieg das Wasser weiter, und als es über die Ufer trat, überschwemmte es die verfilzten Winterwiesen, riss die Wurzeln junger Bäume aus der matschigen Erde und stieg die Steinstufen empor bis an die Krone des Deichs, der die Stadt vor dem Fluss schützte. Dort versammelten sich die Burgdorfer im Morgengrauen, vom Rauch ihrer Zigaretten und Pfeifen umhüllt, starrten auf die grauen Wassermassen, die sich dahinwälzten, und maßen, um wie viel der Fluss über Nacht gestiegen war.

Als Trudis Vater sie auf den Schultern zum Rhein trug, den Mantel des russischen Soldaten so um sie beide geschlagen, dass sie von Weitem aussahen wie ein sehr großer Mann, konnte sie die feuchten Auen schon riechen, lange bevor sie die Überschwemmung sah. Fäden von kaltem Regen hefteten die Erde an den grauen Himmel. Die Stämme und Äste der halb überspülten Weiden waren bis etwa einen Meter über den Wellen dunkel vom hochschlagenden Wasser. Laub vom letzten Herbst und Unrat hatten sich in den Armen der Weiden verfangen und bildeten modrige Klumpen, die auf den Wellen waberten wie weggeworfene Haarnetze. Einige dünnere Äste wurden von der Strömung erfasst und unter Wasser gezogen, um dann wieder emporzuschnellen, ein endloser Kreislauf. Enten thronten in den Mittelgabeln der Bäume, als hielten sie Hof; wenn sie dem reißenden Wasser zu trotzen versuchten, wurden sie wild herumgewirbelt oder in die Gegenrichtung geschleudert, bis sie sich mit großer Mühe aus dem weißen Schaum befreiten und wieder aufflatterten, um sich in die Weiden zu flüchten.

Trudi zählte dreiundzwanzig vorbeiwirbelnde Bäume, zwei tote Hühner und vier tote Katzen. Zahlen konnte sie sich gut merken. Ihre Mutter hatte sie zwar nur bis zwanzig zählen gelehrt, aber sie hatte geübt, indem sie die Leihbücher zählte, so lange, bis sie alle Zahlen bis hundert kannte. Sie zählte elf Büsche, die von den Wellen dahingetragen wurden, neunzehn Dinge, die sie nicht identifizieren konnte, und eine tote Ziege, deren Bauch die bläulich weiße Farbe von saurer Milch hatte. Aufgebläht, die Beine steif von sich gestreckt, trieb sie zwischen dem Unrat.

Das einzige menschliche Opfer – Georgs Vater – sah sie nicht, weil er nicht gefunden wurde. Zwei Nächte zuvor war eine Gruppe Männer mit einer Flasche Schnaps durch den Regen zum Fluss gewankt, nachdem Potters Gasthof zugemacht hatte, und Franz Weiler – ein stiller, gefügiger Mensch, solange er nicht trank – hatte alle unterhalten, indem er auf der Deichkrone Handstand machte.

»Wir haben es nicht mal platschen hören«, erklärte der Tierpräparator Frau Weiler immer wieder. »Franz ist einfach verschwunden.« Als er ihr seine Hilfe anbot, schickte sie ihn heim.

Trudi hörte mehrere Leute zu ihrem Vater sagen, Frau Weiler bleibe dabei, dass ihr Mann auf dem Weg zur Frühmesse vom Deich gerutscht sein müsse.

»Frühmesse, gütiger Himmel«, sagte Herr Immers.

»Er hat uns die letzte Runde in Potters Gasthof spendiert«, sagte der Tierpräparator.

Frau Blau wies darauf hin, dass die Kirche nur zwei Querstraßen vom Weiler'schen Haus entfernt sei und der Fluss noch einmal zehn Gehminuten von der Kirche.

»Muss ein neuer Umweg sein«, sagte Herr Bilder.

Aber niemand widersprach Frau Weiler. Vielmehr hielten alle – wie seit Generationen üblich – die Fassade aufrecht, die schließlich die Achtbarkeit einer Familie schützte, auch wenn dahinter alle möglichen Gerüchte schwelten. Es war eine Verschwörung des Schweigens, die dem Ort seit Jahrhunderten gute Dienste leistete. Schwarz gekleidet und Beileidsworte auf den Lippen, versammelten sich die Leute zum Fürbitte-Gottesdienst für Franz Weiler: die Männer vom Stammtisch; die Familien, die viele Jahre ihre Lebensmittel bei ihm und seiner Frau gekauft hatten; eine Gruppe Nonnen aus dem Theresienheim, die eine eigene Kapelle hatten, aber kaum je einen Trauergottesdienst in St. Martin verpassten, und natürlich die trauernde Ehefrau mit ihrem nunmehr vielleicht halb verwaisten Sohn Georg, der einen schwarzen Kittel aus einer eilig umgeschneiderten Bluse von ihr trug.

Er kniete neben Trudi und flüsterte ihr während der heiligen Kommunion – für die sie beide noch zu klein waren – ins Ohr, dass sein Vater nur irgendwohin geschwommen sei. Wenn die Männer von Franz Weilers Stammtisch den Jungen hätten hören können, hätten sie ihm vermutlich beigestimmt: Sie hatten auch schon vermutet, dass Franz, nachdem er einmal im Fluss gelandet war, einfach immer weiter geschwommen war, um seiner strengen Frau zu entkommen.

Als die Leute aus der Kirche kamen, stand der Mann, der sich aufs Herz tippt, ohne Hut oder Schirm auf den nassen Treppenstufen. Er war einer der wenigen, die Trudi immer geradewegs ansahen. Schau, schien er zu sagen, während seine Hände durch die Luft fuhren. Schau, was ich kann. Die meisten Erwachsenen sahen Trudi nicht richtig an: Sie taten, als sei sie unsichtbar, und sagten Sachen, die sie niemals in Gegenwart anderer Kinder gesagt hätten. Sie hatte herausgefunden, dass die Leute, wenn sie ganz still dastand, oft einfach weiterredeten und viel mehr über sich mitteilten, als ihnen selbst klar war – auch die, die geübt darin waren, immer dasselbe Gesicht zu zeigen. Die Gefühle, die sie zu verbergen suchten, sprangen in ihre Stimmen, und Trudi konnte Furcht, Freude, Ungeduld oder Wut ausmachen. Wenn sie auf der Hut waren, wurde ihre Sprache irgendwie farblos, und ihre Sätze schrumpften; aber wenn sie sich erregten, wurden ihre Worte farbig, und sie strömten aus ihnen heraus.

Wenn die Leute nicht daran dachten, dass sie da war, bekam sie alle möglichen Geheimnisse mit. Sie faszinierten sie, diese Geheimnisse, und sie hortete sie, wiederholte sie vor dem Einschlafen still für sich, fühlte, wie sie sich vergrößerten und zu Geschichten auswuchsen – so wie die von Frau Buttgereit, die jeden Morgen, auf Linsen kniend, zur heiligen Ottilie betete, der Schutzheiligen der Blinden, nach der sie getauft war, und sie anflehte, dafür zu sorgen, dass ihr nächstes Kind nicht wieder eine Tochter sein würde. Trudi fiel es schwer, zu glauben, dass diese hagere Frau, deren Bauch immer aufgebläht schien, einmal das schönste Mädchen von Burgdorf gewesen sein sollte.

Dann gab es da noch die Geschichte von Herrn Hesping, der tausend Decken von einer Armeedivision gekauft und sie dann binnen einer Woche zum doppelten Preis an eine andere Division verkauft hatte. Er war oft in irgendwelche Geschäfte verwickelt, die hart an die Grenze des Erlaubten gingen, ohne sie jedoch zu überschreiten. Wenn man ihn nach einer bestimmten Transaktion fragte, überschüttete er einen mit einer solchen Flut von Fakten und logischen Argumenten, dass man froh war, wenn er mit seinen Erklärungen aufhörte. Manche Leute sagten, er habe keine Werte; andere behaupteten, er tue alles, was er tue, aus Verachtung für den Staat.

Das Hochwasser von 1920, das Georgs Vater verschlang, war nicht das Schlimmste, das der Ort erlebt hatte: Es sickerte lediglich durch ein paar kleine Risse im Deich und auf die Weiden und die Pfirsichplantage der Braunmeiers, als wollte es den Ort überzeugen, dass es nicht nur harmlos sei, sondern sogar gut für die Bauern. Doch stattdessen brachte es die Leute nur dazu, die Erdwälle zu verstärken, die sie vor dem Fluss schützten, der den Ort fast jedes Frühjahr bedrohte.

Die Männer sprachen über Franz Weiler, während sie im nahezu ununterbrochenen Regen an dem Deich arbeiteten, und als die Sonne schließlich aus den Wolken hervorkam, hielten sie inne und wandten die Gesichter dem weißen Licht zu, das nach seiner langen Abwesenheit noch strahlender wirkte. Frauen verließen ihre Geschäfte und Häuser und kamen nach draußen, um mit ihrer Flickarbeit auf Liegestühlen in der Sonne zu sitzen. Die Lehrer und Lehrerinnen der evangelischen Schule und die Nonnen der katholischen Schule gingen für den Unterricht mit den Kindern ins Freie und lehrten sie, Blätter und Insekten zu bestimmen, auch wenn auf dem Stundenplan Schönschreiben stand.

Als der Deich fertig war, war er je einen Meter höher und breiter als vorher, und wenn man ihn in diesem Sommer nach der Überschwemmung vom Ort aus betrachtete, sah man die Nahtstelle zwischen dem alten und dem neuen Teil, da das Gras darüber so grün war wie Zuckerostereier.

Trudi sollte diese Bilder für die folgenden Jahrzehnte im Gedächtnis behalten, und ohne auch nur in der Nähe des Flusses zu sein, würde sie immer wissen, wie er aussah. Sie konnte die Augen schließen, und schon sah sie den Rhein vor sich, vom Deich aus oder aus nächster Nähe, von ihrem Lieblingsplätzchen auf dem Steg. Sie wusste genau, wie hoch das Wasser um die Weiden stieg, wie die Farben wechselten – von Moosgrün zu schmelzflüssigem Schwarz – und wie die Sonne manchmal so auf der Wasseroberfläche gleißte, dass es einen blendete, wenn man auf den Fluss sah; sie kannte das Muster, das die Strömung im Spätsommer um die Steine bildete, die im Frühling ganz unter Wasser lagen.

Genauso war es mit den Geschichten: Sie konnte unter ihre Oberfläche blicken, kannte die Unterströmungen, die Strudel, die einen hinunterzogen, die verborgenen Felsen. Geschichten konnten einen blenden, einen mit einer unendlichen Vielfalt von Farben umspülen. Jedes Mal, wenn Trudi eine Geschichte nahm und sie durch ihren Kopf strömen ließ, wurde sie reichhaltiger, üppiger, gespeist von den Bildern, die Trudi von den Leuten hatte, deren Geschichte es war, bis sie schließlich über die Ufer trat wie der Fluss, den Trudi so liebte. Und an diesem Punkt musste sie die Geschichte jemandem erzählen.

Georg war ein idealer Zuhörer. Unterm Haus, wo Trudis Mutter sich immer versteckt hatte, saßen die beiden Kinder auf Steinen, und ihre Knie berührten sich fast, während sie den feuchtkalten Hohlraum um sich herum mit Worten füllten. Selbst im Dunkeln lag auf Georgs Haar noch ein Glitzern, als finge er mit seinen Ringellocken die Sonne ein. Wenn jemand die Sonne einfangen konnte, dann war es Georg, das wusste Trudi. Solange er sich als Glückskind fühlte, riefen die Schätze nur danach, von ihm entdeckt zu werden – ein leeres Schneckenhaus, ein Stück Seil, die allerglänzendste Kastanie. Fr hortete seine Sammlung in einem Karton unter seinem Bett.

Einmal brachte er Trudi bei, einen Vogel aus Lehm zu machen.

»So, wie es das Jesuskind gemacht hat«, sagte er. Neben den Eingangsstufen der Leihbücherei hockend, formte er einen Lehmklumpen so lange in seinen Händen, bis er Flügel und einen Kopf hatte. Er reckte ihn in die Luft. »Zuerst wird er die Flügel ausbreiten«, erklärte er Trudi, »und dann wird er in den Himmel fliegen.«

»Er sieht aus wie ein Lehmklumpen.«

»Nur, weil er noch nicht fertig ist.«

»Vielleicht hast du irgendwas vergessen.«

Der Brotwagen, der einmal die Woche kam, rumpelte, gezogen von einem alten Pferd, an ihnen vorbei und blieb am Ende der Straße stehen. Er hatte ein Verdeck aus dickem Zeltleinen. Ein paar Frauen mit Körben an den Armen scharten sich darum.

»Flieg«, rief Georg und warf den Vogel in die Luft. Er klatschte vor

seine Füße, breit und platt. »Er ist nicht geflogen, weil wir Sünder sind«,
sagte Georg.

»Vielleicht ist es die falsche Sorte Lehm.«

»Meinst du?«

Sie nickte. »Wenn wir die richtige Sorte finden, klappt es.«

»Ich wette, der unbekannte Wohltäter könnte uns den richtigen Lehm
besorgen.«

»Der unbekannte Wohltäter kann alles.«

Sie waren beide fasziniert von dem unbekannten Wohltäter, dessen Identität den Burgdorfern noch immer ein Rätsel war und der sich – trotz der
Armut – weiter heimlich in Häuser schlich, um seine Gaben zu hinterlassen, wie ein Dieb, der die Sache mit dem Diebstahl umgekehrt hatte. Die
Burgdorfer Post hatte mehrere Artikel über den unbekannten Wohltäter
gebracht, einer länger als der andere, da die Liste seiner Wohltaten wuchs.
Eine Woche, nachdem Georgs Vater verschwunden war, hatte der unbekannte Wohltäter Georg mit dem überrascht, was er sich am meisten auf
der Welt wünschte – Lederhosen mit einem aus Hirschhorn geschnitzten
Hirsch auf dem Steg vorn zwischen den Hosenträgern. Natürlich ließ ihn
seine Mutter die Lederhose nicht tragen – »Wenn du älter bist«, sagte sie –,
aber er durfte sie immerhin in seinem Zimmer aufbewahren, und er nahm
sie mindestens einmal am Tag heraus, um das dicke Leder zu berühren.

Zu Trudis fünftem Geburtstag schenkte ihr Georg ein kleines Pappschäch-
telchen, in dessen Deckel mit einer Nadel Löcher gebohrt waren, und als
sie es öffnete, fand sie darin einen schwarz-orangeroten Schmetterling auf
einem Bett aus Blättern.

»Er fliegt nicht weg«, sagte Georg stolz. »Nie.«

»Warum nicht?«

»Er kann nicht. Ich habe ihm den ganzen Staub von den Flügeln ge-
rieben.«

Sie berührte die gazedünnen Flügel und fühlte sich ganz schwer von
einer alten Traurigkeit.

»Du – gefällt er dir nicht?«

»Kann er denn ohne Staub leben?«

»Ich fang dir einen neuen.«

Sie wollte ihm sagen, dass sie lieber Schmetterlingen in der Luft zuschauen würde, aber seine Mutter kam aus dem Laden und zog etwas aus ihrer Schürzentasche. Es war eine silberne Medaille mit einem eingravierten Engel.

»Dein Schutzengel, Trudi. Pass auf, dass du ihn nie verlierst.«

»Ich werd ihn nicht verlieren.«

»Er ist vom Bischof gesegnet.«

Georg war fasziniert von der Frage, was man tun könne, um das Glück anzuziehen, sich von ihm einhüllen zu lassen, ohne es festzuhalten, und erklärte Trudi, in dem Moment, in dem man anfinge, am eigenen Glück zu zweifeln, löse es sich in Luft auf. Man müsse einfach immer davon ausgehen, dass es da sei. Und doch konnte sie sehen, dass es Georg schwerfiel, sich als ein Glückskind zu fühlen, wenn seine Mutter in der Nähe war – er bewegte sich dann sogar anders, unterwürfig und vorsichtig. Es war, als wäre irgendetwas in ihm eingeschlossen, das er nicht zu fassen bekam.

Sachen zu finden sei nicht die einzige Form von Glück, erklärte er ihr. Kaminfeger brachten auch Glück, und er zählte immer mit, wie viele Kaminfeger er in einer Woche sah. Dann gab es das Glück, nicht erwischt zu werden, wenn man etwas Verbotenes tat. Das erfuhr Trudi gegen Ende des Sommers, als der Birnbaum der Eberhardts voller Früchte hing, die die Farbe der Sonne annahmen, wenn sie reif wurden, und so weich waren, dass man sie wie Butter schneiden konnte. Frau Eberhardt, deren Mann gerade an einer Lungenentzündung gestorben war, hatte Trudi und Georg am Morgen nach der Beerdigung, als sie an ihrem weiß verputzten Haus vorbeigegangen waren, zwei Birnen geschenkt, aber als sie am nächsten Tag wiederkamen, in der Hoffnung, noch mehr von den süßen Früchten zu bekommen, deren Saft ihnen den Hals hinunter- und in den Kragen gelaufen war, kam Frau Eberhardt nicht aus der Tür.

Georg warf einen Pfennig, um auszulosen, wer klopfen musste. Es traf ihn. Er pochte mit den Handknöcheln gegen die Glasscheibe der Haustür. Sie warteten, klopften wieder und rannten dann – ohne sich vorher absprechen zu müssen – zu dem Baum. Mit wippenden Locken sprang Georg hoch, packte einen der untersten Äste und zerrte ihn mit seinem Gewicht herunter, während sich Trudis Finger um eine Birne schlossen. Die Birne brach ab und blieb in ihrer Hand, als Georg den Ast losließ, aber statt sich ihre Beute anzuschauen, flitzte er davon, quer durch ein Geranienbeet, an der Fliederhecke vorbei und auf die Straße, wo er immer weiter rannte.

Trudis Rücken fühlte sich an, als senge die Sonne durch ihr Kleid. Sie wollte sich nicht umschauen, aber sie wusste, sie musste es tun. Langsam drehte sie den Kopf, dann den Körper.

Frau Eberhardt stand zwei Schritt von ihr entfernt, und ihr Bauch wölbte sich unter ihrem Trauerkleid wie eine halbe Birne. Ihre Augen waren traurig, und ihr dickes Haar hing ihr in zwei Schillerlocken auf die Brust, als sei sie gestört worden, während sie sie gerade hatte flechten und um ihren Kopf stecken wollen.

Trudi wollte weglaufen, konnte aber die Füße nicht heben.

Frau Eberhardt griff langsam in die Äste des Baums hinauf und pflückte eine weitere Birne. »Hier.« Sie gab sie Trudi. »Sie müssen euch sehr gut geschmeckt haben.«

Trudi nickte. Die Birnen waren so schwer, dass sie glaubte, ihre Hände würden gleich am Gelenk abbrechen und ins Gras fallen, noch immer um die Früchte geschlossen, so wie die Löwentatzen an Frau Blaus Tischbeinen.

»In Zukunft werde ich daran denken, euch ein paar aufzuheben.«

»Es tut mir leid.«

»Oh – das weiß ich doch.« Frau Eberhardt lächelte sie an.

Georg saß hinter ihren Häusern, an der Gabelung des Bachs, und wartete. Mit einem Weidenzweig malte er Spiralen in den Ufermatsch. Statt sich bei Trudi zu entschuldigen, dass er weggerannt war, starrte er sie vorwurfsvoll an. »Du hättest mitkommen sollen.«

»Ich habe sie nicht gesehen.«

»Was hat sie mit dir gemacht?«

Trudi streckte ihm beide Birnen hin.

»Du hast Glück.« In seiner Stimme lag aufrichtiger Respekt. Er nahm sich die kleinere Birne und gab ihr die andere wieder. Nachdem er den Stiel abgedreht hatte, biss er in das Ende der Birne und saugte heftig, damit der Saft nicht herunterrann. Er war schon halb fertig, als er schließlich merkte, dass Trudi nicht aß. »Du musst deine essen.«

»Ich will sie nicht.«

»Du musst.«

»Warum?«

»Weil – wenn du's nicht tust« – er reckte sein feuchtes Kinn in ihre Richtung –, »dann heißt das, du denkst, es ist alles meine Schuld.«

Sie antwortete nicht.

»Also musst du. Damit wir quitt sind. Wenn du –« Er hielt inne, und seine Augen flackerten, als sei er gerade über sich selbst erschrocken.

»Wenn ich was?«

Er sah sie an wie ein Tier, das in einem dunklen Loch festsaß, wo es sich nicht wegdrehen konnte. »Wenn du meine Freundin sein willst.«

Etwas Kleines, Hartes verlagerte sich tief in ihrem Bauch.

»Und du musst sagen, dass du nicht böse auf mich bist.«

»Ich bin nicht böse auf dich.«

»Dann beweis es.«

Als sie zubiss, schmerzten ihre Zähne, als hätte sich eine Schutzschicht zwischen ihren Nerven und der Frucht aufgelöst. Sie kaute langsam, kämpfte gegen ein würgendes Gefühl an, als sie das süße Fruchtfleisch schluckte, um Platz für den nächsten Bissen zu machen.

Zwei Wochen später kam Frau Eberhardt in die Leihbücherei, mit einem neugeborenen Kind und einer makellosen Birne für Trudi. Als Trudi fragte, ob sie das Kleine, das am Zipfel eines Waschlappens saugte, einmal halten dürfe, ließ Frau Eberhardt sie auf den Ladentisch klettern und sich hinsetzen, ehe sie den Säugling vorsichtig in ihre Arme bettete, wobei sie selbst beide Kinder umfasste. Der Säugling hieß Helmut, und sobald Trudi seine Haut berührte, fühlte sie eine eisige Kälte, die von irgendwo so tief in seinem Inneren kam, dass sie ihn nicht mehr halten wollte. Aber sie wollte ihn auch Frau Eberhardt nicht wieder zurückgeben, da sie plötzlich wusste, dass er die Macht hatte, seine Mutter zu vernichten. Sie sollte es in den nächsten Jahren immer wieder spüren, sobald sie in Helmuts Nähe kam – diese Gefahr –, obwohl er eines der hübschesten Kinder im Ort war, mit seinem weizenfarbenen Haar und den himmelblauen Augen. Dieses Grauen sollte sie auch dann noch spüren, als er Ministrant war und als der frömmste Junge seines Alters in ganz Burgdorf galt, derjenige, so meinten die Leute, der am ehesten Priester werden würde.

»So musst du ihn wiegen«, sagte Frau Eberhardt. Die schwarz verhüllten Arme um Trudi und den Säugling gelegt, wiegte sie sie sanft hin und her, als seien sie alle drei eins.

Als Trudi in Helmuts Augen sah, fühlte sie sich alt, viel älter als all die Leute, die im Theresienheim lebten, und sie nahm ihren ganzen Mut zusammen. »Wenn Sie wollen«, erbot sie sich feierlich, »behalte ich ihn.«

Frau Eberhardt lachte und zog ihren Sohn an sich. Winzige Haarsträhnen standen in einem Halbkreis aus Licht aus ihrem Zopfkranz. »Eines Tages wirst du ein eigenes Kind haben«, sagte sie.

4

1920–1921

Während sich Trudi allmählich von der Vorstellung löste, dass ihre Mutter noch lebte, erwartete Georg noch immer – wenn auch ohne Begeisterung –, dass sein Vater nach Burgdorf zurückgeschwommen käme oder vielleicht auch auf einem der Lastkähne sein würde, die den Rhein auf und ab fuhren. Seine Eltern hatten spät geheiratet, und seine Mutter war bei seiner Geburt schon sechsundvierzig gewesen. Franz Weiler hatte seiner Frau die Oberhoheit über sein Geschäft, seinen Sohn und sein Leben überlassen.

Gelegentlich hatte er Georg zerstreut zugelächelt, als erstaune es ihn ein bisschen, dass dieser Junge mit ihm in derselben, mit schweren Möbeln vollgestopften Wohnung lebte. Georg schien es, als sei sein Vater zum Schatten seiner Mutter geschrumpft, und er sah ihn kaum je als eigenständige Person.

Aber an den meisten Abenden, spät, wenn die Lichter schon erloschen waren, stand Franz Weiler auf, zog sich im Dunkeln an und ging in Potters Gasthof, Ausflüge, die niemand in der Familie jemals erwähnte. Seine Frau, die im Haus keinen Alkohol duldete, hatte Franz nie gesehen, wenn er ein paar Gläser von dem klaren Schnaps getrunken hatte, der ihm hinter die Augen stieg und sich um die Muskeln in seinen Armen legte und ihn in einen anderen Menschen verwandelte, in die Sorte Mann, die die Partnerin über die Tanzfläche wirbelt. Aber genau das war es, wovor Hedwig Angst hatte – jene Art Leidenschaft, die ihren Stiefvater so oft nachts in ihr Schlafzimmer trieb, als sie noch klein gewesen war. Für sie bedeutete Alkohol eine raue Hand auf ihrem Mund und das Gewicht der Sünde auf ihrem Leib, ein Gewicht, das Tausende von Rosenkränzen nicht hatten aufheben können.

Jeden Morgen ging sie mit ihrem Sohn in die Frühmesse und betete für seine Seele, da Männerseelen – so hatte sie schon vor langer Zeit befunden – noch schwärzer waren als die Seelen der Frauen, die sie befleckten.

Obwohl sie versuchte, sich durch ihre Gebete Glück und Vergebung einzuhandeln, fühlte sie sich weder glücklich noch von ihren Sünden befreit, und selbst die begehrte Ehre, jeden zweiten Mittwoch die Martinskirche putzen zu dürfen, konnte ihr nicht das Gefühl nehmen, von der Welt betrogen worden zu sein.

Überzeugt, dass an ihm etwas fehle, weil seine Mutter nicht so war wie andere Mütter, die ihre Kinder anlächelten, versuchte Georg, Mittel und Wege zu finden, sie dazu zu bringen, auch zu lächeln, aber sie schimpfte nur mit ihm, wenn er ihr im Laden hinterherlief, um ihr zu helfen, oder wenn er zu viel redete. Er hatte sie seinen Vater kein einziges Mal umarmen sehen, und es kam nur selten vor, dass sie sich herabbeugte und Georg auf die Stirn küsste, wenn sie ihn ins Bett brachte.

Einmal rief sie ihn ans Fenster, hob ihn auf den weinroten Polstersessel und zeigte hinaus auf die Straße, wo der älteste Meier-Sohn Alfred mit der Zweitältesten Buttgereit-Tochter Monika vorbeispazierte, den Arm um ihre Schultern gelegt, während sie seine Taille umschlang. »Das ist unanständig«, sagte Frau Weiler. »Man stellt sich nicht so zur Schau.«

Es kam vor, dass Fremde, die in dem Laden einkauften, Georg für Frau Weilers Enkelkind hielten, und noch als erwachsener Mann sollte er jedes Mal zusammenzucken, wenn er daran dachte – an ihre Verlegenheit und seinen Drang, sie zu beschützen, wenn sie erklären musste, nein, er sei ihr Sohn. Aber es schien seiner Mutter nichts auszumachen, dass ihn die Jungen aus der Nachbarschaft aufzogen, weil er wie ein Mädchen aussah. Während andere Jungen herumrannten und spielten, sah er zu und fühlte sich unbeholfen, behindert durch die flattrigen Hängerchen, die sie ihm nähte, Kleidungsstücke, wie sie sie vielleicht als kleines Mädchen getragen hatte. Und doch gab es Augenblicke der Selbstvergessenheit, in denen er – vor Freude, draußen in der Sonne zu sein – die Arme emporwarf und lachend herumsprang. Aber seine Mutter, die es beunruhigte, einen Funken von Temperament in ihm zu spüren, steckte den grauen Kopf aus der Ladentür und ermahnte ihn, ruhig zu spielen.

Langsam lernte Georg, den sorgenvollen Augen standzuhalten, die in seine sahen und ihn auf Schwächen hin musterten. Ihrem Blick auszuweichen, hätte nur Fragen provoziert. Die erste Sünde, in der er es zu einer gewissen Meisterschaft brachte, war das Lügen. Es war eine Notwendigkeit.

Aber Trudi würde er nie belügen. Nicht einmal später, wenn er mit Helga Stamm verheiratet sein und sie belügen würde. Aber nicht Trudi, seine erste Freundin, die sein Anderssein so viel leichter akzeptieren konnte als ihr eigenes, auch wenn er sie auf andere Art verraten sollte.

Leo Montag mochte den verspielten, großherzigen Jungen, dessen Bewegungen so viel freier wurden, wenn er nicht in der Nähe seiner Mutter war, und er ermunterte Georg, Trudi zu besuchen, sooft er wollte. Er nahm den Jungen mit, als er Trudi beibrachte, Boote aus Birkenrinde und -blättern zu bauen. Sie ließen sie in dem Wassergraben rings um die Sternburg schwimmen. Die war zwar keine richtige Burg mit Rittern und Zugbrücke mehr, aber durch den Graben und den alten Turm sah sie immer noch so aus – auch wenn das Verlies mittlerweile als Kartoffelkeller diente und die gepanzerten Pferde gemächlichen weißen Kühen gewichen waren, die dampfende Dungfladen überall auf den Wiesen hinterließen. Auf der Rückseite der Sternburg lag der Stamm einer gefällten Eiche quer über dem Graben, und man konnte hinüberbalancieren, wenn man es wagte. Aber wenn man abrutschte, fiel man in das schlickige Wasser und kam schreiend wieder hoch, mit grünen und gelben Raupen im Haar – so wie Alexander Sturm, den seine Freunde in der Nacht, als er siebzehn geworden war, angestiftet hatten, den Graben mit verbundenen Augen zu überqueren.

Obwohl Alexander sich nichts getan hatte, hielt die Geschichte seines Missgeschicks Trudi und Georg davon ab, den Graben überqueren zu wollen, doch manchmal, wenn Trudi abends nicht gleich einschlafen konnte, sah sie sich darüber balancieren, die Arme seitlich ausgestreckt, die bloßen Füße auf der weißen Rinde.

Einmal nahm Leo die beiden Kinder mit in ein Marionettentheater in Neuß; ein andermal borgte er sich den Abramowitz'schen Wagen, um einen Sack Mehl in der Mühle am Nordrand des Orts zu kaufen. Mit seinen Backsteinbögen und hohen Fenstern ähnelte das Gebäude mehr einer Villa als einer Mühle, und als die Kinder im umliegenden Wald Fangen spielten, rannten sie nicht nur voreinander weg, sondern auch vor dem vagen Bild von Trümmern und Verfall, einer Vorahnung, die Georg völlig vergaß und die Trudi erst eines Juniabends zweiunddreißig Jahre später wieder einfallen sollte, als sie zur Mühle zurückkehrte, die schon lange zerbombt war und leer und verlassen in einem immer undurchdringlicher werdenden Dickicht aus Wald und Sumpf lag, während der Rest von Burgdorf schon wieder aufgebaut war. Sie würde durch das dachlose Gebäude gehen, eine vertrocknete Distel aus einem Büschel Kamille herauspflücken und sich und Georg vor sich sehen, wie sie an dem Tag, als ihr Vater sie zur Mühle mitgenommen hatte, Disteln mit den Wurzeln aus der Erde zogen, ihre piksigen Sträuße mit in die Leihbücherei nahmen und mit einem Topf und zwei Löffeln an den Bach gingen und die lila Distelköpfe mit Wasser und Sand mischten. Distelsuppe hatten sie ihr Gebräu genannt, als sie es ihrem Vater kredenzten, der so tat, als schlürfe er es mit Entzücken.

Im November ging Trudi mit Georg und seiner Mutter zur Allerheiligenprozession. Die Prozession begann bei der Martinskirche, ging um den Kirchplatz und durch die angrenzenden Straßen und wand sich an der katholischen Schule und der Synagoge vorbei zum Friedhof, wo die Burgdorfer Kränze auf ihre Familiengräber legten und kleine, dicke weiße Kerzen in Glaslaternen anzündeten.

Außer Trudi lud Georg nie irgendwelche Freunde ein, mit ihm nach oben in den zweiten Stock zu kommen, und auch Trudis Besuche hatten an dem Tag ein Ende, als sie sich von ihm überreden ließ, ihm mit der Stickschere seiner Mutter die Haare zu schneiden. Während er auf einem Holzschemel in der Küche saß, hockte sie in dem roten Kleid mit den dazu passenden Söckchen, die ihr ihre Tante aus Amerika zu Weihnachten geschickt hatte, auf der Tischkante, bereit, die Scherenblätter durch Georgs feine Ringellocken zu dirigieren.

Doch etwas hielt sie davon ab, den ersten Schnitt zu tun – die Angst, dass sie Georg, wenn er erst den anderen Jungen ähnlicher wäre, als Freund verlieren würde. Und doch wollte sie, dass er so war wie die anderen Jungen, wollte, dass er glücklich war. Sie hielt die Schere in der einen Hand und eine Haarlocke in der anderen.

»Mach schon«, sagte er.

Vier ausgestopfte Rotkehlchen und eine ausgestopfte Eule saßen oben auf dem Hängeschrank und beobachteten sie mit ihren glänzend harten Augen. Es war kalt in der Küche, da Frau Weiler es sich lediglich leisten konnte, den Herd zum Kochen zu heizen; und doch glühte Georgs Hals an Trudis Fingern.

»Mach schon.«

Die Schere quietschte, als sie die erste Locke kappte.

»Zeig her.« Er schnappte ihr die Locke aus der Hand und starrte sie an, erstaunt, den alten Feind als etwas von ihm Getrenntes zu sehen. »Beeil dich, Trudi.«

Sie schnitt rasch drauflos, von plötzlicher Wut gepackt, weil er ihre Freundschaft gefährdete.

»Kürzer«, sagte er, als er in den Handspiegel seiner Mutter schaute. Das Haar reichte immer noch über seine Ohren, und sobald Trudi innehielt, drängte er: »Kürzer«, bis er nicht mehr aussah wie Georg, sondern wie andere Jungen, die sie neckten, und sie wappnete sich, so zu tun, als hätte sie ihn noch nie leiden können, und schnipselte und schnipselte, bis seine Ohren und seine Stirn frei lagen und nur noch ein paar helle Büschel von seinem Schädel abstanden. Er packte sie an den Händen und hopste mit ihr auf dem blanken Fußboden herum, aber sie schaffte es nicht, mit ihm zu lachen.

Leo Montag wollte gerade die Leihbücherei schließen, als Hedwig Weiler ihren Sohn und Trudi zur Tür hereinschleppte.

»Deine Tochter hat das getan«, flüsterte sie. Die Falten auf ihren Wangen schienen tiefer, und ihre Lippen zitterten.

Leo Montag musterte den Jungen in aller Ruhe, die verdrossen ängstlichen Augen, die stolze Kopfhaltung. »Wie ein kleiner Mann«, sagte er. »Georg, du siehst gut aus.«

»Deine Tochter hatte keine Erlaubnis –«, hob Frau Weiler an.

Doch er schüttelte den Kopf. »Hedwig«, sagte er sanft, »Hedwig.« Er heftete seinen Blick auf die eckige Frau in dem schwarzen Kleid, bis sie – für einen kurzen Augenblick – das Gefühl hatte, dass er genau verstand, was ihr zu schaffen machte. Es war ein Blick, unter dem eine Frau sich ausruhen konnte, ein Blick, der sie respektierte und schützte. Und als Leo die abgrundtiefe Traurigkeit in ihren Augen erkannte, musste er daran denken, was die Leute im Ort über Frau Weiler sagten – dass sie eine verbitterte Frau sei, die ihren Mann heruntergezogen habe und ihren Sohn zwinge, auf sein Glück zu bauen –, doch da er immer schon tiefer hatte schauen können als die meisten anderen Leute, hinter die Fassaden, bis hinein in die vielen feinen Abstufungen von Schatten und Licht, wusste Leo Montag, dass

Hedwig Weiler nicht nur Angst vor Gott und dem Gerede der Nachbarn hatte, sondern sich auch danach sehnte, als großzügig zu gelten.

»Hedwig, es war Zeit«, sagte er und gab ihr die Chance, großzügig zu sein, indem er ihr von dem Tag erzählte, an dem sein Vater mit ihm zum Friseur gegangen war. »Das ist ein großer Tag im Leben eines Jungen, Hedwig, ein wichtiger Tag. Die meisten erinnern sich zeitlebens daran. Ich war drei, und ich spüre immer noch den kalten Luftzug in meinem Nacken.«

Sie sah auf den geschorenen Kopf ihres Sohnes und hob eine Hand, um ihn vorsichtig zu berühren.

»Hat er nicht noch diese Lederhosen?«, fragte Leo.

Georg sah schlagartig auf. Sein Blick schoss von seiner Mutter zu Leo Montag und wieder zu seiner Mutter zurück.

»Vom unbekannten Wohltäter.« Sie nickte. »Aber die sind inzwischen sicher zu klein.«

»Du wirst staunen, Hedwig, wie solche Lederhosen mitwachsen.«

»Er ist viel größer geworden.«

»Ich hatte als Junge ein Paar – ich muss sie jahrelang getragen haben ...«

Trudi durfte zwar nicht mehr in die Wohnung über dem Lebensmittelgeschäft, aber Georg entwickelte ein Geschick darin, sich hinauszuschleichen, wenn seine Mutter mit Kunden beschäftigt war, und die beiden Kinder spielten dann zwischen den Regalen der Leihbücherei oder verdrückten sich mit Schokoladenzigaretten, die Georg aus dem Laden seiner Mutter gemaust hatte, aus der Nähe der Häuser. Sie taten, als rauchten sie, bliesen imaginäre Qualmwölkchen in die Luft; sie scheuchten Tauben über den Kirchplatz und durch die Weizenfelder und Kartoffeläcker rings um die Stadt; sie neckten die Gänse hinter der Werkstatt des Tierpräparators und rannten weg, wenn die Riesenvögel auf sie zugewatschelt kamen und aus den harten Schnäbeln zischten. An Tagen, an denen Georg seine Lederhose tragen durfte, war er viel schneller, aber sie sahen an ihm nie ganz richtig aus, weil er immer seine Kittelkleidchen hineinstopfte.

In Trudis Zimmer legten sie die Bilderklötzchen zu Märchenbildern zusammen, oder sie stapelten sie auf der Fensterbank aufeinander, bis sie umkippten und auf die lackierten Dielen prasselten. Georg wollte immer mit ihr wetten – etwa, wie viele Vögel an ihrem Fenster vorbeifliegen oder wie viele Würmer sie am Bach finden würden.

Manchmal stiegen sie die steinerne Wendeltreppe des Turms der katholischen Kirche hinauf. Hier oben fühlte sich Trudi größer als alle Leute, die sie kannte, und wenn sie auf die Stadt hinuntersah und im Geist durch die Dächer und Kamine in die Häuser schaute, machte es ihr nichts mehr aus, dass ihr Körper zu kurz geraten war.

Dort auf dem Turm erklärte ihr Georg, er wolle sterben, wenn er dreiunddreißig wäre. »So wie Jesus, als er gekreuzigt wurde.«

»Dreiunddreißig ist sehr alt.«

»Vielleicht können wir ja zusammen sterben.«

»Gut.«

Manchmal versuchte sie, Georg Angst einzujagen, indem sie ihm Geschichten von Skeletten und von den Geistern gehenkter Leute erzählte. Wenn es ihr so gut gelang, dass nicht nur Georg die Steintreppe wieder hinunterrennen wollte, sondern auch sie selbst, schaltete sie rasch um und erzählte von den Wassernixen im Rhein und von Sternen mit hellem Schweif, die durch die dunkle Nacht leuchteten, bis sie beides leibhaftig sehen konnte, die Sterne und die Wassernixen. Das war etwas, was sie noch als erwachsene Frau tun sollte – Geschichten erzählen, um die Angst zu bannen.

Georg durfte weder mit den evangelischen Kindern spielen noch mit den jüdischen, die in die katholische Schule gingen, da sie gleich gegenüber der Synagoge war. Die evangelische Schule und die evangelische Kirche waren in der Römerstraße, weit weg vom Ortszentrum, wo der Turm der Martinskirche zu den Wolken emporzeigte. Georg und Trudi fragten sich, wie es wohl im Innern der evangelischen Kirche aussah, die niedriger und breiter war, ohne Glockenturm und Spitztürmchen – mehr ein Haus als eine Kirche. Doch eine evangelische Kirche zu betreten, war eine Sünde. Georg sagte, der Teufel konnte einen schon einfangen, wenn man nur die Tür öffnete, und selbst wenn man dem Teufel entkam, würde Herr Pastor Schüler es einem sofort ansehen.

Da Georg außer Trudi keine Freunde hatte, half er ihr gern bei den Einkäufen, die sie erledigen musste, seit ihre Mutter tot war, und gemeinsam absolvierten sie die tägliche Runde zu Anton Immers' Metzgerei, zum Markt, wo die Bauern Obst und Gemüse verkauften, zu Hansens Bäckerei, um

Brötchen oder Schwarzbrot zu holen, zum Braunmeier'schen Hof, wegen der Eier und der Milch, die Trudi in einer Einliterblechkanne nach Hause brachte, und gelegentlich zum Haus der Buttgereits am Nordrand des Orts, um weißen Spargel einzukaufen. Die Buttgereits hatten neun Töchter und verkauften den köstlichsten Spargel im ganzen Ort. Sogar aus Düsseldorf kamen Leute, um welchen zu holen. Weiß und zart, hatte er einen feinen Geschmack, den keiner der anderen Spargelzüchter im Ort hatte erzielen können und der ein Familiengeheimnis der Buttgereits war.

Als Trudi endlich Klavierstunden bei der Frau des Metzgers nehmen durfte – ein Tauschgeschäft, das ihr Vater ausgehandelt hatte, kam Georg mit und saß geduldig in der Küche der Immers, lauschte dem abgehackten Geklimper von nebenan und beobachtete die Schwiegermutter des Metzgers, eine verschrumpelte, schwerhörige alte Frau, die bei den Immers lebte und die meiste Zeit in ihrem Schaukelstuhl beim Küchenherd saß, ohne einen anderen Laut von sich zu geben als die tiefen Seufzer, wenn sie ihre Spucke einsog und hinunterschluckte.

Es ärgerte Trudi schrecklich, dass die unmelodischen Töne, die sie auf den Elfenbeintasten hervorbrachte, nichts mit der Musik zu tun hatten, die sie mit solcher Ehrfurcht erfüllte, seit sie ganz klein gewesen war. Sie konnte diese Musik nicht einmal dann hervorbringen, wenn sie stundenlang übte, und sie fürchtete das verkniffene Gesicht, das Frau Immers machte, sobald sie eine falsche Taste anschlug. Aber sie war wild entschlossen, so gut spielen zu lernen wie Robert, ehe sie ihn in Amerika besuchte. Sie wusste, es würde noch einige Zeit dauern, bis ihr Vater und sie die Reise machen konnten, da die Leihbücherei kaum genug Geld für Essen und Feuerholz einbrachte.

Einmal, als Herr Abramowitz sich einen neuen Fotoapparat gekauft hatte, machte er ein Foto von Trudi und Georg unten am Bach. Sie hatten einen Staudamm aus Steinen gebaut, und ihre Gesichter und Kleider waren schlammverschmiert. Obwohl Trudi auf einem großen Stein stand und das Kinn emporreckte, sah man sofort, dass sie viel kleiner war als Georg. Ihr Körper war breiter als seiner, und ihr Becken ging bereits auseinander, als ob eine Riesenhand von oben auf sie drückte und so jenen langsamen, tief sitzenden Schmerz in ihren Hüften und ihrem Rücken erzeugte, der ihr ein Leben lang zu schaffen machen sollte.

Als junge Frau sollte Trudi wieder auf dieses Bild stoßen, in einer alten Pralinenschachtel, wo sie all ihre Kindheitsfotos aufbewahrte, einige davon aus ihrer Säuglingszeit, und sie würde sich fragen, wieso ihre Mutter sofort gemerkt hatte, dass sie anders war. Auf den frühesten Fotos waren die Unterschiede noch so geringfügig – kaum wahrnehmbar. Vielleicht hatte ihre Mutter ja etwas anderes in ihr gesehen – den boshaften Teil, den Trudi hasste und doch nährte, um zu überleben.

Seit ihr der Fluss ihren Mann genommen hatte, führte Georgs Mutter das Lebensmittelgeschäft allein. Hinter dem u-förmigen Ladentisch, der die Schlange der wartenden Kunden von den breiten Regalen mit Kartons, Büchsen und Tüten trennte, holte sie heran, was die Leute von ihren Einkaufszetteln ablasen. Auf einem Stück braunem Papier rechnete sie die Gesamtsumme aus und wischte sich dann die Finger an der weißen Schürze ab, die am Ende des Tages ganz fleckig war. Wenn Kinder mit ihren Pfennigen kamen, um Lakritze oder Bonbons zu kaufen, fixierte sie sie mit ihren hervorquellenden Augen und fragte sie, ob sie auch die Erlaubnis ihrer Eltern hätten. Wenn sie sie nicht hatten und trotzdem Süßigkeiten wollten, mussten sie mit dem Vergnügen die Sünde des Lügens in Kauf nehmen.

In der Kirche lernten die Burgdorfer Kinder alles über die Sünde. Sünde war es, zu lügen oder etwas zu nehmen, was einem nicht gehörte. Sünde war es, Erwachsenen zu widersprechen oder ihnen nicht zu gehorchen. Sünde war es, sich selbst zwischen den Beinen zu berühren oder sich von jemandem dort berühren zu lassen. Auch nur daran zu denken war schon Sünde, und zu lange mit dem Waschlappen dort zu reiben, ebenfalls. Manche Leute trugen Sünden an sich wie eine zweite Haut, sogar die Sünden ihrer Eltern. So wie Anton Immers, der Metzger, der älter war als viele ihrer Väter, von dem aber jeder im Ort wusste, dass er drei Monate nach der Hochzeit seiner Eltern geboren worden war. Ein Dreimonatskind. Das war Sünde. Oder so wie Helga Stamm, die so alt war wie Trudi, aber ein uneheliches Kind, weil ihre Mutter gar nicht geheiratet hatte. Diese Sündenhaut – man konnte sie nie wieder ganz abstreifen, obwohl alle so taten, als sei sie gar nicht da. Der Ort wusste Bescheid. Außer bei den Sünden, die unter die Haut schlüpften und geheim blieben – dann wusste der Ort nicht genau, was passiert war, sondern nur, dass das, was passiert war, die betreffende Person verändert hatte. So, wie die kleinen Splittsteinchen unter der Haut an Gertrud Montags Knie. Sie hatten sich dort eingenistet, eine Mahnung für sie selbst, aber für niemanden sonst, solange sie nicht deine Hand nahm und deine Fingerspitzen über die kleinen Erhebungen unter ihrer Haut führte und sagte: »Da, fühlst du's?«

Und dann gab es natürlich noch die Sünden, für die man geradewegs in die Hölle kam, wenn man sie nicht beichtete, bevor man starb, Sünden, die einen mit Foto in die Zeitung brachten, so wie Mord oder Einbruchsdiebstahl. Der wichtigste Unterschied zwischen den Sünden war, dass man für manche direkt in die Hölle kam, während man für andere im Fegefeuer warten musste. Es war sinnvoll, möglichst oft beichten zu gehen, auch wenn man sich keiner Sünde bewusst war.

»Es gibt Dinge«, hatte ihr Vater Trudi erklärt, als sie noch längst nicht alt genug gewesen war, um zur Beichte zu gehen, »die die Kirche als Sünden bezeichnet, die aber einfach zum Menschsein gehören. Und diese Sünden müssen wir annehmen. Am allerwichtigsten« – er hielt einen Moment inne – »ist es, gütig zu sein.«

In seinen Augen sah sie eine sanfte Klugheit, die sie dazu trieb, die Arme um seine Taille zu schlingen. »Versprichst du mir, dass du nicht stirbst?«

»Ich werde noch lange da sein.«

»Wie lange?«

»Lange genug, dass du es satthaben wirst, auf mich zu hören.«

Obwohl Georgs Haar jetzt kurz war und er seine Kittelchen in die Lederhose stopfte, behandelten ihn die anderen Kinder immer noch so, als sähe er wie ein Mädchen aus, aber Trudi spürte, dass diese Erinnerung nach und nach von dem neuen Bild verdrängt werden würde. Und manchmal hasste sie ihn dafür, dass er sich verändern konnte. Wenn es doch für sie auch so leicht wäre – ein Haarschnitt, eine neue Art, sich zu bewegen ... Je mehr er sein Anderssein ablegte, desto weiter schien er sich von ihr zu entfernen. Mit schmerzlicher Klarheit erkannte sie die Natur ihrer Freundschaft – sie hatte nur davon gelebt, dass keiner von ihnen andere Freunde finden konnte.

Georg war verwirrt, als Trudi – um sich auf den Verlust einzustellen – Ausreden erfand, nicht mehr mit ihm zu spielen. Er stellte ihr nach, stahl seiner Mutter Geld aus dem Geldbeutel, um Trudi zurückzugewinnen. Einmal brachte er seine Mutter dazu, Trudi zur Segnung der Fahrzeuge mitzunehmen. Frau Weiler setzte beide Kinder auf ihr Fahrrad, Trudi auf den Gepäckträger, Georg auf den Kindersitz vorn an der Lenkstange, und radelte mit ihnen zum Jahrmarktsplatz, um ihr Fahrrad mit Weihwasser besprengen zu lassen.

Während sie auf den Herrn Pastor warteten, kamen zwei Kundinnen von Frau Weiler mit ihren Rädern, hoben Trudi hoch und hielten sie auf dem Arm wie ein kleines Kind, obwohl sie dafür schon viel zu alt war. Niemand hob Georg hoch, und dabei war er vier Wochen jünger als sie. Trudi wurde giftig, sie wollte spucken und kratzen und musste sich mühsam auf ihre Manieren besinnen, um es nicht zu tun.

»So hübsches Haar«, sagten die Frauen und lachten, als sie sich aus ihren Armen wand.

Georg stand neben Trudi, den Ellbogen an ihrer Schulter, während der Pastor, umringt von sechs Ministranten mit Weihrauchkessel und Silbereimerchen, Weihwasser auf Fahrräder, Lastwagen, Landmaschinen und ein paar Autos sprengte. Trudi hatte Herrn Abramowitz gesagt, er solle doch auch mit seinem Auto kommen, in der Hoffnung, er würde sie mitnehmen, aber er hatte nur mit seinen vielen Zähnen gelacht und gesagt, von katholischem Wasser würden jüdische Autos nur rosten.

Georg brachte Trudi einen goldgeäderten Stein, den er auf dem Jahrmarktsplatz gefunden hatte, eine getüpfelte Taubenschwanzfeder, glänzend rot eingewickelte Schokoladenkäfer mit schwarzen Punkten aus dem Laden seiner Mutter. Aber seine Schokolade ließ sie nur wieder die süßbittere Galle von damals schmecken, als ihr Bruder beerdigt worden war. Als die anderen Jungen Georg schließlich mitspielen ließen, hatte Trudi das Gefühl, dass alles, was sie zusammen gemacht hatten, für ihn nur Zeitvertreib gewesen war, während er auf diesen Moment wartete.

Sie beobachtete ihn durch die Gardinen ihres Zimmers, wenn er hinter einem Ball herrannte oder mit anderen Jungen Verstecken spielte. Wenn ihr dann etwas Heißes und Saures die Kehle verstopfte, rannte sie nach unten und bat ihren Vater, eine der Schallplatten vom unbekannten Wohltäter aufzulegen, und wenn sie Beethovens Eroica aus dem hölzernen Grammofon hörte – ein Wunder, dass sie in einem so kleinen Kasten Platz hatte –, konnte sie wieder schlucken.

An einem bewölkten Frühlingsnachmittag folgte sie Georg an den Rhein, wo er und Paul Weinhart, der so komisch mit den Fußspitzen nach außen ging, Kaulquappen in Einmachgläsern zu fangen versuchten. Sie hockten am Ufer unter den hängenden Zweigen einer uralten Weide, mit dem Rücken zu ihr, und Pauls Nacken war so breit, dass seine Schultern direkt vom Kopf abzugehen schienen.

Trudi kauerte sich hinter ein Brombeergestrüpp. Sie hatte Angst und wünschte sich doch zugleich, sie würden ihren Namen rufen und sie auffordern, mit ihnen Kaulquappen zu fangen. Sie wusste, wie es ging. Ihr Vater hatte es ihr gezeigt. Aber die Jungen riefen sie nicht. Sie versuchte, durch die Kraft ihres Willens zu bewirken, dass sie die Gläser fallen ließen, in die Scherben traten, sich die Füße aufschnitten. Ihr Gesicht glühte, während sie vor sich sah, wie ihr Blut auf den Kieseln klebte, wie sie ausgeschimpft wurden, weil sie die Weckgläser stibitzt hatten. »Die sind nicht zum Vergeuden da«, würde Georgs Mutter sagen, und Frau Weinhart würde Paul zwei Ohrfeigen geben. Grrr – sie bebte vor Wut.

Georg und Paul erwischten keine Kaulquappen, und das war gut. Als sie wieder zum Ort zurückgetrabt waren, trat Trudi hinter den Brombeersträuchern hervor und tunkte ihre Arme in den kalten Fluss. Ein geflochtenes Tau, das ein paar ältere Jungen an den längsten Weidenast gebunden hatten, hing über dem seichten Teil des Wassers. Hier machte der Rhein eine Biegung und bildete eine ellbogenförmige Bucht, an der die sturen Wellen vorbeirauschten. Der lange Anlegesteg, der ein Stück oberhalb der Bucht in den Fluss hinausragte, bot noch zusätzlichen Schutz vor der Strömung. An heißen Sommertagen gingen die Burgdorfer hier gern schwimmen: Picknickende Familien breiteten Decken auf dem Sand aus, und die älteren Kinder kletterten auf den Baum, packten das Seil an einem der vielen Knoten, schwangen sich über das Wasser hinaus und ließen sich in den Fluss fallen.

Trudi stemmte die Hände in die Hüften. Eines Tages, dachte sie, würde sie das auch ausprobieren, und sie würde weiter fliegen als alle anderen. Aber zuerst musste sie schwimmen lernen. Wie eine Kaulquappe, dachte sie. Nein – wie ein erwachsener Frosch mit vier Beinen. Sie hatte zugesehen, wie Frösche durchs Wasser schossen, hatte niederfüllt ihre leichten, raschen Beinstöße beobachtet. Wenn sie es schaffte, das nachzumachen, würde sie schwimmen können. Sie sah es vor sich: Sie würde die gestreckten Beine schließen, sie dicht an den Körper ziehen und dann im weiten Bogen nach außen und wieder zusammenführen. Die Hände zusammengelegt wie zum Beten, würde sie die Arme vorstrecken, dann die Handflächen nach außen drehen und das Wasser zur Seite schieben. Wie Moses, der das Rote Meer teilte.

Sie sah sich um. Der Pfad, der sich den Fluss entlangschlängelte, war menschenleer. Ebenso wie die Wiese, die an den Deich grenzte. Rasch streifte sie Schürze und Matrosenkleid, Strümpfe und Schuhe, das Unterhemd und den daran festgeknöpften weißen Baumwollschlüpfer ab. In dem kalten Wasser, das noch die Erinnerung an den Winter barg, übte sie ihre Schwimmzüge, wie sie sie sich ausgemalt hatte. Es war verblüffend einfach – solange sie nur den Frosch vor sich sah. Frösche waren unter der Wasseroberfläche zu Hause, und so schwamm auch sie unter Wasser und tauchte nur auf, um nach Luft zu schnappen.

Am nächsten Morgen schlüpfte sie ganz früh aus dem Haus, ehe ihr Vater aufwachte, und ging zum Fluss. Das ganze Frühjahr hindurch kam sie fast jeden Morgen hierher, wenn niemand in der Nähe war. Immer dicht beim Steg glitt sie durch das flache Wasser wie ein Frosch, tauchte hinab zu dem braunen Schlamm, wirbelte ihn auf, wünschte, ihr Körper würde seine Farbe annehmen, damit sie getarnt wäre. Hier gehörte der Fluss ihr. Im Wasser kam sie sich leicht und anmutig, ja, schwerelos vor, und wenn sie ihre Arme und Beine bewegte, fühlten sie sich lang an.

Am ersten Schultag brachte Trudi einen Lederranzen mit zur Schule und eine Schultüte, gefüllt mit Griffeln, Schwämmchen, Süßigkeiten, Stiften, Orangen und Nüssen. Und sie brachte die jahrealte Sehnsucht mit, so zu sein wie alle. Selig, endlich unter Kindern zu sein, war sie sich ihres Andersseins viel weniger bewusst als sonst. Es waren nicht nur ihre Körpergröße und die schlecht passenden Dreijährigenkleider, die sie zur Außenseiterin machten, sondern auch ihr inbrünstiger Wunsch, dazuzugehören.

»Penetranz« nannte es die Rektorin, Schwester Josephine, als sie mit den übrigen Lehrerinnen über Trudi sprach. »Sie wollen sie nicht mitmachen lassen, und sie versucht es erst recht.«

»Penetranz«, sagte ihre Klassenlehrerin, Schwester Mathilde, warnend zu Trudi, »wird dir das Leben schwer machen.« Sie nahm Trudis Wangen zwischen ihre hübschen milchweißen Hände. »Sieh dir die anderen Mädchen an. Sie platzen nicht einfach mit den richtigen Antworten los. Sie warten, bis ich sie aufrufe.«

Und Trudi sah sich die anderen Mädchen an, und was sie sah, gefiel ihr nicht – sie schwiegen, sogar dann, wenn sie die Antwort wussten, während die Jungen den Finger streckten und sich Gehör verschafften. Sie ärgerte sich über diese Mädchen. Sie ärgerte sich auch über erwachsene Frauen wie Frau Buttgereit und sogar Frau Abramowitz, die immer still vor sich hin litten und es als ein Zeichen von Tugend ansahen, sich nicht zu beklagen. Einmal hatte sie Herrn Abramowitz mit seiner Frau schimpfen hören: »Du bist wie eine von denen, Ilse. Man muss sein Leben jetzt leben.«

Das Pult der Lehrerin stand unter einem großen hölzernen Kruzifix, und die Kinder saßen in Reihen von Zweierbänken mit dem Rücken zu dem einzigen Bild im Klassenzimmer, einer betenden Jungfrau Maria, die über den Kleiderhaken hing.

Einer der Jungen, Fritz Hansen von der Bäckerei, flüsterte Trudi zu, dass die Nonnen niemals schliefen.

»Warum nicht?«

»Sie brauchen nicht zu schlafen. Sie beten die ganze Nacht.«

Trudi begann, in Schwester Mathildes schönem Gesicht nach Spuren von Müdigkeit zu forschen, aber alles, was sie in ihren Augen entdeckte, war das Mysterium des Lebens in Gott. So hatte Frau Blau es genannt – das Mysterium des Lebens in Gott. Es kam daher, dass sie Christi Braut war und mit seinen anderen Bräuten zusammen in einem Kloster lebte.

Trudi liebte jäh und heftig – Schwester Mathilde, deren Stimme vor Gefühl zitterte, wenn sie von den Märtyrern sprach; Eva Rosen, die neben Trudi saß, so kerzengerade, dass sie den anderen immer als Musterbeispiel vorgehalten wurde; Herrn Pastor Schüler, der Trudi die erste Beichte abnehmen und ihr erklären würde, sie dürfe niemals vergessen, dass sie ein Kind Gottes sei. Sie liebte sie alle so jäh und heftig, wie sie einst Georg geliebt hatte, als sei kein Fingerbreit Luft zwischen ihr und der anderen Person.

Sie liebte jeweils nur einen Menschen – der allerdings von einem Tag auf den anderen wechseln konnte –, und sie beobachtete diesen Menschen mit ihrer ganzen keuschen, eifersüchtigen Liebe. Sie war am Boden zerstört, wenn der Herr Pastor in ihre Klasse kam und vergaß, ihr extra zuzulächeln, oder wenn Schwester Mathilde sie böse ansah, weil sie nicht still saß, oder wenn Eva Rosen Hand in Hand mit Bettina Buttgereit von der Schule nach Hause ging.

Während die meisten Mädchen eine beste Freundin hatten, mit der sie den Heimweg zurücklegten, war Trudi noch nie Hand in Hand mit einem anderen Kind gegangen. Wenn die Schule aus war, schlenderte sie nach Hause, gewöhnlich nicht auf der Straßenseite, auf der Georg ging, der in ihrer Klasse war, es aber vermied, sie anzusehen. In ihrem Kopf wiederholte sie die Buchstaben, die sie an dem betreffenden Tag gelernt hatte, und zog die Verbindungsschlaufen, die sie zu Worten aneinanderketteten. Sie blieb stehen, wenn irgendwo andere Kinder Hopsen oder Ballspiele spielten, und wünschte sich, sie würden begreifen, dass sie innen drin genauso war wie sie. Sie wollte so gern mitspielen, aber sie ließen sie nicht – nicht mal, wenn sie fragte –, und nach ein paar Monaten gab sie ihre Bemühungen auf. Sie blieb ein Stück weiter stehen und sah den anderen Kindern zu, das breite Gesicht so unbewegt, als ginge sie das alles gar nichts an. Sie spürte die Ablehnung. Spürte, dass sie sie nicht berühren wollten. Aber wenn sie ihr Wörter wie *Zwerg* und *Zwergenbein* nachriefen, Wörter, von denen sie wussten, dass sie sie trafen, dann warf sie ihnen eine Handvoll Dreck in die spöttischen Gesichter. Und sie warf ihnen ebenfalls Wörter an den Kopf – *Schweinesau* und *Arschloch* –, hässliche Wörter, die bewirkten, dass ihr ein dreckiges Mundwerk nachgesagt wurde und die Nonnen sie ermahnten, ihr Temperament zu zügeln, hässliche Wörter, die bewirkten, dass sie Angst hatte, ihre Seele sei im Begriff, genauso hässlich zu werden wie ihr Körper.

Nicht einmal in der Pause ließen die Mädchen sie mitspielen. Sie hüpften im Kreis herum und sangen: »Ringel Ringel Reihe ...«, während Trudi außerhalb des Kreises stand und fühlte, wie sich Wut in ihr zusammenballte, Wut, die ihr Tränen in die Augen trieb und machte, dass sie diesen Mädchen wehtun wollte.

Gewöhnlich konnte sie die Tränen unterdrücken, aber eines Nachmittags kam sie weinend heim. Ihr Vater empfing sie an der Tür, die Hände voller weißer Farbflecke, weil er das Kreuz auf dem Grab ihrer Mutter gestrichen hatte. Seine sanften Fragen bewirkten nur, dass sie noch heftiger weinte, bis sie die Spiegelung ihres Schmerzes in seinen Augen sah, so deutlich, als wäre er derjenige, der ausgeschlossen worden war.

Am nächsten Morgen flocht er ihr Zöpfe, steckte sie über ihren Ohren zu Schnecken und legte ihr das Silberkettchen mit dem Kreuz um. Er zog die Jacke seines Sonntagsanzugs über die Strickweste und hinkte neben ihr her zur Schule, wo er auf dem Gang mit Schwester Mathilde redete, vor der Statue des heiligen Christophorus, dieses hässlichen Riesen, der das Christuskind über den Fluss getragen hatte. Türkisfarbene Gipswellen wogten um die Füße des Heiligen, dessen Name Christusträger bedeutete. Gebeugt von der ungeheuren Last des Kindes, schien der Heilige kurz vor dem Zusammenbrechen. Die Schwestern sagten, das Kind sei immer schwerer und schwerer geworden, obwohl es klein war und klein blieb, als wäre es dazu verurteilt, auf ewig ein Zwerg zu sein. Und doch erkannte Trudi in seinen Augen bereits den Mann, dem die Dornenkrone die Stirn aufriss, während er unter der Last des Kreuzes wankte, so wie der Riese unter seiner Last gewankt hatte.

Schwester Mathilde kam verspätet in die Klasse, ein Geflatter von schwarzen Röcken und Ärmeln. Als sie ihren gestärkten Leinenschleier zurechtrückte, waren ihre Lippen ein strenger Strich, der die Kinder warnte, ihre Geduld nicht auf die Probe zu stellen. In der Pause nahm sie Trudi an der Hand, als wären sie beste Freundinnen, und führte sie auf den Hof, wo sie der Mädchenclique erklärte, sie müsse Trudi mitspielen lassen. Trudi wäre am liebsten zurückgewichen vor den widerstrebenden Blicken, vor der Steifheit, mit der sich der Kreis unter den wachsamen Augen der Schwester öffnete. Gehorsame Hände zogen sie in den Reigen hinein. Und sie hasste die Mädchen. Hasste sie, weil sie sie nicht wollten. Hasste sie, weil sie wollte, dass sie sie mochten. Hasste sie, weil sie spürte, dass es nicht leichter werden würde.

An diesem Sonntag drückte ihr Vater ihr einen Korb in die Arme, der mit einem Handtuch bedeckt war. »Nicht fallen lassen«, ermahnte er sie.

Als sie das Handtuch wegzog, sah ihr ein klitzekleiner Hund ins Gesicht. Er war schwarz, bis auf eine dunkelgraue Zeichnung im Gesicht, die aussah wie eine Maske. Sie hob ihn heraus, hielt ihn an ihre Wange. Sein Körper fühlte sich unter den losen Fellfalten ganz verloren an. Seine Schnauze war feucht, und er wand sich in ihren Armen.

»Du musst ihn zweimal am Tag füttern, bis er groß ist.«

»Wie heißt er?«

»Das bestimmst du. Es ist dein Hund.«

Sie setzte ihn auf den Dielenboden und hockte sich zu ihm. Nachdem er ihre Füße beschnuppert hatte – wobei sie lachen musste, flitzte er zu ihrem Vater, kehrte wieder um und erforschte den Fußboden in immer weiteren Runden, die alle zu ihr zurückführten.

»Ich weiß nicht, wie ich ihn nennen soll.«

»Warte ab. Du wirst es bald wissen.«

»Wieso?«

»Er wird es dir sagen.«

Der Hund war nur ein paar Wochen lang dunkel, dann durchsetzte immer mehr Silbergrau das Schwarz, als besäße er nur eine bestimmte Menge Pigmente, die sich immer mehr verdünnten, je weiter sein Körper sich streckte. Aber die Maske behielt ihren tiefgrauen Ton, auch als der Rest seehundsgrau wurde, so wie der Mantel des russischen Soldaten. Deshalb nannte ihn Trudi schließlich Seehund. Herr Abramowitz machte ein Foto von ihr und Seehund, inmitten ihrer Puppen. Manchmal, wenn ihr Vater ihr ein Schmalzbrot strich, stippte sie den Finger in das Schmalz und ließ Seehund daran lecken.

Während sie in der Schule war, schlief der Hund auf einem alten Kopfkissen hinter dem Ladentisch in der Leihbücherei, und wenn sie heimkam, atemlos vom Rennen, weil sie es nicht erwarten konnte, ihn zu sehen, sprang er an ihr hoch und warf sein ganzes Welpengewicht gegen ihre stämmigen Beine. Dann ließ sie ihren Schulranzen fallen und nahm ihn auf den Arm. Noch nie hatte jemand sie so überschwänglich geliebt: Die Liebe ihrer Mutter war unstet gewesen, und die ihres Vaters war, wenngleich konstant, von zärtlicher Traurigkeit gefärbt. Aber Seehund stürzte sich mit seiner ganzen Liebe, seinem ganzen Körper auf sie. Das war eine Liebe, die sie wiedererkannte – sie hatte sie selbst schon in sich gefühlt, aber nie mit einer solchen Hemmungslosigkeit nach außen gekehrt. Mit Seehund konnte sie das. Sie konnte ihn umarmen und sein Fell an ihrem Gesicht spüren, konnte durch das hohe Unkraut am Bach rennen und sicher sein, dass er ihr folgte, konnte ihm zu fressen geben und zusehen, wie sein ganzes Hinterteil vor Freude wackelte. Und wenn sie düsterer Stimmung war, nahm er ihre Handkante zwischen die Zähne und leckte sie sanft, bis sie ihm mit der anderen Hand den Kopf streichelte.

Als Seehund vier Monate alt war, brachte sie ihm bei, an der Leine zu laufen, damit sie überall mit ihm hingehen konnte. Die Leute blieben stehen und bewunderten ihn. Sie lächelten Trudi an, wenn sie ihn streichelten. Eines Samstagmorgens, als sie mit ihrem Hund auf der Eingangstreppe saß und Abfahrt- und Ankunftszeiten von Zügen aus einem kleinen Fahrplanheftchen auswendig lernte, das Frau Abramowitz ihr geschenkt hatte, kamen Eva und ihre Mutter zur Leihbücherei. Während Frau Doktor Rosen hineinging, um ein neues Sortiment Wildwestromane für ihren Mann auszusuchen, fragte Eva, ob sie mit dem Hund spielen dürfe.

Trudi nickte. »Er mag es, wenn man ihm den Rücken streichelt.« Sie hätte so gern auch so ein Kleid angehabt wie das von Eva, aus dünnem Stoff, der einem beim Gehen um die Beine flatterte.

Behutsam strich Eva über Seehunds Fell, von der Stelle zwischen den Ohren bis zum Schwanz. Er schüttelte sich wie eine Ente, und beide Mädchen lachten.

»Willst du verreisen?« Eva zeigte auf das Fahrplanheftchen.

»Ich lese nur, wo die Züge hinfahren und wo sie halten.«

»Warum?«

»Damit ich's weiß.«

»Kann ich deinen Hund spazieren führen?«

Trudi zögerte, übergab Eva dann die Lederleine, und die beiden Mädchen gingen bis zum Ende der Schreberstraße und wieder zurück. Eva, über einen Kopf größer als Trudi, mit schmalen Hand- und Fußgelenken. »Ich mag Hunde.« Sie hockte sich hin, um die Enden von Seehunds Barthaaren zu berühren. Ein goldenes Herz hing an der dünnen Goldkette um ihren Hals. »Aber Katzen –« Ihre Augen wurden ängstlich und sie sah sich um, als wollte sie sich vergewissern, dass keine Katze in der Nähe war. »Katzen«, flüsterte sie, »die suchen sich dein warmes Fleckchen und ersticken dich.«

»Was für ein warmes Fleckchen?«, flüsterte Trudi zurück.

»Sie kommen nachts in dein Zimmer und legen sich auf deine Kehle, weil sie warm ist. Und weich.« Feine Lockensträhnen hatten sich aus Evas Zöpfen gelöst und klebten an ihrer Stirn, als wären sie mit schwarzer Tinte auf die Haut gemalt. »Mein Vater sagt, Katzen ersticken einen, wenn sie können. Einmal hat er nachts vergessen, sein Schlafzimmerfenster zuzumachen, und rate, was passiert ist!«

»Eine Katze ist reingekommen?« Trudi sah die Katze vor sich, eine bernsteinfarbene Katze mit weißen Pfoten.

»Mein Vater hat geträumt ...«, Eva nickte. »Und in seinem Traum hat irgendwas Schweres auf ihn gedrückt. Als er nicht mehr atmen konnte, hat er die Augen aufgemacht, und da lag diese Katze und schlief, genau auf seiner Kehle ...« Sie rieb sich mit einer Hand über die Kehle. »Wir schlafen immer bei geschlossenem Fenster.«

»Auch im Sommer?«

»Auch im Sommer.«

»Und was ist tagsüber? Wenn dein Vater in seinem Liegestuhl auf dem Balkon liegt?«

»Tagsüber schläft er nie. Es sieht nur so aus. Er ist nicht besonders kräftig.«

»Meine Mutter war auch nie besonders kräftig.«

»Aber mein Vater wird wieder gesund.«

»Meine Mutter sieht aus wie eine tote Braut. Herr Abramowitz hat sie fotografiert. Im Sarg.«

Eva schüttelte sich. »Kann ich mal sehen?«

»Ich weiß nicht. Die Fotos hängen im Zimmer meines Vaters.«

»Ich hab mal ein Foto von einem toten Baby gesehen. Jemand hat es meiner Mutter gegeben, weil sie das Baby behandelt hat, bevor es gestorben ist.«

»Ist das Baby von einer Katze umgebracht worden?« Trudi spürte eine Geschichte von einer Katze, einer Katze, die ein Baby umgebracht hatte.

»Kann sein.«

»Welche Farbe hatte die Katze, die sich auf deinen Vater gelegt hat?«

»Das hat mir keiner gesagt.«

»Was ist mit ihr passiert?«

»Sie ist aus dem Fenster gesprungen, als mein Vater geschrien hat.«

Trudi schloss die Augen. Die Katze – eine glänzende bernsteinfarbene Katze – sprang von Herrn Rosens fleischiger Kehle herab und durch das Schlafzimmerfenster und landete lautlos unten auf dem Rasen, während Herr Rosen immer weiter schrie. Die Katze flitzte hinter den Hühnerstall, unter den Wäscheleinen hindurch und über die Straße, auf der Suche nach einem anderen offenen Fenster, einer anderen Kehle. Trudi schauderte, obwohl sie Katzen mochte und fasziniert war von ihren geschmeidigen Bewegungen und ihrem unverwandten Starren, das ihrem eigenen so ähnelte.

Als Eva aufstand, sah Trudi sich schon wieder allein, in die alte Einsamkeit zurückgestoßen. »Mein Vater ist auch einmal fast umgebracht worden«, sagte sie rasch, um Eva aufzuhalten.

»Von einer Katze?«

»Nein, von einer russischen Kugel. Sie war genau auf sein Herz gezielt.« Sie hielt bewusst inne, wohl wissend, dass Geschichten eine neue Kraft gewannen, wenn man sie in Worte fasste. Sie mussten in einem drinnen entstehen, in der Seele, wo man sie lange Zeit aufbewahren konnte, aber damit sie Flügel bekamen, musste man Worte dafür suchen und die Gesichter anderer Leute beobachten, wenn sie zuhörten. »Aber der andere Soldat ...«, sagte sie und sog Evas Neugier ein, so wie einst mit Georg, wünschte sich so sehr, dass sie blieb. Versuchte, sie über ihre Willenskraft dazu zu bringen, dass sie blieb.

»Der andere Soldat ist gestolpert – sie waren nämlich auf einer matschigen Wiese –, und die Kugel hat meinen Vater stattdessen am Knie getroffen.«

Eva beugte sich dichter heran. »Was ist mit dem russischen Soldaten passiert?«

»Er wurde gefangen genommen, und mein Vater durfte seinen Mantel behalten.« Sie fasste Eva an der Hand, zog sie die Eingangstreppe hinauf und in die Diele, wo der lange Seehundmantel an einem hölzernen Haken hing. Durch das Fenster am Ende der Diele fiel Licht auf den Perserläufer und drang durch das kunstvolle Geflecht des Korbsessels.

»Fass mal an«, drängte Trudi. »Er ist aus Seehundfell.« Sie hatte sich ihre eigene Version zurechtgezimmert, wie ihr Vater zu seiner Kriegsverletzung und zu dem Mantel gekommen war – in ihren Augen musste zwischen beidem ein Zusammenhang bestehen –, aber noch ehe sie Eva damit fesseln konnte, kam deren Mutter mit ein paar Büchern aus der Leihbücherei.

In dieser Nacht schloss Trudi ihr Fenster und lag lange wach, horchte nach Katzen und überlegte sich, wie sie Eva den Rest der Geschichte erzählen würde. Sie lächelte, als sie sich Evas Gesicht beim Zuhören vorstellte.

»Der russische Soldat war der größte Mann, den mein Vater je gesehen hatte, und sie wurden Freunde. Na ja – nicht richtig Freunde, so wie –«, sie wollte sagen *»du und ich«*, wagte aber nicht einmal in ihrer Fantasie eine solche Anmaßung.

»Er wollte meinem Vater seinen Mantel geben. Geschenkt. Um wiedergut-zumachen, dass er auf ihn geschossen hatte. Aber mein Vater gab ihm dafür von seinen Essensrationen. Und ein Paar Stiefel...« Da Eva sicher wegen der Schuhgröße fragen würde, beschloss sie hinzuzusetzen: *»Weißt du, mein Vater hatte immer schon große Füße. Sie waren genauso groß wie die von dem Russen.«*

Doch als sie am nächsten Morgen zur Schule rannte, bereit, Eva ihre Geschichte zu erzählen, wandte Eva sich ab, sobald sie sie sah, und begann, mit Helga Stamm zu reden, dem unscheinbarsten Mädchen in der ganzen Klasse, das mit seinen dicken Armen und farblosen Lippen aussah, als be-stünde es aus Teig. Trudi stürzte mit wild klopfendem Herzen an ihnen vorbei ins Klassenzimmer und zog ihre Schiefertafel aus dem Ranzen. Im Kreuz fühlte sie ein Ziehen, das den ganzen Tag nicht weggehen wollte.

Auf dem Heimweg hörte sie hinter sich Kinder lachen. Sicher, dass sie sich wegen ihrer Gestalt über sie lustig machten, ging sie schneller, mit hei-ßem Gesicht, voller Hass auf ihre kurzen, gekrümmten Beine – die an den Knien auseinandergingen und sich dann an den Knöcheln wieder trafen, als passten sie sich der Form eines großen Kuckuckseis an. Sie tat so, als wollte sie allein sein. Selbst wenn sie sie jetzt fragten, ob sie mitspielen wolle, würde sie nicht stehen bleiben. Ihretwegen nicht.

Sie war schon über eine Stunde zu Hause, als Eva draußen vor der Leih-bücherei auftauchte und nach ihr rief.

»Bring Seehund mit«, schrie sie, als Trudi den Kopf aus ihrem Zimmer-fenster steckte. »Ich hab was für euch.«

Trudi wollte sich ducken und unterm Bett verkriechen, wollte Eva einen Eimer Schmutzwasser über den Kopf kippen, wollte nach unten rennen und mit Eva spielen. Langsam ging sie die Treppe hinunter und zählte die Stufen – eins, zwei, drei, vier ... Ihr Gesicht wurde heiß. Eins, zwei, drei, vier, fünf, sechs, sieben. Sieben Zwerge. Sie blieb stehen. Letzte Wo-che hatte sie den Priester gefragt, ob es einen Schutzheiligen der Zwerge gebe, und er hatte sie mit seinen gütigen Augen angeschaut, als wäre er erschrocken.

»Ich glaube nicht, mein Kind.«

»Aber alle haben doch einen Schutzheiligen.«

Der Priester hatte traurig genickt.

»Friseure, Witwen, Epileptiker, Kaufleute …«Er hatte die rechte Hand in seinen linken Ärmel gesteckt und seinen dünnen Arm mit langen, gleichmäßigen Auf-und-ab-Bewegungen gekratzt.

Trudi hatte an Frau Simon gedacht, die ein geweihtes Medaillon mit dem heiligen Antonius – dem Heiligen, der für alle verlorenen Sachen zuständig war – zusammen mit einem jüdischen Amulett an einem feinen Silberkettchen um den Hals trug.

»… Bettler, Zahnärzte, Waisenkinder«, hatte der Priester aufgezählt, »Dienstboten, Bibliothekare …«

»Sogar Tiere«, hatte Trudi gesagt. Sie hatte ein Heiligenbildchen vom Schutzpatron der Tiere, St. Antonius. Er war ein Einsiedler, der in einer Gruft auf einem Friedhof wohnte. Sie hatte darauf gewartet, dass der Priester einen Schutzheiligen extra für Zwerge zutage förderte. So ein Schutzpatron würde sicher machen können, dass sie wuchs.

»Vielleicht der heilige Ägidius.« Der Priester hatte die andere Hand in den anderen Ärmel gesteckt.

Sie hatte in die Hände geklatscht. »Ich habs gewusst, dass Sie einen finden.«

»Er ist der Schutzpatron der Krüppel.«

»Ich bin kein Krüppel«, hatte sie unter Tränen gerufen.

»Ich weiß, liebes Kind …« Er hatte ihr übers Haar gestrichen. »Aber der heilige Ägidius ist der, der mir noch am ehesten einfällt. Er wurde mit der Milch einer Hirschkuh aufgezogen und …«

»Trudi …«, Eva rief draußen nach ihr.

»Ich bin kein Krüppel«, flüsterte Trudi und ging die letzten Stufen hinunter. Seehund wartete schon.

»Stell dir mal vor«, sagte Eva, als wäre ihr Gespräch von gestern nie unterbrochen worden, »wenn die Kugel deinen Vater getötet hätte, wärst du gar nicht auf der Welt.« Sie gab Trudi eine Lampionblume aus ihrem Garten, deren dünner Stängel sich unter dem Gewicht der orangeroten Blüte anmutig bog.

»Dann hätte mich der Storch woandershin gebracht.«

»Der Storch?« Eva lachte. »Störche haben nichts damit zu tun, ob man auf die Welt kommt oder nicht.«

»Haben sie wohl.«

»Meine Mutter ist Ärztin und muss es wohl wissen. Sie sagt, Kinder kommen aus den Müttern raus. Sie wachsen in ihnen drin, und wenn sie groß werden, kommen sie raus.«

Trudi schüttelte den Kopf.

»Wirklich«, beharrte Eva und hob Seehunds Ohren in die Höhe. Sie versuchte, sie dazu zu bekommen, dass sie stehen blieben, aber er zuckte damit, wie wenn er Fliegen verscheuchte.

»Er will Gassi gehen«, sagte Trudi.

Eva hielt die Leine und Trudi die Blume, während sie mit dem Hund ans Ende der Schreberstraße und wieder zurückgingen. Als Trudi vorschlug, Seehund mit an den Fluss zu nehmen, schaute Eva die Straße hinunter, als wollte sie sich vergewissern, dass keins der anderen Kinder sie mit Trudi sah. »Lass uns heute hierbleiben«, sagte sie.

Als sie zur Leihbücherei zurückkamen, setzte sich Trudi auf die Eingangstreppe, und Seehund legte den Kopf auf ihre Knie. Eva blieb vor ihnen stehen, als wartete sie, dass Trudi etwas sagte, aber die zupfte nur stumm am Stängel der Lampionblume herum.

»Mütter haben eine Tasche für die kleinen Kinder in ihrem Bauch«, platzte Eva heraus, »und die Väter legen den Samen für das Kind da hinein, und dann fängt es an zu wachsen.«

Das war das Albernste, was Trudi je gehört hatte, und doch sah sie plötzlich ihren toten Bruder vor sich, noch immer in ihrer Mutter, mit ihr begraben, um dort in ihrem Bauch zu wohnen – an diesem privilegierten Ort –, während sie beide unter der Erde verwesten. Sie ertappte sich bei der Überlegung, ob die Splittsteinchen wohl übrig bleiben würden, und sah sich den Sargdeckel öffnen und den Sarg leer finden, bis auf eine Handvoll kleiner grauer Steinchen.

»Ehrlich«, sagte Eva.

»Blumen und Gemüse wachsen aus Samen«, erklärte ihr Trudi, »aber nicht Kinder.«

»Wenn der Mann die Frau geküsst hat, legt er seinen Samen in sie rein.«

»Wohin?«

Eva zuckte die Achseln und wickelte Seehunds Ohren um ihre Finger.

»Siehst du, du weißt es nicht.« Trudi lachte sie aus. »Das ist nur eine Geschichte, die deine Mutter dir erzählt, weil sie denkt, du bist noch zu klein, um es zu verstehen.«

»Bin ich gar nicht.«

»Ich weiß, wie es geht. Ich weiß sogar, wie man machen kann, dass man keine Kinder kriegt.«

Eva starrte sie an, und in ihren Augen standen plötzlich Zweifel an ihrer eigenen Gewissheit.

»Ich hab schon mal gemacht, dass ein Kind nicht auf die Welt gekommen ist. Das ist ein Geheimnis.« Trudi hielt inne. Obgleich sie anderer Leute Geheimnisse aufsog, behielt sie ihre eigenen gern für sich, da sie wusste, wie viel Macht sie anderen geben konnten.

Eva schlang den Arm um Trudis Schultern. »Ich sags nicht weiter.«

»Versprochen?« Trudi hatte Frauen über andere Frauen flüstern hören, die Mittel und Wege kannten, keine Kinder zu bekommen. So wie Frau Simon, die nie eins zur Welt brachte. Zu machen, dass man keine Kinder bekam, war Sünde.

»Versprochen.« Evas Mund stand offen, als hätte sie vergessen zu atmen.

»Nicht mal deiner Mutter.«

»Versprochen.«

Trudi sagte, so schnell sie konnte: »Ich hab gemacht, dass das Kind gestorben ist, bevor es ankommen konnte, weil ich den Zucker für den Storch gegessen habe, und das Kind ist zu früh gekommen, um lebendig zu sein, und wir haben es begraben.«

Eva ließ einen langen Luftschwall heraus. »Was für ein Kind?«

Auf einmal konnte Trudi nicht mehr weiterreden.

»Was für ein Kind?«

»Mein – mein Bruder.«

»Haben sie dich bestraft?«

»Sie wissen es nicht.«

»Ich sags keinem.« Eva rieb sich mit den Fingerknöcheln ihre hohe, schmale Stirn. »Wirst du's wieder tun?«

Trudi musste angestrengt überlegen. »Ich wills nicht«, sagte sie schließlich.

»Ich weiß, woran man merkt, ob man ein Kind kriegt.«

»Woran?«

Eva drückte mit einem Finger gegen Trudis Rock, dort, wo er das knöcherne Dreieck bedeckte. »Wenn du da Haare kriegst«, sagte sie, »musst du gut aufpassen. Wenn sie zu deinem Bauchnabel hinwachsen, kriegst du ein Kind.«

Obwohl es Trudi schmerzte, dass Eva sie in der Schule ignorierte, versuchte sie, es zu verstehen. Wenn Eva zu erkennen gab, dass sie mit ihr befreundet war, würden die anderen Kinder Eva auch ausschließen, so todsicher, wie wenn ihr Körper über Nacht geschrumpft wäre. In ihrer Liebe wollte Trudi wie Eva sein – und doch spürte sie, dass es in den Augen der Leute im Ort genau umgekehrt sein würde: Eva würde wie eine Ausgestoßene behandelt werden. Das gab ihr das Gefühl, dass sie gefährlich für die Menschen war, die sie liebte. In ihrer Angst, Eva zu schaden, behielt sie ihre Liebe für sich, als ein Geheimnis, obwohl ihr manchmal war, als müssten es alle bemerken, da diese Gefühle so heftig in ihr loderten, dass sie wie Feuerschwaden durch ihre Haut drangen.

Und da sie um die Infektionsgefahr wusste, ließ sie zu, dass Eva sie immer wieder verriet. An Evas Stelle hätte sie wahrscheinlich dasselbe getan. In gewisser Weise tat sie es auch: Seit sie in der Schule war, mied sie die, die sie früher fasziniert hatten, die, deren Anderssein noch offensichtlicher war als ihres – die dritte Heidenreich-Tochter, Gerda, die sich immer vollsabberte und deren Kopf hin und her zuckte, obwohl ihr Vater mit ihr zu immer neuen Ärzten ging, sogar bis nach Berlin, oder Ulrich Hansen, den ältesten Sohn des Bäckers, der ohne Arme zur Welt gekommen war und immer von seinen Eltern gefüttert werden musste, obwohl er schon zwölf war, und natürlich den Mann, der sich aufs Herz tippt. Es schmerzte sie, einen von ihnen anzusehen. Es machte ihr Angst, dass sie zu ihnen gehören würde, wenn sie nett zu ihnen wäre, machte, dass sie sich grausam vorkam, wenn sie ihnen aus dem Weg ging.

Sie lockte Eva mit den Bildern zurück, den Fotos von der toten Frau an den Wänden im Zimmer ihres Vaters. Eines Nachmittags, als ihr Vater vier Kunden in der Leihbücherei hatte, schlüpfte sie mit Eva in sein Schlafzimmer. Eva, die bisher nur ein Foto von einem toten Baby gesehen hatte, stand so weit von den Bildern weg, wie es ging, während die Sonne durch das Baummuster der Spitzengardine hereinfunkelte und durchbrochene Schatten auf die vielen Gesichter der toten Braut malte.

Sie lockte Eva mit ihren Geschichten zurück – Geschichten von ihrem Vater, der ein gefeierter Sportler gewesen war und viele Trophäen gewonnen hatte, als sein Knie noch nicht kaputt gewesen war; Geschichten von ihrem Vetter, der in einer prächtigen Villa in Amerika lebte; Geschichten von den Leuten in Burgdorf. Manchmal spionierte sie sogar Eva und ihrer Familie nach und gab durch ihre Geschichten an Eva zurück, was sie gesehen hatte. Ihre Geschichten wuchsen und veränderten sich, während sie sie erprobte, um zu sehen, wie viel sie hergaben, wie viel Eva davon glaubte, was hineinpasste und was nicht, aber sie entwickelten sich alle aus einem Kern, der aus dem bestand, was sie über Leute wusste oder ahnte. Und es war nicht einmal so, dass sie Sachen erfand; eigentlich horchte sie nur ganz genau auf sich selbst.

5

1921–1923

Manchmal spielten Eva und Trudi mit Seehund am Bach hinter der Leih-bücherei, aber er lief ihnen kläffend davon, wenn sie ihn mit Wasser be-spritzten. Und wenn sie ihn in den Bach zerrten, um ihm das Schwimmen beizubringen, flüchtete er, sobald sie sein Halsband losließen. Bald lernte er, in sicherer Entfernung zu bleiben, wenn Trudi sich irgendeinem Ge-wässer näherte.

»Du hättest ihn anders nennen sollen«, sagte Eva an einem Herbstnach-mittag, als sie gerade den Versuch aufgegeben hatten, Seehund ins Wasser zu locken. »Ein Seehund mag doch Wasser.«

»Wir nennen ihn Erdschnecke«, schlug Trudi vor.

Eva lachte. »Schildkröte.«

Trudi streckte beide Arme zur Seite und wirbelte herum. »Schildkröte«, sang sie vor sich hin. »Erdschnecke …« Ihr rechter Fuß knallte gegen das Ende der Holzplanken, die gleich hinter der Gabelung den schmalen Arm des Bachs überspannten. Sie schrie auf.

»Kneif dich ins Ohrläppchen«, rief Eva.

Trudi umklammerte mit einer Hand ihren Zeh und hopste auf dem anderen Bein herum.

»Probiers mal«, befahl Eva. »Dann tuts nicht mehr weh.« Als Trudi sich ins Ohrläppchen kniff, stach es. Wie durch ein Wunder hörte ihr Zeh auf, wehzutun. »Wie funktioniert das?« Sie ließ sich neben Eva ins Gras plumpsen.

»Es funktioniert einfach. Ich zeig dir noch was.« Eva beugte sich dicht an Trudi heran. Ihr Atem roch nach Himbeerpudding, als sie den Mund öff-nete – so weit, dass Trudi tief hineinschauen konnte. Der Gaumen war ge-wölbt wie die Decke der Martinskirche, und das dunkle Loch ganz hinten war durch einen rosa Zapfen unterteilt. Als Evas Zunge sich nach oben reckte, verdeckte sie das Loch, aber auf ihrer Unterseite waren bläuliche Adern und ein straffes Häutchen, das sie mit dem Mundboden verband. »Versuchs.« Evas Stimme klang halb erstickt. Ihre Zungenspitze titschte gegen das Gaumendach. »Beweg sie, dass es kitzelt.«

Trudi probierte es. »Fühlt sich lustig an.«

Eva schloss den Mund, gähnte aber prompt, als müsste sie unbedingt ihre Lippen bewegen. »Denk dran, wenn du dich mal versteckst und niesen musst.«

»Wer soll denn hinter mir her sein?«

»Man kann nie wissen. Das ist ein alter Indianertrick. Die Indianer machen es, wenn sie nicht wollen, dass ihre Feinde sie finden.«

»Woher weißt du das?«

»Von meinem Vater. Er hat es in einem Buch aus der Leihbücherei gelesen. Ich weiß noch viele andere Mittel.«

»Auch eins ...« Trudi fühlte, wie ihre Hände schweißig wurden. Als sie an diesem Morgen Schwester Mathilde erzählt hatte, sie wolle Lehrerin werden, hatte die Schwester gesagt, das sei keine gute Wahl, da Kinder keinen Respekt vor einer Lehrerin haben würden, die kleiner sei als sie. Sie rieb ihre Handflächen an ihrem Rock ab, ehe sie es wagte, Eva zu fragen: »Auch eins, von dem man wächst?«

Langsam zog Eva an einem Grasbüschel, bis es samt Wurzeln herauskam. Sie warf es in den Bach, wo es in trägen Schleifen davontrieb.

»Dafür weiß ich kein Mittel.« Evas Stimme war weich. »Du wirst schon von selbst wachsen.«

»Schwester Mathilde sagt, ich kann nicht Lehrerin werden.«

»Meine Mutter sagt, man kann werden, was man will.«

»Was willst du mal werden?«

»Ärztin. Ich werde Ärztin, und du wirst Lehrerin.«

»Lehrerinnen müssen groß sein.«

»Lehrerinnen müssen gescheit sein. Du bist das gescheiteste Mädchen in der ganzen Klasse.«

»Ich weiß«, sagte Trudi ohne sonderliche Begeisterung. Sie wollte gern auf das Gescheitsein verzichten, wenn sie dafür groß sein könnte. »Ich will nicht anders aussehen.«

»Schau.« Eva knöpfte Strickjacke und Bluse auf. »Ich bin auch anders.« Sie zog ihr Unterhemd hoch. Ein dunkelrotes Feuermal in Form einer unregelmäßigen Blume zog sich über ihre magere Brust. Die Blütenblätter entfalteten sich über ihren Brustwarzen und zur Taille hin in einem helleren Rotton als das Zentrum, als seien sie von der Sonne ausgebleicht.

Luft und Töne wirbelten durch Trudis Kopf und Körper, als sie die Hand hob und dicht über Evas Blume verharren ließ, wirbelten in ihr, wirbelten sie durch, als wirble sie durch eine Welt, die immer und immer durch sie hindurchwirbeln würde. Es summte in ihren Ohren, und ihr Arm kribbelte, und es kostete sie übermenschliche Anstrengung, nicht die Handfläche auf Evas Brust zu legen, und Eva nickte, aber als Trudi es schließlich tat, war die Haut der Blume genauso warm wie ihre Hand, und es fühlte sich an, als berühre sie sich selbst.

Eva schluckte zweimal, und Trudi fühlte ihren Herzschlag unter der Blume. Mit der freien Hand fuhr sie die Umrisse der Blütenblätter nach. Sie wünschte, sie hätte ihr Anderssein gegen das von Eva tauschen können.

»Das ist schön«, flüsterte sie.

Eva zog ihr Unterhemd so brüsk herunter, dass Trudis Hände wegrutschten. Evas lange Finger würgten die Knöpfe durch die Knopflöcher. »Du wirst wachsen, aber ich werde das hier immer haben.« Sie sprang auf. »Und wenn ich Kinder kriege, trinken sie rote Milch aus mir.« Sie stürmte über die Planken auf die andere Seite des Bachs und den Hügel hinunter in Richtung Jahrmarktsgelände.

Als Trudi ihr hinterherrannte, schoss Seehund zum Bach, bellte, wich ein paar Mal zurück, ehe er schließlich über die Planken taperte wie ein ganz alter Hund. Sobald er drüben war, holte er zuerst Trudi ein und dann Eva und rannte immer im Kreis zwischen den beiden Mädchen hin und her wie ein Hütehund, der seine Herde zusammentreibt.

Trudi wollte weiterrennen, wollte immer weiter die feste Überzeugung in Evas Stimme hören: *Du wirst wachsen.* »Meinst du wirklich?«, rief sie, und ihre Beine fühlten sich lang und leicht an, als wären sie schon dabei, sich zu strecken.

»Was?« Eva blieb stehen. Ihr einer Zopf hatte sich aufgelöst, und die Haare hingen in Wellen über die eine Seite ihres Gesichts.

»Das mit dem Wachsen!«

»Ja«, rief Eva zurück und warf sich ins hohe Gras. »Ja, ja, ja.« Ihr Kopf verschwand, und sie streckte die Füße hoch in die Luft – über den Klee und die Gänseblümchen und Kornblumen – und trat mit den Beinen, als fahre sie Fahrrad.

Trudi warf sich neben Eva hin, spürte ihren Atem, schnell und trocken, aber Evas Beine flogen immer weiter durch die Luft, als wollte sie nur weg, weg von da, wo sie war, wo immer das sein mochte. Trudi riss eine Handvoll lila Kleeblumen ab und begann, die Stängel ineinanderzuflechten.

»Was machst du?« Eva ließ die Beine sinken und lag reglos da.

»Einen Kranz für dich.«

Seehund stupste gegen Trudis Schulter und schoss dann wieder davon. Vorsichtig, damit kein Stängel kaputtging, flocht sie noch mehr lila Blumen zu einem Kranz für Eva. Die Luft war feucht und reglos, völlig reglos. Als Trudi Eva den Kranz auf das verschwitzte Haar legte, wünschte sie, sie könnte Eva mit ins Nähzimmer nehmen und sie dortbehalten, sie einschließen, als ihre Freundin für immer.

Sie standen auf, und als Seehund auf sie zurannte, flog aus dem Gras neben ihm ein Vogel auf – ein grauer Vogel mit rubinroter Brust. Wie ein trudelnder Deckel wirbelte er, den einen Flügel ausgebreitet, dem Hund vor die Nase. Der stoppte spielerisch das wilde Geflatter mit einer Pfote und schnappte zu, ehe Trudi dem Vogel zu Hilfe kommen konnte.

»Er soll loslassen«, schrie Eva.

Mit beiden Händen stemmte Trudi Seehunds Zähne auseinander. Ein erschreckender Hauch von etwas Uraltem und Fauligem lag in seinem Atem. Als er losließ, schob Eva beide Hände unter den Vogel und hob ihn vorsichtig auf. Seine Brust hob und senkte sich schnell, und ein Flügel hing schief herunter.

Eva nahm den Vogel mit nach Hause, in dem Korb, in dem Seehund am Anfang gelegen hatte. Ihre Mutter würde den Flügel in der Praxis schienen, und Eva würde den Vogel zwei Tage und zwei Nächte behalten, bis sie ihn tot in dem Korb finden würde. Sie würde untröstlich sein, und ihr Vater würde Herrn Heidenreich anrufen. Der Tierpräparator würde in seiner Werkstatt den Vogel in seinen Händen wiegen und Eva versprechen, ihm eine neue Seele zu geben. Um sie von seinen Zauberkräften zu überzeugen, würde er sie die lebensecht präparierten Körper anderer Vögel halten lassen und so in Eva ein fasziniertes Interesse für ausgestopfte Vögel auslösen, das bis in ihr Erwachsenenleben anhalten sollte.

Doch an dem Abend, nachdem Seehund den Vogel verletzt hatte, der sehr wahrscheinlich bereits verletzt gewesen war, ließ Trudi ihn nicht ins Haus. Mit einem Stück Wäscheleine an einen der Holzpfeiler des Erdnests unter dem Haus gebunden, verbrachte der Hund die Nacht im Freien. Allein in ihrem Zimmer, sah Trudi immer wieder die Blume auf Evas Brust vor sich, sah sie durch die Kleiderschichten hindurch, erleuchtet von Licht, das aus dem Inneren von Evas Körper kam.

In der Schule lernten Trudi und Eva, dass die Juden Jesus getötet hatten. Das stimmte, da die Schwestern es sagten; aber Trudi wusste nicht, ob das, was Fritz Hansen sagte, auch stimmte – dass Juden Christen töteten und ihr Blut tranken und sie dem Teufel, der ihr Gott war, als Opfer darbrachten. Solche Juden schienen fremd und exotisch – kein bisschen so wie Eva und die Frau Doktor oder Frau Simon oder die Familie Abramowitz oder Fräulein Birnsteig, die Konzertpianistin, die, wie es hieß, ein Genie war. Die Juden in Burgdorf waren eine andere Sorte Juden, nicht die Sorte, die Jesus umgebracht hatte – oder je irgendjemanden umbrachte.

Sie mochten einen vielleicht verhauen, aber nicht töten. Trudi hatte schon gelernt, dass einem Glauben anzugehören hieß, von Kindern, die einem anderen Glauben angehörten, verhauen zu werden. Meistens waren es aber die katholischen Kinder, die die jüdischen oder evangelischen Kinder jagten. Es gab noch eine Menge anderer Gründe, weshalb man verhauen werden konnte: weil man ein Mädchen war oder – auf irgendeine Weise – nicht so aussah wie die anderen.

In der Schule lernte man, dass es sündig war, an irgendetwas zu zweifeln, was mit Gott oder den Heiligen zu tun hatte. Man musste glauben. Und für Antworten, die zeigten, dass man glaubte, bekam man Heiligenbildchen – kleine Kärtchen, auf denen Heilige waren, mit einem Heiligenschein um den hocherhobenen Kopf. Fragen war Sünde. Zweifeln war Sünde. Allein schon sich zu fragen, warum der Heilige Geist wie eine Taube aussah, war Zweifel. Oder zu überlegen, wie diese Taube es schaffte, in der Luft zwischen Gott und Jesus zu schweben, ohne mit den Flügeln schlagen zu müssen wie andere Tauben.

»Es gibt Dinge, die fragt man nicht ...«

»Wenn Gott gewollt hätte, dass wir wissen, hätte er uns Beweise zukommen lassen, aber Gott will, dass wir glauben ...«

Doch bei Trudi war es so, dass Fragen, die nicht beantwortet wurden, immer weiter in ihr nagten. Als sie Schwester Mathilde einmal fragte, was Gott denn esse, sagte die Nonne: »Gott nährt sich von seiner ewigen Liebe«, und als Trudi wissen wollte, wie sich Jesus, der doch Gott war, in den kleinen, schweren Knaben auf den Schultern des heiligen Christophorus hatte verwandeln können, erklärte ihr die Nonne: »Das macht ja gerade Gläubigkeit aus – zu glauben, was man nicht erklären kann.«

Doch die Schwestern redeten nicht nur im Religionsunterricht von Gott. Gott und die Heiligen schafften es, in jedem Fach aufzutauchen.

»Wenn die heilige Hedwig zehn Pflaumen hat und da fünf Aussätzige sind – wie viele Pflaumen wird sie jedem Aussätzigen geben?«

»Als Gott die Welt erschaffen hat, wo hat er da die Nordsee untergebracht?«

»Es freut die Muttergottes, wenn sie eine saubere Schrift sieht.«

Die schönste Muttergottesstatue wurde im Keller der Kirche aufbewahrt, aber am letzten Tag im November wurde sie abgestaubt und auf den Seitenaltar von St. Martin gestellt, als Teil der Krippenszene. Marias Gewand war himmelblau, und ihr Mund lächelte geheimnisvoll, wenn sie neben dem Strohhaufen kniete, auf dem das Christkind lag. Der heilige Josef, der auf seinen Stock gestützt hinter ihr stand, sah ziemlich alt und schwerfällig aus, wie Herr Blau. Aber alle drei hatten die gleichen glitzernden Heiligenscheine, und um sie herum standen fast hundert Tontöpfe mit üppigen Usambaraveilchen. Die gehörten der Gewinnerin des alljährlichen Veilchenwettbewerbs, eine Ehre, von der die alten Frauen in Burgdorf das ganze Jahr träumten und um die sie mit Ingrimm konkurrierten.

In diesem Dezember wurde Trudi in den Kirchenchor aufgenommen. Schwester Mathilde hatte sie und Irmtraud Boden vorgeschlagen, weil sie die besten Stimmen in der Klasse hatten und ganze Choräle im Kopf behalten konnten. Trudi liebte es, oben auf der Empore neben der Orgel zu stehen, sie liebte es, wenn sich die anderen Stimmen des Chors um ihre Stimme legten, und während sie die Kirchenlieder schmetterte, fühlte sie

sie in ihrer Brust vibrieren, in ihren Zehen, fühlte, wie der Strom der Musik sie davontrug.

»Sie hat eine Engelsstimme«, sagte Herr Heidenreich, der ebenfalls im Chor sang, zu Trudis Vater. Das war ein großes Kompliment, zumal, da es von dem Tierpräparator kam, dessen Stimme so wundervoll war, dass ihn der Pastor immer für die Soli auswählte.

Als Herr Pastor Schüler am ersten Advent eine der vier Kerzen auf dem Fichtenkranz entzündete, der über der Heiligen Familie hing, war Trudi ganz still und heilig zumute. Die Goldfäden im Brokatgewand des Pastors glitzerten, und der Weihrauchduft vermengte sich mit ihrem Atem. Wenn sie doch nur Priester werden könnte. Aber nur Männer konnten Priester werden. Frauen konnten Nonnen werden, aber das wollte sie nicht. Nonnen mussten auf die Priester hören und Schichten von schwarzem Stoff tragen und steife Schleier, unter denen sie kaum den Kopf drehen konnten. Aber wenn Nonnen weit weg gingen und Missionarinnen wurden, waren sie fast wie Priester. Als Missionarin könnte sie in der ganzen Welt herumreisen wie der heilige Franziskus und Hunderttausende von Heiden in Indien und China taufen.

Als es eines Nachmittags zu schneien begann, spielte Trudi im Nähzimmer heilige Messe. Sie bedeckte eine Apfelkiste mit einem Kopfkissenbezug und sang lateinische Worte, die sie aus der Kirche behalten hatte, während sie das heilige Sakrament – Scheiben aus Graubrot, die sie mit einer Tasse ausgestochen hatte – zur Decke emporreckte. Doch dann zerkrümelte sie die Brothostien rasch und versteckte sie in dem Kopfkissenbezug, weil ihr wieder einfiel, dass Mädchen, die Priester sein wollten, eingesperrt werden konnten, so wie die junge Nonne im Theresienheim, die, so ging das Gerücht – dabei ertappt worden war, wie sie versucht hatte, eine heilige Messe zu zelebrieren.

»Als ob sie ein Mann wäre«, sagten die alten Frauen. »Ein Priester, stellt euch vor.«

Sie hieß Schwester Adelheid und kam aus einer adligen Familie. Sie hatte das heilige Sakrament – drei Hostien – aus der Klosterkapelle gestohlen und in ihrem Zahnputzbecher auf einem kleinen Altar in ihrer Zelle aufbewahrt. Seit es herausgekommen war, hielten die anderen Nonnen sie ganz allein im oberen Stock des Klosters gefangen.

»Verbannt und eingesperrt«, sagten die alten Frauen.

Aber Trudis Hostien waren ja nicht echt, nur Brot. Auch Gott wusste das. Sie hatte Schwester Adelheid erst zweimal gesehen, flankiert von älteren Nonnen, auf dem Weg zum Friedhof. Sie hatte das herzförmige Gesicht unablässig hin und her gedreht, als wollte sie ja nichts dort draußen im Freien verpassen, während ihr rastloser Schritt von den anderen Nonnen gezügelt wurde. Trudi fragte sich, ob Schwester Adelheid wohl Botschaften in die Wände ihrer Zelle ritzte. Obwohl die Buchstaben, die ihre Mutter in die Wände des Nähzimmers geritzt hatte – Gefangen –, jetzt unter der neuen Tapete lagen, wusste Trudi, wo sie waren, denn wenn man mit den Fingern auf die gestreifte Tapete drückte, konnte man die Rillen fühlen.

Unter den älteren Mädchen in der Schule wurde geflüstert, Schwester Adelheid sei eine Heilige, da sie jeden Freitag aus den Handflächen blute. Wie Jesus am Kreuz. Stigmata nannte man diese Wundmale. Wenn man sie hatte, war man eine Heilige. Aber woran konnte man sehen, ob man es mit einer Heiligen oder mit einer eingesperrten Irren zu tun hatte? Wer konnte das unterscheiden?

Hoch am diesigen Himmel schienen die Schneeflocken winzig und alle gleich, aber wenn sie an dem schmalen Fenster vorbeischwebten, war jede einmalig – länglich oder rund oder dreieckig –, als hätten sie ihre Form von den Wolken entliehen, aus denen sie kamen. Windböen fuhren willkürlich dazwischen und trieben sie zu wilden Wirbeln zusammen, ehe sie sie ihren einsamen Weg zur Erde fortsetzen ließen. Das Gesicht an der kalten Scheibe, versuchte Trudi, den Weg einer Flocke zu verfolgen, aber sobald sie sich eine ausgeguckt hatte, sank sie an ihr vorbei, und sie verlor sie aus den Augen. Bald deckte eine glatte weiße Schneeschicht die Dächer und den gefrorenen Boden.

Vor dem Abendessen ölte Trudis Vater die Kufen des Holzschlittens, der ihrer Mutter gehört hatte, als sie noch klein gewesen war. Er band eine Schnur daran und zog Trudi durch den Ortskern und bis an den Rhein, die Schultern gegen den Wind gekrümmt. Oben auf dem Deich setzte er sich hinter ihr auf den Schlitten, das schlimme Bein weggestreckt, und schlang die Arme um sie. Sie lachte laut, als er mit ihr auf die Wiese hinuntersauste, wobei Seehund bellend neben ihnen herrannte und der weiße Pulverschnee um sie herum aufstob. Drunten blieb der Hund stehen und wälzte sich im

Schnee, wand sich, so wie Herr Blau, wenn er sich den Rücken an einem Türpfosten kratzte. Als Seehund auf dem Heimweg an einer zugefrorenen Pfütze leckte, konnte Trudi seine Zunge über das Eis schaben hören.

Dieses Geräusch beschrieb sie Frau Abramowitz, als die mit ihr nach Düsseldorf fuhr, damit sie ein Weihnachtsgeschenk für ihren Vater kaufen konnte. Sie hatte den größten Teil des Geburtstagsgeldes gespart, das ihr ihre Tante Helene im letzten Juli aus Amerika geschickt hatte. Sie hatte schon zwei kleine Geschenke für ihn gemacht – einen gehäkelten Topflappen und ein Lesezeichen aus Filz –, aber da sie ihm noch nie etwas gekauft hatte, sollte ihr großes Geschenk etwas ganz Prächtiges sein. Der einzige Luxus, den er sich leistete, war ab und zu eine Schallplatte für das Grammofon. Was er sich am allermeisten auf der Welt wünschte, dachte sie, war ein eigenes Auto. Vom Fahrradfahren tat ihm das steife Bein weh. Seit das Rad der Talmeisters gestohlen worden war, hatte er seins immer drinnen in der Diele stehen. »Das liegt an der Arbeitslosigkeit«, hatte er zu Herrn Hesping gesagt, als sie über die Zunahme der Diebstähle geredet hatten, und sie waren sich einig gewesen, dass die Armut die Jugend verdarb, da sie ohne Ideale aufwuchs.

»Vielleicht kann ich meinem Vater ein Auto kaufen«, sagte sie zu Frau Abramowitz.

»Vielleicht ... wenn du groß bist. Autos sind sehr teuer.«

Frau Abramowitz ging mit ihr durch fünf Kaufhäuser, und erst als Trudi die goldene Krawatte mit den Silberstreifen sah, die schimmerten, wenn man den Stoff bewegte, wusste sie, das war das perfekte Geschenk für ihren Vater – zumindest, solange sie noch nicht erwachsen war –, und auch Frau Abramowitz' dezenter Hinweis, eine so festliche Krawatte sei vielleicht nichts für jeden Tag, konnte sie nicht von ihrer Wahl abbringen.

In einem Café mit Blick auf den Hofgarten bestellte Frau Abramowitz heiße Schokolade mit Schlagsahne. Von ihrem Tisch sah man auf die zugefrorenen Teiche, und Trudi fragte sich, was wohl mit den Schwänen passiert war, die im Sommer hier lebten. Als Frau Abramowitz von ihrer Italienreise erzählte, verwandelte sich die Winterlandschaft draußen vor dem Fenster: Erdfarbene Häuser stapelten sich an den Hügeln der Küste von Amalfi; Weinreben wuchsen, Reihe an Reihe, am Ufer des Gardasees ... Trudi spürte sogar die strahlende Sonne, die zu scheinen begann, sobald man die Grenze nach Italien überschritt, wo einen lächelnde Zöllner mit bauchigen Flaschen voll von rotem Wein begrüßten.

Als Frau Abramowitz Trudi den Mantel für die Heimfahrt zuknöpfte, küsste sie sie auf die Stirn. Sie war viel liebevoller als die meisten anderen Erwachsenen, die nie jemanden in der Öffentlichkeit umarmten oder küssten. Manchmal wünschte sich Trudi, Frau Abramowitz würde mit ihr und ihrem Vater zusammenleben. Ihr war klar, dass Frau Abramowitz ihren Vater mochte, nicht nur, weil sie ihnen immer Sachen brachte – im Sommer zum Beispiel Gemüse aus ihrem Garten oder im Winter Kuchen, der mit ihrem selbst gemachten Kompott belegt war –, sondern auch, weil sie ihm ihr Herz ausschüttete.

»Meine Kinder brauchen mich nicht mehr«, hatte sie Trudi einmal erklärt und dabei komisch gelächelt und Tränen weggeblinzelt.

Trudi versteckte den Weihnachtsschlips unter ihrem Bett, als sie zurückkamen, und Frau Abramowitz lieh sich zwei Liebesromane aus und bestand wie schon die ganzen letzten Jahre darauf, dafür zu bezahlen. Das Gespräch zwischen ihr und Trudis Vater war vorhersagbar, ein Gespräch, von dem Trudi wusste, dass es immer wieder ablaufen würde.

»Bitte, lass mich dafür zahlen.«

»Kommt nicht infrage, Ilse.«

»Wir haben abgemacht, den Spiegel gegen fünf Jahre Bücher. Jetzt sind es schon über sechs.«

»Aber wir freuen uns immer noch an dem Spiegel.«

An diesem Abend stellte Trudi ihre Stiefel für den Nikolaus vor ihre Zimmertür, und am Morgen waren sie mit Nüssen und Marzipan gefüllt. St. Nikolaus kam in der Pause in die Schule, mit seinem leuchtend roten Bischofsmantel und seinem Stab, begleitet von Knecht Ruprecht, der ganz schwarz gekleidet war und gebeugt ging. Während St. Nikolaus Süßigkeiten an die Kinder verteilte, die das Jahr über brav gewesen waren, scheuchte Knecht Ruprecht die, die böse gewesen waren, und überreichte jedem von ihnen eine Rute aus trockenen Birkenzweigen. Die meisten bekamen wenigstens ein paar eingewickelte Stückchen Schokolade, die an den Zweigen hingen, aber Hans-Jürgen Braunmeiers Rute war kahl. Der hoch aufgeschossene Junge mit dem trotzigen Mund kam mit schmutzigen Fingernägeln zur Schule. Er konnte besser pfeifen als alle anderen Kinder, aber er log die Nonnen an, klaute den Mädchen Geld und Kekse und drangsalierte die Jungen auf dem Schulhof.

Hans-Jürgen traf Paul Weinhart vor dem Theresienheim mit einem eisharten Schneeball, als Schwester Mathilde mit den Erstklässlern dorthin ging, damit sie für die alten Leute Weihnachtslieder sangen und Gedichte aufsagten. Im Theresienheim wohnte man, wenn man alt war und niemanden hatte, der einen zu sich nehmen konnte – wenn man zum Beispiel unverheiratet war oder die Kinder schon vor einem gestorben waren. Wenn man wenigstens Nichten oder Neffen hatte, lebte man bei denen. Die Buttgereits hatten beide Großmütter bei sich im Haus; die eine war von Geburt an blind. »Weiberhaushalt«, knurrte Herr Buttgereit immer.

Die meisten Alten saßen im Speisesaal, der mit frischem Tannengrün und unzähligen Kerzen geschmückt war. Die Bewegungen der Alten waren langsam, und in ihren Augen sah Trudi ein stilles Staunen, das keiner Worte bedurfte und ihnen, trotz der fehlenden Zähne und der Altersflecken auf Händen und Gesichtern, eine Art Würde verlieh. Einige Alte lauschten bei weit offenen Türen von ihren Betten aus den Weihnachtsliedern, während Schwester Mathilde die Kinder durch die langen weißen Flure führte, und es war schwer, zu sagen, ob sie vor Dankbarkeit weinten oder vor Verzweiflung.

Trudi durfte zweimal ihr Lieblingsweihnachtsgedicht »Es weht der Wind im Winterwalde …« aufsagen, wobei sie die W in *weht* und *Wind* und *Winterwalde* auf ihren Lippen vibrieren ließ. Sie hatte jedes Wort des Gedichts im Kopf. Sachen im Kopf zu behalten, war ihr immer schon leichtgefallen, und sie war stolz gewesen, als sie schon lange vor den anderen Kindern ganze Wörter und Sätze hatte lesen können, aber sie fand es schrecklich anstrengend, den Griffel so zu führen, dass die perfekten Buchstaben zustande kamen, die die Schwester von ihr erwartete. Wenn sie ihre Hausaufgaben in der Leihbücherei machte, führte ihr Vater ihre rechte Hand bei den mühseligen Schlaufen und Strichen, aber beim Zusammenzählen oder Abziehen von Zahlen brauchte er ihr nie zu helfen. Das konnte sie im Kopf.

Schwester Mathilde lobte sie, weil sie so gut im Rechnen war, aber Trudis Lieblingsfach war Geschichte. Da hörte sie Geschichten von Leuten, die nicht mehr lebten, Geschichten, die ihr eine neue Art von Befriedigung schenkten – die Befriedigung zu wissen, wie etwas ausging. Der Geschichtsunterricht verstärkte ihren Wunsch, schon vorher herauszufinden, was als Nächstes in ihrem eigenen Leben passieren würde, einerseits aus Neugier, vor allem aber, um sich gegen das zu schützen, wovon sie nicht wollte, dass es passierte. Und doch ahnte sie bereits, dass sie, auch wenn sie gewusst hätte, dass ihre Mutter in der Anstalt sterben würde, nichts hätte tun können, um sie zu beschützen.

Geschichte war anders als die Märchen, die sie so liebte: In Märchen hatte normalerweise alles, was geschah, einen Sinn, und am Ende siegten die Guten, auch wenn sie vorher leiden mussten; aber in der Geschichte siegten oft die Tyrannen. Geschichte war auch anders als die Geschichten, die sich tagtäglich um sie herum entspannen, ohne ersichtliches Ende – und doch begann die Geschichte, ihre Sicht dieser gegenwärtigen Geschichten zu beeinflussen: Sie lehrte sie, wie Menschen sich verhielten und welche Muster zwischen ihnen existierten. Zum Beispiel Napoleon – als sie lernte, wie er in immer neue Länder eingefallen war, um seine vorherigen Eroberungen zu sichern, durchschaute sie die kleinen Tyrannen auf dem Schulhof. Oder die alten Römer – die Entdeckung, dass nur fünf ihrer vielen Kaiser gute Kaiser gewesen waren, half ihr, den desillusionierten Ton ihres Vaters zu verstehen, wenn er politische Diskussionen mit Herrn Abramowitz führte, der oft anderen Kommunisten – viele davon ungelernte Arbeiter ohne Zukunftsaussichten – Briefe aufsetzte.

Politik war wie Geschichte. Nur dass sie jetzt passierte. Aber sie hatte mit der Geschichte zu tun. Ihr Vater hatte ihr von dem Feudalsystem erzählt, in dem die Leute Land von den Grundherren erhielten und ihnen dafür absolute Gefolgschaftstreue schuldeten und sogar für sie in die Schlacht ziehen mussten. »Bei uns Deutschen hat es Tradition, alles für einen starken Führer zu opfern«, hatte ihr Vater gesagt. »Das ist unsere Angst vor dem Chaos.«

Das Schicksal, so hatte Trudi im Geschichtsunterricht entdeckt, hatte die Tendenz, sich zu wiederholen, wenn auch vielleicht durch andere Personen, und Gefühle, die ihr ganz einmalig vorkamen – wie etwa die Wut, wenn andere Kinder sie hänselten –, waren vermutlich schon vor Hunderten von Jahren von irgendeinem anderen Mädchen durchlebt worden. Wegen der Menschen in der Geschichte fühlte sich Trudi viel stärker denn je mit den Menschen in ihrer Stadt verbunden, und aus alldem erwuchsen neue Geschichten, die sie Eva, ihrem Vater und Frau Abramowitz erzählte, die jedem Wort lauschte und seufzte: »Du mit deiner blühenden Fantasie, Trudi.«

Aber in der Schule durfte man keine Geschichten erzählen. In der Schule musste man in seiner Zweierbank sitzen – als das einzige Kind, dessen Füße hoch über dem Fußboden baumelten – und warten und nur auf die Fragen antworten, die Schwester Mathilde stellte. Bevor man irgendetwas sagte, musste man den Finger heben, und wenn man die Regeln vergaß und einfach mit der Antwort herausplatzte, musste man in der Ecke links neben der Tafel stehen. Der trockene Kreidegeruch kitzelte einen in der Nase, und man wartete, mit dem Gesicht zur Wand, die unten kakibraun gestrichen war und über der Schablonenbordüre weiß. Trudi passierte das mindestens zweimal die Woche, aber Hans-Jürgen Braunmeier, der sich auf dem Schulhof prügelte und immer blaue Flecken hatte, verbrachte mehr Zeit in der Ecke als andere Schüler zusammen. Sie gewöhnten sich an den Anblick seines abgewetzten Hosenbodens, seiner ausgefransten Hosenträger, seiner schiefen Absätze.

Wenn man Hans-Jürgens Eltern und ihre vier Kinder in ihren abgetragenen Kleidern sah, wäre man nie auf die Idee gekommen, dass ihnen der größte Bauernhof in Burgdorf gehörte. Alle Braunmeiers hatten knochige Gesichter und dünne Gliedmaßen, aber während die Eltern und die jüngeren Geschwister durch den Ort schlichen wie geduckte Gespenster, stapfte Hans-Jürgen mit loderndem Blick herum, immer auf der Suche nach Streit, als wollte er sich für etwas rächen, das zu tief ging, um in einem einzigen Kampf vergolten zu werden. Üppige braune Locken, die auch der drastischste Haarschnitt nicht zu zähmen vermochte, standen von seinem Kopf ab, als marschierte er ständig gegen einen mächtigen Wind an.

Da er mehrmals am Tag die Ecke besetzte, war es für Schwester Mathilde schwierig, andere Kinder zu bestrafen, wenn sie im Unterricht Zettelchen herumwandern ließen oder den Wortlaut eines Gebets vergessen hatten oder mit Steinen nach den frechen Raben warfen, die in der Pause über dem Schulhof schwebten und nach Brotkrumen schrien.

Nach einer Beratung mit der Rektorin wies Schwester Mathilde schließlich Hans-Jürgen eine eigene Ecke zu – rechts von ihrem Pult, hinter dem Gummibaum, den ihr der Bischof geschenkt hatte. Sooft Trudi in die Ecke gestellt wurde, sah sie verstohlen zur Ecke von Hans-Jürgen hinüber, der dann – ohne den Kopf zu drehen – grinste und der Wand vor sich die Zunge herausstreckte. Als Antwort verdrehte sie die Augen und zog ein Fischmaul zur Wand hin.

In der zweiten Klasse durfte Hans-Jürgen als Einziger nicht mit zu dem alljährlichen Frühlingskonzert in der Villa, dem einzigen Ort, wo die Kinder aus der katholischen und der evangelischen Schule friedlich zusammenkamen. Diese Konzerte gab Fräulein Birnsteig, die in ganz Europa berühmt war, jeden Juni für die Kinder von Burgdorf. Sie heuerte Bauern mit Heuwagen an, um sie zu ihrer Villa zu bringen, die vier Kilometer vom Ortskern entfernt lag. Die Kinder liebten diese Konzerte, die in der Abenddämmerung begannen und weit über ihre übliche Schlafenszeit hinaus dauerten.

Sie spielte auf dem Klavier in ihrem Musikzimmer, wo die Flammen zahlloser Kerzen schimmerten. Sie saß da, den schön geformten Kopf zurückgeworfen, die spitzenverhüllten Arme wie Schwanenhälse, wenn ihre Hände auf die Tasten herabstießen. Obwohl sie unverheiratet war, hatte sie einen Adoptivsohn, der in Heidelberg Jura studierte. Als junge Frau war sie von ihren Eltern enterbt worden, weil sie die Musik der Ehe vorgezogen hatte, aber dann war sie so berühmt geworden, dass ihr Vermögen jetzt viel größer war als das ihrer Eltern.

Sie hatte junge Schützlinge – jeweils nur einen – und arbeitete kostenlos mit ihnen. Ihr Schüler oder ihre Schülerin zu sein, war eine große Ehre und verschaffte einem Zugang zu den besten Musikschulen des Landes.

Die Glastüren ihres Musikzimmers waren zu der gefliesten Terrasse hin geöffnet, wo Stoffgartenstühle für die Lehrerinnen standen. Schwester Elisabeth, die Lehrerin der zweiten Klasse, war so dick, dass sie Hilfe brauchte, um sich auf ihrem Stuhl niederzulassen. Efeu rankte die Steinwände der weißen Villa empor und ergoss sich in Kaskaden von den roten Dachziegeln. Der schwere Duft von blühendem Flieder tränkte die Luft, als die Kinder Decken auf dem dichten Gras im Rosengarten ausbreiteten, wo die beschnittenen Sträucher neue Triebe emporschießen ließen.

Irgendwie – sicher nicht mit Absicht, dachte Trudi – landete Eva neben ihr auf der Decke, den Rock um sich ausgebreitet. Trudi drapierte ihren Rock ebenso. Zwei Dienstmädchen in gestärkten Schürzen reichten Schüsseln mit Erdbeeren und Vanillewaffeln herum, und als die Klaviertöne zu den Kindern herüberdrangen, lehnten sie sich auf dem frischen Gras zurück – selbst die, denen das Stillsitzen sonst schwerfiel – und ließen die Zauberklänge des Klaviers mit der duftenden Luft verschmelzen und mit dem festlichen Gefühl, das besondere Anlässe mit sich brachten. Sie trugen ihre Sonntagssachen: die Mädchen gesmokte oder bestickte Kleider, die Jungen Anzüge mit kurzen Hosen und Kniestrümpfe. Die Haare der Jungen waren feucht gekämmt worden, und man sah die geraden Scheitel und die Furchen, die die Kammzinken hinterlassen hatten; die Mädchen hatten Pferdeschwänze oder Zöpfe, die über den Ohren zu Schnecken oder als Kranz um den Kopf gesteckt waren.

Georg Weiler fuchtelte mit den Händen wie ein Dirigent, und Helga Stamm begann, ebenso zu fuchteln. Normal große Mädchen, da war sich Trudi sicher, hatten es leicht, und sie beneidete sie, vor allem solche wie Helga, weil die sichtbare Linie an ihrem herausgelassenen Rock aller Welt zeigte, dass dieses Mädchen wuchs.

Durch den Kerzenschein sah es aus, als säße Fräulein Birnsteig bei ihren Zuhörern im Freien. Die Leute sagten, dass sie an ihre Träume glaube, sie aufschrieb und sich bei ihren Entscheidungen von ihnen leiten ließ. Einmal hatte sie eine Konzerttournee nach Amerika abgesagt, weil sie geträumt hatte, das Schiff, das sie dorthin bringen sollte, sei gesunken. Ein andermal war sie in Hamburg gewesen und hatte von dort eine Frau mitgebracht und sie zu sich ins Haus genommen, weil sie ihr Gesicht aus einem Traum wiedererkannt hatte. In diesem Traum war die Bettlerin ihre Schwester gewesen. Sie lebte immer noch bei der Pianistin, führte ihr den Haushalt und sorgte dafür, dass Fräulein Birnsteig, während der vielen Stunden, die sie Klavier übte, absolut ungestört war.

Als die Musik Trudi erfüllte, waren da Geräusche und Bilder: Säuglingsgeschrei aus einer fernen Zeitnische, die dicken, prallen Bäuche junger Mädchen, das Stakkato von Stiefeln auf Marmorfliesen. Sie wusste nicht, was das alles zu bedeuten hatte, nur, dass es bereits da war – in seiner eigenen Zeit wartete und sie als eine jähe Angstbö durchfuhr. Sie kniff schnell die Augen zu und öffnete sie dann wieder, um hinauf zu den Sternen zu schauen, die jetzt das Dunkel vom Himmel zu saugen begannen.

Eine Hand – Evas Hand – berührte ihr Haar, verscheuchte die Angst aus ihrem Herzen. Finger zwirbelten die Enden von Trudis Rattenschwänzen zu Locken, kämmten sie durch, als sei sonst niemand da. Stumm vor plötzlicher Wonne, sah Trudi ihre Freundin an, aber Evas Augen waren auf die Pianistin gerichtet, als wäre sie sich des Geschenks, das sie machte, gar nicht bewusst, und Trudi begriff, dass die Liebe, die sie fühlte, für sie viel mehr bedeutete als für Eva. Sie spürte bereits, dass dies Liebe in ihrer reinsten Form war. Sie neigte den Kopf, froh über ihr schönes Haar, das so weich und dick ihren Hals streifte und durch Evas Finger glitt. Der Duft des Grases und der alten Fliederbüsche war überwältigend, und ihr kamen fast die Tränen, als Eva ihre Hand wegnahm, aber es fühlte sich an, als ob die Musik ihr Haar weiterstreichelte.

Doch am Tag nach dem Konzert begannen die Kinder in der Schule, Eva zu schneiden. Die geröteten Augen abgewandt, mied sie Trudi, die wieder die Tücher ihrer Mutter hervorholte und sie nachts um ihren Kopf zurrte, damit er nicht noch größer wurde. Am Morgen schmerzten ihre Schläfen, und ihr Kiefer war ganz steif.

Sie beschloss, mit den Klavierstunden aufzuhören, da sie nie so gut werden würde, dass Fräulein Birnsteig sich ihrer annahm. Vielleicht könnte Robert ihr Schüler werden. Sie würde ihn sicher auswählen, wenn er in Burgdorf lebte. Trudi schrieb ihm einen Brief, in dem sie ihm von der Pianistin erzählte, und ihr Vater versprach, ihn am nächsten Tag wegzuschicken, zusammen mit zwei Bildern, die sie gemalt hatte: eins von Robert neben der Pianistin am Klavier, das andere von ihr und ihrem Vater auf einem großen Schiff, das nach Amerika fuhr.

Sie lieh sich acht Bilderbücher aus der Kirchenbücherei und las sie alle an einem Tag, wobei sie die ganze Zeit an Eva dachte. Mit Frau Abramowitz brachte sie Streuselkuchen zur Schwiegermutter des Metzgers, die sich die Hüfte gebrochen hatte. Die alte Frau lag mit Kissen im Rücken auf dem Wohnzimmersofa und klagte nicht über ihre Schmerzen, sondern nur darüber, dass sie nicht aufstehen und ihre Hausarbeit machen konnte. Ihre Augen hinter der Brille wirkten verzweifelt, als fühlte sie sich in ihrem eigenen Körper eingesperrt. Sie trug eine rosa Strickjacke über ihrem Nachthemd und strickte eine weitere – aus brauner Wolle, für ihren Enkelsohn Anton.

Als Eva zwei Wochen nach dem Konzert wieder in die Leihbücherei kam, zeigte Trudi nicht, wie froh sie war, sie wiederzuhaben. Eva schien jetzt weniger darauf zu achten, dass sie nicht mit ihr gesehen wurde, und ihre Spaziergänge durch die Nachbarschaft dehnten sich auf andere Straßen aus, ja, sogar bis an den Rhein, wo Seehund auf der Wiese Bienen jagte. Er war gewachsen, und wenn er zwischen den Mädchen stand, reichte sein Kopf bis an Trudis Schultern und Evas Taille.

In fast allen Familien mussten die Mädchen bei der Hausarbeit helfen, wozu auch gehörte, die Schuhe ihrer Väter und Brüder zu putzen, aber bei Eva daheim wurden die Aufgaben verteilt. Bis auf ihren Vater halfen alle, wenn das Halbtagsmädchen gegangen war, beim Putzen und Kochen, Arbeiten, die sich – wie einige der alten Frauen sagten – für Jungen nicht schickten.

Evas siebter Geburtstag war an einem Montag, und ihr Vater erhob sich am Nachmittag von seinem Krankenlager. Zu Trudis Erstaunen öffnete er ihr die Tür, als sie mit ihrem offiziellen Geschenk ankam – einer Mundharmonika in einem Samtkästchen. Obwohl sie noch nie mit Herrn Rosen geredet hatte, wusste er ihren Namen und sagte, dass ihr Vater ein feiner Mensch sei. Er rang schwer um jeden Atemzug, und seine Stimme war so kraftlos wie sein Körper. Als sie seiner massigen Gestalt ins Esszimmer folgte, setzte er so zaghaft einen Fuß vor den anderen, als ginge er auf Moos, was ihr das Gefühl gab, dass der Fußboden keineswegs so stabil war wie sonst, wenn sie bei Eva daheim gewesen war. Sie kam sich so auffällig vor in dem gelben Festtagskleid, das ihr Vater ihr in der Kleinkinderabteilung von Mahlers Kaufhaus in Düsseldorf gekauft hatte.

An den Wänden hingen gerahmte Ölgemälde von eleganten Frauen und ernsten Männern, und die Stühle hatten geschnitzte Armlehnen. Obwohl die Bleiglasfenster geschlossen waren – damit keine Katzen hereinkamen, dachte Trudi –, waren die Räume lichtdurchflutet, da die Zimmertüren Mattglasscheiben mit kunstvoll eingravierten Blumen hatten. Der Vogel, den Seehund vor fast einem Jahr auf der Wiese gefangen hatte, saß ausgestopft in einem Nest auf einem Bord, den Schnabel schräg nach oben gereckt, die rubinrote Brust auf ewig flaumig gewölbt.

Während Evas Mutter zum Gasthaus Kaisershafen fuhr, döste Evas Vater auf dem Beifahrersitz, Hände und Gesicht honigbraun von der Sonne. Doch als sie angekommen waren, war er es, der nach einem Tisch auf der Terrasse fragte und Limonade und Erdbeertorte mit Sahne bestellte – für alle. Seine Beine waren so aufgedunsen, dass er sie im Sitzen spreizen musste, und sein Bauch lag auf seinen Schenkeln wie ein schlafendes Kind. Einer von Evas Brüdern hatte seine Gitarre mitgebracht, und sie sangen ihr alle zusammen das Geburtstagsständchen: »Hoch soll sie leben, hoch soll sie leben, dreimal hoch ...«

Evas Mutter trug ihre Perlenkette und eine schicke Kappe. Unter ihnen floss der Rhein in schweren grünen Wellen dahin, und in der flimmernden Hitze schienen die Bäume drüben am anderen Ufer über dem Boden zu schweben. Ein Storch flog über die Terrasse in Richtung Stadt, und ein weißer Ausflugsdampfer kämpfte sich stromaufwärts, so langsam, dass er sich kaum von der Stelle zu bewegen schien.

Während Eva und Trudi abwechselnd auf der Mundharmonika spielten, rollten Evas Brüder Pappuntersetzer auf dem Tischtuch hin und her. Herrn Rosens Gesicht glänzte feucht, und wenn Frau Doktor Rosen ihn anschaute, erkannte Trudi auf ihrem Gesicht den Ausdruck wieder, mit dem ihr Vater ihre Mutter betrachtet hatte – diese Mischung aus Besorgnis, Angst und Mitleid –, und sie nahm sich fest vor, nie zuzulassen, dass jemand sie so ansah.

Auf der Heimfahrt wurde Evas ältestem Bruder von der vielen Limonade schlecht, und sie hielten gerade noch rechtzeitig an, dass er wacklig aussteigen und sich am Straßenrand übergeben konnte. Vor Evas Haus warteten zwei der Buttgereit-Töchter, und die Frau Doktor schnappte ihre schwarze Arzttasche und fuhr mit den Mädchen zu deren Bauernhof.

Es hätte keinen besseren Zeitpunkt geben können, um Eva ihr zweites Geschenk zukommen zu lassen, denn Trudis Vater hatte an diesem Abend sein Schachklubtreffen. Sobald es dunkel war, drehte Trudi in der Leihbücherei zwei Zigaretten und schlich sich hinaus, um sich hinter der Kirche mit Eva zu treffen. In den Büschen an der Mauer hinter dem Pfarrhaus pafften sie ihre ersten Züge, hustend und die Gesichter verziehend, und als sie irgendwo eine Tür klappen hörten, warfen sie beide ihre Zigaretten über die Mauer. Trudi lag die ganze Nacht wach und hatte Angst, Pfarrhaus und Kirche würden in Flammen aufgehen. Dann müssten sie und Eva in der Hölle braten. Aber wenn nun Katholiken und Juden nicht in dieselbe Hölle kamen? Als sie Jesus versprach, ein ganzes Jahr lang jeden Tag in die Kirche zu gehen – wenn er nur den Brand verhinderte –, sah sie sich schon das Gotteshaus betreten und sich mit dem kalten Weihwasser bekreuzigen.

Sie wusste, dass ihre Gebete erhört worden waren, als der einzige Lichtschimmer, der durch ihr Fenster fiel, der der Morgenröte war. Nach dem Frühstück hörte sie von Frau Blau, dass die Frau Doktor die ganze Nacht bei den Buttgereits gewesen war, um deren zehntes Kind auf die Welt zu holen. »Ein Junge, stell dir vor«, sagte Frau Blau, und Trudi erzählte ihr, dass sie – von der Terrasse des Gasthauses in Kaisershafen – den Storch gesehen hatte, der das Kindchen brachte.

Am anderen Ende des Orts stützte sich Frau Buttgereit auf die Ellbogen hoch und lugte vorsichtig in die Wiege neben ihrem Bett. Nach neun Töchtern hatte sie kaum noch auf einen Sohn zu hoffen gewagt, und als ihr das Kind, noch blutverschmiert, in die Arme gelegt worden war, war es ihr wie das Kind einer anderen Frau vorgekommen – nicht nur, weil seine Ärmchen und Beine zarter waren als die ihrer Töchter, sondern auch, weil sie diesmal nicht die Resignation verspürt hatte, die mit der Geburt ihrer dritten Tochter eingesetzt hatte und mit jeder weiteren Tochter größer geworden war.

»Ein Erbe für den Hof«, erklärte ihr Mann, als er bei Leo Montag eine Kiste Zigarren kaufte.

»Ein Erbe für den Hof«, verkündete er, als er die Zigarren unter seinen Stammtischbrüdern verteilte.

Manchmal nahmen Trudi und Eva bei ihren Spaziergängen zum Fluss Milchkannen mit und schwenkten sie an den Henkeln, während sie die Weizenfelder entlangmarschierten, um auf dem Heimweg bei den Braunmeiers Milch oder Eier zu holen.

Frau Braunmeier bediente sie. Sie hielt das jüngste Kind auf ihrer Hüfte, während ihre rissigen Hände das Geld zählten. Sie stammte, wie Trudi gehört hatte, aus einer armen evangelischen Familie in Krefeld und war zum Katholizismus übergetreten, um in das Braunmeier'sche Geld einzuheiraten, aber die Ironie an der Sache war, dass ihr Mann sie in tieferer Armut leben ließ, als sie sie je gekannt hatte. Stall und Scheune waren zwar groß und gut in Schuss, aber die Familie lebte in zugigen Räumen mit schäbigen Möbeln, trug geflickte Kleider und lebte von eigenen Erzeugnissen, die nicht mehr zum Verkauf geeignet waren – angesäuerter Milch, angeschlagenen Pfirsichen, nicht mehr ganz frischen Eiern.

Als Trudi und Eva eines Nachmittags durch das Tor des Braunmeier'schen Hofs traten, sprang Hans-Jürgen hinter den Wäscheleinen hervor, auf denen fadenscheinige Laken zum Trocknen hingen. Wind bauschte die Laken und drehte die Blätter der Stachelbeersträucher waagerecht; er wehte die Locken fächerförmig aus Hans-Jürgens Stirn, als der den Mädchen den Weg zum Haus versperrte.

»Wir haben kleine Kätzchen. Wollt ihr mal sehen?« Seine Augen glitzerten. »Sie sind im Stall.«

Eva griff sich an die Kehle. Trudi zögerte. Jeder wusste, dass Kinder nicht in den Stall durften, aber sie war schon einmal dort hineingeschlüpft, während ihr Vater bei Frau Braunmeier Eier gekauft hatte. Hans-Jürgen und zwei seiner Freunde hatten auf dem Heuboden gehockt und sie angezischt, sie solle verschwinden, aber sie war geblieben, einfach nur aus Rache, weil sie sie nicht haben wollten.

»Ihr könnt mich nicht zwingen zu gehen«, hatte sie gesagt, und ihr Herz hatte so laut in ihren Ohren gepocht, dass sie kaum ihre eigenen Worte hören konnte, und das Einzige, was sie vom Wegrennen abgehalten hatte, war das Wissen gewesen, dass ihn seine Mutter, wenn er es ihr sagte, dafür bestrafen würde, dass er im Stall gewesen war.

Aber diesmal wollte Hans-Jürgen, dass sie dablieb. Er wollte ihr sogar seine Kätzchen zeigen. »Komm«, drängte er, verdrehte die Augen und imitierte ihr Fischmaul aus der Schule, bis sie lachen musste und mit ihm zu dem bogenförmigen Stalltor ging, dicht gefolgt von Eva und Seehund.

»Dein Hund muss draußen bleiben.« Er band Seehund geschickt an einen Pfahl neben dem langen Trog. »Sitz, Junge«, sagte er und patschte auf Seehunds Hinterteil. Sein Blick schoss zum Haus hinüber. »Niemand darf in den Stall«, sagte er mit bedeutungsvoller Stimme.

»Ich will nach Hause«, sagte Eva, noch kerzengerader als sonst.

»Gans.« Er öffnete die Stalltür.

Drinnen war es fast wie in einer Kirche – genauso still und hallend und groß. Und da es verboten war, hier drinnen zu sein, war es noch aufregender. Trudi zog Eva an der Hand hinter sich her, als sie Hans-Jürgen an der Reihe der Kuhhinterteile vorbei in den rückwärtigen Teil des Stalls folgte. Hinter einer hölzernen Trennwand lag eine dicke graue Katze in einem Nest aus sauberem Stroh, inmitten eines Wurfs kleiner Kätzchen.

Trudi hockte sich hin und streichelte den Rücken der Katze. Eva trat dichter heran, im Gesicht eine Mischung aus Neugier und Misstrauen.

»Magst du eins halten?«, bot ihr Hans-Jürgen an.

Eva nickte.

»Hier.« Er griff nach einem Tigerkätzchen, aber die Katze fauchte. Eine Pfote schnellte hervor und kratzte ihn am Handgelenk. Er schrie auf und drehte das Gesicht von den Mädchen weg. Mit einem Fuß schubste er die Katze beiseite und schnappte sich etwas Pelziges von der Stelle, wo sie gelegen hatte, bevor es ihr gelang, sich wieder auf den restlichen kleinen Fellknäueln niederzulassen, Augen wie glühende Holzkohlen.

Trudi wollte die Katze beruhigen, aber sie fürchtete, ihr noch mehr Angst zu machen. »Leg das Kätzchen zurück«, sagte sie.

Er verbarg es an der Brust seines verschossenen Hemdes. »Welches Kätzchen?«

»Das Kätzchen, das du weggenommen hast«, sagte Eva.

»Das ist gar kein Kätzchen«, sagte er. »Das ist ein Maulwurf. Ein blinder Maulwurf, da, seht ihr?« Er streckte es Trudi hin, zog es aber wieder zurück, ehe sie es greifen konnte, und in diesem Moment sah Trudi in ihm eine Wut, die sie wiedererkannte, eine Wut, die sie auch schon manchmal gefühlt hatte, nackte Zerstörungswut, und sie erschauerte.

»Leg es zurück«, befahl sie, obwohl sie wusste, dass es schon zu spät war.

Er lachte. »Und jetzt – jetzt ist es ein Vogel. Seht ihr?«

Er hielt das Kätzchen am Schwanz und schleuderte es im Kreis herum. Eva stieß einen Schrei aus, einen langen, klagenden Laut, der durch die Scheune hallte, während Trudi sich an Hans-Jürgens Arm zu hängen versuchte. Aber er machte weiter, immer schneller, ließ das getigerte Kätzchen an seinem ausgestreckten Arm rotieren, ein seltsames Leuchten im Gesicht, wie Heilige, wenn sie Wunder vollbrachten. Seine Faust öffnete sich, und während er den Arm immer weiter kreisen ließ, als könnte er nicht mehr aufhören, flog das Kätzchen im hohen Bogen an die entfernteste Wand, wo sein winziger Körper mit einem erstaunlich lauten Schlag auftraf, bevor er senkrecht herunterfiel.

Eva hörte auf zu schreien und stand ganz still da, beide Hände vor den Mund geschlagen, aber Trudi lief zu dem Kätzchen. Trotz ihres Horrors fühlte sie schon die Worte, mit denen sie Schwester Elisabeth und ihrem

Vater beschreiben würde, wie schlaff und klebrig sich das Kätzchen angefühlt hatte. Sie würde ihnen von dem Blut erzählen, das ihm aus der Schnauze rann, von den Augen, die so stumpf waren, als läge ein Brautschleier darüber. Und sie würde sich an diese Augen erinnern, genauso wie an die Panik, die am nächsten Morgen über Hans-Jürgens Gesicht huschte, als er nach vorn gerufen wurde, um zwanzig Hiebe mit Schwester Elisabeths Holzlineal zu beziehen. Mit dem Rücken zu Trudi stand er eine Stunde in der Ecke, und sie war sich sicher, dass er sie, selbst wenn sie in die andere Ecke gestellt würde, nicht zur Kenntnis nähme.

An diesem Sonntag sprach Herr Pastor Schüler nach der Kirche mit Herrn Braunmeier, und am Montagmorgen kam Hans-Jürgen mit neuen blauen Flecken auf Gesicht und Armen zur Schule. Sein Blick war finster, aber einmal, als Trudi ihn dabei ertappte, wie er zu ihr herüberschaute, sah sie Rachedurst in seinen Augen flackern. Obwohl ihre Haarwurzeln wehtaten, zwang sie sich, ihn anzustarren, bis er schließlich zuerst wegsah.

»Lass heut Nacht dein Fenster offen«, zischte sie, als sie auf dem Weg aus dem Klassenzimmer an seiner Bank vorbeikam.

Er stand auf, Schultern und Gesicht über ihr, und sie konnte in die dunklen Höhlen seiner Nasenlöcher schauen. Seine Hände zuckten empor, als wollte er sie packen und herumschleudern wie das Kätzchen.

»Hans-Jürgen!«, sagte Schwester Elisabeth streng. Obwohl sie noch nicht alt war, ging sie am Stock.

Hans-Jürgen schnappte sich seinen Ranzen und rannte aus dem Klassenzimmer.

»Was hast du zu ihm gesagt?«, wollte Eva wissen, als sie mit einem Knochen für Seehund in die Leihbücherei kam.

»Er soll sein Fenster offen lassen. Damit die Katzenmutter in sein Zimmer kommen und sich auf seine Kehle legen kann.«

Eva schauderte. »Und dann wird er einen schrecklichen Tod sterben.«

»Er wird nach Luft ringen.«

»Aber die Katzenmutter wird nicht von ihm runtergehen.«

»Nicht mal, wenn er schreit.«

Ihre Blicke verschmolzen zu einer Art Versprechen, und sie atmeten beide tief aus.

»Nicht mal dann.«

Als Vorbereitung auf die Erstkommunion gab Schwester Elisabeth jedem Kind einen Rosenkranz und zeigte, wie man mit dem Rosenkranzbeten anfing, indem man sich mit dem Kreuz an dem kleinen Schwänzchen bekreuzigte. Dann sprach man das Glaubensbekenntnis, ein Vaterunser, drei Ave-Maria, ein Vaterunser und – ganz zum Schluss – ein Gegrüßt seist du, Maria.

»Euer Rosenkranz hat fünf Gesätze mit je zehn Ave-Maria und einem Vaterunser«, erklärte Schwester Elisabeth. »Bei diesen Rosenkränzen hat jedes Gesätz eine andere Farbe, damit ihr für die Bekehrung der verschiedenen Erdteile beten könnt: Schwarz steht natürlich für Afrika, Gelb für Asien, Rot für Russland, Grün für Südamerika und Blau für Australien.«

»Kann Blau auch für die Arktis sein?«, fragte Hans-Jürgen Braunmeier.

»Die Arktis zählt nicht. Da leben nur Pinguine.«

Hilde Sommer hob die Hand. »Warum können wir nicht für Pinguine beten?« Das kräftige, schwere Mädchen war neu zugezogen und schon zweimal vom Weihrauchduft in der Kirche in Ohnmacht gefallen.

Die Schwester kniff den Mund zusammen, wie immer, wenn sie ärgerlich wurde, und als sie ihn wieder öffnete, belehrte sie Hilde, es sei zwar nichts Unrechtes dabei, gelegentlich auch für Tiere zu beten, aber man tue es erst dann, wenn man mit seinen Gebeten für die Menschen fertig sei. »Tiere haben keine Seele. Außer vielleicht der Ochs und der Esel, die bei dem Jesuskind im Stall waren.«

»Die Schafe auch«, erinnerte sie Paul Weinhart. Seine Eltern hatten eine Menge Schafe auf ihrem Hof.

Schwester Elisabeth nickte, einen gequälten Ausdruck im Gesicht, als bereute sie bereits, überhaupt von Tieren gesprochen zu haben. Ihre Gesichtshaare waren farblos, aber auf ihrer Oberlippe ganz dicht.

Trudi streckte den Finger, und als die Schwester sie aufrief, sagte sie: »Wenn das Rot für einen Erdteil sein soll, kann es nicht für Russland sein.«

Der Unmut auf dem Gesicht der Schwester verstärkte sich.

»Mein Vater war im Krieg dort. Es liegt auf demselben Erdteil wie Deutschland.«

Schwester Elisabeth sprach von dem Apostel Thomas, der daran gezweifelt hatte, dass Jesus den anderen Jüngern erschienen war, und es nicht glauben wollte, solange er seine Wunden nicht berührt hatte. »Zweifeln allein ist schon Sünde«, sagte sie, unterstrich ihre Worte, indem sie mit ihrem Stock aufstieß, und erzählte der Klasse dann, wie Thomas seine Sünden wiedergutgemacht hatte, indem er Märtyrer in Indien geworden war.

Um der Schwester zu zeigen, dass sie ihre Zweifel bereute, blieb Trudi in der Pause drinnen, um die Blumen zu gießen und die Tafel zu putzen. Als Schwester Elisabeth ihr ein Heiligenbildchen mit der heiligen Agnes gab, der Schutzpatronin der kleinen Mädchen, fühlte Trudi in ihrem Inneren das heilige Schmetterlingsflattern, das manchmal kam, wenn sie einer Prozession zuschaute oder daran dachte, wie Jesus für ihre Sünden gestorben war. Zu Hause legte sie das Bild zu ihrer Sammlung von Heiligenbildchen und übte vor dem Goldrahmenspiegel ihrer Mutter für die Erstkommunion. Während sie den Mund so weit öffnete, wie es ging – wünschte sie, Eva könnte mit ihr zur Erstkommunion gehen. Dann würden sie beide weiße Kleider tragen und Kränze aus weißen Satinrosen im Haar. Schade, dass Eva Jüdin war. Juden konnten nicht zur Kommunion gehen. Trudi streckte die Zunge heraus – ganz flach und gerade. Wenn man sie nicht flach hielt, konnte die Hostie herunterfallen. Man durfte sie nicht mit den Zähnen berühren. Und wenn man die Hostie ins Taschentuch spuckte, verwandelte sie sich in Blut.

Während Trudi die Beichte – die Preisgabe ihrer Geheimnisse – fürchtete, waren einige ihrer Klassenkameraden schon bald regelrecht erpicht auf den Lohn, den sie einem brachte. Nachdem sie einmal die Angst davor überwunden hatten, in dem dunklen Beichtstuhl zu knien, freuten sie sich auf die samstägliche Absolution, die ihre Seelen strahlend weiß machte. Wie Schauspieler auf Kommando Tränen produzieren können, lernten sie, Reue in sich zu wecken. Doch ihre Seelen, die während der Neunuhrmesse noch wie neu strahlten, würden schon am Samstagnachmittag einen Teil ihrer Reinheit einbüßen. Im Lauf der nächsten Tage würden sie sich nach und nach abnutzen, und am Ende der Woche würden sie wieder befleckt sein. Die Kinder stellten sich ihre Seele irgendwo unter ihrem Herzen vor, ein längliches, wolkenförmiges Etwas im Inneren ihres Brustkorbs. Die Rippen hinterließen Abdrücke auf der Seele, so weich und nachgiebig war sie. Und von Sünden blieben lange Schmutzstreifen wie Kohlenstaub.

Sünden und Geheimnisse – für Trudi war das oft eins. Sünden gaben die besten Geheimnisse ab. Sie lebten und wuchsen, bis sie ein Priester mit den

Worten der Absolution schlachtete. Blut des Lamms, Blut der Sünden, gestorben für deine Sünden. Die Sünden deiner Mutter.

Vielleicht wusste die Braunmeier'sche Katze gar nicht, wie gefährlich sie Hans-Jürgen werden konnte, denn er kam jeden Tag wieder in die Schule, auch noch, als seine blauen Flecken längst verschwunden und durch Spuren neuer Schulhofskämpfe ersetzt worden waren.

Im Frühling, kurz nachdem die Franzosen das Rheinland besetzt hatten, kam er mit dem rechten Arm in einer Schlinge zur Kirche. Sein Vater hatte ihn mit Streichhölzern im Stall erwischt, und dieser Tatbestand – Gefährdung des Gebäudes und des Viehs – war in den Augen seines Vaters viel schlimmer als das, was Hans-Jürgen mit den Streichhölzern gemacht hatte: die fleischigen Polster unter den Pfoten eines Katers angesengt. Vielleicht stammten ja einige der Kratzer im Gesicht und am Hals von dem Kater, der sich sicher gewehrt hatte, aber der Arm war gebrochen, als sein Vater ihn zu Boden geworfen und die Flammen des heruntergefallenen Streichholzes ausgetreten hatte. Doch wenn man in Hans-Jürgens Augen sah, hätte man schwören können, dass das Feuer nicht ausgegangen war, sondern sich stattdessen in seinen Augen eingenistet hatte, wo es weiterglomm.

Trudi kannte dieses Feuer nur zu gut, kannte es aus ihrem eigenen Inneren. Manchmal liebte sie heftig. Und manchmal fühlte sie, wie sie ein Hassblitz durchzuckte. Sie fühlte sich gemein. Nett. Ängstlich. Wie an jenem Mittwoch, als die Zweitklässler Völkerball spielen sollten – ein Spiel, das seit der französischen Besatzung immer beliebter wurde.

Schwester Elisabeth hatte die Hintermänner bestimmt: für die Franzosen Eva Rosen und für die Deutschen Hilde Sommer, der ihre Ohnmachtsanfälle während der Messe das Mitgefühl der Nonnen eingetragen hatten. Die Schwester bestimmte niemals Jungen zu Hintermännern. Jungen seien schwierig, sagte sie, ein furchtsames Zittern in der Stimme, und ließ sie mit den Händen auf der Tischplatte in ihren Bänken sitzen, damit sie nicht in ihren Hosen nach einer Schleuder grabbelten oder gar nach Schlimmerem. Mädchen, so glaubte die Schwester, waren nicht annähernd so sehr durch dunkle Triebe gefährdet.

Eva und Hilde postierten sich vor den anderen Kindern, und immer, wenn sie einen Namen riefen, stellte sich ein Junge oder ein Mädchen in die Schlange hinter sie. Trudi beschwor Eva stumm, sie in ihre Mannschaft zu wählen, obwohl die Franzosen als Erste den Bällen der Deutschen ausweichen mussten, die sie abzuschießen suchten.

Doch Eva sah die ganze Zeit an Trudi vorbei, während die Schlangen hinter den Hintermännern immer länger wurden, bis schließlich alle gewählt worden waren. Alle, außer Trudi.

»Du bist dran«, mahnte Eva Hilde.

»Ich will sie nicht in meiner Mannschaft haben.«

»Aber du musst.«

»Nimm du sie.«

»Du bist dran mit Wählen.«

Als Hilde etwas zu Georg Weiler sagte, der hinter ihr stand, begann er zu lachen. Georg konnte schnell rennen und wurde meist ganz zu Anfang gewählt. Er trug seine Lederhosen und ein normales Jungenhemd.

»Wir verlieren immer, wenn sie bei uns mitspielt«, rief Fritz Hansen.

»Kinder!« Die dicke Schwester klatschte zweimal laut in die Hände. »Hört auf. Sofort.«

»Ich will nicht mitspielen.« Trudi tat so, als müsste sie sich ihren Schuh binden, damit die anderen ihre Tränen nicht sahen.

»Du musst mitspielen, Trudi.« Die Stimme der Schwester war streng. Sie fasste Trudi am Arm und führte sie ans Ende von Hildes Schlange.

Trudis Beine fühlten sich kürzer denn je an, und während sie sich an die Spielregeln hielt – versuchte, die Franzosen abzuschießen und vor dem Ball wegzulaufen, wenn die Deutschen angriffen –, fühlte sie die anderen Kinder als eine flüssige Masse um sich herum, fühlte ihr Einssein, als gehörte sie selbst zu einer anderen Spezies. In ihren Knochen war ein Ziehen, als ob sie darum rangen, endlich zu wachsen. Es fühlte sich oft so an, vor allem im Rücken und den Beinen; aber diese Schmerzen waren gar nichts im Vergleich zu ihrer Scham.

Nach der Schule versteckte sie sich hinter der Turnhalle, bis alle Kinder weg waren. Vom Theresienheim kam der Geruch von abgestandenem Wasser, und aus der Richtung des Fahrradladens meckerte eine Ziege. Sie griff in ihre Tasche und zählte das Geld, das ihr Vater ihr gegeben hatte, damit sie auf dem Heimweg ein Brot kaufte – fünfzehn Geldscheine, jeder eine Million Mark wert. Es waren eigentlich Tausenderscheine gewesen, aber die Reichsbank hatte den neuen Wert schräg über den alten gedruckt. Sie wusste noch, wie Brot ein paar Pfennige gekostet hatte. Doch jeden Tag wurden die Sachen teurer: Innerhalb eines Monats war der Preis für ein Pfund Huhn von sechs Millionen Mark auf zehn Millionen gestiegen. Für eine Fahrt mit der Straßenbahn musste man sieben Millionen Mark bezahlen.

Herr Abramowitz, der der Kommunistischen Partei beigetreten war, sprach manchmal mit Trudis Vater über die Armut, die mit der Geldentwertung immer mehr um sich griff. Die Leute hatten Angst. Viele hatten ihre Arbeit verloren und schlugen sich mit Tätigkeiten durch, die sie verachteten, etwa als Haustürverkäufer für Nähmaschinen oder als Tagelöhner. Sie fühlten sich gedemütigt, wenn ihre Möbel gepfändet wurden und der Gerichtsvollzieher den Kuckuck als sichtbares Zeichen ihres Scheiterns auf die Rückseite eines Schranks oder Schreibtisches klebte. Und wenn sie essbare Dinge hinter den Schaufensterscheiben von Läden und Restaurants sahen, ohne sie kaufen zu können, wurden sie noch neidischer auf Juden wie Herrn Abramowitz und Fräulein Birnsteig, die erfolgreich waren und sich leisten konnten, was sie wollten. Einige Leute hatten den Selbstmord der Schande der Armut vorgezogen. Fast alle waren sich einig, dass der Versailler Friedensvertrag sie entwürdigte und in den Hunger trieb. Sie sehnten sich nach dem Leben zurück, das sie vor dem Krieg gelebt hatten, einem Leben in Ordnung, das – wenn sie jetzt daran dachten – voller Sonnenschein gewesen zu sein schien.

Viele Leute hatten ihre Ersparnisse und ihre Rente verloren. Und Trudi hatte Herrn Hesping sagen hören, sie würden alle noch viel mehr opfern müssen. Auf dem Weg zu Hansens Bäckerei überlegte sie, was sie opfern würde, wenn sie dafür groß sein könnte. Einen Arm ganz bestimmt. Vielleicht sogar ein Bein, weil sie dann ja immer noch ein langes Bein hätte. Auf einen Arm konnte man leichter verzichten. Und wenn sie nun beides hergeben müsste – einen Arm und ein Bein? Man konnte nicht an Krücken gehen, wenn man nicht beide Arme hatte. Außer – und sie versuchte, es sich auszumalen – das Bein und der Arm, die man hergab, waren auf verschiedenen Seiten.

Sie zog das rechte Bein an und hopste auf dem linken weiter, wobei sie sich vorstellte, sie hätte eine Krücke unter dem rechten Arm. Obwohl es schwer war, das Gleichgewicht zu halten, schaffte sie es, auf einem Bein in

Richtung Straße zu hüpfen, bis sie schließlich hinfiel. Dennoch – als sie auf dem Boden saß, wusste sie, dass sie beides hergeben würde. Wenn ihr Schutzengel jetzt, in diesem Moment, zu ihr käme und ihr garantierte, dass sie im Tausch gegen einen Arm und ein Bein groß werden würde, wäre sie bereit, sich von ihm auf der Stelle beides absägen zu lassen.

Sie stand auf und hüpfte auf dem linken Fuß, dann auf dem rechten, wobei sie jeweils den gegenüberliegenden Arm wie einen Flügel ausstreckte. Plötzlich musste sie lächeln. Wenigstens würde Schwester Elisabeth sie dann nicht mehr zwingen, bei blöden Ballspielen mitzumachen. Aber vielleicht war es ja gar nicht nötig, einen Arm und ein Bein herzugeben. Sie hielt inne und stand ganz still da. Vielleicht würde es ja genügen, zwei Finger herzugeben, so wie der Bäcker, der seine im Krieg in Russland verloren hatte. Wenn man etwas verlor, was man einmal gehabt hatte – einen Arm oder ein Bein oder ein Auge –, dann behandelten einen die Leute nicht als Missgeburt: Sie hatten einen als das in Erinnerung, was man gewesen war. Aber wenn man ohne Arme oder Augen zur Welt kam, war man eine Missgeburt. Wenn man einen Körper hatte, der nicht so aussah wie der Körper anderer Leute, war man eine Missgeburt. Auch wenn man sich innerlich nicht als Missgeburt fühlte, aber lange genug im Körper einer Missgeburt lebte – was konnte man dagegen tun, dass einen der eigene Körper nicht ganz und gar in eine Missgeburt verwandelte?

An diesem Nachmittag kam Eva nicht in die Leihbücherei, und am nächsten Vormittag in der Schule sah sie Trudi kein einziges Mal an. Die Erste, der Trudi von Evas Feuermal erzählte, war Helga Stamm, die den gefürchteten blauen Brief von der Schule bekommen hatte.

»Wie ein roter Kohlkopf«, flüsterte Trudi, »über Evas ganze Brust. Nicht mal ihre Mutter kann was dagegen machen, und die ist Ärztin.«

Sie zog Irmtraud Boden und Hilde Sommer beiseite und erzählte ihnen, dass das Mal auf Evas Brust anfangs kleiner als ein Kirschkern gewesen war und dass es immer noch weiter wuchs, obwohl die Frau Doktor alle möglichen Arzneien draufgeschmiert hatte.

»Bald«, sagte Trudi zu Fritz Hansen, »werden es alle wissen, weil das Rot Evas Hals hochkriechen wird und ihre Arme runter. Und wenn es erst mal an den Fingern ist, wird alles, was sie anfasst, auch rot.«

Sie beugten sich zu ihrem Geflüster herab, so dicht, als wären sie ihre Freundinnen und Freunde, und obwohl sie sie nicht über die Geschichte hinaus halten konnte, war ihr klar, dass sie sie mit neuen Geheimnissen immer wieder zurücklocken würde.

Auf dem Gang versuchte Paul Weinhart, Eva vorn den Pullover hochzuziehen, aber sie rannte ins Klassenzimmer zurück; am nächsten Tag fragten sie zwei Mädchen, ob sie mal ihre Brust sehen könnten. Das Gesicht so rot wie das Muttermal, wandte sich Eva rasch ab, und als ihr Blick an Trudi hängen blieb, waren ihre Augen dunkel und erschrocken, als wüsste sie jetzt endlich, wie es war, von der besten Freundin verraten zu werden.

Erst am Ende der Woche, in der großen Pause, drückten mehrere Mädchen Evas Arme gegen den Schulhofzaun und knöpften ihre Bluse auf, um das Muttermal zu entblößen. Als sie in das Zimmer der Rektorin gerufen wurden, wo sie Frau Doktor Rosen empfing, die etlichen von ihnen über den Mumps und die Masern hinweggeholfen hatte, behaupteten sie, sie hätten Eva nur kitzeln wollen.

Eva blieb den darauffolgenden Montag und Dienstag daheim, und Trudi träumte, dass Eva jetzt genauso invalide wäre wie ihr Vater. Eva lag neben ihm in einem Liegestuhl. Beide hatten die Augen geschlossen. Nur dass Eva nicht zugedeckt war. Das Oberteil ihres Kleides war offen, und die Blume auf ihrer Brust hatte Ranken getrieben, die sie umschlossen wie die Dornenhecke das schlafende Dornröschen auf Trudis Bilderklötzchen. Evas Gesicht war so friedlich, als schliefe sie einen hundertjährigen Schlaf, und die Ranken hielten sie auf der Veranda fest und schützten sie vor der Welt draußen.

Aber am Mittwochnachmittag stand Eva drunten vor Trudis Fenster, mit einer neuen Leine für Seehund, und rief, Trudi solle herauskommen und mit ihr spielen. Als Trudi hinter den Gardinen stand und hinunterschaute, fühlte sie die Liebe und den Hass in ihrem Inneren zu etwas Schwerem und Unnachgiebigem verschmelzen.

»Trudi«, rief ihr Vater aus dem Flur hinter der Leihbücherei. »Eva ist da.«

Sie brachte kein Wort heraus.

»Trudi.« Sein Hinken verharrte am unteren Ende der Treppe.

Sie fühlte nichts, außer dieser kalten Last. Ein leiser Windhauch wehte durch die Gardine und kühlte ihr Gesicht. Als sie vom Fenster zurücktrat, fing sich die weiße Spitze zwischen ihren Fingern, und plötzlich verspürte sie die heftige Sehnsucht, jemanden kennenzulernen, der so aussah wie sie, jemanden mit einem kräftigen Rumpf, kurzen, gedrungenen Beinen, jemanden, dessen Arme nicht weiter reichten als ihre, jemanden, der sie mit einem Ausdruck des Wiedererkennens ansehen würde – nicht mit Neugier oder Verachtung.

6

1923–1929

Es war Frau Simon, die Trudi von dem Zwergenmann in Düsseldorf erzählte. Frau Simon hatte ihn im Publikum im Opernhaus gesehen, wo sie ein Abonnement hatte. »Ungefähr so groß wie du, Trudi, und so – so elegant. Du hättest ihn sehen sollen. Mit einem nachtblauen Smoking, fast schwarz … und einem prächtigen Zylinder dazu.« Frau Simons sommersprossige Hände fuhren durch die Luft, um den Zylinderhut nachzuzeichnen.

Von diesem Tag an war es Trudis Ziel, diesen Zwergenmann zu finden, und sie bettelte, dass ihr Vater mit ihr nach Düsseldorf fahren solle. Sie überredete ihn, Karten für die Oper zu kaufen, und verbrachte die ganze Aufführung des *Bettelstudenten* damit, mit dem Opernglas, das ihr Frau Simon geliehen hatte, den Zuschauerraum abzusuchen. In der Pause stellte sich ihr Vater an, um ihr gebrannte Mandeln zu kaufen, während sie sich durch die Menschengrüppchen zwängte – zwischen Hüften und Taillen, Bäuchen und Händen hindurch –, in der festen Erwartung, gleich vor dem Zwergenmann zu stehen. Aber sie fand ihn nicht, und als sie die Mandeln während der zweiten Hälfte der Aufführung aß, ließ die eklig süße Erinnerung an den Storchenzucker ihren Magen krampfen.

Beim Spielen mit Seehund oder auf dem Schulweg spann sie das wenige, was sie über diesen Mann wusste – die Größe, das mit dem Smoking und dem Zylinder –, immer weiter aus, bis sie seine ganze Lebensgeschichte erfunden hatte. Es kam nicht alles auf einmal, sondern in Bruchstücken, die in ihrem Kopf herumpurzelten und sich an den Wurzeln ihrer Geschichte festsetzten, bis daraus ein Stamm, Äste, ein Blätterhimmel gewachsen waren. Der Zwerg, so befand sie, war ein berühmter Maler – nein, er war Musiker, so wie Fräulein Birnsteig, sogar Komponist. Deshalb war er in der Oper gewesen.

Der Komponist lebte in einer Villa in Düsseldorf, auf der anderen Seite der Oberkasseler Brücke, und er hatte zwei Kinder, die ebenfalls Zwerge waren. Das eine war sieben, ein Jahr jünger als Trudi, das andere ein Jahr älter als sie. Der Komponist wünschte sich nichts mehr, als eine Freundin für seine Kinder zu finden. Eines Sonntags würde er durch Burgdorf fahren und Trudi vor der Leihbücherei entdecken. Er würde sie zu einer Autofahrt einladen, so wie Herr Abramowitz, sie fragen, was sie am liebsten aß, und – »Nehmt niemals Schokolade von fremden Leuten an«, hatten die Schwestern alle Kinder gewarnt. Es gab Massenmörder, sagten die Schwestern, die schreckliche Dinge mit Kindern machten, sie zum Beispiel zu Würsten verarbeiteten und diese dann ahnungslosen Leuten zu essen gaben. Es gab sogar ein Lied über so einen Mörder, das die Kinder nicht singen durften: »Warte, warte nur ein Weilchen, dann kommt Hamann auch zu dir. Und mit seinem Hackebeilchen macht er Hackfleisch aus dir.« Nach dem ersten Schock, dass die Welt nicht sicher war, hatte Trudi den grausigen Text mit den anderen Kindern mitgesungen: »... aus den Augen macht er Sülze, aus dem Hintern macht er Speck ...«, und sich dabei schaurig-schön gegruselt.

Aber der Zwergenmann war ganz bestimmt kein Massenmörder. Er war eher wie der unbekannte Wohltäter, erahnte ihre Wünsche, noch ehe sie sie äußern konnte. Ihr Vater würde ihn kennenlernen und mit ihm über Musik und Schach und Politik reden. Und dann würde der Zwergenmann mit ihr und seinen Kindern auf einen hohen Berg fahren, wo das ganze Jahr Schnee lag, und sie würden einen Schneemann bauen, mit Kohlenaugen und einer Karottennase. Sie würden alle auf einem langen Schlitten den Hang hinuntersausen, und der Zwergenmann würde den Schlitten hinten an sein Auto binden und sie wieder hinaufziehen.

Ja, mit einem Zwerg mitzugehen, war etwas anderes.

Nicht mit ihm mitzugehen, war völlig undenkbar.

Trudi sah das erste Mal einen anderen Zwergmenschen, als sie dreizehn war, und dieser Zwergmensch war die neue Tierbändigerin in dem Zirkuszelt auf dem Volksfest, das jedes Jahr im Juli auf dem Jahrmarktsgelände stattfand. In einem weißen Glitzerkleid mit schwarzen Kragenaufschlägen, die wie spitze Blätter dem Ausschnitt entsprangen, führte die Dompteuse die Elefanten in die Manege, und als ihre Peitsche kurz um die massigen Füße der Tiere knallte, ohne sie zu berühren, beugten sie die Knie, als wollten sie ihr Ehrerbietung bezeigen.

Ihr Name war Pia. Sie hatte üppige blauschwarze Locken und einen kurzen, gedrungenen Körper, der sich behände bewegte. Die Leute lachten zwar über die Clowns und die Affen, aber nicht über die Zwergin – sie waren beeindruckt von ihrem Können und ihrem Mut, und als sie den Kopf in das weit aufgerissene Maul des Löwen legte, wurde es so still im Zirkuszelt, dass selbst die kleinsten Kinder verstummten, und während dieser langen Sekunden, ehe sie den Kopf wieder aus der gefährlichen Höhle hervorzog – dieser Sekunden, in denen sich der Geruch von Tieren und Sägespänen und Schweiß verdichtete und in dem Stoff des riesigen Zelts festsetzte –, hielt das ganze Publikum die Luft an. Als Pia in die Mitte der Manege lief, knickste und die eine Hand in einem graziösen Bogen über den Boden und dann hoch in die Luft schwang, standen die Leute auf und applaudierten.

Trudi wusste, dass sie nicht applaudierten, weil Pia eine Zwergin war, und sie klatschte, bis ihre Hände brannten, und wünschte sich, die Leute würden sie auch wegen der Dinge beachten, die sie konnte – Kopfrechnen oder fast alle Zugverbindungen in Deutschland auswendig hersagen –, und nicht, weil sie eine Zwergin war. Aber obwohl sie die Aufmerksamkeit, die sie erregte, fürchtete, war sie doch so daran gewöhnt, dass sie sie erwartete und danach gierte.

Als Trudi sich wieder auf ihren Platz in der ersten Reihe setzte, beschwor sie die Tierbändigerin stumm, zu ihr herüberzuschauen. Sie wusste, ihre Zöpfe sahen hübsch aus, so, wie sie sie heute zum Kranz festgesteckt hatte. Ihr neues rosa Kleid fühlte sich schon wieder eng an, aber wenigstens stimmte die Länge. Die Waschfrau, die ihr Vater beschäftigte, obwohl das Gerücht umging, dass sie Chlorbleiche in die Häuser schmuggelte, in denen sie arbeitete, verstand sich darauf, Seitennähte aufzutrennen und farblich passende Stoffstreifen einzusetzen. Trudis Vater kaufte ihr noch immer Kinderkleider, Röcke, Blusen und Kleider mit Rüschen, weil sie in Erwachsenenkleidern ertrank: Die Taille war an der falschen Stelle, und der Saum schleifte auf dem Boden. Männer verstanden nicht viel von solchen Dingen.

Wenn ihre Mutter noch lebte, da war sich Trudi sicher, hätte sie Kleider, die ihr richtig passten – so wie das weiße Glitzerkostüm, das aussah wie eigens für Pia gemacht. Trudi fragte sich, ob Pia wohl auch versucht hatte, ihren Körper zu strecken, aber Pia war nicht größer als sie. Trotz allem, was Trudi unternommen hatte, waren ihre Arme und Beine überhaupt nicht mehr gewachsen, seit sie elf geworden war. In ihrem grimmigen Kampf gegen die Grenzen ihres Körpers hatte sie sich nicht nur mit den Fingern an Türrahmen gehängt, sondern auch an Äste von Bäumen, und manchmal war sie heruntergefallen und hatte sich blaue Flecken und Schürfwunden geholt. Oft hatten ihre Arme und Schultern tagelang wehgetan, und sie hatte sich getröstet, indem sie sich schwor, sobald ihr Körper ausgewachsen wäre, in eine weit entfernte Stadt zu ziehen, wo niemand wüsste, dass sie eine Zwergin gewesen war.

Ein dicker Clown radelte laut kreischend auf einem winzig kleinen Fahrrad in die Manege, wobei ihm ein Papagei mit prächtigen Schwanzfedern im Nacken hockte wie ein Geier. Der Clown sauste wie ein Wilder um die Tierbändigerin herum, die das Schauspiel mit einem amüsierten Stirnrunzeln betrachtete, und warf sich dann in die Sägespäne zu ihren Füßen, als flehte er sie an, ihn zu retten.

Pia schnippte mit den Fingern, und der Papagei flatterte vom Nacken des Clowns auf und ließ sich auf ihrem Handgelenk nieder. »Ich brauche einen Freiwilligen aus dem Publikum«, verkündete sie mit einem siegessicheren Lächeln.

Statt wie andere die Hand zu heben, glitt Trudi von ihrem Sitz und trat vor, wobei sie die Rüschen ihres Kleides an den Ellbogen kratzten.

Einen Augenblick sah Pia erschrocken aus, und ihre schwarzen Augen huschten weg und wieder zu Trudi zurück, als irritierte sie dieses Spiegelbild ihrer selbst. Aber dann lachte sie freudig. »Komm.« Sie streckte die freie Hand aus, und Trudi hielt sich kerzengerade, als sie auf Pia zuging. »Wie es aussieht, haben wir hier eine Freiwillige von der Zauberinsel, die meine Heimat ist. Der Insel der kleinen Leute, wo alle so groß sind wie wir ...« Sie zeigte zwischen Trudi und sich hin und her. »Wo in allen Gärten Feigen und Orangen und Orchideen wachsen, wo Vögel wie Othello« – sie flüsterte dem Papagei etwas zu, und er hüpfte auf Trudis Handgelenk – »so verbreitet sind wie hier bei euch die Enten.«

Trudi hielt ihr Handgelenk ganz still. Die Klauen des Vogels waren so kühl wie die Schale einer Orange.

Der Clown quiekte, klemmte sich das Fahrrad unter den Arm und verschwand Rad schlagend aus der Manege.

»Das ist eine Insel, die nur ganz wenige Menschen kennen.« Die Tierbändigerin sah Trudi jetzt an. Ihr Gesicht war alterslos – ohne Falten und doch uralt – und schön mit dem geschminkten Mund und den breiten Wangenknochen. »Erinnerst du dich an unsere Insel?«

Trudis Hals fühlte sich steif an, als sie nickte.

»Und woran erinnerst du dich am deutlichsten?«

Trudi hatte Angst, an ihr vorbei auf die vertrauten Gesichter im Publikum zu schauen, Gesichter, in denen bestimmt nur Spott stand; als sie es aber tat, sahen sie sie bewundernd an. Sie fuhr dem Papagei mit einem Finger über den Rücken und holte tief Luft. »An den Wasserfall«, sagte sie.

»Sie erinnert sich an den Wasserfall«, verkündete Pia. »Und es ist in der Tat ein prächtiger Wasserfall, dort auf unserer Insel. Kühl im Sommer, warm im Winter.« Sie zauberte drei goldene Ringe aus der Luft, und als sie sie hochhielt, kreischte der Papagei und flog hindurch, als bildeten sie einen Tunnel, um dann wieder auf Trudis Handgelenk zu landen.

»Und an den Tunnel«, sagte Trudi laut, vom flirrenden Glanz des Augenblicks mitgerissen. »Ich erinnere mich an einen Tunnel ... aus lauter Edelsteinen.«

»Er führte von deinem Haus zu meinem, genau.« In den Augen der Tierbändigerin war ein lausbübisches Funkeln, das Trudi anspornte.

Gemeinsam spannen sie die Geschichte von einer Insel, die so wundervoll war, dass jeder im Publikum ihnen ohne Zögern dorthin gefolgt wäre, und dabei flog der Papagei zwischen ihnen hin und her wie ein Weberschiffchen und ruhte sich zwischen seinen Kunststückchen immer wieder auf Trudis Handgelenk aus. Einmal, als er sein Gefieder schüttelte, kitzelte es Trudi in der Nase, und sie unterdrückte den Niesreiz, indem sie mit der Zunge so ihren Gaumen berührte, wie Eva es ihr gezeigt hatte. Wenn Eva sie doch nur hier mit Pia sehen könnte. Aber Eva war jetzt auf dem Gymnasium in Düsseldorf, und obwohl sie immer stehen blieb, um Trudi zu begrüßen, wenn sie sich auf der Straße begegneten, war es nicht mehr so wie damals, als sie Freundinnen gewesen waren.

Ehe Pia Trudi wieder zu ihrem Platz geleitete, griff sie in die Luft, zauberte eine riesige Krepppapierrose hervor und überreichte sie Trudi mit einem Wangenküsschen.

Während die Clowns und Akrobaten das Publikum unterhielten, sah Trudi kaum hin. Sie wartete, dass die Tierbändigerin wiederkäme, aber Pia erschien nur noch ein einziges Mal – ganz zum Schluss, als alle Artisten in die Manege liefen und sich unter dem anhaltenden Applaus verbeugten. Zwischen all den normal großen Leuten wirkte sie nicht annähernd so beeindruckend.

Als sich das Zelt geleert hatte, machte sich Trudi auf die Suche nach Pia, die Papierrose in der Hand. Sie hatte keine Ahnung, was sie sagen wollte, aber sie musste mit ihr reden. Pia würde sie anschauen und mehr als nur ihren Körper sehen. Die Leute im Ort sahen nur ihren Körper und schoben sie als nicht dazugehörig beiseite.

Einer der Akrobaten deutete am Karussell und an dem Zelt der Wahrsagerin vorbei auf einen blauen Wohnwagen, der auf einem mit Klee und Butterblumen bewachsenen Fleckchen Wiese stand. Eine Wäscheleine mit Spitzenunterwäsche und Strümpfen war zwischen dem einen Seitenfenster und einer Birke gespannt. Die Holzwände des Wagens und sogar das Treppchen zur Tür waren mit glänzender Lackfarbe gestrichen. Einen Moment lang hatte Trudi Angst, anzuklopfen, aber dann stellte sie sich ihre Mutter vor, wie sie einfach diese Stufen hinaufstieg und die Hand hob. Es waren nur noch zwei Tage bis zum Todestag ihrer Mutter. Seltsamerweise musste sie immer ein Weilchen überlegen, wann der Geburtstag ihrer Mutter war – irgendwann Mitte März –, aber ihr Todestag, der neunte Juli, war in ihr Gedächtnis eingraviert. Sie fürchtete dieses Datum, weil noch kein Jahr vergangen war, ohne dass sie es noch einmal hatte durchleben müssen – diese letzte Stunde am Bett ihrer Mutter, als sie zugesehen hatte, wie sie gestorben war, in dieser Anstalt, wo Leute eingesperrt wurden, die sich für die Engel auszogen. Und es war beunruhigend, daran zu denken, dass ihr eigenes Todesdatum schon existierte, dass es jedes Jahr verstrich, ohne dass sie es wusste und – was vielleicht das Schlimmste war – dass es nie für irgendjemanden so bedeutsam sein konnte, wie es das Todesdatum ihrer Mutter für sie war.

Sie straffte sich und klopfte an. Pia trug einen bestickten Seidenmorgenmantel und schien nicht weiter überrascht, sie zu sehen.

»Es muss doch andere geben«, platzte Trudi heraus.

Pia trat beiseite, um sie hereinzulassen. Innen war der Wohnwagen genauso kornblumenblau wie außen: blaue Kissen, blaue Hängeschränke, ein Tischtuch mit blauen Fransen.

»Ich habe noch nie jemanden wie mich getroffen.« Es kam langsam heraus. Und dann sagte sie es noch einmal. »Ich habe noch nie jemanden wie mich getroffen.«

»Oh, aber sie sind überall.« Die Zwergenfrau drehte sich mit flinken Fingern eine dicke Zigarette und zündete sie an. »An allen möglichen Orten. Jeder für sich allein. Auf meinen Reisen muss ich nie nach ihnen suchen. Sie finden mich.« Ihre Augen waren auf einer Höhe mit Trudis Augen. »Sie wollen etwas über andere erfahren, genau wie du.«

»Diese Insel ...?«

»Ist für uns alle da. Es liegt bei dir, dich hinzuträumen.«

»Warum können wir nicht alle an einem Ort sein?«

»Aber das sind wir ja. Er wird Erde genannt.«

»Nicht so. Sie wissen schon.«

»Wäre das besser?«

»Dann wäre ich nicht die Einzige.«

»Das bist du nicht.«

»In diesem Ort schon.«

Pia nickte ernst und pickte dann einen Tabakkrümel von ihrer Zunge. Ihr üppiges Haar fiel ihr auf die Schultern. »Wenn ich dieses Gefühl habe, die Einzige zu sein, dann stelle ich mir viele Hundert Leute wie mich vor ... auf der ganzen Welt, alle mit dem Gefühl, ganz allein zu sein, und dann fühle ich mich ihnen verbunden.« Sie zeigte auf einen niedrigen Polstersessel. »Setz dich, wenn du magst.«

Als Trudi sich hinsetzte, berührten ihre Füße den Boden, statt in der Luft zu baumeln. Sie lächelte und gelobte sich im Stillen, dass sie in dieser Welt der hohen Straßenbahnsitze und Ladentische, Bänke und Stühle von jetzt an bei sich zu Hause Möbel haben würde, die für sie richtig waren. Während alle anderen Kinder in die Möbel ihrer Vettern hineingewachsen waren, waren für sie die Dinge zu groß geblieben; sie hatte sich die ganze Zeit bemüht, damit fertigzuwerden, auf Stühle zu klettern, sich zu recken, um in der Küche Essen zuzubereiten, einen Holzschemel mit sich herumzuschleppen, um darauf zu steigen, wenn sie an etwas nicht herankam. Schluss damit, dachte sie, Schluss.

»Sag mir, wie du heißt.« Pia zog paffend an ihrer Zigarette.

»Trudi. Die Abkürzung für Gertrud.«

»Ein starker Name. Passt zu dir.«

»Haben Sie wirklich schon hundert Leute getroffen, die so sind wie wir?«

»Hundertvier.«

»Sie zählen sie?«

»Wie sollte ich nicht?«

»Und es gibt noch mehr?«

»O ja. In Russland und Italien und Frankreich und Portugal ...«

Freudetrunken fühlte Trudi sie alle – alle einhundertvier – so unmittelbar in ihrer Nähe, als wären sie hier in diesem Wohnwagen, und in diesem Moment begriff Trudi, dass für Pia das Zwergsein etwas ganz Normales, ja, sogar Schönes war. Für Pia waren lange Arme hässlich, lange Beine unsicher. Große Menschen sahen komisch aus, schwebten viel zu weit über dem Boden mit ihrem wackligen Untergestell. Trudi sah auf Pia, die sie schweigend betrachtete, als wüsste sie, was Trudi dachte, und sie fühlte sich mit der Erde verbunden, viel enger als auf langen Beinen.

Sie dachte an die Buchumschläge mit den Frauen und Männern, die sich in die Augen sahen, und fragte sich, wie es wohl wäre, einen Zwergenmann zu küssen und zu heiraten. Ein Kuss bestand aus zwei Teilen: Teil eins – das hatte sie von Hilde Sommer, der es wiederum Irmtraud Boden erzählt hatte, nachdem sie der Sohn des Metzgers geküsst hatte – war die Berührung der Lippen. Teil zwei, das war die Zunge des Mannes – so eklig sich das auch anhörte – im Mund der Frau.

Trudi schluckte. Sie musste Pia fragen. Nicht, dass sie damit rechnete, je einen Mann zu finden, der sie liebte, oder Kinder zu bekommen, aber –

»Gibt es auch welche, die heiraten?«

»Manche heiraten.«

»Untereinander?«

»Ja. Oder auch groß gewachsene Leute.«

»Und ihre Kinder ...?«

»Manche sind Zwerge. Andere nicht.«

»Haben Sie ein Kind?«

»Es ist schon erwachsen.« Pia lachte. »Ein komisches Wort für uns: erwachsen. Wir werden erwachsen, obwohl wir nicht wachsen ... Aber mein Sohn – er ist ein ausgewachsener Erwachsener.« Sie hörte auf zu lachen. »Bringe ich dich durcheinander?«

»Nein.« Trudi drehte die Papierblume zwischen den Fingern. »Werden Sie wieder hierherkommen?«

»Vielleicht. Ich weiß so was nicht im Voraus.«

»Und wenn ich Sie was fragen will?«

»Schick deine Fragen zu den Sternen hinauf – sie werden mich finden.«

»Wünschen Sie sich manchmal, Sie könnten anderen Leuten gerade ins Gesicht schauen?«

»Statt hochzuschauen und die Unterseite ihres Kinns zu sehen, oder die Haare in ihrer Nase?«

»Und die Popel.« Trudi kicherte.

»Schau nicht hoch.«

»Aber dann sehe ich nur ihre Bäuche, ihre Ellbogen, ihre Gürtel –«

»Ihre dicken Hinterteile. O Mädchen ...« Pia tupfte sich Lachtränen aus den Augen. »Aber nicht lange. Sag mir eins – was tust du, wenn jemand eine ganz leise Stimme hat?«

»Ich beuge mich dichter heran.«

»Genau.«

Trudi wartete, aber Pia sah sie nur wortlos an, einen belustigten Ausdruck im Gesicht.

»Sie meinen ...«

»Probiers mal.«

»Sie werden sich zu mir runterbeugen?«

»Nicht alle. Aber viele. Solange du dran denkst, nicht hochzuschauen.«

»Ich werds probieren. Danke.« Trudi sah sich in dem Wohnwagen um, der kleiner war als ihr Zimmer. Dennoch – sie brauchte nicht viel Platz und konnte ja auf dem Sofa schlafen. »Und wenn ich mit Ihnen mitkäme?«, fragte sie, und ihr Herz schlug hoch in ihrer Kehle.

»Aber das willst du doch gar nicht.«

»Woher wissen Sie das?«

»Das hier ist der Ort, wo du hingehörst, diese Stadt ... wo du jemand bist.«

»Ich will mit Ihnen gehen.«

»Du bist noch ein Kind.«

»Ich werde nächstes Jahr vierzehn.«

»Ein Kind.« Pia nickte. »Und selbst wenn ich dich aufnehmen würde –
es würde nichts an dem Gefühl des Alleinseins ändern. Das kannst nur du
selbst ändern. So.« Sie schlang die kurzen Arme um ihren Körper, wiegte
sich leise und lächelte.

Trudi runzelte die Stirn.

»Eines Tages wirst du dran denken«, verhieß ihr die Zwergenfrau.

Als der Zirkus wieder weg war, begann Trudi, sich selbst Kleider zu nähen.
Bisher hatte sie den Handarbeitsunterricht in der Schule immer verab-
scheut, aber nachdem sie das Kleid gesehen hatte, das Pia so gut passte, ersann sie Verfahren, die Schnittmuster abzuändern und zu kürzen, ehe sie
sie auf den Stoff steckte. Herr Blau lernte sie auf seiner alten Nähmaschine
an: Sie musste sie im Stehen bedienen, aber er war ein eifriger Lehrer, gab
ihr Ratschläge zu Abnähern, Säumen und Einlagen und ermahnte sie, die
Finger von der rasenden Nadel fernzuhalten, damit sie nicht durchbohrt
würden wie sein Daumen.

In dem Zimmer im oberen Stock, aus dessen Fenster die Blau-Tochter
der jungen Helene Montag über den schmalen Durchgang hinweg Zettelchen zugesteckt hatte, stand Trudi an der Nähmaschine, mit einem Fuß
tretend, umgeben von Ballen mit Stoffresten und kopflosen Schneiderpuppen – stockfleckigen, baumwollbezogenen Rümpfen auf Ständern –, während sich Herr Blau, der älter war als alle anderen Leute, die sie kannte, die
steifen Hände rieb und immer wieder auf die Fingerspitzen blies, als juckte
es ihn, an Trudis Stelle weiterzunähen.

Das erste Stück, das sie anfertigte, war eine Bluse im selben Blau wie Pias
Wohnwagen. Sie nähte dazu einen passenden Rock, eine weiße Jacke mit
blauen, blattförmigen Kragenaufschlägen, einen weißen Mantel. Schluss mit
den Kindersachen. Sie nähte Unterröcke, die verhinderten, dass ihr die Röcke
und Kleider an den Beinen klebten, Seidenfutter, die die Jacken glatt an ihrem
Rücken anliegen ließen, einen Badeanzug, den sie nur zweimal trug, ehe das tie-
fere Wasser des Flusses herbstlich kalt wurde. Knopflöcher waren das Schwie-
rigste, und sie war dankbar, als Herr Blau sich erbot, sie für sie zu nähen.

Als Frau Simon lobende Worte über ihr Äußeres sagte und ihr erklärte, wie wichtig es sei, etwas aus sich zu machen, verfolgte Trudi dieses Ziel mit einer Besessenheit, die ihre Ersparnisse aufzehrte und ihre Träume mit Schulterpolstern und Revers, Maßtaillen und hochhackigen Schuhen bevölkerte. Viele Frauen ruinierten die Linie eines Kleides, indem sie eine Strickjacke darüber trugen, und Trudi schwor sich, diese Unsitte niemals zu übernehmen.

»An den Händen einer Frau kann man so viel ablesen«, sagte Frau Simon und schrieb Trudi den Namen ihrer Handmilch auf. »Die gibt es nur in Düsseldorf.«

Als Trudi ihrem Vater von Pias Möbeln erzählte, war er so zerknirscht, weil er nicht selbst darauf gekommen war, dass sie schon beinahe wünschte, sie hätte nichts gesagt. Aber dann kaufte er Birkenholz und zimmerte ihr einen Stuhl mit kürzeren Beinen. Als er sah, wie glücklich sie mit ihrem Stuhl war, verfiel er in einen regelrechten Bastelrausch. In der Küche baute er vor den Hängeschränken und dem Eiskasten ein Podest, hoch genug, dass Trudi, wenn sie darauf stand, an die Arbeitsflächen und Borde herankam, und schmal genug, dass es ihm nicht im Weg war, wenn er in der Küche zu tun hatte. Er quälte sich mit der Frage herum, ob er ihr einen Tisch zu ihrem Stuhl bauen sollte, und als sie ihm versicherte, sie wolle mit ihm an einem Tisch essen, konstruierte er einen Stuhl, der höher war als seiner, mit drei breiten Trittsprossen. Er baute mehrere breite Schemel und verteilte sie in der Leihbücherei und im ganzen Haus. Eines Abends beim Zubettgehen merkte Trudi verblüfft, dass sie nicht mehr auf die Matratze hinaufklettern musste; nachdem sie einen berauschenden Moment lang geglaubt hatte, ihr Körper sei plötzlich zu seiner vollen Länge auseinandergeschnellt, sah sie gelbe Staubspuren auf dem Fußboden, und als sie sich auf den Boden kauerte, um unter ihr Bett zu schauen, erkannte sie, dass ihr Vater die Beine auf die Hälfte abgesagt hatte.

An dem Tag, als Hilde Sommer beiläufig zu ihr sagte, Augenwimpern würden länger und dunkler, wenn man regelmäßig die Spitzen abschneide, borgte sich Trudi Frau Abramowitz' gebogene Nagelschere und stutzte ihre blonden Wimpern. Sie wartete, dass sie dick und dunkel nachwachsen würden, und als sich gar nichts veränderte, fragte sie Hilde. Die hatte es, wie sich herausstellte, nicht selbst probiert – noch nicht, sagte sie –, sondern von ihrer Cousine in Hamburg gehört, die schwor, dass es wirke.

»Ich warte wohl besser erst mal ab, was mit deinen Wimpern passiert«, sagte sie zu Trudi.

Hilde, die später einmal Hebamme werden wollte, war netter zu Trudi als die meisten anderen Mitschülerinnen. Sie trug gern Rot und fiel schon beim Gedanken an Weihrauchduft in Ohnmacht. Wegen dieser Fähigkeit, in Ohnmacht zu fallen, war Hilde in der Schule beliebt, und sie brachte den anderen Mädchen bei, hin und her zu schwanken und in den Knien einzuknicken. Sie probierten der Reihe nach aus, wer am schnellsten ohnmächtig werden konnte, während andere bereitstanden, um sie an den Ellbogen aufzufangen und zu einer imaginären Kirchentür zu tragen. Obwohl Hilde am schwersten war, wurde sie öfter getragen als alle anderen.

Als eine Klassenkameradin zu ihrer Tante in einer anderen Stadt ziehen musste, weil sie immer dicker wurde, erklärte Hilde Trudi, das Mädchen sei schwanger. Obwohl Trudi nicht mehr an den Storch glaubte und ihre Zweifel an Evas Theorie hatte, dass einem die Haare dort unten zum Bauchnabel hinaufwuchsen, wenn man schwanger war, kontrollierte sie doch gelegentlich das helle Haar, das sich auf dem harten Dreieck zwischen ihren Schenkeln lockte. Kinder, so viel wusste sie inzwischen, kamen aus Frauen heraus. Aber sie hatte keine Ahnung, wie sie hineinkamen. Sie wusste nur, dass viele Kinder ein Schock für ihre Mütter waren, dass manche Frauen starben, wenn sie Kinder zur Welt brachten, und dass andere Frauen geheimnisvolle Dinge taten, um zu verhindern, dass Kinder in sie hineinkamen oder dass sie wuchsen, wenn sie schon drinnen waren.

Um mehr aus sich zu machen, studierte Trudi, wie andere Leute gingen – nicht mit kreisenden Bewegungen von einer Seite zur anderen, sondern einfach geradeaus, und sie übte diesen neuen Gang und überwachte ihre Fortschritte in den Schaufensterscheiben, an denen sie vorbeikam. Anmutige Hüte aus Frau Simons Laden machten sie ein paar Zentimeter größer. Sie war entzückt, als sie merkte, dass sie noch größer aussah, wenn sie etwas längere Röcke und kurze Jacken trug. Inzwischen konnte sie jeden beliebigen Raum betreten und die Größe aller Anwesenden auf den Zentimeter genau schätzen, indem sie sie mit ihrer eigenen verglich.

Sie hatte sich die Zöpfe abschneiden lassen, sodass ihr Haar jetzt auf Höhe ihrer Schultern endete wie das von Pia, aber die Friseuse hatte ihr ausgeredet, es blauschwarz färben zu lassen, und ihr stattdessen gezeigt, wie sie die linke Seite hinterm Ohr feststecken konnte, damit ihr Gesicht schmaler wirkte.

Sooft sie sich vorstellte, sie sei Pia, veränderte sich etwas an der Art, wie sie ihren Körper berührte. Sie fand Vergnügen daran, in parfümiertem Wasser zu baden – nicht nur samstags, sondern auch mittwochs – und ihr Haar zu waschen und zu spülen. Sie rieb sich duftende Gesichtsmilch auf Gesicht und Hände und genoss es, ihre eigene Haut zu fühlen.

»Du siehst großartig aus«, sagte ihr Vater jedes Mal, wenn sie ihm ihre neuen Kleider vorführte.

Die Burgdorfer sagten ihm, seine Tochter sei ja – fast über Nacht – vom Kind zur jungen Dame geworden. Es verblüffte Trudi, wie viele von ihnen sich herabbeugten und ihr Gesicht auf eine Höhe mit ihrem brachten, wenn sie nur daran dachte, leise zu reden und dabei nicht zu ihnen emporzuschauen.

Den ganzen Herbst träumte sie davon, bei Pia zu sein, und sie fühlte sich ihrem Vater gegenüber wie eine Verräterin, wenn sie sich wünschte, die Zwergenfrau hätte sie mitgenommen. Ihr Vater zählte darauf, dass sie in ein paar Wochen, wenn sie die achte Klasse der Volksschule abgeschlossen hatte, anfangen würde, ganztags in der Leihbücherei zu arbeiten. Sie fragte sich, ob Stefan Blau sich seinen Eltern gegenüber auch als Verräter gefühlt hatte, als er nach Amerika durchgebrannt war. Da war er ebenfalls dreizehn gewesen, wie sie. Obwohl sie sich sicher war, dass auch sie den Mut hätte, aus Burgdorf wegzugehen, wusste sie doch, dass sie, wo immer sie hinging, ihren Körper – so, wie er jetzt war – mitnehmen würde, während Stefan gewachsen und ein Mann geworden war.

Sie war sicher, dass die meisten Jungen in Burgdorf sofort mit Stefan tauschen würden: Sie trugen eine Unruhe in sich, als ob sie ihr eintöniges Leben leid wären und wenig hätten, worauf sie stolz sein konnten. Aber die meisten Mädchen waren dazu erzogen, klaglos alle Langeweile und alles Unbehagen in ihrem Leben zu erdulden und darauf zu warten, dass jemand anders etwas daran änderte. Was Veränderungen anging, fühlte Trudi mehr wie ein Junge, und sie ärgerte sich über die Mädchen.

Mehr denn je beschäftigte Stefan Blau ihre Fantasie, jetzt, da sie sich ausmalte, wie sie Pia folgen würde, wenn sie im Frühling zurückkäme. Es gab viele Arbeiten, die sie im Zirkus tun konnte, während Pia sie lehrte, Löwen und Elefanten zu bändigen: fegen und kochen, Kostüme nähen, die Tiere füttern. Stefan hatte sich entschieden, ein neues Leben zu beginnen, und seine Mutter hatte es überlebt – wenn auch mit dieser Traurigkeit in den Augen. Trudi würde zurückkommen und ihren Vater besuchen. Vielleicht würde sie ja sogar nach Amerika reisen und Stefan und Tante Helene sehen, die immer noch, wenn auch nicht mehr so oft wie in den ersten Jahren nach ihrem Besuch, Briefe und Geschenke schickte, während Robert nur kurze Grüße unter die Briefe seiner Mutter kritzelte.

Im Januar ließ Frau Abramowitz Trudi den Lodenmantel kopieren, den sie gerade von einer Österreichreise mitgebracht hatte. Er hatte acht Lederknöpfe, und Trudi kaufte sich ebenso viele Knöpfe für ihren Mantel und verringerte einfach den Abstand zwischen den Knopflöchern, um denselben Effekt zu erzielen. Sie trug ihre neuen Kleider zur Schule und zur Kirche und machte sich sogar fein, um Seehund auszuführen, dessen Bewegungen nicht mehr so ungestüm waren wie einst. Wenn man sieben Hundejahre auf ein Menschenjahr rechnete, war er jetzt über fünfzig, älter als ihr Vater, der – obwohl er mit ihr und allen anderen Menschen so geduldig war – ärgerlich auf sich selbst wurde, wenn er rasch etwas tun wollte und sein schlimmes Bein ihn nicht so schnell trug, wie er wollte.

Manchmal schreckte er nachts hoch, weil er von einem Krieg geträumt hatte, der noch schrecklicher war als der, in dem er gekämpft hatte. In diesem Traum – und es war immer derselbe – trugen Säulen aus blanken Gebeinen den Himmel, und es war an ihm, zu verhindern, dass sie einstürzten. Stimmen, zu schwach zum Schreien, stießen ein zittriges Klagegeheul aus, das ihm die Brust zerschnitt, ohne dass es blutete, und er tauchte empor, und über ihm schwamm Trudis Gesicht.

»Wach auf«, drängte sie. »Du hast im Schlaf geschrien.« Sie stopfte ihm noch ein zusätzliches Kissen in den Rücken und machte ihm eine Kanne Kamillentee, ehe sie wieder in ihr Zimmer ging.

Dann saß er aufrecht im Bett und hielt die Augen weit offen. An der Wand gegenüber hingen immer noch die Totenbilder seiner Frau. Das Holzkreuz auf ihrem Grab war, trotz immer neuer Lackschichten, längst zerfallen, und er hatte es durch einen Marmorstein ersetzt. Ihr aschfahles fremdes Gesicht im Sarg war ihm in den Jahren seit ihrem Begräbnis so vertraut geworden, dass er nie das Verlangen verspürt hatte, bei einer der Burgdorferinnen zu liegen, deren lebhafte Gesichtsfarbe und deren strahlendes Lächeln dagegen unnatürlich wirkten.

Und doch sammelte sich mit jedem Jahr dieses zölibatären Lebens mehr Leidenschaft in Leos Augen. Sie sahen eine Frau so lange an, bis die nicht anders konnte als zurückschauen. Sein Blick war voller Zärtlichkeit, Sehnsucht, Bewunderung – eine unausgesprochene Verheißung, die eine Frau blenden konnte. Er fühlte sich lebendig, wachgerüttelt, wenn der Blick einer Frau seinen traf und immer wieder zu ihm zurückkehrte, als ob ein Band – viel bedeutsamer als jede Berührung – zwischen ihm und ihr existierte. Es passierte in der Kirche, in Läden und natürlich auch in der Leihbücherei, wo die Frauen ihn baten, ihnen Bücher zu empfehlen, von denen er meine, dass sie ihnen gefallen würden. Wenn sie die Bücher wiederbrachten, verwöhnten sie Leo nicht nur mit Lob, weil er ihre Herzen so gut kannte, sondern auch mit Köstlichkeiten aus ihrer Küche: Vanillepudding mit Erdbeersirup, Linsensuppe mit Schweinsfüßen, Eierpfannkuchen, gefüllt mit Kompott oder Schinkenwürfeln.

Gelegentlich streifte Leos Hand den Arm einer Frau, leicht, fast ehrfürchtig. Die Frauen wussten, dass die Berührung nicht zufällig war, und sie fühlten sich geehrt, weil er sie erwählt hatte, aber wenn sie die Verheißung zu erfühlen suchten, die in dieser Berührung lag, sprach er von Gertrud. Wenn eine mehr wollte, entmutigte er sie sanft, indem er ihr anvertraute, dass er immer noch um seine Frau trauere.

»Ich habe mich seither noch für keine andere Frau interessieren können«, erklärte er, als gestehe er ihnen eine tragische Krankheit ein, die – wie jede Einzelne schließlich glaubte – nur sie allein heilen könne. »Wenn die Dinge anders lägen …«, sagte er dann und überließ es der Betreffenden, den Satz in ihrer Fantasie zu vollenden, während seine Hand emporfuhr, um seine eigene Wange zu streicheln.

Den Blick in seine Augen versenkt, ermutigten sie ihn, von seiner Frau zu sprechen. Sie merkten, dass sie ihn fesseln konnten, wenn sie ihre Erinnerungen an Gertrud mit ihm teilten: Sie riefen ihm ins Gedächtnis, wie er

und Gertrud als Kinder Drachen aus rotem Seidenpapier und dünnen Holz-
lättchen gebaut hatten, mit Schwänzen aus Schnur und Papierschleifen; sie
zogen ihn damit auf, wie nervös er damals mit fünfzehn gewesen war, als
er Gertrud gefragt hatte, ob sie mit ihm tanzen gehen wolle; sie schilder-
ten den Tag seiner Hochzeit und Gertruds Strahlen, als sie an seinem Arm
aus der Martinskirche getreten war; sie köderten ihn mit halb vergessenen
Episoden aus Gertruds Leben und nährten seine Begierde, indem sie den
Rest dazuerfanden.

Aus dem, was sie von diesen Gesprächen mitbekam, reimte sich Trudi
zusammen, wie das Leben ihrer Mutter gewesen war, bevor sie zur Welt kam,
und sie sog diese Geschichten begierig ein, froh, dass niemand von den paar
verrückten Jahren vor dem Tod ihrer Mutter sprach.

In Leo Montags Gegenwart fühlten sich die Frauen begehrt und dennoch tugendhaft, und wenn ihnen das Verlangen unheimlich wurde, das
er in ihnen weckte – ein Verlangen, das sie vom Schlafen und vom Beten
abhielt, weil sie sich fragten, wie es sich wohl anfühlen würde, wenn seine
Hände langsam ihr Haar lösten und ihr Gesicht streichelten oder wenn er sie
das allererste Mal nähme, im Liegen oder im Stehen, an die Wand der abge-
schlossenen Leihbücherei gelehnt, dann konnten sie sich damit beruhigen,
dass nichts, gar nichts passiert war und auch nichts passieren würde, eine
Gewissheit, die es ihnen ermöglichte, die Zunge herauszustrecken, um die
heilige Kommunion zu empfangen, und ohne jeden Flecken auf ihrer Ehre
zu ihren Männern zurückzukehren.

Und wenn sie die helle Stimme von Leos Zwergenkind von der Chorem-
pore hörten, dann berührten sie ihre Bäuche durch den Stoff ihrer Mäntel
und dachten an das Los der Frau, deren Leib Leos Samen aufgenommen
hatte, und es bestärkte sie in ihrem Vorsatz, ihren Männern treu zu bleiben.
Trudis Stimme brillierte während der Messe, schwang sich hoch und kräftig und klar über den Strom der Orgelmusik empor. Es war eine Stimme,
die an früheste Sehnsüchte rührte – an jene ekstatischen Gefühle, die sich
am sicheren Objekt Religion festgemacht hatten, ehe einem die Familie
erlaubt hatte, sie auf einen bestimmten katholischen Burschen zu richten.
Diese Gefühle früher beim Namen zu nennen, hätte zur Sünde führen können. Es war klüger, es aufzuschieben, diese Leidenschaft zu kanalisieren und
im Chor zu singen oder auf der Kommunionsbank in Ohnmacht zu fallen

oder – jeden Karfreitag um drei – Christi Pein zu fühlen, wenn die Nägel in seine heiligen Hände getrieben wurden.

Wenn die Frauen Trudis reiner Stimme lauschten, wussten sie, dass es eine Stimme war, zu der man nie zurückkehren, eine Stimme, die man nie wiedererlangen konnte, wenn der eigene Körper erst einmal die Liebkosungen eines anderen Körpers erfahren hatte, wenn man erst einmal begriffen hatte, worauf sich diese frühe Ekstase immer schon gerichtet hatte. Und dennoch – eines Herbsttags vielleicht, im Morgengrauen, wenn man als Erste auf war und in der Küche Feuer machte, fragte man sich womöglich, ob die Leidenschaft der Frauen, die Nonnen geworden waren, größer war als die eigene, und man wurde neidisch auf ihre Macht, weil sie diejenigen waren, die die Kinder unterrichteten, und deren Autorität größer war als die eigene.

Nonnen verhüllten ihre Leidenschaft ebenso wie ihre Körper. Nonnen verbargen ihre Hände in den Ärmeln, zeigten nur einen Teil ihres Gesichts – Augen, Nase und Mund –, knappe Indizien ihrer Weiblichkeit. Zwar waren einige Nonnen kleinliche und verbitterte Frauen, aber die Besten unter ihnen hatten sich eine Leidenschaft bewahrt, die so rein war, dass man ihnen nicht lange ins Gesicht sehen konnte. Leo Montag hatte diese Leidenschaft in den Augen beinahe wiedererlangt – wie zur Bestätigung jenes geschmacklosen Scherzes, den sein Freund Emil Hesping verbreitete: dass Leute wieder jungfräulich würden, wenn sie es – und jeder wusste, was es war – fünf Jahre nicht mehr bekommen hatten.

Obwohl Emil Hesping immer noch unverheiratet war, bestand bei ihm kaum die Gefahr eines Rückfalls in die Jungfräulichkeit. Die Leute fragten sich, was sein Bruder, der Bischof, wohl sagen würde, wenn er von all den Frauen wüsste – Frauen nicht nur aus Burgdorf, sondern auch aus anderen Orten –, die man mit Emil Hesping gesehen hatte. Allein schon an seinem Arm über den Kirchplatz zu gehen genügte, um einen in Verruf zu bringen. Er hatte eine endlose Abfolge immer neuer Frauen – mit einer Ausnahme: Frau Simon, die eine konstante Größe in seinem Leben war. Sie hatten ihr unzüchtiges Verhältnis öffentlich zur Schau gestellt, ehe sie ihren Mann geheiratet hatte, und seit ihrer Scheidung kehrte er zwischen seinen unzähligen Affären immer wieder zu ihr zurück. Er schien mit jedem Jahr jünger zu werden: Sein Gesicht war faltenlos und sein Schädel so glatt wie eh und je.

Den ganzen Winter wartete Trudi, dass es mild genug würde, um wieder schwimmen zu gehen, und am ersten warmen Sonntag im April stand sie um sechs Uhr auf, zog sich ihren Badeanzug an, ein Kleid und eine Jacke darüber und machte sich mit ihrem Hund zum Fluss auf.

Schwalben flogen von den Weiden auf, als sie die Flussseite des Deichs hinunterrannte, und für einen Moment übertönte das Schwirren ihrer Flügel das Rauschen des Rheins, der in diesem Frühjahr gegen seine Begrenzung angetobt hatte, ohne über die Ufer zu treten. Laub vom letzten Herbst bedeckte den Weg, zusammengeklumpt und braun, so anders als die leichten Gebilde, die als rotgelber Regen von den Ästen herabgeschwebt waren. Das Gras – noch immer tot und gelbbraun – lag platt am Boden, und die Baumkronen sahen verfilzt aus. Ein paar zerbrochene Backsteine lagen zwischen den Kieseln. Der Himmel war blau, aber dunkelgraue Streifen zogen sich darüber und versperrten dem Sonnenlicht immer wieder den Weg.

So früh am Morgen war noch niemand unterwegs. Der Fluss sah moosgrün aus. Trudi hatte ihn schon – manchmal sogar binnen einer Stunde – seine Farbe von Braun zu Grau und Grün und sogar Silber wechseln sehen, je nachdem, wie das Licht darauf fiel. Zwei Enten flatterten von den kahlen Büschen auf, als sie sich dem Ufer näherte. Sie stieg über Brombeerranken, die quer über den Weg gewuchert waren. In ein paar Monaten würde sie hierherkommen und lilaschwarze Brombeeren und rote Johannisbeeren pflücken, um sie in einen tiefen Suppenteller zu schütten, Milch und Zucker darüber zu geben und sie mit einer Scheibe Schwarzbrot zu essen.

Eine feine Dunstsäule stieg in der Nähe des Flusses auf, dick genug, um der Rauch eines Feuers zu sein, und einen Augenblick lang hatte sie das Gefühl, nicht allein zu sein, als ob irgendetwas sie warne, nicht weiterzugehen. Sie rief Seehund zu sich, nur um ihre Stimme zu hören, stapfte aber durch den Dunst voran. Ein Zweig zerrte an ihrem Ärmel. Sie erstarrte. Ihr Blick huschte zum Deich hinüber. Die gesamte Böschung bewegte sich, jedes verrottete Blatt, jeder Grashalm, als formten sie sich zu einer gewaltigen Welle. Der ganze Deich flüsterte, flüsterte braune Worte, flüsterte: »Komm hier rauf, schnell, schnell ...« Sie spürte diese Worte, spürte jemanden, der von dort nach ihr rief. Sie zwängte sich durch die Sträucher zum Fluss hinunter, weg von den Stimmen und dem Deich, und als sie die Weide mit dem geflochtenen Seil erreichte, war der graue Nebel nichts weiter als das –

Nebel –, und die Sonne war bereits dabei, ihn aufzulösen, und der Deich war nun ein fester Erdwall, erbaut, um den Ort vor dem Fluss zu schützen. Die Bucht war still, und die unruhige Strömung rauschte um das Ende des Anlegers. Sie ging am Anleger vorbei, zum anderen Ende des ellbogenförmigen Uferknicks, wo sie Jacke und Kleid auszog und samt ihren Schuhen zwischen zwei Büschen versteckte und die Träger ihres Badeanzugs zurechtzupfte. Seehund lief herum und schnupperte den Boden ab, ehe er sich auf einem sandigen Fleckchen am Fuß der Büsche niederließ. Als Trudi einen Fuß ins Wasser setzte, war es viel kälter als die Luft, aber davon ließ sie sich nicht abhalten. Wie ein Frosch stieß sie sich ab, tauchte unter, streifte ein paar glitschige Steine und strebte in tieferes Wasser. Hier gehörte der Fluss ihr. Leichte Beinstöße trieben sie vorwärts, als sie auftauchte, um Luft zu holen. Vom Ufer sah ihr der Hund mit schläfrigen Augen zu, die Schnauze auf den gekreuzten Vorderpfoten. Den Rest seines Körpers verbargen die Zweige. Sie winkte ihm zu, ehe sie wieder untertauchte. Die Augen weit offen, schwamm sie geradewegs zwischen die braungrünen Schlammpartikel, die vom Grund aufstiegen. Wenn die Sonne sie streifte, wurden sie bernsteinfarben, als wollten sie sie umschließen wie der Bernsteintropfen, den Frau Blau an einem Silberkettchen um ihren Hals trug. Ihr holländischer Urgroßvater hatte ihn an der Nordsee gefunden: Mittendrin saß ein winziger elfenbeinfarbener Krebs, der aussah, als könnte er jeden Moment aus dem durchscheinenden Bernsteintropfen herauskommen und Frau Blaus Hals hinaufkrabbeln.

Trudi stieß heftig mit den Beinen und glitt zu dem seichteren Stück im Schatten der Weiden. Sie tauchte auf und schüttelte sich den Fluss aus den Haaren. In drei Monaten würde der Zirkus wieder in den Ort kommen, und dann würde sie Pia zum Schwimmen hierherführen. Als sie sich die Zwergenfrau an ihrer Seite im Wasser vorzustellen versuchte, konnte sie sie in nichts anderem sehen als ihrem Glitzerkleid. Auf dem Rücken im Wasser liegend, schlug sie mit Beinen und Armen, machte silberne Wirbel. Sie würde so einen Stoff für Pia suchen – etwas Silbriges, Wirbliges – und ihr einen Badeanzug nähen. Sie lächelte und sah zu Seehund hinüber. Er saß da, den Kopf gereckt, die Ohren gespitzt. Von der anderen Seite des Anlegers kamen Stimmen.

Rasch tauchte sie unter und schwamm zum Ende des Anlegers. Sie hielt sich an den Steinen fest, um nicht in die Strömung gesogen zu werden, und

zog sich so weit hinaus, dass sie hinüberschauen konnte: Sie waren zu viert –
Georg, Hans-Jürgen, Fritz Hansen und Paul Weinhart – und ganz damit
beschäftigt, einen Wettkampf im Unterwasserfurzen zu veranstalten. Jede
Blubbersalve wurde mit Gejohle und Gelächter quittiert. Sie gaben voreinander an, pumpten die Backen auf und hielten den Atem an, während
sie die Luft durch ihre Gedärme zu pressen versuchten. Wenn die Blasen
an die Oberfläche stiegen, sprangen sie in gespieltem Entsetzen zurück.

Mit einer seltsamen Mischung aus Angst und Erregung sah Trudi sie
so vor sich, wie sie sich keinem Mädchen oder Erwachsenen zeigen würden, und sie wusste, indem sie sie ohne ihr Wissen beobachtete, nahm
sie ihnen etwas weg, etwas, was sie ihr nie freiwillig überlassen würden.
Das waren ihre liebsten Geheimnisse – die gestohlenen, die, bei denen ihr
der Gedanke, ertappt zu werden, die Zunge im Mund ganz leicht werden
ließ, so wie an jenem Tag in der Bäckerei, als Frau Buttgereit Brötchen
gekauft hatte und Herr Hansen ihr dabei zugezischt hatte, sie solle ihren
Mann gefälligst in ihrem Bett halten, oder an jenem Abend, als sie von
der Küchentür aus gesehen hatte, wie Frau Blau ein kleines Bündel neben
ihrer Hintertreppe vergraben hatte; oder an dem Nachmittag, als Frau
Abramowitz ihren Busen an den Arm von Trudis Vater gepresst hatte,
während er ihr ein Buch von einem der oberen Borde der Leihbücherei
hatte holen wollen.

Nur Trudis Augen und Stirn waren über Wasser, während sie die Jungen
belauerte; ab und zu hob sie das Gesicht gerade lange genug heraus, um tief
Luft zu holen, und tauchte dann wieder unter. Seehund hatte sich wieder
hingelegt, und sie war froh, dass ihn die Büsche vor den Blicken der Jungen verbargen.

Als Georg auf die Weide kletterte, seine Badehose auszog und über einen
Ast hängte, schloss sie für einen Moment die Augen, nicht aus Schamgefühl,
sondern aus Mitleid, weil er in seinem Bemühen, genauso zu sein wie die anderen Jungen – weiter ging, als sie es je tun würden. Die Jungen schrien vor
Lachen und klatschten. Georg grinste und wedelte mit den Armen. Ohne
Kleider wirkte er dünn, schutzlos, ja regelrecht gefährdet. Sein Haar war so
kurz geschoren, dass man seine Schädelknochen sah.

Paul Weinhart legte die Hände an den Mund und schrie: »Da ist ein
nackter Junge …«

Erschrocken ließ Georg die Arme fallen und bedeckte seine Blöße mit den Händen.

Hans-Jürgen Braunmeier pfiff.

»... und der heißt Georg Weiler«, fuhr Paul fort.

»Halt den Mund!« Georg packte das geflochtene Tau und schwang sich in den Fluss. Er klatschte neben Paul ins Wasser und begann, ihn nass zu spritzen.

»Ein nackter Junge ...«, johlten Fritz und Hans-Jürgen.

Georg versuchte, aus dem Wasser und zu seiner Badehose zu gelangen, die hoch oben an dem Ast baumelte, aber die drei anderen versperrten ihm den Weg. Ihre Arme kreisten wie Windmühlenflügel und schleuderten ihm feine Wasserschleier entgegen.

»Lasst mich raus!«

Als Trudi die Tränen in seiner Stimme hörte, purzelten die Bilder vom nackt in den Fluss springenden Georg in die Form einer Geschichte, und sie fühlte eine vertraute Macht in sich wachsen – die Macht, die aus ihrer Entscheidungsfreiheit erwuchs, diese Geschichte zu erzählen oder nicht zu erzählen. Und sie fühlte noch etwas, das ihr wohlbekannt war – eine Verbindung, so stark wie Liebe oder Hass, zu demjenigen, dessen Geschichte in sie eindrang und zu etwas heranzureifen begann, das ihr gehörte.

Georg flüchtete vor den Jungen in Richtung Flussmitte. Mit den Beinen schlagend, schwamm er auf dem Rücken zum Ende des Anlegers, als hätte er beschlossen, auf der anderen Seite an Land zu gehen. Während die anderen drei die Verfolgung aufnahmen, duckte sich Trudi zwischen die Steine, in der Hoffnung, dass Georg anhalten würde oder die anderen ihn einholten, ehe er sie sah.

Aber er schwamm genau in sie hinein. Erschrocken drehte er sich um und starrte sie an, und als sie ihrerseits in seine sandfarbenen Augen starrte, musste sie an seinen Vater denken, der in diesem Wasser, das ihre Körper umgab, ertrunken war. Georg erschauderte, als hätte er gerade das Gleiche gedacht, und es schien beinahe möglich, dass sie ihre Begegnung für sich behalten und sich voneinander abwenden könnten, als sei nichts gewesen.

Aber die anderen Jungen schwammen hinter ihm heran.

»Deshalb hat sich Georg die Hose ausgezogen.«

»Georg liebt Trudi.«

»Halt die Klappe!« Mit erhobenen Fäusten warf sich Georg auf die Jungen.

»Georg liebt die Zwergin.«

Sie stieß sich von den Steinen ab und schoss unter Wasser davon. Ein Frosch. Sie war ein Frosch. Aber ihre Beine waren nur hinderlich, und ihre Arme fühlten sich zu kurz an, um die Wassermassen wegzuschieben, die gegen sie andrückten. Eine Hand packte ihren rechten Knöchel und riss sie hoch. Hans-Jürgen.

Sie hustete und spuckte Wasser. »Lass los.«

Seehund lief bellend das Ufer entlang, aber sobald seine Pfoten den feuchten Streifen berührten, wo der Fluss den Sand dunkler färbte, sprang er zurück, kläffte und wagte sich wieder vor, als ränge er mit seiner Urangst vor dem Wasser.

Fritz Hansen packte Trudi an einem Badeanzugträger.

»Lass los«, fauchte sie, und zu ihrer Überraschung nahmen die Jungen die Hände von ihr. Als sie mit den Füßen Grund suchte, war der Fluss zu tief, und sie fühlte es wieder – diese seltsame Vorahnung, die sie auf dem Weg zum Fluss ignoriert hatte, das laubbraune Flüstern des Deichs, die Nebelsäule ...

Mit kreideweißem Hinterteil kletterte Georg auf den Baum, um seine Badehose zu holen, während die anderen Jungen sich fächerförmig um Trudi verteilten, Wasser tretend und leicht mit den Armen rudernd, um auf der Stelle zu bleiben. Ihre Gesichter schwammen auf einer Höhe mit ihrem, und es war komisch, ihnen genau in die Augen zu sehen, statt hochschauen zu müssen.

»Was machst du hier?«, wollte Fritz wissen.

»Schwimmen. Wie ihr.«

»Du hast uns nachspioniert«, sagte Hans-Jürgen.

»Hab ich nicht.« Sie war wütend auf sie. Weil sie sie entdeckt hatten. Weil sie ihr Plätzchen verdorben hatten. »Ich war zuerst da.«

Seehund kläffte schrill. Er rannte am Ufer hin und her, und bei jeder Kehrtwendung stob Sand unter seinen Pfoten auf. Paul Weinhart tauchte und holte einen flachen Stein herauf, den er nach dem Hund warf. Seehund heulte auf.

Trudi puffte Paul gegen die Schulter. »Lass ihn in Ruhe.«

»Dann sag ihm, er soll still sein.«

»Platz«, rief sie. »Platz, Seehund.«

Der Hund blieb stehen. Am ganzen Körper zitternd, knickte er hinten halb ein, als hielte er sich bereit, jederzeit wieder aufzuspringen.

»Platz, Seehund.«

Er winselte und legte sich hin.

»Georg«, schrie Paul. »Trudi sagt, sie will, dass du die Hose wieder ausziehst.«

»Lügner«, rief sie.

Den Rücken zum Fluss, wurstelte sich Georg in sein Hemd, seine Hose und seine Schuhe.

»Sie will, dass wir uns alle die Hosen ausziehen«, erklärte Hans-Jürgen.

Paul und Fritz lachten, während sie Trudi an den Armen packten und zum Ufer schleppten. Hans-Jürgen sammelte graue und braune Kiesel im flachen Wasser und bombardierte Seehund, als der sich auf sie stürzte.

»Geh nach Hause, Seehund«, schrie Trudi. »Platz – geh heim …«

Aber Seehund grub seine Zähne in Fritz Hansens Wade. Die Jungen ließen Trudi los und fielen mit Fäusten und Steinen über den Hund her.

»Aufhören«, schrie sie, »hört auf«, und sie hörte Georgs Stimme ebenfalls rufen: »Tut ihm nichts.«

Seehund kämpfte weiter, aber mit jedem Tritt oder Schlag, der ihn traf, wurden seine Bemühungen schwächer.

»Geh heim«, schrie sie, Tränen im Mund. Sie wollte, dass er vor den Füßen davonlief, die ihn von ihr wegtraten, aber er kam immer wieder kläffend zurück, bis Paul einen scharfkantigen Stein nach ihm warf. Seehund fiel um und blieb reglos liegen. Winselnd schleppte er sich auf Trudi zu, und man sah das Weiße in seinen Augen.

»Lasst sie los.« Die Haut um Georgs Mund war straff gespannt.

»Damit du die Zwergin für dich haben kannst?« Fritz grinste.

»Sei nicht blöd.« Ein rotes Glühen überzog langsam Georgs Hals und stieg sein Gesicht empor.

Pauls Hand schoss vor und kniff in Trudis Brust.

Sie schrie auf.

»Du bist dran«, forderte er Georg heraus.

Georgs Gesicht wurde starr. Seine Augen waren direkt auf Trudi gerichtet, glasig und ängstlich, ohne sie zu sehen. Er versuchte zu lachen. »Wer will die schon?«

Obwohl er aussah, als wollte er gleich davonlaufen, blieb er bei seinen Freunden, auch dann noch, als sie Trudi über die Wiese und den Deich schleppten. Sie schrie, versuchte, ihre Arme loszuwinden – diese unnützen Arme, die stämmig waren, aber nicht stark –, und einmal gelang es ihr, sich loszureißen, beschämt, dass ihre Beine, diese Zwergenbeine, sich in dem alten Watschelgang bewegten, den sie hatte verlernen wollen. Hass pochte in ihren Schläfen, und sie rannte weg, so schnell, wie sie es sich nicht zugetraut hätte, bis Fritz sie zu Fall brachte. Seehund blieb immer weiter zurück. Bald konnte sie ihn nicht mehr sehen. Ihre bloßen Füße und Beine waren zerkratzt, und sie wusste nicht, was schlimmer wäre: von anderen gerettet zu werden, die sie halb nackt in ihrem Badeanzug sehen würden, oder nicht gerettet zu werden, ehe die Jungen sie in den Braunmeier'schen Stall schleppten – denn dahin ging es, das war ihr jetzt klar. Als sie nicht aufhörte zu schreien, umschloss eine Hand – sie konnte nicht einmal sagen, wem sie gehörte – ihren Mund, während sie sie um die Rückseite des Stallgebäudes zerrten und schubsten und dann durch die Tür auf der dem Wohnhaus abgewandten Seite.

Langsam wechselnde Muster aus gedämpftem Licht und Schatten drangen zwischen den Staubkörnchen hindurch, und die obersten Dachbalken waren vernebelt, umhüllt von einer Schicht dicker Luft. Zwei Blechkannen lehnten umgedreht zum Trocknen auf einem Tisch. Sie war nicht mehr in diesem Stall gewesen, seit Hans-Jürgen damals das Kätzchen umgebracht hatte, und der große hohe Raum erinnerte sie immer noch an eine Kirche. Gleichzeitig war da der Geruch von Kühen, ein ewig warmer Geruch, der irgendwie das, was passierte, noch viel schlimmer machte, und das, was passierte, war warm und doch kalt – die Kälte des riesigen Raums, die Wärme der zusammengekauerten Körper an einem kleinen Fleckchen, das durchlodert war von der Hitze der Angst und der Hitze ihres Atems und der Hitze der Kühe, obwohl nichts, gar nichts, bis zu der eiskalten Stelle in ihrem Inneren drang, der Stelle, wo sie nicht hinkamen, der Stelle, die sie alle zu Eis gefrieren lassen konnte, da sie jetzt endlich wusste, dass Beten sie nicht größer machen würde, wusste, dass die Zwergin endgültig das eingekapselt hatte, was sie wirklich war, wusste – auf eine tiefe und distanzierte Weise –, wer sie war, gewesen war und sein würde, während eine ganze Lebensspanne an Bildern durch ihre Seele zog; und das Schlimmste war nicht, dass die Jungen ihr den Badeanzug auszogen und ihre Brüste befingerten – das war schlimm genug, aber das hätten sie auch mit anderen Mädchen gemacht; nein, das Schlimmste war ihre Neugier, diese Hände, die ihr Anderssein erkundeten, diese Stimmen, die darüber lachten, wie dick ihr Hals aus ihrem Oberkörper hervorwuchs, wie kurz ihre Beine waren, als sie sie auseinanderzerrten – nicht, um in sie einzudringen, nein, sondern um zu sehen, wie weit sich ihre Schenkel spreizen ließen, und was das alles noch schlimmer machte, war die Tatsache, dass sie, selbst hier, ihre Neugier erregte und nicht ihre Begierde, und doch, und doch fühlte sie unter ihrer Wut eine schreckliche Sehnsucht, ihnen zu gefallen, Sehnsucht danach, dass sie durch ihren Körper in ihr Inneres sähen, wo sie doch so war wie jedes andere Mädchen auch.

Georg rührte sie nicht an. Die Hände in die Taschen gestopft wie Holzklötze, stand er daneben, fluchtbereit, und einmal, als Trudi seine Augen sah, waren sie wild vor Zorn auf sie – weil sie sich hatte fangen lassen.

»Frau Braunmeier ...« Eine Stimme, so tief, dass sie nur Alexander Sturm gehören konnte, kam von draußen vor dem Stall.

Hans-Jürgen flitzte aus der Seitentür, dicht gefolgt von Paul und Fritz.

»Ich möchte ein paar Eier kaufen ...«

Georg griff nach einer Viehdecke und warf sie über Trudi, ehe er hinausrannte.

»Und ein Pfund Butter ...«

Trudi konnte Frau Braunmeiers gedämpfte Antwort nicht verstehen. Sie sah sich um Hilfe rufen, stellte sich vor, wie Alexander sich über sie beugte und ihr aufhalf und sie auf dem Gepäckträger seines Fahrrads heimbrachte, aber dann sah sie ihren Vater in seinem Sonntagsanzug in die Schule hinken, um mit den Schwestern zu reden, fühlte, wie sie in den geschlossenen Kreis der Mädchen geschoben wurde, wusste, sie würde es niemals sagen können – ihm nicht und auch sonst niemandem.

Sie wartete, bis es draußen wieder still war. Die Decke um sich zusammengerafft, ging sie zur Tür. Sie fühlte seltsamerweise gar keine Angst. Es war vorbei. Sie war sich sicher. Sie würden nicht wiederkommen.

Als sie aus der Stalltür trat, war ihr, als ginge sie auf Glasscherben, obwohl der Boden aus hartem Lehm bestand, zusammengestampft von den

Hufen der Kühe. Es fühlte sich gefährlich an, aus dem Raum herauszutreten, den sie jetzt so genau kannte wie ihr eigenes Zimmer. Die Sache dort im Stall hatte sie noch weiter von den anderen entfernt, und die Einzigen, mit denen sie sich verbunden fühlte, waren diese Jungen, die ihr jetzt ähnlicher waren als irgendjemand sonst, da sie an dem beteiligt gewesen waren, was ihr passiert war. Sie spürte den Wind auf ihrem Gesicht, fühlte, wie er den kalten Rotz auf ihren Wangen und Lippen trocknete, fühlte, wie ihre Haut sich spannte, so, wie wenn man sich beim Backen die Hände mit Eiweiß bekleckerte.

Während Trudi vorsichtig Fuß vor Fuß setzte, als durchquerte sie eine Wüste aus zerbrochenem Glas, dachte sie an die scharfen Scherben oben auf der Mauer, die die Grafenberger Anstalt umgab, und sie begriff, warum jemand den Wunsch haben konnte, dort zu bleiben. Sie sah sich innerhalb jener Mauern mit ihrer Mutter, und sie dachte, wie tröstlich es doch wäre, dort zu leben. Für immer. Ihre Beine schmerzten, und ihr Körper fühlte sich monströs an, als sie zurück zum Fluss ging, der jetzt ein einförmiges Bleigrau war, auf dem man zwar noch das Kräuselmuster der Wellen sah, aber nicht mehr die Lichtflecken. Sie wollte sich im Fluss verkriechen vor Scham, weil sie auf diese Weise berührt, auf diese Weise ausgesondert worden war. Als sie sich bückte und unter den Büschen nach den Kleidern suchte, die sie so sorgsam genäht hatte, dachte sie, dass es für normal große Mädchen völlig egal war, ob ein bestimmter Kleiderschnitt sie einen oder zwei Zentimeter größer wirken ließ. Aber sie konnte Röcke verlängern und Jacken kürzen und würde doch nie so sein wie andere Mädchen. Seehund packte ihre Handkante mit den Zähnen, ganz leicht, als wollte er sie trösten, und sie fuhr herum und stieß ihn mit dem Fuß weg – den Zeugen ihrer Schande. Unter der Decke zog sie sich hastig an, während Seehund um sie herumhinkte, das Fell fleckig von getrocknetem Blut.

Wieder stupste seine feuchte Schnauze gegen ihre Hand.

Wieder stieß sie ihn weg.

Er folgte ihr ans Ende des Anlegers, wo sie sich in die kühle Sandkuhle kniete und ihre Wut herausheulte. Verängstigt kroch der Hund heran und stupste sie mit dem Kopf an, und obwohl sie sich die Schuld an seinen Verletzungen gab, konnte sie ihn nicht berühren. Sie fühlte sich so abstoßend wie Gerda Heidenreich, deren Lippen sabberfeucht waren, so monströs wie der jüngste Bilder-Sohn, dessen Fettschicht fast seine Augen verschluckte – fühlte sich wie die Summe aller Missgeburten, die sie gemieden hatte.

Ihre Hände fanden einen schweren, sandverkrusteten Stein. Die Sonne glühte orangerot am dunstigen Himmel, und die Luft war mit ihrem Schweißgeruch getränkt, als sie den Stein hoch über ihren Kopf stemmte und in den Rhein schleuderte. *Georg.* Sie griff nach einem neuen Stein. Packte ihn mit beiden Händen, sprang auf und warf ihn ins Wasser. *Paul.* Noch ein Stein. Hans-Jürgen. Fritz. Die Steine durchschnitten die Haut des Flusses und sanken auf den Grund. *Georg, Fritz.* Noch mehr Steine, jetzt vom Anleger selbst, manche glänzend von Spritzwasser. Ihre Augen schmerzten, und sie kniff sie gegen die Sonne zusammen. Drüben am anderen Ufer strich eine dunkle Wolke von Schwalben über die Wasseroberfläche. Die Steine wurden schwerer. *Hans-Jürgen. Paul.* Scharfkantiger. *Georg. Georg.*

7

1929–1933

An manchen Tagen konnte sie nichts essen. Ihr Mund fühlte sich trocken und geschwollen an, und wenn ihr Vater sie drängte, wenigstens einen Bissen von dem Essen zu probieren, das er für sie gekocht hatte, lag es ihr als Klumpen auf der Zunge, schwer und ekelerregend. Lust hatte sie nur auf Süßigkeiten, und wenn sie die gegessen hatte, wurde ihr schlecht.

Nachts konnte sie nicht richtig schlafen, und sie stand schon vor Tagesanbruch auf, setzte sich, in eine Decke gewickelt, ins Wohnzimmer und las Bücher aus der Privatsammlung ihres Vaters. Das Haus verließ sie kaum je. Ihre selbst geschneiderten Kleider fühlten sich steif und affig an, und sie versteckte ihren Körper unter losen Kittelschürzen, tarnte sich mit Strickjacken. Als ihr Vater sie zu ihrem vierzehnten Geburtstag mit einer Nähmaschine überraschte, stellte sie sie in ihrem Zimmer auf, benutzte sie aber nicht.

Sie konnte es nicht ertragen, ihren Hund zu berühren. Seine Augen folgten ihr traurig ergeben, und gelegentlich hob er den Kopf, als wollte er sie stupsen, aber er hatte gelernt, dass es klüger war, zu warten, dass sie auf ihn zukam, als sie durch seine Annäherungsversuche zu erschrecken. Obwohl sie ihm seit jenem Morgen am Fluss nicht mehr wehgetan hatte, spürte er dunkel, dass sie zu einem schlimmen Gewaltakt fähig wäre, um den Teil von ihr zu bestrafen, der geschändet worden war, um ihn dafür zu bestrafen, dass er Zeuge gewesen war.

Sie wünschte, sie könnte verreisen wie Frau Abramowitz – nur dass sie nie wieder nach Burgdorf zurückkommen würde. Die Abramowitz planten ständig Reisen, zuletzt nach China, und ihr Esszimmertisch war gewöhnlich voller Prospekte und Fahrpläne. Frau Abramowitz hatte eigens einen chinesischen Fahrplan für Trudi bestellt; er war in seltsamen Schriftzeichen geschrieben, die mehr wie Bilder aussahen als wie Buchstaben.

»Wenn du je nach China kommst«, hatte Frau Abramowitz gesagt, »kannst du fast umsonst Zug fahren. Dort geht es nicht nach dem Alter, sondern nach der Größe. Unter einem Meter braucht man gar nichts zu bezahlen, aber dafür bist du natürlich zu groß.«

Zu groß. Noch nie hatte ihr jemand gesagt, dass sie für irgendetwas zu groß sei. »Ich bin einen Meter achtzehn.«

»Dann zahlst du nur ein Viertel des vollen Preises. Das gilt zwischen einem Meter und einem Meter neunundzwanzig.«

Was Trudi aufrecht hielt, war die Arbeit in der Leihbücherei. Dort, eingehüllt in die leidenschaftliche Musik aus dem Grammofon, konnte sie die Jungen fast vergessen, während sie Informationen verhökerte, sich mit ihren Fragen in das Leben ihrer Kunden schlich, sie mit Klatschhäppchen fütterte, um sie dazu zu bringen, ihr ihre Geheimnisse preiszugeben.

Aber ihre eigenen Geheimnisse verhökerte sie nie. In dem Erdnest unterm Haus hatte ihre Mutter sie in die Macht der Geheimnisse eingeweiht. Indem sie Trudis Hand genommen und auf ihr Knie gedrückt hatte, hatte sie in ihr die Sucht nach den unausgesprochenen Geheimnissen unter der Haut der Menschen geweckt.

Trudi verriet Frau Simon, was Richter Spiecker ihr erzählt hatte, als er das letzte Mal da gewesen war, um Kriminalromane auszuleihen, während Frau Simon ihrerseits Trudi anvertraute, was Herr Immers über Herrn Buttgereit gesagt hatte. Sie entdeckte, wann es angezeigt war, zu schweigen, eine endlose Pause entstehen zu lassen, damit sie sich mit dem Unbehagen ihres Gegenübers und hastig geflüsterten Informationen füllte, während sie – sonst immer die Gesprächige, die auf die Macht der Wörter setzte – zuhörte und neuen Stoff speicherte.

Aber darunter, unter den Geschichten, die durch sie hindurchströmten und sie betäubten, waren ihr Schmerz und die Angst vor ihrer eigenen Wut. Den ganzen Frühling und Sommer über blieb sie im Haus, aß und schlief sehr wenig, bewegte sich durch die Leihbücherei wie eine Invalidin, wich den besorgten Fragen ihres Vaters aus – den ganzen Herbst und den ganzen Winter, bis zum Vorfrühling, als das Hochwasser ihre Wut entfesselte.

Es begann damit, dass es eines Aprilabends regnete. Es regnete auch am nächsten Tag und am übernächsten, sodass die meisten Stammkunden der Leihbücherei fernblieben, selbst die Frau des Tierpräparators, die immer wieder dieselben Bücher auslieh. Sowohl Trudi als auch ihr Vater hatten Frau Heidenreich erklärt, dass es sie viel billiger käme, sich die Bücher zu kaufen, die sie immer wieder las, aber ihr gefiel es, die Bücher in den Regalen durchzublättern. Sie brachte immer ihre Tochter Gerda mit, und das große Mädchen saß dann auf dem Fußboden und spielte mit einer prächtigen Taschenuhr, die keine Zeiger mehr hatte.

Der Regen hielt wochenlang an, und der Fluss stieg immer höher. Obwohl die Burgdorfer Kartoffelsäcke mit Sand füllten und damit den Deich erhöhten, ergoss sich das Wasser in die Straßen und schwappte die Kellertreppen hinunter. Trudi half ihrem Vater, die Bücher aus der Leihbücherei nach oben ins Nähzimmer zu tragen und an den Wänden zu stapeln. Das Wasser bedeckte die beiden untersten Borde aller Regale in der Leihbücherei, weichte die Beine des Korbtischs auf und befleckte die Unterseite des Sofas, obwohl Trudis Vater mit Herrn Abramowitz' Hilfe Backsteine unter die Beine geschoben hatte. Sie schlangen die Enden der langen Vorhänge um die Vorhangstangen, was einen bizarren Rokoko-Effekt ergab, der das Wohnzimmer eleganter denn je wirken ließ.

In der dritten Überschwemmungswoche hörte der Regen auf, aber das graue Wasser stieg immer weiter. Es war Sonntag, und da die Kirchenbänke von St. Martin unter Wasser standen, fuhren die Leute in Booten zu der Kapelle, die auf einem Hügel in der Nähe der Steinburg stand. Es sah aus, als hätten alle Tauben von Burgdorf Asyl auf dem Glockenturm gesucht, man konnte die Schieferziegel unter den Schwärmen von grauen und bunt schillernden Vögeln nicht mehr sehen.

Als das Rheinwasser in Burgdorf und den anderen Uferorten immer weiter stieg, hatte Trudi das Gefühl, dass der Fluss hinter ihr her war, dass er sie drängte, sich an Georg, Hans-Jürgen, Fritz und Paul zu rächen – den einzigen Menschen auf der ganzen Welt, die mit ihr das Geheimnis des Geschehens im Braunmeier'schen Stall teilten. Allmählich wurden ihre Bewegungen wieder energischer, und sie zwang sich, das Haus mindestens einmal am Tag zu verlassen. Es verblüffte sie zu sehen, wie die Jungen den Blick abwandten, wenn sie ihr begegneten, wie sie zusammenzuckten, wenn sie sie mit ihrem wütenden Blick versengte. Sie merkte, dass die Scham der Jungen ihr Macht über sie gab. Und in dem Maß, wie sich das, was geschehen war, in ihrem Inneren immer weiter aufstaute – sie dunkel und tosend zu überschwemmen drohte –, wurde ihr klar, dass sie es herauslassen musste.

Hans-Jürgen, fand sie, war als Erster dran.

Sie wusste nicht, was sie ihm antun sollte, bis sie ihn Hand in Hand mit einem blonden Mädchen sah. An der Art, wie er das Mädchen ansah, merkte Trudi, dass er es vergötterte.

Seine erste Liebe, dachte sie, wie süß, wie überaus süß. Sie war so ruhig wie schon seit Monaten nicht mehr, als sie sich anschickte, geduldig darauf zu warten, dass sie ihn einmal allein sah.

An einem Julimorgen, als Hans-Jürgen Braunmeier gerade dabei war, auf dem Markt einen Stand mit Erzeugnissen des elterlichen Hofs aufzubauen, sah er sie auf sich zukommen, diese kleine, rundliche Mädchengestalt, die sich immer wieder in seine Träume drängte, ihm Angst machte und zugleich jene seltsame, schändliche Begierde in ihm weckte, die ihn noch Stunden nach dem Aufwachen beunruhigte.

Als er sich sicher war, dass sie an seinem Stand vorbei war, wandte er vorsichtig den Kopf, aber da stand sie, direkt neben ihm, das Mondgesicht grimmig verzogen, die Haut wie frisch überfroren, als wollte sie die Hitze verneinen, die sie vor gar nicht langer Zeit in seine Finger verströmt hatte. Er wischte sich die Hände an der Hose ab.

Sie stand da, sagte nichts, zwang ihn, sie anzusehen, als gefiele ihr das Unbehagen, das ihm ihr Körper verursachte.

Zu seinem Entsetzen fühlte er, wie sein Fleisch sich ihr entgegenreckte, und er hasste sie dafür. »Was willst du?«, fuhr er sie an.

»Ich weiß was.«

»Ach?«

»Über dich.«

»Ich hab zu tun.«

»Nur zu.«

Er klappte krachend die Böcke des hölzernen Verkaufstischs auf, hob die Kisten mit Obst und Käse darauf, beschriftete Preistäfelchen. Und während alldem stand sie da, die kurzen, dicken Arme über der geblümten Kittelschürze verschränkt, stand einfach nur da und weckte in ihm den Drang, davonzulaufen, auch wenn es den Zorn seines Vaters auf ihn ziehen würde.

»Also – was weißt du?«, fragte er schließlich.

»Dass sie dich nicht liebt.«

Sein Hals juckte – jäh und brennend. »Wer?«

Sie senkte den Blick, murmelte etwas, was er nicht verstehen konnte.

»Wer?« Als er sich hinhockte, um seine Augen auf eine Höhe mit den ihren zu bringen, war ihm, als lächelte sie, aber es verflog so schnell wieder, dass er dachte, er hätte es sich nur eingebildet.

»Du weißt schon, wer.«

»Verschwinde.«

»Willst du nicht wissen, warum?«

Er schüttelte den Kopf, außerstande, den Blick von ihr zu lösen.

»Dann geh ich eben«, sagte sie und wandte sich ab.

Er sagte sich, dass es besser sei, nicht zu fragen. Was immer sie ihm zu sagen hatte – es würde schlimmer sein, als es nicht zu wissen. »Warum?«, rief er ihr nach.

Aber sie war schon auf der anderen Seite des Marktplatzes, an der Barbarossastraße, wo der stete Schatten des Eichenbaldachins sie zu verschlucken drohte.

Er rannte ihr nach, packte sie am Ellbogen.

Sie riss sich los und wirbelte herum.

»Warum?«, fauchte er.

»Weil«, sagte sie im Brustton der Gewissheit, »kein Mädchen und keine Frau dich jemals lieben wird.«

Er lachte, ein raues Lachen, das ihm in der Kehle wehtat. »Du bist verrückt. Wie deine Mutter. Verrückte Zwergin.«

Die Haut um ihre Nasenlöcher zuckte, aber ihre Stimme blieb ruhig. »Verrückt genug, um Sachen zu wissen. Keine Frau wird dich je lieben, Hans-Jürgen Braunmeier.«

Sein Gesicht, sein ganzer Körper glühte, und er konnte kaum atmen. »Du – du bildest dir ein, du kannst einen blöden Fluch über mich verhängen?«

»Psst –« Sie hob eine Hand. »Ich bin noch nicht fertig. Keine Frau wird dich je wiederlieben. Und deine Liebe wird jede Frau einem anderen Mann in die Arme treiben.«

In dieser Nacht schlief sie – tief und ohne sich an irgendwelche Träume zu erinnern, und als sie erwachte, schien ihr die Sonne ins Gesicht, und es war später Vormittag, und sie begriff, dass Rache nicht immer direkt durch sie erfolgen musste.

Ohne Erbarmen und ohne Hast begann sie, Geschichten über Fritz Hansen und Paul Weinhart zu verbreiten, Geschichten, die anders waren als ihre übrigen Geschichten und die – das spürte sie – besser unerzählt hätten bleiben sollen, da sie nur Splitter von Wahrheit enthielten, was nicht nur dem Kern der Geschichten Gewalt antat, sondern auch gegen ihren eigenen Wahrheitskodex verstieß. Und dennoch – sie verschafften ihr eine ungeheure Befriedigung, da sie die Position dieser Jungen im Ort schwächten. *Und Georg?* – bohrte eine Stimme in ihr beharrlich. *Was ist mit Georg?*

Zum Erstaunen aller – bis auf Trudi – änderte Paul Weinharts Onkel seine Meinung, was die geplante Lehre seines Neffen in seinem Juweliergeschäft anging. Stattdessen musste Paul, nachdem er seinem Vater frühmorgens auf dem Hof geholfen hatte, für den Kartoffelmann arbeiten und schwere Kartoffelsäcke im ganzen Ort ausliefern, auch bei der Leihbücherei.

Und als Fritz Hansen die Bäckerei seiner Eltern übernahm, begannen viele alte Kunden, ihr Brot und ihren Kuchen bei der Konkurrenz zu kaufen, obgleich die Inhaber evangelisch waren. Der alte Herr Hansen sah sich gezwungen, einen Lieferwagen zu kaufen, der durch die Straßen kurvte und den Leuten Backwaren an die Tür brachte. Auf weißem Grund verkündeten dicke blaue Lettern: Bäckerei Hansen. Der Fahrer war Alfred Meier, der immer abbremste, wenn er am Haus der Buttgereits vorbeifuhr, um wenigstens einen Blick auf Monika Buttgereit zu erhaschen, die nur direkt nach der Messe in Gegenwart ihrer Mutter mit ihm sprechen durfte.

Sämtliche Bücher in der Montag'schen Leihbücherei waren in Zellophan eingebunden, das im Lauf der Jahre immer stumpfer und zerkratzter wurde; doch trotz dieser Schutzmaßnahmen rissen die Papierumschläge ein. Man sah sofort, ob Trudi sie repariert hatte oder ihr Vater: Leo Montags Klebestreifen waren peinlich genau zugeschnitten und verliefen auf der Innenseite der Umschläge, sodass man nicht mehr sah als feine Narben, während sich

Trudis Klebeband nicht nur kreuz und quer über Titel und Verfassernamen zog, sondern auch über die schmachtenden Heldinnen, tapferen Soldaten, aufopfernden Ärzte und amerikanischen Cowboys. Da die Klebestreifen rascher vergilbten als die Einbände, sahen die Personen oft aus, als ob sie Gelbsucht hätten, was in krassem Widerspruch zu den Titeln stand, die erblühende Liebe oder triumphale Siege verhießen.

Wenn die Leute mit ihren Geschichten zu Trudi kamen, genoss sie den mysteriösen Moment des Schweigens, unmittelbar ehe ein Geheimnis enthüllt wurde. Und je größer das Geheimnis war, desto dichter war die Stille darum herum. Es war äußerst wichtig, den richtigen Zeitpunkt zu wählen – den besten Moment, das Schweigen zu brechen. Wenn es zu früh passierte, schloss sich die Stille, die das Geheimnis nährte, wie ein Kokon darum. Und wenn sie zu lange wartete, war der Hauptteil des Geheimnisses schon weggesickert.

Aber ein paar Dinge, das musste Trudi zugeben, blieben besser geheim – zum Beispiel die Identität des unbekannten Wohltäters, dessen Anwesenheit sich immer noch in vereinzelten Ausbrüchen von Großzügigkeit manifestierte: Manchmal passierte monatelang gar nichts, aber dann wurden binnen einer Woche gleich drei, vier Geschenke in Häusern gefunden. Das Geheimnis um die Identität des Schenkers verlieh dem ganzen Ort etwas Märchenhaftes, begründete die allgemeine unausgesprochene Überzeugung, dass der unbekannte Wohltäter die Bewohner auch vor Schlimmerem schützen würde als nur vor alltäglichen Sorgen.

Hinter dem Ladentisch der Leihbücherei stand einer der breiten Schemel, die Trudis Vater für Trudi gezimmert hatte, damit sie sich draufstellen konnte, um Tabak zu verkaufen, die Registrierkasse zu bedienen oder die entliehenen Bücher einzutragen. Oft ragte nur ihr hellblonder Schopf über den Ladentisch. Sie war dabei, eine Kartei für die Bücher anzulegen, wofür sie die Titel aus dem brüchigen Registerbuch ihres Vaters auf längliche beige Karten übertrug und diese alphabetisch in einen Holzkasten einsortierte. Aber sie behielt das System ihres Vaters bei, den Kundennamen jeweils unter dem Titel des entliehenen Buches zu vermerken.

Eine Rollleiter erlaubte es ihr, auch an Bücher auf den obersten Borden heranzukommen und sich größer zu fühlen als alle, die in die Leihbücherei kamen. Es gefiel ihr, auf die Köpfe der Leute herunterschauen zu können – eine willkommene Abwechslung, wenn man immer in ihre Gesichter hinaufstarren musste. Aus demselben Grund stieg sie auch immer noch gelegentlich auf den Kirchturm, der sich hoch über den Rest des Ortes erhob. Dort saß sie dann und beobachtete, wie winzige Menschen zwischen den Häusern und auf dem Markt herumwimmelten.

Wenn ihr Vater in der Leihbücherei war, während sie auf der Leiter stand, blieb sie droben, wenn Kundschaft hereinkam, aber wenn ihr Vater sich ausruhte oder bei einem Schachturnier war, kletterte sie rasch herunter, wobei ihre O-Beine mit verblüffender Sicherheit die nächste Stufe fanden.

Die Jahre eingeschränkter Beweglichkeit hatten an der körperlichen Vitalität ihres Vaters gezehrt, und er war mit seinem Hinken eins geworden, als sei es eigens für ihn geschneidert.

Da er sich darauf verlassen konnte, dass Trudi die Leihbücherei morgens öffnete, schlief er meist länger, und mittags, wenn die Glocken von St. Martin über die Stadt dröhnten und die Läden für zwei Stunden schlossen, pflegte er sich mit einem der neuen Bücher auf das Samtsofa im Wohnzimmer zu legen und mit einer Decke über den Beinen zu lesen, wobei sein knochiges Gesicht einen seligen Ausdruck annahm.

Seehund lag dann auf dem Boden neben dem Sofa, die Nase auf den ausgetretenen Schuhen, die Leo gerade ausgezogen hatte. Es war, als ob er mit Leo alterte, und sie verbrachten beide mehr Zeit dösend als wach. Während Leos Haar weiß wurde, war das Fell des Hundes zu einer weicheren Nuance von Seehundsgrau verblasst. Leo zog oft den Kamm aus seiner Brusttasche, um eine verfilzte Stelle im Fell des Hundes zu glätten oder fast geistesabwesend durch die dicken Haarschichten um Seehunds Hals zu fahren. Der Hund hatte sich angewöhnt, am Fußende von Leos Bett zu schlafen, obwohl seine Decke immer noch auf dem Boden in Trudis Zimmer lag. Manchmal nahm er eins seiner Hinterbeine zwischen die Zähne und kniff zu, als versuchte er, einen tief sitzenden Schmerz abzustellen.

Trudi ging immer noch mit ihm am Rhein spazieren, aber sie war nicht mehr am Braunmeier'schen Anleger gewesen – ein Ort, der zu schrecklich war, um auch nur daran zu denken. Gewöhnlich blieb sie auf dem Deich und wanderte zwei Kilometer nach Süden, in Richtung Düsseldorf. An Tagen, an denen sie spazieren ging, fühlte sich ihr Rücken besser an, lockerer. Wenn sie zu lange drinnen blieb, neigte ihr Kreuz dazu, steif und schwer zu werden.

Unterwegs verlangsamte sie immer wieder ihr Tempo, um auf Seehund zu warten, bis sie einen Pfad erreichte, der sich im schiefen Winkel durch die Wiese hinunter zum Fluss zog. Er führte abwärts, vorbei an einer Gruppe von vier Pappeln und einem mächtigen flachen Stein, der genau dort in die Erde eingebettet war, wo der Pfad auf den Uferweg stieß. Die dunkle Oberfläche des Steins wurde so warm, dass man sich noch im Spätherbst darauf ausstrecken konnte und am ganzen Rücken gewärmt wurde, während die kühle Luft einem über Gesicht und Körper strich – als schwebte man zwischen zwei Jahreszeiten.

Diese Wiese war so weit vom Ort weg, dass dort nie jemand hinkam. Der Fluss war roh und gierig und schämte sich nicht, seinen Teil zu fordern: Er tobte gegen die Ufer an, verschlang Felsen und zwängte sich durch die kleinsten Spalten. Obwohl er hier keine geschützten Buchten hatte, pflegte Trudi auf seinen wirbelnden Wellen zu reiten, mit ihren Froschzügen unter ihnen hindurchzuschießen, und ihr Herz pochte, wenn sie selbst zum Fluss wurde, einforderte, was ihr gehörte. Als Fluss strömte sie durch die Häuser der Menschen, ohne gesehen zu werden, drang in ihre Betten, ihre Seelen, schwemmte ihre Geschichten aus ihnen heraus und nährte sich von ihrer Angst davor, was sie wusste und was sie womöglich weitererzählen würde. Wenn sie zum Fluss wurde, waren die Menschen ihrer Macht nur noch in ihrer Gesamtheit gewachsen. Da es der Fluss mit dem ganzen Ort aufnehmen konnte, dem ganzen Land.

Sie musste daran denken, was die Leute hinter ihrem Rücken erzählten – dass sie beim Begräbnis ihrer eigenen Mutter nicht geweint hatte –, während sie ihr ins Gesicht sagten: »Du hast Glück, dass du so hübsches Haar hast.« Sie hatten keine Ahnung, wie sie war: Sie sahen ihren Körper, benutzten ihn, um ihre Kinder zu warnen, betrachteten sie mit Abscheu. Aber gerade dieser Abscheu verschmolz sie mit ihnen in einem verrückten Gefühl der Zugehörigkeit. Dieser Abscheu – er nährte sie, entsetzte sie. Sie hätte alles getan, um von ihnen geliebt zu werden, und da sie ihre Anerkennung nicht haben konnte, nahm sie ihre Geheimnisse und deckte sie auf, wie sie Evas Muttermal entblößt hatte.

Sie fing wieder an, für sich zu nähen, und es machte ihr Spaß, Schnittmuster entsprechend abzuändern. Als sie wieder essen konnte, sah sie, wie erleichtert ihr Vater war. Wenn sie ihn in die Küche rief, wo sie den Tisch für die warme Mittagsmahlzeit gedeckt hatte, erzählte er ihr von den neuen Büchern und machte eine Liste der Kunden, von denen er wusste, dass sie sie gern lesen würden. Seine Kundinnen fühlten sich immer privilegiert, wenn er ein neues Buch unterm Ladentisch hervorzog und flüsterte: »Das habe ich für Sie aufgehoben. Es ist gerade gekommen.« Mit verzücktem Blick lauschten sie, wenn er ihnen gerade genug von der Handlung erzählte, um sie zu fesseln, ohne den Ausgang zu verraten.

Trudi erschienen diese Bücher genauso platt wie die Papierpuppen ihrer Mutter: Obwohl man deren Äußeres verändern konnte, indem man die Laschen der prächtigen Kleider um ihre Schultern knickte, blieben sie doch platt, und ihr Lächeln war so unabänderlich wie das Happy End in den Büchern. Viel mehr interessierten sie die Geschichten, die sich um sie herum in Burgdorf entspannen, Geschichten, die lebten und wuchsen und ihre eigene Form und Dynamik entwickelten, so wie die Sache mit der zweitältesten Buttgereit-Tochter, Monika, die sich nicht mit Alfred Meier verloben durfte, ehe ihre ältere Schwester nicht einen Freier gefunden hatte; oder die Sache mit dem Hilfspastor – diesem baumlangen jungen Mann, der ins Pfarrhaus eingezogen war und dreimal so viel aß wie der alternde Pfarrer und dessen Haushälterin zusammen –, den Frau Weiler dabei gesehen hatte, wie er eine Tafel Schokolade in die Tasche seines Talars steckte, als hätte er jedes Recht dazu; oder die Geschichte von Emil Hespings Vetter, einem Meisterschwimmer, der gewettet hatte, dass er sechsmal quer durch den Rhein schwimmen könne, und der dann bei der letzten Durchquerung in einem Strudel ertrunken war; oder dass Alexander Sturm ein L-förmiges Mietshaus bauen ließ, das größte Gebäude in Burgdorf, mit zwei Eingängen, drei Stockwerken, vier Läden und achtzehn Wohnungen; oder dass Helmut Eberhardt und noch ein anderer Ministrant von den Schwestern verhört, aber nicht bestraft worden waren, weil sie angeblich versucht hatten, den dicken Bilder-Jungen, Rainer, vor den Wagen des Lumpensammlers zu schubsen.

Manche Geschichten wuchsen in Trudi immer weiter und fanden ihre eigenen Wege nach draußen, wie Maulwürfe, die sich durch die Erde gruben. Anderen half sie nach. Sie erprobte sie, um herauszufinden, was sie hergaben, was hineinpasste und was nicht, und was sie dabei einbrachte, waren ihre Neugier und ihr intuitives Wissen über Menschen. Was sie über deren Leben zusammensammelte, wob sie in ihre Geschichten ein. Als alte Frau sollte sie einmal einen Zeitschriftenartikel über eine Höhle zu Gesicht bekommen; dabei waren Fotos und ein Schaubild der vielen verschiedenen Gänge, denen man bei der Erkundung der Höhle folgen konnte. Manche dieser Gänge mündeten in andere Gänge, manche endeten einfach, andere verästelten sich zu einem Netz weiterer Pfade. Genauso war es auch mit den Geschichten der Leute, die sie seit ihrer Kindheit gekannt hatte: Ein Geschehnis in ihrem Leben mochte einfach enden, aber andere führten zu neuen Pfaden, und das Faszinierende war, das Ganze zu betrachten und ein Muster zu erkennen, eine Art zu sein, die diese Wege geformt hatte.

Trudi sah bei der Beobachtung ihrer Umwelt ein Detail und leitete den Rest daraus ab. Es ging nicht nur darum, was passierte, sondern auch darum, was hätte passieren können. Es kam vor, dass sie Leute auf der Straße traf und ihnen dann im Geist nach Hause folgte und wusste, was sie taten und dachten – so wie bei Georg Weiler, der mit siebzehn einer der hübschesten Burschen war, die sie je gesehen hatte, und sich doch vor hübschen Mädchen fürchtete. Unscheinbare Mädchen, so dachte er, waren nicht so anspruchsvoll. Durch sein Lächeln geblendet, waren sie dankbar, dass er ihnen Aufmerksamkeit schenkte. Für sie brauchte er sich nicht zu verändern oder an sich zu arbeiten. Sie gaben ihm ein Gefühl der Vollkommenheit, das er noch nie gekannt hatte.

Helga Stamm war die Vierte in der Reihe dieser Mädchen. Ihre dicken Fesseln und ihr unscheinbares Gesicht waren für Georg die Garantie dafür, dass er ihr so gefiel, wie er war – hübscher und intelligenter als sie. Trudi war sich sicher, dass er nichts von der ruhigen, tief verwurzelten Stärke unter Helgas sanfter Oberfläche wusste. Trudi gefiel diese Stärke, weil sie spürte, dass sie selbst nichts zu tun brauchte, um ihre Rache zu vollenden. Sie brauchte nur auf den Tag zu warten, an dem Georg es mit Helgas Stärke zu tun bekommen würde.

Seine Mutter hatte gewollt, dass er im Laden arbeitete, aber er war nach Düsseldorf gezogen und Lehrling in einem riesengroßen Lebensmittelgeschäft geworden, wo alles schon abgewogen und abgepackt war und die Leute die Sachen aus Regalen nahmen und zu den drei Registrierkassen brachten. Die meisten Burgdorfer konnten sich so einen Laden nicht vorstellen. »Klingt wie ein Bahnhof«, sagten sie und musterten Georg auf irgendwelche Anzeichen einer Veränderung, wenn er nach Burgdorf kam, um Helga zu besuchen. Seine Mutter betete jeden Abend für ihn – nicht nur die üblichen Gebete, die sie schon seit seiner Geburt für ihn gesprochen hatte, sondern auch die zehn Ave-Maria, die sie Gott vorher für die Erlösung ihrer Mutter aus dem Fegefeuer hatte zukommen lassen. Nach ihren Berechnungen hatte sie ihre Mutter in der dritten Maiwoche 1932 in den Himmel gebetet, und sie hatte diese Befreiung gefeiert, indem sie beide Priester am Sonntag zum Essen einlud.

Die Bücher in der Leihbücherei waren alle vorhersehbar, alle gleich, und Trudi verstand nicht, wie irgendjemand immer wieder welche lesen wollte, auch dann nicht, als ihr Vater ihr eines Nachmittags beim Büchereinstellen erklärte, dass es die Leute beruhige, wenn alles gut ausgehe, wenn sie immer schon vorher wüssten, was aus ihren Helden und Heldinnen würde.

»Ihr eigenes Leben ist so ungewiss«, sagte er. »Mit den Büchern können sie sich eine Zeit lang vergessen ... sich zwischen den Seiten verkriechen.«

»So wie du?«

Er lächelte sein leises, stetes Lächeln. »Ich würde sagen, dass ich kennen muss, was ich ausleihe.«

»Das wäre nicht übertrieben.«

»Ich wollte, du würdest sie auch lesen.«

»Tu ich doch. Ich lese ein paar Seiten, springe zur Mitte und zur letzten Seite, und dann weiß ich genug.« Sie lächelte zurück, entzückt von diesem vertrauten, aber selten stattfindenden Geplänkel. »Wenn ich ein gutes Ende will, halte ich mich an die Märchen. Die haben wenigstens einen gewissen Sinn.«

»Ach, weißt du, das Ende ... solange es uns nicht wirklich gut gelingt, müssen wir es immer wiederholen.«

Vier graubraune Vögel mit einem Fleckchen Rot an der Kehle landeten in dem Kastanienbaum draußen vor dem Schaufenster. Einer hatte eine Verletzung seitlich am Kopf, eine geschwollene Gewebemasse, auf der das Auge saß wie ein merkwürdiges Teleskop. Während Trudi sich fragte, ob der Vogel wohl ständig Schmerzen habe, flog er weg, dicht gefolgt von den anderen Vögeln. Fast im selben Moment öffnete sich die Tür der Leihbücherei, und kalte Luft wehte herein, als Frau Eberhardt eintrat, in ihrem neuen beigen

Kostüm mit dem anliegenden Rock, unter dem sich die kleinen Knubbel ihrer Strumpfhalter abzeichneten. Trudi kannte niemanden im Ort, der so beliebt war wie Frau Eberhardt.

»Nein, das wirst du nicht«, erklärte Frau Eberhardt ihrem Sohn Helmut, der ihr folgte, einen mürrischen Ausdruck auf dem hübschen Gesicht, am linken Arm einen Verband, den der Ärmel seines ockerfarbenen Hemdes halb verdeckte. »Heute bleibst du hier bei mir.«

»Ich bin doch kein kleines Kind mehr.« Er schloss die Tür.

»Allerdings. Kleine Kinder sind vernünftiger als du.« Sie stopfte sich ein paar Haarsträhnen unter den Hut, und ihre Bewegungen waren genauso erregt wie ihre Stimme.

Der Junge stapfte zum Ende des Ladentischs, lehnte sich dagegen und starrte auf die Bodendielen, als wollte er am liebsten jemandem etwas antun. In der Kirche sah er immer so engelhaft rein aus, in seinem Ministranten-gewand, die Augen unverwandt auf den Altar gerichtet, während er jeden Schritt des Rituals ohne den kleinsten Fehler ausführte.

»Er ist auch noch stolz darauf.« Frau Eberhardt zeigte auf den Arm ihres Sohnes und wandte sich Leo Montag zu. »Helmut ist wahrhaftig noch stolz darauf.«

Die Augen voller Mitgefühl, trat Leo langsam einen Schritt auf sie zu, und obwohl er sie nicht berührte, wurde ihr Gesicht ruhiger. »Was ist denn passiert, Frau Eberhardt?«, fragte er.

Mit jenem unbehaglichen Gefühl, das sie in Helmuts Nähe immer über-kam, hörte Trudi zu. Sie stellte gelegentlich eine kurze Zwischenfrage, wäh-rend Frau Eberhardt erzählte, wie ihr Sohn einen als Mutprobe gedachten Wettstreit initiiert und gewonnen hatte, aus dem er und noch fünf Jungen aus seiner Jugendgruppe mit blutenden Armen hervorgegangen waren. Sie hatten einen ihrer guten Kopfkissenbezüge genommen, den steifen Stoff zu einem Knoten geschlungen und damit fest über ihre nackten Arme ge-rieben, immer rauf und runter, zwischen Handgelenk und Schulter, bis das rohe Fleisch zum Vorschein gekommen war.

»… und wer am schlimmsten aussah, war der Held des Tages.« Frau Eber-hardt sah zu ihrem Sohn hinüber, der so tat, als habe er kein Wort gehört.

»Sich selbst so zuzurichten …« Trudi schüttelte den Kopf. »Warum tut man so was?«

»Das hat nichts mit Mut zu tun«, sagte Leo sanft. »Stimmts, Helmut? So wie das, was du mit Rainer Bilder gemacht hast, auch nichts mit Mut zu tun hatte.«

Helmuts vollkommenes Kinn hob sich. »Diese Fettsau«, sagte er. Mit seinen knapp dreizehn Jahren war er beinahe so groß wie seine Mutter und sehr wahrscheinlich – folgerte Trudi – stärker und schneller als sie alle.

»Ich mag Rainer.« In Leos Stimme lag ein warnender Unterton. »Er ist ein netter, unglücklicher Junge, der es verdient …«

»Er hat einen Busen wie ein Mädchen, so fett ist er!«

»Hör auf, Helmut«, sagte seine Mutter. »Ich sage, hör sofort auf und entschuldige dich bei Herrn Montag.«

Helmuts Gesicht überzog ein Rot, das sich mit dem braunen Hitler-Jugend-Hemd biss. »Entschuldigung, Herr Montag«, murmelte er mit einem Diener in Leos Richtung.

In ein paar Jahren wird er nicht mehr auf sie hören, dachte Trudi. Auf keinen von uns. Wenn er sich seiner Stärke erst mal bewusst ist, kann seine Mutter nichts mehr machen. Aus Respekt wird er ihr nicht gehorchen. Dass er jetzt hier ist, hat nur den einen Grund, dass er nicht weiß, wie stark er ist.

Trudi war froh, dass ihr Vater für Rainer Bilder eingetreten war. Der schüchterne Junge mit dem Körper, der so gewaltig war, dass man sich hinzuschauen schämte, wurde in der Schule oft gehänselt und verhauen, weil sich die anderen Jungen gegen ihn zusammenrotteten. Manche Erwachsenen im Ort, die sonst streitenden Kindern befohlen hätten, sofort aufzuhören, schritten nicht ein, wenn Rainer Bilder gequält wurde – als wollten sie sagen, dass er durch sein Anderssein die Prügel selbst auf sich zog. Seine Eltern, die bestürzt mit ansahen, wie ihr Sohn vor ihren Augen immer mehr in die Breite ging, empfanden ihn als eine solche Schande, dass sie schon lange aufgehört hatten, sich bei der Rektorin zu beschweren, wenn Rainer voller blauer Flecken nach Hause kam.

Ironischerweise waren seine Eltern beide hager, trotz einer gemeinsamen Leidenschaft fürs Essen, die ihre Ehe über ein Vierteljahrhundert aufrechterhalten hatte. Dank dieser Leidenschaft hatten sie immer etwas zu reden, miteinander und mit jedem, dem sie begegneten. So, wie einen ein Hypochonder mit Informationen über seine neuesten Beschwerden oder ein Reisender mit Beschreibungen exotischer Orte begrüßte, erzählten einem Rainers Eltern unweigerlich in allen Einzelheiten, was sie am Vortag gegessen hatten. Diese Schilderungen aufwendiger Mahlzeiten waren von genießerischem Zungenschnalzen und verzückten Seufzern begleitet. Die sechs älteren Kinder der Bilders waren genauso mager wie ihre Eltern, aber Rainer war in so groteskem Maße dick, als ob sich die Exzesse seiner Eltern an ihm rächten.

Trudi war der Anblick von Rainers missgestaltetem Körper ebenfalls unbehaglich, aber längst nicht so unbehaglich wie die Gegenwart dieses Helmut, der innerlich missgestaltet war, äußerlich jedoch – wie die alten Frauen manchmal sagten – ein »Engel auf Erden«. Jetzt starrte der Engel vom Ende des Ladentischs mit ausdruckslosem Gesicht zu ihr herüber, und sie musste plötzlich an Luzifer denken, den Engel, der aus dem Himmel verbannt worden war und – durch seinen Sturz – viel mehr Macht erlangt hatte als all die getreuen Engel.

Sie hatte Helmut vorige Woche gesehen, am Tag des Judenboykotts, als er den SA-Leuten, die vor den jüdischen Geschäften postiert waren und Kunden mit Drohungen von deren Betreten abhielten, Kaffee gebracht hatte. Das erste Mal, dass Trudi Helmut in seiner Uniform gesehen hatte, war während der Fackelparade gewesen, die die Nationalsozialisten im letzten Januar zur Feier ihres Sieges veranstalteten. Im Dunkeln hatte zuckender Feuerschein die seltsam frommen und verzückten Gesichter der uniformierten Jungen und Mädchen erhellt, die singend in einem Meer von rot-weiß-schwarzen Fahnen marschierten, vom Strom der Musik mitgerissen. »Für die Fahne wolln wir sterben …«, hatten sie gesungen. Der einzige andere Ort, wo Trudi diesen seligen Ausdruck in Helmuts Gesicht gesehen hatte, war die heilige Messe – wenn er darauf wartete, die Kommunion zu empfangen.

Frau Eberhardt holte zwei Liebesromane aus ihrer Handtasche und legte sie auf den Ladentisch. »Die sind überfällig.« Sie öffnete ihr Portemonnaie. »Zwei Tage, glaube ich.«

»Machen Sie sich deswegen keine Sorgen.« Leo wischte ihren Bezahlungsversuch mit einer Handbewegung beiseite. »Dafür haben Sie andere zu früh zurückgebracht. Das gleicht sich aus.«

Sein Blick folgte ihr, als sie mit ihrem Sohn hinausging, und als sich die Tür hinter ihr schloss, hinkte er ans Fenster und schaute den beiden nach, bis er sie nicht mehr sehen konnte.

»Ein schlimmer Kerl«, sagte Trudi.

Leo nickte. »Aus Kindern werden Soldaten ... Er wird einen ordentlichen Soldaten abgeben. Das ist deren Sorte Mut.«

»Was für ein Soldat warst du?«

»Ein widerwilliger. Einer von der Sorte, bei der sie froh sind, wenn sie sie heimschicken können.«

»Herr Immers wäre gern an deiner Stelle gewesen.«

»Inzwischen glaubt er tatsächlich, dass er der große Kriegsheld war.«

Als Trudi am Vortag in der Metzgerei gewesen war, hatte Herr Immers ihr erklärt: »Wir leben in einer großen Zeit.« Er schwatzte gern mit den Kunden, während sein Sohn Anton und Irmtraud Boden – die mit Trudi zur Schule gegangen und in Anton verliebt war – Fleisch und Aufschnitt abwogen und einpackten. Die traditionelle schwarz-rot-goldene Fahne hinter der Marmortheke war durch die neue Fahne der Nationalsozialisten ersetzt worden. Seit der Fackelparade hatten immer mehr Leute diese Fahne aufgehängt.

»Herr Immers wird froh sein, wenn der nächste Krieg kommt«, sagte Leo.

»Was sagst du da?«

Er sah Trudi mit zusammengekniffenen Augen an, als taxierte er, ob sie stark genug sei, die Antwort zu verkraften. »Es wird immer mehr geflüstert ... Man weiß, dass es auf einen Krieg zugeht, wenn sich diese Art Stille breitmacht. Der Geräuschpegel fällt, im ganzen Ort, im ganzen Land ... alles wird leiser, sogar die Flüsse und die Vögel ...«

»Vielleicht wirst du einfach nur schwerhörig.« Sie scherzte gegen die bösen Ahnungen an, die sie schon seit ein paar Monaten verfolgten und die ihr Vater jetzt bestätigte. Als er nicht antwortete, sagte sie: »Ich hoffe, du irrst dich.«

»Ich auch«, sagte er ernst. »Aber mich beunruhigt diese deutsche Sehnsucht nach einem starken Führer, einer Vaterfigur, der man gehorchen kann, die stark genug ist, dass man ihr gehorcht ... Die einem sagt: Das ist das Richtige. Mich beunruhigt dieser Glaube, dass unsere Stärke eine militärische Stärke ist.« Er ging zur vordersten Regalreihe und nahm Bücher heraus, ohne hinzuschauen. »Die meisten Leute meinen offensichtlich, dass das Leben besser geworden ist: weniger Arbeitslosigkeit, mehr spannende Aktivitäten für unsere Jugend ... Diese Gruppen mit ihren Umzügen und Liedern und Lagerfeuern.«

Er brauchte Trudi nicht daran zu erinnern, wie monoton das Leben gewesen war, ehe die Partei an die Macht kam. Jetzt gab es Fahrten, schmissige Musik und Uniformen. Die Leute hatten sich nach Ordnung gesehnt,
und viele waren für die Nationalsozialisten, da sie genau das boten – Ordnung. Ihre Ziele klangen simpel und verhießen die Wiederherstellung des
Stolzes, der durch den Versailler Friedensvertrag gebrochen worden war.

»Die Jungen«, sagte Leo, »sind durch diese ganzen Reden leicht mitzureißen ... Ihre Seelen sind so ausgehungert, dass sie sich verführen lassen –
durch die Versprechungen, die Kameradschaft. Es ist immer jemand da,
um sie zu begeistern, sie zu überreden ...« Er schüttelte den Kopf. »Kleine
Soldaten – auch die Mädchen – mit ihrem erschreckenden Stolz auf diese
vulgäre Fahne. Ich bin so froh, dass du das alles nicht mitmachst.«

»Mich würden sie gar nicht wollen.«

Er zuckte zusammen, als hätte sie sich absichtlich vor seinen Augen mit
einem Messer geschnitten.

»Und außerdem ist das nichts für mich.«

»Weil du weißt, was du willst. Du hast Mut und innere Stärke ... Intelligenz ... aber die meisten von denen – die haben noch gar keine eigene Meinung entwickelt. Deshalb laufen sie dem Neuen hinterher. Sie hören nur,
was sie hören wollen. Lagerfeuer ...« Er rieb sich das Kinn. »Lagerfeuer
und neue Autobahnen werden unsere Probleme nicht lösen. Und sie werden diesem Hitler nicht genügen.«

Trudi hatte Hitler vor ein paar Monaten gesehen. Bei einer Parteiveranstaltung in Düsseldorf, kurz nachdem er Reichskanzler geworden war. Er
war nicht annähernd so groß, wie sie es nach den Zeitungsfotos erwartet
hatte, und er hatte sie direkt angeschaut, als er redete, nicht so wie der Hilfspastor Friedrich Beier, der immer über ihren Kopf hinweg sprach, als sei sie
zu unbedeutend, um einbezogen zu werden. Wenn sie den Mund öffnete
und die Zunge herausstreckte, um die heilige Kommunion zu empfangen,
rechnete sie immer schon halb damit, dass er sie übergehen würde. Hitlers
Mund bewegte sich unabhängig von seinen Augen. Irgendetwas stimmte
mit seinem Gesicht nicht: die verschiedenen Teile arbeiteten nicht zusammen. Aber er hatte sie direkt angesehen – wie ein Zauberer, der den Trick

vollbrachte, alle gleichzeitig einzeln anzusprechen, und es war dieser Blick – erfüllt von einer immensen Gier –, der alle festhielt, während die schrille Stimme seidene Stricke um sie schlang.

Sie hatte gegen die erregende Wirkung seines Blicks und seiner Stimme angekämpft, weil ihr das, was er wollte, nur zu vertraut war – Glaube ohne jeden Zweifel, etwas, wogegen sie sich von der ersten Klasse an gewehrt hatte.

Sie hatte sich gegen ihn gewehrt, indem sie sich auf das besonnen hatte, was ihr Vater zu Emil Hesping gesagt hatte – dass sie in einem Land lebten, wo das Glauben an die Stelle des Wissens getreten war.

Sie hatte gegen ihn angekämpft, bis sich ihr ganzer Körper kalt anfühlte.

Es war unmöglich gewesen, aus der Menge herauszukommen, die seine Worte bejubelte, und erst nach der Rede hatte sie sich nach hinten durchzwängen können. Vom Fenster im ersten Stock eines fast aufgegebenen Ladens hatte sie zugesehen, wie der dunkelhaarige Mann mit dem komischen briefmarkenförmigen Bärtchen – dieser Mann, der so gar nicht dem arischen Ideal entsprach, von dem er gerade geredet hatte – uniformierten Männern die Hand schüttelte und sein schüchternes Lächeln zu jungen Frauen hinneigte. Als er ein kleines blondes Mädchen hochhob, hatte Trudi plötzlich das Bild vor sich gesehen, wie er, allein in seinem Schlafzimmer, etwas zu lesen versuchte, was er auf liniertes Papier geschrieben hatte, aber seine Augen glitten immer wieder von dem Blatt weg, als ob – ohne den schrillen Ton seiner Stimme – seine eigene Botschaft nicht die Kraft hätte, ihn zu fesseln. Doch die Gier, die sie in ihm gespürt hatte, diese Gier, die all die Leute in seinen Bann zog, war immer noch mit ihm im Raum, und eine tiefe Angst vor der Welt überkam Trudi.

Sowohl Herr Heidenreich als auch Herr Neumaier hatten an jenem Tag Herrn Hitler die Hand geschüttelt. Diese Hand sei feucht gewesen, hatte der Apotheker berichtet, als er am nächsten Morgen Tabak kaufte, und die Augen seien von einem ganz hellen Blau. Im Schachklub hatten er und der Tierpräparator sich sogar über den exakten Blauton gestritten. Der Apotheker hatte sich die rechte Hand tagelang nicht mehr gewaschen. »Der Schweiß unseres Führers«, hatte er geseufzt.

Trudi sah zu ihrem Vater hinüber. »Vielleicht hält sich Herr Hitler ja nicht so lange.«

»Vielleicht«, sagte er, nicht sonderlich überzeugt.

Eine Weile arbeiteten sie schweigend Seite an Seite, sortierten Bücher wieder in die Regale ein.

Draußen rumpelte der neue Gebrauchtlaster des Lumpensammlers langsam vorüber, und Herr Benotti sang sein: *»Alteisen, Lumpen, Papier ...«* Er hatte den Lastwagen von einem Blumenhändler in Düsseldorf gekauft und ihn glänzend weiß lackiert wie einen Krankenwagen.

»Denk dran ...« Leo klopfte Trudi mit einem der von Frau Eberhardt zurückgebrachten Liebesromane leicht auf die Schulter. »Die Leute möchten Empfehlungen ... was ihnen gefallen könnte.«

»Da fragen sie dich.«

»Das wird nicht immer so bleiben.«

»Sag das nicht.« Sie fühlte die Panik in ihrer Stimme.

»Von dir bekommen sie nichts als Fragen. Du bohrst in ihnen herum, statt ihnen die Handlung zu skizzieren.«

»In diesen Büchern gibt es fünf Handlungstypen.« Sie zählte sie an den Fingern auf, erfreut, dass sie ihren Vater zum Lachen brachte, obwohl ihr noch immer eiskalt von ihrem Gespräch war. »Erstens: Wahre Liebe überwindet alle Hindernisse und wird ewige Liebe; zweitens: Cowboys und Indianer rauchen die Friedenspfeife, nachdem sie um irgendwelches Land gekämpft haben; drittens: Hübsche Krankenschwestern und geniale Ärzte retten unheilbar kranke Patienten und heiraten anschließend; viertens: Kriegshelden besiegen ihre Feinde in dramatischen Schlachten; fünftens: Die Bösen werden immer bestraft.«

Im wirklichen Leben, das wusste sie, war es nicht so leicht zu sagen, wer die Bösen waren, und selbst wenn man sie identifizieren konnte, waren sie doch nicht durch und durch böse. Niemand war *nur* so oder so. Feiglinge konnten in manchen Situationen mutig sein, und Liebe wurde nicht immer erklärt und war vielleicht gar keine reine Liebe, sondern vermengt mit Hass und Angst und Rachgier – so wie das, was sie für Georg Weiler fühlte, der sich alle Mühe gab, nicht in ihre Richtung zu schauen, selbst wenn sie beide vor ihren Häusern standen.

Und Frau Abramowitz – Trudi war sich sicher, dass Frau Abramowitz ihren Vater jetzt schon seit fast zehn Jahren liebte, und sie war sich ebenso sicher, dass ihr Vater es nie bemerkt hatte und dass Frau Abramowitz' Liebe für immer unter ihren Manieren verschüttet bleiben würde. Eine Frau konnte einem Mann nicht zuerst eine Liebeserklärung machen, und außerdem war da natürlich noch das mit der Sünde. Denn für eine verheiratete Frau war es Sünde, einen anderen Mann als ihren Ehemann zu lieben. Jemanden zu begehren, war immer Sünde.

Aber in den Leihbüchern begehrten die Männer immer irgendwelche Frauen, was die Fantasie der Burgdorfer ebenso anstachelte wie die Fehde zwischen Leo Montag und der Kirche, die schon so lange dauerte, dass sie zur Tradition geworden war. Sie manifestierte sich in regelmäßigen Bannpredigten des alternden Pastors, der mit den Jahren immer dünner geworden war, als ob das ewige Herumkratzen auf seiner schuppigen Haut seinen Körper langsam abwetzte, eine juckende Schicht nach der anderen, bis bald nur noch das Gerippe übrig sein würde. Schon jetzt trainierte er seinen Hilfspastor dafür, den Brauch weiterzuführen und die Gemeinde vor den Lüsten des Fleisches zu warnen, die in diesen Büchern so quälend genau beschrieben waren.

Jede dieser Predigten kurbelte unweigerlich das Geschäft an und trieb Kunden in die Leihbücherei, die noch nie da gewesen waren: junge Mütter, Witwen, Schulkinder. Männer, die so taten, als wollten sie nur Tabak kaufen, verweilten noch ein wenig zwischen den Regalen und griffen sich ein, zwei Romane heraus, die sie verstohlen am Ladentisch vorzeigten und, in ein Halstuch gewickelt, auf dem Grund ihres Einkaufsnetzes oder unterm Mantel hinaustrugen. Bei ihrem nächsten Besuch in der Leihbücherei gingen sie schon nicht mehr ganz so hastig zu Werk, und bald vergaßen sie völlig, die Bücher zu verstecken, ehe sie wieder hinaustraten.

Es verblüffte Trudi, dass die Lust an Gewalt die Kirche nicht zu stören schien. Über Romane, in denen Soldaten ihre Feinde töteten, verlor Herr Pastor Schüler kein Wort, und wenn er gegen die Arztromane wetterte, dann nicht wegen der blutigen Operationsszenen, sondern nur wegen der fleischlichen Gelüste zwischen Ärzten und Schwestern.

Sie ging immer noch jeden Sonntag zur Messe, obwohl ihr die sporadischen Gebete des Hilfspastors für das Vaterland nicht geheuer waren. Die Kirchenlieder waren für sie jetzt nur noch Rituale, aber es gefiel ihr, wie ihre Stimme mit den Stimmen der anderen verschmolz, wenn sie im Chor sang. Außerdem war die Kirche der beste Ort, um die schicken Kleider vorzuführen, die sie sich nähte. Sobald sie ein neues Ensemble fertig hatte, reihte sie eins ihrer bisherigen Sonntagskleider in ihre Alltagsgarderobe ein.

Als es einmal darum ging, Geld für die Missionare zu sammeln, nahm der Hilfspastor einen Wildwestroman aus der Montag'schen Leihbücherei – entliehen durch den Apotheker, wie Trudi bald herausfand – mit auf die Kanzel und las daraus die Beschreibung vor, wie ein Sioux-Indianer für seine Götter tanzte. Während der Opferteller durch die Bänke ging, sprach er von den Heiden und der Pflicht der Missionare, sie durch die Bekehrung zum Katholizismus vor der sicheren Hölle zu bewahren.

Diese Predigt führte Ingrid Baum in die Leihbücherei. Sie ging auf das Ursulinen-Gymnasium in Düsseldorf und war ein Jahr jünger als Trudi. Sie war wenige Monate vor dem Tod von Trudis Mutter nach Burgdorf gezogen. Ingrid hatte die meiste Zeit ihres Lebens mit ihrem Zwillingsbruder Holger und ihren Eltern in der Wohnung über deren Fahrradgeschäft gewohnt, und doch behandelte der ganze Ort die Baums immer noch als Neuankömmlinge. Das war bei allen Zugezogenen so und konnte erst durch Ortsansässigkeit über eine Generation getilgt werden.

Ingrid war, wie sie sagte, in die Leihbücherei gekommen, um dieses Buch über die Missionare auszuleihen, über das der Herr Pastor geredet hatte, und als Trudi die Leiter vor das Fach mit den Wildwestromanen rollte und hinaufstieg, verkündete Ingrid: »Ich will nämlich Missionarin werden.« Als sie zu Trudi emporsah, lag auf ihren ebenmäßigen Zügen ein Lichtschimmer, als wäre sie eine Figur auf einem religiösen Gemälde, der man befohlen hatte, genau so stehen zu bleiben.

Trudi konnte nicht dagegen an. Boshaftigkeit überkam sie. »Du hast wohl alle Heiligenbilder aufgehoben, die die Nonnen dir je gegeben haben.«

Aber Ingrid bemerkte den Sarkasmus in ihrer Stimme nicht. »Ja«, sagte sie. »Ich habe eine ganze Sammlung.«

»Das wundert mich nicht.« Von der Leiter aus streckte ihr Trudi das Buch hin. »Da kommt aber kein einziger Missionar drin vor«, warnte sie sie und zupfte den Bund des Angorapullovers zurecht, den ihr ihre Tante Helene geschickt hatte.

Ingrid musterte den Schutzumschlag mit dem reitenden Cowboy, der einem ebenfalls berittenen Indianer nachjagte. Tatsächlich waren sie so dicht beisammen, dass man nicht erkennen konnte, wer wen verfolgte, aber bei diesen Büchern wusste man, dass immer der Cowboy hinter dem Indianer her war. Die Flanken der Pferde berührten sich beinahe, und sie jagten so schnell dahin, dass sie – unmittelbar nach dem Moment, den das Bild zeigte – kollidieren mussten.

»Habt ihr denn andere Bücher über Missionare?« Ingrids braunes Haar war in der Mitte gescheitelt und hing ihr in einem glänzenden Zopf über den Rücken. Um den Hals trug sie ein feines Goldkreuz.

»Hier? Na ja – ich habe ein Buch über eine Schauspielerin, deren Schwester Nonne ist. In Brasilien. Oder Indien, glaube ich.« Aus der Abteilung Liebesromane zeigte Trudi Ingrid ein Buch, auf dessen Umschlag eine Frau in einem tief ausgeschnittenen roten Abendkleid dem gelbsüchtigen Gesicht eines blasiert wirkenden Mannes, in dessen Arm sie lag, ihre blutroten Lippen entgegenreckte.

Ingrid seufzte. »Die Schwester der Missionarin?«

»Bestimmt.«

»Danke. Ich nehme das da mit.«

Als Ingrid das Buch zurückbrachte, erzählte sie Trudi, dass von der Nonne nur einmal kurz die Rede war. »Die Schauspielerin hat um Rettung gefleht ... aber ich fürchte, es war schon zu spät.«

»Hast du dir schon mal überlegt, dass Missionare hochmütig sind?«, provozierte Trudi.

»Warum?«

»Weil sie Leute verändern wollen, für die ihre alte Art zu leben vielleicht viel besser ist.«

»Ach, aber es gibt nun mal nur einen Weg zum Heil.« Ingrid sah noch einmal auf den Buchumschlag mit der rot gewandeten Frau. »Das ist das traurigste Buch, das ich je gelesen habe«, sagte sie und lieh sich zwei weitere Liebesromane aus.

In diesem Frühjahr 1933 wurden über zweihundert Schriftsteller für dekadent, vaterlandsfeindlich, marxistisch oder korrupt erklärt. In ganz Deutschland erging der Aufruf: »Reinigt Eure Büchereien«, und die Menschen wurden angehalten, Bücher von verfemten Autoren wie Bertolt Brecht, Sigmund Freud, Irmgard Keun, Stefan Zweig, Franz Werfel, Lion Feuchtwanger, Heinrich Mann und allen, die sonst noch auf der schwarzen Liste standen, aufzuspüren und zu vernichten. Bei den Razzien in Buchhandlungen, Büchereien und Privathäusern riskierte man, verhaftet zu werden, wenn man solche Bücher nicht herausgab. In der Schule wurden die Kinder ermutigt, ihre Eltern anzuzeigen, wenn sie verbotene Literatur besaßen. Trudi und ihr Vater packten über die Hälfte der Privatsammlung in Kartons, die sie nach oben ins Nähzimmer trugen.

»Weißt du noch, wie der alte Priester immer gegen die Leihbücher gewettert hat?«, fragte Leo. »Eine feine Ironie, was?«

Trudi nickte. »Jetzt kann man die Schundbücher ruhig behalten. Ich würde sie gern stattdessen hergeben.«

Sie stapelten die Kartons an einer Wand, bedeckten sie mit einer karierten Wolldecke und mehreren Kissen und traten zurück, um das Ergebnis zu begutachten.

»Nicht das beste Versteck«, sagte ihr Vater.

»Warum lassen wir sie nicht einfach offen herumstehen?« Er sah sie stirnrunzelnd an.

»Lass uns genau das tun – wir packen jeweils ein paar Leihbücher obendrauf und lassen die Kartons einfach in der Leihbücherei stehen.«

»Natürlich.« Er lächelte. »Es könnte keinen besseren Ort geben, um Bücher zu lagern, als eine Leihbücherei.«

In der Nacht des zehnten Mai brannten in ganz Deutschland Scheiterhaufen, vor allem in den Universitätsstädten, wo die Studenten in einer organisierten Aktion die Werke zahlreicher Autoren verbrannten, die sie normalerweise studiert hätten. Allein in Berlin – so sollte Herr Abramowitz später berichten – loderte ein Haufen von zwanzigtausend Büchern hoch in den Himmel, während das Musikkorps der SA vaterländische Marschmusik spielte. In manchen Städten fuhren mit Büchern beladene Lastwagen durch die Straßen, um Zuschauer zu den Verbrennungsritualen zu locken, die junge und alte Gesichter in zuckenden Flammenschein tauchten.

Wenn Ingrid Leihbücher zurückbrachte, lud Trudi sie manchmal auf eine Limonade oder einen Hagebuttentee in das Wohnzimmer hinter der Leihbücherei ein. Während Trudi die Blümchentassen ihrer Mutter, Untertassen und Kuchenteller auf das frisch gebügelte Tischtuch stellte, ging Leo – der

Trudis Boykott der Hansen'schen Bäckerei geduldig hinnahm, obwohl sie ihm ihre Gründe nie genannt hatte – zu der Bäckerei bei der evangelischen Kirche, um Bienenstich oder Schneckennudeln für seine Tochter und deren neue Freundin zu kaufen.

Je besser Trudi Ingrid kennenlernte, desto mehr faszinierte sie deren Selbstquälerei. Immer von der Angst vor möglichen Sünden gepeinigt, ging Ingrid zweimal die Woche zur Beichte, und sie gab sich so große Mühe, tugendhaft zu sein, dass sie sich durchs Leben bewegte wie eine Seiltänzerin, die jeden Moment abstürzen kann. Obwohl ihre Sünden Kleinigkeiten waren – dass sie ihr Nachtgebet vergessen hatte, dass sie neidisch auf Irmtraud Bodens Satinkleid gewesen war oder sich geärgert hatte, weil ihr Bruder immer das größte Stück Kuchen bekam –, war sie jedes Mal niedergeschmettert. Sie kam sich habgierig vor, wenn sie nur die einfachsten Dinge wollte.

Sie hatte so eine Art, mit den Wimpern zu klimpern – eine Angewohnheit, die gleichzeitig hilflos und beherrscht wirkte. Als gequälte Seele in einem schönen Körper hätte Ingrid gern mit Trudi getauscht, denn sie schämte sich ihres Körpers, der die Männer in Versuchung führte. Wenn sie nur an ihnen vorbeiging, weckte sie bereits sündhafte Gedanken in ihnen – bei allen Männern, sagte sie, sogar bei ihrem Vater –, und ein solches Werkzeug der Sünde zu sein, war das schlimmste Los, das sie sich vorstellen konnte.

»Du würdest wirklich tauschen?« Trudi konnte es nicht fassen.

»Sofort«, sagte Ingrid ohne Zögern.

»Du bist verrückt.«

»Du hast es gut.«

»Soll ich mich dafür bedanken?«, fragte Trudi schroff.

»Jetzt hab ich dich gekränkt.«

»Schau mich an …« Trudi breitete die Arme aus. »Schau dich an und sag mir, wieso ich es gut habe. Weißt du, was die Leute über mich sagen? Dass ich schuld bin, dass meine Mutter verrückt geworden ist, weil ich eine Zwergin bin. Sie warnen ihre Kinder: Iss die Butter nicht mit dem Löffel, sonst wirst du wie Trudi Montag.«

Ingrid schlug sich die Hand vor den Mund.

Die Worte kamen so schnell aus Trudi heraus, dass sich ihre Lippen feucht anfühlten. »Tu dies nicht und das nicht, sonst wirst du wie Trudi

Montag. Töte keine Frösche, fall nicht auf den Kopf, fahr nicht mitten auf der Straße Fahrrad ...«

Ingrid trat an sie heran und legte ihr die Hand auf die Schulter, aber Trudi schüttelte sie ab.

»Nicht ins Gesicht – ins Gesicht sagen sie mir so was natürlich nicht, aber ich habe Ohren. Ich höre.«

Ingrids Augenlider waren wie der Flügelschlag eines Vögelchens. »Ich dachte nicht, dass du das weißt.«

»Ich weiß noch viel mehr. Und ich will dir noch was sagen. Ich bin nicht so, weil mir irgendetwas passiert ist, sondern weil ich schon immer so war – von Anfang an.« Beide Fäuste in die Hüften gestemmt, sagte Trudi gebieterisch: »Jetzt sag mir, wieso ich es gut habe.«

»Ich habe ja nur gemeint, dass ich dich bewundere, weil du mehr Aussichten hast, in den Himmel zu kommen, als alle anderen Leute, die ich kenne.«

»Ich verstehe dich nicht.«

»Es ist wegen der Ursünde«, beeilte sich Ingrid zu erklären. »Wir sind alle damit geboren. Und alle verdammt, sobald wir ins Vernunftalter kommen.« Ihre grauen Augen glühten vor Überzeugung. »Aber du – verstehst du denn nicht?«

Ihre Stimme rutschte immer höher, fast so wie die Stimme von Trudis Mutter, wenn sie sich zu sehr erregt hatte, und für einen Moment erinnerte sich Trudi an das allererste Mal, dass ihre Mutter sie berührt hatte, damals, unterm Haus. Sie spürte, wie die drahtigen Arme sie umfassten, hörte das raue Schluchzen ihrer Mutter, atmete den dumpfen Erdgeruch und hatte das Gefühl absoluten Daheimseins, Aufgehobenseins, da, wo sie hingehörte. Es war das Sinnlichste, was sie je erlebt hatte, die Erfüllung ihrer Sehnsucht nach etwas, das ihr an jenem Tag zuteilgeworden war und woran sie sich seither nicht mehr erinnert hatte. Bis zu diesem Augenblick mit Ingrid. Und doch überkam sie gleichzeitig eine tiefe Traurigkeit, denn wenn die Umarmung durch ihre Mutter immer noch die wichtigste Berührung ihres Lebens war – was war ihr dann entgangen?

»Dein Leiden hier auf Erden ist der größte Segen«, sagte Ingrid ehrfürchtig.

Trudi blinzelte. »Ich könnte drauf verzichten.«

»Sag das nicht. Ich habe immer gebetet, dass ich sterbe, ehe ich sieben werde.«

»Aber warum?«

»Weil man mit sieben ins Vernunftalter kommt. Davor haben wir nicht genug Wissen, um die Sünde zu wählen. Das kommt vom Verzehr der verbotenen Frucht.«

»Glaubst du das alles wirklich?«

»Der Papst sagt das. Und die Bibel.«

»Ich weiß, aber ...«

»Wenn man stirbt, bevor man sieben wird, kommt man direkt in den Himmel.« Ingrid seufzte tief, und Trudi fühlte ihren Atem über sich hinwegstreichen. »Du könntest jetzt dort sein ...«

»Nein danke.«

Aber Ingrid sprach jetzt von der Jungfrau Maria, die vom Augenblick ihrer Empfängnis an von der Ursünde frei gewesen war. »Maria ist der einzige Mensch, der je so geboren wurde.«

Trudi war versucht, ihr ihren alten Witz von der Jungfrau Maria zu erzählen, aber sie sagte sich, dass Ingrid ihn wohl nicht lustig finden würde. »Ich kenne niemanden, der sich so viele Gedanken über die Sünde macht wie du. Nicht mal der kleine Priester.«

Wie viele Leute im Ort benannte Trudi die Priester nach ihrer Gestalt: Der alte Herr Pastor Schüler war der kleine Priester, der Hilfspastor Friedrich Beier der dicke Priester. Trudi mochte den kleinen Priester sehr viel lieber, auch wenn er immer Puder auf den Schuhen hatte und eine Ewigkeit brauchte, um einem die Absolution zu erteilen. Einmal hatte er ihr zwei Rosenkränze für Sünden aufgegeben, die sie gar nicht begangen hatte, als ob die Vergehen ihrer Vorgänger noch immer in dem muffigen Gehäuse des dunklen Beichtstuhls hingen. Dem dicken Priester wäre ein solcher Fehler nie unterlaufen, aber dafür war er nicht annähernd so nett wie der kleine Priester. Der dicke Priester erledigte seine Arbeit. Er würde nie seinen Predigttext oder jemandes Sünde vergessen, und sein geradeaus gerichteter Blick durchbohrte alles, was ihm in den Weg kam – mit Ausnahme von Essen: Da verlor dieser Blick seine Schärfe, und der dicke Priester seufzte zufrieden.

»Schau.« Ingrid zeigte auf den venezianischen Spiegel, der Trudis Mutter gehört hatte. Eine Spinne krabbelte über die obere Leiste des Goldrahmens. »Das ist das Schlimme an der Ursünde«, sagte sie, als die Spinne hinter dem Spiegel verschwand. »Von jetzt an werde ich immer diese Spinne sehen, wenn ich in den Spiegel schaue ... Schon wenn ich nur an den Spiegel denke, werde ich sie sehen.«

Trudi lächelte. Sie würde Ingrid guttun. Sie würde sie dazu bringen, einen Teil dieser fürchterlichen Scham abzustreifen. Ingrid würde froh sein, sie zur Freundin zu haben. Sie würden am Fluss Himbeeren und Johannisbeeren pflücken, ein Konzert in Fräulein Birnsteigs Villa besuchen, auf dem Deich Schlitten fahren, in Düsseldorf ins Kino gehen, einen Ausflug an die Mosel machen und in einer Jugendherberge übernachten ...

Aber Ingrid starrte immer noch auf den Spiegel. »Die Spinne wird längst nicht mehr da sein«, sagte sie, »und trotzdem wird sie immer da sein. Genauso ist es auch mit der Ursünde.«

»Aber siehst du denn nicht ...«, sagte Trudi. »Du kannst dir einen anderen Spiegel suchen.« Sie zeigte auf die gegenüberliegende Wand, wo ein kleiner runder Spiegel in einem noch kunstvolleren Rahmen hing. Sie hatte ihn eines Nachmittags, in einem Anfall von wilder Sehnsucht nach ihrer Mutter, in Düsseldorf gekauft, und als sie ihn dem venezianischen Spiegel gegenüber aufgehängt hatte, war ein seltsamer Friede über sie gekommen, als ob zwei Spiegel es besser schafften, das Bild ihrer Mutter im Haus festzuhalten.

In dieser Nacht erwachte Trudi lange vor Morgengrauen, und schließlich gab sie es auf, den Schlaf wieder herbeizwingen zu wollen; stattdessen stellte sie sich vor, wie es wäre, mit Ingrid zu tauschen. Sie behielt ihre Gesichtszüge und ihr Haar, aber ihr Körper wurde lang und schlank wie der von Ingrid, und sie sah sich die Schreberstraße entlanggehen, mit großen Schritten, eine weiße Bluse in den Bund ihres schmal geschnittenen Rocks gesteckt und einen Lacklederglürtel um die Taille. Wind kühlte ihre Stirn und spielte mit ihrem Haar, und sie lächelte vor sich hin, als sie nach links in die Barbarossastraße einbog. Sie spazierte am Pfarrhaus vorbei und über den Markt, wo Bauern ihr Obst und Gemüse verkauften, und überall starrten die Leute sie an, aber nicht so wie sonst; sie sah die Begierde, von der Ingrid gesprochen hatte, in den Augen einiger Männer, Neid in den Augen mancher Mädchen und Frauen und einfach nur Freude an ihrem Anblick in den Augen anderer.

Damit könnte ich leben. Ich könnte es lernen.

Doch dann schaute sie über ihre Schulter und sah dicht hinter sich Ingrid, kurz und breit und stämmig, auf krummen Beinen einherwatscheln wie ein grässliches Aufziehspielzeug, und sie wollte vor ihr wegrennen, wollte verhindern, dass sie forderte, sie sollten ihre Körper wieder tauschen. Aber Ingrids breites Gesicht war von Frieden erfüllt, und die Angst, die sonst immer in ihren Augen gestanden hatte, war einer wohligen Müdigkeit gewichen, als hätte sie lange gekämpft, um genau das zu erreichen.

8

1933

Mit jedem Mal, da sie sich in Ingrids Körper versetzte, nahm Trudi die Reaktionen der Leute auf Ingrid deutlicher wahr. Es war ihr unangenehm, wenn Ingrids Vater seine Tochter in den Hintern zu kneifen versuchte, während er ihr grinsend erklärte, sie solle einen anständigen Rock anziehen, obwohl der, den sie trug, so schlicht war wie alle ihre Kleider. Und es verwirrte sie, wenn sie mitbekam, wie Klaus Malter, der junge Zahnarzt mit dem schüchternen Blick und dem roten Bart, der einen halben Block von der Leihbücherei entfernt eine Praxis eröffnet hatte, Ingrid ansah. Es war offensichtlich, dass Ingrid ihm gefiel, und Trudi erschrak, als sie merkte, dass sie selbst seine Gefühle erwiderte, als sei sie tatsächlich Ingrid geworden.

Da Ingrid ihn kaum eines Nickens würdigte, wenn er sie grüßte, begann Klaus, sie und Trudi zu fragen, ob sie beide mit ihm ausgehen wollten. Es war Trudi, die mit ihm redete, die seine Fragen über Ingrid beantwortete, und er gewöhnte sich an, in der Leihbücherei vorbeizuschauen, wenn er gerade keine Patienten hatte. In seinem gestärkten weißen Kittel pflegte er auf der Kante des Ladentisches zu sitzen und aus dem Fenster zu spähen, bereit, rasch über die Straße zu laufen, wenn sich jemand seiner Tür näherte. Sein Bart war voll und lockig und sein Haar ganz kurz geschnitten. Leo Montag stellte dann oft eines seiner Schachspiele auf, und die beiden Männer spielten langsam ein paar Züge, bis einer unterbrochen wurde. Eine Partie zwischen ihnen konnte sich leicht über eine Woche hinziehen. Obwohl Klaus dem örtlichen Schachklub beigetreten war, war er immer noch Mitglied in einem Klub in Düsseldorf, wo er aufgewachsen war und wo seine Mutter an der Universität Philosophie lehrte.

Leo hatte Klaus mit Herrn Stosick bekannt gemacht, dem Rektor der evangelischen Schule, bei dem sich der Schachklub jeden Montagabend traf. Herr Stosick war für seine wohlüberlegten, brillanten Züge bekannt. »Lass deine Hände niemals deinen Kopf hintergehen, Günther«, hatte ihn sein Vater instruiert, als er ihn mit drei Jahren das Schachspielen gelehrt hatte. Um sich von übereilten Zügen abzuhalten, hatte Günther Stosick eine Angewohnheit entwickelt, die ihm auch als Erwachsenem noch zugutekam – beide Hände in seinem dichten braunen Haar zu vergraben, wenn er vor dem Schachbrett saß, und sich so zu zwingen, jeden instinktiven Impuls erst einmal abzuwägen, wenn er auch am Ende meist diesem ersten Instinkt folgte.

Der Klub war 1812 von einem Mann gegründet worden, der wegen des Schachs seine Familie hatte sitzen lassen. Sein Name war Karl Tannenschneider, und die Männer im Klub redeten von ihm, als gehöre er immer noch dazu.

»Er hat für das Schach Frau und Kinder verlassen«, sagten sie ehrfürchtig und neidisch.

»Er hat alles für das Schach aufgegeben.«

Während Leo am liebsten schweigend über seine Züge nachgrübelte, unterhielt sich Klaus beim Schach gern mit Trudi. »Ich habe nicht genügend Patienten«, vertraute er ihr eines Nachmittags an. »Die Leute gehen weiter zu Dr. Beck.«

»Sie sind an ihn gewöhnt – auch wenn sie hinterher mehr Schmerzen haben als vorher.«

»Das muss nicht sein.«

»Ich fürchte mich immer, wenn ich zu ihm muss.«

»Mit all den neuen Erfindungen ist die Zahnbehandlung heutzutage fast schmerzlos.«

»Das sollte mal jemand Herrn Doktor Beck erzählen. Er ist überhaupt nicht besonders beliebt. Er ist nicht so freundlich wie Sie.«

Klaus grinste. »Vielleicht wollen die Leute ja keinen freundlichen Zahnarzt. Vielleicht wollen sie einen Zahnarzt, vor dem sie sich fürchten können.« Er hob die Hände und krümmte sie zu Klauen, und die rötlichen Härchen auf seinen Handrücken und unteren Fingergelenken schimmerten wie feiner Kupferdraht.

Trudi verschränkte die Arme, um sich davon abzuhalten, diese schönen

Hände zu berühren. »Ich werde allen erzählen, dass Sie richtig zum Fürchten sind«, versprach sie. »Warten Sie nur – bald ist Ihre Praxis voll.« Sie sah sich Ingrid fragen: »Findest du, dass Klaus Malter gut aussieht?« Ingrid würde die Stirn runzeln und so etwas sagen wie: »Mittelmäßig«, oder – was schlimmer wäre – »einfach fantastisch«.

Klaus drehte sich eine Zigarette. »Darf ich Ihnen eine anbieten?«

Sie schüttelte den Kopf. »Ich mag den Geruch, aber den Geschmack nicht. Wahrscheinlich, weil ich mal fast die Kirche niedergebrannt habe, als ich sieben war.«

»Wie haben Sie das gemacht?«

Ihr Vater sah vom Schachbrett auf.

»Eva Rosen und ich, wir haben unsere ersten Zigaretten hinterm Pfarrhaus geraucht und sie über die Mauer geworfen, als wir ein Geräusch gehört haben. Ich konnte die ganze Nacht nicht schlafen.«

»Das hätte bestimmt fünfzig Jahre Rosenkranz gekostet«, sagte Klaus.

»Oder ein Leben im Kloster«, sagte ihr Vater. »Es ist wohl ganz gut, dass ich nicht so genau weiß, was du alles gemacht hast.«

Die Jungen im Stall – der Raum neigte sich. »Ja, das ist gut.« Sie zeigte auf das Schachbrett. »Wer ist am Zug?«

»Ich.« Klaus zog den schwarzen Läufer. »Dem Himmel sei Dank für die großen Familien. Die Buttgereits schicken ihre Töchter zu mir – zwei letzte Woche, zwei jetzt am Freitag, drei nächste Woche ... Wie viele sind es denn?«

»Neun. Aber in dieser Familie zählen Töchter nicht viel. Ich weiß noch, wie der Junge auf die Welt kam ... Ich hatte an dem Tag einen Storch gesehen.«

»Ich habe früher auch an den Storch geglaubt.«

»Die Buttgereits hatten nämlich schon die Hoffnung aufgegeben, überhaupt noch einen Sohn zu bekommen, nach all den Töchtern – die können einem wirklich leidtun, diese Mädchen –, und als dann der Junge doch noch kam, hat Herr Buttgereit ihn überall herumgezeigt, als wäre er ihr einziges Kind, und immer davon geredet, dass er den Hof erben wird, bevor der Kleine noch laufen konnte.«

»Den Jungen habe ich noch nicht gesehen.«

»Den werden Sie auch nicht sehen. Er lebt woanders. In einer speziellen

Heimschule bei Bonn. Als er drei war, ist er vom Heuwagen gefallen und hat sich die Wirbelsäule verletzt. Danach hat sich sein Rücken gekrümmt. Er kann nicht aufrecht gehen.«

Leo tippte auf das Schachbrett. »Sie sind dran.«

»Danke, Herr Montag.« Klaus unterbrach das Gespräch, um die Lage zu taxieren, vollführte dann eine kleine Rochade, wandte sich wieder Trudi zu und wartete, dass sie weiterredete.

Sie sprach leise, um ihn näher heranzuholen. »Frau Doktor Rosen hat seinen Eltern gesagt, dass er nie stark genug sein würde, um Bauer zu werden, und dass er nicht viel älter als zwanzig wird.«

»Das ist ja schrecklich.« Klaus Malter rutschte vom Ladentisch und hockte sich vor sie hin. »Wie alt ist er jetzt?«

Sie spürte seine Körperwärme, seinen Atem. »Fast elf. Glaube ich. Ja, genau.« Verlegen trat sie einen Schritt zurück. »Alle sagen, er ist sehr gescheit ... Deswegen haben sie ihn auf diese Schule geschickt. Von dem Spargelgeld, schätze ich.«

Er beugte sich zu ihr. »Dem was?«

Pia, dachte sie, da hast du mir ja einen schönen Rat gegeben. Was soll ich jetzt tun? »Dem Geld, das die Buttgereits früher mit ihrem Spargel eingenommen haben«, erklärte sie. »Bevor es herauskam, haben wir alle unseren Spargel bei ihnen gekauft. Jetzt kommen nur noch die Restaurantbesitzer aus Düsseldorf welchen kaufen. Es war der köstlichste Spargel weit und breit, zart und ...«

»Bevor was herauskam?«

»Ich dachte, Sie können Klatsch nicht leiden?«

»Kann ich auch nicht.«

»Das ist aber Klatsch. Letzte Woche haben Sie mir gesagt, das Einzige, was Sie an Kleinstädten hassen, sei der Klatsch.«

»Spannen Sie mich nicht auf die Folter. Was ist über die Buttgereits herausgekommen?«

»Sie haben den Spargel nach dem Stechen in ihrer Badewanne gelagert, und die Leute sind zu ihnen gekommen und haben ihn direkt aus der Wanne gekauft. Vor zwei Jahren hat Monika Buttgereit dann Helga Stamm das Versprechen abgenommen, nichts weiterzusagen, und ihr erzählt, wie sie es schaffen, dass ihr Spargel so gut schmeckt ...« Trudi wartete, ließ ihre

Worte sacken, und gerade, als Klaus den Mund öffnete, um weiterzufragen, flüsterte sie: »Pipi.«

»Was?«

»Pipi. Alle Buttgereits machen in diese Wanne.« Wieder eine bedeutungsvolle Pause. »Deshalb schmeckt ihr Spargel wie kein anderer Spargel auf der Welt.«

Er schüttelte sich wie ein nasser Hund. »Ein Glück, dass ich nie welchen gegessen habe.«

»Ach, vielleicht schon.« Sie lächelte. »Ein paar Restaurants in Düsseldorf servieren ihn. Bis heute.«

»Ich will gar nichts weiter wissen. Warum sagt niemand den Gastwirten Bescheid?«

»Helga hat es Georg Weiler gesagt, und dessen Mutter hat es Frau Abramowitz erzählt, und der dicke Priester ...« Sie zuckte die Achseln. »In Burgdorf gehen die Sachen schnell herum, aber ...«, sie bewegte ihre kompakten Hände, als drehte sie einen großen Ball, »sie bleiben meist hier im Ort, als gäbe es unsichtbare Grenzen, über die sie nicht rauskommen.«

Als im Juli wieder Jahrmarkt in Burgdorf war, lud Klaus Ingrid und Trudi ein, mit ihm hinzugehen. Während Ingrid feste Schuhe und ihr graues Sonntagskleid trug, hatte sich Trudi ein Chiffonkleid genäht, passend zu dem bestickten Bolerojäckchen, das ihr Frau Abramowitz zum achtzehnten Geburtstag aus Spanien mitgebracht hatte. Obwohl die hohen Absätze ihrer Sandalen in dem weichen Boden versanken und sie deshalb auf Zehenspitzen gehen musste, ließ sie es sich nicht nehmen, Riesenrad und Karussell zu fahren, und als sie und Klaus abwechselnd an der Schießbude ihr Glück versuchten, schoss sie einen Plüschlöwen mit steifer Mähne, den sie Ingrid schenkte.

Wie in jedem Juli, seit sie Pia begegnet war, suchte sie nach dem blauen Wohnwagen der Zwergenfrau, und obwohl sie ihn nicht fand, erwartete sie, als sie zwischen Ingrid und Klaus im Zirkuszelt saß, dass Pia die Tiere in die Manege führen würde. Pia würde über sie und Klaus Bescheid wissen, sobald sie sie sah.

Aber der Tierbändiger war wieder der stämmige Mann mit dem unerschütterlichen Lächeln, der schon die letzten vier Sommer da gewesen war, dieser Mann, der sie nur angestarrt hatte, als sie ihn in dem Jahr nach ihrer Begegnung mit Pia nach ihr gefragt hatte.

»Ich kenne niemanden, der so heißt«, hatte er gesagt.

Trudi hatte eine Hand in Höhe ihres Kopfs gehalten. »Ungefähr so groß.«

»Nein.«

»Sie war hier ... mit den Elefanten und den Löwen und einem Papagei namens Othello und ...«

»Das ist keine Arbeit für eine Frau.« Er hatte die Schultern zurückgezogen und die Brust herausgestreckt.

»Pia konnte es.«

Er hatte sich zum Gehen gewandt.

»Pia war großartig«, hatte Trudi ihm nachgeschrien. »Viel besser als Sie.«

Er hatte sich umgedreht und Trudi taxierend angesehen. »Hör mal, Kleine ...« Seine Stimme hatte weniger schroff geklungen. »Wir Zirkusleute sind ein merkwürdiges Völkchen. Wir bleiben nicht immer bei einer Truppe. Manchmal finden wir ein Plätzchen, das uns gefällt, und dann ...« Er gab ein verblüffend kichriges Lachen von sich und hob die kräftigen Arme, als wollte er etwas in die Luft entlassen, »bleiben wir dort ein Weilchen, bis uns wieder die Unruhe packt und ein neuer Zirkus mit neuen Träumen vorbeikommt.«

Draußen vor dem Zirkuszelt pflückte Klaus einen Strauß Kleeblumen und teilte ihn gerecht zwischen Ingrid und Trudi auf. In dem überfüllten Bierzelt aßen sie knusprige Bratwürste mit scharfem Senf und tranken Berliner Weiße mit Himbeersirup, während die Akkordeonkapelle Walzer und fröhliche Karnevalsmelodien spielte. Fliegen summten durch die blauen Rauchschwaden und ließen sich auf Gabeln und Glasrändern nieder. Während das Bierzelt im Vorjahr voller Luftballons und Girlanden gewesen war, bestand die Dekoration diesmal aus mehreren riesengroßen roten Fahnen mit dem schwarzen Hakenkreuz im weißen Rund. Dasselbe Emblem trugen auch etliche Gäste auf roten Armbinden oder auf Abzeichen, die an ihren Kragenaufschlägen steckten.

Als Klaus mit Ingrid tanzen wollte, schüttelte Ingrid den Kopf. »Fragen Sie Trudi«, sagte sie, und sein Zögern – ehe er Trudi aufforderte und auf die Tanzfläche führte – war so kurz, dass sie sich noch Jahre später fragen würde, ob sie es sich nur eingebildet hatte.

Ihre Beine fühlten sich schwerfällig an, und es war unbequem, die ganze Zeit die Arme emporzustrecken. Obwohl ihr vom Hochschauen der Nacken steif wurde, genoss sie das Tanzen, jede Sekunde. Klaus zeigte ihr, wie sie die Füße setzen musste, und zwischen den Tänzen gingen sie zurück zu Ingrid, die in ihrem Kirchgangskleid so herzergreifend schön aussah und es fertigbrachte, jeden Mann abzuwimmeln, der mit ihr tanzen wollte. Sie hatte den Klee in einem leeren Bierglas arrangiert und es neben ihren Plüschlöwen gestellt, aber der Kellner, der ihnen immer wieder Berliner Weiße brachte, vergaß jedes Mal das Wasser, das sie für die Blumen bestellt hatte.

Es war kurz vor Mitternacht, als Eva Rosen und Alexander Sturm das Bierzelt betraten. Arm in Arm, auf den Gesichtern eine erregte Röte, die mit Alkohol nichts zu tun hatte. Trudi hatte Eva schon öfters aufgeregt gesehen, aber Alexander, der schon als Junge zu ernst gewesen war, wirkte jetzt mit seinem martialischen Kaiser-Wilhelm-Schnurrbart noch steifer. Er wählte seine Worte vorsichtig und gönnte sich nie Zeit für leichtfertige Vergnügungen. Er war stolz auf seine Spielzeugfabrik und sein Mietshaus und achtete viel zu sehr darauf, was andere über ihn dachten. Doch als Trudi ihn jetzt mit Eva tanzen sah, schien er verändert, als hätte sich irgendein verschlossenes Kämmerchen in seinem Inneren endlich geöffnet. Schon jetzt lockerten erste Silbersträhnen das harte Schwarz von Evas Haar auf, ein Kontrast zu ihrem mädchenhaften Gesicht, der sie gleichzeitig jung und welterfahren wirken ließ. Alexanders Haar war viel heller als ihres, fast sandfarben. Trudi spürte etwas zwischen den beiden, ein Band, ein Geheimnis, das sie zwang, sie ganz genau zu beobachten.

Trudi hatte schon fast ein Jahr nicht mehr mit Eva geredet, aber als Eva jetzt an ihrem Tisch stehen blieb, um »Guten Abend« zu sagen, war Trudi, als setzten sie einfach ihr letztes Gespräch fort. Eva sprach so unbefangen über Trudis Vater und über Seehund, über den Unterricht an ihrem Düsseldorfer Gymnasium und ihre Absicht, Medizin zu studieren, dass Trudi sie einen Moment lang bei der Hand nehmen und nach draußen unter den Sternenhimmel führen wollte.

»Glaubst du, dein Vater wird je wieder gesund?«, würde sie sagen und:

»Ist das Rot auf deiner Brust immer noch wie eine Blume?«, und vor allem: »Tut mir leid, dass ich es verraten habe.«

Aber Klaus fragte Alexander, wie der Bau des Mietshauses vorangehe, und als Alexander nur sagte: »Ganz gut, danke«, erklärte Eva, das Gebäude sei jetzt fast fertig, und Alexanders ältere Schwester, die wieder nach Burgdorf ziehen wolle, werde mit ihrer Tochter Jutta dort wohnen, im zweiten Stock. »Sie hat gesundheitliche Probleme und braucht Hilfe bei der Erziehung des Mädchens, das – nach allem, was ich höre – recht impulsiv sein muss. Ich bin ziemlich neugierig.«

»Leichtsinnig«, sagte Alexander.

»Was?«

»Eher leichtsinnig. Du sagtest impulsiv.«

»Ein blondes Mädchen, groß?«, fragte Trudi.

Alexander nickte.

»War sie nicht im Sommer vor drei Jahren zu Besuch hier?«

»Ja, als ihr Vater noch lebte«, sagte Eva. »Alexander meint, auch damals sei ihr schon dauernd irgendetwas passiert. Am Tag, als sie mit ihren Eltern hier ankam, hat sie sich den linken Arm gebrochen, und trotzdem ist sie immer weiter auf Bäume geklettert und hat es geschafft, sich den anderen Arm auch noch zu brechen.«

»Nur, dass es zuerst der rechte Arm war«, sagte Alexander. Eva sagte achselzuckend: »Zum Schluss jedenfalls beide.«

Alexander schien sie ein zweites Mal korrigieren zu wollen, wandte sich dann aber Klaus Malter zu und erzählte ihm, dass er schon Mieter für die Geschäftsräume habe. »Den Metzger, den Optiker und den Apotheker sicher. Den Eisenwarenhändler vielleicht. Wir verhandeln noch.« Aber der Kirschbaum auf dem Bürgersteig gegenüber sei ein Problem, sagte er, weil die Bauarbeiter ständig das rote Zeug von den heruntergefallenen Kirschen an ihren Schuhsohlen ins Haus trügen und das Flecken auf den Böden gebe.

Als Klaus vorschlug, er solle Wassereimer an der Tür aufstellen und die Arbeiter bitten, sich vor dem Eintreten die Sohlen zu reinigen, nickte Alexander nachdenklich und dankte ihm für den Rat, ehe er Eva an den Tisch führte, wo sie saßen.

Der Kellner schenkte wieder rote Berliner Weiße nach, und als der Schaum einen weißen Streifen auf Klaus Malters Bart hinterließ, flüsterte

Ingrid Trudi etwas ins Ohr. Als Klaus wissen wollte, was sie da redeten, weigerte sich Ingrid, es ihm zu sagen, und Trudi streckte die Hand aus, um ihm den Schaum abzuwischen. Sein Bart war dicht, aber weich, und sie errötete und zog ihre Finger weg, aber er fing ihre Hand ein, und sie dachte nur, wie froh sie war, dass sie immer so gewissenhaft die Handmilch benutzt hatte.

»Was gibt es zu tuscheln?«

»Dass Alexander ein Pedant ist«, log sie.

»Komische Vorstellung, dass er Spielzeug fabriziert«, sagte Klaus.

Dann spielte die Kapelle zur letzten Tanzrunde auf, und Trudi war, als kreise das Zelt um sie, während der junge Zahnarzt sie im Walzertakt herumschwenkte. Er lachte laut, und sie lachte mit, und es machte ihr gar nichts mehr aus, Arme und Kopf in diesem Winkel halten zu müssen, und seine Lippen waren feucht, als er sie dichter an sich zog und sein Gesicht zu ihrem herabbeugte und sie dabei immerfort herumwirbelte, und seine Zunge schmeckte nach süßen Beeren und Bier, und erst als sie wieder an ihrem Tisch waren und die Akkordeonspieler *Deutschland, Deutschland über alles* spielten, wurde ihr klar, dass sie soeben ihren ersten Kuss bekommen hatte.

»Halt«, wollte sie ihm zurufen, »*halt, wir müssen das noch mal machen, ich habe gar nichts mitbekommen*«, aber die Musiker packten schon ihre Instrumente ein, und Klaus sah überhaupt nicht anders aus als vorher, obwohl er sie über eine Grenze geführt hatte, von der sie nie gedacht hatte, dass sie sie überschreiten würde: Sie gehörte jetzt zu dem großen Heer der Frauen, die geküsst worden waren.

Klaus Malter brachte Ingrid und Trudi nach Hause, wie er es auch sonst schon getan hatte, eine an jedem Arm, und als er Trudi zuerst daheim ablieferte, sagte er, sie tanze fantastisch. Das Haus war ganz dunkel und still, aber es fiel genug Mondlicht herein, dass sie den Weg ins Wohnzimmer fand, wo sie ihr Gesicht in den Goldrahmenspiegeln studierte. Beide Spiegel zeigten ein Gesicht, das schmaler und blasser war – als hätte sie unzählige Erfahrungen gemacht, seit sie vor ein paar Stunden das Haus verlassen hatte. Es war das Gesicht, in das Klaus beim Tanzen geschaut hatte, das Gesicht, zu dem er sich heruntergebeugt und das er geküsst hatte.

Sie neigte den Kopf, lächelte mit der Selbstsicherheit, die sie in Pias Lächeln gesehen hatte, und dachte an Pias Zauberinsel mit dem Wasserfall, den Edelsteinen und Orchideen, diese Insel, die sie miterschaffen hatte – ein Ort, an den sie sich im Geist begeben konnte, der ihr gehörte, solange sie nicht vergaß, dass er da war.

»Trudi Malter«, flüsterte sie vor sich hin. »Nein, Gertrud Malter ...« Aber der Name Gertrud – die vollständige, die erwachsene Version ihres Namens – war mit dem Wahnsinn ihrer Mutter behaftet.

»Trudi Malter«, probte sie wieder. Klaus Malter war zehn Jahre älter als sie – der ideale Abstand, da sie viel reifer war als andere Achtzehnjährige.

»Frau Malter«, sagte sie laut und versuchte, Pias tiefe Stimme in ihrem Kopf zu überhören: »*Manche sind Zwerge. Andere nicht.*«

Sie schüttelte energisch den Kopf.

»*Manche sind Zwerge, andere nicht.*«

Aber Pias Kind war kein Zwerg.

»*Ein ausgewachsener Erwachsener*«, hatte Pia gesagt.

Klaus war groß. Ihre Kinder würden so groß werden wie er. Sie würden in einem Korbwagen in der Leihbücherei schlafen, während sie arbeitete. Sie würde ihnen Schallplatten vorspielen, sie in den Armen wiegen. Klaus würde sie morgens küssen, ehe er über die Straße in seine Praxis ging, und zum Mittagessen würde er nach Hause kommen. All ihre Kunden würden sich von ihm die Zähne reparieren lassen. Er würde sie in die Kirche begleiten, und am Sonntagnachmittag würde er mit ihr durch den ganzen Ort spazieren und sich stolz mit ihr zeigen, und seine Liebe zu ihr würde so deutlich aus seinen Augen strahlen, dass die Leute sie nicht übersehen konnten. Für ihre Hochzeit – sie lachte laut auf, als sie sich darauf besann, dass die Hochzeit ja vor den Kindern kommen musste. Für ihre Hochzeit würde sie sich ein weißes Satinkleid mit einer Schleppe nähen und dazu die höchsten Absätze tragen, die sie finden konnte.

»*Trudi muss gewachsen sein*«, würden die Leute sagen, wenn sie sie mit ihrer Schleppe in die Kirche schreiten sähen. Nach der Hochzeit würde sie das Kleid dunkelblau färben, passend zu ihren Augen, und es zu besonderen Anlässen tragen, ins Düsseldorfer Opernhaus beispielsweise oder in ein vornehmes Restaurant.

Aber als Klaus zwei Tage später in die Leihbücherei kam und mit Leo Schach spielte, erwähnte er den Kuss nicht, nicht einmal, als Trudi ihn zur Tür brachte. Er hockte sich hin, um Seehunds Rücken zu streicheln – als wollte er seine Hände davon abhalten, sie zu berühren, dachte Trudi, während sie auf seinen Oberkopf sah, wo er einen Wirbel hatte.

»Schön, Sie zu sehen«, sagte sie.

»Was haben Sie beide so gemacht, Ingrid und Sie?«, fragte er, ohne sie anzuschauen.

Als der Hund den Hals krümmte und sich ohne jede Scham gegen Klaus Malters Hände drängte, war Trudi neidisch.

»Ich habe Ingrid seit dem Jahrmarkt nicht mehr gesehen«, sagte sie, wobei sie das Wort *Jahrmarkt* betonte, um seinem Gedächtnis auf die Sprünge zu helfen.

Er sah die Straße entlang, als suchte er sie nach möglichen Patienten ab, und erhob sich. »Ich muss wieder in meine Praxis.«

»Was ist?«, fragte Leo, als Trudi an ihm vorbeistürzte und die Treppe hinauflief.

Aber sie antwortete nicht. In ihrem Zimmer zog sie das Schnittmuster und den gestreiften Stoff für ein neues Kleid hervor und begann mit dem Zuschneiden, wobei sie an den Seitennähten ein paar Zentimeter zugab und Rock und Mieder verkürzte. Auch wenn sie dazu verurteilt war, die Welt aus der Augenhöhe eines Kindes zu sehen, genügte dieser Blickwinkel doch ihren Bedürfnissen nicht mehr. Als sie den zweiten Ärmel durch die Maschine laufen ließ, wurde es draußen schon dunkel, aber sie balancierte weiter auf dem linken Fuß, während der rechte das breite Pedal betätigte und ihre wagemutigen Finger den Stoff unter die auf und ab sausende Nadel schoben.

Sie hatte Angst vor ihren eigenen Gefühlen, hatte Angst, dass die ungezügelten Emotionen ihrer Mutter in ihr wiederaufleben könnten, hatte Angst, ihre Würde zu verlieren, indem sie in Klaus Malters Praxis platzte und ihn umarmte. Sie lachte bitter. Was würde sie umarmen? Seine Taille? Seinen Bauch? Sie musste ihn dazu bringen, dass er sich hinsetzte, ehe sie diese kleine Fantasie weiterspinnen konnte. Ja, wenn sie so groß wäre wie Ingrid, könnte sie einfach auf ihn zugehen und mühelos die Hand auf das Niveau seiner Wange heben ... Auf ihrer Höhe wäre eine Umarmung obszön.

Als auch Ingrid den Kuss die ganze Woche kein einziges Mal erwähnte, fragte sich Trudi plötzlich, ob sie ihn sich nur eingebildet hatte. Inzwischen erschien er ihr genauso unecht und unwirklich wie der Jahrmarkt. Vielleicht hatte Klaus sich ja nur zu ihr heruntergebeugt und aus Versehen ihre Lippen mit seinen berührt. Aber nein – seine Zunge in ihrem Mund, das war eindeutig Teil zwei eines Kusses gewesen. Selbst wenn Teil eins – die Berührung der Lippen – nur ein Versehen gewesen war, fand sie keine andere Erklärung dafür, wie seine Zunge in ihren Mund gekommen war, als dass er die Absicht gehabt hatte, sie zu küssen.

Obwohl das Bierzelt an dem Abend voll gewesen war, sagte niemand von den Burgdorfern irgendetwas wegen des Kusses zu ihr. Sie wartete, aber auch ohne Bestätigung wusste sie, dass sie eine Frau war, die geküsst worden war, und dass sie – wenigstens unmittelbar vor dem Kuss – in dem jungen Zahnarzt Verlangen geweckt haben musste.

Am Ende des Sommers begann Trudis einer Backenzahn zu schmerzen. Sie versuchte, ihre Zunge davon abzuhalten, immer dort hinten herumzubohren, da der linke Zungenrand von dem scharfkantigen Zahn schon ganz aufgescheuert war. Je entschiedener sie den Schmerz zu ignorieren versuchte, desto mehr dachte sie daran. Ihre Zunge tastete die Oberfläche des Zahns ab, bis sie sich nicht mehr sicher war, ob sie sich das kleine Loch nur einbildete oder ob es wirklich da war. Und wenn sie sich die Zahnschmerzen nur einredete, um einen Vorwand zu haben, Klaus dazu zu bringen, dass er sie wieder berührte? Er würde es sofort merken.

Seine Besuche in der Leihbücherei waren selten geworden, aber Trudi nutzte die Tatsache, dass ihr Vater ihn jeden Montagabend im Schachklub traf. Sie fragte nicht direkt nach Klaus, sondern etwa – ganz beiläufig –, wer bei dem Treffen gewesen sei. Manchmal fragte sie sich, ob jemand ihrem Vater von dem Kuss auf dem Jahrmarkt erzählt hatte, weil er sie immer so ansah, als zögerte er, ihre Gefühle für Klaus durch neue Informationen anzuheizen; aber er sagte ihr, was sie wissen wollte, wenn er auch jedes Mal wartete, bis sie das Thema Schachklub ansprach, vielleicht in der Hoffnung, dass sie diesen jungen Zahnarzt irgendwie vergessen würde.

Von ihrem Vater erfuhr sie, dass Klaus die Einstellung einer Helferin erwog und sich den Knöchel verstaucht hatte, als er mit seinem Fahrrad im Straßengraben gelandet war. Wenn sie ihn auf der Straße oder in der Kirche traf, pflegten sie einander zuzunicken oder ein paar höfliche Worte zu wechseln. Hinterher ging sie dann diese Worte innerlich immer wieder durch, wobei sie aus seiner Betonung und seinen Pausen eine Bedeutung herauszulesen versuchte und sich ausdachte, was sie hätte sagen können.

Vielleicht war er ja noch schüchterner als sie.

Vielleicht hatte er ja darauf gewartet, dass sie den Kuss ansprach.

Vielleicht war er ja todunglücklich darüber, dass sie so tat, als hätte sich nichts zwischen ihnen geändert.

Sie träumte fast die ganze Zeit von ihm: Sein Bild hatte sich in ihren Augen festgesetzt, ein silbriger Glanz, durch den sie alles sah. Er drängte sich in ihre Tage und in ihre Nächte. Manchmal wünschte sie, sie könnte ihn aus ihren Augen kratzen. Zu oft erlag sie der Verheißung seines Kusses und überließ sich der Vorstellung, wie sie immer weiter tanzten, in die Ehe tanzten, sie und ein rothaariger Säugling, von seinen Armen umschlossen.

Einmal fand sie sich für fast zwei Stunden frei von diesen schwärmerischen Fantasien, nachdem sie vom Fenster aus gesehen hatte, wie er zu seiner Praxis ging und sich dort, ehe er die Tür öffnete, an den Hosenboden griff, um den Stoff aus der Ritze zwischen seinen Gesäßbacken zu ziehen. Froh über die Abwesenheit dieser intensiven Gefühle, wähnte sie sie schon für immer verschwunden, aber wie alles, wovon man sich plötzlich trennt, hinterließen sie eine Leere, und schon bald strömten die schwärmerischen Gedanken wieder in dieses Vakuum hinein, vertraut und schwer.

Als ihr Zahn immer weiter wehtat und tief in ihrem Mund etwas Süßes, Bröckliges war – ebenso sehr ein Geschmack wie ein Geruch –, erwog sie kurz, zu ihrem alten Zahnarzt Dr. Beck zu gehen. Aber wenn der Zahnschmerz echt war, war er zu wertvoll, um ihn an Dr. Beck zu vergeuden.

Ihre wunde Zungenseite schubberte gerade wieder über ihren Backenzahn, als sie eines Dienstags auf dem Markt Alexander und Eva in Begleitung eines schmalgliedrigen blonden Mädchens traf, das man von der Größe her für fünfzehn hätte halten können, hätte es nicht die aufgeschürften Schienbeine eines Kindes gehabt. Es entpuppte sich als Alexanders elfjährige Nichte Jutta, die gerade mit ihrer verwitweten Mutter in das neue Mietshaus gezogen war. In Juttas Blick lag Neugier, als sie mit Trudi bekannt gemacht wurde – nicht die Art Neugier, die Trudi ärgerte, sondern eher eine bestimmte Art zu sehen, alles aufzusaugen, ohne zu urteilen. Wenn Jutta einen ansah, hatte man das Gefühl, von einem Kameraauge erfasst und festgehalten zu werden – nur dass ihr Blick nichts Neutrales hatte: In ihr war etwas Wildes, Leidenschaftliches, das in Trudi den Drang weckte, sie beiseitezuziehen und alles über sie herauszufinden.

Eva fasste Trudi an der Schulter. »Alexander und ich haben uns gestern verlobt«, sagte sie, und ihr schmales Gesicht strahlte.

»Herzlichen Glückwunsch. Euch beiden.« Trudi schaffte es zu lächeln, obwohl sie verärgert war – nicht nur, weil sie nicht eingeladen worden war, sondern auch, weil sie erst jetzt davon erfuhr. Gewöhnlich wusste sie von Dingen, ehe sie passierten, und konnte genüsslich den besten Zeitpunkt wählen, anderen davon zu erzählen.

»Es war eine kleine Feier im Familienkreis«, sagte Alexander, wie um sie zu besänftigen.

»Und dein Studium, Eva?«, murmelte Trudi, ohne aufzuschauen.

»Mein was?« Eva beugte sich herab, bis ihr Gesicht genau vor dem von Trudi war.

»Dein Studium. Ich habe nach deinem Studium gefragt.«

Alexander bückte sich ebenfalls, als wollte er kein Wort verpassen.

Nur das Mädchen stand groß und aufrecht da und betrachtete sie alle drei mit fast demselben amüsierten Gesichtsausdruck, wie ihn Pia damals gehabt hatte, als sie Trudi diesen Trick verraten hatte.

»Ich warte damit bis nach der Hochzeit«, sagte Eva.

»Aber du willst immer noch Ärztin werden.« Es kam wie eine Ermahnung heraus, nicht wie eine Frage.

»Eines Tages. Erst mal mache ich die Büroarbeit für meine Mutter.«

Nach dieser Begegnung auf dem Markt sah Trudi Jutta fast überall. Als wäre sie immer schon da gewesen, streifte sie mit ungeduldigem Schritt in ganz Burgdorf herum, unter dem Arm ein eselsohriges Skizzenbuch. An einem windigen Septemberabend folgte ihr Trudi durch die Weizenfelder und Kartoffeläcker zu der Kiesgrube am Südrand des Ortes. Die ganzen letzten Monate hatten Bagger den Boden ausgehöhlt und Schotter auf Laster verfrachtet, die dann mitten durch Burgdorf gerumpelt waren, aber jetzt waren alle Maschinen verschwunden. Trudi sah das Mädchen auf der anderen Seite des weiten Lochs; das Kleid wie eine Glocke emporgeweht, stand es hoch im Geäst einer schmalen Birke, die sich mit ihren Wurzeln an den Rand der Grube klammerte. Auf einmal wurde Trudi – obwohl sie selbst auf festem Boden stand – dieses Mädchen Jutta; sie fühlte den Baum unter sich schwanken; fühlte eine tiefe Identifikation, eine unerklärliche Verschmelzung ihrer beider Leben, die weit über diesen Tag hinaus anhalten und sich auf Juttas Tochter – deren Geburt noch über zehn Jahre hin war – übertragen sollte.

Kalter Regen begann, schräg herabzupeitschen, und aus der Ferne grollte träger Donner heran. Die Wurzeln des Baums hingen zur Hälfte in der Luft, und plötzlich schien dies Trudi ein Omen dafür, dass Jutta in Burgdorf nie sicher aufgehoben sein würde. Als der Geruch drohender Blitze die Luft erfüllte, hob Trudi die Hand, um das Mädchen zu warnen, aber das junge Gesicht war zum Himmel emporgereckt – nicht hilflos, sondern furchtlos, als begrüßte Jutta die Elemente als ihresgleichen –, und Trudi beschloss, ihre Einsamkeit nicht zu stören, und legte den kühlen Handrücken an die von ihrem Zahn heiß geschwollene Gesichtsseite.

Als sie zu Hause ankam, hatte der Wind große nasse Blätter des Kastanienbaums an die Tür geklatscht. Ihre Kleider klebten ihr am Körper, und Seehund beschnüffelte ihre durchweichten Schuhe, als sie über ihn hinwegstieg. Es fiel ihm in letzter Zeit schwer, sich auf die alten Beine zu erheben, und sie musste ihn morgens meist hochhieven und stützen, wenn sie ihn zur Hintertür führte. Ihr Vater hob dem Hund gern ein paar Bissen von seinem Essen auf. Da Seehund die Treppe nicht mehr hinaufkam, hatte sie ihm seine Decke neben den Küchenherd gelegt, aber er schlief, wo immer die Sonne einen warmen Lichtfleck hingoss.

»Zieh dir besser etwas Trockenes an«, sagte ihr Vater und heizte den Badeofen an, obwohl kein Samstag war, und sie lehnte das Bad nicht ab, weil sie nicht wusste, wie sie ihm erklären sollte, dass sie schon beim Anblick des Mädchens dort an der Kiesgrube etwas Wildes und Strahlendes von innen her durchglüht hatte.

Spät in der Nacht fuhr sie plötzlich aus dem Schlaf und sah Jutta dort auf dem Baum, vom Regen umhüllt wie von einer zweiten Haut. Am Morgen erfuhr sie von Emil Hesping, dass auf dem Grund der Kiesgrube Wasser aus dem Boden quoll, und als er sie und Frau Simon in seinem Auto hinfuhr, beobachtete Trudi vom Fuß von Juttas Birke aus, wie das Wasser stieg, und sie wünschte sich, das Mädchen könne mit ihr zuschauen. Aber sie hatte das Gefühl, dass Jutta es schon wusste.

Am Ende der Woche hatte sich das Wasser geklärt, und ein paar ältere Kinder schwammen darin. Am darauffolgenden Montag erzählte Leo im Schachklub Klaus Malter von Trudis Zahnschmerzen. Als der junge Zahnarzt am nächsten Morgen in die Leihbücherei kam, um sie zu sich in die Praxis zu holen, protestierte sie.

»Das geht schon wieder weg.«

Aber er insistierte mit einem Eifer, der sie verwirrte.

»Ich muss diese Bücher zurückstellen und …«

»Das kann ich machen«, sagte ihr Vater.

Klaus Malter lächelte, als er sie in seinem ledergepolsterten Metallstuhl in die richtige Position kippte. »Eine neue Patientin. Vielleicht kann ich in Burgdorf ja doch noch überleben. Aufmachen jetzt.«

»Es ist schon besser.« Sie war froh, dass sie ihr gutes grünes Gabardinekleid mit dem Spitzenkragen trug, das sie erst vor einem Monat vom Sonntags- zum Werktagskleid degradiert hatte, als ihr neuestes Werk endlich fertig geworden war.

»Lassen Sie mich wenigstens einen Blick in Ihren Mund werfen.«

Als er sich vorbeugte, um in ihren Mund zu schauen, fühlte sie den gestärkten Ärmel seines weißen Kittels an ihrer Schulter. Ein medizinischer Geruch haftete an seinen Händen und an den metallenen Instrumenten, die an ihrem Zahn und Zahnfleisch herumstocherten. Sie wollte den Mund zuklappen, wollte verhindern, dass er dachte, sie sehne sich danach, seine Zunge wieder in ihrem Mund zu spüren, sie wollte es hinter sich haben – den Moment, da er sie heimschicken würde, weil an ihrem Zahn nichts war. Wenn sie doch nur zu Dr. Beck gegangen wäre.

»Sie hätten nicht so lange warten sollen«, sagte er. »Das ist schon ganz schön ernst.«

Sie versuchte zu schlucken.

»Auflassen«, ermahnte er sie, als er anfing zu bohren. Seine Hände waren ruhig, seine Augen wachsam. Sein Bart war so dicht und lockig wie das Haardreieck dort unten an ihrem Körper, wo die Schenkel an den Rumpf stießen. Seine Haut war heller als ihre – als wäre er den ganzen Sommer nicht in der Sonne gewesen –, und durch den Hauch von Sommersprossen wirkte seine Nase dunkler als der Rest seines hübschen Gesichts.

Sie spürte den Bohrer kaum, während sie sich ausmalte, wie sie ihren Kunden erklären würde, was für ein großartiger Zahnarzt Klaus war – Worte, die jetzt, da sie selbst Patientin bei ihm war, ein ganz anderes Gewicht haben würden. »Er hat sanfte Hände«, würde sie sagen. »Er hat keine Haare in den Nasenlöchern wie Dr. Beck.«

Froh, dass sie doch noch in seine Praxis gekommen war, betrachtete sie sein Gesicht, seine konzentriert zusammengezogenen Brauen; und doch war sie gleichzeitig traurig, weil sie wusste, dass sie schon bald nicht mehr mit ihm zusammen sein würde. Und währenddessen bohrte er immer tiefer – ein dumpfes Brummen, das ihren Kiefer, ihren Kopf, ihren ganzen Körper vibrieren ließ.

Wenn das Bohren doch immer weiterginge, damit sie hier sitzen bleiben, in seine Augen schauen und die Haut seiner Hände an ihrem Gesicht fühlen könnte. Wenn sie doch nur schön wäre. Wenn sie doch nur auf dem Gymnasium gewesen wäre und Medizin oder Jura studieren würde – irgendetwas, das die Kluft zwischen ihrer Herkunft überbrücken und sie für seine Familie akzeptabel machen würde. Er hatte ihr von den jährlichen Familientreffen im Gasthaus von Kaisershafen erzählt, von seiner Mutter, der brillanten Professorin, von seinen vornehmen Tanten und erfolgreichen Onkeln, von Verwandten, die zu diesen Treffen aus München oder Bremen angereist kamen ... Als Trudi sich vorstellte, wie sie mit Klaus dieses Gasthaus betrat, in einem hellgrauen Seidenkostüm mit Perlmuttknöpfen, musste sie die Augen fest zukneifen, um den Abscheu auf den Gesichtern seiner Verwandten nicht mehr zu sehen.

Plötzlich hörte das Vibrieren des Bohrers auf. »Trudi? Habe ich Ihnen wehgetan?«

Ihr war, als läge ihr Körper ausgebreitet in diesem Stuhl, ihm zur Inspektion preisgegeben, plump und hässlich wie ein platt gedrückter Käfer unter einem Vergrößerungsglas. Ihre Zunge fand das Loch, das er in ihren Backenzahn gebohrt hatte – ein Loch, in dem eine ganze Welt verschwinden konnte –, und sie schluckte den Geschmack von Kupfer und verkohlten Knochen hinunter und wünschte, sie könnte sich selbst schlucken und in diesem Abgrund verschwinden.

»Trudi!« Seine Hand rüttelte an ihrer Schulter.

Geschah ihm recht, wenn sie hier auf seinem Stuhl starb. Der Skandal! Danach würde er bestimmt keinen einzigen Patienten mehr haben. »*Weiß der Himmel, wie tief er bei Trudi Montag gebohrt hat«,* würden die Leute bei ihrer Beerdigung sagen. Die, die bei Klaus Malter in Behandlung gewesen waren, würden sich bekreuzigen und aus Dankbarkeit Kerzen für die heilige Apollonia entzünden, die Schutzpatronin der Zahnärzte, die ins Feuer gesprungen war, nachdem ihr bei der Folter die Zähne herausgerissen worden waren. Klaus würde die Stadt verlassen müssen – nein, das Land, weil noch in Berlin und München die Schlagzeilen lauten würden: *»Rothaariger Zahnarzt bringt Patientin um … Zahnarzt entledigt sich junger Frau, nachdem er sie geküsst hat …«* Aber vielleicht war die heilige Apollonia ja nicht die richtige Adresse. Sie beschützte die Zahnärzte, nicht die Patienten. Wer war die Schutzheilige der Patienten? Die heilige Margaret, die gefoltert, eingekerkert und von dem als Drachen verkleideten Teufel verschlungen worden war? Nein, die heilige Margaret war nur die Schutzheilige der Schwangeren – eine Heilige, die Trudi nie brauchen würde, wenn man sah, wie Klaus Malter ihr seit diesem Kuss aus dem Weg gegangen war.

»Bitte, Trudi …«

Welche Ironie, dass ihr Körper jeden Monat Blut ausstieß, dass sie diese Erfahrung mit anderen jungen Frauen teilte, obwohl ihr Leben sonst so verschieden war.

»Trudi!«

Widerstrebend öffnete sie die Augen. Er stand über sie gebeugt, die Lippen geöffnet, als hätte er das Atmen vergessen. Seine Zähne waren außergewöhnlich weiß und ebenmäßig. Sie ertappte sich dabei, wie sie sich fragte, wer wohl sein Zahnarzt war.

»Wie fühlen Sie sich, Trudi?«

Sie konnte schon jetzt den wohlbedachten Mann sehen, der er einmal werden würde, einen Mann, der verblüfft auf sein jüngeres Ich zurückblicken würde. Der ältere Klaus Malter würde niemals eine Zwergenfrau küssen oder in einem endlosen Tanz herumwirbeln. Der ältere Klaus Malter würde sich eine Ehefrau suchen, die in sein tüchtiges Leben passte.

»Ich habe schon befürchtet, Sie wären mir ohnmächtig geworden.«

»Die Frauen in Ihrer Familie werden vielleicht ohnmächtig.« Sie lachte, damit er nicht merkte, wie ärgerlich sie plötzlich war. »Ich bin dafür offensichtlich nicht fein genug.« Hör auf, sagte sie sich, er weiß ja gar nicht, dass du gerade bei seinem Familientreffen warst. Aber der Zorn kochte in ihr hoch, rot glühend. Selbst wenn er gesagt hätte: »*Hör mal … neulich Nacht, als ich dich geküsst habe – ich weiß selbst nicht, wie das passiert ist. Ich hoffe, ich habe dich nicht gekränkt*«, hätte sie versucht, ihn zu verstehen; aber gar nichts zu sagen, machte ihn wie all die anderen, die glaubten, nur weil sie körperlich klein war, sei alles bei ihr kleiner als bei anderen Leuten – ihre Freuden, ihre Leiden, ihre Träume. Es wertete sie ab, wertete diesen Kuss ab.

Er reichte ihr ein Glas Wasser. »Sie können jetzt den Mund spülen.«

Sie rollte das Wasser in ihrem Mund herum und wünschte, sie hätte den Mut, es ihm mitten in sein feiges Gesicht zu spucken.

»Da rein.« Er hielt ihr eine Metallschale unters Kinn und fing die schaumige Flüssigkeit auf. Mit einem weißen Tuch trocknete er ihr sorgfältig das Gesicht ab. »Vielleicht möchten Sie sich ein bisschen ausruhen, ehe ich den Zahn fertig mache?«

»Nicht nötig.« Sie legte den Kopf zurück und öffnete den Mund.

Sein Gesicht war ratlos, aber seine Hände waren genauso sicher wie vorher, als er jetzt noch ein letztes Mal an ihrem Backenzahn herumschabte und dann das Loch mit etwas Kaltem, metallisch Schmeckendem füllte.

»Sagen Sie mir Bescheid, falls er Ihnen noch weiter zu schaffen macht.« Er begleitete sie zur Tür, und als sie über die Straße ging, stand er draußen vor seiner Praxis und sah ihr nach, als könnte er sich nicht entscheiden, ob er sie nach Hause bringen solle.

Auf dem gegenüberliegenden Bürgersteig kam Gerda Heidenreich auf Trudi zu wie ein aus der Bahn getrudelter Stern. Die zeigerlose Taschenuhr baumelte an einem Schnürsenkel um ihren Hals, und die Brustseite ihres rosa Kleids war dunkel von der Spucke, die ihr aus den Mundwinkeln lief. Ihre Gesichtsmuskeln waren in ständiger Bewegung, als reagierten sie auf eine sich rasch verändernde Welt, die nur sie sehen konnte. Als sie Trudi erkannte, verzogen sich ihre Lippen zu einem breiten Lächeln, und sie packte Trudi am Arm, reklamierte sie für die Gemeinschaft der Missgeburten.

Trudi spürte Klaus Malters Blick und spannte die Schultern, um sein Mitleid abzuwehren. »Geh weg.« Sie schüttelte die junge Frau ab. »Kschsch – hau ab!«

Das Gesicht über ihr verzog sich zu einer jämmerlichen Schnute.

»Hör auf, du«, sagte Trudi warnend. »Hör auf. Sofort.«

Stumme Tränen rannen aus Gerdas Augen und stabilisierten ihre Gesichtszüge, sodass sie – für einen Moment – die flüchtige Ahnung einer Schönheit erkennen ließ, die die ihre hätte sein können.

Trudi fühlte etwas Grausames, Hasserfülltes in sich emporsteigen und wich zurück. »Ich bin nicht wie du«, zischte sie. »Hörst du?« Sie ließ Gerda auf dem Bürgersteig stehen und rannte zur Leihbücherei.

Ihr Vater war eingenickt, den Kopf neben dem Schachbrett auf dem Ladentisch, den schwarzen Läufer in der erschlafften Faust. Sie nahm rasch die goldenen Spiegel von den Wohnzimmerwänden und schleppte sie nach oben in ihr Zimmer. Nachdem sie die Tür abgeschlossen hatte, zog sie Kleid, Unterrock und Korsage aus und lehnte die Spiegel so gegen ihre Kopfkissen, dass sie den größten Teil ihres Körpers darin sehen konnte. Blasses, festes Fleisch wölbte sich an ihren Armen und auf ihren Hüften, als drängte es von ihren Knochen weg. Die Häkchen ihrer Korsage hatten kleine rote Druckstellen hinterlassen, die sich wie eine frische Narbe die Vorderseite ihres Rumpfs hinunterzogen, und die Abdrücke ihrer Strumpfhalter saßen wie Brandzeichen auf ihren massigen Oberschenkeln.

»Denk an das da«, flüsterte sie sich mit schmerzendem Kiefer zu. »Denk dran, wenn du Klaus das nächste Mal willst. Das ist es, was er sehen würde.«

Ihre Brüste waren kalt, und sie bedeckte sie mit den Händen. Gegen ihren Willen regte sich ein Kribbeln in ihren Brustwarzen und fast gleichzeitig zwischen ihren Beinen, obwohl sie sich dort gar nicht berührt hatte. Als ihre Finger zum ersten Mal diese verbotene Wonne zufällig beim Baden ausgelöst hatten, war sie verblüfft gewesen, überwältigt von dem, was sie – wie sie glaubte – nur erfunden haben konnte. Und was sie da erfunden hatte, musste Sünde sein. Was sich so wunderbar anfühlte, konnte nur Sünde sein.

Aber das war es nicht, was sie wollte. Nicht jetzt. Und dennoch schob sie die gnadenlosen Spiegelflächen beiseite und legte sich auf ihr Bett. »Dafür brauche ich Klaus nicht … ich brauche gar niemanden.« Ihre Hände – sie wussten, was sie zu tun hatten, und sie wünschte, sie könnte aufhören, die lautlosen Tränen der sabbernden Frau zu weinen, während Klaus in ihrer Vorstellung eins wurde mit den Jungen in der Scheune und der vertraute Horror über sie kam, den sie brauchte, um ihre sündige Lust zu nähren. Dieser Teil erfüllte sie mit Selbstverachtung, aber sie wusste nicht, wie sie ohne ihn zu der Wonne gelangen sollte, und so sog sie diesen Horror mit jedem

Atemzug ein, wieder und wieder, und wehrte sich gegen die Jungen, die das mit ihr machten – jetzt, jetzt –, was sie dort im Stall nicht mit ihr hatten machen wollen, bis der dicke Priester von der Kanzel schrie und ein gro-ßer Vogel vom hohen Himmel fiel, wie von einem Turm herabgeschossen.

Die Nazizeit kam über Burgdorf wie ein Dieb auf Schleichwegen – so sollte es Herr Blau nach dem Krieg ausdrücken. In seinen Augen und denen vieler anderer Leute im Ort waren die Männer mit den braunen Hemden zwar unsympathisch, ja, lächerlich, aber gewiss nicht gefährlich. Wer hörte schon wirklich den vielen Reden zu, die – stets mit lauter Stimme und langsamem Duktus – von hakenkreuzverhangenen Podien geschwungen wurden? Was hatte es schon zu sagen, dass ihre Fahnen an allen öffentlichen Gebäuden hingen?

Natürlich waren etliche ehrbare Bürger wie etwa Herr Heidenreich ganz froh über Hitler. Schließlich war der Führer dabei, die Arbeitslosigkeit zu beseitigen und für wirtschaftlichen Aufschwung zu sorgen. Er bot den jungen Leuten Ziele und Orientierung. Herr Heidenreich sah junge Men-schen an Gemeinschaftsaktivitäten teilnehmen, statt herumzulungern. Für ihn war der positive Wandel offensichtlich, sogar bei den jüngeren Kindern seiner Kunden – eine Achtung der eigenen Person, eine Achtung vor ihrer Stadt, die vorher nicht da gewesen war.

Frau Weiler sah eine neue Begeisterung bei ihrem Sohn Georg und dessen Freunden. Was konnten die Nazis denn wirklich anrichten?, fragte sie sich. Wie viele andere beschwichtigte sie ihre unguten Gefühle, indem sie sich sagte: »Warten wir doch erst mal ab, was passiert.« Selbst Eltern, die Ge-fahr witterten wie Frau Eberhardt und Herr Stosick, beschlossen zu warten.

Wenn Emil Hesping vor den Nazis warnte, dachten die Leute, es wurme ihn nur, dass etliche junge Männer aus seinem Turnverein, beeindruckt von den Reden und den größeren Trophäen, in den SA-Verein übergewechselt waren.

»Es gibt Tage«, erklärte Trudis Vater seiner Tochter, »da habe ich das Gefühl, ich sitze in einem Zug, der einem unbekannten Ziel entgegenrast.«

An diese Worte sollten sie sich beide in einigen Jahren erinnern, wenn ihre jüdischen Freunde und Kunden abtransportiert werden würden, aber an dem Tag, als Leo sie sagte, war noch nichts dergleichen passiert. Die

Burgdorfer wurden ganz allmählich, fast unmerklich hineingezogen. Sie wussten nicht, wo das Ganze hinsteuerte; sie sahen nur die Anfänge. Ihre Tage waren abwechslungsreicher. Sie hatten Arbeit. Volle Schüsseln auf dem Tisch. Die Nazis versicherten ihnen, unter ihrer Herrschaft werde das Leben besser werden; sie erinnerten sie an die Arbeitslosigkeit, unter der sie gelitten hatten, bis Hitler Arbeit für alle versprochen und mit dem Bau von Straßen begonnen hatte; sie erklärten den Leuten, ohne die Juden und ihr skrupelloses Erfolgsstreben würden ihre eigenen Arbeitsplätze sehr viel sicherer sein; sie verhießen den deutschen Kindern bessere Zukunftschancen ohne die Konkurrenz der Juden; sie predigten die Reinhaltung der Rasse, die das deutsche Volk stärken und ihm mehr Achtung eintragen werde. Juden wurden als *politisches Problem* bezeichnet.

Viele standen hinter Hitlers Plänen, Gebiete zurückzuordern, die von Rechts wegen ihnen gehörten. Obwohl sie niemals dafür gestimmt hätten, jüdische Menschen umzubringen, fühlten sie sich jetzt berechtigt, ihren Ressentiments freien Lauf zu lassen und die Juden auf ihren Platz zu verweisen. Sie wussten nicht, dass sie ihre Macht aus den Händen gaben, wussten nicht, dass es, wenn das Naziregime, das sie damit nährten, erst zu monströsen Ausmaßen aufgebläht wäre, zu gefährlich für das Volk sein würde, diese Macht zurückzufordern.

Frau Abramowitz war fest entschlossen, sich nicht durch den Hass vergiften zu lassen, der viele Juden wie ein Schock traf. »Es ist wichtig, immer wieder zu verzeihen«, erklärte sie ihrem Mann Michel, als sie einen maschinengeschriebenen Brief ohne Unterschrift erhielten.

»*Verdammte Juden*«, begann er, und er bezichtigte sie der Habgier, Sodomie, Bestialität und Erbarmungslosigkeit, der Blutschande und des Ehebruchs. Er war voller verdrehter Anspielungen auf die Bibel. »Juden sind Kinder des Teufels. Die Juden sind schuld am Kommunismus und an verschwörerischen Umtrieben. Jesus und die Propheten wurden von den Juden umgebracht. Die Juden sind nicht das auserwählte Volk Gottes – die Christen sind es. Die Juden haben sich schon immer gegen die Christenwelt verschworen. Die Juden werden mit Mordlust im Herzen geboren. Ihre Verfolgung über Jahrhunderte ist nur die gerechte Strafe für das, was sie Jesus angetan haben. Deutschland ist von Juden verseucht ...« Der Brief endete mit der Aufforderung an alle Juden, das Land zu verlassen.

Frau Abramowitz wollte nicht, dass ihr Mann irgendjemandem davon erzählte, und sie war entsetzt, als er nicht zuließ, dass sie den Schrieb verbrannte, und ihn dem Rabbi zu bringen beschloss.

»Was sie da über uns sagen ... Du ziehst nur Aufmerksamkeit auf uns.« Er faltete das Blatt zusammen und steckte es in seine Westentasche. »Wir können doch die Gefahr nicht einfach ignorieren.«

»Das geht doch alles wieder vorbei. Wenn wir es einfach nur durchstehen.«

Wie sich herausstellte, hatten mehrere Juden im Ort gleichlautende Briefe in derselben Schreibmaschinenschrift bekommen. Für Frau Abramowitz war es ein gewisser Trost, dass sie nicht die Einzigen waren, aber ihren Mann erschreckte das Ausmaß der Feindseligkeit. Während sie bemüht war, ihr Leben so normal wie möglich weiterzuleben und sich an ihrem Garten, ihren Büchern und den Reiseprospekten zu erfreuen, intensivierte er seine heimlichen Kontakte zu Leuten, die vor dem Parteiverbot Kommunisten gewesen waren.

Als ein Freund und ehemaliger Parteigenosse berichtete, dass sein Pass beschlagnahmt worden sei, beschloss Michel, die Pässe seiner Familie zu verstecken, aber sie lagen nicht mehr hinten in seiner Sockenschublade, wo er sie, zusammen mit den Geburtsurkunden, aufbewahrt hatte.

Er fand seine Frau gegenüber in der Leihbücherei, wo sie sich gerade mit Leo und Trudi Montag unterhielt. »Die Pässe ...«, sagte er. »Hast du sie?«

Sie wandte das Gesicht ab.

»Wo sind sie?«

»Ich wusste, du würdest dich aufregen.«

»Ilse. Wann ...?«

»Vor zwölf Tagen. Die Polizei ...«

»Sie waren bei uns?«

Sie nickte, müde und abgespannt.

»Michel ...«, setzte Leo Montag an.

Aber Herr Abramowitz hob die Hand mit der Pfeife, um ihn zum Schweigen zu bringen. »Was haben sie gesagt?«, fragte er seine Frau.

Sie sah ihn nicht an. »Sie haben mir keinen Grund genannt.«

»Warum hast du mir nichts davon gesagt?«

»Ich hatte Angst, du würdest hingehen und sie würden dich dabehalten.«

»Unsere Pässe.« Er sank gegen den hölzernen Ladentisch, die Lippen halb geöffnet, sodass Trudi die Kanten seiner oberen Zähne sehen konnte – zwei dicht gedrängte Reihen. »Du hast ihnen unsere Pässe ausgehändigt.«

»Michel – sie haben sie genommen.«

Einem spontanen Impuls gehorchend, ergriff Trudi Frau Abramowitz' Hand. Ihre herzensgute Freundin, die in der ganzen Welt herumgereist war, konnte jetzt nicht mehr aus Deutschland hinaus.

»Kannst du dir vorstellen, was das für uns bedeutet?«

»Wir werden sie schon rechtzeitig wiederbekommen.«

»Rechtzeitig wofür?«

Ilse Abramowitz' Augen huschten von Trudi zu Leo, als wollte sie sich für den Streit entschuldigen.

»Deine Anpassungsfähigkeit«, sagte ihr Mann, »ist für uns viel gefährlicher als sie alle miteinander.«

Obwohl Trudi ihm zustimmte, wollte sie doch, er würde aufhören. Anpassungsfähigkeit. Sie musste daran denken, wie Frau Abramowitz ihr zugeflüstert hatte: »Es ist wichtig, nie die Würde zu verlieren.« Für Frau Abramowitz war es ein Verlust an Würde, gegen die Autoritäten zu rebellieren, während für Trudi der Zorn seine eigene Würde besaß. Ihr schien es viel natürlicher, gegen Umstände aufzubegehren, als sich dreinzufügen. Manchmal schadete sie sich durch diesen Eigensinn, aber sie hätte ihn nie freiwillig gegen Frau Abramowitz' Anpassungsfähigkeit eingetauscht.

An einem Donnerstag im Dezember, während der großen Pause, verschwand der dicke Rainer Bilder, der zeit seines Lebens von den anderen Kindern gequält und verspottet worden war, plötzlich aus der Schule, als hätte sich seine Körpermasse in Luft aufgelöst. Obwohl er erst dreizehn war, suchte niemand groß nach ihm – als wäre er nichts weiter gewesen als eine abstoßende Geschwulst am Leib der Gemeinschaft, deren Jugend von Tag zu Tag strammer und organisierter wurde. Ein paar Nachbarn überlegten, ob er wohl entführt worden sei. Die meisten befanden, dass Rainer es jetzt, wo immer er war, sicher besser hatte. Selbst seine Eltern schienen erleichtert, dass er weg war. Trudi fragte sich, ob die Leute wohl auch so reagieren würden, wenn sie verschwände.

Obwohl sie Rainer nicht näher gekannt hatte, spürte sie in den folgenden Wochen überall seine Abwesenheit – ein riesiges Loch, dort, wo sein Körper die Luft verdrängt hatte, ein Loch, das mit Traurigkeit gefüllt war. Bald ging es allen Burgdorfern so: Wenn man in eins dieser Löcher tappte, legte sich die Traurigkeit um einen und rührte an andere, längst vergessene Schmerzen – den Tod eines geliebten Menschen oder den Verlust von etwas, wovon man zu glauben gewagt hatte, dass es einem für immer gehören würde –, und von diesem ganzen Kummer dehnte sich der eigene Körper aus, bis er das Loch füllte, das der dicke Junge hinterlassen hatte. Man versuchte, diese Löcher zu umgehen, wenn sie so sehnsüchtig seufzten wie ruhelose Gespenster, aber meist wurde man trotz aller Vorsicht hineingezogen.

Diese Traurigkeit breitete sich in Burgdorf aus wie eine Krankheit, verschlimmerte alte Leiden und infizierte selbst die politischen Reden und Umzüge mit einer Melancholie, die sich wie Sand auf alles legte. Das Horst-Wessel-Lied »Wenn das Judenblut vom Messer spritzt ...« klang gedämpfter, die einst so enthusiastischen Marschierer waren langsamer geworden, und die Beine flogen im eingeübten Stechschritt nicht mehr so hoch wie vorher, sondern waren leicht aus dem Takt, als ob das Zusammenspiel der Zahnräder einer Maschine nicht mehr ganz stimmte.

Jetzt erst leitete die Polizei Rainers Bild und Personenbeschreibung an Dienststellen in anderen Ortschaften und Städten weiter. Die Eltern des Jungen gaben eine Zeitungsanzeige auf und setzten eine Belohnung für Informationen über den Verbleib ihres geliebten Sohnes aus. In der Kirche kürzte Herr Pastor Beier seine Gebete für das Vaterland ab und bat Gott und den heiligen Antonius – den Schutzpatron der Reisenden, der auch für verlorene Sachen zuständig war –, Rainer heil nach Hause zurückzuführen. Die Leute ertappten sich dabei, wie sie aus dem Fenster schauten, ob nicht am Ende der Straße die vertraute Kugelgestalt des Jungen auftauchte.

Eines Nachmittags wurde Trudis unterer Rücken so steif und schmerzte so sehr, dass sie sich nicht mehr bücken und keine Treppen mehr steigen konnte. Ihr Vater rief Frau Doktor Rosen, die Bettruhe und Wärme verordnete.

»Kein Kopfkissen«, sagte sie. »Flach liegen. Ganz flach.«

Sie half Leo, Trudi die Treppe hinaufzutragen und ins Bett zu packen, mit einer Wärmflasche im Kreuz. So blieb Trudi liegen, während die Frauen aus der Nachbarschaft mit Essen, Ratschlägen und dem neuesten Klatsch vorbeikamen. Sie erzählten von irgendwelchen Verwandten, die ebenfalls Kreuzschmerzen gehabt hatten, und schnalzten mitleidig mit der Zunge, während sie Trudis Federbett aufschüttelten und ihr mit der Bettpfanne halfen. Von Rainer habe niemand etwas gehört, sagten sie.

Trudi las zwei von den versteckten Büchern ihres Vaters, eins von Alfred Döblin und eins von Lion Feuchtwanger. Solange sie sich nicht bewegte, hatte sie keine Schmerzen, aber sobald sie sich aufzurichten versuchte, verspannte sich ihr Rücken. Sie fühlte sich alt, älter als ihr Vater, der die Treppe hinaufhumpelte, wobei sich die Stahlscheibe in seinem Knie durch den Stoff abzeichnete, und älter als Frau Blau, die mit Bohnerwachsgeruch an den Händen an ihr Bett kam und ihr ein Tablett mit Taubenfrikassee, Kartoffelsuppe und Christstollen brachte.

Während sie auf Trudis Bettkante saß und passende Eierwärmer zu dem Teekannenwärmer strickte, den sie Stefan und Helene nach Amerika schicken wollte, erzählte sie Trudi von ihren Bekannten, die krank oder gebrechlich und darauf angewiesen waren, dass ihre erwachsenen Kinder sich um sie kümmerten. »Natürlich ist es ein Glück, wenn man Angehörige hat, bei denen man wohnen kann, aber es ist schwer, wenn man zu nichts mehr nütze ist … Dann hat man kein Recht, seine Wünsche zu äußern.«

»Ich bin bestimmt wieder auf den Beinen, bevor ich eine alte Frau bin.«

»Damit treibt man keinen Scherz, Mädel. Und wenn du jetzt schon solche Probleme hast, wer weiß, was ist, wenn du erst in meinem Alter bist … Zumal nicht anzunehmen ist, dass du …« Sie unterbrach sich.

»Dass ich was?«

»Nichts.« Frau Blau staubte den Nachttisch mit ihrem Schürzenzipfel ab. »Nichts.«

»Heirate?«, fragte Trudi. »Kinder bekomme?«

»Aber wer sagt denn so was?«

»Schauen Sie mich an.« Trudi stemmte sich auf die Ellbogen hoch und starrte der alten Frau ins Gesicht. »Schauen Sie mich an. Ich bin kein Kind mehr. Ich – ich bin schon geküsst worden.«

»Du erfindest immer Geschichten.« Frau Blau packte ihr Strickzeug zusammen. »Ruh dich lieber aus.«

»Das ist keine Geschichte«, rief Trudi ihr hinterher.

Als sie gerade zu fürchten begann, sie könne womöglich für immer steif und unbeweglich bleiben, verschwand die Schwere in ihrem Kreuz für eine ganze Stunde. Am nächsten Tag war sie fast drei Stunden weg, und am Ende der Woche war sie ganz verschwunden, und Trudi konnte ihre Spaziergänge wieder aufnehmen. Sie stellte fest, dass die Traurigkeitsblasen, die Rainer Bilder hinterlassen hatte, während ihrer Krankheit geschrumpft waren, und selbst wenn sie in eine hineintappte, war ihr Kummer nur flüchtig.

9

1934

Rainer Bilder war schnell vergessen, als Günther Stosicks zehnjähriger Sohn die Liedzeile »Für die Fahne wollen wir sterben ...« auf grausige Art wörtlich nahm. Bruno Stosick war ein intelligenter, folgsamer Junge, der schon mit zwei Jahren – ein Jahr früher noch als sein Vater – Schach spielen gelernt und noch vor dem Schulalter seine erste Turniertrophäe errungen hatte. Mit acht hatte er bereits jeden der Männer im Schachklub geschlagen.

Niemand bezweifelte, dass der Junge einmal zu den großen Schachmeistern Europas gehören würde, und alle im Ort waren stolz auf ihn und zeigten es, indem sie ihn mit einem Respekt behandelten, wie er sonst Erwachsenen vorbehalten war. Doch seine Eltern behandelten ihn als das Kind, das er war, und als Bruno in der Woche nach seinem zehnten Geburtstag in das Jungvolk eintrat, tat er es heimlich, da er wusste, dass seine Eltern für die Nazis nur Verachtung übrighatten. Er war jetzt ein Pimpf und musste sich beweisen, indem er sechzig Meter in zwölf Sekunden lief, 2,75 Meter weit sprang und den Treueschwur auswendig lernte: »Ich verspreche, in der Hitlerjugend allzeit meine Pflicht zu tun in Liebe und Treue zum Führer und unserer Fahne, so wahr mir Gott helfe!«

Für Bruno bedeutete das die Möglichkeit, der engen Welt seiner Kindheit – der Welt der Bücher, Schachbretter und höflichen Tischgespräche – zu entkommen. Es bedeutete die Initiation in etwas Wichtiges und Erwachsenes. Erotisiert von der geheimnisvollen Kraft der Lieder, Trommeln und Fahnen, kletterte der künftige Schach-Europameister nachts aus seinem Fenster, um an Versammlungen und Umzügen teilzunehmen. Bei seiner Rückkehr pflegte er – der noch nie ein einziges Kleidungsstück selbst gereinigt hatte – seine Uniform abzubürsten, liebevoll in ein Handtuch zu wickeln und hinter der Kartoffelsteige im Keller zu verstecken.

Während zwei seiner Klassenkameraden, die sich nicht entschließen konnten, der Hitlerjugend beizutreten, zusätzliche Multiplikationsreihen auswendig lernen und einen Aufsatz zum Thema »Warum ich mein Vaterland liebe« schreiben mussten, lernte Bruno, am Rhein ein großes Lagerfeuer aufzuschichten, an dem er mit flammenden Augen den Treueid aufsagte, den er sich zu Hause in seinem Zimmer eingeprägt hatte.

Bruno war verliebt – leidenschaftlich und unrettbar verliebt in Adolf Hitler, seine HJ-Führer und die anderen Jungen; und wie so viele tragisch Liebende in der Geschichte sollte Bruno die erzwungene Trennung vom Objekt seiner Liebe nicht überleben. Als seine Eltern dahinterkamen, reagierten sie, indem sie ihn nicht nur trotz der Drohungen seiner Lehrer aus der Hitlerjugend herausnahmen, sondern ihn außerdem ständig überwachten – ihn zur Schule brachten und wieder abholten wie ein kleines Kind und ihn nur noch aus dem Haus ließen, wenn einer von ihnen dabei war.

Als Bruno in dem Birkenholzschrank, in dem sein Vater die Klubschachspiele und die Spielprotokolle von vier Generationen aufbewahrte, erhängt aufgefunden wurde, trug er seine Uniform und am Hemd ein Abzeichen mit dem Emblem der schwarz-weiß-roten Fahne, der er ewige Treue gelobt hatte – wie die leibhaftige Illustration des Liedes »Für die Fahne wollen wir sterben ...«.

Am Morgen nach dem Tod seines Sohnes spürte Herr Stosick beim Aufwachen einen merkwürdigen Luftzug am Kopf, und als er hinfasste, fühlte er bloße Haut.

Seine Frau starrte ihn an. »Günther«, flüsterte sie und zeigte auf sein Kopfkissen, das aussah wie ein Nest von braunen Raupen.

Als Günther Stosick ein Büschel seines dicken Haares aufhob, gab er sich für einen Moment, einen kurzen, verwirrten Augenblick, der Hoffnung hin, er könne mit Gott einen Handel schließen – seinen Sohn gegen sein Haar –, denn beides zu verlieren war mehr, als ein Mann ertragen konnte.

Bei der Beerdigung des Jungen beugte sich Ingrid zu Trudi hinüber und flüsterte ihr ins Ohr, sie könne sich zwar nicht vorstellen, für eine Fahne zu sterben, wohl aber für ihren Glauben. »Das wäre ein Privileg«, seufzte sie, und ihre Augen nahmen einen entrückten Ausdruck an, als sähe sie sich schon für Jesus Folterqualen erleiden.

»Vielleicht war das ja Brunos Glaube«, sagte Trudi.

»Du weißt doch, es gibt nur einen Glauben.«

Trudi schüttelte den Kopf, verärgert über die Intoleranz ihrer Freundin. Mit gefalteten Händen stand sie zwischen ihrem Vater und Ingrid in der Schar der Trauernden – überwiegend Protestanten –, die das schmale, in den gefrorenen Boden gehackte Grab umgab. Im Winter wirkte der Friedhof viel mehr wie die Heimstatt der Toten als zu jeder anderen Jahreszeit: Ohne das Drumherum von Blumen und blühenden Büschen waren die Grabsteine nackt und düster, und es roch sogar stärker nach Friedhof, nach feuchter Erde und faulenden Blättern.

Trudi schauderte. Was für eine Vergeudung, dachte sie, wenn ein Land seine Kinder anstachelt, um seinetwillen zu sterben. Sie dachte an all die Dinge, die Bruno Stosick niemals tun würde – Motorrad fahren, ein Mädchen küssen oder einen Beruf erlernen ... Ihr taten die Eltern des Jungen so leid, die allein dastanden, als ob der ganze Ort ihnen die Schuld am Tod ihres Sohnes gäbe. Nachdem der Sarg in dem Loch verschwunden war, folgte sie ihrem Vater zu den Stosicks hinüber. Frau Stosicks Gesicht war hinter dem schwarzen Schleier verborgen, der von ihrem Hut herabhing, und sie hatte schwarze Handschuhe an, aber Herrn Stosicks Hände waren nackt und fiebrig, und er hielt Trudis Hände in den seinen, bis sie seinen Schmerz durch ihre Haut sickern fühlte.

Als sie und Ingrid den Friedhof verließen und Ingrid mit ihr reden wollte, hörte sie kaum hin und antwortete nur knapp und zerstreut.

»Klaus Malter ...«, sagte Ingrid jetzt, »er hat mich gefragt, ob ich mit ihm tanzen gehe.«

Jäher Hass stieg in Trudi auf. Wie konnte Ingrid sie so verraten? »Ich hoffe, du amüsierst dich«, sagte sie und versuchte, ein ungerührtes Gesicht zu machen.

»Aber ich gehe nicht mit.«

Trudi starrte zu ihr empor. »Warum nicht?«

»Weil – ich es lieber mochte, wenn wir zu dritt Sachen gemacht haben.«

»Hast du ihm das gesagt?«

»Ja.«

»Und er – was hat er gesagt?«

»Ich ...« Ingrids Wimpern zuckten heftig. »Ich weiß nicht mehr.«

»Du musst es doch noch wissen.«

»Nein. Ich weiß es wirklich nicht mehr.« Ingrid sah unglücklich drein, jetzt schon – das merkte Trudi – erdrückt von dieser Lüge, die sie bis zur nächsten Beichte mit sich herumschleppen musste.

Aber Trudi war leicht und warm ums Herz. Sie hob den Arm und hakte sich bei Ingrid ein. Sie hatte gedacht, dass sie nie mehr eine richtige Freundschaft erleben würde. Nicht nach Eva. Und Georg. Aber Ingrid hatte sich als wahre Freundin erwiesen, denn nur eine wahre Freundin würde lieber mit ihr zusammen sein wollen, als einen romantischen Abend zu verbringen. »Lass uns nach Düsseldorf fahren«, sagte sie spontan, »ins Kino.«

»Nicht direkt nach der Beerdigung. Das geht doch nicht.«

»Ich weiß. Aber trotzdem – es würde uns auf andere Gedanken bringen.«

»Ich habe nicht genug Geld dabei.«

»Ich spendiere dir den Eintritt.« Trudi wusste, sie drängte sich wieder einmal auf, aber sie wollte nicht nach Hause, wo sie nur an Bruno denken würde.

»Ich muss noch meine Mittagsgebete beten«, sagte Ingrid.

Es ärgerte Trudi schrecklich, dass Ingrid so viele Stunden am Tag auf ihre Beterei verwandte – Hunderte von Ave-Maria und Vaterunser für die Toten und auch für die, die ein sündiges Leben führten, einen ganzen Rosenkranz für die Bekehrung eines kleinen Heidenkindes nach Gottes Wahl, einen weiteren Rosenkranz für ihre Familie. Außerdem betete Ingrid täglich drei Rosenkränze zur Versenkung in die Mysterien: den Ersten über die freudigen, den Zweiten über die traurigen und den Dritten über die wunderbaren Mysterien des Lebens Christi. Der Ledereinband ihres Gebetbuchs war so abgegriffen, dass er sich wie Seide anfühlte.

»Kannst du sie nicht heute Abend beten, wenn wir wieder da sind?«, schlug Trudi vor.

Ingrid zögerte.

»Oder du machst es in der Straßenbahn. Ich bin auch ganz still.«

Als die blau-weiße Straßenbahn stadtwärts rumpelte, saßen sie so dicht nebeneinander auf der Holzbank, dass Trudi die Korsettstangen ihrer Freundin spüren konnte. Ingrid vergrub beide Hände in ihrer Ledertasche, wo sie ihren Rosenkranz hatte. Ihre Augen waren halb geschlossen, und ihre Lippen bewegten sich nur ganz, ganz leicht, während ihre Finger die Perlen entlangglitten.

Von dem freien Sitz gegenüber griff sich Trudi ein Flugblatt mit einer Karikatur Adolf Hitlers – der aufgerissene Mund und das Bärtchen nahmen fast das ganze Gesicht ein. Anstelle von Pupillen hatte er Hakenkreuze in den Augen, und eine Prozession winziger uniformierter Männchen marschierte im Stechschritt aus seinem Mund und ergoss sich auf seine Brust wie Erbrochenes.

Trudi hielt Ingrid die Zeichnung hin, aber Ingrid war mit Beten beschäftigt. Seit sie studierte, hatte sie sich freitags noch einen traurigen Rosenkranz zusätzlich verordnet, um der Kreuzigung Christi zu gedenken. Selbst wenn sie an der Universität war, betete sie um drei Uhr nachmittags – um dieselbe Zeit, da die Apotheke geschlossen war, weil Herr Neumaier seinen französischen Christus rund um den Kirchplatz schleppte.

Eine Hand riss Trudi das Blatt weg. »Wo haben Sie das her?« Der Schaffner hatte jede Menge Haare, aber so gut wie kein Kinn. Als Trudi auf den Sitz gegenüber zeigte, griff er sich die übrigen Flugblätter. »Haben Sie die da hingelegt?« Sein Atem roch nach abgestandenem Tabakrauch.

»Nein.«

»Wer dann?«

»Ich habe es nicht gesehen.« Sie krümmte sich zusammen, machte sich noch kleiner, als sie war.

»Sie haben niemanden gesehen?«

»Sie lagen schon da.«

»Wissen Sie, dass Sie verhaftet werden können, wenn Sie die lesen?« Er redete in dem Ton, den Erwachsene kleinen Kindern gegenüber anschlagen.

Trudis Füße baumelten hoch überm Boden. »Wenn ich verhaftet werde, muss ich sagen ..., dass ich sie hier gefunden habe. In Ihrer Straßenbahn.«

Grummelnd stopfte der Schaffner die Blätter in seine Uniformjacke. Sie streckte ihm das Geld für die Fahrkarten hin, und nicht einmal das Klicken des Münzwechslers, der an seinem Brustgurt hing, lenkte Ingrid von ihren Gebeten ab.

»Machen Sie das nicht noch mal«, sagte er und ging weiter.

Sie lehnte den Kopf gegen den Sitz, Gesicht und Hals schweißnass. Als die Straßenbahn über die Oberkasseler Brücke fuhr, wurde das Geräusch der Räder auf den Schienen metallisch, ein singendes Pass auf, pass auf, pass auf ... Jenseits der Brücke waren viel mehr Autos unterwegs als in Burgdorf, als begänne der Reichtum der Stadt genau hier. An der Haltestelle schrien Zeitungsjungen die neuesten Schlagzeilen, und zwei Frauen in Pelzmänteln stiegen in die Straßenbahn.

Vor dem Kino kündigten Plakate in einem breiten Glaskasten die nächsten Attraktionen an. Ehe der Film anfing, zeigte die Wochenschau Reihen strammer, uniformierter Männer, Hitler beim Halten einer neuen Rede, Sportler beim Vollbringen unglaublicher Leistungen. Ingrids Bruder Holger war ein erfolgreicher Sportler, der als Mitglied von Emil Hespings Turnverein Dutzende von Trophäen gewonnen hatte, aber vor einem Monat hatte man ihn aufgefordert – »eingeladen« nannte es sein stolzer Vater, wenn er den Leuten in seinem Fahrradgeschäft davon erzählte –, dem SA-Sportverein beizutreten.

»Das ist eine Ehre für unsere ganze Familie«, hatte Ingrids Vater Trudi erklärt, als sie Ingrid zu einem Besuch in Frau Simons Hutgeschäft abgeholt hatte.

Sie hatte sich wie üblich unter seinen breiten, ölverschmierten Händen weggeduckt, als er versucht hatte, ihr übers Haar zu streichen.

»Jetzt kann unser Holger richtig in seine Sportlerkarriere einsteigen«, hatte er ihr nachgerufen, als sie die Treppe zu der Wohnung über dem Fahrradgeschäft hinaufgerannt war.

Sie war froh gewesen, dass er damit beschäftigt war, Herrn Weskopp eine Fahrradpumpe zu verkaufen, als sie und Ingrid herunterkamen, aber sein Blick hatte sie beide abgetastet, und an der Tür hatte sie seine Stimme zurückgehalten.

»Was hast du da an, Mädel?«

Ingrids Hand hatte ihren Rock glatt gestrichen.

»Ich will, dass meine Tochter einen anständigen Rock trägt.« Seine Finger hatten den Stoff auf ihrem Oberschenkel geknetet.

»Das ist doch ein anständiger Rock«, hatte Ingrid gejammert.

Er hatte gelacht und sich wieder seinem Kunden zugewandt, während Trudi Ingrid am Handgelenk gepackt und aus dem Fahrradgeschäft gezogen hatte.

Auf der großen Leinwand stürmte ein Läufer über die Ziellinie, das Gesicht schiere Ekstase, die Arme ausgebreitet, als wollte er gleich vom Boden abheben. Dann schüttelte Adolf Hitler Leuten die Hand. Man konnte sehen, wie stolz und entzückt sie waren, ihm so nahe zu sein. Trudi konnte Hitler nicht anschauen, ohne an das Flugblatt denken zu müssen, an all die kleinen Männchen, die aus seinem Mund marschierten. Aber hier im Kino waren seine Züge richtig proportioniert und streng um das viereckige Bärtchen gruppiert – so anders als das nackte Gesicht des Läufers. Seine Hände füllten die ganze Leinwand, wurden immer wieder von anderen Händen ergriffen. Trudi musste an den Apotheker denken, der Hitler damals die Hand geschüttelt hatte. *Der Schweiß unseres Führers.*

Dann begann der Film: Es ging um die Liebe zwischen einem blonden Förster und einer blonden Arzttochter. Am Ende heirateten sie, trotz der Bemühungen eines jüdischen Bankiers, das Herz der jungen Frau zu stehlen. Wobei er von vornherein keine Chance hatte, wenn man sah, wie alle Leute sich die Nase zuhielten, um seinem grässlichen Geruch zu entgehen.

Trudi konnte nicht mehr hinschauen. Es war erschreckend, zu sehen, wie Leute sich einfach das Recht anmaßten, andere zu diskriminieren, und wie dieses Überlegenheitsgefühl schon zehnjährigen Kindern wie Bruno Stosick eingeimpft wurde. Mehr als einmal hatte sie in der Straßenbahn oder in Restaurants Leute Bemerkungen über stinkende Juden machen hören. Obwohl diese Bemerkungen nicht direkt an die anwesenden Juden gerichtet waren – die nur steif dasaßen, die Arme eng am Körper –, musste sie doch jeder mitbekommen. Einige Leute lachten, aber die meisten taten, als hätten sie nichts gehört. Sie selbst eingeschlossen. Das war schlimm, dieses unbeteiligte Dabeisitzen, und sie wünschte, sie wüsste, was sie tun könnte, ohne dass ihr etwas passierte. Aber sie hatte gesehen, wie Leute geächtet oder sogar verprügelt wurden, weil sie Juden zu Hilfe gekommen waren. Einmal hatte sie miterlebt, wie eine Horde Schuljungen eine Frau aus der fahrenden Straßenbahn stieß, weil sie sie ausgeschimpft hatte, dass sie einen grauhaarigen Juden ärgerten. Während sie sie zur Tür schubsten, hatten sie gebrüllt, sie sei doch dumm, es sei wissenschaftlich erwiesen, dass Juden stänken, und sie hätten es in der Schule gelernt.

Und sie hatten sich nicht mal geschämt, dachte Trudi, während das Schwarz-Weiß der Leinwand über Ingrids Gesicht und Hände flimmerte und Bilder von Bruno Stosick erstehen ließ – Bruno, über das Schachbrett seines Vaters gebeugt, auf seinem Fahrrad draußen vor der Leihbücherei, beim Fahnengruß … Sie schloss die Augen, aber sie entkam ihm nicht, diesem letzten, unauslöschlichen Bild, dem all die anderen sie entgegenzogen – dem Bild der Erdklumpen, die auf den kleinen Sarg fielen.

Nur wenige Burgdorfer hatten *Mein Kampf* gelesen, und viele hielten dieses ganze Gerede von *Rassenreinheit* für absurd und für reine Spinnerei, die sich niemals in die Tat umsetzen lassen würde. Aber der langjährige Drill im Gehorsam gegenüber Eltern, Staat und Kirche machte es selbst denjenigen, die die Ideen der Nazis ungeheuerlich fanden, schwer, solche Zweifel zu äußern. Und so hielten sie den Mund und nahmen jede neue Ungeheuerlichkeit hin, während sie darauf warteten, dass die Nazis und ihre Ideen verschwänden, aber mit jedem Mal, da sie sich fügten, gaben sie mehr von sich selbst auf, und das Gefüge der Gemeinschaft wurde immer schwächer, während die Macht der Nazis wuchs.

Aber nicht alle sahen weg, wenn anderen Unrecht geschah. Als das kleine Fienchen Blomberg vor Frau Weilers Lebensmittelgeschäft von sechs größeren Jungen mit Steinen beworfen wurde, ergriff Frau Weiler mit einem wilden Schrei ihren Besen und schoss aus dem Laden. Die Jungen schubsten Fienchen gegen die Schaufensterscheibe, die schon blutverschmiert war. Den Besenstiel wie ein Schwert schwingend, zwängte sich Frau Weiler zwischen das dünne Mädchen und die Jungenhorde.

»Das sage ich euren Eltern«, schrie sie und drosch auf jeden Körperteil der Jungen ein, der sich in ihrer Reichweite befand.

Die Jungen hielten sich schützend die Arme vor Gesicht und Brust und wichen zurück. »Hexe«, schrien sie, »verrückte alte Hexe.«

»Ich werde es euren Eltern sagen.«

»Hexe … Hexe …«

»Das reicht, Hedwig.« Leo Montag hielt sie fest. »Ist schon gut. Sie sind weg. Trudi holt die Frau Doktor.«

Frau Weilers mächtiger Unterkiefer zitterte, und in diesem Moment, da sie sich an Leos Körper sinken ließ, zu erschöpft, sich noch länger aufrecht zu halten, schoss ihr durch den Kopf, wie albern es doch war, dass sie und dieser Mann Tür an Tür lebten und beide niemanden hatten, der sie nachts wärmte. Glut stieg ihr langsam in die Wangen. Sie befreite sich aus seinen Armen und tröstete das heulende Mädchen.

Klaus Malter kam mit wehendem weißem Kittel über die Straße gerannt. »Das ist eine Schande«, sagte er, »eine Schande ist das.«

Leo Montag trug Fienchen in den Lagerraum hinter dem Lebensmittelgeschäft. Von den Steinen hatte sie mehrere klaffende Wunden an den Armen und auf der Stirn. Aus ihrer Nase rann Blut in ihren Mund und auf ihr Matrosenkleid. Leo setzte sich auf eine Holzkiste und hielt das Mädchen auf dem Schoß, während Klaus behutsam das Blut abwusch.

»Wie wärs mit einem feinen Stückchen Schokolade?«, fragte Frau Weiler, und in ihren Augen schimmerte Traurigkeit.

Fienchen nickte und öffnete die Lippen, als schmeckte sie die seltene Köstlichkeit bereits.

Aber Klaus riet: »Warten Sie lieber, bis Frau Doktor Rosen sie sich angesehen hat.«

»Hier.« Frau Weiler steckte der Kleinen ein eingewickeltes Stück Schokolade in die Rocktasche. »Du kannst es später essen.«

Fienchen schniefte und lehnte den Kopf an Leos Brust.

»Es wäre vielleicht ganz gut«, erklärte ihr Klaus, »ein paar Freundinnen mitzunehmen, wenn du im Ort herumspazierst.«

Das Mädchen murmelte etwas.

»Was sagst du?« Klaus beugte sich dichter heran.

»Ich hab keine.«

»Freundinnen, meinst du?«

Fienchen kniepte mit den Augen.

»Eine musst du doch wenigstens haben«, insistierte Klaus.

»Lass …«, setzte Leo an.

»Ich hab zwei gehabt.« Fienchens Stimme war so monoton, als sagte sie etwas her, was sie immer wieder zu hören bekommen hatte. »Sie dürfen nicht mit Juden spielen.«

»Aber das …«, Klaus Malter schaute erschrocken. »Das ist nicht recht. Du – du bist ein braves Kind, ein liebes Kind. Du …« Er hätte weitergeredet, wenn nicht Frau Doktor Rosen hereingestürzt wäre, gefolgt von Trudi, die ganz außer Atem war.

»Du kannst da sitzen bleiben, Fienchen, bleib auf Herrn Montags

Schoß.« Frau Doktor Rosen kniete sich vor die Kleine hin, und während Fienchen an Leos Strickweste lag, glitten die Finger der Ärztin über ihr Gesicht, als liebkosten sie es. Ihre Augen konnten den Zorn kaum zurückhalten, aber er brach erst aus ihr heraus, als Trudi und Klaus sie in den Ladenraum begleiteten, wo die Schaufensterscheibe noch immer mit Fienchens Blut beschmiert war.

»Das passiert immer häufiger. Kinder, die zu mir gebracht werden, Erwachsene auch – als ob irgendein grundlegendes Gesetz außer Kraft gesetzt wäre ... Die Jagd ist frei, und wir sind die Trophäen.«

»So was kann doch nicht ungestraft bleiben«, sagte Klaus.

»Ach? Aber sehen Sie denn nicht? Es bleibt ungestraft.«

»Ich rufe die Polizei«, beschloss Trudi.

»Wir haben Briefe geschrieben, Anzeige erstattet ... Nichts. Sie wollen uns vertreiben, und sie schaffen es auch. Ich kenne mindestens fünf jüdische Familien, die weggegangen sind.« Sie wandte sich zum Gehen, krummschultrig wie eine viel ältere Frau, blieb dann aber stehen. »Es würde mich gar nicht überraschen«, sagte sie, »wenn Frau Weiler Schwierigkeiten bekommen sollte, weil sie diese Jungen verjagt hat.«

Trudi sah zu Klaus empor, den es plötzlich verlegen zu machen schien, allein mit ihr auf dem Bürgersteig zu stehen. Er zog ein gebügeltes Taschentuch aus der Gesäßtasche seiner Hose. Mit grimmiger Miene wischte er an der Scheibe herum, bis die roten Schmierflecken weg waren. Dann starrte er auf sein blutiges Taschentuch, ratlos, was er jetzt damit machen sollte.

Vor gar nicht allzu langer Zeit, dachte Trudi, hätte ich ihm angeboten, es für ihn zu waschen.

Ungeschickt legte er das Taschentuch zusammen, bemüht, den verschmutzten Teil nach innen zu falten. »Ich gehe jetzt besser wieder zu meinen Patienten.«

»Tun Sie das.« Trudis Ton war scharf, und sie wandte sich zum Laden.

»Trudi ...«

Die Hand an der Tür, drehte sie sich um.

Er stand da wie ein Junge, der dabei ertappt worden war, wie er etwas Falsches tat. Er zuckte hilflos die Achseln und lächelte verlegen. Er öffnete den Mund, um etwas zu sagen, und sie sah ihm an, dass er an den Kuss dachte, den er nie anerkannt hatte – wie ein uneheliches Kind, dachte sie zu ihrem eigenen Erstaunen –, aber als schließlich etwas herauskam, war es nicht das, wovon sie wusste, dass er es hatte sagen wollen. »Ich ... ich hoffe, Fienchen wird keine schlimmen Träume haben.«

Sie spürte, wie ihr Herz weicher wurde. »Ist das bei Ihnen so, Klaus Malter? Taucht alles in Ihren Träumen auf?«

Sein Gesicht erstarrte.

»Wir werden auf Fienchen aufpassen«, sagte sie.

Er nickte heftig. »Wir müssen alle aufeinander aufpassen«, sagte er mit plötzlicher Intensität.

Frau Doktor Rosen hatte recht gehabt, denn am nächsten Morgen wurde Hedwig Weiler wegen tätlicher Gewalt gegen sechs Kinder verhaftet. Obwohl Leo mit auf die Polizeiwache ging, um zu bestätigen, dass sie einem viel kleineren Mädchen zu Hilfe gekommen war, kam Frau Weiler für eine Woche ins Gefängnis. Der älteste der Jungen war der achtzehnjährige Metzgerssohn Anton Immers, der nicht nur den Namen seines Vaters geerbt hatte, sondern auch dessen Begeisterung für die Nazis; er marschierte mit sauberen Mullverbänden auf einer Backe und an beiden Handgelenken durch den Ort und behauptete, die Hexe habe ihn schwer verletzt.

In der Metzgerei erklärte Herr Immers jedem, der ihm zuhörte, sehr wahrscheinlich habe Hedwig Weiler zumindest einen Teil Judenblut in ihren Adern.

»Diese Leute sollten sich mal entscheiden«, sagte Michel Abramowitz, als er seinen Pfeifentabak kaufte, zu Leo. »Ist Hedwig nun eine Hexe oder eine Jüdin?«

»Warum nicht beides? Je mehr Etiketten sie ihr verpassen können, desto mehr fühlen sie sich im Recht.«

»Etiketten ... Na ja, sie ist Witwe.« Herr Abramowitz versuchte zu lachen, aber seine Augen waren düster. »Vielleicht erfinden sie ja noch ein Gesetz gegen Witwen.«

»Ah, aber Hedwig ist ja nur eine potenzielle Witwe. Vergiss nicht – vielleicht ist Franz Weiler ja doch lebend aus dem Fluss herausgekommen.«

»Also eine potenzielle Witwe. Aber das ist noch schlimmer! Es sollte ein Gesetz gegen potenzielle Witwen geben. Vielleicht schlage ich es selbst vor.«

Leos Stimme war sanft. »Jüdinnen, Witwen und potenzielle Witwen, deren Ehemänner vielleicht noch irgendwo im Fluss herumschwimmen.« Er rieb sich mit einer Hand die rechte Wange.

»Wenigstens ist Franz entkommen. Ohne Pass.«

»Gibts was Neues von euren Pässen?«

»Wir haben sie vor einiger Zeit wiederbekommen. Mit der Aufforderung, Deutschland zu verlassen und mein Eigentum praktisch wegzuschenken ... an reinrassige Deutsche – das soll keine Beleidigung gegen dich sein, Leo. Und sie meinen nicht nur mein Haus. Sie wollen meine Anwaltspraxis, alles ...« Seine Stimme hob sich. »Ich bin dreiundfünfzig, Leo, zu alt, um noch mal von vorn anzufangen. Ich habe mein Leben lang gearbeitet. Vorläufig haben wir beide beschlossen, hierzubleiben, Ilse und ich – wenn auch aus verschiedenen Gründen: Sie wartet, dass sich die Dinge wieder normalisieren, während ich mich weigere, mir meine Anwaltspraxis wegnehmen zu lassen.« Er atmete schwer, und seine Schultern hingen schlaff herab, während er Leo von Kollegen erzählte, die nach Frankreich oder Amerika ausgewandert waren und dort wegen der Sprachbarrieren und komplizierter Zulassungsprüfungen den Anwaltsberuf nicht mehr ausüben konnten. »Einer von ihnen arbeitet als Pförtner ... Es heißt, dass wir nach Palästina gehen können, dass man sich da um uns kümmern wird und ...«

»Herr Abramowitz?« Trudi zog einen Stuhl zu ihm herüber. »Setzen Sie sich. Bitte.«

Leo legte ihm die Hände auf die Schultern. »Für die Jungen ist es leichter, wegzugehen.«

»Mein Sohn – der zerrt die ganze Zeit an mir, dass ich gehen soll. Er ist bereit, nach London zu gehen, nach Argentinien ... ganz egal, solange es nur weit genug von Deutschland weg ist. Ich bin dabei, meinen Sohn zu verlieren, Leo.« Er drehte die kalte Pfeife in den Händen. »Meine Tochter, die will bei ihrer Mutter bleiben. Jetzt, wo sie verheiratet ist, hat sie zu Ilse ein engeres Verhältnis, als sie es als kleines Mädchen hatte.«

Trudi und ihr Vater waren im Vorjahr zu Ruth Abramowitz' Hochzeit eingeladen gewesen. Ihr Mann war ein wohlhabender Kehlkopfspezialist mit einer Klinik in Oberkassel, wo er Sänger, Schauspieler und Lehrer behandelte, die ihre Stimmbänder überstrapaziert hatten. Nach dem, was Frau

Abramowitz erzählte, war er ehrgeizig, aber nett. Ruth arbeitete bei ihm als Helferin.

»Ilse meint, das wird alles nicht lange gehen«, sagte Herr Abramowitz, »und wir brauchen nichts weiter zu tun, als uns unauffällig zu verhalten. Nett sein. Höflich.«

Solange Hedwig Weiler im Gefängnis war, ließ sich ihr Sohn Georg von seiner Arbeit in dem großen Düsseldorfer Lebensmittelgeschäft beurlauben und zog wieder in sein altes Zimmer. Die Kundinnen seiner Mutter erklärten sich gegenseitig, dass Georg wirklich die Gabe habe, Katastrophen in Glücksfälle zu verwandeln: Es amüsierte sie, wenn er schon erriet, was sie wollten, ehe sie ihm ihren Einkaufszettel vorgelesen hatten; sie freuten sich über sein unbekümmertes Lachen und machten einander darauf aufmerksam, dass er wie ausgewechselt sei, wenn seine Mutter nicht da war. Er überredete sie, mit ihm zu wetten, wie das Wetter am nächsten Tag würde oder welche Farbe das vierte Fahrrad haben werde, das am Schaufenster vorbeifuhr, und setzte ein halbes Pfund Käse oder ein Pfund Mehl aus dem Laden gegen ein Glas von Frau Eberhardts Birnengelee oder zwei Stücke von Frau Heidenreichs Pflaumenkuchen. Selbst die, die sich nichts aus Glücksspielen machten, zogen mit, geschmeichelt, dass dieser schmucke junge Mann ihnen ihre persönliche Spezialität abzuluchsen versuchte, auf die sie so stolz waren.

Georg schien es egal, ob er gewann – der Reiz lag für ihn in der Wette selbst –, und er gab seinen Einsatz gern her; aber irgendwie profitierte er immer, weil ihm die Kundinnen seiner Mutter Gläser mit Kompott und eingepackte Stücke von duftendem Kuchen aufdrängten. Während er die Frauen mit seinem Charme bezirzte, gewann er die Burgdorfer Kinder, indem er ihnen für die Münzen, die sie auf den Ladentisch zählten, noch ein bisschen Lakritze oder Schokolade extra gab.

Trudi blieb dem Geschäft fern, solange Georg dort verkaufte. Ihn so zufrieden und wohlauf zu sehen, ärgerte sie, und sie tröstete sich mit ihrer Vorahnung, dass sie nicht selbst einzugreifen brauchte wie bei den anderen, die damals im Stall dabei gewesen waren, da er von selbst seinem Verderben entgegenging. Diese Vorahnung wurde, während er nebenan wohnte, so stark, dass sie eines Morgens zu ihrer eigenen Überraschung der Drang überkam, ihn zu warnen – wovor genau, wusste sie nicht, nur, dass es irgendetwas mit Helga Stamm zu tun hatte.

Selbst die Kundinnen, die auf Frau Weilers Rückkehr gewartet hatten, waren enttäuscht, als sie am achten Tag in den Laden kamen, ihre Wettschulden von gestern im Einkaufsnetz, und Hedwig Weiler hinterm Ladentisch vorfanden. Ihr Scheitel war noch breiter geworden, aber statt der Traurigkeit war jetzt in ihren Augen etwas Wütendes, als hätte sie – erstmals in ihrem Leben – einen triftigen Grund entdeckt, die Wut von Jahrzehnten herauszulassen.

»Ein Geschenk zur Feier Ihrer Heimkehr«, murmelten ihre Kundinnen und drückten ihr ein Glas Kirschen, einen halben Marmorkuchen, ein Körbchen mit frischen Eiern in die Hand.

»Schau dir das an«, sagte sie zu Leo Montag, und ihre Stimme zitterte vor Rührung, »schau dir nur all diese Geschenke an. Ich hatte ja keine Ahnung, dass die Leute so an mir hängen.«

In den folgenden Wochen bemerkten die Leute an Frau Weiler eine völlig neue Energie, eine Kampfeslust, die sich sogar in der Art und Weise ausdrückte, wie sie Butter einpackte und Linsen abwog. Ohne jede Vorsicht schimpfte sie vor jedem, der in den Laden kam, auf die Nazis. Da Frau Weiler bestimmt bald wieder verhaftet werden würde, begannen einige ihrer Kunden – wie etwa der alte Herr Blau, der fürchtete, sich durch den Kontakt mit ihr zu kompromittieren, ihre Lebensmittel am anderen Ende des Orts zu kaufen, während Herr Heidenreich und andere ihr Vorhaltungen machten, weil sie ihrer Regierung nicht die gebührende Achtung zollte.

Irgendwann musste Leo sie schließlich beiseitenehmen. »Du gehst unnötige Risiken ein, Hedwig.«

»Wir können doch nicht einfach schweigen.«

»Nein, aber wir brauchen uns nicht selbst in Gefahr zu bringen.«

»Du teilst doch meine Meinung. Das weiß ich.«

»Ja, und ich rede darüber mit Leuten, denen ich vertrauen kann. Wie dir.«

»Meine Kunden zeigen mich nicht an.«

»Sei dir da nicht so sicher. Letzte Woche hat Herr Weskopp einen seiner Kollegen von der Bank denunziert. Und seine Frau ist oft genug in deinem Laden.«

»Aber sie ist nicht wie er.«

»Wer weiß, was sie ihm erzählt? Und außerdem wirst du bald keine Kunden mehr haben, wenn du weiter so redest. Die Leute haben Angst, Hedwig.«

»Mit gutem Grund.«

»Dir zuzuhören, ist gefährlich. Emil Hesping hat zwei Freunde bei der Polizei, die auf der Wache dauernd irgendwelche Anzeigen bekommen. Sie müssen ihnen allen nachgehen, auch wenn sie wissen, dass reine Böswilligkeit oder Rachsucht dahintersteckt.«

Sie lachte gereizt. »Und was sollen wir tun, Leo? Einfach nur hier herumsitzen, aus Angst, was irgendwer über uns sagen könnte? Warten, dass es noch schlimmer wird?«

»Es wird noch schlimmer werden. Viel schlimmer. Vielleicht können wir nur das tun, was du für Fienchen getan hast – hier bei uns Wache halten. Und wenn du im Gefängnis sitzt, nützt du niemandem etwas.«

Gelegentlich trugen die Leute, die in die Leihbücherei kamen, Trudi ein paar Bröckchen Klatsch über Klaus zu: Er sei vier Tage auf dem Gut seines Onkels bei Bremen gewesen; er wolle sich einen zweiten Zahnarztstuhl kaufen, damit ein Patient sich erholen könne, während er schon den Nächsten behandle; er habe eine Mittelohrentzündung gehabt, gegen die er von Frau Doktor Rosen gelbe Pillen bekommen habe, so groß, dass sie sogar einem Elefanten im Hals stecken geblieben wären; er sei mit einer Lehrerin aus Oberkassel tanzen gewesen.

Strategisch platzierte Fragen an Frau Simon und den Apotheker trugen Trudi die Information ein, dass die Lehrerin Brigitte Raudschuss hieß und fast neunundzwanzig war, genauso alt wie Klaus. In der folgenden Woche wurden Klaus und die Lehrerin bei drei verschiedenen Anlässen zusammen gesehen – darunter einmal auf dem weißen Ausflugsdampfer, der zwischen Burgdorf und Düsseldorf pendelte. Frau Weiler hatte gehört, Fräulein Raudschuss sei aus einer guten Familie, und Herr Immers bestätigte dies durch die Auskunft, ihr Vater sei ein wohlhabender Rechtsanwalt und ihre Mutter eine Baroness.

Das klang wie die Sorte Frau, die Klaus stolz seiner Familie präsentieren könnte. »Sie ist genau die Richtige für meinen Sohn«, würde Klaus Malters

Mutter ihren Cousinen am Telefon erklären, und beim Familientreffen würden alle ungeduldig darauf warten, sie endlich kennenzulernen. »So gute Manieren«, würden sie einander zuflüstern, während Fräulein Raudschuss ihren Ellbogen nur eine graziöse Winzigkeit hob, um zierliche Bissen an den Mund zu führen ... Und dennoch – wenn sie wirklich eine so bemerkenswerte Person war, warum hatte Fräulein Raudschuss sich dann nicht schon längst einen Mann geangelt?

Als Trudi eines Sonntags Brigitte Raudschuss endlich zu Gesicht bekam, war ihr, als sackten ihre gesamten Innereien in ihre Beine, und ihr Kopf war seltsam leicht. Sie stand mit dem Chor oben auf der Kirchenempore, zwischen Herrn Heidenreich und den blanken Orgelpfeifen, die ihr Bild in die Breite zogen wie ein Zerrspiegel, und stützte sich mit einer Hand an dem kalten Metall ab, als die Lehrerin drunten durch die Bogentür trat, groß und schlank, die eine behandschuhte Hand in einer besitzergreifenden Geste auf dem Nadelstreifenstoff von Klaus Malters Anzugjacke.

Trudi wünschte, Fräulein Raudschuss würde in Ohnmacht fallen oder, besser noch, einen Anfall bekommen, mit Schaum vorm Mund, und sich für immer unmöglich machen, aber die Lehrerin ging an Klaus Malters Seite weiter, und ihr moosgrünes Herbstkleid raschelte bei jedem ihrer wohlgesetzten Schritte, als übte sie bereits den Gang zum Traualtar. In Höhe der zehnten Reihe wandte sie sich Klaus lächelnd zu, nahm die behandschuhte Hand von seinem Ärmel und glitt in eine honigbraune Bank auf der Frauenseite, während er einen Platz auf der Männerseite neben Richter Spiecker fand.

Ein zierlicher elfenbeinfarbener Hut mit moosgrünen Seidenblättern verdeckte ihr Haar weitgehend, aber Trudi konnte von oben genau sagen, dass sie jene spitzen, angespannten Züge hatte, die Frauen manchmal bekamen, wenn sie sich danach sehnten zu heiraten und Angst hatten, zu alt zu werden, um einen Mann zu finden. Die beiden ältesten Buttgereit-Töchter, Sabine und Monika, hatten diesen Ausdruck, und auch die extravaganten Hüte, die Monika bei Frau Simon orderte – so grellfarben, dass es einem in den Augen wehtat –, konnten ihn nicht verbergen.

Trudi empfand eine gehässige Genugtuung bei dem Gedanken, dass Brigitte Raudschuss allmählich in das Alter kam, in dem der Status ihres Vaters nicht mehr zählte. Bald würde sie zu alt sein, um ihren Rückhalt aus ihrer Rolle als Tochter zu ziehen – wie andere männerlose Frauen, deren Verhältnis zum Vater nicht mehr denselben Wert hatte und die in ihren Familien und ihrer Umgebung isoliert dastanden. Alte Jungfern – seltsam, dass ihr Anderssein nicht körperlich war, wie bei Trudi oder bei dem verkrüppelten Hansen-Sohn oder sogar der Heidenreich-Tochter, die kürzlich in ein Heim gegeben worden war, sondern mit einem bestimmten Alter über sie kam und sie in Ausgestoßene verwandelte, obwohl sie bis dahin dazugehört hatten.

Es beunruhigte Trudi, dass das Leben für unverheiratete Frauen noch schwerer wurde, seit Hitler an die Macht gekommen war und erklärt hatte, die Familie sei die Keimzelle des Volkes, die wichtigste Grundeinheit des Staates. Nur das Wohl des Staates stand noch über dem der Familie. Das Wort Familie hatte sich in die meisten politischen Reden eingeschlichen. Es war jetzt ein heiliges Wort, ein mächtiges Wort. Und natürlich war man keine Familie, wenn man unverheiratet war, da das Individuum die unwichtigste Einheit des Staates war. Trudi bezweifelte, dass sie und ihr Vater als Familie galten. Eine Familie war man nur, wenn man heiratete, vorzugsweise jung, und sich daranmachte, kinderreich zu werden. Um die Familie zu stärken und einen dazu zu ermuntern, Kinder in die Welt zu setzen, gab es staatliche Anreize, zinslose Darlehen von bis zu eintausend Mark – das, was die Leihbücherei in etwa fünf Monaten einbrachte. Für jedes Kind, das man Deutschland gebar, wurde einem ein Viertel des Darlehens erlassen, sodass es nach dem vierten Kind geschenktes Geld war. Und es gab noch einen viel größeren Lohn: Ehre.

Als die Orgel einsetzte, erhob sich Trudis Stimme mit den übrigen Stimmen des Chors. Herr Heidenreich sang wie immer mit zurückgelegtem Kopf und geschwellter Brust, und die fleischigen Wangen des Apothekers zitterten, während seine Mundwinkel sich kinnwärts verzogen. Der Priester und die vier Ministranten, angeführt von Helmut Eberhardt, hatten kaum ihre Plätze vor dem Marmoraltar eingenommen, als Hilde Sommer sich mit der einen pummligen Hand an die Kehle griff, wankte und mit Getöse in Ohnmacht fiel, worauf vier Männer von ihrer Seite der Kirche herbeirannten, um sie hinauszutragen. Der Priester musste Helmut anstoßen, da der sich bei Einsetzen des Tumults umgedreht hatte und jetzt auf Hilde starrte, als wollte er sie ganz allein wegtragen. Erst in dieser Woche hatte Trudi ihn vor Hildes Haus herumlungern sehen, als ob er darauf wartete, dass sie hinterm Fenster vorbeiging.

Natürlich hatte sie es Hilde erzählt, als die in die Leihbücherei gekommen war, um sich einen der Arztromane zu holen, die ihr so gefielen. Trudi hatte erwartet, dass sie lachen und »So ein kleiner Junge« sagen würde, aber Hilde – die fünf Jahre älter und mindestens einen halben Zentner schwerer war als Helmut – hatte sich offenbar geschmeichelt gefühlt.

Kurz nachdem Hilde aus der Kirche getragen worden war, kam das Mädchen Jutta hereingeeilt. Ihr Haar war wirr, und ihre Schultern hoben und senkten sich unter dem offenen Mantel, als wäre sie den ganzen Weg vom Haus ihres Onkels Alexander bis zur Kirche gerannt. Sie schlug hastig ein schiefes Kreuz und zwängte sich neben Fräulein Raudschuss, die die Arme an den Körper zog, als fühlte sie sich bedrängt, und das Mädchen mit einem säuerlichen Höflichkeitslächeln taxierte.

Für Trudi war klar, dass Fräulein Raudschuss zu der Sorte Frauen gehörte, die sehr darauf achtete, wie man für die Kirche gekleidet war: Sie hatte ihren eigenen Auftritt so spät angesetzt, dass die bereits anwesenden Kirchgänger sie sehen konnten, aber früh genug, um ihrerseits alle anderen mustern zu können; sie würde ein Mädchen wie Jutta als unbedeutend abtun, sich aber von jemandem wie dem Apotheker, der immer formell gekleidet war und selbst zum Picknick Anzug, Weste und Hut trug, beeindrucken lassen.

Ich kenne Sie, Fräulein Raudschuss, dachte sie, plötzlich von ehrfürchtiger Scheu vor ihrer eigenen Gabe ergriffen. *Ich weiß alles über Sie.* Sie war froh, dass sie zehn Jahre jünger war als die Anwaltstochter. Da sie von Anfang an anders gewesen war, würde niemand in Burgdorf auf sie herabsehen, wenn sie nicht heiratete. Und selbst wenn es ihre eigene Entscheidung wäre, allein zu bleiben, würde es doch das sein, was alle im Ort von ihr erwarteten, während sie sonst so hart urteilten, wenn eine Frau sich nicht an ihren Verhaltenskodex hielt. Auf eine bizarre Weise hatte sie mehr Freiheiten als andere Frauen: die Freiheit, selbst zu entscheiden, die Freiheit, sich durch ihre Arbeit in der Leihbücherei selbst zu ernähren, die Freiheit, auf sich selbst zu hören.

Ihr Anderssein war also doch noch für etwas gut.

Es machte sie lächeln, ließ sie lauter singen. Die meisten ledigen Frauen, das wusste Trudi, lebten nicht freiwillig so. Manche fanden keinen Mann, der sie wollte, während andere es nicht wagten, einen Mann zu heiraten, der einem anderen Glauben oder einer niedrigeren Schicht angehörte. In eine höhere Schicht einzuheiraten, war zwar erstrebenswert, aber nur selten möglich. In manchen Familien musste zuerst die älteste Tochter verheiratet sein, ehe die Nächste einem Mann Hoffnungen machen durfte, was den Buttgereits neun unverheiratete Töchter beschert hatte, die eine nach der anderen vom Heiratsmarkt wegalterten, während die Eltern immer noch verzweifelt versuchten, einen Mann für ihre Älteste, Sabine, zu finden, deren Wesen und Gesichtszüge gleichermaßen spitz waren.

Wenn Klaus nun mal auf spitzgesichtige Frauen stand, konnte er doch Sabine Buttgereit heiraten und Monika und die anderen Töchter vom Warten erlösen. Trudi grinste vor sich hin. Das wäre wenigstens eine gute Tat, etwas wirklich Lohnendes. Nicht nötig, sich anderswo eine spitzgesichtige alte Jungfer zu suchen.

Seit Klaus sie damals geküsst hatte, versuchte Trudi, herauszufinden, was Männer bei Frauen suchten. Die Heiratsanzeigen in der Zeitung waren der beste Anhaltspunkt. Sie überflog den Teil mit den Annoncen von Frauen bis zu der kürzeren Spalte mit den Anzeigen von Männern, die Frauen zum Zweck der Eheschließung kennenlernen wollten. Viele suchten gesunde Arierinnen, die jünger waren als sie selbst, warmherzige Frauen oder Frauen mit eigenem Geschäft, Frauen, die kinderlieb waren und gut kochen konnten und Spaziergänge und Opern liebten. Kein Mann suchte je eine Zwergin, die anderer Leute Geheimnisse kannte. Sie beschrieben sich selbst gewöhnlich als kultiviert oder erfolgreich – manchmal auch beides – und gaben ihre Größe auf den Zentimeter genau an, sagten aber nichts über ihre Haarfarbe, woraus Trudi schloss, dass sie eine Glatze hatten. Herr Hesping war der einzige Mann, den sie kannte, der ohne Haare gut aussah – wahrscheinlich, weil er schon als junger Mann so gewesen war.

Um zu prüfen, wie weit die Männer tatsächlich ihrer Selbstdarstellung entsprachen, hatte Trudi auf zwei dieser Anzeigen geantwortet und sich mit beiden Männern – die natürlich nichts voneinander wussten – für einen Sonntagnachmittag um vier im selben Restaurant in Düsseldorf verabredet. Sie war vor ihnen da gewesen. Beide hatten älter und spießiger ausgesehen, als sie erwartet hatte, und sie hatten sich an zwei benachbarte Tische gesetzt, jeder mit einem braunen Taschentuch in der Brusttasche – dem vereinbarten Erkennungszeichen. Obwohl ihre begierigen nervösen Augen jede Frau im Restaurant taxiert hatten, waren sie offenbar gar nicht auf die Idee gekommen, dass sie diejenige sein könnte, auf die sie warteten.

Zunächst hatte Trudi das Ganze einfach als einen Streich gesehen: Die Ungeduld und Verlegenheit der beiden waren ihr komisch erschienen, und sie hatte eine seltsame Befriedigung verspürt, wenn sie an ihren braunen Einstecktüchern herumfingerten, um sicherzustellen, dass sie noch an ihrem Platz waren; aber was davon zurückgeblieben war und sich noch weit über dieses Treffen hinaus hielt, war ein großer Hass, ein Gefühl, das buchstäblich so hässlich war, dass sie Angst hatte, davon inwendig auch ganz hässlich zu werden.

Als der Priester den Tabernakel den dunkeläugigen Jüngern auf dem Wandgemälde des Letzten Abendmahls entgegenhob, schnäuzte sich Jutta die Nase, und Fräulein Raudschuss schrumpfte noch weiter in sich zusammen. Klaus Malter beugte den Kopf, und Richter Spiecker verbarg das Gesicht in den Händen. Während Trudi ihnen beim Beten zusah, wurde sie ärgerlich auf sie und all die anderen, die in der Kirche so prompten Trost fanden; aber gleichzeitig beneidete sie sie auch, da sie – bis zu jenem Tag im Braunmeier'schen Stall – diesen Trost selbst gekannt hatte.

Die Chormitglieder zogen in einer Reihe die Treppe hinunter und nach vorn zum Altar, um die Kommunion zu empfangen, und als Trudi den Kopf hob und den Mund öffnete, um die runde weiße Hostie entgegenzunehmen, überflutete die plötzliche Sehnsucht nach einem eigenen Kind ihren Hals und ihre Schenkel mit kaltem Schweiß. Obwohl sie sich sagte, dass sie gar keine Kinder wolle, war in ihrem Kopf nur der eine Gedanke, dass sie keine hatte und nie welche haben würde. Sie konnte nichts mehr benennen, was ihr Leben lebenswert machte, und sie wusste, dass die Tochter des reichen Rechtsanwalts alles bekommen würde, was sie wollte.

In dieser Nacht versuchte Trudi, den alten Traum, dass sie wuchs, wieder heraufzubeschwören. Sie hatte versucht, diesen übermächtigen Wunsch zu zügeln, indem sie sich vorhielt, wie Pia ihre Kleinheit akzeptierte, aber jetzt – nur für diese Nacht – wollte sie diesen Traum, wollte sie fühlen, wie ihre Arme und Beine sich streckten, wie ihr Körper wendig und beweglich wurde, wollte die vertraute Glückseligkeit dieses Traums, um den Schmerz zu dämpfen, den sie ihrer Liebe zu Klaus wegen empfand, eine Liebe, die sich in Hass verwandelte wie schon so manche Liebe. Aber stattdessen träumte sie von dem Anleger, dem Braunmeier'schen Anleger – nur dass er nicht mehr in den Fluss hinausragte, sondern sich als eine Masse aus Erde und Stein im hohen Bogen über den Rhein spannte. Klaus rief vom anderen Ufer aus ihren Namen, aber sie wusste, der Bogen würde zusammenbrechen, sobald sie einen Fuß darauf setzte.

Bei Tagesanbruch erwachte sie mit dem panischen Gefühl, Klaus für immer verloren zu haben. Sie wusste, sie musste noch einmal zu dem Braunmeier'schen Anleger zurückkehren, und sie hatte Angst; aber sie schlüpfte in ihre Kleider, als agiere sie das letzte Stück ihres Traums aus, und ging durch die kalten, leeren Straßen, vorbei an Fenstern, deren Holzläden noch geschlossen waren, und als die Häuser nach und nach hinter ihr verschwanden wie vom Erdboden getilgt, roch sie den Fluss, diesen üppigen Duft von Wasser und Bäumen. Die Sohlen ihrer schwarzen Schnürstiefel zerdrückten das heruntergefallene Laub, und als sie die Deichkrone erreichte, kämpften sich zwei Frachtkähne mit roten Schornsteinen stromaufwärts. Der Anleger war, wie er immer gewesen war – flach und massiv und auf drei Seiten von Wasser umgeben. Er sah nicht annähernd so schrecklich aus, wie er auf all den Bildern in ihrem Kopf gewesen war.

Als sie auf ihn zuging, kam ihr plötzlich der Gedanke, dass das, was Klaus getan hatte, gar nicht so anders war als das, was die Jungen getan hatten. Während die Brutalität der Jungen in ihrer Neugier und Verachtung gelegen hatte, lag sie bei Klaus darin, dass er schwieg, dass er so tat, als sei nichts gewesen. Ihre Gefühle ihnen allen gegenüber waren so wirr und so miteinander verquickt, dass es ganz logisch schien, hier an diesem Ort zu sein, den sie die ganze Zeit gemieden hatte, und als sie in der kleinen Sandkuhle am Ende des Anlegers auf die Knie sank und einen Stein hochhob, war sie plötzlich wieder dreizehn – nur dass sie diesmal den Stein nicht ins Wasser schleuderte, sondern vor ihre Knie legte wie eine Opfergabe an eine namenlose Macht und murmelte: »Der hier ist für dich, Klaus Malter.«

Sie hielt der Panik stand, die der Gedanke, nicht mit Klaus zusammen sein zu können, in ihr auslöste, und legte vier weitere Steine dazu – einen für ihre Liebe zu ihm, einen für ihren Hass, einen für ihre Sehnsucht, einen für ihre Wut. Die Steine fühlten sich kalt an, und sie packte einen Fünften darauf – für die Scham, Klaus zu lieben, ohne dass er ihre Liebe erwiderte – und dann noch weitere, für Gefühle, die sie nicht verstand, häufte sie aufeinander, während diese Gefühle hundertfach verstärkt in ihr emporstiegen, sodass ihr Kiefer schmerzte und ihre Brust bist zur Übelkeit angefüllt war. Und plötzlich sah sie sich als kleines Mädchen draußen vor dem Nähzimmer stehen, wo ihre groß gewachsene schöne Mutter eingesperrt war, spürte die unnachgiebige Tür unter ihren Fäusten, während die Arme ihres Vaters sie wegzogen. »Deine Mutter hat einen friedlicheren Ort gefunden.« Diese schreckliche Finsternis, die ihre Seele jetzt erfüllte – so musste es sich angefühlt haben, bis dann Jahre später die Erkenntnis durchgedrungen war, dass sie ihre Mutter nie wiedersehen würde.

»Menschen sterben, wenn man sie nicht genug liebt.« Ihr Bruder war vor seiner Geburt gestorben, ihre Mutter in der Woche vor Trudis viertem Geburtstag. Im letzten Jahr vor dem Tod ihrer Mutter hatte sich Trudi manchmal für sie geschämt. Und sie hatte nie gewollt, dass ihr Bruder zur Welt kam. Am Tag der Beerdigung ihres Bruders, als ihre Mutter ihr am Bach das Gesicht gewaschen hatte, hatte sie in das Wasser gezeigt, wo ihre Gesichter silbern zwischen den zungenförmigen Blättern getanzt hatten. Dieser Moment der Klarheit – wie alles sein könnte –, wo war er geblieben? War er von den trüben Strudeln des Bachs davongewirbelt worden? Oder hatte ihre Mutter sie an der Hand genommen, zum Haus zurückgebracht und ihre Abbilder unversehrt dem Wasser überlassen?

Zähneklappernd legte Trudi noch mehr Steine dazu. Steine für ihre Mutter, für ihren Bruder, für Georg, für Fritz und Hans-Jürgen und Paul und Eva und Brigitte Raudschuss, bis sich in ihrem Kopf alles drehte. Sie stützte sich mit den Händen ab und wartete, dass sich der Schwindel legte. Es fühlte sich an wie das Ende von etwas, der Tod von etwas – und doch konnte sie, wenn ihr Blick dem Fluss folgte, gleichzeitig sehen, wie das Ende einer Bewegung zum Beginn der nächsten wurde, wie das Wasser, wenn es auf einen Stein traf, in einem neuen Muster wieder in den Strom zurückfand, wie der Kamm einer jeden Welle in das schaukelnde Tal hinabglitt, wo das Fließen für einen Moment apfelgrün schimmerte.

Trudi holte tief Luft, ließ die Kraft des Flusses durch sich hindurchströmen. Der Steinhaufen vor ihr gab ihr ein Gefühl der Sicherheit, machte dieses Plätzchen zu ihrem – zu etwas, das so sehr ihr persönliches Eigentum war wie nichts, was sie je gehört hatte, nicht einmal Pias Insel der kleinen Leute.

Sie sah Pia vor sich, wie sie sich selbst umarmte und wiegte und jene Worte sagte, die Trudi – bis jetzt – nicht verstanden hatte: »Eines Tages wirst du daran denken.« Trudi hob langsam die Arme, zögerte, ehe sie sie um ihren eigenen Körper schlang, so weit sie irgend reichten. Was hatte Pia noch gesagt? »Nur du selbst kannst das ändern.« Sie hatten über jene schreckliche Einsamkeit geredet, die daher rührte, dass man glaubte, es gebe niemanden, der so sei wie man selbst. Trudi fühlte die kräftige Gestalt ihres Körpers, als sie ihn – erst zaghaft, dann überschwänglich – umarmte und wiegte und als ihren annahm.

Es wurde zu einem festen Brauch, in der Kirche für das Vaterland zu beten, und der Hilfspastor – wie etliche Leute den dicken Priester im Geist noch immer nannten, obwohl er inzwischen ihr Gemeindepastor war und der kleine Priester seine letzten gebrechlichen Jahre im Theresienheim verlebte, umsorgt von den Nonnen, die ihn rasierten und ihm seine heiß geliebten Soßen kochten – schickte oft noch ein inbrünstiges Gebet für den Führer hinterher, die Hände zu dem schwarzen Marmoraltar emporgereckt, auf dem fünf dicke Kerzen gleichmäßig brannten. Wenn er neugeborene Kinder taufte – seine Lieblingszeremonie, da damit immer eine Einladung zum Taufessen verbunden war –, malte ihnen seine Hand das Kreuzeszeichen auf Stirn, Mund und Herz, und er frohlockte, wenn der Säugling den Namen Adolf erhielt, der in jenem Jahr der mit Abstand beliebteste Jungenname war.

In der Schule hatte ein strammes »Heil Hitler!« das Morgengebet abgelöst, und nur wenige Lehrer und Schüler wagten es, nicht den Arm zum vorschriftsmäßigen Gruß zu erheben. Die braunen Hemden und Uniformen, frisch und adrett, waren überall – in Geschäften, in Restaurants, auf Bahnhöfen – und stempelten die, die keine trugen, zu Außenseitern, einem täglich schrumpfenden Häuflein von Abweichlern.

Für Trudi war es eine verblüffende Entdeckung, dass es außer der Körpergröße noch so viele andere Dinge gab, die einen zum Außenseiter machen konnten – Glaube, Rassenzugehörigkeit, Ansichten. Feinde konnten einem gefährlich werden, indem sie Gerüchte verbreiteten; Freunde konnten einen ungewollt vernichten, indem sie Dinge wiederholten, die sie einen hatten sagen hören.

Sie sah, wie Leute ihrer politischen Überzeugungen wegen verhaftet wurden, und sie erlebte mit, wie Herr Stosick, früher einer der geachtetsten

Männer in Burgdorf, in die Außenseiterposition geriet. Am Tag nach der Beerdigung seines Sohnes war er als Rektor der evangelischen Schule abgesetzt und zum gewöhnlichen Lehrer degradiert worden. Er wurde geschnitten und mit bösen Bemerkungen verfolgt, als hätte er seinen Sohn auf dem Gewissen. Sein Gehalt wurde auf weniger als die Hälfte gekürzt, und er konnte die Raten für sein neues Auto nicht mehr bezahlen. Als er es verkaufen wollte, bekam er so lächerliche Angebote, dass Leo Montag, der eigentlich gar kein Auto wollte, es ihm zu einem anständigen Preis abzukaufen beschloss.

Die Mehrheit der Männer im Schachklub stimmte dafür, die Treffen aus Herrn Stosicks Haus in Potters Gasthof zu verlegen. Fast die Hälfte wollte, dass Günther Stosick ganz aus dem Klub austrete, aber als Leo Montag und noch fünf weitere Mitglieder daraufhin ebenfalls ihren Austritt androhten, wurde akzeptiert, dass er blieb, aber auf keinen Fall als Vorsitzender.

Eine ganze Reihe von Mitgliedern führte sich auf, als wären sie Soldaten, obwohl sie Zivilisten waren. Als Leo Montag es ablehnte, den Vorsitz zu übernehmen, war der Schachklub monatelang führungslos, bis der Apotheker mehrere Mitglieder davon überzeugte, dass er der beste Kandidat sei. Zwei Klubschachspiele wurden aus Potters Gasthof gestohlen, und an den Montagabenden machte sich eine Spannung bemerkbar, die weit über den Wettkampfeifer hinausging.

Günther Stosick erschien nur noch zu drei Klubabenden, mit seinem kahlen Schädel um Jahrzehnte gealtert. Seine Haut war aufgedunsen und hatte eine ungesunde Farbe, und er zögerte beim simpelsten Eröffnungszug. Seine Hände – des sicheren Halts in seinem Haar beraubt – kreisten erst über dieser, dann über jener Figur, als hätte er seine alte Entschiedenheit eingebüßt.

In der Schule war er, wie andere Beamte auch, unter Druck gesetzt worden, in die NSDAP einzutreten, aber er hatte es bisher umgangen und war froh, dass die Partei im Moment eine Aufnahmesperre hatte. »Um Opportunisten fernzuhalten und eine gewisse Selektion zu gewährleisten«, hatte der Apotheker Trudi und ihrem Vater erklärt, als er sie darauf hingewiesen hatte, dass es eine Schande für jeden Burgdorfer Geschäftsinhaber sei, nicht der Partei anzugehören.

»Was wollen die denn mit einer wie mir?«, hatte Trudi ihn gefragt und dabei, das Wissen um ihr Anderssein in den Augen, herausfordernd zu ihm emporgeschaut.

Danach hatte der Apotheker sie in Ruhe gelassen, aber jedes Mal, wenn er seine Zigarren kaufen kam, drängte er Leo, auf jeden Fall einzutreten, sobald wieder neue Mitglieder aufgenommen würden.

»Ich bin für das alles zu alt«, wandte Leo ein.

»Unsinn, Leo.« Der Apotheker packte ihn am Ellbogen. »Sie sind einen Monat jünger als ich.«

»Dann bin ich sicher zu jung.«

»Das ist kein Thema zum Witzemachen.« Der Hals des Apothekers schwoll. »Ich kann Sie jetzt sofort auf eine Warteliste setzen. Sie brauchen weiter nichts zu tun, als fünf Mark zu zahlen.«

»Das ist nichts für mich, Herr Neumaier.«

»Jemand könnte das alles äußerst verdächtig finden.«

»Was ich verdächtig finde, ist Ihre Fünf-Mark-Warteliste.«

Herr Neumaier hob abwehrend die Hände. »Ich würde ja nie einen anderen Schachspieler anzeigen. Aber Sie sind unvorsichtig.«

Bei Frau Stosick hatte er mehr Erfolg. Als sie zu ihm in die Apotheke kam, um eine Salbe gegen einen Ausschlag auf ihren Händen zu kaufen, wollte er wissen: »Seit wann ist Ihr Mann eigentlich in der Partei?«

»Er ist nicht drin«, murmelte sie und zog den schwarzen Mantel, den sie sich für die Beerdigung ihres Sohns genäht hatte, enger zusammen.

»Haben Sie noch nicht genug verloren, Frau Stosick?«

Sie sah auf ihre Hände und rieb sich den wunden Daumenknöchel.

»Ahnen Sie überhaupt, in welcher Gefahr Ihr Mann schwebt? Er wird seinen Posten verlieren. Sie beide werden Ihr Haus verlieren und auf der Straße sitzen. Ist es das, was Sie wollen?«

Sie schüttelte den Kopf.

»Wir müssen etwas unternehmen. Sofort. Sie sollten wenigstens auf meiner Warteliste stehen. Ich erledige das sofort für Sie, dann bekommen Sie keinen Ärger, weil Sie es nicht schon eher getan haben. Ich sage Ihnen, was Sie tun. Sie zahlen für Sie beide jeweils fünf Mark, und sobald Sie Mitglieder sind, werden Ihnen die Unterlagen zugeschickt.«

»Aber dann habe ich nicht genug Geld für die Arznei.«

»Was ist wichtiger? Ihr Mann wird Ihnen dankbar sein.«

Aber ihr Mann war nicht dankbar, als sie es ihm erzählte, und er schwor, die Papiere zu zerreißen, sobald sie kämen. Sie warteten, und das Schweigen zwischen ihnen vertiefte sich mit jedem Tag, an dem Herr Stosick vor ein Klassenzimmer voller Kinder treten musste, deren Arme zu einem enthusiastischen Heil Hitler! emporschnellten, mit jedem Tag, an dem er die Warnungen hinunterschlucken musste, die er ihnen entgegenbrüllen wollte.

Obwohl Ingrid jetzt an der Universität war, wohnte sie weiter zu Hause und fuhr mit der Straßenbahn nach Düsseldorf. Sie studierte für das Lehrfach. In letzter Zeit waren etliche ihrer Professoren entlassen, auf unbedeutende Stellen abgeschoben oder in den Ruhestand versetzt worden. Die Ersatzkräfte schienen eifrig darauf bedacht, sich jeder Kritik an dem neuen Regime zu enthalten.

»Sie wollen alle bloß nicht auffallen«, erklärte Ingrid Trudi eines Sonntagnachmittags beim Spazierengehen. »Ich bete jeden Tag für sie.«

»Obwohl du sowieso schon so viel betest?«

»Ich musste noch einen Rosenkranz zugeben.«

»Das heißt, du hast noch weniger Zeit für deine Freunde.« Es klang kleinlich und eifersüchtig und war Trudi entschlüpft, ehe sie es hatte zurückhalten können.

Ingrid runzelte die Stirn. Aber dann lachte sie, als wäre ihr gerade eingefallen, dass Märtyrer schon immer in dieser Situation gewesen waren – ihre Hingabe an Gott verteidigen zu müssen. Sie stand zwar nicht gerade in einer Arena, den Löwen ausgeliefert ... Aber dennoch, Trudi war eine gute Übung, für den Fall, dass sie es einmal mit einem echten Gegner zu tun bekommen sollte. »Gott will das von mir«, sagte sie mit fester Stimme.

»Tut mir leid.«

Ingrid schien enttäuscht, als hätte man ihr die Chance genommen, sich für ihren Glauben zu opfern.

Sie gingen gerade an der Weinhardt'schen Weide vorbei, wo die Kühe wie immer zusammengedrängt hinter dem Zaun standen, während die Schafe über die ganze Wiese verstreut waren, mit hellen wolligen Leibern und schwarzen Köpfen, die mit ruckartigen Bewegungen die letzten Grashalme abzupften.

»Es ist nicht so, dass ich beschlossen habe, noch einen Rosenkranz zu beten«, versuchte Ingrid zu erklären. »Es ist – ich weiß, dass ich es tun muss, aber es kommt nicht von mir.«

»Wie eine Stimme, die du hörst?«

»Es ist kein Hören oder Sehen ... eher ein inneres Wissen.« Trudi nickte. »Ich habe keine Ahnung, wie es in mich reinkommt. Es ist einfach da. Und dann muss ich gehorchen.«

»Und wenn du's nicht tust?«

Ingrid sah erschrocken aus.

»Hast du's noch nie probiert?«

»Das würde ich mich nie trauen.«

»Aber was ist, wenn du denkst, es ist nicht richtig?«

Ingrids Gesicht wurde scharlachrot, als hätte Trudi sie an etwas erinnert, was sie lieber vergessen wollte. »Es steht mir nicht zu, darüber zu entscheiden.«

Trudi sah sie eindringlich an, versuchte, aus ihr herauszuholen, was sie getan hatte, was nicht richtig war. »Du kannsts mir sagen«, flüsterte sie und griff nach der Hand der Freundin. Aber in dem Moment, als sie Ingrids Haut an der ihren fühlte, wollte sie es nicht mehr wissen, weil das, was sie spürte, mit Ingrids Vater zu tun hatte, mit diesem Unbehagen, das sie jedes Mal empfand, wenn sie mitbekam, wie er seine Tochter ansah, auf eine Art, wie kein Vater seine Tochter ansehen sollte. Sie hörte ihn lachen, hörte ihn zu Ingrid sagen, sie solle anständige Sachen tragen. Rasch ließ sie Ingrids Hand los, aber es war schon zu spät: Sie sah den Schatten von Ingrids Vater an Ingrids schräger Zimmerwand, sah ihn den Finger auf Ingrids Lippen legen, als sie in ihrem Bett hochfuhr.

»Ich glaube, manchmal träume ich Sachen ...«, Ingrids Stimme kam von weit weg.

Trudi war ganz flau. »Du brauchst nicht ...«

Ingrids Gesicht war so ausdruckslos und ergeben wie das einer Heiligen, die sich den Folterqualen stellte.

»Nichts, was du nicht ...«

»Du verstehst mich nicht.«

»Du kommst mit mir nach Amerika«, sagte Trudi rasch. »Wenn ich Tante Helene und Onkel Stefan besuche.«

»Wann fährst du hin?«

»Ach – ich weiß noch nicht. Wann ich Lust habe. Ihr Haus ist fast schon ein Palast, sechs Stockwerke hoch, mit Marmorkaminen und Wandteppichen. Dort wohnen auch noch andere Leute, in Mietwohnungen, aber das Haus hat Onkel Stefan gebaut.« Wörter purzelten aus ihr heraus, Details der Geschichten, die ihr ihre Tante über Amerika erzählt hatte: der klare See, in dem ihre Vettern und Cousinen badeten; das weiche Toilettenpapier – nicht hart und grau wie in Deutschland, hatte Tante Helene gesagt; der Fahrstuhl in dem Wohnhaus ... Sie sah sich schon mit Ingrid auf einem Schiff, unterwegs nach Amerika, dem Land der Hochhäuser und Cowboys, sah sich zurückblicken auf die entschwindende Küste Deutschlands und auf diesen Tag, dieses Gespräch, das Ingrid dazu gebracht hatte, mit ihr zu kommen.

Aber es war Ingrid, die verreiste – nicht mit Trudi, sondern mit ihrer Familie, über Weihnachten zu ihrem Onkel nach München. Trudi brachte sie zum Bahnhof. Während ihre Eltern und ihr Bruder sich in dem Abteil einrichteten, beugte sich Ingrid aus dem offenen Zugfenster.

»Hier.« Trudi gab ihr das Geschenk, das sie weihnachtlich für sie verpackt hatte.

Ingrid sah verlegen aus. »Ich hab nichts für dich.«

Trudi lächelte angestrengt, um ihre Enttäuschung zu verbergen. »Macht nichts.« Sie hatte das Geschenk für Ingrid schon vor vier Wochen gekauft und die Vorstellung genossen, wie überrascht Ingrid sein würde, wenn sie es auspackte, und wie entzückt sie ihrerseits von Ingrid eine hübsch verpackte Weihnachtsgabe entgegennehmen würde.

»Ich kaufe dir in München ein Geschenk«, überschrie Ingrid die Dampfpfeife des Zugs. »Darf ich es schon aufmachen?«

»Es bringt Unglück, zu früh zu feiern.«

»Lass das Mädel auspacken«, rief Herr Baum aus dem Inneren des Zugs. Trudi zuckte zusammen.

»Ich werde nicht Weihnachten feiern, ehe es so weit ist«, versprach Ingrid. »Ich will dein Geschenk nur anschauen.« Behutsam löste sie das Goldpapier und strich mit einem Finger über das rote Leder des Schmuckkästchens. »Ist das hübsch! Danke, Trudi.«

»Dann gefällts dir also?«

»O ja.« Sie wollte es wieder einpacken, aber die Hand ihres Vaters griff zu und nahm es ihr weg.

»Lass mal sehen.«

Geh nicht mit ihm, wollte Trudi sagen. *Bleib hier bei mir.*

»Hübsch, hübsch«, sagte er.

»Ihre Papiere, bitte.« Ein uniformierter Beamter öffnete die Tür zum Abteil.

Ingrids Vater warf das Schmuckkästchen auf die Gepäckablage über seinem Sitz. Die Perlen von Ingrids Rosenkranz klackerten in ihrer Handtasche, als sie ihren Personalausweis und eine kleine grüne Falthülle hervorkramte.

Eine untersetzte Frau kam von der Telefonzelle beim Bahnhofseingang angerannt, zwei schwere, schwingende Körbe in den Händen. Sie trat sich fast auf den Rock, als sie in den Zug kletterte. Im offenen Fenster des Nebenabteils erschien ein grauhaariger Mann, und ein junger Soldat reichte ihm einen schäbigen Koffer hinauf, der mit einer Schnur zugebunden war.

»Denk dran, deine Pillen zu nehmen, Vater«, rief er.

Zwei Frauen in grauen Mänteln und unterm Kinn geknoteten geblümten Kopftüchern saßen auf einer Bank beim Fahrkartenschalter, als warteten sie schon lange. Ein weiterer Pfiff ertönte, und Ingrid winkte durch eine Dampfwolke, während der Zug anrollte und ein verspäteter Fahrgast noch aufsprang.

Trudi stand da und winkte, bis der Zug den Bahnhof verlassen hatte und auf den Schienen dahinschaukelte, ehe er beschleunigte. Da erst spürte sie die kalte Winterluft. Sie schlug den Kragen hoch und zog den Wollschal fester um ihr Haar. Als sie gerade das Bahnhofsgebäude verlassen wollte, sah sie – wie für immer vom breiten Backsteinbogen des Portals eingerahmt – vier Jungen Ball spielen. In dem klaren kalten Sonnenlicht jagten sie einander lachend und schreiend. Ihre Wangen waren rot, und wären die einheitlich braunen Hemden nicht gewesen, hätten sie irgendeine Gruppe von Jungen sein können, in ein zeitloses Spiel vertieft. Trudi spürte einen Stich im Herzen, als ihre unbeschwerten Stimmen zu ihr herüberwehten, und sie fragte sich, wie lange wohl irgendetwas noch ein Spiel bleiben konnte.

10

1934–1938

Trudi und ihr Vater waren beunruhigt wegen der Rekrutierungsveranstaltungen in den Schulen, die der Hitlerjugend immer mehr Mitglieder brachten. Kunden, die noch schulpflichtige Kinder hatten, kamen in die Leihbücherei und erzählten, wie ihnen die Lehrer erklärt hatten, dass es eine Ehrenpflicht für alle Eltern sei, ihre Söhne der Hitlerjugend und ihre Töchter dem BDM zuzuführen.

Trudis Deutung der Abkürzung BDM – die für Bund Deutscher Mädchen stand – ließ Frau Abramowitz um ihre Sicherheit fürchten. »Bund Deutscher Milchkühe«.

»Psst, sei still«, sagte Frau Abramowitz und fuchtelte mit den Händen.

»Aber sie sind doch wie Kühe«, insistierte Trudi.

Die meisten anderen Jugendgruppen waren inzwischen, wie Adolf Hitler gefordert hatte, in der Hitlerjugend aufgegangen, was die Streitereien zwischen den Hitlerjungen und anderen Gruppen beendet, aber die Kluft zwischen den HJ-lern und den jüdischen Kindern noch vertieft hatte. Emil Hesping kannte etliche Jugendliche, die gegen die Fusion gewesen waren, aber jetzt zu den neuen Gruppentreffen gingen, um ihre alten Freundschaften zu erhalten. Einige ältere Jungen, die noch in den Turnverein kamen, beklagten sich bei Emil, während ihre früheren Gruppenführer sie gelehrt hätten, sich selbst treu zu sein, fordere man jetzt von ihnen Treue zum Führer.

Die Lehrer mussten sich regelmäßig mit den neuen Gruppenführern treffen, um sicherzustellen, dass ihre Schüler den Jugendorganisationen beitraten, und Arbeitgeber waren gehalten, nur Lehrlinge anzunehmen, die in der HJ oder im BDM waren. Folglich mussten die Kinder viel früher an ihre Zukunft denken als vorher: Was immer sie einmal werden wollten, es war von Vorteil, jetzt der HJ oder dem BDM anzugehören.

Und wie hätte es die Kinder nicht begeistern sollen: die prasselnden Lagerfeuer, mächtigen Volkslieder – dunkel, melancholisch und auf seltsame Weise triumphal – und das Gefühl, wenn ihre Stimmen vereint zum nächtlichen Himmel emporstiegen, höher noch als die rotgelben Flammen, und die berauschende Verheißung von Gleichheit, die sie dabei erfüllte, diese Kinder von Kaufleuten und Lehrern, Bauern, Rechtsanwälten und Schneidern? Überall um sich herum fühlten sie die starren Klassenschranken schwinden.

Als Helmut Eberhardt den Führer hatte versprechen hören, dass jeder Arbeiter Brot haben solle und dass er das Vaterland zu Größe, Glück und Wohlstand führen werde, war das gleiche heilige Gefühl über ihn gekommen, das er als Ministrant erfahren hatte. Und dieses Gefühl blieb und wuchs mit jedem Monat in der Hitlerjugend, bis er sich schließlich auf eine Weise stark fühlte, wie er es mit dem Priester nie erlebt hatte. Er vertraute dem Führer, als der verkündete, er werde nicht ruhen, bis jeder Deutsche unabhängig, frei und glücklich im Vaterland leben könne.

Zu Hause veränderte dieses neue Gefühl der Stärke Helmuts Zusammenleben mit seiner Mutter. Er befolgte nicht mehr, was sie sagte, und wenn sie ihn tadelte, fixierte er sie, bis sie verstummte. Bald hörte er auf, um Sachen zu bitten, und nahm sie sich einfach. Während er seine wachsende Macht im Wachstum seines Körpers und in seiner Wirkung auf die wesentlich ältere Hilde Sommer – die viel anziehender war als die Mädchen seines Alters – spürbar erfuhr, wurde seine Mutter immer schwächer und blasser.

Eva Rosen und Alexander Sturm heirateten einen Monat, bevor die Nürnberger Gesetze Juden die deutsche Staatsbürgerschaft entzogen und die Ehe wie auch den Geschlechtsverkehr zwischen Juden und Deutschen untersagten. Am Tag ihrer Hochzeit, einem Sonntag im August 1935, fühlte Trudi ihr Herz vor Liebe fast bersten, als sie Eva sah – das üppige dunkle Haar zu einem geflochtenen Kranz gewunden, die weißen Schläfensträhnen zu beiden Seiten des jungen Gesichts wie die angelegten Flügel eines zahmen Vogels.

»Ich bin so froh, dass du da bist«, sagte Eva, als sie sich herabbeugte, um Trudi zu umarmen. Sie trug ein auf Taille gearbeitetes Hochzeitskleid mit einem kurzen offenen Jäckchen, dessen Kragen und Ärmelmanschetten mit Perlen bestickt waren.

Es tut mir leid, wollte Trudi sagen, aber sie tat es nicht, weil Eva nur gefragt hätte, was ihr leidtue, und sie wusste es selbst nicht, nur dass es damit zu tun hatte, dass sie der Freundin die Treue gebrochen hatte.

Eva hatte sich zwar Alexanders Bitte widersetzt, zum Katholizismus zu konvertieren, aber sie hatte sich darauf eingelassen, fünfmal zu Herrn Pastor Beier in die Ehevorbereitung zu gehen, obwohl der Priester Alexander von dieser Heirat abzubringen versuchte. Sie hatte sogar versprochen, ihre Kinder katholisch erziehen zu lassen – eine tiefe Kränkung für ihre Mutter, die die Entscheidung ihrer Tochter vor ihren Freundinnen zu rechtfertigen versuchte.

»Das ist die einzige Möglichkeit, wie Alexander Eva heiraten und in der katholischen Kirche bleiben kann.«

»Ihre Kirche ist nicht gerade die großzügigste«, erinnerte sie Frau Simon.

Fräulein Birnsteig meinte, nichts sei unwiderruflich.

»Vielleicht bekommen sie ja gar keine Kinder«, warf Frau Abramowitz ein.

Die Frau Doktor fasste sich an die elfenbeinfarbene Narbe über der Oberlippe. »Soll mich das trösten, Ilse?«

Es war eine kleine Hochzeit. Die Trauung fand in der weißen Kapelle bei der Sternburg statt und der Empfang im Garten hinter dem Rosen'schen Haus. Evas Bruder war aus der Schweiz gekommen, wo sie beide die letzten Jahre studiert hatten. Ihr Vater hatte sich zur Feier der Hochzeit seiner Tochter von seinem Krankenlager erhoben; in einem riesigen schwarzen Smoking, ein Glas Sekt in der Hand, plauderte er mit den Gästen, als habe er sie gestern das letzte Mal gesehen. Sein breites Gesicht war sonnengebräunt wie immer, und wäre da nicht der Liegestuhl auf dem Balkon gewesen, mit der zusammengefalteten Wolldecke über der Armlehne, als warte er auf seine Rückkehr, hätte man glatt vergessen können, dass dies derselbe Mann war, der seit Jahrzehnten im Liegen lebte. Sein Auftritt sollte nur das Gerücht nähren, er sei gar nicht krank – obwohl er am nächsten Tag wieder in der Sonne lag und allenfalls eine schlaffe Hand hob, wenn man einen Gruß zu ihm hinaufrief.

Sein frischgebackener Schwiegersohn Alexander, der viel zu schnell vom ernsten Knaben zum ernsten Mann geworden war, wirkte heute verändert, erotisch, fast schön. Es war, als habe er mit Eva etwas von den verlorenen Jahren zurückgewonnen, und er bewegte sich wie ein Jüngling – nicht wie ein Geschäftsmann. Ein gewisses Etwas in der Bewegung seiner Hüften, der Haltung seines Halses, tanzte er mit Eva. Als seine Nichte Jutta eine ganze Schwarzwälder Kirschtorte auf den Rasen fallen ließ, lachte er und half ihr, Kirschen, Schlagsahne und Schokoladenteig zusammenzukratzen.

»Schieben wir die Schuld auf deinen Fuß«, frotzelte er.

»Was ist denn mit ihrem Fuß?«, fragte Klaus Malter. »Ich dachte schon, sie hinkt.«

»Nichts«, sagte Jutta achselzuckend.

Aber ihre Mutter erzählte Klaus, dass sie auf einen rostigen Nagel getreten sei. »Barfuß. Sie war wieder in dieser schrecklichen Kiesgrube schwimmen«, sagte sie, und Trudi musste daran denken, wie sie Jutta bei der Grube gesehen hatte, an dem Abend, ehe Wasser aus dem Grund des Lochs gequollen war, als hätte das Mädchen es heraufbeschworen.

Juttas Mutter erzählte dem Zahnarzt jetzt, wie Jutta zum Theresienheim gehumpelt war, wo Schwester Agathe ihr den Nagel aus dem Fuß gezogen hatte.

»Wann ist das passiert?«, fragte er.

»Gestern.« Sie seufzte, als raube ihr ihre Tochter die letzte Kraft. Ihre Haut war wächsern, ihre Stimme matt. »Ich sage ihr immer wieder, sie soll vorsichtiger sein.«

»Mutter ...«

»Achte darauf, deinen Fuß sauber zu halten, damit es keine Infektion gibt«, ermahnte Klaus Malter das Mädchen.

»Es tut nicht mal weh.«

»Infektionen können still und heimlich kommen.«

»Hör auf den Herrn Doktor«, murmelte Juttas Mutter.

»Er ist doch nur Zahnarzt.«

Statt beleidigt zu sein, lächelte Klaus das Mädchen zu Trudis Überraschung an. »Da hast du recht. Aber trotzdem – mit Infektionen kennen sich Zahnärzte aus.«

Jutta lief davon. »Die Schwester hat mir was gegeben, um den Fuß drin zu baden.«

Klaus hatte Fräulein Raudschuss zur Hochzeitsfeier mitgebracht. Sie stand dicht neben ihm, und ihr Arm berührte seinen mit einer solchen

Vertrautheit, dass Trudi sofort wusste, sie schliefen schon seit einiger Zeit miteinander. Sie bemühte sich, amüsiert zu reagieren: Schließlich war es eine herausfordernde Übung, den Stand einer Liebesbeziehung daran abzulesen, wie die Körper der Betreffenden sich verhielten, ob ihre Arme und Beine sich streiften, wie eng sie beisammensaßen.

Sie wusste immer Bescheid – sogar bei denen, die ganz steif dasaßen, aus Angst, sich zu verraten, indem sie sich aus Gewohnheit berührten. Nicht, als hätten Fräulein Raudschuss und Klaus Malter irgendetwas zu verbergen versucht: Ihre Hand streichelte seine Wange; seine ruhte in ihrem Kreuz, wenn sie herumspazierten; sie steckte ihm mit ihrer Gabel ein Stückchen Hochzeitskuchen in den Mund ... Und als sei das noch nicht genug, um Trudi zum Sieden zu bringen, verkündeten sie auch noch ihre bevorstehende Verlobung.

»Das ist nicht fair.« Trudi merkte erschrocken, dass sie laut gedacht hatte. Sie sah sich um, aber der einzige Mensch, der sie gehört hatte, war Evas Vater.

»Was ist nicht fair, Fräulein Montag?«

»Dass – dass sie Eva so an die Wand spielen. Es ist schließlich ihre Hochzeit.«

Er nickte ernst. »Das ist nicht fair«, stimmte er zu und sah sie so mitfühlend an, dass sie sich fragte, was er alles von seinem Balkon aus mitbekam.

Alexander hatte die größte Wohnung in seinem Mietshaus für sich und seine Frau reserviert, und Eva bestückte jetzt die geräumigen Zimmer mit dänischen Teakholzmöbeln und ihrer Sammlung von ausgestopften Vögeln, darunter auch eine Eule, die ihr frisch angetrauter Ehemann von Herrn Heidenreich als Hochzeitsgeschenk für sie erworben hatte. Aber ihr Lieblingsexemplar war nach wie vor der graue Vogel mit der karmesinroten Brust. Er wirkte immer noch so lebendig wie an dem Tag, an dem Herr Heidenreich ihn ausgestopft und in ein Nest gesetzt hatte, viel lebendiger als Seehund, der jetzt mühsam vom Fußboden hochkam. Seine Hinterbeine waren mit den Spuren seiner Zähne übersät, weil er versuchte, den Schmerz herauszubeißen, und wenn er aufstand, musste man daran denken, ihm nicht den Rücken zu tätscheln, da sonst die Gefahr bestand, dass er zusammenbrach.

Oft bewegte er sich so mühsam, dass Trudi schon fürchtete, er würde die Nacht nicht überleben. Aber er hielt durch, den ganzen Winter und bis ins Frühjahr, das sich dahinschleppte, eine matschige Fortsetzung der langen, kalten Monate, die sich schwer um die schmerzenden Gelenke der alten Leute legte und ihnen sogar aufs Gedächtnis schlug: Sie fassten sich an die Stirn und mühten sich, Gedanken wiederzufinden, die eben noch da gewesen waren. Selbst in ihren Köpfen war eine graue Suppe, vermengte sich das Gestern mit dem, was vor Jahrzehnten passiert war. Sie gingen langsamer und stützten sich auf Stöcke.

Eva und ihr junger Ehemann schienen die Einzigen zu sein, die feierten – als wollten sie den Gesetzen trotzen, die die Welt der Juden immer weiter einschränkten, indem sie ihnen verboten, Deutsche zu heiraten oder deutsche Haushaltshilfen unter vierzig zu beschäftigen. »Hat ja nichts zu sagen, dass wir auch Deutsche sind«, erklärte Eva ihrer Mutter, die das Dienstmädchen hatte gehen lassen müssen, das fast zehn Jahre im Haus gewesen war. Bisher hatte Frau Doktor Rosen noch keinen Ersatz gefunden, ihre Praxis war in den letzten Jahren immer weiter geschrumpft, da die Krankenkasse nicht mehr für Patienten aufkam, die zu jüdischen Ärzten gingen. Obwohl sich einige ihrer arischen Patienten immer noch nach Einbruch der Dunkelheit in ihr Sprechzimmer schlichen, »vergaß« der eine oder andere, das Honorar zu entrichten.

Seit der Hochzeit der beiden war Trudi wieder viel mehr ein Teil von Evas Leben. Eva ging nicht mehr zur Universität und kam öfters in der Leihbücherei vorbei – nicht um Bücher auszuleihen, sondern um mit Trudi zu reden oder sie zu beschwatzen, die Kundschaft ihrem Vater zu überlassen und mit ihr spazieren zu gehen. Sie erzählte Trudi von all den aufregenden Dingen, die Alexander und sie taten – essen gehen und tanzen gehen und Einladungen geben –, aber nicht von ihrer Wut auf die Ungeheuerlichkeiten, die um sie herum vor sich gingen.

Trudi war zweimal zu solchen Geselligkeiten bei Eva eingeladen, das eine Mal zu einem kleinen Essen, bei dem auch Evas Eltern anwesend waren und den ganzen Abend kaum etwas sagten, das andere Mal zu einem fantastischen Kostümball, zu dem die Leute als Zigeuner mit funkelndem Goldschmuck und bunten Kopftüchern, als Chinesen mit gelben Gewändern und spitzen Hüten, als federgeschmückte Indianer und gute Feen erschienen. Trudi verkleidete sich als kleine Holländerin mit Holzschuhen und einem gestärkten weißen Tuch, das Frau Blau dreiecksförmig auf ihrem Kopf festgesteckt hatte, und ihr Vater ging als Spieler, mit einer alten Augenklappe von seinem Piratenkostüm und der goldenen Krawatte mit den silbernen Streifen, die ihm Trudi vor vielen Jahren geschenkt hatte.

Eva war irgendwie an ein Nonnengewand gekommen, was, wie die meisten Gäste – und vor allem Leute, die nicht eingeladen waren, sondern nur von ihrem Auftritt hörten – hinterher befanden, nun wirklich zu weit ging, zumal wenn man gesehen hatte, wie sie mit ihrem als Scheich kostümierten Mann tanzte. Trotz all der Stofflagen zwischen ihnen – ihrem schwarzen Habit und dem weißen Bettlaken, in das er sich gehüllt hatte – hätten sie nackt sein können, so, wie sie sich aneinander rieben. Aber man wusste ja, sagten die Leute, dass Juden unersättlich waren, was die Fleischeslust anging. Die Ehe hatte Alexander verwandelt, da waren sich die Leute einig. Aber vielleicht war das ja gar nicht so erstaunlich, bei diesem Einfluss. Er war doch immer ein so würdevoller, anständiger Mensch gewesen, die Sorte anständiger Mensch, die gern hilft, aber auch will, dass alle von der guten Tat erfahren. Nicht, dass er jetzt kein anständiger Mensch mehr gewesen wäre – obwohl dieser Kostümball gewisse Zweifel an seiner Tugend aufkommen ließ. Selbst wenn er seine Frau stehen ließ, um am anderen Ende des Raums eine Flasche Sekt zu öffnen, war es immer noch, als berührten sie sich.

Im April verlor Seehund die Kontrolle über seinen Schließmuskel. Trudi spürte, wie er sich schämte, wenn sie morgens herunterkam, um den Küchenherd anzuheizen, und ihn in seinem eigenen Gestank liegend vorfand, das Fell kotverklebt. Während sie sich mit einer Hand die Nase zuhielt, um den Würgereiz zu dämpfen, hievte sie den Hund hoch und schleppte ihn nach draußen, half ihm, sich hinzulegen, und ging wieder in die Küche, um den Boden zu putzen und Wasser warm zu machen, damit sie ihn reinigen konnte.

An manchen Morgen war die Luft noch frostig, und in der Sonne schimmerten winzige Eispartikel, die sie daran erinnerten, wie Seehund seinen ersten Winter genossen hatte. Sie wünschte, sie könnte ihm eine große Schüssel Schnee bringen und ihn daran lecken lassen, aber der Schnee war geschmolzen, und die Pfützen hatten nur noch eine dünne Eishaut. Eines Tages, als sie gerade seine Hinterbacken abwusch, wusste sie, dass er keinen weiteren Winter mehr erleben würde. Sie packte ihn an seinem Lederhalsband und versuchte, ihn zu einer der gefrorenen Pfützen zu bugsieren – ein armseliger Ersatz für Schnee, aber vielleicht das Schneeähnlichste, was er noch haben konnte. Er sperrte sich, als wüsste er nicht, ob er ihr trauen solle, und in diesem Moment brach ihre lang verschüttete Liebe zu ihm wieder durch, und sie weinte und streichelte sein Fell. Er stupste sie mit der Schnauze.

»Komm«, sagte sie, und er folgte ihr zu der Pfütze.

Mit bloßen Händen zerbrach sie das dünne Eis und hielt ihm einen langen Splitter hin, ließ ihn daran lecken, als könnte es irgendwie das ersetzen, was sie ihm nicht mehr hatte geben können, seit er an jenem Tag am Fluss ihre Demütigung verkörpert hatte. Jeder lahmende Schritt, den er seither tat, hatte sie daran erinnert, dass sie ebenfalls beschädigt war. Er leckte an dem Eis, bis es unter seiner heißen Zunge geschmolzen war, und leckte dann ihre Hände und Unterarme, und seine raue Zunge war viel lebendiger als der Rest seines Körpers.

An diesem Nachmittag schleppte er sich davon.

Als er bei Einbruch der Dämmerung immer noch nicht zurück war, wurde Trudi unruhig. Sie staubte jedes einzelne Möbelstück im Wohnzimmer ab, schleppte dann alle Teppiche zu der niedrigen Teppichstange hinterm Haus und klopfte sie mit dem geflochtenen Teppichklopfer, bis nicht mehr das kleinste Staubwölkchen herauskam. Ihr Vater war schweigsam, während sie Kartoffeln mit Salzheringen und Rote Bete zum Abendbrot aßen, aber er ging zweimal nach draußen und rief nach Seehund.

Trudi ließ das Geschirr in der Spüle stehen und zündete zwei Laternen an. Den ganzen Abend, während sie nach dem Hund suchten, fühlte sie wieder diese Traurigkeit, die Rainer Bilder vor zwei Jahren im Ort hinterlassen hatte, und wenn sie ihren Vater ansah, merkte sie, dass auch er sie spürte, diese Traurigkeit, die so weit anschwoll, dass sie auch noch den Verlust ihrer Mutter umfasste.

Es war schon nach zehn, als sie den silbrig weißen Taubenkot von einer Bank vor der Kapelle wischten und sich zu einer kleinen Ruhepause hinsetzten. Tauben, Hunderte von Tauben, saßen dösend auf dem Schindeldach, und das wispernde Geräusch ihrer Krallen war wie ein Totengebet und erinnerte Trudi an die Fotos der toten Braut an den Schlafzimmerwänden ihres Vaters und das Getuschel, dass sie der Grund für den Wahnsinn ihrer Mutter sei. Einen Augenblick lang war ihr, als ob sie fiele und immer weiter fiele, aber ihr Vater sprach ins Dunkel, als nähme er ihre Gedanken auf, und fing sie in dem sicheren, verlässlichen Netz seiner akzeptierenden Liebe auf.

Er sagte: »Sie war nicht immer so.«

Auf der anderen Seite der Wiese beleuchtete der Halbmond den Zwiebelturm der Sternburg, und ein hoher Wind bog die kahlen Wipfel der Pappeln.

»Sie war nicht immer so«, sagte er wieder, »und trotzdem war es immer da ... irgendwo untendrunter. Ich weiß nicht, warum.«

Von der Sternburg drang ein Geräusch herüber, und Trudi sprang auf. »Seehund!«, rief sie. »Hierher, Seehund.« Aber es war nur das Wasser im Burggraben, das gegen die Pfeiler der Zugbrücke schwappte.

»Vielleicht hat er ja heimgefunden«, sagte ihr Vater wenig überzeugt.

»Vielleicht.« Sie fragte sich, wie ihr Vater es überstehen würde, wenn sie den Hund nicht wiederfanden.

»Bei unserer Hochzeit ging es ihr gut.« Er stand auf und marschierte los, wieder ortseinwärts, und sie hielt mit ihm Schritt. Ihre Mondscheinschatten lagen Seite an Seite auf dem Asphalt, seiner fast doppelt so groß wie ihrer.

»Am Anfang ging es ihr gut. Und davor auch, als wir noch auf der Schule waren ...« Er schüttelte den Kopf, und sein Schattenkopf auf dem Asphalt schien zu rotieren. »Ich weiß nicht, warum sie so war. Zuerst habe ich immer gedacht, es sei meine Schuld.«

Trudi fühlte eine tiefe Traurigkeit, die ihnen beiden galt, ihrem Vater und dem Mädchen, das dann ihre Mutter geworden war; aber es war eine Traurigkeit, in der kein Selbstvorwurf mehr lag, eine reine, unvermischte Traurigkeit, die ohne Rückstand durch ihren Körper strömte.

»Es ist niemandes Schuld«, flüsterte sie, und ihr Vater blieb abrupt stehen und zog sie an seine Brust.

Sie fanden den Hund in dieser Nacht nicht. Am nächsten Tag ließen sie die Leihbücherei geschlossen und suchten weiter. Kurz bevor es dunkel wurde, stießen sie auf Seehund, unter einem Gebüsch am anderen Ende des Jahrmarktsplatzes, in der Nähe der Stelle, wo damals Pias Wohnwagen gestanden hatte. Sein Fell war weich, und er lag halb zusammengerollt da, wie früher als junger Hund, als er noch mit der gleichen Hingabe geschlafen und gespielt hatte. Ein feiner Schleier überzog seine offenen Augen, als hätte ihn der Frost in einer letzten Umarmung an sich gezogen.

Obwohl Trudi ihrem Vater half, Seehund am Bach hinterm Haus zu begraben, hörte sie ihn in den kommenden Wochen immer wieder Wasser schlabbern oder Futter aus seinem Napf fressen, und sie ertappte sich dabei, wie sie vorsichtig in die Küche ging, um nicht auf ihn zu treten. Es gab ihr einen Stich, wenn ihr Vater den Kamm aus seiner Hemdtasche zog und sich suchend nach dem Hund umsah, oder wenn er etwas von seinem Essen auf den Tellerrand legte und dann den Kopf schüttelte, als wäre ihm gerade wieder eingefallen, dass Seehund tot war.

Sie bemerkten jetzt überall Hunde: den Buttgereit'schen Pudel, den Dackel des Tierpräparators, die schwarze Promenadenmischung der Stosicks, den Weskopp'schen Schäferhund ... Diese Hunde waren schon die ganze Zeit da gewesen, aber jetzt ließen sie sie Seehunds Verlust nur noch deutlicher spüren.

Um ihren Vater aufzuheitern, beschloss Trudi, ihm zu seinem fünfzigsten Geburtstag eine Überraschung zu bereiten. Sie hob Geld von ihrem Sparkonto ab und sagte ihm, er solle sich fein machen und um ein Uhr ausgehbereit sein. Sie zog ihr bestes Kleid an, aus blauem Samt mit rundem Ausschnitt und halblangen Ärmeln, und während sie auf ihren Vater wartete, malte sie ein Schild, dass die Leihbücherei für den Rest des Tages geschlossen sei. Aber was für einen Grund sollte sie angeben? Wegen dringender Familienangelegenheiten? Krankheitshalber? Sie entschloss sich schließlich, *wegen Herrn Montags Geburtstag* hinzuschreiben, da sie dachte, er würde den Hund vielleicht nicht mehr so sehr vermissen, wenn ihm die Leute gratulierten oder Geschenke brachten.

Sie musste lächeln, als er in seinem guten Anzug und der Glitzerkrawatte die Treppe herunterkam. Ein Taxi brachte sie in ein schickes Restaurant in Düsseldorf, wo eine Pianistin in einem meergrünen Abendkleid Wagner-Arien spielte.

Trudi bestellte Sekt und das Lieblingsgericht ihres Vaters, Wiener Schnitzel mit frischen Erbsen und Petersilienkartoffeln. Ihr Tisch stand in dem geheizten Glasvorbau, der auf den Bürgersteig hinausragte. Er war mit einem dicken weißen Leinentischtuch, langstieligen Gläsern und einer Kristallvase mit frischen Rosen gedeckt.

Am Nachbartisch tranken drei junge SA-Leute Schnaps, und noch einen Tisch weiter saßen die Eltern des dicken Jungen und aßen mit ernster, stummer Ausdauer. Seit Rainers Verschwinden waren ihre dünnen Körper aufgegangen – nicht plötzlich, sondern nach und nach, als ob ihr Sohn nicht mehr da war, um ihre Ausschweifungen zu absorbieren.

Herrn Bilders braune Uniform kaschierte die Fettmassen besser als das leichte Kleid seiner Frau. Trudi hatte gehört, dass er eigentlich zur SS gewollt hatte, doch obwohl er dafür mit Sicherheit fanatisch und bürokratisch genug war, hatte sein Körper den Elite-Standards nicht genügt. Aber die SA nahm jeden – vor allem Leute, die Spaß daran hatten, anderen den Schädel einzuschlagen.

Die Burgdorfer hatten schon lange aufgehört, die Bilders zu fragen, ob sie etwas von ihrem Sohn gehört hätten. Da sie selbst Rainer nie erwähnten, war er in die inoffizielle Liste derer aufgenommen worden, deren Namen man – aus Rücksicht auf die Familie oder die Kirche – nicht aussprach und die man überhaupt behandelte, als hätte es sie nie gegeben. Dazu gehörten der Friseur, der im Düsseldorfer Zoo dabei erwischt worden war, wie er es mit einem wilden Eber trieb; die Frau, die mit einer anderen Frau nach Portugal durchgebrannt war und ihre Kinder bei ihrem Mann zurückgelassen hatte; der Mann, der im Opernhaus erschossen worden war, als er während des zweiten Akts der Zauberflöte den Kartenschalter ausgeraubt hatte; die Krankenschwester, die zu dreizehn Jahren Gefängnis verurteilt worden war, weil sie ungeborene Kinder getötet hatte, was als Sabotage an Deutschlands rassischer Zukunft galt. Diese Leute fielen einem zwar gelegentlich ein, und man dachte schaudernd an ihre skandalösen Taten, aber man sprach ihre Namen nicht aus, es sei denn – vielleicht – flüsternd zu jemandem, den man gut kannte.

Ein weiß befrackter Ober brachte den Sekt, und Trudi prostete ihrem Vater zu: »Auf deinen Geburtstag.«

Er lächelte. »Auf meinen Geburtstag – o nein.«

»Was ist?«

»Die Bilders.«

Die beiden hatten sich in den Stand emporgewuchtet und kamen jetzt auf sie zu. An Frau Bilders massigem Busen steckte das silberne Ehrenkreuz der deutschen Mutter. Alljährlich am zwölften August, dem Geburtstag von Hitlers Mutter, erhielten in ganz Deutschland kinderreiche Mütter das Mutterkreuz: das begehrteste in Gold für acht oder mehr Kinder, das silberne für sechs und das bronzene für vier. Das Kind adelt die Mutter, lautete die Inschrift.

»Ein besonderer Anlass?«, wollte Frau Bilder wissen.

»Der Geburtstag meines Vaters.«

»Herzlichen Glückwunsch zum Geburtstag, Herr Montag.«

»Sie haben Ihr Essen ja noch gar nicht.« Herr Bilder musterte Trudis Vater.

»Es wird gleich kommen.«

»Was haben Sie bestellt?«

»Wiener Schnitzel.«

»Ich hatte die Rouladen.«

»Köstlich«, seufzte Frau Bilder. »Sie waren köstlich.«

»Eine ausgezeichnete Soße.« Ihr Mann schnalzte mit der Zunge.

»Die beste, die ich je gekostet habe.«

»Fast hätten wir den Sauerbraten genommen.«

»Das nächste Mal.«

»Ja, das nächste Mal, Liebling.«

»Die Kartoffelpuffer sind diese Woche besser als die Klöße.«

»Schön kross.«

»Sie haben hier exzellente Regenbogenforellen.«

»Mit Zitrone und Butter.«

»Auf Petersilie.«

»Frischer Petersilie.«

»Immer frisch hier.«

»Vergessen Sie nicht, Käsekuchen zum Dessert zu bestellen.«

»Sie backen hier einen fantastischen Käsekuchen.«

»Das letzte Mal hatte ich den Bienenstich.«

»Ich hoffe, Sie haben Suppe bestellt?« Herrn Bilders Augen wurden glasig.

»Die Erbsensuppe hier ist wie Eintopf.« Seine Frau gab ein schnalzendes Geräusch von sich.

»So dick.«

»Aber ganz fein püriert.«

Trudi sah ihren Vater an, der mit gequälter Miene den Bilders zuhörte, die ihm die Sicht auf die Pianistin versperrten, die Oberschenkel gegen die Tischkante gequetscht, als warteten sie auf eine Kostprobe von seinem Geburtstagsessen. Drei Lagen weißen Fleischs hingen ihnen vom Kinn, und ihre Nasenflügel waren gebläht, damit ihnen nur ja nichts von den kulinarischen Düften entging.

»Ihr Sohn ...«, setzte Trudi an. »Rainer ... Ich frage mich schon die ganze Zeit, ob Sie wohl etwas von ihm gehört haben.«

Frau Bilder holte tief Luft, als wäre sie plötzlich zum Leben erwacht.

Ihr Mann blinzelte und zog seine Taschenuhr hervor.

»Wir müssen gehen«, sagte er.

»Ja, wir sind schon spät dran.«

»Noch mal alles Gute zum Geburtstag, Herr Montag.«

Sie verschwanden mit verblüffender Geschwindigkeit zur Tür und zwängten sich wundersamerweise gleichzeitig hindurch, ohne stecken zu bleiben.

»Wieso habe ich plötzlich keinen Hunger mehr?«, fragte Trudis Vater.

»Weil die beiden schon für uns gegessen haben.«

»Das war hart, weißt du das?«

»Ich weiß.«

»Ab und zu denke ich an Rainer.«

»Er muss jetzt etwa sechzehn sein.«

Der Ober brachte ihnen ihr Essen, und als sie sich gerade daranmachten, hörten sie einen dumpfen Schlag. Ein blinder Mann mit einem Schäferhund war direkt neben ihnen gegen den Glasvorbau gelaufen. Mit bestürzter Miene ruckte er an der Leine und trat ein paar Schritte zurück. Er war jung, Ende zwanzig, und seine Haut schien aufgesprungen von der Kälte. Seine Hände waren bloß.

»Komm, Hundi – Hundi – Hundi«, rief einer der SA-Leute am Nachbartisch. Sein teigiges Gesicht war mit Akne übersät.

Seine Freunde lachten.

Trudi merkte, wie ihr Vater erstarrte.

Der blinde Mann sagte etwas zu dem Hund, fasste die Leine fester, ließ den Hund wieder vorwärtsgehen, folgte ihm – und krachte abermals gegen die Glaswand. Sein rundes Gesicht war so beschämt, dass Trudi am liebsten weggesehen hätte. Als er zum dritten Mal Anlauf nehmen wollte, zog der Hund vorwärts, wie hypnotisiert von seinem eigenen Spiegelbild.

Trudi stieß ihren Stuhl zurück, was ein hässliches Schrappen auf dem gefliesten Boden erzeugte.

Ihr Vater legte ihr die Hand auf den Arm und schüttelte den Kopf. »Es ist noch peinlicher für ihn, wenn er weiß, dass wir hier sind.«

»Hierher, Hundi – Hundi ...«

»Idioten«, murmelte Trudi. »Schlägerbande.«

Ihr Vater machte ein erschrockenes Gesicht.

»Sie haben mich ja nicht gehört«, flüsterte sie.

»... Hundi – Hundi.«

Wieder lief der blinde Mann gegen die Glaswand, die freie Hand vorgestreckt, als rechne er schon damit, und sofern er wütend war, versteckte er es hinter einer Resignation, die aus jahrelanger Konfrontation mit Hindernissen erwachsen sein musste.

Trudi fragte sich, ob er die Gesichter jenseits dieser zerbrechlichen Wand spürte. Sie wollte zwar immer noch hinauslaufen und ihm helfen, wusste aber, dass es ihm nur die Präsenz eines Publikums bewusst machen würde.

»Er muss sich den Hund von jemandem geborgt haben«, sagte ihr Vater.

Sie nickte. »Seiner ist wahrscheinlich gestorben.« Noch im selben Moment wünschte sie, sie hätte es nicht gesagt. Nicht mal hier, dachte sie, entkommen wir den Gedanken an Seehund. »Vielleicht«, sagte sie rasch, »ist es ja seiner, aber er ist noch nicht völlig abgerichtet.«

Ihr Vater atmete hörbar aus, als der Mann – beim fünften Versuch – endlich um die Glaswand herumkam und mit steifem Rücken davonging, abhängig von dem Hund, der ihn verraten hatte.

Die Burgdorfer gingen zu Umzügen und Reden – manche, wie der Tierpräparator, weil sie wirklich an ihren Führer glaubten, andere, wie Herr Blau, um nicht aufzufallen. Die meisten kultivierten das Schweigen, das ihnen so vertraut war, ein Schweigen, genährt von Angst und Mitläufertum, das sich über alles hinwegziehen würde, was sie sich vorstellen konnten, bis in die Jahrzehnte nach dem Krieg, der, wie einige bereits fürchteten, vor der Tür stand.

Um dieses Schweigen zu rechtfertigen, versuchten sie, Gutes an ihrer Regierung zu sehen, oder sie kehrten der Gemeinschaft den Rücken und flüchteten sich in das Labyrinth ihres eigenen Lebens. Sie verstanden es, keine Fragen zu stellen; Staat und Kirche hatten es sie gelehrt. Im Lauf der Jahre hatten sie jenen anfänglichen Fragedrang vergessen. Für manche bestand der einzige Akt des Widerstands darin, wann immer sie es vermeiden konnten, nicht die Hand zum Hitlergruß zu erheben. Aber andere, wie Herr Immers und Herr Weskopp, praktizierten diesen Gruß bei jeder Gelegenheit, häufig, um die, denen sie begegneten, auf die Probe zu stellen.

Bei der Verlobung seines Sohnes mit Irmtraud Boden im Mai dieses Jahres 1936 unterhielt Anton Immers seine Gäste mit Geschichten aus dem Ersten Weltkrieg, als wäre er wirklich Soldat gewesen, und um Mitternacht – als die Bierfässchen leer waren und der Metzger fünf Flaschen teuren Weins aufgemacht hatte – meinten sich die wenigen noch verbliebenen Gäste, allesamt Stammtischbrüder von ihm, selbst schon zu erinnern, wie sie ihn im Feld die unglaublichsten Heldenstücke hatten vollbringen sehen.

»Ich zeige euch das Foto von mir in Uniform«, sagte er.

»Das kennen wir, Anton«, versicherten sie.

Aber er bestand darauf, sie zur Metzgerei zu führen, und die Prozession schwankte zu Alexander Sturms Mietshaus. Als der Metzger seine Aktenmappe abgestellt und die Ladentür aufgeschlossen hatte, zeigte er auf das Foto, das Herr Abramowitz von ihm in Herrn Heidenreichs Uniform gemacht hatte, und die Männer prosteten ihm mit einem ergriffenen »Heil Hitler« zu.

Herr Immers verbeugte sich. »Aber eins bedaure ich ..., dass ich keinen richtigen Fotografen genommen habe.«

»Es ist ein sehr gelungenes Porträt, Anton«, tröstete ihn Herr Buttgereit.

»Ein sehr ...« Herr Neumaier runzelte die Stirn, als versuchte er, sich zu erinnern, was er eben hatte sagen wollen.

»Du, wie du leibst und lebst, Anton«, sagte Herr Weskopp.

Das Foto hing zwischen zwei anderen Bildern – einer Nahaufnahme von Adolf Hitler, die ihn von den Schultern aufwärts beim Halten einer Rede

zeigte, und dem heiligen Adrian, dem Schutzpatron der Metzger und Soldaten. Aus Gründen des Respekts hing der Führer natürlich ein paar Zentimeter über dem Metzger und dem Heiligen.

»Aber es ist von einem Juden aufgenommen ... das werde ich nie vergessen.« Herr Immers wandte sich ab und spähte in das Dunkel hinter
der Schaufensterscheibe, als suchte er neues Beweismaterial für die lederne
Aktenmappe, die er jetzt überallhin mitnahm, sogar zu den Schachklub-
abenden. Niemand hatte die Aktenmappe je offen gesehen, aber die Leute
sagten, der Metzger habe darin Listen von Leuten, die irgendetwas gegen
den Führer gesagt hätten. Selbst seine künftige Schwiegertochter Irmtraud,
die sich über die barsche Art des Alten ärgerte, seit sie mit vierzehn als Verkäuferin in seinem Laden angefangen hatte, wusste keine bessere Erklärung,
was der Metzger da mit sich herumtrug.

»... gelungenes Porträt«, sagte der Apotheker.

»Und dieses Judenweib hier«, sagte der Metzger, »würde mich raus-
schmeißen, wenn sie nur könnte.«

»Welches Judenweib?«, fragte Herr Weskopp.

»Die Tochter der Frau Doktor. Tut, als ob sie hier das Sagen hätte ...
pflanzt Flieder hinten im Hof. Bildet sich wer weiß was ein ... Aber ich
habe einen Zehnjahresvertrag gemacht. Mit ihrem Mann. Bevor er sie geheiratet hat.«

Eines Freitagnachmittags, als Trudi die Leihbücherei geschlossen hatte und
auf dem Weg zu den Buttgereits war, um mehr über gewisse, den dicken
Priester betreffende Gerüchte herauszubekommen, sah sie die verrückte
Nonne, Schwester Adelheid, die Wege zwischen den Rosenbeeten im um-
friedeten Klostergarten des Theresienheims harken. Trudi grüßte sie und
ging weiter, mit der Frage beschäftigt, welche Information sie an Frau Buttgereit weitergeben solle, damit die verpflichtet wäre, ihr von dem Priester zu
erzählen. Nach Auskunft der Frau des Tierpräparators hatte sich nämlich
die Haushälterin des dicken Priesters bei Frau Buttgereit über ihn beklagt.

»Warte, du da«, rief die Nonne. Ihr herzförmiges Gesicht war ver-
schmiert.

Trudi blieb stehen, die Hand auf der unteren Querstange des verschlossenen Tors. Zwei mächtige Pflaumenbäume warfen ihre Schatten auf den

Bürgersteig, gerade so, dass sie und die Nonne in einem Sonnenkegel standen, der auf sie herabfiel wie das Licht auf Heiligenbildern.

»Wie heißt du?«, fragte die Nonne und wippte mit der einen Fußspitze.

»Trudi Montag.«

»Ich habe dich schon gesehen. Ich bin Schwester Adelheid.«

»Ich weiß.«

»Weißt du auch, dass dich der liebe Gott berufen hat?« Sie zeigte mit dem Finger auf Trudi, die zu erkennen versuchte, ob die Schwester wirklich Stigmata auf den Handtellern hatte, aber die Hände waren erdverkrustet. »Der liebe Gott will, dass du eine von uns wirst. Er hat mich gebeten, es dir zu sagen.«

»Ich – ich glaube nicht. Aber vielen Dank.«

Auf den Wäscheleinen neben dem Gebäude hingen drei Reihen von schwarzen Nonnenhabits, zu nass, um sich im Wind zu blähen.

»Komm. Ich will dir was zeigen.«

»Wo?«

»In meiner Zelle.«

Trudi hatte die Vision, wie Schwester Adelheid vor einer mit weißer Spitze bedeckten Holzkiste kniete und runde Brotstückchen zur Decke emporreckte. »Ich muss weiter«, sagte sie, obwohl sie gar nicht gern gehen wollte, ohne wenigstens ein paar neue Informationen über die Schwester oder über den für alle Leute außer den Nonnen versperrten Klostertrakt mitzunehmen. Sie war in der Halle gewesen und in den anderen Flügeln des Theresienheims, wo die Nonnen die Alten und Kranken betreuten und wo Schwester Agathe ihr letzten Winter Medizin gegen ihren Husten gegeben hatte.

»Wann kommst du wieder?«

Trudi zögerte. Vielleicht konnte das Schwätzchen über den Priester ja warten. Sie fragte, was sie nie eine der anderen Nonnen zu fragen gewagt hätte: »Wie ist es denn so im Kloster?«

»Krittelig und kleinlich und immer gleich.« Die Schwester lachte und klatschte in die Hände. »Nein, nein, nein – das ist respektlos.«

»Aber wahr?«

»Wahr.«

»Und ist es auch wahr, dass nicht mal die Priester dort reindürfen?«

Schwester Adelheid nickte. »Kein Priester. Kein Tod. Nonnen, die bald sterben, müssen raus.«

»Wo kommen sie hin?«

»Den Flur runter.«

»Ins Krankenhaus?«

»Der Priester bringt ihnen den Tod.«

»Sie meinen die Letzte Ölung?«

»Ja. Die Priester dürfen nicht ins Kloster. Nur einer ...« Vom Schulhof nebenan kamen die Stimmen spielender Kinder, und die Schwester sprach leiser. »Nur ein Priester darf überallhin.«

»Wer?«

Zwei Witwen kamen vom Friedhof angeradelt, schwarze Tücher um die Köpfe, wackelnde Gießkannen an den Lenkstangen.

Die Nonne strahlte und richtete sich kerzengerade auf, was ihrer ohnehin schon beträchtlichen Größe noch einige Zentimeter hinzufügte. »Ich bin ein Priester.«

»Verstehe.«

»Und es ist meine Berufung, dir von deiner Berufung zu erzählen.«

»Das ist nichts für mich.«

»Du wirst es verstehen, wenn du meine Zelle gesehen hast.«

»Haben Sie dort immer noch Hostien?«

»Du wirst ja sehen. Komm.«

»Aber ich bin keine Nonne.«

»Ich erteile dir eine Sondergenehmigung.«

»Das Tor ist verschlossen.«

Schwester Adelheid rüttelte am Riegel und runzelte die Stirn. »Dann kletter drüber«, sagte sie ungeduldig.

»Ich – meine Beine ... Ich bin nicht groß genug.«

»Dann komm durch die Halle. Sag ihnen – sag ihnen, du willst jemanden von den Alten besuchen. Ich bin alt. Schau dir meine Falten an. Du besuchst mich. Dann ist es wahr. Keine Sünde, keine Lüge, keine Hölle. Klar? Geh rein und dann durch die Hintertür in den Garten. Die anderen – sie spionieren mir immer nach, damit ich ...« Sie sah sich um, als ginge ihr plötzlich auf, dass sie womöglich beobachtet wurden.

»Meine Mutter war auch eingesperrt.«

»Ist sie ausgebrochen?«

Es war die logischste aller Fragen. Trudi nickte. »Oft.«

»Gut.« Die Schwester lächelte. »Gut. Du musst von deiner Mutter lernen.«

»Schwester!« Von der Hintertür des Theresienheims kam die imposante Gestalt der Oberin, Schwester Ingeborg, angesegelt. »Schwester Adelheid!«

Die Nonne, die ein Priester war, kniete sich hin. Ihre Hände umfassten die Metallstäbe des Tors, und als sie ihr Gesicht so nahe wie möglich an Trudis Gesicht heranbeugte, roch ihr Atem so gut wie der eines kleinen Kindes. »Solange man immer wieder ausbricht«, flüsterte sie, »kriegen sie einen nicht. Auch wenn sie denken, sie haben einen.«

Als im März 1938 deutsche Truppen in Österreich einmarschierten und in Wien jubelnde Menschenmassen auf den Straßen den Anschluss feierten, hatte Leo Montag das Leihbüchereigeschäft bereits zum großen Teil Trudi überlassen. In dem Vertrauen, dass seine Tochter mit der Kundschaft schon zurechtkommen würde, hatte er seine Arbeit auf das reduziert, was ihm am liebsten war – das Auswählen der Bücher, die sie verleihen würden.

Er hatte sich einen Polstersessel in die Nähe des Ladentischs gestellt, und dort saß er jetzt, in einer der vielen Wollwesten, die die Frauen von Burgdorf ihm gestrickt hatten, umgeben von Bücherstapeln, dem hölzernen Grammofon vom unbekannten Wohltäter und seinen Klassikschallplatten. Sobald sich ihm eine Kundin näherte, nahm er die Lesebrille ab. Obwohl er älter aussah, als er war, und das Hinken ihn langsamer machte, war die Macht seiner Augen noch größer geworden. Selbst in der Kirche spürten die Frauen seinen Blick, was in ihnen eine beunruhigend süße Wärme vom Schoß bis zum Hals emporsteigen ließ, und sie versuchten, ihre Fassung wiederzuerlangen, indem sie schon einmal die Worte der Zerknirschung formulierten, die sie gegen die Wonne der Absolution eintauschen würden.

Irritiert durch die Flut von Beichtgeständnissen, die unkeusche Gedanken in Zusammenhang mit dem Inhaber der Leihbücherei zum Inhalt hatten, beobachtete der Priester seit geraumer Zeit Leo Montag, während er von der Kanzel aus seine Sonntagspredigt hielt, und ein paar Mal war ihm zu seiner Bestürzung plötzlich entfallen, was er hatte sagen wollen. Er war dazu übergegangen, seine ganze Predigt aufzuschreiben, und hatte darauf gewartet, was Leo beichten würde, aber Leo schlüpfte nur dreimal im Jahr durch die lila Vorhänge des Beichtstuhls und kam dann kopfschüttelnd wieder heraus, verblüfft, dass der Priester ihn immer wieder fragte: »Und bist du sicher, mein Sohn, dass da sonst nichts mehr ist, wofür du Gott um Vergebung bitten solltest?«

Herr Pastor Beier wünschte, er hätte den alten Pastor nach Leos Beichtgeheimnissen fragen können, aber sein Vorgänger war letztes Jahr im Theresienheim gestorben, nachdem seine arme, schuppige sterbliche Hülle so vertrocknet gewesen war, dass sie den polierten Sarg kaum schwerer gemacht hatte. Außerdem durfte kein Priester jemals verraten, was ihm im Beichtstuhl zu Ohren gekommen war, selbst dann nicht – so hatte der Pastor als Seminarist auswendig gelernt, wenn der Sünder einen Mord begangen hatte. »Das ist vielleicht eine der schwersten Bürden, die man als Gottesdiener zu tragen hat«, hatte ihm der Bischof erklärt. Trotzdem hätte er es gern gewusst, da Leo Montags Erfolge in ihm die alten, oft gebeichteten Fleischesfantasien wachriefen und ihn aus den frisch gebügelten Laken fahren ließen, um, neben seinem Bett kniend, schamerfüllt zu beten. Oft flüchtete er aus dem Schlafzimmer und wanderte durch die dunklen Flure des Pfarrhauses, bis er sich am Küchentisch dabei wiederfand, wie er die Versuchung in Himbeerpudding und Sardinen, Täubchensuppe und Marmorkuchen, Käsebrötchen und reifen Birnen, Kalbsbratwürsten und kaltem Wildbret erstickte – was bei der Haushälterin, die er vom kleinen Priester geerbt hatte, jenen gewissen Zug um den Mund hervorrief, wenn sie am Morgen merkte, dass das vorgekochte Essen schon wieder verschwunden war.

Den Regenmantel bis zum Hals zugeknöpft und einen zugedeckten Korb am Arm, machte sich Fräulein Teschner dann auf den Weg in die Geschäfte und zum Markt, wo sie sich anstellte – kein Leichtes mit ihren Krampfadern – und mit grimmer Genugtuung darauf wartete, dass Frau Weiler oder eine der anderen Händlerinnen bemerkte: »Es hat ihn wohl wieder gepackt.«

Obwohl die Lieblingsspeisen des Pastors nicht immer leicht aufzutreiben waren, kannte Fräulein Teschner doch genügend Gemeindemitglieder, die gern die Gelegenheit nutzten, ein Opfer zu bringen, indem sie – so, wie sie ihren täglichen Gebeten einen Extrarosenkranz hinzufügten – dem Priester eine kleine Delikatesse zukommen ließen, um ihre Sünden gutzumachen und auf der Leiter zum ewigen Seelenheil eine weitere Sprosse voranzukommen. Sie verstand es, ihre Besuche auf die Einträge im Tagebuch des Pastors und Gerüchte über aktuelle Verfehlungen abzustimmen.

An solchen Tagen, wenn sie ihm sein Mittagsmahl – natürlich ohne eigenes Verschulden – verspätet auftischte, schmeckte er ihren Ärger und ihren Triumph aus den üppigen Soßen und süßen Nachspeisen heraus, und dann überschüttete er sie mit Komplimenten selbst über ihre Pellkartoffeln. Er schämte sich, dass er sie nicht genügend würdigte, schämte sich für all die Male, die er gehofft hatte, sie würde sich entschließen, zu einem anderen Geistlichen zu gehen, weit weg. Sie zu entlassen, war undenkbar – nach allem, was sie für ihn getan hatte.

»Meinen Sie, Leo Montag ahnt überhaupt, was er mit diesen Frauen macht?«, fragte Frau Blau eines Nachmittags Frau Abramowitz, als sie die Frau des Optikers mit einem strahlenden Lächeln und einem halben Pflaumenkuchen die Leihbücherei betreten sahen.

Frau Abramowitz wurde rot und schüttelte den Kopf. »Ich glaube nicht.«

Die alte Frau schmunzelte. »Er ist zu gut darin, um nicht zu wissen, was er tut.«

»Sie kommen zu ihm, weil sie das Gefühl haben, dass sie mit ihm reden können ... über sich und ihre Männer und Kinder – auf eine Art, wie sie es sonst mit niemandem können.«

»Unter anderem.« Frau Blau zwinkerte.

»Leo ist taktvoll ... und ein wunderbarer Zuhörer.«

»Unter anderem. Ist Ihnen schon mal aufgefallen, wie er sein Gesicht streichelt?«

»Ach, gehen Sie, Flora.«

»Nein, im Ernst. Seine Hände ... er streichelt sich ständig das Gesicht. Deshalb braucht er keine Frau, die's für ihn tut.«

»Das ist nur so eine Angewohnheit. Es hat gar nichts zu bedeuten.«

»Er ist ein sehr sinnlicher Mensch – unser Herr Montag.«

Einmal, als Trudi mit der kleinen Milchkanne die Leihbücherei verließ, um einen Liter Milch zu holen, fand sie bei ihrer Rückkehr die älteste Buttgereit-Tochter vor, die versuchte, Leo zu umarmen.

»Aber ich will«, sagte Sabine Buttgereit, und ihre dünnen Arme mühten sich, Leo festzuhalten. Sie trug ihr Kirchgangskleid mit den Perlmuttknöpfen, obwohl es mitten in der Woche war, und ihr Lächeln war ängstlich entschlossen.

Leo hielt sie in gleichem Maß, wie er sie zurückschob, und sah sanft in ihr erregtes Gesicht. »Seit Gertrud nicht mehr da ist«, sagte er, »habe ich mich für keine Frau mehr interessieren können.«

»Ich lasse Sie los, sobald Sie mich küssen. Ich habe nie ...«

Er sprach in beruhigendem Ton, löste ihre Arme und trat einen Schritt zurück. »Wenn die Dinge anders lägen, Fräulein Buttgereit ...«, sagte er und überließ es ihr, sich den Rest dazuzudenken, wie es ihren Hoffnungen entsprach, während er ihr mit beiden Händen das Haar glatt strich, obwohl sich keine einzige Strähne selbstständig gemacht hatte.

Wenn die Dinge anders lägen ... Dieselben Worte hatte Trudi ihren Vater schon vor Jahren zu Frau Abramowitz sagen hören und auch zu anderen Kundinnen. Die Verheißung, die darin schwang, erfüllte sie immer noch alle mit sehnsüchtigem Verlangen, inspirierte sie mehr, als irgendein Gipsheiliger es je gekonnt hätte. Seine tragische Bindung an seine tote Frau garantierte ihrer aller Tugend. Es war ungefährlich, Leo Montag zu begehren, mit ihm Grenzen zu überschreiten, die man mit keinem anderen Mann überschritten hätte, da er nicht auf das Angebot einging. Ihm konnte man getrost die eigenen Träume und Hoffnungen offenbaren – ohne die eigene Reinheit aufs Spiel zu setzen.

Er war ganz anders als sein Freund Emil Hesping, der immer noch unverheiratet war und doch zwei Generationen Frauen hinterlassen hatte, die ihm misstrauten. Frau Simon hätte als Erste zugegeben, dass Männer wie Emil nahmen, was sie nur bekommen konnten. Bei ihnen musste man aufpassen. Jedes Lächeln konnte missdeutet werden. Jedes dahingesagte Wort. Aber trotz seiner Unverlässlichkeit nahm Frau Simon ihn immer wieder auf, wenn er zu ihr zurückkam und ihr neuen Stoff für die Fabrikation von Klatschgeschichten lieferte, die sie noch mehr liebte als ihn. Anders als Trudi, die ihre eigenen Geschichten für sich behielt, war Frau Simon immer bereit, ihre Erlebnisse auszuschmücken und in Umlauf zu setzen, weil sie das Aufsehen genoss. Es amüsierte sie, dass sich die Leute über sie und Herrn Hesping den Mund zerrissen, während sie ihre Beziehung offiziell nicht zur Kenntnis nehmen wollten.

Nein, Leo Montag war überhaupt nicht wie sein Freund. Leo Montag reagierte mit diplomatischem Instinkt, wenn Frauen sich seinetwegen stritten. Er zog sich beispielsweise in das Wohnzimmer hinter der Leihbücherei zurück, wenn zwei oder drei Verehrerinnen um ihn konkurrierten – nicht offen natürlich, sondern mit indirekten Sticheleien, aber schon bald, das merkte Trudi, wartete er wieder auf diese Frauen und ihre Bewunderung, und wenn er sie das nächste Mal sah, lag noch mehr Intensität in seinem Blick. Je länger sein zölibatäres Leben dauerte, desto mächtiger wurde die Leidenschaft in seinen Augen.

Die Frauen offenbarten Leo ihre Geheimnisse, weil sie sich danach sehnten, verstanden und geliebt zu werden. Sie wollten Erregung und Keuschheit zugleich, etwas, was sie nur bei ihm finden konnten. Wenn Leo dich ansah, wusstest du: Wäre da nicht diese tragische Treue zu seiner verstorbenen Gattin, wärst du die wichtigste Frau in seinem Leben.

Also gingst du mit deinen Geheimnissen zu Leo, bemühtest dich aber, sie vor Trudi zu hüten. Aber kaum, dass du dachtest: Hoffentlich kommt Trudi Montag nicht dahinter, entlockte sie dir schon dein Geheimnis, als ginge von dir ein Duft aus, ein Signal, das sie sich anschleichen ließ wie eine Jägerin, das Wissen um dein Geheimnis in den Augen; und was sie nicht schon wusste oder aus dir herausholte, das erriet sie – gewöhnlich verblüffend genau. Selbst das, was in deinem Haus geschah. In deiner Seele.

Du erkanntest sie schon von Weitem, am frühen Abend oder in der Mittagspause, ihre kurze, breite Gestalt, die hin und her schwankte, während sie sich auf diesen kurzen, krummen Beinen vorwärtsschob. Sie bewegte sich selbstbewusst und zielstrebig, und obwohl du erpicht auf die Geschichten warst, die sie in sich trug, scheutest du doch oft vor ihr zurück – weil du nicht wusstest, ob sich diese Geschichten um dich drehten. Sie wollte immer alles über dein Leben wissen und schenkte dir mehr Aufmerksamkeit als irgendjemand sonst.

Niemand sonst sah dich so interessiert, so mitfühlend an.

Niemand sonst wusste, wie schwer dein Geheimnis auf dir lastete.

Niemand außer Trudi Montag verstand, wie erleichtert du warst, wenn du die Hälfte dieses Gewichts auf sie abgewälzt hattest.

Anders als andere Instanzen, die deine Beichte entgegennahmen, trug sie dir keine Gebete auf und strafte dich auch nicht mit Verachtung. Sie nahm deine Sünden freudig entgegen, und es war eine große Versuchung, ihr alles zu erzählen. Aber du hattest gelernt, es nicht zu tun.

Du hattest es dadurch gelernt, dass du die Geheimnisse hörtest, die sie anderen entlockt und im ganzen Ort verbreitet hatte, so wie das Geheimnis, dass der Apotheker ein Adoptivkind war, etwas, was jetzt in aller Munde war, obwohl sich bis vor Kurzem nur noch einer von den uralten Männern daran erinnert hatte. Niemand sonst aus jener Generation hatte es für wichtig genug erachtet, um es am Leben zu halten, indem er es weitererzählte. Aber Trudi Montag hatte das Geheimnis des Apothekers wieder hervorgeholt. Trudi Montag hatte in staubigen Akten im Rathaus gewühlt und dort die Daten der Hochzeit seiner Eltern und seiner Taufe gefunden, aber keinen Vermerk über seine Geburt.

»Nicht, dass es mich interessieren würde, aber er könnte sonst woher stammen«, erzählte sie dir, entschlossen, an dem Überlegenheitsgehabe des Apothekers zu rütteln, der dazu beigetragen hatte, dass in den Schulen Filme gezeigt wurden, die Juden als schmutzig und verkommen darstellten. Alle Schüler mussten diese Filme anschauen, auch die jüdischen Kinder.

»Er weiß nicht mal, wer seine Eltern sind«, erzählte sie dir.

Selbst wenn du fest entschlossen warst, gar nicht mit Trudi Montag zu reden, konntest du dein Geheimnis noch lange nicht vor ihr bewahren. Du wurdest doch schwach: Irgendetwas in ihren großmütigen Augen weckte in dir den Wunsch, es ihr zu erzählen, und obwohl du nicht nachgeben wolltest, spürtest du schon, dass es zu spät war, dass dein Geheimnis auf dem Weg war, ihres zu werden, und von da an konntest du nur noch zuschauen, wie Trudi es dem ganzen Ort präsentierte – ähnlich, wie eine junge Mutter es genoss, ihr Kind herumzuzeigen.

Und dennoch – was immer die Leute Trudi gaben, es war nicht genug, konnte gar nicht genug sein. Wenn sie ihre Achtung nicht haben konnte, wollte sie wenigstens ihre Geschichten. Das schuldeten ihr die Burgdorfer. Weil sie mitten unter ihnen lebte. Weil sie anders war. Weil sie sie nicht akzeptieren konnten – deshalb schuldeten sie ihr etwas. Und diese Forderung trieb sie rücksichtslos ein, indem sie auf ihr Mitleid, ihr schlechtes Gewissen, ihre Erleichterung spekulierte.

Aber ihre eigenen Geheimnisse behielt sie für sich, und sie vergrößerte ihre Macht, indem sie sorgfältig auseinanderhielt, was ihr und was anderen gehörte. Einmal schoss ihr plötzlich durch den Kopf, dass es beinahe dasselbe war wie das Anhäufen von Geld für Leute, denen Reichtum das Wichtigste war. Was sie besaß. Was sie anderen wegnahm. Was sie anderen gab. Was sie hortete. Es gab sogar eine Verzinsung, denn das, was sie schon hatte, vermehrte sich durch das, was von anderen dazukam. Es gab ihr ein Gefühl von Reichtum, von Stolz; aber manchmal fühlte sich dieser ganze Schatz an Geheimnissen völlig nutzlos an, wie ein scharfkantiger Klotz, der sie beschwerte und behinderte. Das waren die Momente, in denen sie gern all die Geheimnisse hergegeben hätte, wenn sie dafür das hätte haben können, wonach sie sich am meisten sehnte – die Gemeinschaft mit anderen.

II

1938

Das Frühjahr, in dem deutsche Truppen in Österreich einmarschierten und der Anschluss stattfand, ging in die Burgdorfer Geschichte als das Frühjahr der großen Flut ein. Nachdem er sich acht Jahre in seine Uferbegrenzungen gefügt hatte, überschwemmte der Rhein hundert Ortschaften, wobei er über vierhundert Menschen tötete, davon fünf allein in Burgdorf. Die alten Frauen sagten, der Fluss habe sich an Menschenfleisch gewöhnt – wegen der beiden Selbstmorde in den letzten Monaten. Beide Male waren es Juden gewesen, die sein eisiges Wasser zu ihrem Grab gemacht hatten, indem sie gezielt Strudel gesucht und sich ihrem Sog ergeben hatten, statt unten am Fuß des Wirbels hinauszutauchen, wie es den Kindern, die am Fluss aufwuchsen, von den Älteren beigebracht wurde.

Der Fluss, so sagten die alten Frauen, sei wie ein wildes Tier, das, wenn es einmal Blut geleckt habe, immer weiter auf diesen Geschmack aus sei.

Wenn die alten Frauen wispernd vom Hunger des Flusses sprachen, bekreuzigten sie sich und beteten, dass die Flut – die schlimmste, soweit selbst die Ältesten unter ihnen zurückdenken konnten – aus ihren Küchen und Schlafzimmern zurückwiche. Sie sehnten den Tag herbei, an dem sie ihre Pantoffeln wieder vor dem Bett auf dem Fußboden stehen lassen konnten, den Tag, an dem Ruderboote und Kajaks nur zu Familienausflügen dienen würden – nicht, um die Straßen entlangzufahren, die unter strömendem schlammigem Wasser lagen. Gaben des unbekannten Wohltäters tauchten in vielen Häusern auf, als wären sie auf unsichtbaren Flößen dorthin geschwommen. Vielleicht gab es ja nicht nur einen Wohltäter, spekulierten die Frauen, sondern eine ganze Schar. Denn wie sollte eine Person allein all diese Gaben auftreiben und verteilen, jeweils so haargenau auf den Empfänger abgestimmt?

Als sich der Fluss zurückzog, hinterließ er auf dem Friedhof eingesackte

Stellen über den Särgen, die tiefste auf dem Grab, wo Herr Höffenauer und seine Mutter lagen. Am Nordrand von Burgdorf hatte der Rhein direkt am Ufer ein langes Bassin ausgehöhlt, sodass der Ort jetzt zwei Schwimmbäder hatte, eins von Menschenhand gemacht, das andere vom Hochwasser. In der ganzen Gegend hing ein dumpfer Modergeruch in den Wänden und Dielen, Matratzen und Laken, die der Fluss erfasst hatte.

Am ersten Tag, an dem die Bürgersteige wieder trocken waren, zogen die Leute ihre leuchtendsten Sachen an, als wollten sie die strahlende Helligkeit vom Himmel herab und wieder in ihr Leben zurücklocken. Was sie sich wünschten, war ein Strahlen, das weit über das hinausging, was man mit den Augen sehen kann, wenn der Himmel aufreißt und die Sonne hervorkommt. Es war jenes Strahlen, das schon lange vor dem Hochwasser aus ihrem Leben verschwunden war, jenes Strahlen, das aus jedem Haus, jeder Ortschaft gewichen und durch Angst und Misstrauen ersetzt worden war.

Frau Simon erlebte den geschäftigsten Vormittag seit Jahren: Sie verkaufte sieben Hüte – keiner davon grau oder braun, alle in lebhaften Farben, Gelb, Blau, Rot und Grün. Den raffiniertesten erstand ihre beste Kundin, Monika Buttgereit, deren verhinderte Liebe zu dem Fahrer des Bäckereiautos in eine Leidenschaft umgeschlagen war, gegen die ihre Eltern lieber nicht vorzugehen beschlossen, obwohl sie ihnen peinlich war: Hüte. Hüte mit fantastischen Federn, mit Spitze, mit kunstvollen Spangen. Ihre neueste Erwerbung war ein Satinturban in zwei verschiedenen Lilatönen mit einem perlenbesetzten Schleier, der – wie Frau Simon schwor – seiner Trägerin etwas Geheimnisvolles verlieh.

Als Frau Simon an diesem Mittag ihren Laden schließen wollte, folgte sie ihrer letzten Kundin, Trudi Montag, vor die Tür, um sie auf den Eingangsstufen, wo der flusswassergetränkte Wind schwer um ihre Knöchel wehte, dazu zu überreden, sich den zweiten Hut, der ihr gefallen hatte, zurücklegen zu lassen – den roten mit der gesprenkelten Feder, der noch auf einem Holzständer im Schaufenster lag.

»Wenigstens für ein paar Tage«, beschwor sie sie. Ihre weiße Bluse steckte im schmalen Rock ihres eleganten Kostüms.

Aber Trudi starrte an ihr vorbei auf einen schwarzen Wagen, der sich langsam vom Kirchplatz her näherte.

»Er steht dir so gut, dieser rote Hut, Trudi. Es wäre mir schrecklich, ihn an jemand anderem zu sehen.« Frau Simon beugte sich herab, um Trudis Ponyfransen aufzubauschen, und gab – mit einer geübten Handbewegung – dem moosgrünen Hut, den Trudi gerade gekauft hatte, eine kleine Neigung nach rechts. »So.« Es klang befriedigt.

Auf dem Bürgersteig gegenüber beschleunigten die Leute ihren Schritt und schlugen ihre Mantelkragen wie Atemmasken gegen den feuchten, stinkenden Wind hoch. Auf der Straße traten Frauen auf Fahrrädern so heftig in die Pedale, dass der Stoff ihrer Röcke über den Schenkeln spannte und die Einkaufsnetze an den Lenkstangen wie nutzlose Pendel hin und her schwangen.

»Nicht, dass Grün dir nicht stehen würde, Trudi. Vor allem zu dem Mantel, den du dir letzten Monat genäht hast. Mir gefallen nur beide Hüte so gut an dir. Wo du so viel aus dir gemacht hast ... Es wäre ein Jammer, den Hut jemand anderem zu lassen. Ein Jammer. Vielleicht rede ich mal ein Wörtchen mit deinem Vater, wenn ich meine Bücher zurückbringe. Es sind nur noch drei Monate bis zu deinem Geburtstag, und man kann nie früh genug ...«

Als der Wagen vor dem Hutgeschäft weich zum Stehen gekommen war, stiegen zwei Gestapobeamte aus.

»Lotte Simon?« Der Kleinere der beiden Männer trat auf sie zu.

Frau Simon wich in den Eingang zurück und rieb sich durch die Blusenärmel die Arme, als wäre ihr plötzlich kalt.

»Kommen Sie mit.«

»Aber wieso denn?«

»Eine Überprüfung.«

»Eine Überprüfung? Weswegen? Ich ...«

»Nur eine Routinesache.«

»Ich habe nichts getan.«

Trudi war völlig erstarrt. Wütend. Erschrocken. Und wieder starr. Sie sah sich Hilfe suchend um, aber die Straße war leer gefegt, wie in Erwartung einer noch schlimmeren Flut, und in einem Fenster im oberen Stock des Nachbarhauses bewegte sich eine Gardine.

»Lassen Sie mich einen Anwalt rufen – bitte!« Frau Simons Finger umklammerten ihre silberne Halskette.

»Steigen Sie ein.«

Der kleinere Beamte gab die Anweisungen, während sein Kompagnon – noch bedrohlicher in seinem Schweigen – neben ihm stand, als wäre er be-

reit, jedem Wort mit Gewalt Nachdruck zu verleihen. Sein Gesicht war so
hager, als kokettierte er mit dem Verhungern.

Trudi fand ihre Stimme wieder. »Frau Simon hat nichts getan«, rief sie.

»Du da …« Der Mann, der bisher nichts gesagt hatte, zeigte auf sie und
sprach in dem freundlichen, aber strengen Ton eines Lehrers, der ein wider-
spenstiges Kind ermahnt. »Geh nach Hause, Kleine.«

»Ich bin kein kleines Mädchen.« Als sie in sein Gesicht emporstarrte,
frappierte sie seine Gleichgültigkeit. Ihn kümmert das alles nicht, dachte
sie, wir nicht, die Partei nicht, der Führer nicht. Und sie wusste, um nichts
zu riskieren, durfte er das niemanden merken lassen.

Seine Augen verengten sich, um ihren invasorischen Blick abzuwehren, ihr den Zugang zu seinem Geheimnis zu versperren, und sie versuchte,
das Wissen um seine Gleichgültigkeit in ihre Augen zu zwingen. Aber er
schirmte sich ab, indem er den einen Arm wie eine Sichel krümmte und mit
den Fingern über ihre Wange strich.

»Eine Kleine mit hübschem Haar«, konstatierte er.

Sie schrak vor seiner Berührung zurück und hätte viel dafür gegeben,
nicht blond und blauäugig zu sein, und es erschien ihr selbst als eine höhere
Ironie, dass sie in dem einzigen Punkt, in dem sie dem Ideal entsprach, gar
nicht so sein wollte. Wie gern hätte sie rotes Haar gehabt – ein noch tieferes Rot als das von Frau Simon, deren Gesicht so aschfahl geworden war,
dass ihr Lippenstift wie ein Blutfleck aussah.

»Lassen Sie sie. Bitte«, flehte Trudi.

Die Verhaftung erfolgte rasch und effizient, und Frau Simon verschwand
in dem dunklen Auto, als hätte es sie verschluckt. »Schließ den Laden ab,
Trudi«, schrie sie noch, als sie mit ihr davonfuhren. »Und pass auf, dass …«

Vom Mittagslicht geblendet, stand Trudi allein dort auf dem Bürgersteig. Sie hatte plötzlich das Gefühl, dass sie vorsichtig sein musste. Äußerst
vorsichtig. Nur durch Zufall hatten sie sie hiergelassen. Sie war erleichtert
und hatte noch im selben Moment ein schlechtes Gewissen wegen ihrer
Erleichterung. Aus einem Haus auf der anderen Straßenseite wehte der Geruch von gekochten Rüben herüber; sie verstand nicht, wie irgendjemand
etwas essen konnte.

Drinnen in Frau Simons Laden waren farbenfrohe Hüte auf geschwun-
genen Ständern ausgestellt, jeweils in dem Winkel, der ihre raffiniertesten

Details zur Geltung brachte; aber jetzt wirkten all diese Federn und Spitzendekorationen nur frivol. Trudi wusste selbst nicht, wieso sie ihren neuen Hut abnahm und sich den roten aus dem Schaufenster griff, den sie vorher bewundert hatte. Als beobachtete sie sich selbst aus weiter Ferne, setzte sie ihn auf und ging – ganz langsam – zu dem pyramidenförmigen Spiegel auf dem Tischchen in der Mitte des lang gestreckten Ladenraums. Aber was sie darin sah, war die Scham in ihren Augen. Ihre Haarwurzeln begannen zu schmerzen, und sie riss sich den roten Hut vom Kopf und legte ihn wieder auf seinen Ständer, wobei sie sich umsah, ob sie auch niemand beobachtet hatte. Aber da waren nur die Hüte, wie aufgeputzte Karussellpferde nach der letzten Fahrtrunde des Sommers, und es hätte sie gar nicht überrascht, wenn sie sich plötzlich in Bewegung gesetzt und zum blechernen Klang einer mechanischen Orgel um sie gedreht hätten.

»Das war töricht von dir, Trudi«, schalt sie Frau Abramowitz an jenem Abend, als sich eine Gruppe von Nachbarn hinter zugezogenen Vorhängen im Abramowitz'schen Wohnzimmer versammelte.

Vier Stehlampen, deren Schirme, passend zum Sofa, mit geblümtem Stoff bespannt waren, warfen bernsteinfarbene Lichtringe auf die Tapete. Über den Tisch war ein Spitzentischtuch gebreitet, und Frau Abramowitz hatte schwarzen Tee gemacht und Streuselkuchen gebacken.

»Sehr töricht ... Sie hätten dich auch mitnehmen können.« Die feinen Fältchen in ihrem Gesicht hatten sich mit den Jahren nicht vertieft – ihre Haut sah noch immer aus wie teure gemaserte Seide, als wäre sie seit dem frühen Erscheinen jener zarten Linien kaum älter geworden.

»Wir können sie doch Frau Simon nicht einfach so mitnehmen lassen«, protestierte Trudi.

»Es gibt andere Wege«, sagte ihr Vater.

»Auf den anderen Wegen erreicht man nichts«, sagte Frau Weiler. »Du weißt, dass dabei nichts herauskommt, Leo.«

»Hedwig hat recht.« Herr Abramowitz nahm das Kuchenmesser, und seine brillantenbesetzten Manschettenknöpfe blitzten im Licht auf. »Ich sage das schon seit Jahren. Und ich bin bereit, es auch unserem geliebten Führer zu sagen – falls er mich je nahe genug an sich heranlässt.«

Frau Weiler nickte aufgeregt, rote Flecken auf den Wangen.

»Wir sollten nicht hier sein«, sagte Herr Blau zu seiner Frau, die neben ihm auf dem tiefen Sofa saß, die Hände auf der gestärkten Schürze gefaltet.

»Michel«, beschwor Frau Abramowitz ihren Mann. »Du weißt ja nicht, was du sagst.« Ihre Finger machten sich an dem Weidenkätzchenstrauß auf dem Tisch zu schaffen.

»Ich sage doch gar nichts, Ilse. Ich schneide den Kuchen. Schau her.«

»Immer musst du das tun – diskutieren um des Diskutierens willen, das große Wort führen, alle übertrumpfen.«

Leo Montag hinkte zu den Vorhängen hinüber und vergewisserte sich, dass die Fenster geschlossen waren. Er hatte Emil Hesping mitgebracht. Der hatte gerade in der Leihbücherei vorbeigeschaut, als Trudi mit der Nachricht von Frau Simons Verhaftung angerannt gekommen war, und zu dritt waren sie zu dem Haus zurückgegangen, wo die Hutmacherin wohnte. Sie hatten mit Emils Schlüssel die Wohnungstür geöffnet und ihren Schmuck, ihre silbernen Weinbecher und die meisten ihrer Kleider in Kartons gepackt, die jetzt in der Leihbücherei lagerten.

Außer einem knappen Gruß hatte Herr Hesping noch nichts gesagt, seit er das Abramowitz'sche Haus betreten hatte. Er hatte nur mit einem leisen Lächeln am Türpfosten gelehnt, aber jetzt löste er sich von dem glatten Holz und trat neben Michel Abramowitz.

»Wenn du's schaffst, an den Führer heranzukommen, wirds ein Küchenmesser nicht tun.«

»Es ist riskant, sich so was anzuhören. Riskant.« Herr Blau versuchte, sich vom Sofa zu erheben, und seine dick geäderten Hände fassten in die Luft, als suchten sie einen unsichtbaren Halt. »Für uns alle. Wir gehen besser nach Hause.«

»Nehmen Sie ein bisschen Streuselkuchen, Herr Blau.« Emil Hesping drückte dem alten Mann einen Blümchenteller mit einem Stück Kuchen in die Hand.

Aber der Schneider schüttelte den Kopf und schaffte es aufzustehen. »Ich habe nichts gehört.« Sein Gebiss klickte. »Keine Angst. Auf Wiedersehen, Herr Abramowitz. Auf Wiedersehen, Frau Abramowitz. Danke für den netten ...«

»Ach, setz dich hin, Martin.« Seine Frau packte ihn hinten an den Hosenträgern und zog ihn wieder herunter.

Er sank in die weichen Polster und murmelte vor sich hin.

»Das ist eine hübsche Halskette«, sagte Emil Hesping zu Frau Blau.

Sie lächelte wie ein junges Mädchen, während sie den Bernsteinanhänger mit dem hellen, kleinen Krebs darin berührte. »Das ist von der Nordsee ... fast hundert Jahre alt.«

»Vergesst nicht, wir sind hier, um über Frau Simon zu reden«, sagte Leo. Die anderen wandten sich seiner ruhigen Stimme zu. Die eine Hand an den Damastvorhängen, kontrollierte er durch den Spalt den Bürgersteig. Sein lockiges Haar war jetzt ganz silberweiß, wodurch er so hell wie Trudi wirkte. Das Haar ihrer Mutter war schwarz gewesen, und manchmal, wenn Trudi in einem ihrer Spiegel nach einer Spur von ihrer Mutter in ihrem Äußeren suchte, fand sie nicht das geringste Indiz – als ob ihre Mutter spurlos verschwunden und sie nur noch die Tochter ihres Vaters wäre. Das trieb sie dann gewöhnlich dazu, noch einen weiteren goldgerahmten Spiegel zu kaufen, einen von der Sorte, die ihre Mutter ausgesucht hätte.

»Wir müssen uns darauf einigen«, sagte ihr Vater, »dass alles, was hier drinnen gesagt wird – selbst wenn es sich um vorschnelle oder unbedachte Äußerungen handelt ...«, er hob eine Augenbraue und sah erst Herrn Abramowitz, dann seinen Freund Emil an, »strikt unter uns bleibt.«

»Abgemacht«, sagte Michel Abramowitz rasch.

Emil Hesping nickte.

Herr Blau rückte seine Brille zurecht und sah in die Gesichter um ihn herum, als wollte er sich vergewissern, dass niemand verärgert war und sie alle miteinander denunzieren würde. »Solange ich mir keine ungebührlichen Bemerkungen über Herrn Hitler anhören muss.«

»Du kannst ihn auch nicht leiden«, erinnerte ihn seine Frau.

»Flora!« Er funkelte sie wütend an. »Erstens war das ein Witz, und zweitens habe ich es nur dir erzählt, in der Vertraulichkeit unseres ...«, er stotterte, »vor dem Schlafengehen.«

»Du hast gesagt, dieser Mensch taugt nicht mal dazu, in diesem Land Tapeten zu kleben, und ...«

»Das stimmt nicht.«

»... und dass die Artikel im *Stürmer* immer irrsinniger werden. Dieser ganze Hass ...«

»Ich werfe noch nicht mal einen Blick auf dieses Blatt.«

Sie verdrehte die Augen zur Decke, als riefe sie die Heiligen als Zeugen an.

»Die einzige Bemerkung, die ich über Herrn Hitler gemacht habe, bezog sich auf seine – seine Vergangenheit als – als Tapezierer in Österreich … Das ist ein höchst ehrbares Handwerk.«

»Das ist eins der nettesten Dinge, die man überhaupt über unseren Führer sagen kann.« Emil Hesping machte einen komischen kleinen Diener in Herrn Blaus Richtung. »Ihre Großzügigkeit überwältigt mich.«

Trudi dachte daran, wie Emil Hesping das letzte Mal mit ihr und ihrem Vater über den Führer geredet hatte. Ein verschlagener Mensch, hatte er gesagt. Ein übler Mensch. Ein sentimentaler Mensch.

Hitler ist ein Schwein, hatte jemand an die Backsteinmauer der Schule gepinselt, und die Polizei hatte zwei Nonnen befohlen, es abzuwaschen. »Helden wollen sie sein«, hatte eine der Nonnen gebrummelt, »aber sie vergessen, dass jemand hinter ihnen herputzen muss – meistens die Frauen.«

Herr Hesping räusperte sich. »Ich habe gehört, dass sie Frau Simon nach Düsseldorf gebracht haben. Zum Verhör.«

»Wer hat dir das erzählt?«, wollte Frau Weiler wissen.

»Jemand aus der SS, der Bescheid weiß.«

»Und du willst uns nicht sagen, wer?«

»Ich kann nicht, Hedwig.«

»Wie kannst du Freunde in der SS haben und zu Frau Simon halten?«

»Manche Leute verstehen eben nichts vom komplexen Charakter der Loyalität.«

»Vom Preis der Loyalität«, fauchte sie. »Als sie mich vor vier Jahren eingesperrt haben, habe ich meine Überzeugung nicht im klitzekleinsten Punkt verraten.«

»Seither haben sich die Zeiten geändert.«

»Ich habe mich geweigert zu lügen. Natürlich habe ich ihnen manche Dinge nicht freiwillig auf die Nase gebunden. Wenn sie mir nicht die richtigen Fragen stellten, war das selbstverständlich ihr Problem.«

»Würden Sie lügen, um jemandem das Leben zu retten?«, fragte Trudi.

»Wie könnte ich?«

»Wie könnten Sie nicht?«

»Trudi.« Herr Hesping legte ihr die Hand auf den Arm. »Wir reden doch gar nicht über eine Situation, die so etwas erfordern würde.«

»Aber wir müssen das doch von jedem wissen.«

»So weit wird es vielleicht nie kommen.«

»Ich werde mich von niemandem zum Lügen zwingen lassen.« Frau Weilers Augen glitzerten, so wie Ingrids Augen, wenn sie von Märtyrern sprach. Ingrid war jetzt mit ihrem Lehrerstudium fast fertig, und in den letzten Jahren hatte Trudi wenig von ihr gesehen.

»Lass es gut sein, Hedwig – bitte«, sagte Leo Montag.

»Wie es scheint, hat Herr Heidenreich einiges angerichtet«, sagte Emil Hesping. »Durch seine Spitzeldienste.«

»Kurt Heidenreich?« Herr Blau schüttelte den Kopf. »Aber wir reden immer miteinander, und er hat nie …« Er schlug sich die eine dick geäderte Hand vor den Mund. »Ich hoffe, ich weiß noch, was ich ihm alles erzählt habe.«

»Hoffen wir lieber, dass er es vergessen hat«, sagte Michel Abramowitz.

»Ich habe gehört, er hat sich geweigert, Frau Kaminskys Papagei auszustopfen«, sagte Trudi, »aber er hat es ihr erst gesagt, als sie ihn abholen wollte. Da war er schon halb verfault, und es war zu spät, ihn zu dem Tierpräparator in Krefeld zu bringen. Sie musste ihn begraben.«

»Lasst uns darüber reden, was wir für Frau Simon tun können«, sagte Leo Montag.

»Hat jemand einen Vorschlag?«, fragte Frau Blau.

Michel Abramowitz zögerte. »Ich werde ein paar Nachforschungen anstellen.«

»Das nützt wahrscheinlich weder ihr noch dir.« Leo Montag sprach langsam. »Du kennst mich, Michel, und es fällt mir schwer, das zu sagen, aber …«

»Sie braucht einen guten Anwalt, der kein Jude ist, stimmts?«

Leo zuckte zusammen. »In diesem Land – heutzutage … ja. Leider.«

»Und kein Kommunist«, setzte Herr Blau hinzu.

»Das ist lange her«, sagte Frau Blau.

Herr Abramowitz reckte das Kinn vor und starrte auf das Klavier mit den silbergerahmten Fotos seiner Kinder, vom Säuglingsalter an bis vor drei Jahren, als sein Sohn Albert nach langem Bemühen, seine Eltern und seine Schwester zum Mitkommen zu überreden, nach Argentinien gegangen war. Damals waren wir noch nicht dazu bereit, dachte Herr Abramowitz. Wir haben zu lange gewartet. Und Ruth war immer noch nicht bereit, ohne ihren Mann zu gehen. Aber er und Ilse hatten endlich doch eingewilligt, sich von Albert helfen zu lassen. Wie er es hasste, das Warten, die Ungewissheit. Fast die Hälfte der jüdischen Bevölkerung Deutschlands, die 1933 fünfhunderttausend Personen umfasst hatte, war bereits außer Landes. Aber für die, die noch da waren, wurde es immer schwerer, ein Land zu finden, das sie aufnahm. Selbst Palästina stand ihnen nicht mehr offen. Aufgrund arabischer Proteste hatten die Briten die Einwanderung nach Palästina gedrosselt und auf diese Weise torpediert, was anfangs als ein praktikables Abkommen zwischen den palästinensischen Zionisten und den Nazis erschienen war: die Überführung jüdischer Vermögen in einen Fonds in Deutschland, aus dem Exporte nach Palästina finanziert werden sollten, während sich die Zionisten der jüdischen Einwanderer annahmen.

Und andere Staaten wie etwa die USA schränkten den Zustrom von Juden strikt ein. Niemand will verarmte Juden, dachte Herr Abramowitz verbittert. Wir hätten keine Probleme, wenn wir unser Geld mitnehmen könnten. Die wahre Ironie liegt darin, dass wir nicht deshalb noch hier sind, weil uns die Nazis nicht gehen lassen, sondern weil wir nicht wissen, wo wir hinsollen.

»Wenigstens haben wir Albert«, sagte er dumpf.

»Michel ...«, setzte Leo an.

Herr Abramowitz unterbrach ihn mit erhobener Hand. »Ich möchte euch allen sagen, dass unsere Familien – Ilses und meine – seit vielen Generationen hier in eurem Land leben. Dieses Haus hat mein Urgroßvater gebaut ... Und was die richtige Sorte Anwalt angeht – da stimme ich euch zu. Ich habe einen Kollegen, Arier vom Scheitel bis zur Sohle, aber inwendig trotzdem ein Mensch. Er wird prüfen, was mit Frau Simon passiert.«

»Und vorerst – seid vorsichtig, alle miteinander«, warnte Emil Hesping. »Ihr wisst, wie leicht man verhaftet werden kann.«

Herr Blau nickte. »Ich kenne Eltern, die vor ihren Kindern nicht mehr über Politik reden. Sie haben Angst, sie könnten es ihren Lehrern oder HJ-Führern erzählen – auch wenn sie ihre Eltern gar nicht denunzieren wollen.«

»Manche wollen es durchaus«, sagte Leo.

Emil Hesping nickte. »Das ist die reinrassige deutsche Familie.«

Plötzlich waren alle ganz still. Sie wussten nur zu gut, dass an denen, die mutig oder dumm genug waren, den Mund aufzumachen und etwas gegen das Regime zu sagen, Exempel statuiert wurden: Man verprügelte sie, beschlagnahmte ihren Besitz oder brachte sie weg. Ihnen beizustehen, war gefährlich. Man wusste, es war sicherer, so zu tun, als bemerkte man nichts, wenn mitten in der Nacht die Polizei bei den Nachbarn erschien. Es war sicherer, das Licht auszulassen, selbst wenn man helfen wollte. Es war sicherer, wegzugehen, wenn ein Freund zum Verhör beiseitegezogen wurde.

»Letzte Woche haben sie einen Priester aus Krefeld ins KZ gesteckt«, sagte Emil Hesping.

Trudi überlief es kalt bei der Erwähnung der Konzentrationslager, jener zentralen Umerziehungseinrichtungen für sogenannte Asoziale, Kommunisten und andere politische Häftlinge, die sich nicht in das System fügten.

Sie und ihr Vater verließen das Abramowitz'sche Haus als Letzte, und als sie in die Nacht hinaustraten, schien der üble Geruch, den das Hochwasser hinterlassen hatte, noch stärker als am Tag. Die Wolken – die man nicht sehen konnte, da es zu dunkel war – fühlten sich dicht und tief an, als ob sie den Ort abschirmten und mit der trügerischen Verheißung von Frieden erfüllten.

»Wenn alle, die so denken wie wir ...«, sagte Trudi, »wenn wir uns alle zusammentäten, könnten wir dem Ganzen vielleicht ein Ende machen.«

»Solche Verbindungen – das sind die Schwachstellen. Sobald wir Brücken zu anderen schlagen, sind wir in Gefahr. Dann kriegen sie uns.«

»Ich glaube nicht, dass Herr Blau etwas verraten würde.«

»Er ist ein guter Mensch, aber er hat Angst. Du weißt doch, dass Menschen nur den Teil einer Geschichte hören, den sie verkraften können.«

Das stimmte wohl, da sie es selbst schon erlebt hatte, wenn sie mit ihren Geschichten im Ort die Runde machte. Manche Leute wollten gar nicht alle Einzelheiten hören. Sie fragten zwar, lenkten sich aber selbst durch Interpretationen ab, die wenig mit Trudis Geschichten zu tun hatten, ihr jedoch neues Material lieferten. Manche gingen einfach weg oder wandelten das Ende der Geschichte ab. Aber das war in Ordnung: Geschichten blieben dadurch lebendig, dass sie bei jeder Wiedergabe ausgestaltet und umgestaltet wurden und für jeden, der mit ihnen in Berührung kam, etwas völlig anderes bedeuteten.

»Das meiste, was passiert, bekommen wir gar nicht mit.« Ihr Vater blieb vor ihrer Eingangstür stehen und klapperte mit seinen Schlüsseln herum. Trudi berührte die Rinde des Kastanienbaums. Über sich fühlte sie die ausladenden Äste, noch kahl. Bald schon würden Blätter und wacklige Blütenkerzen aus den Knospen platzen. »Was in den Zeitungen steht, ist gefiltert.« Er schloss die Tür auf und knipste die Dielenlampe an. »Worte haben jetzt eine ganz neue Bedeutung. Durch weitergeflüsterte Gerüchte erfahren wir mehr als durch Gedrucktes. Wir leben in einer Zeit, in der jeder von uns zum Kurier wird. Du bist dafür besser geeignet als alle anderen Menschen, die ich kenne, Trudi.«

Sie nickte. Seit sie an diesem Morgen neben Frau Simon auf dem Bürgersteig gestanden hatte, hatte sie das Gefühl, dass die Sprache immer enger wurde. Es gab keinen Raum für Widerspruch mehr. Allein dadurch, dass sie mit Frau Simon zusammen gewesen war, war sie verdächtig. Zum Stillhalten verurteilt. Gefährdet.

Ihr Vater beobachtete sie. Er sah sie aus müden, mitfühlenden Augen an, und Trudi war sich nicht einmal sicher, ob er etwas sagte oder ob sie seine Besorgnis nur fühlte, denn was sie zu hören glaubte, war: »*Sei vorsichtig, meine Tochter.*«

Jeden Nachmittag ging Trudi zu Frau Simons Laden und zu ihrer Wohnung in der Barbarossastraße, aber die Türen waren am Tag nach der Verhaftung behördlich versiegelt worden, und auf ihr Klopfen reagierte niemand. Sie musste an Frau Simon denken, sooft sie sich die Hände mit der Handmilch einrieb, sooft sie eine Frau mit einem Hut aus dem Atelier der rothaarigen Modistin sah. Einige Leute glaubten, dass sie immer noch in Düsseldorf festgehalten wurde, während andere meinten, sie sei bestimmt schon wieder frei und bei ihrer Schwester in Osnabrück. Einen Monat nach ihrer Verhaftung verschwanden sämtliche Hüte aus dem Schaufenster, und der Laden wurde in ein HJ-Heim umgewandelt.

Als Frau Simon nach fast vier Monaten freigelassen wurde und nach Burgdorf zurückkehrte, sah sie aus, als wäre sie zur Trinkerin geworden: Ihr Gesicht wirkte schmaler, und ihre einst so unbezähmbaren Locken lagen flach an ihrem Kopf an. Ihre Lebhaftigkeit war verflogen, und sie mahnte ihre Freunde zur Vorsicht und meinte, wenn man sich still verhalte, werde sich die Situation schon bessern.

»Sie reden wie Frau Abramowitz«, protestierte Trudi.

»Nicht …«, sagte ihr Vater. »Solange du nicht erlebt hast, was Frau Simon erlebt hat.«

Frau Simons Kleider wirkten zwar vertraut, aber sie passten ihr nicht mehr richtig und sahen aus, als wären sie für jemand anderen gemacht worden. Eva Sturm richtete ihr eine Wohnung im zweiten Obergeschoss des großen Mietshauses ein. Die Räume von Alexanders Nichte Jutta lagen gleich daneben. Die Siebzehnjährige wohnte dort schon fast ein Jahr allein, nachdem ihre immer schon kränkliche Mutter an Lungenentzündung gestorben war und sie das Angebot ihres Onkels, bei ihm und Eva im Erdgeschoss zu wohnen, ausgeschlagen hatte.

»Aber wir haben jede Menge Platz«, hatte ihr Alexander beharrlich erklärt.

»Ich möchte hier oben bleiben.«

»Du bist zu jung, um ganz allein zu wohnen.«

»Du hast in meinem Alter eine Fabrik geleitet.«

»Sie wird uns ja jeden Tag besuchen«, hatte Eva gesagt. »Nicht wahr, Jutta? Und mit uns essen.«

Als Jutta sich darauf einließ, hatte ihr Onkel nachgegeben.

Frau Simon blieb die meiste Zeit in ihrer Wohnung, und wenn sie nach draußen ging, vermied sie es, an ihrem alten Haus vorbeizugehen, wo jetzt, mitten im Schaufenster, ihr pyramidenförmiger Spiegel das düstere Lächeln des Führers und das grelle Rot der Fahne reflektierte. Sie machte einen Umweg um die andere Seite des Kirchplatzes, um zur Leihbücherei zu gelangen, wo sie sich jeden Dienstag zwei Liebesromane und zwei Wildwestromane auslieh.

»Waren Sie schon bei Frau Doktor Rosen, wegen Ihrer Kopfschmerzen?«, fragte Leo sie an einem milden Nachmittag Ende Oktober 1938, als sie hereinkam, um ihre wöchentliche Bücherration zurückzubringen.

Frau Simon nickte. »Sie hat mir Pillen gegeben.«

Er reichte die Bücher Trudi, die sie als zurückgebracht registrierte. »Und haben Sie die Pillen genommen?«, fragte er.

»Ich halte nicht so viel von Pillen. Aber es ist nett von Ihnen, dass Sie sich Gedanken um mich machen.«

»Emil hat mir gesagt, Sie wollen ihn nicht sehen.«

»Nicht in diesem Zustand. Nicht bevor ich ...«

»Sie sind eine sehr gut aussehende Frau, Lotte.«

Ihre eine Hand griff an ihr Haar.

»Und diese Strickjacke steht Ihnen wunderbar.«

»Die hat mir Emil zum Geburtstag geschenkt. Vor ein paar Jahren.« Sie ließ ihn den weißen Mohair-Ärmel anfühlen. »Fünfzig Prozent Mohair, fünfzig Prozent Seide. Manche Leute würden wohl sagen, es gehört sich nicht, Geschenke von einem Mann anzunehmen, mit dem man nicht verheiratet ist.«

»Darüber würde ich mir keine Gedanken machen«, versicherte ihr Leo.

Sie lächelte, das erste Lächeln, das irgendjemand auf ihrem Gesicht sah, seit sie aus dem Gefängnis entlassen worden war. »Meine Großmutter hat mir immer eingeschärft, dass ein wahrer Herr einer Dame nichts schenken darf, was mit ihrer Haut in Berührung kommt – außer Handschuhen.«

Trudi lachte. »Warum gerade Handschuhe?«

Frau Simon musste einen Moment überlegen. »So eine Frage kannst nur du stellen. Vielleicht hat es etwas mit dem Handgeben zu tun. Ich meine, wenn ich einem Mann die Hand gebe, berührt seine Haut doch meine, oder nicht? Also sind Handschuhe in Ordnung, da sie eine Stelle bedecken, die ... die ...«

»Allgemein zugänglich ist?«, half ihr Trudi.

»Zugänglich ist, genau. Aber alles, was diese Jacke bedeckt, sollte keinem anderen Mann zugänglich sein als dem eigenen Ehemann.«

»Das heißt ja, das Geschenk steht für die Hände des Mannes. Wenn ich mir vorstelle, wo diese Strickjacke Sie überall berührt ...«

Frau Simon wackelte ein bisschen mit den Schultern, und einen Moment lang wirkte sie so lebendig wie früher.

»Jetzt müssen Sie Herrn Hesping heiraten«, frotzelte Trudi.

»Hör auf, Trudi.«

»Wir feiern die Hochzeit hier bei uns. Ich mache eine Torte und ...«

»Dieser Mann lässt sich nie von einer Frau einen Ring an den Finger stecken. Vielleicht ist es ja gerade das, was mir an ihm so gefällt.«

»Das Lachen steht Ihnen gut«, sagte Leo. »Darf ich Emil sagen, dass Sie ganz wohl aussehen?«

Frau Simon zögerte. »Ich bringe die Bücher nächsten Dienstag um drei zurück. Ich meine – falls er sich selbst davon überzeugen möchte.«

Am zweiten Donnerstag im November wachte Trudi früh auf – müde und nervös, als hätte sie überhaupt nicht geschlafen. Wenn es Winter wurde, war sie immer müder, als ob ihr Körper Zeit brauchte, um sich auf die Kälte einzustellen. Außerdem taten ihr seit fast einer Woche die Knie weh. Frau Doktor Rosen hatte ihr erklärt, der Schmerz komme von ihren Hüften.

»Warum spüre ich ihn dann in den Knien?«, hatte Trudi gefragt.

Die Ärztin, deren Praxis noch weiter geschrumpft war, hatte gesagt, ihre Hüftgelenke seien entzündet.

»Aber das passiert doch nur bei alten Leuten. Ich bin erst dreiundzwanzig.«

»Zwerge haben solche Probleme manchmal schon ziemlich früh.«

»Aber Sie haben doch gar keine anderen Patienten, die Zwerge sind.«

»Ich habe es mir zur Aufgabe gemacht, mich darüber zu informieren.«

Trudi hatte sie angestarrt. »Meinetwegen?«

»Deinetwegen.«

Während Trudi sich in ihrem Bett herumwälzte, um eine bequeme Position zu finden, in der sie es bis zum Morgen aushalten könnte, gab sie sich der Fantasie hin, wie die Ärztin zwischen hohen Stapeln von medizinischen Büchern saß und nach Informationen über Zwerge suchte, die es ihr ermöglichen würden, Trudis Gelenke zu lockern und ihre Knochen zu strecken, bis ihr Körper normal lang und frei von Schmerzen wäre. Aber tief in ihrem Inneren hatte sie längst akzeptiert, dass es nichts gab, was man tun konnte. Sie dachte an all die Leute, die ständig darüber klagten, was ihnen an ihrem Leben nicht passte – ihre Arbeit, ihr Haus, ihre Freunde –, und sie war neidisch auf sie, da sie all diese Dinge ändern konnten.

Als sie die Leihbücherei öffnete, hielt draußen das Bäckereiauto, und Alfred Meier kam hereingestürzt, um ihr zu berichten, in dieser Nacht seien in Düsseldorf Fenster von jüdischen Geschäften und Synagogen eingeschlagen worden. Er fahre schon seit dem Morgengrauen Ware aus und habe gehört, es seien auch Gebäude in Brand gesteckt worden, und ein ganzer Wohnblock neben einem jüdischen Juweliergeschäft sei niedergebrannt.

Im Lauf des Tages erzählten weitere Kunden, was sie von Freunden und Angehörigen in Krefeld, Oberkassel und Köln gehört hatten. Trudi versuchte gar nicht erst, ihre Arbeit in der Leihbücherei zu tun: Sie drehte ihre Runden durch Burgdorf, teilte den Leuten mit, was sie erfahren hatte, und schnappte gleichzeitig Informationen über Zerstörungen in anderen Orten auf. In Burgdorf waren nur zwei Geschäfte beschädigt worden – ein Kurzwarenladen und ein Restaurant, beide in jüdischem Besitz. Wie es schien, hatte jemand versucht, die Synagoge in Brand zu stecken, denn auf der Rückseite des Gebäudes war der Verputz unter einem Fenster rußgeschwärzt.

»Vielleicht kommt es hier ja nicht so weit«, sagte Frau Abramowitz zu Leo Montag, während ihr Mann seinen Kamelhaarmantel zuknöpfte und zu einer Krisensitzung in die Synagoge eilte.

Aber Leo erinnerte sich, was seine Frau in dem Jahr vor ihrer Hochzeit zu ihm gesagt hatte – dass in Burgdorf alles langsamer und später passierte als an den meisten anderen Orten –, und wachte besorgt über seine Freunde. In dieser Nacht schliefen nur sehr wenige Leute in der Nachbarschaft einen ruhigen Schlaf, aber als am Morgen nur ein paar kaputte Scheiben im Ort entdeckt wurden – obwohl, wie es hieß, in Düsseldorf und Oberkassel die Zerstörung weiterging –, begann Leo Montag zu hoffen, dass Frau Abramowitz recht hatte.

Am Freitagnachmittag packte Trudi einen Satz Porzellantassen, die sie und ihr Vater am nächsten Tag zu Helmut Eberhardts Hochzeitsfeier mitnehmen wollten, in hübsches Geschenkpapier. Helmuts Mutter war persönlich vorbeigekommen, um sie einzuladen, und sie hatten nur zugesagt, um sie nicht zu enttäuschen. Helmut würde Hilde Sommer heiraten, die ihre Hebammenausbildung beendet hatte und seine Ordnungsversessenheit teilte. Nach Aussage des Apothekers war sie schwanger, auf dem besten Weg zur kinderreichen Familie, aber Trudi hatte dieses Gerücht bisher nicht zu verifizieren vermocht, auch nicht aus nächster Nähe, da Hilde immer schon eine massige Person gewesen war. Nun ja, wenn sie schwanger war, konnte sich Helmut wenigstens nicht wegen Unfruchtbarkeit oder Nachwuchsverweigerung von ihr scheiden lassen. Beides galt als direkt gegen den Staat gerichtet und war inzwischen ein triftiger Scheidungsgrund.

In der Nacht dieses Freitags, keine zwölf Stunden, ehe Helmut die blonde Hebamme in der Martinskirche ehelichen sollte, zerrten er und zwei andere SA-Leute Herrn Abramowitz aus dessen Schlafzimmer, und als der groß gewachsene Anwalt zu protestieren versuchte, wurden seine Pfeifensammlung und seine Kameras vor seinen Augen zertrampelt, er wurde durch die Trümmer geschleift und schrie, als sie ihm die Füße und Knöchel aufschnitten.

Frau Abramowitz klammerte sich an Helmuts Arm und flehte ihn an, ihren Mann in Frieden zu lassen. Und weil ihr nichts anderes einfiel, rief sie: »Ich kenne deine Mutter gut. Du kommst aus einer anständigen Familie.«

»Bleiben Sie weg«, warnte er sie.

Sie hörte sie draußen auf der Straße – das Klirren von Glas, die Absätze auf dem Bürgersteig, knallende Autotüren. Ein Motor sprang an. Dann Stille. Vor Tränen kaum in der Lage zu atmen, versuchte sie, ihre Tochter in Oberkassel anzurufen, aber sie wusste Ruths Nummer nicht mehr, obwohl sie sie fast jeden Tag wählte, und sie musste erst nachsehen. Ihre Hände zitterten so heftig, dass ihre Finger von der Wählscheibe abrutschten und sie mehrmals ansetzen musste, ehe sie ihre Tochter erreichte.

Als Ruth sich – entgegen dem Rat ihres Mannes – erbot, ins Auto zu steigen und nach Burgdorf zu kommen, wies Frau Abramowitz dies zurück.

»Komm nicht hierher. Hier bist du nicht sicher.«

»Dann bist du dort auch nicht sicher«, argumentierte Ruth.

»Diesmal haben sie mich nicht geholt.«

»Mutter – ich hab dich lieb, Mutter.«

»Ich dich auch, Ruthchen.«

»Lass mich ein Taxi schicken, das dich holt.«

»Ich muss hier sein. Für deinen Vater, wenn er zurückkommt.«

In der Leitung war eine lange Stille.

»Er kommt doch wieder«, sagte Frau Abramowitz.

»Natürlich kommt er wieder.«

»Er ist schließlich Anwalt. Er wird ihnen klarmachen, dass es ein Irrtum ist.«

Sie hängte ein, nachdem sie Ruth noch versprochen hatte, sie sofort anzurufen, wenn sie etwas hörte. Ihren beigen Pullover über dem Nachthemd, rannte sie, kaum auf die Glassplitter auf dem Bürgersteig achtend, über die Straße, aber noch ehe sie an die Tür der Montags pochen konnte, machte ihr Trudi schon auf.

»Was ist passiert?« Sie nahm Frau Abramowitz' Hände.

»Michel ...« Die ältere Frau begann zu weinen. »Sie haben – ihn geholt.«

»Kommen Sie rein. Bitte …«

»Ich kann nicht.« Sie sah immer wieder zu ihrer Haustür hinüber. »Er kann jeden Moment zurückkommen.«

So schnell nicht, dachte Trudi, aber sie sagte: »Ich werde vom Fenster aus aufpassen. Bleiben Sie heute Nacht bei uns.«

Trudis Vater kam im Bademantel die Treppe heruntergehumpelt. »Frau Abramowitz«, sagte er in hilflosem Schmerz, »Ilse«, und nahm sie in die Arme, wie sie es sich sicher unzählige Male vorgestellt hatte, nur unter völlig anderen Umständen.

Sie lehnte sich einen kurzen Moment an ihn und trat dann zurück. »Ich muss nach Hause.«

»Sie können hierbleiben«, bot Leo an.

»Michel könnte anrufen.«

»Dann gehe ich mit Ihnen rüber.«

»Das würden Sie tun?«

»Natürlich. Ich ziehe mir nur rasch etwas an.« Er wandte sich zur Treppe.

Obwohl Trudi auch gern mitgegangen wäre, spürte sie doch, dass ihr Vater Frau Abramowitz viel mehr Trost geben konnte, wenn sie nicht dabei war. Von der offenen Eingangstür aus sah sie sie über die Straße gehen – ihr Vater seltsam formell in seinem Sonntagsanzug, als verdiente der Anlass seinen besten Staat. Sie hatten einander untergehakt, schienen sich gegenseitig zu stützen – fast wie ein altes Ehepaar, wie zwei Menschen, die es seit Jahrzehnten gewohnt waren, ihren Schritt einander anzupassen. Vorsichtig stiegen sie über die Glassplitter. Ungenau und wie von fern hörte Trudi, wie sie die Eingangstür hinter sich schlossen, als gehörten beide gemeinsam dort in dieses Haus.

Sie wickelte sich in den Mantel des russischen Soldaten und kletterte auf den Ladentisch der Leihbücherei. Von hier aus konnte sie durchs Fenster schauen. Das Licht im Abramowitz'schen Wohnzimmer war aus, und Frau Abramowitz stand dort, umrahmt von den spitzen Glassplittern, die im Fensterrahmen steckten, wie von den durchsichtigen Blütenblättern einer exotischen Blume. Ihr heller Pullover füllte das Loch im Glas, reglos, als stünde sie schon immer dort, wie eine Wächterin, und schon bald konnte Trudi sich nicht mehr vorstellen, das Fenster je ohne ihre Gestalt gesehen zu haben.

Die größere Silhouette von Trudis Vater umhüllte Frau Abramowitz wie ein Umhang. Die ganze Nacht standen die beiden in dem dunklen Fenster über der scherbenübersäten Straße und warteten auf Michel Abramowitz, und sooft Trudi auf dem Ladentisch einnickte, wurde sie von entfernten Schreien und dem Klirren von Glas geweckt, und dann sah sie Frau Abramowitz' Gestalt im Fenster und dahinter die ihres Vaters, als hätten sie sich beide nicht gerührt, als wären sämtliche Worte zwischen ihnen in dieser Position gewechselt worden.

Als das dichte Dunkel der Nacht durchscheinender wurde und Hahnenschreie über die Dächer gellten, sah Trudi etwas über die Kreuzung Skieber- und Barbarossastraße kriechen, einen verletzten Hund vielleicht oder irgendeine Urkreatur, die sich der Morgendämmerung der Menschheit, der Menschheitsdämmerung, entgegenschleppte. Es war ein Wesen, das die Hässlichkeit der Nacht verkörperte, und Trudi fragte sich, wie lange es wohl schon so auf sie zukroch. Vielleicht war es ja schon die ganzen Stunden über da gewesen, und das Morgengrauen hatte es nur enthüllt. Aber genau in diesem Moment löste sich Frau Abramowitz vom Fenster und stürzte – dicht gefolgt von Trudis Vater mit seinem humpelnden Gang – aus dem Haus und auf das Etwas zu, das da angekrochen kam.

Trudi raffte den Seehundmantel auf Kniehöhe und rannte hinter ihnen her, und als sie sie eingeholt hatte, sah sie Herrn Abramowitz in seinem zerfetzten Schlafanzug, Gesicht und Hals blutüberströmt. Er konnte nicht stehen, auch nicht, als Leo ihn zu stützen versuchte, und sie mussten den Seehundmantel auf dem Boden ausbreiten, den Anwalt auf das narbige Fell wälzen und ihn – Frau Abramowitz und Trudi auf der einen Seite, Leo auf der anderen – die Schreberstraße hinauf und durch die Bogentür seines Hauses tragen. Trudis Arme schmerzten wie früher, wenn sie sich an den Türrahmen gehängt hatte, und ihr Vater atmete stoßweise und keuchend. Nur Frau Abramowitz' Atem ging ruhig, denn ihren Mann zu tragen, kostete viel weniger Kraft, als auf ihn zu warten.

Als sie Michel Abramowitz auf das Wohnzimmersofa legten und vorsichtig säuberten, stellten sie fest, dass seine Nase und mehrere Rippen gebrochen waren. Auf der ganzen Innenseite seines linken Arms waren Brandmale von Zigaretten, und seinen Rücken überzogen geschwollene Striemen. Er hatte mehrere Zähne verloren, alle aus der äußeren Reihe, und seine Frau konnte die innere Reihe sehen – eine Laune der Natur, hatte sie immer gedacht. Es war, als hätte er sie eigens für diese Nacht mitbekommen.

Seine Stimme war heiser, und sie mussten sich dicht über ihn beugen, um ihn zu verstehen, als er ihnen untersagte, ihn ins Theresienheim oder nach Düsseldorf ins Krankenhaus zu bringen. »Zu Hause bin ich sicherer«, insistierte er flüsternd und bat seine Frau, ihm die Watte zu bringen, die sie gegen Ohrenschmerzen und zum Entfernen ihres Nagellacks benutzte.

Sie schaute ihn verdutzt an, ging aber hinaus, um die Watte zu holen.

Er packte Leo an den Kragenaufschlägen seines Sonntagsanzugs. »Ehe mich diese Schweine noch mal kriegen, gehe ich in den Fluss.«

»Michel ...«

»Das ist mein Ernst, Leo. Versprich mir, dass du dich um Ilse kümmerst, falls es so weit kommt. Nichts wird mich dazu bringen, das noch einmal über mich ergehen zu lassen, wenn ...« Er ließ Leo los, als seine Frau mit der Watte zurückkam. Er riss zwei Wattebäusche ab, rollte sie zu Pfropfen zusammen und steckte sie sich rasch in die Nasenlöcher. Tränen liefen über sein geschundenes Gesicht.

Leo hielt ihn an den Schultern. »Du hast mein Versprechen.«

»Was tut er da?«, rief Frau Abramowitz.

»Er versucht, seine Nase wieder zu richten«, sagte Leo.

»Lasst mich Frau Doktor Rosen holen«, sagte Trudi.

Michel Abramowitz stöhnte. »Ich will sie nicht in Gefahr bringen.«

»Das soll sie selbst entscheiden.«

»Ich habe es für sie entschieden. Sie würde kommen. Du kennst sie doch.«

Frau Abramowitz befeuchtete ihr Taschentuch mit Spucke und wischte ihm das Blut von den Nasenlöchern.

»Hör auf, Ilse.« Er drehte den Kopf weg. »Ich bin kein Kind.«

»Und wenn sie schief zusammenheilt?«

»Dann lässt du dich eben von mir scheiden.« Der Versuch, die Sache ins Scherzhafte zu ziehen, ließ ihn zusammenzucken. »Suchst dir einen Mann mit einer geraden Nase.«

»Und einen freundlicheren.« Sie stopfte ihm ein besticktes Kissen unter den Kopf. »Ich werde mich schon mal umsehen.«

Er legte den Arm um ihre Hüfte. »Ich wette, du tust es.«

Mit gerötetem Gesicht sah Frau Abramowitz Leo und Trudi an. »Vielen Dank für Ihre Hilfe«, sagte sie in seltsam förmlichem Ton. »Michel braucht jetzt Ruhe.«

»Lassen Sie's uns wissen, wenn wir etwas tun können«, sagte Trudi.

»Schließen Sie hinter uns ab«, ermahnte Leo Frau Abramowitz.

Michel Abramowitz lag den ganzen Vormittag auf dem Sofa und fiel für kurze Intervalle in einen unruhigen Schlaf, um dann stöhnend zu erwachen, während seine Frau neben ihm auf dem Boden saß, ihre Fotoalben um sich verteilt, und auf die Bilder starrte, die die Kameras ihres Mannes erfasst hatten. Aber jetzt waren diese Kameras kaputt: Das wusste sie, weil sie selbst über die Trümmer gestiegen war, und es kam ihr wie ein Trick vor, dass die Bilder nicht zerstört waren. Sie dachte daran, wie Michel sie und die Kinder wieder und wieder umgruppiert hatte, bis sie genau richtig standen, und wie er ihnen befohlen hatte zu lächeln, als er schließlich darangegangen war, sie für die Zukunft festzuhalten. Aber letztlich ging das nicht: Man konnte nicht drei oder vier Leute nehmen und für alle Zukunft arrangieren. Sie waren nur im Moment der Aufnahme so, und es schien ein Hohn, dass – nach all den Jahren – die Fotos immer noch diese Szenen zeigten, als könnten sie wirklich sein.

Die Glocken der katholischen Kirche ertönten, das Hochzeitsgeläut für Helmut Eberhardt und Hilde Sommer. Frau Abramowitz trat an das zerschlagene Fenster. Die Luft war frostig. Sie empfand tiefes Mitleid mit Renate Eberhardt, die Helmut bis zum Augenblick seiner Geburt in ihrem Leib getragen hatte und die – während Michel sich mit seinen Verletzungen nach Hause geschleppt hatte – sicher schon auf den Beinen gewesen war, um alles für den Hochzeitsempfang ihres Sohnes vorzubereiten, der ja in ihrem Haus stattfinden sollte. Frau Abramowitz fragte sich, ob Helmuts Mutter wusste, was ihr Sohn in dieser Nacht getan hatte, und sie bedauerte die Hebamme, deren Körper in den kommenden Nächten unter Helmuts Körper liegen würde. Ihr drängte sich ein Gedanke auf, der sich schon seit einiger Zeit Zutritt zu ihrem Bewusstsein zu verschaffen suchte, ein Gedanke, der Michel ärgern würde, wenn sie ihm je davon erzählte: Vor die Wahl gestellt, wollte sie lieber die Verfolgte sein, als zu den Verfolgern zu gehören. Beide zahlten einen schrecklichen Preis, aber sie wollte lieber die Demütigung und die Angst ertragen, als fühllos dafür zu werden, was Menschlichkeit ausmachte.

Zu Leo Montags Erstaunen bestand Trudi darauf, mit ihm zur Eberhardt'schen Hochzeitsfeier zu gehen, aber er begriff, warum, als er vor der Trauzeremonie sah, wie sie auf Helmuts Mutter zuging und ihr bedeutete, sich zu ihr herabzubeugen, damit sie ihr etwas ins Ohr flüstern konnte. Trudi hätte sie doch wenigstens bis nach der Hochzeit mit den Untaten ihres Sohnes verschonen können, dachte er, als er sah, wie Frau Eberhardts Gesicht einen verzweifelten Ausdruck annahm. Diesen Ausdruck behielt sie während der ganzen Trauung und auch beim Empfang, obwohl sie versuchte, sich zum Lächeln zu zwingen, und ihre frischgebackene Schwiegertochter zweimal deswegen zu ihr kam, um sie zu fragen, ob sie irgendetwas für sie tun könne. Aber Renate Eberhardt sah die blonde junge Frau nur an und schüttelte den Kopf.

Gegen Mittag kam Ruth Abramowitz trotz der Einwände ihres Mannes mit der Straßenbahn in Burgdorf an, ein großes Tuch wie zur Tarnung um den Kopf geschlungen. Sie weinte, als sie ihre Eltern umarmte, und die Tränen kamen ihr wieder, als sie die aufgeschlagenen Alben – in der Annahme, die SA-Leute hätten sie auf dem Fußboden verstreut – einsammelte und ins Regal zurückstellte.

Sie erklärte ihrem Vater, ihr Bruder werde sicher alles tun, um ihnen zu helfen.

Ihr Vater nickte. »Albert versucht, uns hier rauszuholen. Er weiß, dass wir jetzt bereit sind.«

»Und du, Ruth?«, fragte ihre Mutter. »Was wirst du tun?«

»Wenn Fritz auch Jude wäre, würden wir mit euch kommen, aber er ist ein so angesehener Mann – ich kann mir nicht vorstellen, dass es jemand wagen würde, sich an seiner Frau zu vergreifen.«

»Hoffentlich hast du recht«, sagte ihr Vater wenig überzeugt.

»Wir sind vorsichtig.« Sie fasste sich an die Kante ihres abgeschlagenen Vorderzahns, eine Angewohnheit, die sie wie das kleine Mädchen wirken ließ, das damals aus der rollenden Straßenbahn gesprungen war. »Ich – ich halte mich im Hintergrund. Fritz meint, es ist besser, wenn ich eine Zeit lang nicht in der Praxis arbeite.«

»Verstehe«, sagte ihr Vater düster.

»Nur bis sich die Situation wieder normalisiert hat«, sagte sie rasch.

Die ganze Nachbarschaft war schockiert, als sie erfuhr, was Michel Abramowitz widerfahren war. Frau Weiler packte ein Körbchen mit Delikatessen. »Das sind nette, anständige Menschen«, sagte sie.

»Die, die das getan haben«, sagte Frau Blau, »werden ihren Lohn schon bekommen. Sie werden kein Glück im Leben haben.«

»Wie konnten sie ihm so etwas antun?«, fragte Herr Meier, als er das Bäckereiauto vor dem Abramowitz'schen Haus parkte. »Das gehört verboten«, sagte er und bestand darauf, vier süße Teilchen und ein Dutzend Brötchen dazulassen.

Herr Kaminsky, dessen Polsterei in jener Nacht der Zerstörung entgangen war, meinte, er kenne einige Leute bei der SA – Ehemänner von Kundinnen –, die nett seien und keine Verbrechen begingen.

Aber Anton Immers und einige seiner Freunde verkündeten, es sei Zeit, den Juden klarzumachen, woher der Wind wehe, und als sie hörten, dass die Villa von Fräulein Birnsteig, der Konzertpianistin, überhaupt nicht beschädigt worden war, vermutete Herr Immers, das sei wohl darauf zurückzuführen, dass sie zu weit außerhalb liege.

Der Überfall auf Michel Abramowitz war nur der Beginn der Gewalt in Burgdorf, und während der folgenden Nacht – drei Nächte, nachdem in der Großstadt Düsseldorf die ersten Scheiben eingeschlagen worden waren – holte der kleine Ort explosionsartig auf. Jetzt, dachte Trudi, konnten die Leute doch nicht mehr so tun, als wüssten sie nicht, was vor sich ging – wenn die Geschäfte ihrer jüdischen Nachbarn geplündert und angezündet und Juden nachts aus dem Bett gerissen und weggebracht wurden. Fenster, die der ersten Zerstörungswelle entgangen waren, wurden von Horden randalierender Jugendlicher, die das Feuer und der Tumult anlockten, zertrümmert.

Es wurde zum Spektakel – »Schau, da holen sie wieder einen Juden« –, einem makabren Schauspiel, das in dieser Nacht den ganzen Ort auf seine blutige Bühne zog, einer Nacht, in der es der Welt nicht vergönnt war, sich unter dem Mantel der Dunkelheit zu erholen, denn kaum hatte der Himmel seinen dunkelsten Ton erreicht, begann er sich schon wieder hell zu färben, als könnte er den Tag nicht erwarten. Das Licht, stellte Trudi fest, kam aus nördlicher Richtung und erstrahlte in einem ungleichmäßigen Bogen. Und mit ihm kam Rauchgeruch.

Als sie hinausrannte, war um sie herum Rauch, der ihre Lunge füllte und sie in eine Hitze hüllte, die den November zum heißesten Monat des Jahres machte.

»Warte auf mich!« Ihr Vater war dicht hinter ihr.

Sie nahmen die Abkürzung durch ihren Garten, wateten durch den eisigen Bach, rannten hinterm Theresienheim entlang und über den Rasenstreifen zwischen dem Schwesternhaus und der Schule. Dort, drüben auf der anderen Straßenseite, brannte die Synagoge – so lichterloh wie trockene Tannenzapfen – und spie gelbe Funken in die Nacht. Flammenarme griffen von drinnen durch die geborstenen Fenster, erfassten einander, umfingen das große Gebäude, drückten die Mauern ein.

Jemand stimmte das Horst-Wessel-Lied an, und mehrere andere grölten mit: »Wenn das Judenblut vom Messer spritzt ...« Eine Frau, die ein kleines Kind auf dem Arm hielt, zeigte mit einem erregten Lächeln auf die hohen Flammen. Zwei Hitlerjungen schwangen ihre Fahnen. Trudi musterte die Gesichter der Umstehenden: Die meisten kannte sie schon ihr Leben lang. Jetzt aber, dachte sie, jetzt, im lodernden Schein dieses Feuers, müssen sie es doch sehen. Doch es war, als ob sie inzwischen das Ungeheuerliche für etwas Selbstverständliches nahmen, es für das Normale hielten. Sie fragte sich, was wohl geschehen wäre, wenn damals, vor vier Jahren, alle mit Frau Weiler mitgezogen und gegen die Regierung gewettert hätten. Hätte das irgendetwas verhindert?

Als sie auf die Stimmen der Leute horchte, konnte sie hören, dass einige empört waren, aber sie war schockiert, als sie begriff, was sie empörte: das Chaos und die Vergeudung – nicht das Unrecht an ihren jüdischen Nachbarn. Es war ein Affront gegen ihre Ordnungsliebe, und sie sollten zustimmen, wenn sich Göring und viele andere Deutsche in den kommenden Tagen über die Kosten der Zerstörung empören und die Frage stellen würden: »Wer soll das bezahlen?«

Als die Juden für die Schäden haftbar gemacht wurden und ihre Wertsachen dem Staat übergeben mussten, erbot sich Leo Montag, Dinge für seine jüdischen Freunde in Verwahrung zu nehmen. Er wollte sie gern bei sich lagern oder auch verkaufen – was immer hilfreicher sei. Während Frau

Simon ihn bat, eine Rubinbrosche und ihren goldenen Füllfederhalter für sie zu verkaufen, bestand Frau Abramowitz darauf, sich an die Gesetze zu halten.

»Wenigstens sind meine Kameras schon kaputt«, schimpfte ihr Mann, als er feststellte, dass ihre massiv goldenen Kerzenleuchter und fünf Paar von seinen Manschettenknöpfen fehlten. »Sonst hättest du ihnen die auch noch gegeben.«

»Ich will sie nicht unnötig provozieren«, sagte sie.

In dieser Nacht, als Ilse schlief, nahm Michel die Mesusa vom Türpfosten ab, legte eine Holzkiste mit seinem alten Regenmantel aus und packte die Mesusa und die silbernen Kerzenleuchter, die seine Eltern Ilse für die Sabbatkerzen zur Hochzeit geschenkt hatten, vorsichtig hinein. Er füllte die Kiste mit den Dingen, die ihm am wertvollsten schienen, und trug sie auf die andere Straßenseite. Draußen lag Rauch in der Luft. Er setzte sich kalt und schwer auf seiner Haut ab. Seit der Nacht seiner Verhaftung fühlte sich Michel nie mehr sauber, nicht einmal dann, wenn er gerade gebadet hatte.

»Ich will dir zeigen, wo ich sie aufbewahre«, sagte Leo Montag. »Für den Fall, dass uns etwas zustößt.«

Trudi ging mit der Laterne voran die Kellertreppe hinunter. Das Licht warf bei beiden Männern den Schatten des Hemdkragens auf die Unterseite des Kinns.

Neben dem Regal mit Eingemachtem versteckte ihr Vater die Kiste unter alten Kleidern in einer Holztruhe. »Du kannst sie jederzeit holen, ohne mich zu fragen«, erklärte er Michel Abramowitz.

Wochenlang hing der Rauch über der Stadt. Er drang einem bei jedem Atemzug in die Lunge und brachte einen zum Husten; und auch als die Trümmer weggeräumt waren, stieß man noch weit von den Orten der Zerstörung entfernt auf Glassplitter, als hätte der Rauch sie mit sich getragen. Man sah sie nicht, bis man in einen hineintrat oder plötzlich ein Glitzern in einem kahlen Baum bemerkte, wenn man in der frostigen Winterluft Wäsche aufhängen wollte, und dann war es, als ob man selbst und die ganze Nachbarschaft, ja, die ganze Welt ein Bild in einem zersplitterten Spiegel wäre.

12

1939–1941

Wenn die Gerüchte gestimmt hatten und die Hebamme am Tag ihrer Hochzeit mit dem achtzehnjährigen Helmut Eberhardt wirklich schwanger gewesen war, dann war es die längste Schwangerschaft in der Geschichte Burgdorfs – und vielleicht sogar, wie die alten Frauen spekulierten, der ganzen Welt –, denn Hilde sollte erst im Frühjahr 1941 gebären, zweieinhalb Jahre nach ihrer Heirat. Natürlich wurde hinter vorgehaltener Hand behauptet, sie habe eine Fehlgeburt gehabt und sei erneut schwanger geworden, ehe ihr junger Ehemann an die russische Front aufgebrochen war, nicht ohne ihr vorher noch das Versprechen abgenommen zu haben, ihr erstes Kind auf den Namen Adolf taufen zu lassen.

Helmut wäre gar nicht auf die Idee gekommen, dass er eine Tochter gezeugt haben könnte, und auf Hildes Bemerkung, ein Mädchen wolle sie am liebsten nach seiner Mutter Renate nennen, sah er sie an, als habe sie den Führer und Gott beleidigt.

Genauso hatte Helmut auch seine Mutter jedes Mal angesehen, wenn sie sich weigerte, das Haus auf ihn zu überschreiben, obwohl er ihr doch erklärt hatte, dass es das Vernünftigste sei: Sie könne ja die oberen Zimmer haben, die jetzt er und Hilde bewohnten, und sie würden beide in die fünf großen Räume im Erdgeschoss ziehen. »Als Witwe brauchst du schließlich nicht so viel Platz«, hatte er ihr in der Woche nach seiner Hochzeit erklärt. »Während Hilde und ich eine Menge Kinder haben werden.« Er war entschlossen, das staatliche Ehestandsdarlehen in ein Geschenk umzuwandeln, und er brannte darauf, dass Hilde sich das Ehrenkreuz der deutschen Mutter verdiente. Er sah schon das bronzene Mutterkreuz auf ihrem Kleid, nur so lange natürlich, bis es mit dem Anwachsen ihrer Kinderschar durch das silberne und schließlich das goldene ersetzt werden würde.

Aber seine Mutter war schwer von Begriff. »Ihr könnt gern oben wohnen«, sagte sie.

Er zeigte auf den glänzenden Parkettboden. »Du musst doch zugeben, dass das ganze Haus viel besser in Schuss ist, seit ich Hilde geheiratet habe.«

»Ich verlange nicht, dass deine Frau für mich putzt.«

»Sie putzt gern ... Warum bist du so stur mit dem Haus?«

»Ich bin zu alt, um wie auf Besuch zu leben.«

In ein paar Jahren würde er so alt sein, wie sein Vater gewesen war, als er starb. Sein Vater hatte das Haus gebaut. Sein Vater hätte bestimmt gewollt, dass er hier als Familienoberhaupt wohnte und nicht als Sohn. Er lächelte seine Mutter gewinnend an. »Du bist noch nicht alt.«

Aber sie lächelte nicht zurück.

Den ganzen Winter hindurch und bis in den Vorfrühling widersetzte sich seine Mutter seinen Bemühungen. Von Rechts wegen, glaubte er, stand ihm das Haus zu. Aber ihm gegenüber war sie knauserig, während sie sonst in der ganzen Stadt für ihre Großzügigkeit bekannt war: Sie verschenkte nicht nur Blumen an Nachbarn und Geld an Bettler, sondern war auch noch freundlich zu Juden, obwohl doch für jedermann offensichtlich war, dass die in Burgdorf und überhaupt in diesem Land nicht erwünscht waren. Konnte sie die Schilder auf der Straße und in den Fenstern der Läden und Gaststätten nicht lesen? *Juden sind hier unerwünscht. Juden haben keinen Zutritt.* Vielleicht würden die Juden ja endlich verschwinden, wenn sie nichts mehr kaufen konnten. Leider durften sie einige Läden immer noch betreten, obwohl sie keine Möglichkeit hatten, Reis, Kaffee und bestimmte Früchte wie Orangen und Zitronen zu bekommen.

Den Juden nur die Bedarfsgüter des täglichen Lebens zu nehmen – da waren sich Helmut und seine Freunde einig – war viel zu wenig. Außerdem hatte er den Verdacht, dass einige Ladenbesitzer nachts Waren zu den jüdischen Familien schmuggelten. Das war direkte Sabotage des Führers. Aber Helmut war wachsam. Er hatte schon einen Bauern angezeigt, der daraufhin prompt seinen Marktstand verloren hatte, und er wartete nur darauf, dass Frau Weiler einen Fehler machte.

Helmut hätte gern drastischere Maßnahmen gesehen, um die Juden aus dem Land zu vertreiben, eine Wiederholung jener begeisternden Scherbennächte; aber er musste zugeben, dass Göring recht hatte, wenn er sich über das Chaos und die Vergeudung empörte. Diese Ressourcen gehörten dem deutschen Volk und würden ihm zufallen, sobald die Juden weg waren.

»Du bist ungeduldig«, erklärte ihm der Apotheker, »und das ist gut so. Wir brauchen junge Männer wie dich, die uns daran erinnern, dass Geduld zu einer schlimmen Gewohnheit werden kann.«

Wenn der Apotheker auch immer noch den französischen Jesus um den Kirchplatz schleppte, hatte er doch wegen seiner zunehmenden politischen Aktivitäten dieses Ritual auf den ersten Freitag im Monat beschränkt. Beflügelt von der Vision einer anderen Statue – der seines Führers, ganz in Bronze –, warb er Helmut Eberhardt als Helfer an, und die beiden zogen gemeinsam von Haus zu Haus und schwatzten und pressten auch den widerstrebendsten Opfern Spendengelder für das Denkmal ab. Doch als die Führerstatue vor dem Rathaus aufgestellt wurde, fühlte sich Helmut düpiert. Er hatte sie sich mindestens lebensgroß vorgestellt, aber sie war nicht größer als ein Ministrant, und der Apotheker war sehr entrüstet, als Helmut fragte, was aus all dem gesammelten Geld geworden sei. Er versuchte sofort, sich für seine Frage zu entschuldigen, während der Apotheker ihn anschrie, wenn er gewusst hätte, dass das der Dank dafür sein würde, dass er Helmut an diesem glorreichen Projekt habe teilhaben lassen, hätte er jemand Würdigeren gefragt.

Helmut tat sein Bestes, seiner Mutter zu erklären, wie eindeutig gerechtfertigt es doch sei, die Juden aus dem Land zu vertreiben, indem er sie daran erinnerte, dass der Führer erklärt hatte, sie seien rassisch minderwertig und schuld an der ganzen Misere, weil sie nach der Macht griffen, wo immer sie konnten, und mehr Geld verdienten als anständige Deutsche.

»Die Juden in diesem Land«, korrigierte sie ihn eines Samstagnachmittags, als er ihr in den Garten gefolgt war, um sie zu belehren, »sind Deutsche und weitaus anständiger als diese – diese Freunde von dir, die sie terrorisieren …«

Er fuchtelte mit den Händen, um ihr das Wort abzuschneiden.

»… oder diese uniformierten Irren, die sich für höherwertig halten.«

Er spürte, wie sich auf seiner Brust und seinen Armen eine Gänsehaut bildete. Es war Gottes Wille, dass der Führer an der Macht war, und für ihn waren beide inzwischen fast untrennbar. »Dafür kannst du verhaftet werden.«

»Aber ich sage es ja nur unter uns, Helmut.« Sie hockte sich hin, um Unkraut zwischen ihren holländischen Tulpen herauszuzupfen.

»Du weißt doch, es ist meine Pflicht, jeden Verrat am Führer zu melden.«

»Deine Pflicht ist es ...«, seine Mutter erhob sich und sah ihm aus nächster Nähe in die Augen, »einer von diesen anständigen Deutschen zu sein, von denen du so gern redest. Und mit anständig meine ich ...«

»Ich weiß. Ich weiß. Judenfreundlich und rückständig und gegen die Partei. Siehst du denn nicht, dass jeder Krümel Brot, den ein Jude schluckt, einen wahren Deutschen um seine Nahrung bringt?«

Sie sah ihn schweigend an, und in der Grube unter ihrem langen Hals pulste es leise.

Ein Schornsteinfeger ging am Gartentor vorbei, und eine Schar Tauben flatterte aus dem Schlag auf dem flachen Dach nebenan.

»Es ist ein Verbrechen.« Helmut bemühte sich um einen eindringlichen Ton.

Sie machte ein Gesicht wie jemand, der gerade verdorbenes Fleisch gekostet hatte, und er wandte sich ab und ließ sie stehen. Er war es leid, sie zu ermahnen und sie zu berichtigen, sooft sie sich über die Regierung beklagte. Einmal, als sie sich über den Bart des Führers lustig gemacht hatte – »Dieses Ding in seinem Gesicht: es sieht aus wie eine dreckige Zahnbürste« –, hatte es sich für ihn angefühlt, als habe sie auf das heilige Sakrament gespuckt. Es war ein besonderer Tag gewesen, der Geburtstag des Führers, und er hatte ihr zur Feier dieses Anlasses ein großes Porträt seines Idols mitgebracht.

Während das Frühjahr ins Land ging, wuchs Helmuts Angst, dass einer der Nachbarn Meldung über seine Mutter machen könnte, und aus dieser Angst wiederum wuchs die Idee, dass es seine Pflicht war, es selbst zu tun. Nicht, dass er ständig darüber nachgedacht hätte, aber eines Abends, als sie in der Küche ihre wöchentlichen Flickarbeiten erledigte und über die Überschreibung des Hauses nicht einmal diskutieren wollte, ging ihm auf, dass er sie, wenn auch nicht dafür, dass sie ihm das Haus verweigerte, so doch wegen der Verbreitung ihrer gefährlichen Ideen anzeigen konnte. Er würde seinem Land einen Dienst erweisen. Schließlich verzögerte jeder, der Juden unterstützte, die Verwirklichung des Ziels eines reinrassigen Deutschlands.

Er musterte sie, wie sie sich über den Ellbogen seines Pullovers beugte. »Wenn du nicht ...« Er hielt den Atem an, erschrocken und erregt, da er fühlte, wie sich das Machtverhältnis zwischen ihnen zu seiner Seite hin verschob. Er holte tief Luft und spürte, wie sich die braune Uniform über seiner Brust dehnte. »Wenn du mir das Haus nicht gibst, melde ich dich wegen der Sachen, die du gesagt hast.« Er hörte seine Worte und wartete auf eine Reaktion, mit der sie anerkennen würde, dass sich etwas Wichtiges zwischen ihnen unwiderruflich geändert hatte, und er war bereit, sie zu trösten und ihr über diese Veränderung hinwegzuhelfen. Er war bereit, all die empörenden Dinge zu vergessen, die sie gesagt hatte – wenn sie nur klein beigab.

Aber sie zog einfach nur die Nadel durch die Wollmaschen, wieder und wieder, und als sie schließlich etwas sagte, befahl sie ihm lediglich, nach oben zu gehen, wo er mit seiner Frau in seinem alten Kinderzimmer schlief. »Geh schlafen«, sagte sie, als sei er kein verheirateter Mann, sondern immer noch ein kleiner Junge.

Dieser offenkundige Mangel an Furcht und Respekt überzeugte Helmut, dass er sie schon längst hätte melden sollen. Die Tatsache, dass sie seine Mutter war, machte sie noch lange nicht unantastbar. Was hatte er riskiert, indem er sich ihre aufwieglerischen Äußerungen über den Führer und die Partei angehört hatte! Es würde ihr guttun, ihre Einstellung eine Zeit lang hinter Schloss und Riegel zu überdenken. Bis sie zurückkam ...

Wenn sie zurückkommt ... Er schob sie weg, diese Stimme, die durch die berauschende Woge der Erleichterung zu dringen suchte. Für immer frei sein, von ihrer Enttäuschung und ihrer Liebe, ihrer Sorge und ihrer Sorglosigkeit.

Wenn sie zurückkommt ... Nein, sie würden sie nicht lange dabehalten. Und wenn doch: Er musste ihr einfach eine Lehre erteilen. Wenn er und Hilde erst einmal in den Räumen seiner Mutter saßen, würde sie froh und dankbar sein, dass sie oben wohnen durfte.

Renate Eberhardt glaubte nicht, dass ihr Sohn sie denunzieren würde, bis zu jenem Dienstag im Juni 1939, als Emil Hesping mit quietschenden Reifen vor ihrem Haus bremste und hineinstürzte, um sie zu warnen, dass sie unterwegs seien, um sie zu holen. Wenige Minuten, nachdem Renate sein Anerbieten, sie in die Wohnung seines Onkels in Krefeld zu bringen, abgelehnt hatte, erreichte die Nachricht Trudi, und als die zu dem weiß verputzten Haus gerannt kam, so schnell, dass ihr das Herz im Halse klopfte, versuchten zwei Nachbarinnen bereits, Renate zum Einpacken der nötigsten Dinge zu bewegen. Sie beobachteten die Straße, bereit, schleunigst durch die Hintertür zu verschwinden, sobald die Gestapo vorfuhr.

»Oft kommen die Leute nicht wieder«, sagte die eine, um sich gleich darauf zu berichtigen, »jedenfalls nicht so bald«, und die andere meinte: »Besser, man hat ein paar Sachen dabei.«

»Sie können sich immer noch irgendwo verstecken«, beschwor Trudi Frau Eberhardt. »Herr Hesping will Ihnen doch helfen.«

»Bettzeug.« Die andere Nachbarin wedelte die Fliegen weg, die in der Küche herumsummten. »Sie braucht Bettzeug.«

»Kleider zum Wechseln.«

»Seife nicht vergessen.«

»Und etwas zu essen.«

»Ja, Proviant. Etwas, was sich hält.«

»Nadel und Faden.«

»Pantoffeln. Pantoffeln sind wichtig.«

»Und ein Handtuch.«

»Ach ... ich brauche nichts.« Renate Eberhardt sprach und bewegte sich so langsam, als hätte sich die Luft um sie herum eingedickt wie Tannenhonig. Sie hatte den heiter gelassenen Gesichtsausdruck jener ganz alten Leute, die ihr Leben bis auf ein paar Kindheitsepisoden vergessen haben und verblüfft sind, wenn sie entdecken, dass sie nicht mehr jung sind.

»Du kannst es ja alles wieder mitbringen.«

»Sie können sich bei mir zu Hause verstecken«, flüsterte Trudi ihr zu.

Renate Eberhardt schüttelte den Kopf. Sie trat an das offene Fenster auf der Rückseite des Hauses und schaute hinaus in ihren üppigen Garten. Ihre Zöpfe waren in ihrem schlanken Nacken zu einem dicken Strang zusammengeflochten, eine Frisur, die sie schon oft getragen hatte, aber jetzt erschien sie Trudi so Unheil verkündend, dass sie den Drang verspürte, das ergraunde Haar zu lösen, zu bürsten und Renate dazu zu bringen, es anders zu tragen, offen vielleicht, als Vorhang, als Schutz.

»Sie finden mich doch«, sagte Renate, als habe sie längst resigniert.

»Sag das nicht.«

»Ja, sag so was nicht, Renate.«

»Man darf die Hoffnung nicht sinken lassen.«

»Sei froh, dass du keine Jüdin bist.«

»Wenn du Jüdin wärst, hätte ich viel mehr Sorge um dich.«

»Du wirst froh sein, wenn du Unterwäsche zum Wechseln hast.«

»Und eine Strickjacke.«

»Was ich mitnehme, spielt keine Rolle.« Aber sie widersprach nicht, als die Nachbarinnen Sachen für sie zusammensuchten.

Sie wussten von Leuten, die abgeholt worden waren, und sie hatten – obwohl sie sich immer wieder sagten, dass ihnen das nicht passieren konnte – viel darüber nachgedacht, was sie mitnehmen würden, falls man sie verhaften würde. Die Nächte, in denen sie nicht schlafen konnten, weil sie wieder von jemandem gehört hatten, der verschwunden war, verbrachten sie damit, im Geist ihre Liste durchzugehen, sie so zu revidieren, dass jedes Ding mindestens zwei Funktionen erfüllte, und sich mit der Frage herumzuquälen, was sie zurücklassen würden. Denn das war mit Abstand das Schwerste – zu entscheiden, was man zurückließ.

Sie hatten erfahren, wie die Nazis den Zusammenhalt der Gemeinschaft zerrütteten, indem sie Leute mitten in der Nacht aus den Betten holten und verschleppten, vermeintliche Verschwörung sofort bestraften und Exempel an denen statuierten, die anderen beistanden. Da das Gesetz keinen Schutz mehr bot, hatten sie gelernt, selbst zuzusehen, dass sie überlebten. Und zum Überleben gehörte es auch, sich immer wieder vor Augen zu halten, was einen selbst von denen unterschied, die abgeholt worden waren.

Wenigstens waren sie keine Juden.

Wenigstens hatten sie nie etwas gegen den Führer gesagt – nicht offen jedenfalls.

Wenigstens hatten sie sich nie geweigert, Anton Immers' strammen Hitlergruß zu erwidern, wenn sie in sein Geschäft gekommen waren, um sich Blutwurst oder Sülze abwiegen und in braunes Papier wickeln zu lassen, und vor den gerahmten Porträts des Führers, des Metzgers und des Heiligen gestanden hatten, deren drei Augenpaare sie und alles, was sich ihnen in den Weg stellte, siegesgewiss durchbohrten.

Die Nachbarsfrauen waren froh, dass ihre Kinder nicht so waren wie

Helmut Eberhardt, und sie bemitleideten seine Mutter – nicht nur, weil sie von ihrem eigenen Sohn verraten worden war, sondern auch, weil sie keine anderen Kinder hatte, die sie von dem unvermeidlichen Gefühl hätten entlasten können, als Mutter versagt zu haben.

Durch Nachhelfen und gutes Zureden manövrierten sie Renate Eberhardt in mehrere Schichten Unterwäsche und Kleider, knöpften ihr Knöpfe zu und banden ihr Schleifen, während sie mit seitlich weggestreckten Armen dastand wie ein gehorsames Kind. Als sie Schritte in den Räumen über sich hörten, fuhren sie erschrocken zusammen und sahen Frau Eberhardt mitleidig an.

»Das ist nur seine Frau«, sagt Renate Eberhardt, als brächte sie den Namen ihres Sohnes nicht mehr über die Lippen.

Ich hoffe, dass Helmut stirbt, dachte Trudi. Ich hoffe, er stirbt. »Kommen Sie mit mir«, flehte sie. »Ich bringe Sie aus Burgdorf weg. Es gibt noch andere Leute, die froh sind, wenn sie helfen können.«

Frau Eberhardt schüttelte den Kopf, und die Nachbarinnen räumten die Vase mit Wiesenblumen und die Serviettenringe vom Tisch und debattierten flüsternd miteinander, während sie auf der hölzernen Tischplatte zurechtlegten, was sie mitnehmen musste: Besteck, eine Tasse und ein Schälchen, Pantoffeln, ein Nachthemd, fünf Stück Seife, Strümpfe, zwei Nadeln und Faden, Zahnbürste und Zahnpasta, einen Waschlappen und ein Handtuch, einen Stift und einen Notizblock. Sie befanden, dass Renates Regenmantel zugleich als Bademantel dienen konnte, und nähten Geld und kleine Schmuckstücke in den Saum ein.

Als sie einen Leinenschlafsack suchten und keinen fanden, nahm Trudi den Deckel der Nähmaschine ab. Wutränen trübten ihr die Sicht, während sie im Stehen das Pedal bediente und die beiden Laken unter dem Füßchen hindurchschob, und bei jedem Herabstoßen der Nadel wünschte sie, sie stäche mitten durch Helmuts Herz. Als der Leinenschlafsack fertig war, rollten die Nachbarinnen ein Kopfkissen und die anderen Gegenstände hinein und zurrten das Ganze mit einem Ledergürtel zusammen, der zu einem von Renates Kleidern passte und gleichzeitig als Trageriemen diente.

»Ich kann Ihnen noch einen Tee machen«, erbot sich Trudi.

Aber Renate Eberhardt wandte sich ab und ging hinaus in ihren Garten, unförmig wie eine Schwangere in ihren Reserveröcken und -kleidern.

In ihrem Inneren war ein weiches Bett für ihren Sohn, ein weiches Bett, das immer dort sein würde, aber Helmut hatte Laken aus Eis darübergebreitet. Außerhalb ihres Körpers war die Luft heiß, schwül, aber innerlich gab ihr dieses Eis das Gefühl, dass ihr nie wieder warm werden würde. Diese ungeheure Kälte isolierte sie von dem Mitgefühl der drei Frauen, die da an ihrem Fenster standen, von dem intensiven Geruch ihrer Fliederbüsche und ihrer üppigen Blumen; von der Erinnerung an die fiebrige Berührung ihres jungen Ehemannes am Abend vor seinem Tod, von dem Schmerz, der sie erfüllt hatte, als sie mit ihrer Handvoll Erde an sein offenes Grab getreten war.

Alles, was sie fühlte, waren diese Kälte und die Liebe zu ihrem Sohn, die immer da sein würde, aber eingefroren, und das war etwas, wogegen sie nichts tun konnte, da es sein Werk war.

Sie ging durch Flecken von leuchtend blauem Vergissmeinnicht zu dem Birnbaum und legte eine Hand an den Stamm, als wollte sie ihn zum Abschied noch einmal streicheln oder sich an ihm abstützen – sie wusste es selbst nicht, sie wusste lediglich, dass die Rinde sich rau anfühlte, aber nicht überall, sondern nur an eckig erhabenen Stellen, die grau und gelb-braun gesprenkelt waren, wie Felsen, die über Generationen den Elementen getrotzt hatten. Aus dem Stamm ragten die Stümpfe gekappter Äste – glatte Wundflächen, die die Rinde nicht bedeckt hatte, sondern nur wulstig umschloss wie wildes Fleisch.

Über ihr verdeckte der grüne Baldachin aus Ästen, Blättern und unreifen Birnen den Himmel. Sie sog den Geruch von üppigem Grün in sich hinein und lächelte, als sie sich ihren kleinen Sohn in diesen Blätterhimmel emporheben sah. *Er quietscht vor Entzücken. Als sie ihm sagt, dass das die Farbe Grün ist, reibt sich Helmut mit Blättern über Gesicht und Hals. Sie küsst ihn. Wirft ihn in die Luft. Er riecht nach diesen Blättern, und seine Haut ist gerötet, feucht von warmem Kinderschweiß. Noch monatelang wird er auf Gras und Spinat und Erbsen und Tannennadeln zeigen und sagen: Das riecht grün. Und obwohl sie ihm beizubringen versucht, dass Grün eine Farbe ist und kein Geruch, muss sie bald zugeben: Ja. Grün ist ebenso sehr ein Duft wie eine Farbe, und hinfort verstehen sie beide genau das unter Grün.*

Später würden die alten Frauen im Ort fest davon überzeugt sein, dass dies der Tag war, an dem der Eberhardt'sche Birnbaum verdorrte – nicht ganz abstarb, das nicht, aber in sich zusammenschrumpfte und aufhörte, diese saftigen gelben Birnen zu tragen. Sie beredeten es untereinander, erzählten sich gegenseitig, was sie von Trudi Montag gehört hatten: wie Renate Eberhardt unter diesem Baum gestanden und zuerst den Stamm berührt und dann beide Hände ins Geäst emporgereckt hatte und wie sie dabei gelächelt und die Lippen bewegt hatte, als redete sie mit jemandem, der dort droben saß.

Es war dieses Lächeln, auf das die alten Frauen immer wieder zurückkamen, kopfschüttelnd, als versuchten sie, herauszufinden, ob es ein Zeichen heiliger Verklärung oder beginnenden Wahnsinns gewesen war, und sie waren gar nicht überrascht, als zur Zeit der Obsternte braune Flecken die stumpfgrüne Schale der Birnen verunzierten. Wenn man die Birnen schälte, ragten die Flecken in das weiße Fleisch hinein wie winzige Pfropfen. Obwohl der Baum im nächsten Frühjahr seine übliche duftende Blütenpracht entfalten sollte, würden die Birnen klein und hart sein.

Aber das würde erst später passieren – nachdem Renate Eberhardt abgeholt worden war, nachdem ihr Sohn und seine Frau in das Eheschlafzimmer im Erdgeschoss gezogen waren; nachdem Helmut die Büsche und Bäume gestutzt, die Blumenbeete in Rasenflächen verwandelt, die Vergissmeinnicht und Geranien in kleine Blumenkästen verbannt und die hohe Fliederhecke auf Hüfthöhe zurückgeschnitten hatte, damit man von allen Seiten in seinen Garten schauen, die Ordnung bewundern und sehen konnte, dass er nichts zu verbergen hatte; nachdem deutsche Truppen am ersten September dieses Jahres 1939 vor dem Morgengrauen in Polen eingefallen waren und von allen Seiten in einem sich immer enger schließenden Ring der Vernichtung vorrückten.

Gefangen zwischen zwei Kriegen, dem beginnenden und dem letzten, in dem sie Männer und Söhne verloren hatten, erinnerten sich die alten Frauen, wie jene Soldaten im Jahr 1914 mit Musik und Hurra und Fahnen in die Schlacht gezogen waren. Aber diesen neuen Soldaten warf niemand Blumen zu; es war, als hätte sich der ganze Ort geeinigt, die Blumen für die Begräbniszeremonien aufzusparen. Die alten Frauen bekreuzigten sich, als die Männer mit ihren stummen Maskengesichtern in Eisenbahnwaggons aus Burgdorf abfuhren – viele mit Helmen, einige mit den weißen Sanitäterarmbinden mit dem roten Kreuz, die Hände, während der Zug anrollte, aus den offenen Fenstern gestreckt, als wollten sie sich an den Fingerspitzen ihrer Frauen und Mütter festhalten.

Die alten Frauen waren betroffen über die Tränen der jungen Frauen, die nichts mehr von der Hoffnung wussten, die der letzte Krieg geweckt hatte, aber sie verstanden die schreckliche Befangenheit in den Augen einiger von ihnen, die es kaum ertragen konnten, ihre Männer anzusehen. Auf dem Bahnhof waren melancholische Akkordeonspieler, die den Faltenbalg ihres Instruments dehnten und zusammenpressten, und das erinnerte die alten Frauen daran, dass ihre Stadt sich ebenfalls zusammenzog, weil sie ihre wehrfähigen Männer hergeben musste. Und als sie sich vorstellten, wie sie sich wieder ausdehnen würde, sobald die Männer wiederkämen – das heißt die, die wiederkommen würden –, nahmen sie ihre Kraft zusammen, um das An- und Abschwellen der Ziehharmoniken ebenso zu ertragen wie die Trauer um die Männer, die getötet werden würden.

Als Alfred Meier, Fritz Hansen und Hans-Jürgen Braunmeier binnen einer Oktoberwoche einberufen wurden, trug Monika Buttgereit zur Kirche einen schwarzen Hut – nicht annähernd so hübsch wie die Hüte, die sie bei Frau Simon gekauft hatte. Die Bäckerei wurde geschlossen und der Lieferwagen im Hof hinter dem Hansen'schen Haus auf Holzklötzen aufgebockt. Der alte Herr Hansen und seine Frau, die in den Räumen über der Bäckerei zurückblieben, schafften es kaum noch, sich selbst zu versorgen, geschweige denn ihren anderen Sohn Ulrich, der keine Arme hatte. Ulrich musste gefüttert und gewaschen werden, und sie waren erleichtert, als ihr Nachbar, der in der SS war, sie schließlich überredet hatte, Ulrich in ein Heim zu geben, zu anderen verkrüppelten Menschen, die ebenfalls nicht allein zurechtkamen.

Drei Tage, bevor er in den Krieg musste, gewann Georg Weiler bei einem Vabanque-Skat in einem Gasthaus ein Auto und fuhr damit, obwohl es regnete, mit heruntergekurbelten Fenstern von Düsseldorf nach Burgdorf. Er parkte lachend vor dem Lebensmittelgeschäft und überredete seine Mutter, eine kleine Spritztour mit ihm zu machen. Mit beiden Händen ihr Kopftuch festhaltend, saß sie auf dem Beifahrersitz, und sobald sie sich einer Kreuzung näherten, schickte sie ein Stoßgebet zu ihrer Namenspatronin, der heiligen Hedwig, jener wundertätigen Friedensstifterin, die schon so viele Menschenleben gerettet hatte.

In der Nacht vor seiner Abfahrt verlor ihr Sohn das Auto und ein Paar neue Stiefel bei einem anderen Kartenspiel, und als sie ihn zum Bahnhof brachte, waren seine Augen stumpf vom Schnaps, und er bewegte sich so vorsichtig, als ob ihn bei jedem Schritt ein heftiger Schmerz durchzuckte. Herr Weskopp, dessen Söhne bereits im Krieg waren, fuhr mit demselben Zug wie Georg, hungrig nach Kampf und Ruhm.

Überall in Deutschland gingen alte Frauen auf Bahnhöfe, immer wieder, denn die Männer brachen nicht alle auf einmal auf: Sie sickerten davon wie Lebensblut, Eisenbahnzug um Eisenbahnzug, während sich Meldungen von Siegen und Niederlagen im ganzen Reich verbreiteten; die Männer rückten auch weiterhin ein, nachdem im November in München ein Attentatsversuch auf den Führer gescheitert war.

Trudi erfuhr von dem Anschlag, als sie über den Kirchplatz ging und Helmut Eberhardt auf sie zugerannt kam.

»Der Führer ...«, keuchte er, Tränen in den blauen Augen, »ein Anschlag auf das Leben unseres Führers.«

»Ist er tot?«, platzte Trudi heraus.

Er starrte sie an. Sein Mund öffnete sich.

»Was für eine schreckliche Nachricht«, sagte Trudi rasch, da sie Angst hatte, er könnte melden, sie habe gehofft, dass der Anschlag geglückt sei. Seit Helmuts Mutter verhaftet worden war, fühlte sich Trudi in Burgdorf nicht mehr sicher, und nach dieser Begegnung rechnete sie schon halb damit, noch am selben Tag abgeholt zu werden.

Als der Führer keine zwei Wochen nach dem Anschlag verkündete, Deutschland habe nur die Wahl zwischen Sieg und Niederlage, erklärte Emil Hesping, Hitler betrachte alles, was kein totaler Sieg sei, als Niederlage.

Leo Montag nickte. »Diesen Krieg zu gewinnen, wäre das Schlimmste, was den Deutschen passieren könnte.«

Eine der Freuden in Trudis Leben war es, dem zehnjährigen Matthias Berger zuzuhören – einem Jungen, von dem das Gerücht ging, dass er andersrum sei, und der seit einiger Zeit zu ihr kam, um auf ihrem Klavier zu spielen. Sie hatte ihn zwar vorher schon in der Kirche gesehen und die Leute über ihn reden hören, aber noch kaum je mit ihm gesprochen. Seine Eltern arbeiteten in Düsseldorf, und seine Brüder waren schon groß und aus dem

Haus. In diesem ersten Kriegswinter hatte sie Matthias eines Tages am Bach hinter ihrem Haus hocken sehen, wo er sich in dem eisigen Wasser das Blut von seinem aufgeschürften Ellbogen zu spülen versuchte. Mit ihrem Rocksaum hatte sie ihm Gesicht und Hände abgewaschen, und erst da hatte er angefangen zu weinen.

»Wer war das?«

»Ein paar Jungen.«

»Warum?«

Er schluchzte nur noch heftiger. »Ich will doch nur ihr Freund sein.«

Plötzlich roch sie den warmen Tiergeruch des Braunmeier'schen Stalls und sah das diesige Licht, das durch die hohen Dachbalken fiel, um sich kreisen. Diese Jungen – »Schscht«, sagte sie und nahm Matthias in die Arme. Er zitterte, und sie fühlte sein Anderssein als ihr eigenes.

»Still jetzt«, sagte sie barsch.

Sie nahm ihn bei der Hand und führte ihn ins Haus, wo sie ihn neben den heißen Ofen setzte und ihm einen Becher Milch warm machte. Um die Traurigkeit von seinem Gesicht zu verscheuchen, führte sie ihn in die Leihbücherei und legte die Eroica für ihn auf. Er hörte mit geschlossenen Augen zu und fragte sie dann, ob er auf ihrem Klavier spielen dürfe. Den Kopf geneigt, als lauschte er einer inneren Aufzeichnung der Musik, berührte er die Tasten auf eine fast ehrfürchtige Weise, wie jemand, der sich den Weg durch ein fremdes Land erschloss, und in der vertrauten Tonfolge hörte Trudi ihren eigenen Schmerz und ihre eigene Wut.

Seit jenem Tag kam Matthias mindestens einmal die Woche mit seinen eigenen Notenheften in die Leihbücherei und spielte Chopin und Beethoven. Aber manchmal hob er die Hände an die Schläfen, und seine Augen verdunkelten sich von einem seiner grimmigen Kopfschmerzanfälle. Dann drängte ihn Leo Montag, eine Pause zu machen und sich zu ihm ans Schachbrett zu setzen. Geduldig brachte er Matthias die verschiedenen Züge bei, und bei jedem Besuch zeigte er ihm eine neue Eröffnung.

Trudi machte es Spaß, die Köstlichkeiten aus den Paketen ihrer Tante Helene mit dem Jungen zu teilen. Seit Beginn des Krieges waren die Päckchen aus Amerika mit Käse, Dosenfleisch, Schokoladetafeln und Stoffstücken mit passenden Garnspulen seltener geworden. Einige waren nie angekommen. Nachdem zwei Briefe mit Geld angeblich auf dem Postweg verloren gegangen waren, ging Trudis Tante dazu über, die Geldscheine eng zusammengerollt in die Löcher der Garnspulen zu stecken und die runden Etiketten auf beiden Seiten wieder darüber zu kleben.

Am Aschermittwoch überreichte Trudi dem kleinen Matthias ein weißes Hemd, das sie ihm aus einem Stoff ihrer Tante genäht hatte, und er spielte Klavier für sie. Während der ganzen Fastenzeit spielte er für sie und ihren Vater, sogar am Passionssonntag, an dem sämtliche Statuen in der Kirche mit ausgeblichenen Tüchern aus dem Kirchenkeller verhüllt wurden; er spielte auch nach dem Gottesdienst am Karfreitag, jenem einen Tag im Jahr, an dem niemand die heilige Kommunion empfangen durfte und die Kirche ausgeräumt wurde, bis sie so kahl war wie ein Grab, ein Symbol für Christi Tod. Am Ostersonntag suchte Fräulein Birnsteig die Eltern des Jungen auf, um ihnen mitzuteilen, dass sie Matthias als ihren Schüler annehmen wolle.

Für eine Weile bewirkte diese große Ehre, dass ihn die Kinder in der Schule in Ruhe ließen, doch schon bald ärgerten und quälten sie ihn wieder. Aber es machte Matthias nicht mehr so viel aus. Er genoss den Klavierunterricht und Trudis Geschichten, in denen sie ihm seine Zukunft als berühmter Konzertpianist ausmalte. Sie schilderte ihm, wie er in der ganzen Welt umherreisen und überall begeistert gefeiert werden würde.

Die Stille des Krieges stand in unmittelbarem Widerspruch zu ihren Geschichten. Sie war ähnlich wie die Stille der Kirche – stellte Glauben über Wissen, erdrückte das Geheimnisvolle, erstickte die Wahrheit. Jetzt, da Trudi plötzlich sowohl mit Schweigen als mit Informationen handelte, fand sie neue Formen, ihre Geschichten zu erzählen. Man musste seine Zuhörer kennen, um zu entscheiden, was man sie wissen lassen durfte, sonst gefährdete man andere und sich selbst.

Ihr fiel wieder ein, was ihr Vater vor vielen Jahren über den Krieg gesagt hatte – dass der Geräuschpegel im ganzen Land sinke. Und in dieser Stille wurde die Musik für sie wichtiger denn je. Sie hörte Matthias zu oder spielte während der Arbeit in der Leihbücherei die Schallplatten ihres Vaters und überließ sich der Wut, der Leidenschaft, der heiteren Ruhe. Töne waren in der Musik das, was Worte in ihren Geschichten waren; wenn sie Worte mit den Tönen verband und aneinanderfügte, konnte sie die Macht des Komponisten in die der Geschichtenerzählerin einweben, sie zu ihrer eigenen machen.

In der Martinskirche beteten die Frauen für ihre Söhne und Neffen, und wenn sie Helmut Eberhardt den Mund öffnen sahen, um die heilige Kommunion entgegenzunehmen, fügten sie noch ein Gebet für seine Mutter hinzu. Sie erinnerten sich an den kleinen Messdiener – das fromme Gesicht, die perfekt gefalteten Hände – und wunderten sich, wie eng das Gute und das Böse beisammenliegen konnten.

Nach der Messe beharrte Helmut Eberhardt darauf, noch ein Weilchen mit allen anderen vor der Kirche herumzustehen, und er lächelte mit zornverzerrtem Gesicht, wenn die Leute seinen markigen Gruß nur mit einem knappen Nicken quittierten. Mit einer Hand umklammerte er den Arm seiner Frau, die aussah, als wollte sie flüchten. Hilde hielt meist nicht einmal die Messe durch, sondern fiel in Ohnmacht wie als junges Mädchen, nur schneller, als suchte sie Vergessen, und dann saß sie draußen auf der Kirchentreppe, das Gesicht in den Händen, und wartete auf ihren Mann.

Beim Einkaufen fand sie die Rationierung der Lebensmittel viel leichter zu ertragen als die Verachtung, die viele Leute für ihren Mann empfanden. Es war ein Gefühl, wie in einen steten sandigen Wind hineinzulaufen, und sie konnte kaum aufschauen. Wenn sie Kinder zur Welt holte, waren die Angehörigen ihrer Klientinnen meist höflich zu ihr, aber selten herzlich. Sie sorgte sich um die Frauen, die – durch die staatlichen Prämien verleitet – ihr Leben gefährdeten, indem sie nach einer Geburt zu schnell wieder schwanger wurden. Außer dem begehrten Mutterkreuz, dem Darlehensnachlass und den Steuervorteilen bekamen Familien jetzt für das dritte und vierte Kind ein monatliches Kindergeld, das sich für alle folgenden Kinder verdoppelte.

Hilde wusste nicht, wie sie den Leuten im Ort – oder auch nur sich selbst – hätte erklären können, warum sie ihren Mann immer noch liebte. Die Liebe zu ihm war ein Teil von ihr, seit sie zwölf gewesen war und er, der ja fünf Jahre jünger war als sie, noch ein Kind. Schon damals hatte sie sich immer vorgestellt, mit ihm zusammenzuleben, wenn sie beide groß wären. Obwohl er seine Mutter verraten hatte, konnte sie diese Liebe nicht abstellen. Ihr Körper verlangte noch genauso nach ihm wie in jener Nacht, als er sie das erste Mal berührt hatte, und sie war immer noch stolz, dass er sie erwählt hatte.

Manchmal, wenn Helmut Eberhardt etwas von den Dingen seiner Mutter benutzte – eine ihrer Lieblingstassen vielleicht oder ein Tischtuch, das sie bestickt hatte –, spürte er, dass sie an ihn dachte, ihn liebte, wo immer sie sein mochte. Er wollte nicht an sie und ihre lästige Liebe denken; aber er war diese Liebe immer noch nicht losgeworden und würde sie auch nicht loswerden – nicht einmal, wenn er gen Osten marschieren und im gefrorenen Schlamm nie gesehener Landschaften kauern würde.

Ihre lästige Liebe würde ihn immer begleiten und mit jedem kriegsdurchtränkten Jahr noch mehr Platz unter seinem Heim einnehmen und seine Gedanken erdrücken und sich in seine Träume drängen, bis er das Gefühl haben würde, dass sein Schädel am Bersten sei. Und es würde eine ungeheure Erleichterung sein, zu fühlen, wie die feindliche Kugel in seine Kehle schlug und ihn von dieser Liebe erlöste.

In der Nacht, ehe ihr junger Ehemann an die Front aufbrach, entnahm die Hebamme den Signalen ihres Körpers, dass sie schwanger war, aber sie wartete auf die ersten Kindsbewegungen, ehe sie es Helmut schrieb. Sie schrieb ihm nicht, wie oft sie an das tote Kind denken musste: Es war die zweite Geburt gewesen, die sie betreut hatte, und was dabei geschehen war, hatte sie so entsetzt, dass sie sich bemühte, nicht mehr daran zu denken und froh zu sein, dass es nicht bei ihrer ersten Entbindung passiert war, da sie sonst sicher ihren Beruf aufgegeben hätte, noch ehe sie richtig damit begonnen hatte.

Aber jetzt musste sie dauernd an das tote Kind denken. Die vierzigjährige Frau hatte gespürt, dass das Kind in ihr gestorben war, und ihr ständiges Wimmern hatte Hilde Eberhardt eingehüllt, während sie sich bemühte, den winzigen Leichnam aus dem Mutterleib hervorzuholen und das Schreien zu unterdrücken, als sich unter ihrem Griff Haare und Haut gelöst hatten. Nachdem sie den leblosen kleinen Körper in ein Laken gewickelt hatte, um das bloße Gesicht vor den Augen der Mutter zu verbergen, hatte sie ihre Hände geschrubbt und geschrubbt, auch als die tote Haut längst abgewaschen war.

An Heiligabend, als Hilde Eberhardts Bauch sich schon so weit aus ihrer Körpermasse hervorwölbte, dass jeder ihren Zustand bemerken musste, legte sie vier eingepackte Geschenke unter den geschmückten Baum im Haus ihrer Schwiegermutter, wie sie es im Stillen immer noch nannte: für ihren Mann ein Hemd in der Farbe seiner Augen, ein selbst gehäkeltes Mützchen für ihr ungeborenes Kind, das weichste aller Kaschmir-Umhängetücher für ihre Schwiegermutter und, da niemand sie mit einem Geschenk bedacht hatte, ein Porzellanfigürchen für sich selbst.

Ein paar Wochen nach Weihnachten sah Hilde die ersten gelben Sterne. Sie waren aus billigem Seidenimitat und mussten von allen Juden, die über sechs waren, links vorne auf dem Mantel getragen werden. Auf diesen Sternen stand in seltsam geformten Buchstaben das Wort *Jude,* und der Stoff franste rasch aus, wenn er nicht mit winzig kleinen, festen Stichen angenäht war.

Die Sterne, so bemerkte Hilde, strukturierten den Ort auf ganz neue Weise, da sie die Juden ebenso sichtbar kennzeichneten wie die Braunhemden die SA-Leute. Man wusste sofort, wer wohin gehörte. Nur dass die Sterne auch etwas an den Augen vieler Juden veränderten: Sie sahen einen nicht mehr an, wenn man den Leuten begegnete, sondern sahen durch einen hindurch, schauten durch alle und alles hindurch, als tasteten sie einen unsichtbaren Zaun ab. Sie waren wie Steine, diese Augen – reglos und starr –, und wenn Hilde etwas Nettes zu sagen versuchte, um die schlimme Demütigung durch den Stern wettzumachen, oder wenn sie für eine jüdische Frau ihr Entbindungshonorar senkte, dann trübten sich diese Augen vor Scham und Angst. Aber es gab auch Juden wie Eva Sturm, die mit klaren Augen auf einen zukamen, das Kinn vorgereckt, als wären sie bereit, es mit dem Himmel aufzunehmen.

Auf den grauen winterlichen Straßen waren diese gelben Sterne oft die einzigen Farbflecken, und doch taten viele Leute, als sähen sie sie nicht. Manche versuchten allerdings, ihr Mitgefühl zu zeigen, indem sie alten Leuten, die den Stern auf dem Mantel trugen, die Einkaufstasche abnahmen oder ihnen ihren Platz in der Straßenbahn anboten. Einige Lebensmittelhändler wie etwa Frau Weiler packten Juden noch ein paar Kleinigkeiten zu ihren Einkäufen dazu.

Hilde staunte, wie viele Leute Juden waren, Leute, von denen sie es nie gedacht hätte, Leute mit blondem Haar und Nasen, die so gerade waren wie ihre. Es war, als sei das Jüdischsein etwas tief Innerliches, das man durch ein neues Gesetz bei jedem hervorholen und durch einen gelben Stern sichtbar machen konnte. Sie fragte sich, was Helmut wohl tun würde, wenn sich herausstellte, dass sie Jüdin sei. Natürlich war das albern, da sie ja garantiert keine war, aber sie konnte nicht umhin, sich den Abscheu auf seinem Gesicht vorzustellen, wenn sie vor ihm stünde, den hastig angenähten gelben Stern über ihrem gewölbten Bauch. Vor dem Schlafengehen durfte sie diese Gedanken nicht zulassen, da sie sonst die ganze Zeit weinte und, selbst wenn sie einschlief, davon träumte, wie sie aus ihrem Haus verjagt wurde.

Helmut Eberhardt war zwar weit weg, als Hilde im Theresienheim lag und die Arme ausstreckte, um ihren Sohn von Schwester Agathe entgegenzunehmen, die das große Kind aus dem Sog ihres Schoßes befreit hatte, aber es hätte ihn – wie Hilde Trudi und Frau Weiler erklärte, als sie ihr Linsensuppe und Kirschkompott ins Haus brachten – sicher gefreut, dass das Kind ein Junge war, wie er so selbstverständlich angenommen hatte. Und es hätte ihn auch gefreut, dass sie seinen Wunsch erfüllte, es auf den Namen Adolf taufen zu lassen. Aber es hätte ihn sicher nicht gefreut, wenn er gewusst hätte, dass sie ihren Sohn Adi nannte. Für Hilde hatte der Säugling nichts mit dem Mann gemein, der mit seinem strengen Lächeln von dem gerahmten Bild herabgestarrt hatte, bis sie es hinter der Kommode verstaute.

Trudi Montag nähte ein Batisthemd für Adolf Eberhardt und war bei seiner Taufe dabei, aber als einer der Ministranten Herrn Pastor Beier das Weihwasserbecken reichte und dieser ein paar Tropfen auf das Haar des schreienden Säuglings sprengte, bewirkte die Brechung des Lichts in dem Buntglasfenster, dass der blonde Messdiener, der in seinem langen Gewand neben dem Pastor stand, plötzlich aussah wie Helmut Eberhardt. Seine ebenmäßigen Züge schienen sie zu verhöhnen. Trudis Rücken war kalt und steif. Sie sah sich um, aber offenbar hatte sonst niemand etwas bemerkt, und als der Messdiener einen Schritt zurücktrat, verwandelte sich sein Gesicht wieder in das Knabengesicht, und er war nicht mehr Helmut Eberhardt.

Dennoch hatte dieser gespenstische Vorfall Trudi so sehr erschreckt, dass sie, als ihr die Hebamme nach dem Taufgottesdienst das Kind hinstreckte, einen Schritt zurücktrat und den Kopf schüttelte.

»Tut mir leid«, sagte Hilde. »Wegen deiner Wimpern.« Trudi sah verdutzt zu der blonden Frau empor.

»Ich wollte dich nicht hinters Licht führen. Ich – ich habe wirklich geglaubt, sie würden davon wachsen.«

»Ach, das.« Trudi sah sich ihre Wimpern mit Frau Abramowitz' Nagel-schere stutzen. »Das ist so lange her.«

»Wenn du deine nicht so schnell geschnitten hättest, hätte ich es mit meinen gemacht. Ich habe mich immer gefragt, ob es daran liegt, dass ... na ja, dass du mich nicht magst, meine ich, und dass du jetzt nicht mal An-halten willst ...«

»Ach nein«, sagte Trudi. »Ich fühle mich heute nur nicht wohl.«

Und das war nicht einmal gelogen. Es war einfach so, dass Adolf, der nach Puder und Muttermilch roch und sie leise angurrte, seinem Vater so ähn-lich sah, dass Trudi Angst hatte, durch eine Berührung jenes alte Grauen heraufzubeschwören, das sie mit fünf Jahren verspürt hatte, als ihr Renate Eberhardt das Neugeborene in die Arme legte und sie sich erbot, es zu behalten, da sie gewusst hatte, dass es seiner Mutter etwas Schreckliches antun würde.

Trudi fürchtete, dass dieses alte Grauen sich auf Helmuts Sohn über-tragen könne, und obwohl sie sonst immer alles wissen wollte, glaubte sie in diesem Moment, dort vor der Martinskirche, dass es besser sei, nichts zu wissen. Und doch sollte sie sich künftig immer wieder dabei ertappen, wie sie den kleinen Adi beobachtete und irgendwie damit rechnete, dass sich ihre böse Vorahnung in irgendeiner Form als richtig erweisen würde.

Einen Monat nach Adis Geburt, als das Blut zwischen ihren Schenkeln versiegt war, rückte die Hebamme in dem weiß verputzten Haus sämtliche Möbelstücke von den Wänden ab und schrubbte alle Flächen kreuz und quer. Sie wusch die Decken ab, bohnerte das Parkett auf Hochglanz, putzte die Fenster mit Essigwasser, bis man geschworen hätte, dass man die Hand hindurchstecken könne, und düngte den Birnbaum mit Taubendreck, aber er trug keine Birnen für sie und Adolf, der seinen Namen mit einer ganzen Generation nach dem Führer getaufter Jungen teilen sollte.

Während ihr Mann im Krieg war, wohnte Hilde mit ihrem Sohn in den oberen Räumen, und die unteren hielt sie für die Rückkehr ihrer Schwie-germutter bereit. Sie legte das Kaschmirtuch für Renate in den Wäsche-schrank und sollte es erst nach dem Krieg wieder herausnehmen, in einer Zeit, in der sie – obwohl seit einigen Jahren Witwe – ein Kind erwarten würde, das ihrem Gefühl nach nur ein Mädchen sein konnte. Dann würde sie das Tuch wie eine zärtliche Umarmung umlegen und sich vornehmen, es ihrer Tochter zu schenken, die sie Renate nannte. »Es hat deiner Groß-mutter gehört«, würde sie sagen.

Bei seinem einzigen Heimaturlaub im Spätfrühling 1941 war Helmut so bewegt, als er seinen Sohn in die Arme nahm, dass er das törichte Verhalten seiner Frau ohne weitere Vorwürfe hinnahm. Wenn Hilde sich einredete, dass die untere Wohnung für sie und den kleinen Adolf zu groß sei, mochte sie von ihm aus oben wohnen. Bis er wiederkam. Und außerdem – er war jetzt ein Mann und erfahren genug, um zu wissen, dass männerlose Frauen ein Verhalten entwickelten, das nicht rational war. Man sah das ja an den Witwen. Und an den alten Jungfern. Es war verständlich, dass Soldaten-frauen seltsam wurden, wenn sie so lange ohne ihre Männer gelebt hatten. In gewisser Weise war das ein Beweis ihrer Keuschheit.

Er musste immer wieder denken, wie erfreut der Führer wäre, wenn er den kleinen Adolf mit seinem blonden Haar und seinen blauen Augen sehen könnte, und als er überlegte, wer den Jungen fotografieren könnte, wünschte er, er hätte Herrn Abramowitz' Kamera behalten, statt sie zu zertreten. Nach allem, was er hörte, versuchten die Abramowitz immer noch, außer Landes zu gelangen. Das war ganz in Helmuts Sinn. »Die Juden müssen von hier verschwinden«, hatte er zu dem Tierpräparator gesagt, und Herr Heiden-reich hatte genickt und gesagt: »Alle miteinander.« Die Abramowitz hat-ten offenbar die Einreiseerlaubnis für Argentinien beantragt, wo ihr Sohn lebte, sie auch erhalten und die Fahrtkosten und Schmiergelder bezahlt, aber am Tag vor ihrer Abreise hatten die Argentinier die Visa plötzlich an-nulliert. Jetzt ging die ganze Antragsprozedur von Neuem los.

Hilde, die das Hitlerbild für Helmuts Besuch wieder an seinen Ehren-platz über der Kommode zurückgehängt hatte, erwähnte seine Mutter in seiner Anwesenheit nicht und passte sorgsam auf, dass sie das Kind nicht Adi nannte. Sie merkte bestürzt, dass es ihr ganz recht war, als ihr Mann wieder wegmusste. Am ersten Abend ohne ihn nahm sie das Führerbild ab und verstaute es wieder an seinem eigentlichen Platz hinter der Kommode, und sie stellte sich vor, dass sie mit ihrer Schwiegermutter und ihrem Sohn hier in diesem Haus lebte. So war es in vielen Häusern – Frauen zweier Generationen, die sich um die Kinder kümmerten.

Als Burgdorf zu einem Ort ohne Männer wurde, musste Emil Hesping, der immer noch mehrere Turnvereine leitete, zwei davon schließen, und die

Übrigen versuchte er am Leben zu erhalten, indem er Frauen die Mitgliedschaft zum halben Preis anbot.

Nach und nach wurde Burgdorf auch zu einem Ort ohne Kinder. Ingrid Baum und Monika Buttgereit gehörten zu den Lehrerinnen, die im Rahmen der Kinderlandverschickung mit Busladungen von Kindern in kleine Dörfer gebracht wurden – eine von der Hitlerjugend organisierte Maßnahme zur Evakuierung von Kindern aus dem Umkreis größerer Städte, wo Bombenangriffe drohten.

Die KLV-Stelle war Ingrids erster richtiger Posten als Lehrerin. Seit ihrem Examen hatte sie schwerhörigen Kindern Privatunterricht erteilt. Lehrerstellen waren so knapp, dass ehemalige Mitstudentinnen von ihr im Büro oder als Verkäuferinnen arbeiteten, und sie schätzte sich glücklich, überhaupt unterrichten zu dürfen. Sie hatte Gerüchte gehört, dass Lehrerinnen nach Polen beordert wurden, und war erleichtert, dass man sie in den Schwarzwald schickte. Sie hätte zwar lieber an einer normalen Schule unterrichtet, da die Lehrerinnen bei der KLV wie Soldaten behandelt wurden, aber sie wusste, dass sie gehen musste, wohin man sie schickte.

Als Trudi Ingrid bei den Reisevorbereitungen half, stand das rote Schmuckkästchen, das sie ihr geschenkt hatte, nicht mehr auf der Fensterbank.

»Hast du's schon eingepackt?«

Ingrid zögerte. »Ich habe es getauscht. Gegen einen Rosenkranz.«

»Aber ich habe es für *dich* gekauft.«

»Der Rosenkranz war vom Papst gesegnet.«

»Das Schmuckkästchen auch.«

Ingrid wurde blass.

»Es hätte gesegnet sein können«, sagte Trudi.

»War es gesegnet?«

»Vom Papst und fünf Bischöfen.«

»Du sagst mir nicht die Wahrheit.«

»Und siebenundzwanzig Kardinälen.«

»Sag so was nicht. Du darfst nicht lügen.«

»Deine Schuld, wenn ich als Sünderin in der Hölle schmore – «

»Ich werde für dich beten.«

»Ich will nicht, dass du für mich betest.«

»Ich bete oft für dich.«

»Einen Rosenkranz, den du gegen mein Schmuckkästchen eingetauscht hast?«

»Beim Beten kann ich manchmal die Gegenwart deines Schutzengels fühlen. Es ist eine Sie. Sie ist rein und strahlend ...«

»O Ingrid.«

»... viel strahlender als mein eigener Schutzengel. Sie geht oft weg, weil ich so sündig bin. Und dann wird alles dunkel.«

»Wenn ich eine Liste von sündigen Menschen aufstellen müsste, wärst du nicht drauf, Ingrid.«

»Woher willst du das wissen?«

»Ich weiß es, glaub mir. Was ich nicht weiß, ist, wer mein Schmuckkästchen hat.«

»Ich wollte dich nicht ärgern.«

Trudi wartete.

»Klara Brocker.«

»Klara Brocker?« Trudi überkam eine jähe Abneigung gegen die propere Brocker-Tochter, die billigen Schmuck trug und als Hausmädchen bei der Familie des Tierpräparators arbeitete, seit sie im Vorjahr von der Schule abgegangen war. Mindestens einmal in der Woche schlich sich Klara in die Leihbücherei, um den neuesten Liebesroman auszuleihen – für ihre Mutter, sagte sie, während ihr Blick mit verhaltener Begierde über den Schutzumschlag huschte.

Trudi sah sie vor sich, wie sie das rote Schmuckkästchen mit derselben Begierde betrachtete und den Plan aushecke, Ingrid dafür einen wertlosen Rosenkranz anzudrehen. Sie hatte das Gefühl, als ob das Mädchen ihr das rote Kästchen gestohlen hätte, um darin ihre Glitzerbroschen und Ohrringe, ihre billigen Armreifen und Ringe zu horten, und es fiel Trudi schwer, noch einigermaßen höflich zu ihr zu sein, selbst dann noch, als Ingrid schon bei der KLV im Schwarzwald unterrichtete.

Nach sechs Jahren wohlanständiger Verlobungszeit mit dem eleganten und gebildeten Fräulein Raudschuss verliebte sich der Zahnarzt Klaus Malter an einem heißen Juninachmittag 1941 unrettbar – zwei Monate vor der lang geplanten Hochzeit, was den ganzen Ort schockierte. Seine Verlobte hatte das Brautkleid schon im Schrank hängen, und das Hochzeitsessen war in allen Einzelheiten geplant – bis hin zu den Fächern aus Zitronenschnitzen und Petersilie, die die Käseplatten schmücken sollten. Drei Jahre zuvor hatte sie für die Damastservietten und Tischtücher einen kühlen Eierschalton gewählt, aber nur sieben Monate vor dem geplanten Termin hatte sie – einem plötzlichen Impuls, der sie selbst überraschte, gehorchend – alles in einem satten Rosé geordert, wie Seerosen – wenn man sie von unten durchs Wasser schimmern sah. Es war eine Farbe, die sie nie mehr vergessen hatte, seit sie sich an jenem Sommermorgen, als sie zwei gewesen war, vorgebeugt hatte, um eine der perfekt gerundeten Blüten zu pflücken, die auf dem Teich hinter dem Schweizer Hotel schwammen, in dem ihre Familie jeden August den Urlaub verbrachte.

Das Wasser wiegte sie – sanfter als die Arme des Kindermädchens –, und die Stängel der Seerosen reichten weit unter die Blätter hinab. Die Blätter schaukelten über ihr, von unten ganz hellgrün, und darüber tanzten die kugeligen Rosen, jede ein Planet für sich. Brigitte wollte vor Entzücken lachen, aber ihr Mund füllte sich mit Wasser, und ihr war, als hätte sie sich in ihre Lieblingspuppe verwandelt, die immer im Liegen die Arme über den Kopf streckte, so wie sie jetzt, und dann fühlte sie sich noch mehr wie eine Puppe, da der Himmel durch die Blätter brach und die Rosen zur Seite kippten und weiße Ärmel nach ihr griffen. Der Schrei des Kindermädchens hing in der Luft, und Brigitte dachte, es würde ihr das Herz brechen, nicht mehr unter diesem Roséschimmer liegen zu können.

Sie glaubte, es sei der Schrei des Kindermädchens, den sie hörte, als Klaus sie, mit angemessenem Bedauern in der Stimme – als sei Bedauern jemals angemessen, wenn man jemandem Schmerz zufügt –, um ihre Einwilligung zur Lösung ihres Verlöbnisses bat. Aber sie fühlte den Schrei noch in ihrer Kehle, rau und gewöhnlich wie der eines Marktweibes, und ihr wurde klar, dass auch sie fähig war, diesen Laut hervorzubringen, während ihr Hirn verzweifelt nach Worten suchte, die Klaus halten würden – Worte, die ihm versichern würden, dass die Liebe wiederkam, wenn man Geduld hatte, und dass viele Menschen einander lieben lernten, wenn sie erst verheiratet waren. Er hörte ihr zu, und das war es, was sie ihm hinterher nicht verzeihen würde – dass er sie betteln ließ, jawohl, betteln, er möge doch bei ihr bleiben, bevor er ihr von dieser – diesem Kind erzählte, diesem neunzehnjährigen Ding, das halb so alt war wie sie, unfertig und linkisch und nicht einmal eine richtige Familie hatte, außer ihrem Onkel Alexander, ganz und gar keine passende Wahl für Klaus, dessen Familie Brigitte nun schon seit Jahren als eine der Ihren behandelte.

Sie hörte den klagenden Schrei wieder, als sie die Demütigung ihrem Vater beichtete, und dann noch einmal, als ihr Vater von seinem Gespräch mit Klaus Malter zurückkehrte. Doch in diesen Stunden, als sie auf ihren Vater wartete, der schon viel mächtigere Leute in seinem Sinne beeinflusst hatte als einen kleinen Zahnarzt, hätte Brigitte Raudschuss gern auf dem Grund eines Teiches gelegen, solange sie es irgend überleben konnte, wenn es ihr Klaus Malter wieder zurückgebracht hätte. Aber während sie dachte, dass ihre Hochzeit doch noch stattfinden würde, weidete sie sich an der Vorstellung, ihn ebenfalls leiden zu lassen. Und doch empfand sie während dieser Stunden des Wartens für Klaus mehr Liebe denn je zuvor, mehr Liebe, als sie je in sich vermutet hätte, denn sie spürte, dass er ihr – wie die Seerosen, wenn man sie von unten sah – nie ganz gehören würde. Plötzlich überkam sie ein mächtiges Verlangen nach einem kostbaren Kleid in diesem wundervollen Rosé, und sie nahm Federhalter und Tinte und skizzierte die Form eines auf Taille gearbeiteten Kleides, das sie noch als alte Frau tragen sollte, wenn sie ins Opernhaus ging, wo sie sich mit zwei anderen unverheirateten Damen eine Loge teilen würde.

Die Sache mit Klaus und Jutta hielt Trudi wochenlang auf Trab, da sie jeden neuen Entwicklungsschritt ihrer Romanze in ganz Burgdorf verbreiten musste. Solange sie diese Geschichte erzählte und wieder neu erzählte, brauchte sie die Eifersucht auf Jutta nicht an sich heranzulassen, diese Eifersucht, die sie verschlang, sobald sie allein war und stillhielt, eine hässliche Eifersucht, die nur dann kurzzeitig nachließ, wenn sie sich darauf besann, welche Genugtuung es war, dass Brigitte verdrängt worden war. Aber Trudi hatte sich in all den Jahren so daran gewöhnt, Klaus mit der Anwaltstochter zu sehen, dass ihr ursprünglicher Groll hinter dem Fazit zurückgetreten war, die beiden passten eben zueinander.

Doch auch der Klatsch über die wilde Liebe des Zahnarztes konnte niemanden vergessen machen, dass der Krieg sich ausbreitete wie Tinte auf einem Leintuch, und mit den Neuigkeiten über Klaus sammelte und verbreitete Trudi auch Informationen über den Krieg. Sie las in der Zeitung, dass bei der Juni-Offensive im Osten dreihunderttausend Russen in Kriegsgefangenschaft geraten waren. Es beunruhigte und erzürnte sie, dass sich die Situation für die Juden noch verschlimmert hatte: Sie wurden jetzt nicht mehr nur gedrängt, Deutschland zu verlassen, sondern kurzfristig angewiesen, ihre Häuser und Wohnungen zu räumen. Sie durften nur noch in Häusern wohnen, die zu Judenhäusern erklärt worden waren, was angeblich der Überwachung und Unterbindung von Kontakten zwischen Ariern und Juden diente. Sie lebten immer enger und enger zusammengedrängt, durch eine unsichtbare Mauer vom Rest des Ortes abgeschnitten.

In manchen Judenhäusern blieben die Fensterläden den ganzen Tag geschlossen. Herr und Frau Kaminsky waren in eins der Häuser hinterm Friedhof gezogen, wo sie sich ein kleines Zimmer teilten; aber einige wohlhabendere Juden wohnten in Hotels oder Gasthäusern mit Vollpension, was ihnen das demütigende und zeitaufwendige Einholen der immer kleiner werdenden Lebensmittelrationen ersparte. Obwohl einige Ladeninhaber wie Frau Weiler halfen, so gut sie konnten, war es anderen – wie etwa dem Fleischer und dem Apotheker – eine Genugtuung, sich strengstens an die Gesetze zu halten, die die Welt der Juden noch mehr einschränkten.

Die Zahl der Juden in Burgdorf hatte sich drastisch verringert. Zwei Familien aus der katholischen Gemeinde waren verschwunden, und alle spekulierten, wohin. Nicht einmal der Priester hatte gewusst, dass diese Leute Juden waren, bis die Gestapo ihren Stammbaum überprüfte. Sie waren in die Martinskirche gegangen, soweit die Leute zurückdenken konnten; ihre Kinder waren dort getauft worden und zur Erstkommunion gegangen.

Viele andere hatten vergeblich versucht, ihre Klaviere und großen Möbelstücke zu verkaufen, und waren geflohen. Ihren Nachbarn blieb die hässliche Angst der noch Verschonten und das sehnliche Verlangen nach Dingen, die sie ablenkten und ihre Fantasie beschäftigten – wie zum Beispiel die Frage, wen der Zahnarzt denn nun heiraten würde.

Vom Fenster der Leihbücherei aus hatte Trudi Brigitte Raudschuss' Vater vor Klaus Malters Praxis vorfahren sehen. Er blieb eine Stunde und zwanzig Minuten. In dieser Zeit sah Trudi fünf Patienten hineingehen. Heraus kam keiner. Sie stellte sich vor, wie sie zusammengepfercht in dem kleinen Wartezimmer saßen, in das kaum vier Stühle passten, und die Stimmen des

Anwalts und des Zahnarztes durch die Wand hörten. Wenn sie doch nur dort drüben in der Praxis sein könnte. Vielleicht würde der Anwalt Klaus zu einem Duell im Morgengrauen fordern, um die Schmach seiner Tochter zu rächen. Er würde einen Handschuh ausziehen und ...

Nein, es war Sommer. Zu heiß für Handschuhe. Und außerdem gab es Duelle nur in diesen Liebesromanen, die sich ihre Kundinnen ständig ausliehen. Der Anwalt würde Klaus wohl eher Geld bieten, um seine Tochter vor einem Leben als alte Jungfer zu bewahren. »Eine kleine Draufgabe auf die Mitgift«, würde er das nennen.

Erstaunt über ihr Mitgefühl mit Brigitte Raudschuss, fragte sich Trudi, ob Klaus ihr gegenüber wohl auch so zu tun versuchte, als sei nichts gewesen, obwohl das nach sechs Jahren Verlobung sicher viel schwerer war als nach einem Kuss. Sie musste an jenen Morgen in der Kirche denken, als sie Brigitte Raudschuss das erste Mal gesehen hatte, und sie bat sie im Stillen um Verzeihung für die Wut, die sie auf sie gehabt hatte. Diese Wut hätte Klaus gelten müssen – nicht einer anderen Frau.

Sie erinnerte sich, wie Jutta verspätet in die Kirche gestürzt war und sich neben Brigitte Raudschuss gezwängt hatte, die widerwillig zur Seite gerutscht war. Damals wäre die Anwaltstochter nicht im Traum auf die Idee gekommen, dass dieses zerzauste Mädchen sie von dem Platz verdrängen würde, den sie so selbstverständlich als ihren angesehen hatte.

»Haben Sie etwas gehört? Irgendwas?«, fragte Trudi jeden der Patienten am Tag nach diesem Treffen, das damit geendet hatte, dass Klaus Malter Brigittes Vater nach draußen begleitet hatte und die beiden sich mit ernsten Gesichtern und einem höflichen Händedruck voneinander verabschiedet hatten. Aber soweit sie hörte, war die ganze lange Unterredung in gedämpftem Ton vor sich gegangen.

»Wie war er danach, als er bei Ihnen gebohrt hat?«, fragte sie und nickte befriedigt, wenn ihr berichtet wurde, Klaus Malters Augen seien traurig gewesen und seine Hand nicht so ruhig wie sonst.

Aber an dem Tag, als Klaus Malter Jutta heiratete, waren seine Augen nicht traurig. Er war viel zu früh an der Martinskirche, stand auf der Treppe und lächelte verwundert und beglückt, so wie man lächelt, wenn man sich selbst überrascht, indem man plötzlich etwas wagt, was man nie auch nur in Erwägung gezogen hat. Es war nur eine Woche nach seinem Gespräch mit dem Anwalt, noch vor seinem ursprünglich geplanten Hochzeitstermin, und als seine Verwandten in den teuren Kleidern kamen, die sie wohl zu seiner Hochzeit mit Brigitte hatten anziehen wollen, wirkten sie missmutig, bis auf seine Mutter, die Professorin, die Klaus' Hände nahm und ihn aufs Gesicht küsste, ehe sie sich zu ihrem Platz in der ersten Reihe geleiten ließ. Ihr weißes Haar, das – wie Klaus Trudi vor langer Zeit erklärt hatte – früher einmal genauso rot gewesen war wie seins, lag in einem dicken Kranz um ihren Kopf.

Als Jutta sich nach der Trauung vor dem Altar umwandte, um am Arm ihres frischgebackenen Ehemannes den Mittelgang entlangzuschreiten, hatten ihre Bewegungen etwas Ausgelassenes, und plötzlich konnte Trudi verstehen, warum sich der solide Klaus, der doch einst so begeistert von Ingrid gewesen war, zu Jutta hingezogen fühlte, die ein Gegengewicht zu dieser gesetzten Seite seiner Person bilden würde.

Aber sie konnte sich immer noch nicht vorstellen, was Jutta an ihm fand. Mit einer gewissen Genugtuung flüsterte sie der neben ihr knienden Hilde Eberhardt zu: »Ich verstehe jetzt endlich, warum er sich in sie verliebt hat, aber Jutta – die ist so jung und schön, die hätte doch jeden kriegen können.«

Und Hilde meinte ebenfalls, dass Jutta jeden Mann bekommen hätte.

Die meisten Burgdorfer fragten sich gar nicht, warum die wilde junge Frau den Zahnarzt heiratete, der doch schon sechsunddreißig und vom Temperament her so anders war als sie. Er würde einen verlässlichen Ehemann abgeben, da war man sich einig. Er würde sie zur Ruhe bringen. Und außerdem war es nicht ungewöhnlich, dass Männer wesentlich älter waren als ihre Frauen.

Für die Burgdorfer war Jutta seltsam. Nicht nur, dass sie Bilder malte, auf denen die Farben völlig falsch und viel zu leuchtend waren, nein, sie ging außerdem auch, all ihren Warnungen zum Trotz, bei Gewitter schwimmen. Blitz und Donner, die andere Leute ins Haus trieben, lockten Jutta nach draußen. Sie war schon völlig durchweicht, ehe sie bei der Kiesgrube oder am Fluss ankam. »Verrückt«, sagten manche Leute.

Aber Trudi wusste von ihrer Mutter her, was Verrücktsein bedeutete, und Jutta war überhaupt nicht so, obwohl sie, wenn Trudi es sich recht überlegte, auch dieses helle Flackern in sich hatte. Aber bei ihr war das Flackern nicht von der Sorte, die verloderte, sondern von der, die immer stärker wurde, und auch nach jenem Tag, fast zwanzig Jahre später, an dem Jutta sich mit dem Auto zu Tode fahren würde, würde Trudi fest davon überzeugt sein, dass Juttas Feuer, das aus ihren wunderbaren Burgdorf-Bildern strahlte, ohne diesen Unfall immer weiter gebrannt hätte.

Dieselbe Flamme würde Trudi auch in dem Kind sehen, das aus Juttas Leib hervorgehen würde – ihrer Tochter Hanna, die eigentlich Trudis Tochter hätte sein müssen, wenn der Zahnarzt damals die Konsequenzen jenes unverschämten Kusses gezogen hätte.

13

1941–1942

In der Woche nach Klaus Malters Hochzeit begann Trudi erneut, die Heiratsanzeigen in der Zeitung zu lesen – nicht, dass sie einen Mann gesucht hätte, aber so hatte sie etwas zu lachen. Wegen des Kriegs war die Anzeigenspalte der Männer kürzer denn je, und die meisten Annoncen stammten von Rentnern. Eines späten Abends beschloss sie, auf eine der Anzeigen zu antworten. Codenummer 241, unter der Anschrift der Zeitung: Der Mann war jünger als die anderen, ein vierunddreißigjähriger Lehrer, der Briefmarken sammelte, Aquarelle malte und sich als neugierig bezeichnete. Auf diese Neugier setzte sie, als sie ihm einen Brief ohne Absender schickte und ihn aufforderte, sie am kommenden Samstagnachmittag im »Wasen«, einem Straßenrestaurant an der Düsseldorfer Königsallee, zu treffen.

Ich werde Sie daran erkennen, schrieb sie an Nr. 241, dass Sie einen Schirm und zwei weiße Nelken bei sich tragen. Sie hatte eine ganze Weile über das Erkennungszeichen nachgedacht und ihre ursprüngliche Idee, dass er einen Zylinder tragen sollte, wieder verworfen, da er sich den vielleicht kaufen müsste und es ihm dann womöglich zu kostspielig erscheinen würde, diese Frau zu treffen, deren äußere Beschreibung – groß und schlank, mit einer kastanienbraunen Haarmähne – Trudi einem der farbenfrohen Buchumschläge in der Leihbücherei entlehnt hatte.

Als sie den Brief durchlas, klang die Beschreibung der Frau verblüffend nach Ingrid mit ihren langen Haaren und feinen Händen, und als sie den Buchumschlag noch einmal betrachtete, hätte die Frau auf dem Bild auch Ingrid sein können, nur dass Ingrid darauf bestanden hätte, den Märtyrertod zu sterben, ehe sie sich in ein gelbes Kleid hätte zwängen lassen, das nicht nur ihre Schultern, sondern auch ihren Brustansatz enthüllte. Die Frau in Trudis Brief war warmherzig, kochte und tanzte gern, würde das Familiengeschäft erben und liebte Opern und Kinder. Trudi beschloss, dass sie Angelika hieß und genauso alt war wie sie: sechsundzwanzig. *Man hat mir gesagt, ich sei außergewöhnlich schön,* schrieb sie und kicherte vor sich hin, als sie sich gegen den Zusatz entschied, dass sie zudem auch noch außergewöhnlich bescheiden sei.

Nicht, dass sie je ernsthaft vorgehabt hätte, in das Restaurant zu gehen und sich an der Verlegenheit des Mannes zu weiden, wie sie es schon mit anderen getan hatte ... Schließlich waren solche Spielchen bei all dem Leid um sie herum zu frivol. Dennoch tauschte sie an diesem Freitag Leihbücher gegen einen fast neuen Lippenstift. Am Samstagmorgen ertappte sie sich dabei, wie sie sich, nur zur Sicherheit, das Haar wusch und eindrehte und sich mit der Frage herumschlug, was sie anziehen sollte, falls sie hingehen würde. Immer noch bereit, auf dem Absatz kehrtzumachen, kam sie zwanzig Minuten vor der vereinbarten Zeit in ihrem grauen Kostüm mit dem eng anliegenden Rock bei dem Restaurant an. Sie hievte sich auf einen Stuhl gleich bei einem der Blumenkübel, die die Tische zum Bürgersteig hin abgrenzten, die Sonne im Rücken, sodass sie jeden sehen konnte.

Obwohl sie lediglich vorhatte, den Mann dabei zu beobachten, wie er auf die Frau wartete, der er nie begegnen würde, schwitzte sie unter den Brüsten und unter den Armen, als Nr. 241 um Punkt vier erschien, den Schirm am Arm. Am Eingang zögerte er. Die Haut um seine Augen war heller als der Rest seines sonnengebräunten Gesichts, als ob er gewöhnlich eine Brille trüge, und das verlieh ihm einen erschrockenen Ausdruck. Die beiden Nelken wie Speere haltend, eilte Nr. 241, ohne irgendjemanden anzusehen – sodass er zwei Stühle anrempelte –, auf den letzten freien Tisch zu, die schmalen Schultern eingezogen, als wäre er Enttäuschungen gewohnt.

Erst als er saß, ließ Nr. 241 den Blick – wenn auch so schnell, als wollte er niemandem zu nahe treten – einmal rundum schweifen. Dann zog er eine dicke Brille aus der Tasche und studierte die Speisekarte so konzentriert, als könnte sie ihm einen Hinweis auf die Frau geben, die ihn hierherbestellt hatte. Sein schwarzes Haar berührte den Kragen seiner Anzugjacke, und er hatte ein mickriges Oberlippenbärtchen.

Trudi war eine der beiden Frauen, die allein dasaßen – alle anderen Tische waren von Paaren oder Familien belegt –, aber der Blick des Mannes glitt an ihr vorbei, als wäre sie gar nicht da, und kehrte immer wieder zu einer kräftigen, dunkelhaarigen Frau zurück, die ein Stück Bienenstich verdrückte, wobei sie die Vanillecremefüllung herauslöffelte und auf den glasierten Mandeln auf der Oberseite verteilte. Nr. 241 bestellte Tee mit Zitrone, sah auf seine Taschenuhr und nahm dann so hastig die Brille ab, als wäre ihm gerade wieder eingefallen, dass er sie aufhatte. Er entfaltete ein Blatt Papier, das von fern wie Trudis Brief aussah, runzelte die Stirn und sah wieder auf die Frau, die ihren Kuchen sezierte.

Ich bin hübscher als sie, dachte Trudi.

Ich bin viel jünger.

Ich esse nicht wie ein Schwein.

Aber der Mann würdigte sie keines Blickes, und auf einmal erfüllte sie eine alte Wut auf ihn und alle Männer, die sie einfach übersahen, eine Wut, die in ihr aufsprang wie eine Feder, rasch und heftig, und sie drängte, ihm etwas anzutun – mehr als nur die Demütigung, auf eine Frau zu warten, die niemals kommen würde. Es lief immer darauf hinaus, sich anders zu fühlen. Zu wissen, dass dieses Anderssein ewig bleiben, dass es sich nie bessern würde. Und eine Möglichkeit, sich zu rächen, bestand darin, die Boshaftigkeit herauszulassen, der viele von ihnen nicht einmal in Gedanken Raum zu geben wagten. Obwohl sie da war, in ihren Herzen, hinter ihrem Lächeln.

Sie wollte aufstehen, an den Tisch des Mannes gehen und ihm sagen – ihm was sagen? Es fiel ihr nichts ein, was vehement genug gewesen wäre. Und außerdem würde es ihn sowieso nicht verletzen, wenn es von ihr kam. Sie kramte in ihrer Handtasche nach Papier und Stift. *Ich habe Sie gesehen,* schrieb sie, den Notizblock auf den Knien, *und ich finde Sie zu* – sie hielt inne, überlegte und las noch einmal durch, was sie geschrieben hatte.

Nr. 241 stopfte sich eine Pfeife, wobei er Tabak auf dem Tischtuch verstreute. Sein Blick heftete sich auf jede Frau, die an dem Restaurant vorbeiging, als hoffte er immer noch, Angelika würde an diesen Tisch treten, seine beiden Nelken an ihr wunderschönes Gesicht schmiegen und so etwas sagen wie: »*Ich habe gespürt, dass Sie auf mich warten.*« Die Heldinnen in den Liebesromanen würden so etwas sagen. Die Kühneren würden vielleicht sogar fragen: »*Bin ich so, wie Sie es sich vorgestellt haben?*«

Jämmerlich, dachte Trudi. *Jämmerlich,* schrieb sie hin und vollendete ihr Briefchen. *Ich habe Sie gesehen,* las sie, *und ich finde Sie zu jämmerlich, um mich überhaupt mit Ihnen abzugeben.* So. Das war perfekt. Sie unterschrieb mit *Angelika* und zahlte. Ein wildes Pochen im Hals, stand sie auf, ihre hohen Absätze fühlten sich wacklig an, als sie auf den Tisch des Mannes zuging.

»*Verzeihung*«, sagte sie.

Nr. 241 sah auf. Sein Blick senkte sich von irgendwo über ihrem Kopf auf die Höhe ihres Gesichts herab, als justierte er seine Augen auf ihr Körpermaß. »Ja?«, fragte er. Sein Schnauzbart war gar nicht so mickrig, wie sie gedacht hatte, sondern ziemlich voll und mit grauen Haaren durchsetzt. Sein Anzug war zwar nicht neu, aber aus anständigem Stoff und gut gepflegt. Aber seine Schuhe waren staubig. »Ja?«, fragte er noch einmal und deponierte seine Pfeife im Aschenbecher.

Sie wurde rot, als sie realisierte, dass er ihren musternden Blick bemerkt hatte. »Diese Frau ...«, sagte sie und schmeckte Lippenstift an ihren Zähnen. »Es ist da eine Frau vorbeigekommen ... auf dem Bürgersteig, dort, bei meinem Tisch.« Sie zeigte auf den Platz, an dem sie gesessen hatte, ärgerlich auf sich selbst, da sie nicht annähernd so ruhig war, wie sie es gern gewesen wäre. »Sie hat mich gebeten, Ihnen das hier zu geben.« Ehe sie es sich anders überlegen konnte, streckte sie ihm den Zettel hin.

»Danke.« Seine gebräunte Hand griff danach. »Wann ...«

»Ach ... vor zehn Minuten etwa.«

Nr. 241 setzte rasch die dicke Brille wieder auf und faltete den linierten Zettel auseinander. »Warum haben Sie so lange gewartet?« Er sprach in einem schnellen Singsang, und sie konnte seine Worte nicht sofort verstehen, da sie so fremdartig und leicht über seine Lippen kamen und sich erst zusammenfügten, nachdem er wieder verstummt war. »Warum sind Sie nicht gleich rübergekommen?«

»Ich – ich bin ein bisschen schüchtern.«

Er sah sie zum ersten Mal richtig an, als ob er wüsste, was es hieß, schüchtern zu sein, und sie dachte plötzlich, dass er ein netter Mensch zu sein schien. Sie wollte den Zettel wieder an sich nehmen, aber sein Blick wanderte schon die Worte entlang und wieder zurück. Er drehte den Zettel um, als hoffte er auf eine gegenteilige Botschaft, und gab dann ein kurzes Husten von sich, das hoch in seiner Kehle endete. Sorgfältig las er das Briefchen noch einmal durch.

Die Stimmen der anderen Leute verloren sich in der Ferne, als hätte sich um seinen Tisch ein weiter Raum geöffnet. Ein kühler Luftzug strich

Trudis Beine empor und ließ sie frösteln. Sie fühlte die Wut nicht mehr –
nur noch eine tiefe Scham. Warum war sie so grausam gewesen?

»Es tut mir leid«, flüsterte sie.

Bei ihren Worten fuhr er zusammen, als hätte er ihre Anwesenheit völlig
vergessen. Er bewegte die Lippen, als wollte er etwas sagen, und schockierte
sie dann mit einem lauten Lachen. »Sie – junge Dame – Sie ...«

Sie trat einen Schritt zurück.

»Sie haben großes Glück.« Noch immer lachend, rückte er einen Stuhl
zurück und bat sie, sich zu setzen.

»Ich kann nicht bleiben.«

»In manchen Ländern würde man den Boten umbringen.« Er hörte auf
zu lachen und sah sie so ernst an, dass sie schon fürchtete, er könne etwas
ahnen. »Zum Glück bin ich kein Anhänger dieses Brauchs ...« Sein eigen-
tümlicher Singsang hatte sich verlangsamt, sodass Trudi ihn jetzt besser verstehen konnte. »Was hat sie Ihnen gesagt, diese Frau?«

»Nur, dass ich Ihnen den Brief geben soll.«

»Wissen Sie, was darin steht?«

»O nein. Das ist doch persönlich.«

»Natürlich. Bitte ... setzen Sie sich doch.«

»Ich muss gehen.«

»Wie sah sie aus?«

»Die Frau?«

»Die Frau.«

»Sie – sie war sehr schön ... groß, dunkelbraunes Haar, das hinten zu-
sammengenommen war. Gelbes Kleid – sie hatte ein gelbes Kleid an. Mit
stoffbezogenen Knöpfen.«

»Die arme Frau.«

»Wieso?«

Er lächelte traurig, zündete seine Pfeife wieder an und sog daran. »Der
Fluch der Schönheit ... die Lust daran, andere vernichten zu wollen.«

»Hat sie ...?«

»Mich vernichtet?« Nr. 241 stützte die Ellbogen auf die Knie und
beugte sich dicht zu Trudi vor. »Meinen Sie, es ist ihr gelungen?«

»Ich muss zur Straßenbahn und ...«

»Eine Tasse Tee«, sagte er. »Oder ein kleines Gläschen Wein.«

»Ich würde ja gern. Ich würde wirklich gern, aber meine Straßenbahn fährt in zehn Minuten.«

»Wo müssen Sie denn hin?«

»Nach Burgdorf«, sagte sie und wünschte sofort, sie hätte es nicht getan.

»Da wohnt diese Frau auch.«

»Tatsächlich?«

»Ihr erster Brief war dort aufgegeben.«

»Ich habe sie vorher noch nie gesehen.« Lügnerin, dachte sie, als das Buchumschlagbild vor ihr aufblitzte.

»Ich werde Sie nach Hause fahren.«

»Nein«, sagte sie rasch. Sie wünschte, sie hätte den Brief aus Oberkassel oder Düsseldorf abgeschickt. »Nein.«

»Es wäre mir ein Vergnügen. Dank Ihrer Botschaft haben sich meine Pläne für heute Nachmittag geändert.« Und als sei es ihm wirklich ernst, setzte er hinzu: »Ich würde mich über Ihre Gesellschaft freuen.« Er streckte ihr die rechte Hand hin und stellte sich vor: »Max Rudnick.«

Sie schüttelte ihm die Hand und murmelte ihren Namen so undeutlich, dass er ihn nicht verstehen konnte. Viel zu reumütig, um seine Einladung abzulehnen, kletterte sie auf den Stuhl ihm gegenüber, ihre lederne Handtasche auf dem Schoß, den Henkel mit beiden Händen umklammert. Zwei schillernde Fliegen vollführten auf Max Rudnicks Untertasse Strickbewegungen mit den Beinen. Als die mollige Frau, die den Bienenstich gegessen hatte, das Restaurant verließ, fühlte sich Trudi auf merkwürdige Art im Stich gelassen.

»Tee?«, fragte Max Rudnick.

Sie nickte.

»Zitrone?«

Sie nickte. Ihre Füße baumelten hoch über dem Boden.

Als der Tee kam, drückte er den Zitronenhalbmond über ihrer Tasse aus und rührte um. »Hier«, sagte er.

»Danke.« Sie verbrannte sich die Zunge, als sie den Tee in einem Zug hinunterstürzte, ohne Max Rudnick anzusehen. »Er ist sehr gut.«

»Nicht zu heiß?«

Sie saugte die Zungenspitze an den Gaumen und schüttelte den Kopf.

»Sie hatten wohl Durst?«

»Scheint so.« Ehe er noch mehr Fragen stellen konnte, sagte sie: »Kommen Sie aus dem Ausland?«

»Wegen meines Akzents?«

»So auffällig ist er gar nicht.«

»Der Fluch der Erziehung durch meine russische Großmutter, die den ganzen Tag Patiencen gelegt hat und kein Wort Deutsch sprechen wollte. Ich bin bei ihr aufgewachsen und habe Russisch gesprochen, bis ich in die Schule kam.«

Jetzt war sie neugierig. »Was war mit Ihren Eltern?«

»Sie haben beide gearbeitet. Meine Großmutter stand mir viel näher.«

»Wo ...«

»Köln. Ich habe bis vor Kurzem dort gelebt – bis ich ... na, sagen wir, versetzt wurde.«

Haben Sie deshalb die Anzeige aufgegeben?, wollte sie fragen, und sie wurde rot, als ihr klar wurde, dass sie fast ihr Geheimnis preisgegeben hätte. »Warum sind Sie versetzt worden?«, fragte sie stattdessen.

»Bei Lehrern kommt so was vor.« Max Rudnick musterte sie eingehend. »Ich kenne Sie noch nicht gut genug, um Ihnen den Grund zu verraten ...«

Das noch beunruhigte sie, aber sie wollte nicht nachfragen, was er damit meinte. Außerdem war er schon am Zahlen, und danach geleitete er sie zum Ausgang, die Hand auf ihrer Schulter.

»Diesmal sehe ich wenigstens, wo ich hingehe«, sagte er, wobei er auf seine dicke Brille zeigte. »Und da behaupten manche Leute, nur Frauen seien eitel.«

»So schlimm sieht sie gar nicht aus.«

»Schlimm genug. Aber ohne sie bin ich so gut wie blind.«

»Wenigstens bewahrt sie Sie vor dem Krieg.« Sie schlug sich die Hand vor den Mund. Wie konnte sie so etwas Unvorsichtiges zu jemandem sagen, dessen politische Einstellung sie gar nicht kannte?

Er sah sie scharf an. »Das stimmt.«

»Ich habe nichts gesagt.«

»Und ich habe nichts gehört.« Er führte sie zu einem heruntergekommenen blauen Auto. »Möchten Sie das Fenster offen haben?«, fragte er, als sie drin saßen.

Sie nickte.

Er fischte einen Schraubenzieher vom Rücksitz, beugte sich an ihr vorbei, steckte ihn in das Loch, wo die Fensterkurbel gewesen war, und drehte ihn. Die Scheibe senkte sich quietschend. Als sie die Brücke nach Oberkassel überquerten, flog ein Schwarm Vögel von den Streben auf, während das lang gezogene Tuten eines Kahns vom Fluss heraufdrang.

»Ich würde gern wieder mal mit Ihnen reden«, sagte er.

Ihr stockte der Atem. »Warum?«, stieß sie hervor, sicher, dass er sie überführen wollte, die Briefe geschrieben zu haben.

Er sah sie von der Seite an. »Werden Sie Ja sagen, wenn ich Ihnen einen guten Grund nenne?«

Sie schüttelte den Kopf.

»Zwei gute Gründe?«

»Ich kann wirklich nicht.«

»Drei gute …«

Sie musste lachen. »Nein«, sagte sie. »Nicht mal bei siebzehn guten Gründen.«

Die Blau'sche Wohnzimmergardine bewegte sich, als Max Rudnick vor der Leihbücherei parkte, und Trudi stieg aus, ehe er den Motor abstellen konnte.

»Ich bringe Sie zur Tür.«

»Das brauchen Sie nicht.« Ihre verbrannte Zunge fühlte sich wund an.

Er zeigte auf das Tabakschild im Fenster. »Ich muss meinen Vorrat aufstocken.«

»Wir haben keinen Tabak mehr.«

»Wirklich?«

»Wir warten schon die ganze Zeit auf eine Lieferung.«

»Wer ist wir?«

»Mein Vater und ich.«

»Dann komme ich wieder. Wegen des Tabaks.«

Und er kam wieder, in der folgenden Woche, aber Trudi erkannte seinen blauen Wagen rechtzeitig, lief rasch nach oben und überließ es ihrem Vater, ihn zu bedienen. Sie stand hinter der Gardine des Flurfensters im ersten Stock und beobachtete den Bürgersteig. Es dauerte fast eine Viertelstunde, bis Max Rudnick wieder herauskam und davonfuhr.

»Was hat er gewollt?«, fragte sie ihren Vater, der gerade den zerrissenen Schutzumschlag eines Arztromans klebte.

Er sah nicht auf. »Tabak.«

»Hat er was gesagt?« Sie fühlte, wie ihre Ohren heiß wurden. »Über mich?«

Ihr Vater dachte einen Moment nach und schüttelte dann den Kopf. Leise vor sich hin summend, klebte er ein weiteres Stück Klebestreifen über einen Riss.

»Was hat er dann die ganze Zeit hier gemacht?«

»Bücher angeschaut. Er hat sich einen Wildwestroman ausgeliehen.«

Sie stöhnte. »Warum hast du ihm den gegeben?«

»Das ist nun mal unser Geschäft.«

»Jetzt hat er einen Grund, noch mal wiederzukommen.«

Ihr Vater sah sie mit zusammengekniffenen Augen an und lächelte.

»Oh«, sagte sie. »Nichts ist. Gar nichts.«

In den folgenden Tagen sah sie immer wieder hinaus auf die Straße, bereit, sofort zu verschwinden, und als Max Rudnick in der nächsten Woche und auch in der übernächsten nicht wiederkam, war sie erleichtert; aber als das Rückgabedatum für das Buch verstrich, wich ihre Erleichterung einer seltsamen Enttäuschung, die sich darin niederschlug, dass sie in Abständen seine stetig wachsenden Überziehungsgebühren zusammenrechnete.

Ich wünschte, du könntest mich besuchen, schrieb Ingrid. *Die Berge sind wirklich eindrucksvoll, aber ich vermisse Burgdorf.* Sie wohnte mit den Schulkindern zusammen, aß mit ihnen, lehrte sie alle Fächer, von Grammatik bis Rechnen, gab ihnen Hausaufgaben auf und achtete darauf, dass sie sich vor dem Schlafengehen ordentlich wuschen. In ihrer dritten Nacht im Heim hatte sie lautes Geschrei aus dem Jungenschlafsaal geweckt. Die Jungen hatten eine Kissenschlacht gemacht, und eins der Kissen hatte eine Lampe getroffen. Es gab eine Stichflamme, und der Kissenbezug hatte Feuer gefangen. *Gott sei Dank konnten wir das Feuer rechtzeitig löschen,* schrieb Ingrid. *Die meisten Kinder haben Heimweh. Ich habe festgestellt, dass die Jungen grob werden, wenn sie Angst haben, während die Mädchen weinen.*

Ingrid beklagte sich in ihren Briefen zwar nicht offen über die HJ-Vertreterin, Fräulein Wiedesprunt, die das Kinderheim leitete, aber es war klar, dass sie nur schwer mit dieser nörgeligen Frau zurechtkam, die verkündete, dass ihr männliche Lehrkräfte lieber seien, und es genoss, strenge Reglements für alle aufzustellen, auch für Ingrid. Es gab feste Zeiten, zu denen sie im Haus sein musste, bestimmte Orte, die sie nicht aufsuchen durfte.

Als Ingrid das erste Mal wieder nach Hause fuhr, kam sie, noch ehe sie zu ihren Eltern ging, in der Leihbücherei vorbei und erzählte Trudi, dass ihr vor der Rückkehr ins Kinderheim graue. »Ich habe gedacht, ich würde gern unterrichten, aber was dort abläuft, hat mit Schule wenig zu tun. Sie haben sogar alle Kruzifixe aus den Klassenzimmern entfernt.«

»Hier auch.« Trudi führte sie ins Wohnzimmer, wo sie sich auf das Samtsofa setzten. »Ich glaube, das ist überall so.«

»Und die Sache mit dem Beten. Wir dürfen zwar in der Schule nicht beten, aber ich habe trotzdem immer vor und nach der Stunde ein kurzes Gebet gesprochen.« Ingrids Haut sah rot und trocken aus. »Die Kinder – es hat ihnen gefallen, aber einmal, als Fräulein Wiedesprunt meinen Unterricht beobachtete, hat mich ein Mädchen darauf hingewiesen, dass wir noch nicht gebetet hätten.«

Trudi zuckte zusammen.

»Ich habe schnell gesagt: ›Ach, das holen wir später nach.‹ Aber ich habe gezittert ... ich habe den ganzen Tag gezittert, Trudi.« Ingrid sprang auf und wanderte zwischen Sofa und Fenster hin und her. Ihre schmalen Finger glätteten die Spitzendecke auf dem runden Rohrtisch, nahmen das ausgestopfte Eichhörnchen von seinem Bord. »Ich bin mir so feige vorgekommen, weil ich nicht gebetet habe.«

»Aber du konntest nicht. Nicht in dem Moment.«

Ingrid stellte das ausgestopfte Eichhörnchen wieder hin.

»Du hast das Richtige getan.«

»Fräulein Wiedesprunt hat wegen dem Beten nichts gesagt, aber sie hat mir hinterher erklärt, mein Hitlergruß sei nicht herzhaft genug.«

»Herzhaft! Schlimm genug, dass wir das überhaupt tun müssen.«

»Als Lehrerin kommst du nicht drum herum. Die Schüler könnten dich verpetzen. Wenn sie dich nicht mögen, könnten sie dich vielleicht sogar wegen irgendetwas anschwärzen, was du gar nicht getan hast.«

»Ich weiß von einer Lehrerin in Oberkassel, die heruntergestuft wurde. Zwei andere in Krefeld sind entlassen worden.«

»Die Schüler ...« Ingrid nickte. »Es gibt ihnen zu viel Macht. Wenn sie etwas missverstehen oder sich über ihre Noten ärgern ... Es ist gefährlich für Lehrer, streng zu sein.«

»Aber wenn du nichts von ihnen verlangen kannst, lernen sie doch weniger.«

»Zum Glück unterrichte ich nicht Geschichte. Da passiert es zu leicht, dass man Fehler macht.«

»Dass man zum Beispiel die Wahrheit sagt?«

Während Jutta Malter sich in ihr Studium an der Düsseldorfer Kunstakademie stürzte, musterten die alten Frauen – die sich ihre eigenen Gedanken über die Gründe für diese überstürzte Heirat gemacht hatten – regelmäßig ihren Bauch, aber er rundete sich nicht, obwohl sie erwachsener wirkte, jetzt, da sie mit einem älteren Mann verheiratet war. Nicht, dass ihr Schritt die federnde Leichtigkeit verloren hätte – es war vielmehr eine gewisse Reife, die ihr Körper erlangte, etwas fast schon Königliches in ihrer Haltung, obwohl sie immer noch manchmal wie ein kleines Mädchen aussah.

»Sie ist ungefähr halb so alt wie er«, hob Trudi hervor, sooft sie die Geschichte erzählte, wie Jutta an jenem schicksalhaften Spätnachmittag im Juni in die Praxis des Zahnarztes gekommen war, um sich eine neue Füllung machen zu lassen, und wie es damit geendet hatte, dass sie seine neue Braut geworden war. Manchmal war es, als wäre das alles an einem Nachmittag passiert: die Hochzeit, der Besuch des Vaters der düpierten Braut und Juttas Zahnbehandlung, bei der sie in dem Zahnarztstuhl gelegen und den sauberen medizinischen Geruch an Klaus Malters Händen gerochen und die dichten Locken seines roten Barts bewundert und gewünscht hatte, das Bohren würde niemals aufhören.

Eines frühen Morgens, als Trudi fünf Bücher gegen einen halben Laib Brot und zwei Eier getauscht hatte, die sie in Frau Simons Wohnung schmuggeln wollte, sah sie auf dem Rückweg Klaus und Jutta zu Beginn ihres täglichen Spaziergangs am Rathaus vorbeigehen. Tauben flogen von der Hitlerstatue auf, deren anfänglicher Glanz jetzt unter einer stumpf grünen Patina verschwunden war. Wenn man genau hinsah, merkte man, dass das linke Ohr des Führers größer war als das rechte. Ein kleines Kind hatte den Makel schon bei den Einweihungsfeierlichkeiten entdeckt und den Apotheker sehr in Verlegenheit gebracht, indem es laut darauf hinwies.

Jutta und Klaus gingen eingehakt und unterhielten sich so eifrig, als hätten sie sich wochenlang nicht gesehen, und für einen Augenblick – einen kurzen Moment der Großzügigkeit – ließ Trudi Klaus Malter los und wünschte ihnen Glück.

Im November – nur wenige Monate, nachdem Klaus seiner jungen Frau geholfen hatte, ihre Habe eine Treppe hinunterzutragen, in die große Wohnung, die ihr Onkel Alexander den Neuvermählten in seinem Haus zur Verfügung gestellt hatte – wurde seine Mutter mitten aus ihrem Philosophieseminar heraus verhaftet. Einer ihrer Studenten rief Klaus an. Er sprach gedämpft und hastig, als fürchte er, jeden Augenblick festgenommen zu werden. Er ahne nicht, wo sie die Frau Professor hingebracht hätten, sagte er, aber er wisse, dass die Universitätsverwaltung sie vorher schon gewarnt habe, sie solle ihre Ansichten überdenken. »Ich habe sie bewundert«, sagte er, ehe er einhängte.

Klaus Malters Nachforschungen erbrachten lediglich die Information, dass seine Mutter in einem der Inhaftierungslager sei: Er verlangte, sie sehen zu dürfen, schrieb Briefe und telefonierte mit der Polizei und dem Rektor der Universität, und als er einsehen musste, dass es nichts gab, was er tun konnte, wurde ihm die Kälte zur Obsession. Sie kroch in seine Adern, wenn er sich vorstellte, dass seine Mutter weder warme Kleider noch Decken hatte. Er fürchtete nie, dass sie hungerte oder gefoltert wurde – nur, dass sie erfror, und er konnte es nicht ertragen, in geheizten Räumen zu sein.

Er streunte durch die Straßen von Burgdorf, weigerte sich, seinen Mantel oder eine Strickweste anzuziehen, und machte sich Vorwürfe, weil er nicht schon vor Jahren Widerstand geleistet hatte. Wie unzählige andere war er einfach nur immer vorsichtiger geworden – er hatte Angst gehabt, die falschen Dinge zu sagen oder die falschen Radiosender zu hören, die einem mitteilten, was in der Welt vor sich ging. Sie konnten einen jederzeit holen: vom Arbeitsplatz weg, aus der Straßenbahn, aus einem Restaurant oder aus dem eigenen Haus. Er hatte gedacht, es würde reichen, nicht in der Partei zu sein, sich von den Umzügen und Veranstaltungen fernzuhalten. Jetzt fragte er sich, was er durch sein Schweigen angerichtet hatte. Wenn er offiziell protestiert hätte, als diese Jungen vor sieben Jahren Fienchen Blomberg vor Frau Weilers Lebensmittelgeschäft zu steinigen versucht hatten ... Oder wenn er sich gegen das verwahrt hätte, was den Abramowitz und seinen übrigen jüdischen Patienten widerfahren war ...

Oh, sie hatten ihm alle schrecklich leidgetan, und er hatte einigen von ihnen heimlich ein paar Geldscheine zugesteckt – aber was hatte er wirklich getan, um dieser Gewaltlawine entgegenzutreten, die einmal so klein begonnen hatte, so klein, dass man sie sicher noch hätte aufhalten können, ehe sie zu dieser rasenden Masse geworden war, die immer noch an Tempo gewann und jetzt auch seine Mutter davongerissen hatte?

Er lief selbst bei Regen oder Schneeregen klappernd im Hemd draußen herum und blieb nur stehen, um in die kahlen Äste oder in den trostlosen Himmel emporzustarren. Und seine junge Frau tat nichts dagegen – das war es, was die alten Frauen die Köpfe schütteln ließ. Sie stapfte sogar mit ihm durch den eisigen Wind, ebenfalls ohne Mantel. Das zeigte nur, dass sie doch noch ein Kind war. Eine richtige Ehefrau hätte ihrem Mann gut zugeredet, sich warm anzuziehen, und seine Unrast mit Glühwein gelindert.

Klaus wurde einen Monat nach der Verhaftung seiner Mutter einberufen, und als Jutta ihn zum Zug brachte, versprach sie ihm, weiter nach seiner Mutter zu suchen. Beim Verlassen des Bahnhofs stieß sie auf Trudi Montag, die vor dem Portal auf sie wartete, den Kragen ihres Wollmantels gegen den Wind hochgeschlagen. Jutta wollte sich mit dem Ärmel über die Augen wischen, aber Trudi reichte ihr ein gefaltetes Taschentuch. Wortlos ging Trudi mit ihr, und Jutta drosselte ihren Schritt, um ihn dem der Zwergenfrau anzupassen.

Als Herr Blau von einem anhaltenden Pochen an seiner Tür geweckt wurde, war sein erster Gedanke, dass die Gestapo da war, um ihn zu holen. Mit zittrigen Fingern griff er nach dem Wasserglas auf seinem Nachttisch und fummelte sich sein Gebiss in den Mund. Während er aus dem Bett stieg und mit einer Kerze die Treppe hinunterschlich, überlegte er, was er sagen sollte, wenn sie ihn verhörten – dass er nie hingehört hatte, wenn jemand etwas gegen den Führer oder die Partei gesagt hatte, dass er ein alter Mann war und sich nicht erinnern konnte, wer was gesagt hatte, und – Das Pochen kam von der Hintertür. Herr Blau blieb stehen, die Hand am Geländer. Die Polizei hämmerte normalerweise an die Vordertür, um nicht nur diejenigen aufzuschrecken, die verhaftet werden sollten, sondern auch die ganze

Nachbarschaft zu terrorisieren. Er spähte durch das Küchenfenster und sah einen Mann vor der Tür stehen.

»Psst.« Er öffnete das Fenster einen Spalt, und das Pochen hörte auf. »Psst. Sie wecken ja alle auf.«

»Bitte ...« Die Augen des jungen Mannes blickten aus hungrigen Höhlen. »Lassen Sie mich rein, bitte.« Zwei Zacken seines gelben Sterns waren ausgefranst.

Herr Blau zitterte, als wäre er es, der draußen in der Winternacht stünde. »Ich kenne Sie ja gar nicht.«

»Sie haben meine Schwester geholt. Sie werden mich auch holen, wenn ...«

»Sie haben doch sicher Leute, die Sie fragen können ... Verwandte oder Freunde ...«

»Sie sind alle weg.«

»Gehen Sie. Sie – Sie müssen verschwinden.«

Der Mann antwortete nicht.

»Ich kenne Sie nicht«, sagte Herr Blau, und eine jähe Übelkeit zog sein Inneres zusammen.

Der Mann blinzelte. Seine Finger umschlossen die Riemen eines Rucksacks. Er wandte sich ab und ging das abschüssige Stück zum Bach hinunter. Mit einem steifbeinigen Satz sprang er hinüber und verschwand in der Nacht.

Als Herr Blau wieder ins Bett stieg, fühlten sich seine Füße eiskalt an, und er passte auf, dass er sich nicht an seine schlafende Frau schmiegte, obwohl er sich nach der Wärme ihres Körpers sehnte. Ganz an der Bettkante liegend, schloss er die Augen und versuchte einzuschlafen, aber er sah dauernd den Mann vor sich. Er sagte sich, dass er niemals Juden etwas getan hatte, nicht einmal, wenn andere sie gedemütigt hatten. Er hatte es nicht gebilligt, dass die Juden ihre Arbeitsplätze und ihre Häuser verloren; er hatte sich immer um die gesorgt, die verschwunden waren, und gehofft, dass sie einen besseren Ort zum Leben gefunden hatten. Wenn er Jude wäre, hatte er oft zu seiner Frau gesagt, wäre er längst so schlau gewesen, Deutschland zu verlassen.

Es war nicht gut für seine Nerven – diese ganzen Geschichten von Verhaftungen oder von Transporten in diese Lager, in die die Juden gebracht wurden, um zu arbeiten. Es waren ja Arbeitslager, auch wenn diese Flüstergerüchte umgingen, von schrecklichen Dingen, über die er gar nicht nachdenken durfte ... Menschen wie er hatten schließlich auch zu leiden: Es gab nicht genug zu essen, nicht genug Kohlen, um auch nur einen Teil des Hauses zu heizen. Die Leute hatten Angst, im Schlaf zu erfrieren. Alle hatten Gräuelgeschichten von alten Leuten gehört, die nicht mehr aufgewacht waren. Die Alten traf es immer am schlimmsten. Immer.

Gegen Morgen schlief er schließlich ein, und als er erwachte, dachte er an die hungrigen Augen des Mannes, und er sah sich in den Brotkasten greifen und einen Kanten Graubrot für ihn herausholen. »Nehmen Sie das hier«, hätte er sagen können. Er hätte ihm eine Decke geben können, ein Ei, seinen Mantel.

Seine Frau lag nicht mehr neben ihm, und er ging im Bademantel nach unten und spähte mit zusammengekniffenen Augen zum hinteren Küchenfenster hinaus, aber der gefrorene Abhang hinter dem Haus lag verlassen da, und am Bach war niemand zu sehen.

»Was suchst du?«, fragte seine Frau und stellte ihm eine Tasse Zichorienkaffee und ein kleines Schälchen heißen Haferbrei auf den Tisch.

»Nichts.«

»Dann iss.«

»Ich kann nicht.«

»Du bist doch nicht krank?« Sie legte ihm die Hand auf die Stirn.

Er drehte den Kopf weg und ging nach draußen. Am Bach suchte er den Boden nach Fußspuren ab. Es waren etliche da, aber alles hart gefrorene Abdrücke, unmöglich zu identifizieren. Vielleicht hatten sie den Mann ja schon eingefangen. Er war noch gar kein richtiger Mann gewesen, eigentlich noch ein Junge. Siebzehn vielleicht. Oder noch jünger. Aber größer als Stefan, der für seine dreizehn Jahre klein gewesen war, als er sich vor fast einem halben Jahrhundert eines Nachts aus seinem Elternhaus geschlichen hatte. Wie viele Leute hatten Stefan weitergeholfen, ehe er in Amerika angekommen war? Und er war noch nicht einmal gejagt worden.

Es wäre ziemlich leicht gewesen, den Jungen droben in Stefans altem Zimmer zu verstecken. Und selbst wenn er entdeckt worden wäre – was immer das für sie alle bedeutet hätte, es hätte nicht schlimmer sein können als das, was Herr Blau durchmachte, während die Woche ins Land ging. Er fühlte den Verlust seines Sohnes so akut und so schmerzlich wie nie zuvor, als ob er, indem er den jungen Mann von seiner Tür gewiesen hatte, in irgendeiner Weise das Leben seines Sohnes gefährdet hätte. Das war absurd, denn Stefan war inzwischen ein erwachsener Mann, vor Kurzem sechzig geworden, ein alter Mann, würden manche Leute wohl sagen. Immer wieder sah er sich den Brief finden, den Stefan hinterlassen hatte, und immer wieder überkam ihn die alte Verzweiflung, weil er als Vater versagt hatte.

Nicht, dass der Brief diesen Vorwurf enthalten hätte – nein, er besagte nur, dass Stefan auf dem Weg nach Amerika sei und sie sich keine Sorgen um ihn machen sollten. Ein ganzes Jahr hatte der Junge seine Eltern angefleht, ihn nach Amerika gehen und dort sein Glück machen zu lassen.

»So leicht macht man sein Glück nicht. Und außerdem bist du zu jung«, hatte Herr Blau ihm immer wieder erklärt, in der Hoffnung, ihn so lange hinhalten zu können, bis er diesen Traum vergessen und sich etwas anderes in den Kopf setzen würde. Kinder waren so – heute Feuer und Flamme für etwas, was morgen schon vergessen war. Aber Stefan hatte es nicht vergessen, und die Burgdorfer hatten seine schockierten Eltern damit zu trösten versucht, dass sie ihnen versicherten, ihr Sohn wäre ohnehin durch nichts zu halten gewesen.

Herr Blau nahm das brüchige Blatt Papier aus dem Kästchen mit den Familienpapieren, faltete es auseinander und dachte daran, wie er gar nicht gewusst hatte, was tun, als sein Sohn endlich zu Besuch nach Hause gekommen war – zweifach verwitwet, aber wohlhabend, wie er es sich erträumt hatte. Stefan war nur eine Woche geblieben und hatte Leo Montags Schwester Helene als seine dritte Frau mitgenommen.

Einem Menschen in Not Hilfe zu verweigern, erkannte Herr Blau, war viel schlimmer, als um die eigene Sicherheit fürchten zu müssen. Er wünschte, es gäbe jemanden, mit dem er über die Sache reden könnte, jemanden, der ihn nicht verraten, ihm aber helfen würde, Ruhe in seine Gedanken zu bringen. Vielleicht verstand ihn Leo Montag. Herr Blau wusste nicht genau, was er Leo sagen wollte, aber als er eines Morgens in die Leihbücherei hinüberging, nachdem er Trudi mit ihrem Einkaufsnetz hatte weggehen sehen, fand er die Worte.

»Wenn Sie jemals von jemandem wissen, der Hilfe braucht …« Er beugte sich flüsternd über den Ladentisch. »Jemandem, der sich vielleicht verstecken muss … Ich möchte auch helfen.«

Leo musterte ihn schweigend und nickte dann. »Das ist anständig von Ihnen.«

»Kleider und Essen ... und ich würde schweigen.«

»Das ist aber vielleicht nicht immer gefahrlos.«

»Das ist das Problem bei allem.« Die Stimme des alten Mannes durchbrach plötzlich das vorsichtige Geflüster. »Gefahrlos. Gefahrlos. Ist das alles, woran die Leute denken können?«

»Ich werde es mir merken.« Leo Montag legte dem alten Mann die Hand auf den Unterarm.

Erst da, als er die Wärme dieser Hand spürte, brach Herr Blau in Tränen aus und begann, Leo von dem jungen Mann an seiner Tür zu erzählen, den er abgewiesen hatte.

»Nicht hier.« Leo ging um den Ladentisch herum, schloss die Tür ab und führte Herrn Blau ins Wohnzimmer.

»Er geht mir nicht aus dem Kopf.« Herr Blau setzte sich schluchzend in den Korbstuhl. »Ich muss immerzu an ihn denken.« Er rieb sich den schwarzen Daumennagel.

»Sie hatten Angst.«

»Ich bin ein Feigling.«

»Jetzt nicht mehr.«

»Wissen Sie noch, wie klein Stefan war, als er nach Amerika durchgebrannt ist?«

»Mir kam er damals groß vor. Ich war erst acht oder neun.« Der alte Schneider schnäuzte sich die Nase und wurde von einem Schluckauf gepackt.

»Angst«, sagte Leo, »ist etwas Merkwürdiges. Sie reißt den Leuten Masken herunter ... Bei manchen bringt sie die niedersten Instinkte zum Vorschein und bei anderen mehr Mitgefühl. Beides hat mit Überleben zu tun. Aber die Wahl liegt bei uns.«

»Ich habe die falsche Wahl getroffen.«

»Aber Sie sind nicht dabei geblieben.«

Herr Blau nickte, dankbar für Leos Antwort, aber seine Tränen flossen heftiger, während er etwas Unverständliches murmelte.

In der folgenden Woche erhielt Frau Simon eine offizielle Mitteilung der SS, dass sie umgesiedelt würde. Sie wurde angewiesen, Nahrungsmittel für drei Tage, einen Koffer von nicht mehr als fünfzig Kilo, einen Rucksack oder eine Reisetasche und eine Deckenrolle mitzubringen. Achtundzwanzig weitere Juden erhielten dasselbe Schreiben und wurden mit ihr aus Burgdorf weggebracht. Seit der Kristallnacht war die SS, die Rationalität, Effizienz und Disziplin für ihre besonderen Tugenden hielt, für die Judenfrage zuständig. Um Unruhe zu vermeiden, wurde den Juden weisgemacht, dass sie einfach nur in den Osten umgesiedelt würden, um dort ein neues Leben zu beginnen.

Frau Abramowitz, die sich seit der Einführung des gelben Sterns geweigert hatte, ihr Haus zu verlassen, erhielt den ersten Brief von Frau Simon. Sie seien in einem polnischen Lager. Der Bahntransport habe drei Tage und drei Nächte gedauert. Fünf alte Menschen und ein Säugling seien unterwegs gestorben. Mehrere Kinder hätten Husten und Fieber. Die Quartiere seien kalt, überfüllt und armselig. Ihr Gepäck sei ihnen nie ausgehändigt worden.

Sie benötigten Medikamente.

Sie benötigten Nahrungsmittel.

Sie benötigten Kleidung.

Diese Not trieb Frau Abramowitz zum ersten Mal seit einem Jahr aus dem Haus. Alle Versuche ihres Mannes, sie dazu zu bewegen, wenigstens mit ihm bis ans Ende der Straße zu gehen, hatten nur Angsttränen hervorgerufen, und er hatte es schließlich aufgegeben. Aber jetzt verließ sie das Haus, als hätte sie sich nie in ihren vier Wänden eingeigelt, und sammelte bei ihren Freunden, was immer sie erübrigen konnten. Trudi und Frau Weiler halfen ihr, Pakete zu packen: Kartons mit Decken und warmen Kleidern, haltbaren Lebensmitteln und Medikamenten von Frau Doktor Rosen, deren Gang jetzt ein langsames Schlurfen war und deren Hände zitterten, wenn sie die wenigen ihr noch verbliebenen Patienten untersuchte.

Sobald die Pakete aufgegeben waren, stellte Frau Abramowitz mithilfe ihrer Tochter Ruth, der Nachbarinnen und einiger Frauen aus ihrer Synagoge Listen von Dingen zusammen, die außerdem noch benötigt wurden. Ruth übernachtete jetzt gelegentlich bei ihren Eltern, und obwohl Frau Abramowitz immer froh war, sie zu sehen, beunruhigte es sie, dass ihre Tochter jedem Gespräch über ihren Mann auswich. Anfangs hatte Frau Abramowitz gefragt, warum Fritz sie nie mehr besuchen komme, und Ruth hatte erklärt, seine Praxis habe sich so vergrößert, dass ihm kaum noch Zeit für sich bleibe. Sie erzählte ihrer Mutter nicht, dass unter Fritz' Patienten auch etliche Nazi-Funktionäre waren, die dasselbe Anliegen hatten wie die Bühnenkünstler – ihre Stimmbänder voll einsetzen zu können, ohne sie zu schädigen.

Herr Blau, der sich die ganze Zeit gefragt hatte, ob der junge Mann, den er abgewiesen hatte, am Ende mit demselben Transport nach Polen gebracht worden war wie Frau Simon, spendete Mäntel und warme Jacken, die er aus seinem Vorrat an Stoffresten nähte. Als Frau Simon in ihrem nächsten Brief schrieb, dass nicht einmal die Hälfte der Pakete angekommen sei – nur die mit abgetragener Kleidung –, ersann Herr Blau Tricks, um neue Sachen gebraucht aussehen zu lassen: Er schnitt Knöpfe ab und versteckte sie in geflickten Socken; er trennte Etiketten heraus und bearbeitete Wolldeckenränder so, dass sie ausfransten; er knüllte Sachen zusammen, statt sie säuberlich um Papiereinlagen zu falten. Diese Sendung kam fast vollständig an.

Inzwischen war der größte Teil des Theresienheims für Verhör- und Haftzwecke beschlagnahmt worden. Während die Nonnen in dem Zellentrakt neben der Kapelle zusammengedrängt waren, beherbergte der größte Teil des u-förmigen Gebäudes jetzt Juden und andere »unerwünschte Personen«, die darauf warteten, deportiert oder freigelassen zu werden. Viele waren alt oder krank. In der Regel wurden vier oder fünf Personen in einen der kleinen Räume gesperrt.

Aber nicht nur Juden waren in Gefahr. Es mehrten sich Gerüchte, dass auch gebrechliche, missgebildete oder geistig zurückgebliebene Menschen bedroht waren. »Unnütze Esser« nannte sie Anton Immers verächtlich, als wäre Essen ihre einzige Funktion. Er fand es nur berechtigt, dass manche von ihnen aus den Heimen geholt und an unbekannte Orte gebracht wurden, während andere einfach aus dem Stadtbild verschwanden, so wie der Mann, der sich aufs Herz tippt, der an Allerheiligen auf dem Friedhof verhaftet wurde, als er gerade einen Kranz auf das Grab seines Neffen legte, der im Vorjahr über England abgeschossen worden war.

Im März 1942 erhielten die Eltern des verkrüppelten Buttgereit-Jungen eine Urne, begleitet von der Mitteilung, dass ihr neunzehnjähriger Sohn in der Heimschule bei Bonn, wo er die letzten Jahre gelebt hatte, einer nicht näher bezeichneten Infektion erlegen sei. Um eine Ausbreitung der Infektion zu verhindern, so hieß es in dem Schreiben, habe man ihn unverzüglich eingeäschert. An dem Vormittag, als seine Asche der eisigen Erde übergeben wurde, umstanden seine schwarz verhüllten Schwestern das offene Grab wie Obelisken. Zwei von ihnen stützten ihren Vater an den Ellbogen. Ihre Mutter stand ein Stück weiter weg, das Gesicht starr, um den stummen Schrei zu unterdrücken: *Aber nicht so. Nicht so.* Seit sich ihr Sohn als kleiner Junge bei dem Sturz vom Heuwagen das Rückgrat verletzt und Frau Doktor Rosen prophezeit hatte, dass er kaum älter als zwanzig werden würde, hatte sich Frau Buttgereit auf seinen Tod vorbereitet. Sie war darauf gefasst gewesen, dass sein verkrüppelter Körper noch schwächer und sein armer Rücken noch krummer werden würde, bis er schließlich wieder dem zusammengerollten Wesen ähnelte, das in ihrem Leib auf seine Geburt gewartet hatte – *als noch alles gut war, o Gott, als noch alles möglich war* –, aber sie hatte nicht damit gerechnet, dass es eine Infektion sein würde, die ihn ihr entriss – seine Seele und seinen Körper, mit einem einzigen, grausamen Schlag, ohne die lang einstudierten letzten Abschiedsworte. Nein. Damit konnte sie sich nicht abfinden.

Nur eine Gräberreihe weiter wartete Frau Weskopp darauf, dass der Priester den Sarg ihres Mannes segnete, dessen Leichnam aus Russland heimgeschickt worden war. Er würde neben ihrem jüngeren Sohn liegen, einem SS-Offizier, der erst vor einem Monat gefallen war – zu kurz für die Würmer, um seine Gebeine blank zu fressen. Man sah noch die Umrisse seiner Liegestatt: Die Erddecke des Familiengrabs hatte in den wenigen Wochen nicht verheilen können. Es war ein breites Grab, breit genug für die sterblichen Überreste ihrer Eltern und ihres Sohns und für diesen neuen Sarg und auch noch für sie und ihren älteren Sohn, der ebenfalls dem Vaterland diente.

Als Trudi Montag und andere Gemeindemitglieder dem Priester vom Buttgereit'schen Grab zu der Stelle folgten, wo die Witwe Weskopp mit schwarzem Hut und schwarzem Mantel kniete, passierten sie die Ruhestätte von Herrn Höffenauer, der neben seiner Mutter beigesetzt worden war, nachdem ihn der Blitz an ihrem Grab erschlagen hatte. Eine kurze, dicke Kerze brannte in einer Glaslaterne, die vor dem granitenen Stein stand.

Klaus Malters Mutter wurde eine Woche nach den beiden Beisetzungen freigelassen. Trudi erfuhr es von der Witwe Blomberg, als die in die Leihbücherei kam, um einen Kriminalroman auszuleihen.

»Ich bin froh, dass sie frei ist«, sagte Trudi. »Wer hat es Ihnen gesagt?«

»Die junge Frau Malter.«

»Jutta – die muss es ja wissen.«

»Sie wollen die Frau Professor an der Universität nicht mehr lehren lassen. Ich frage mich, wie sie ihr Geld verdienen soll.«

»Sie kommt aus einem reichen Haus«, sagte Trudi. »Ich bin sicher, ihre Familie wird sie unterstützen.«

»Sie würden staunen, wie leicht einen die Familie im Stich lässt, wenn man in Schwierigkeiten ist.«

»Aber Ihre doch nicht.«

»Meine Schwester jedenfalls nicht. Ich bin froh, dass sie noch rechtzeitig nach Holland entkommen ist. Aber mein Bruder – ich weiß nicht mal, wo er jetzt lebt.« Sie zitterte, und Trudi nötigte sie, sich auf eine der Kisten mit den verbotenen Büchern zu setzen, die neben dem Ladentisch an der Wand standen. »Wenn er noch lebt.«

Trudi betrachtete sie schweigend – das graue, von Sorge und Hunger gezeichnete Gesicht, die mageren Hände. Es schmerzte sie in den Augen, auf den gelben Stern zu schauen, der sorgfältig auf Frau Blombergs Mantel gestichelt war. So viele dieser Sterne sie auch sah, es tat ihr jedes Mal in den Augen weh. Sie spürte den Verlust all derer, die aus Burgdorf verschwunden waren – derer, die geflohen oder weggebracht worden waren, und derer, die noch immer in diesem schrecklichen Krieg kämpften.

»Ich dachte eher an die Familie meines Mannes. Ich bin ja nur Halbjüdin, und früher haben sie immer so getan, als zähle das nicht. Aber seit mein Mann tot ist, bin ich dort nicht mehr erwünscht. Zu gefährlich, haben sie mir erklärt, als ich sie das letzte Mal besuchen wollte.«

»Haben Sie etwas von Fienchen gehört?«

»Das ist jetzt schon das zweite Jahr, in dem ich ihren Geburtstag nicht mit ihr feiern konnte. Sie ist gerade vierzehn geworden.« Frau Blomberg zog ein gefaltetes Taschentuch heraus und schnäuzte sich die Nase.

Trudi bemerkte einen Blutfleck in dem Stoff, und ihr erster Gedanke war, dass Frau Blomberg eine Hostie in ihr Taschentuch gespuckt haben musste. Dieses ganze alte abergläubische Zeug … Sie schüttelte den Kopf. Außerdem war Frau Blomberg nicht einmal katholisch.

»Ich habe immer Pflaumenkuchen zu Fienchens Geburtstag gebacken, ein Blech für sie, das andere für meinen Mann und mich. Wissen Sie noch, wie gern sie warmen Pflaumenkuchen mochte, Trudi?«

Trudi nickte, aber vor ihr stand das Bild der Sechsjährigen, die blutüberströmt den Steinwürfen der Jungen entronnen war.

»Für sie ist es besser, dass sie bei meiner Schwester in Amsterdam ist. Dort sind sie zwar auch hinter den Juden her, aber ich glaube nicht, dass es so schlimm ist wie hier.«

Einen Monat, nachdem ihr Mann an einem Blinddarmdurchbruch gestorben war, hatte Frau Blomberg für sich und Fienchen Visa beantragt, um mit ihrer Schwester und deren Familie nach Holland zu gehen. Doch den Holländern waren offenbar die Qualifikationen ihrer Schwester und ihres Schwagers – Krankenschwester und Buchhalter – wünschenswerter erschienen als die einer Witwe, die ihre Sekretärinnenausbildung mit sechzehn abgebrochen hatte, um Hausfrau und Mutter zu werden.

Arn Abend vor ihrer Abreise hatte sich Frau Blombergs Schwester erboten, Fienchen als eines von ihren Kindern außer Landes zu schmuggeln. Sie hatte sechs Kinder, vier davon Mädchen, und an der Grenze hatten sich alle zu einem Knäuel von Armen und Beinen zusammengekuschelt und schlafend gestellt. Das war eine jener Geschichten, von denen Trudi wusste, dass sie sie nie weitererzählen durfte. Sie hatte Frau Blomberg sogar selbst noch zur Vorsicht gemahnt, als die ihr von der Flucht berichtet hatte.

»Ich bin oft so eifersüchtig auf meine Schwester, weil sie Fienchen eine Mutter sein kann und miterlebt, wie sie sich entwickelt«, sagte Frau Blomberg. »Ich hatte doch nur das eine Kind ...«

»Sie werden immer ihre Mutter bleiben.« Trudi griff hinter den Ladentisch und holte zwei neue Kriminalromane hervor, die noch nicht in Zellophan eingebunden waren. »Die sind gestern gekommen«, sagte sie. »Wie fänden Sie es, sie als Erste zu lesen?«

Frau Blomberg nahm die beiden Bücher, und ihr Blick glitt rasch über die reißerisch aufgemachten Umschläge und die Zusammenfassung auf der Innenklappe. »Ich wollte nur einen.«

»Ich würde gern Ihre Meinung darüber hören, deshalb lasse ich sie Ihnen beide zum Preis von einem. Wissen Sie«, setzte Trudi hastig hinzu, als Frau

Blomberg protestieren wollte, »normalerweise liest mein Vater die Bücher immer vorher, damit er sie gezielt empfehlen kann, aber er hat gerade mit der Vorbereitung auf ein Schachturnier zu tun. Ich bin sicher, er wäre Ihnen sehr dankbar, wenn Sie das für ihn übernehmen könnten.«

Sie stand in der offenen Tür und beobachtete, wie Frau Blomberg mit den beiden Büchern davonging, als plötzlich Max Rudnick vorfuhr. Ehe sie sich zurückziehen konnte, sprang er aus seinem Wagen und zeigte zum Himmel empor. »Schauen Sie«, rief er. »Da.«

Über ihnen flog ein riesiger Vogelschwarm in geordneter Keilformation in Richtung Fluss, aber plötzlich änderte er seine Richtung und wurde – im Moment des Umschwenkens – eine dunkle Wolke am Himmel; aber fast augenblicklich formierte sich die Wolke, als folgte sie einem uralten Erinnerungsmuster, wieder zu einem Keil und zog in Richtung Jahrmarktsgelände.

»Was bin ich Ihnen schuldig?«

»Wofür?« Sie starrte Max Rudnick an.

»Für die Überziehung.« – Er zog das überfällige Buch aus der Tasche seines Regenmantels.

»Inzwischen wäre es billiger, es zu ersetzen.« Trudi wischte seinen Bezahlungsversuch mit einer Handbewegung beiseite, und er folgte ihr nach drinnen. »Und außerdem haben Sie mir damals den Tee spendiert, wissen Sie nicht mehr?«

»Aber das war mir ein Vergnügen.« Er sagte es in so aufrichtigem Ton, dass sie am liebsten weggerannt wäre.

Ihr Vater kam vom Flur herein und begrüßte Max Rudnick. »Ich habe zu tun.« Sie schnappte sich vier Bücher vom Ladentisch und verdrückte sich in den hintersten Teil der Leihbücherei, obwohl die Bücher dort gar nicht hingehörten. Sie hörte seine Stimme und die ihres Vaters, aber nicht laut genug, um etwas zu verstehen. Feine Geschäfte mache ich hier, dachte sie, zwei Bücher zum Preis von einem, keine Überziehungsgebühren ... Wenn die Leute das hören, wollen sie dieselben Konditionen, und dann können wir gleich zumachen.

Als sie schließlich wieder nach vorn kam, zahlte Herr Rudnick gerade ein Päckchen Tabak.

Er drückte mit dem Daumen gegen seinen Brillensteg. »Was halten Sie von einem kleinen Spaziergang?«

»Ich – ich habe hier zu viel Arbeit.« Sie spürte den Blick ihres Vaters. Er beobachtete sie mit einem belustigten Lächeln, und sie widerstand der Versuchung, ihm eine Grimasse zu schneiden.

Max Rudnick ging, ohne einen weiteren Versuch zu unternehmen, sie zum Spazierengehen zu überreden, und er fragte sie auch nicht wieder, als er in der nächsten und in der übernächsten Woche kam, um Tabak zu kaufen. Er bemühte sich nicht mehr, sie ins Gespräch zu ziehen, sondern unterhielt sich ungezwungen mit ihrem Vater.

»Ich erkenne meine Tochter nicht wieder«, sagte Leo Montag eines Nachmittags, nachdem Max Rudnick gegangen war.

»Wieso?«

»Weil du diesem Mann keine einzige Frage stellst. Du lässt doch sonst niemanden gehen, ohne ihn vorher auszufragen.«

»Sein Leben interessiert mich nicht.«

Ihr Vater lächelte. »Also, das ist wohl die einzige Antwort, auf die ich nicht gefasst war.«

Ihr ganzer Kopf fühlte sich heiß an. »Wie meinst du das?«

»Ach – das weiß ich selbst nicht genau.«

»Ich wollte, er käme nicht mehr hierher.«

»Und warum?«

»Ich – er ist aufdringlich. Neugierig.«

»Er hält sehr viel von dir.«

»Er tut nur so.« Aber sie konnte es sich doch nicht verkneifen zu fragen: »Wie kommst du darauf?«

»Das merkt man.«

»Woran?«

»An der Art, wie er dich ansieht.«

»Du liest zu viele von deinen Schundromanen.«

»Das stimmt.«

»Hat er etwas gesagt?«

»Worüber?«

»Über mich natürlich.«

»Ich denke doch.«

»Was denn so?«

»Ach ...« Ihr Vater setzte ein vages Lächeln auf. »Was ich über ihn weiß, ist, dass er in Kaiserswerth in einem möblierten Zimmer wohnt und dass er sein Geld mit Privatunterricht verdient.«

»Und was noch?«

»Und du sagst, sein Leben interessiert dich nicht ...«

Als Max Rudnick das nächste Mal in die Leihbücherei kam und Trudi wieder flüchtete, folgte er ihr zwischen die Regale und sah ihr dabei zu, wie sie ein Fach mit Kriegsromanen ordnete, das gar nicht geordnet zu werden brauchte.

»Würden Sie am Sonntag mit mir essen gehen?«

»Nein«, sagte sie, ärgerlich auf sich selbst, weil sie so erfreut über seine Einladung war.

Er lehnte über ihr, mit einem Arm am Regal abgestützt. »Warum nicht?«

»Sie müssen das nicht tun.«

»Wieso sollte ich glauben, ich müsste?«

»Weil ...« Sie brachte die Buchrücken auf eine Linie, indem sie mit dem Daumen darüberfuhr. »Weil Sie Mitleid mit mir haben.«

»Mitleid? Warum?«

»Muss ich es laut aussprechen?«

»Ich verstehe Sie nicht.«

»Also gut. Weil ich eine Zwergin bin.«

»Was ich sehe, ist eine temperamentvolle junge Frau.«

»Natürlich.«

»Eine temperamentvolle intelligente junge Frau, die ...«

»Die eine Zwergin ist.«

»Die eine Zwergin ist«, sagte er ruhig.

Es tat weh, das Wort aus seinem Mund zu hören. »Sehen Sie?«, sagte sie.

Er ging in die Hocke, sodass sein Gesicht auf einer Höhe mit dem ihren war. »Das macht Ihnen Probleme, nicht mir.«

»Das glaube ich Ihnen nicht.«

»Dann geben Sie mir eine Chance, Sie davon zu überzeugen.«

Sie schüttelte den Kopf.

»Ich bitte Sie, mit mir essen zu gehen – nicht, mit mir über die Namen unserer Enkelkinder zu diskutieren.«

Er grinste sie an, bis sie zurückgrinste. Wenn da nur nicht dieses Angelika-Geheimnis zwischen ihnen stünde ... Aber einmal am Sonntag mit ihm zu essen, konnte ja wohl nichts schaden. Doch als sie sich vorstellte, ihm am Tisch gegenüberzusitzen, spürte sie den Drang, ihm zu beichten, wie leid es ihr tat, dass sie dieses gemeine Spiel mit ihm getrieben hatte.

»Ich kann nicht«, sagte sie abrupt, und als er ohne jeden weiteren Überredungsversuch nickte, war ihr, als hätte sie etwas verloren, das sie noch gar nicht richtig schätzen gelernt hatte.

Nach diesem Gespräch war sie sicher, dass Max Rudnick in Zukunft seinen Tabak woanders kaufen würde, aber er kam immer wieder in die Leihbücherei und unterhielt sich mit ihrem Vater, wenn sie vorgab, beschäftigt zu sein, indem sie Bücherstapel von einem Regal zum anderen trug. Sie überlegte sich noch ein paar andere sanfte Methoden, seine Einladungen abzulehnen, aber er fragte sie nicht wieder, auch nicht, als sie dazu überging, sich an den Gesprächen zu beteiligen.

Eines Nachmittags erzählte er ihrem Vater, wie er seine Lehrerstelle in Köln losgeworden war. Er hatte es sich mit einem Kollegen verdorben, der einmal gegen Abend an seinem Haus vorbeigegangen war, als er gerade hinten im Garten an einem Hühnerstall gebaut hatte.

»Darf ich mal sehen?« Der Kollege hatte die Konstruktion interessiert gemustert.

»Kommen Sie rein.«

»Was bauen Sie denn?«

Max Rudnick hatte den Hammer weggelegt. »Das wird ein Hühnerstall. Und dass ich hier baue, verdanke ich dem Führer.«

Der Kollege hatte ihn entsetzt angestarrt und war rasch davongegangen. Max Rudnick hatte diese Bemerkung scherzhaft gemeint, weil es mittlerweile üblich war, an jedem Neubau – egal, ob privat oder staatlich – ein Schild aufzuhängen: *Dass ich hier baue, verdanke ich dem Führer.*

Am nächsten Tag hatte der Kollege im Lehrerzimmer kein Wort mit ihm geredet, aber am Nachmittag war er wiedergekommen, hatte, ohne zu fragen, das Gartentor geöffnet, sich neben dem Hühnerstall postiert und Max Rudnick beim Bauen beobachtet.

»Hören Sie«, hatte der Lehrer schließlich gesagt, »Ihretwegen habe ich eine schlaflose Nacht verbracht.«

»Das tut mir leid.«

»Sie haben sich über den Führer lustig gemacht.« Er war dagestanden, die Hände vor dem Bauch verschränkt, als wartete er darauf, dass Max Rudnick ihm widerspräche, aber als der nichts sagte, war er so außer sich geraten, dass er einen Hustenanfall bekam. »Ich habe schwer mit mir gerungen«, hatte er gestottert, »und ich ringe noch immer mit mir, ob ich es der Polizei melden soll ... Die – die sollten wissen, woran sie mit Ihnen sind.«

»Tun Sie, was Sie nicht lassen können.« Max hatte weitergehämmert.

Als er zwei Wochen lang nichts hörte, hatte er daraus geschlossen, dass sein Kollege zu dem Entschluss gelangt war, ihn doch nicht anzuzeigen. Aber eines Morgens fing ihn der Direktor vor seinem Klassenzimmer ab und drückte ihm ein Empfehlungsschreiben an einen Düsseldorfer Industriellen in die Hand, der einen Nachhilfelehrer für seine Kinder suchte.

»Sie haben noch Glück gehabt. Ich rate Ihnen, in Zukunft vorsichtiger zu sein.«

Max Rudnick durfte sich weder von seinen Schülern verabschieden, noch hatte man ihm gestattet, das Klassenzimmer zu betreten, um seine persönlichen Habseligkeiten aus dem Pult zu holen. Man hatte sie bereits in eine Papiertüte gepackt, die sich lächerlich leicht anfühlte, als er damit aus dem Backsteingebäude ging, wo er sechs Jahre unterrichtet hatte.

14

1942

Trudi entdeckte die Frau in dem Erdnest ihrer Mutter, als sie an einem kalten Aprilnachmittag den Perserläufer aus dem Flur nach draußen schleppte. Sie dachte zuerst, sie hätte es sich eingebildet – diese kurze Bewegung, als sie an der Öffnung unter der Rückfront des Hauses vorbeikam –, und sie ging weiter, hievte den Läufer über die Eisenstange und hob den Teppichklopfer. Ein altes Kopftuch um ihr Haar gebunden, schlug sie mit aller Kraft auf den Teppich ein, während um sie herum Staubwolken aufstiegen. Plötzlich war ihr, als würde sie beobachtet. Sie wandte sich zum Haus, in der Erwartung, das Gesicht ihres Vaters im Küchenfenster zu sehen, aber stattdessen war es wieder da – dieses kurze Huschen unter dem abgestützten Teil des Hauses –, als wäre ihre Mutter zurückgekehrt.

Trudi verharrte reglos. Sie spürte Kälte im Nacken. Den Teppichklopfer schwingend, näherte sie sich den Pfeilern aus Flusssteinen und altem Holz, hinter denen sich ihre Mutter immer versteckt hatte. Sie hörte das Atmen, noch ehe sich ihre Augen an das Dunkel gewöhnt hatten: nicht ihr eigenes, sondern das eines anderen Wesens – nein, mehrerer Wesen –, schneller als ihr eigener Atem.

Sie blieb bei dem Gestell mit den Gartengeräten stehen und umfasste einen Schaufelstiel. »Wer ist da?«, rief sie, und der Klang ihrer eigenen Stimme beruhigte sie. »Wer ist da?«

Stille. Dann bewegte sich etwas – wie am Boden schleifender Stoff. Sie erkannte zwei Gestalten, eine große und eine kleine, in der Ecke zusammengekauert.

»Er ist noch ein Kind. Bitte.« Ein hohes, eindringliches Flüstern, während ein Kind, ein Junge, auf Trudi zugeschoben wurde. Hinter ihm erschien das Gesicht einer Frau, und grazile Hände mit rot lackierten Nägeln umklammerten die Schultern des Jungen wie Totenkrallen, hielten ihn zwischen der Frau und Trudi. »Er ist doch noch ein Kind.«

Für einen Moment spürte Trudi, während sie dort in dem Halbdunkel und dem Geruch von alter Erde stand, die Hände ihrer Mutter auf ihren Schultern, diesen festen Griff. *Menschen sterben, wenn man sie nicht genug liebt.* Sie sah das Glitzern in den Augen ihrer Mutter, fühlte die verborgenen Körnchen der Sünde unter ihrer Haut, hörte das wilde Lachen.

»Hab keine Angst«, sagte Trudi, ebenso zu sich selbst wie zu dem Jungen.

Die Frau riss ihn an sich und schlang beide Arme um ihn, als wollte sie Trudi warnen, ihm ja nicht zu nahe zu kommen, ihr roter Hut rutschte ihr blondes Haar hinunter und hing in ihrem Nacken, an einem Gummiband, das sich über ihre Kehle spannte wie eine schlecht verheilte Narbe.

Der Junge sah Trudi stumm an, die Augen fast auf einer Höhe mit den ihren.

»Verraten Sie niemandem, dass wir hier sind«, sagte die Frau.

»Bestimmt nicht.«

»Wir gehen wieder. Sobald es dunkel wird.«

»Sie können bei uns im Haus bleiben.«

»Da ist es nicht sicher.«

»Sicherer als hier draußen.«

»Woher weiß ich…« Die Frau hielt inne. Sie erschauerte, und ihre Arme schlossen sich noch fester um den Jungen, dessen Blick sich kein einziges Mal von Trudis Gesicht gelöst hatte.

»Ich will Ihnen helfen.« Trudi fühlte die Angst der Frau, um ihr Leben, um das Leben des Kindes, und als sie die Hände ausstreckte und den Jungen an den Schultern berührte, waren ihre Arme so schwach, als wäre sie es gewesen, die ihn auf der Flucht getragen hatte.

Aus den wirren Worten der Frau, vor allem aber aus ihrem gepeinigten Schweigen, reimte sich Trudi zusammen, was geschehen war. Sie hatten vor acht Monaten ihr Haus in Stuttgart verloren und waren zusammen mit anderen Familien in die ohnehin schon überfüllten Judenhäuser gepfercht worden. Während der ersten Woche hatte die Frau jeden Morgen beim Aufwachen gedacht: Das ist das Schlimmste, was einem passieren kann. Aber schon bald hatte sie gemerkt, dass sie viel mehr ertragen konnte, als sie je für möglich gehalten hätte, solange ihr Mann und ihr Kind bei ihr waren.

Als sich immer noch mehr Leute in den Judenhäusern zusammengedrängt hatten, waren die Kälte, der Hunger und der ständige Zank um den immer knapper werdenden Platz mit jedem Tag schlimmer geworden. Doch auch da hatte sie sich noch gesagt, dass sie wenigstens nicht in Viehwaggons abtransportiert wurden, mit nichts als dem, was in einen Koffer passte. Und sie hatte auch genau gewusst, warum: Es gab einen Unterschied zwischen ihr und den Juden, die sie wegbrachten, etwas in ihrem Wesen, was diese letzte Erniedrigung nicht zuließ. Nicht, dass sie geglaubt hätte, den Demütigungen ganz entgehen zu können – das wäre für eine Biologin wie sie zu unrealistisch –, aber was sie an schlimmen Dingen in ihrer Vorstellung zuließ, hatte Grenzen, und diese Fähigkeit und ihre Entschlossenheit zu überleben, hatte sie sich gesagt, sorgten dafür, dass sie einen klaren Kopf behielt, auch wenn das bedeutete, sich einen Schritt von denen zurückzuziehen, die es als Nächste traf, und sich die Identifikation mit ihnen zu verbieten. Die, die am meisten litten, hatte sie bemerkt, waren die, die in Panik gerieten und keinen Ausweg mehr sahen.

Ihr Mann war so. Aber sie hatte ihn bis zu jenem Abend schützen können, an dem er nicht wie sonst mit erhamsterten Kohlebrocken nach Hause gekommen war. Sie hatte die ganze Nacht und den ganzen folgenden Tag und auch noch die nächste Nacht auf ihn gewartet. Dann hatte sie am frühen Morgen ihren Sohn geweckt und ihm befohlen, seine Katze in den Keller zu sperren, und war mit ihm zu dem Hotel gegangen, wo der Onkel ihres Mannes wohnte, seit er seine Villa verloren hatte. Wenn sie doch nur das Geld hätte, im Hotel zu wohnen, ohne auf die Lebensmittelrationen angewiesen zu sein! Sie hatte dem alten Mann ins Gesicht spucken wollen, als er sie und Konrad zum Frühstück einlud – »Bevor ihr euch auf den Weg macht« –, aber sie war geblieben, obwohl sie nichts herunterbringen konnte, und hatte ihren Sohn angehalten, seine Milch auszutrinken und auch ihr Ei noch zu essen. Obwohl sie wusste, dass sie ihren Mann nicht wiedersehen würde, hatte sie dem Onkel eine Nachricht für ihn hinterlassen. Dann hatte sie den Lederkoffer genommen, den der Onkel ihr schenkte, und war wieder zu dem Judenhaus zurückgekehrt.

Doch dort hatte die Tür offen gestanden. Eine zerschlagene Tasse auf der Eingangstreppe war die einzige Spur von Gewalt gewesen. Alle Bewohner waren abgeholt worden, und die Frau hatte sich in ihrem festen

Glauben an ihr eigenes Überleben bestärkt gefühlt, als sie alles, was sie und ihr Sohn brauchen konnten, zusammenraffte und in den Lederkoffer und den Rucksack eines anderen Hausbewohners, eines Musikers aus Wildbad, stopfte. Mit ihrer Nagelschere hatte sie den billigen gelben Stoff des Judensterns von ihrem Mantel getrennt und zusammen mit ihren Papieren in der Spüle verbrannt; aber der Umriss des Sterns war immer noch erkennbar gewesen – wie die Konturen eines abgenommenen Bildes – und sie hatte das breite Revers mit einem Bimsstein bearbeitet, bis man nichts mehr sah.

Die Katze ihres Sohns war immer noch im Keller gewesen, und er hatte geheult und sich geweigert, das Haus zu verlassen, bis sie ihm erlaubte, die Katze in seinem Schulranzen mitzunehmen. Das Wissen, dass sie jeden Moment verhaftet werden konnten – auf der Straße, auf dem Bahnhof, im Zug –, hatte ihr Gesicht zu einem starren Lächeln gefrieren lassen, das ihren Sohn so erschreckte, dass er keinen Ton mehr sagte und sie ihn gar nicht hatte ermahnen müssen, niemandem auf irgendwelche Fragen zu antworten.

Sie waren mit dem Zug von Stuttgart nach Frankfurt gefahren, wo ihr Schwager wohnte, aber als sie an seiner Tür klingelte, hatte er Angst gehabt, sie aufzunehmen. Ihr war eingefallen, dass sie noch einen Cousin hatte, einen entfernten Vetter, in der Nähe von Düsseldorf, in einem kleinen Städtchen namens Burgdorf. Im Zug war sie aufgefordert worden, ihre Reisepapiere vorzuzeigen, genau das, was sie befürchtet hatte, aber der Beamte hatte ihr starres Lächeln und die Ausrede, die Papiere seien ihr gestohlen worden, akzeptiert.

Der Vetter war aus Burgdorf verschwunden, und sie hatte das Versteck unter der Leihbücherei entdeckt, als sie am Bach Wasser für den Jungen, der durstig war, holte. Aber sie war an dem glitschigen Ufer ausgerutscht, und ihr Rocksaum war immer noch schmutzig.

»Da, sehen Sie?«, sagte sie und hielt Trudi den Saum hin, als ob dieses eine Detail – der schlammverkrustete Stoff – der Beweis dafür sei, dass alles andere stimme.

»Ich habe weiße Kühe gesehen«, sagte der Junge plötzlich. »Ich habe gar nicht gewusst, dass es weiße Kühe gibt.«

»Wo hast du sie gesehen?«, fragte Trudi sanft.

»Vom Zug aus. Ganz viele, alle weiß. Hast du schon mal weiße Kühe gesehen?«

»Ja, bei der Sternburg. Das ist jetzt ein Bauernhof, aber vor hundert Jahren haben dort Ritter gewohnt. Es gibt dort immer noch eine Zugbrücke.«

»Eine richtige Burg?«

»Mit einem mächtigen runden Turm.«

»Und Rittern?«

»Jetzt nicht mehr. Jetzt gibt es dort nur noch Bauern.«

»Gehst du mal mit mir hin?«

Trudi zögerte. »Wenn es wieder ungefährlich ist.«

Er nickte, als hätte er mit dieser Antwort gerechnet.

Trudi sah seine Mutter an. »Ich komme heute Abend und bringe Sie ins Haus.« Sie holte den sauberen Perserteppich und breitete ihn auf dem Erdboden aus. »Bis dahin können Sie sich hier draufsetzen.«

Die Frau sah ihr forschend in die Augen. »Versprechen Sie mir, dass Sie der Polizei nichts sagen.«

»Ich verspreche es Ihnen.«

»Wenn Sie's doch tun, werde ich …«

»Ich verspreche es.«

»Wer wohnt noch bei Ihnen?«

»Nur mein Vater. Er will Ihnen bestimmt auch helfen. Haben Sie Hunger?«

Die Frau nickte und schluchzte leise auf, als fühlte sie sich durch ihren Hunger gedemütigt.

Trudi war nach wenigen Minuten zurück, mit dem, was von ihren mageren Rationen an Brot und bläulich dünner Milch noch da war. *Blauer Heinrich* nannten die Leute diese verwässerte Milch, die sie inzwischen mit dem Krieg assoziierten, und als der Junge trank, hörte Trudi ihn schlucken.

Sobald es dunkel war, brachte sie die Frau und den Jungen ins Haus. Sie hatte die Vorhänge zugezogen und den Küchentisch mit zwei Suppentellern und -löffeln gedeckt. Als ihr Vater der Frau den Koffer abnahm und sie willkommen hieß, gab sie ihre kämpferische Haltung auf und sank auf einen Stuhl, als ob sie das erste Mal seit Monaten das Gefühl hätte, dass andere sich um sie kümmerten und sie nicht mehr alles allein zu machen brauchte. Leo drückte ihr eine von den Blümchentassen seiner Frau in die Hände. Sie trank langsam ihren Tee und erzählte ihnen, ihr Name sei Erna Neimann, und der Junge heiße Konrad.

Trudi wärmte die Erbsensuppe auf, die sie am Vortag gekocht hatte, und streckte sie mit Wasser und einer gewürfelten Kartoffel, damit sie für vier Personen reichte. »Es ist besser, wir legen nur zwei Gedecke auf einmal auf«, erklärte sie Frau Neimann, als sie ihr und dem Jungen zuerst auffüllte. »Falls sie das Haus durchsuchen.« Sie und ihr Vater warteten mit Essen, bis sie die Teller ihrer Gäste ein zweites Mal gefüllt hatten.

»Ich habe eine Katze gehabt«, sagte Konrad, als er fertig war. »Sie war mit uns im Zug.« Sein Gesicht sah plötzlich alt aus. »Im ersten Zug, meine ich. Ich habe sie in meinem Schulranzen gehabt.« Er schlüpfte von seinem Stuhl und öffnete den Ranzen, um Trudi und ihren Vater hineinschauen zu lassen. Er war leer, bis auf ein schmuddeliges, zusammengelegtes Handtuch. »Da hat sie geschlafen«, erklärte er, »bis ... «

»Sie hat die ganze Zeit geschrien, das weißt du doch!«, sagte seine Mutter zu ihm. »Das war zu auffällig. Wie hätten wir uns mit ihr verstecken sollen?«

»Sie war eine liebe Katze.«

Seine Mutter biss sich auf die Unterlippe. »Das war sie. Aber der Lärm ... «

»Sie hätte gelernt, still zu sein.«

»Tiere brauchen lange, um etwas zu lernen. Wir hatten nicht so viel Zeit.«

Aber Konrad sah seine Mutter nicht an. Sein Blick ruhte auf Trudi. »Meine Mutter sagt, sie hat meine Katze weggeschenkt. Auf dem Bahnhof. Während ich auf dem Klo war.« Er klappte den Schulranzen zu. »Ich weiß nicht, ob das stimmt.«

Seine Mutter zuckte zusammen und sah Trudis Vater Hilfe suchend an. »Ich habe die Katze einem kleinen Mädchen geschenkt ... Einem kleinen Mädchen mit einem warmen, teuren Mantel, das ihr ein gutes Zuhause geben kann.«

Der Junge nickte, aber sein Gesicht war so traurig, als ob er nicht nur den Verlust der Katze, sondern auch die Lüge seiner Mutter hinnähme.

Trudi fühlte die Lüge über dem Küchentisch hängen, und ihr war klar, dass die Mutter die Sorte Frau war, die einer Katze den Hals umdrehen und sie in eine Mülltonne stecken würde, wenn es ihren Sohn und sie selbst retten konnte, und sich dann hinterher eine Lüge einfallen lassen würde. Und Trudi liebte sie dafür. Sie hätte dasselbe getan, um den Jungen zu schützen, wenn er ihr Sohn wäre. »Deine Mutter beschützt dich«, sagte sie.

»Ich weiß«, sagte der Junge, als erstaunte es ihn, dass sie meinte, ihm das sagen zu müssen.

Spät am Abend, nachdem sie ihre Gäste auf Matratzen im Nähzimmer untergebracht hatten, gingen Trudi und ihr Vater in den Keller, um zu sehen, ob sie ein besseres Versteck einrichten könnten. Sie rückten die Kartoffelstiege und die Regale ab und hängten eine alte Wolldecke so auf, dass sie eine Ecke des Kellers abteilte, aber was sie auch taten, es sah nur noch auffälliger aus.

»Da findet sie jeder«, sagte Trudi.

»Es ist sinnlos ohne einen zweiten Ausgang.«

»Eine Falle.«

»Wir müssen eine Möglichkeit finden, wie sie fliehen können, falls die Polizei ins Haus kommt.«

»Fürs Erste muss es das Nähzimmer tun.«

»Fürs Erste ja.«

Um Mitternacht hatten sie jeden Winkel des Kellers auf seine Möglichkeit geprüft und Kisten, Kohlen und den alten Wäschekessel hin und her geschoben, ohne dass es ihnen gelungen war, ein sicheres Versteck zu schaffen. Erschöpft ließ sich Leo Montag auf die Holztruhe sinken, in der immer noch die Kiste stand, die Herr Abramowitz vor über drei Jahren dort versteckt hatte.

Trudi setzte sich auf die Kellertreppe und stützte die Arme auf die Knie. »*Von deinem Haus zu meinem …*« Pia, dachte sie und fühlte sich der Tierbändigerin so eng verbunden wie schon seit Langem nicht mehr. Sie sah sich mit ihr in der Manege stehen, die Augen auf gleicher Höhe, und die Geschichte von der Zauberinsel weiterspinnen. »*… ein unterirdischer Gang aus lauter Edelsteinen.*« – »*Er führt von deinem Haus zu meinem, genau.*« *Genau.* Sie sprang auf. »Wir brauchen einen unterirdischen Gang.«

Ihr Vater starrte auf die Steinmauern und schüttelte den Kopf. »Zu dick.«

»Nicht, wenn uns jemand hilft.«

Als es doch in den Bereich des Möglichen zu rücken schien, einen Tunnel zu graben, wich ihre Müdigkeit neuer Kraft. So hätten sie nicht nur einen sicheren Fluchtweg für die Frau und das Kind, sondern auch noch für andere, die nach ihnen kommen würden. Ohne es auszusprechen, wussten sie beide, dass sie bereit waren, das Risiko auf sich zu nehmen. Sie taxierten ihre Nachbarn, die Weilers und die Blaus. Frau Weiler war zwar jünger als die Blaus und gern bereit, mit Lebensmitteln und anderen Bedarfsgütern zu helfen, aber sie war insofern nicht zuverlässig, als sie bei einem Gestapoverhör niemals lügen würde.

Außerdem konnte es sein, dass Georg auf Heimaturlaub kam. Er war schon einmal da gewesen, um Helga Stamm zu heiraten. Nach der Hochzeit hatte er seine Mutter überredet, ihm die alten Skier seines Vaters mitzugeben, da er in der Nähe des polnischen Wintersportorts Zakopane stationiert war. »Er wird sie bestimmt verspielen«, hatte Frau Weiler zu Frau Buttgereit gesagt; aber dann hatte es sie doch getröstet, sich vorzustellen, wie ihr Sohn auf Skiern verschneite Berghänge hinunterfuhr, statt mit einem Gewehr auf andere Menschen zu zielen.

Das Beste wäre, so befanden Trudi und ihr Vater, wenn der Tunnel in den Keller der Blaus führte. Seit Herr Blau den jungen Mann an seiner Tür weggeschickt hatte, hatte er sich verändert. Er würde sich freuen, anderen helfen zu können. Und seine Frau würde schweigen.

Als Trudi schließlich schlafen ging, erwachte sie bald darauf von einem leisen, unbekannten Geräusch, das durch ihre Zimmerdecke kam, und einen Moment lang wagte sie sich nicht zu rühren, da sie sicher war, dass die Gestapo die Sache mit der Frau und dem Jungen herausgefunden hatte. Sie sah sich in einer Zelle sitzen und war wütend auf die Frau, weil sie sie in Gefahr gebracht hatte. Aber die Gestapo konnte nicht im Haus sein, dafür war es viel zu still – bis auf dieses stete Geräusch von oben. Beschämt, weil sie nur an sich gedacht hatte, wickelte sie sich in ihren Bademantel, zündete eine Kerze an und ging nach oben zum Nähzimmer.

Sie legte das Ohr an den kühlen Lack der Tür und horchte angestrengt. Sie konnte die Nähe des kleinen Jungen spüren. Ich lasse nicht zu, dass sie euch kriegen, dachte sie, ich lasse es nicht zu. Die Augen halb geschlossen, um besser hören zu können, stand sie reglos da. Das Geräusch war ein langsames Mahlen. Sie öffnete behutsam die Tür und trat an die Matratze. Sie stellte den Kerzenhalter ab. Beide schliefen fest, und der Junge knirschte mit den Zähnen. Sein Kopf ruhte auf der Schulter seiner Mutter, und tiefe Stirnfalten ließen sein Gesicht erwachsener wirken. Wie ein Zwergenmann, dachte Trudi und verschränkte die Hände so fest vor ihrem Körper, dass sich ihre Fingerspitzen in die weichen Kuhlen zwischen den Knöcheln gruben.

Am Morgen war das Wasser gefroren, und sie musste zuerst das Eis in der Waschschüssel auf ihrer Kommode eindrücken, ehe sie sich waschen konnte. Als sie Frühstück nach oben ins Nähzimmer brachte, wartete der Junge hinter der Tür auf sie, als habe er die ganze Nacht dort gestanden.

In dieser ersten Woche schlief Erna Neimann die meiste Zeit so tief, als ließe sie sich in einen grundlosen See hinabsinken. Man fand sie schlafend, wo immer man sie zurückgelassen hatte, und der Junge saß neben ihr und hielt Wache. Trudi gewöhnte sich an, sich mit ihm zu beschäftigen, während ihr Vater einen Teil ihrer Arbeit in der Leihbücherei übernahm. Sie schlossen die Verbindungstür zum Flur ab, um jeden, der auf diesem Weg eindringen würde, zumindest aufzuhalten. Trudi erzählte dem Jungen Märchen, kämmte sein helles Haar, baute Türme aus Pappe für ihn, wusch ihm das Gesicht – immer bereit, ihn schleunigst nach oben ins Nähzimmer zu bringen, falls jemand ins Haus käme.

Als sie herausfand, dass er nicht schwimmen konnte, brachte sie ihm die Bewegungen auf dem Trockenen bei. »Wie ein Frosch«, sagte sie. »Tu so, als wärst du ein Frosch. So habe ich im Fluss schwimmen gelernt.« Sie ließ ihn sich bäuchlings auf einen Hocker legen und zeigte ihm, was er mit den Armen und Beinen tun musste.

Konrads Anwesenheit hatte etwas Belebendes, aber auch etwas Beunruhigendes, denn sie erinnerte Trudi daran, wie sie sich früher manchmal vorgestellt hatte, eines Tages eine eigene Familie zu haben, eine Familie wie in den Illustrierten oder im Kino, mit einem Mann und Kindern – obwohl ihr Körper in keins dieser Bilder passte; sie würde nie so aussehen wie diese strahlenden jungen Mütter, würde nie das haben, was sie hatten. Und doch war da manchmal eine wortlose Form der Kommunikation mit kleinen Kindern, die sie in der Kirche oder auf der Straße traf. Sie fühlte sich tief in diese Kinderaugen hineingesogen, in einem Moment des Erkennens, der ihr vor Liebe fast die Brust zerspringen ließ. *Ich kenne dich*, sang dann etwas in ihr, obwohl kein Laut über ihre Lippen kommt. *Ich kenne dich, und du wirst dich immer an mich erinnern.* Sie spürte dann eine Verbindung, die über den Augenblick hinausging und – zumindest für ein Weilchen – die unkontrollierbare Sehnsucht nach einem eigenen Kind dämpfte. Und wenn Konrad sie ansah, dann schienen seine Augen das alles zu verstehen.

Es gefiel ihr, dass er auch von den schmalen Podesten vor den Küchenschränken profitierte, die ihr Vater vor Jahren für sie gezimmert hatte. Sie ließ Konrad auf ihren beiden extra angefertigten Stühlen sitzen, dem kurzbeinigen Birkenholzstuhl im Wohnzimmer und dem Esstischstuhl mit den drei breiten Trittstufen und der erhöhten Sitzfläche, der es ihm ermöglichte, die Arme auf den Tisch zu legen.

Einmal sah Trudi, wie Erna Neimann, als sie ins Bad gehen wollte, in der Tür zurückzuckte und sich mit der Hand vor dem Gesicht herumwedelte. Trudi war sofort klar, warum. Die schlechte Angewohnheit ihres Vaters, ewig mit seiner Zigarette und der Zeitung auf der Toilette zu sitzen, war ihr schon als Kind peinlich gewesen, und sie war selbst oft in der Tür zurückgezuckt und hatte gewartet, bis die Luft wieder rein war, aber als Frau Neimann jetzt dasselbe tat, fühlte sie sich trotzdem angegriffen. Dennoch brachte sie dieser Vorfall endlich dazu, ihrem Vater zu erklären, da jetzt noch andere Menschen im Haus wohnten, sei es vielleicht rücksichtsvoller, das Lesen und das Rauchen aus dem Bad herauszuverlegen. Und als er sofort »Aber natürlich« sagte, wurde ihr klar, dass sie für andere um etwas gebeten hatte, was sie selbst gern gehabt hätte. Nie wieder, dachte sie. Wenn er wieder damit anfängt, bitte ich ihn, es um meinetwillen zu lassen.

Nachts half sie beim Graben des Tunnels, der die beiden Keller verbinden sollte. Die Grundmauer des Blau'schen Hauses war nur einen guten Meter entfernt, aber es dauerte über eine Woche, die massiven Flusssteine herauszubrechen und einen Gang auszuhöhlen, der so tief lag, dass die Erde darüber nicht einbrach. Emil Hesping und Leo Montag übernahmen den Hauptteil der Grabarbeit, während Trudi und die alte Frau Blau die Erde nach draußen schafften und im Bach verteilten. Sogar Konrad und seine Mutter halfen mit, obwohl sie das Haus nicht verlassen durften: Sie trugen Eimer mit Erde ans obere Ende der Kellertreppe, wo Trudi und Frau Blau sie entgegennahmen.

Trotz seiner zittrigen Hände bestand der alte Schneider darauf, auch mitzugraben. Er war wild entschlossen, sein Versagen gegenüber dem jungen Mann wiedergutzumachen, aber er war so langsam, dass er die Arbeit behinderte.

»Anton Immers wüsste sicher schrecklich gern, was wir hier machen«, sagte er eines Nachts im Keller, während er an einem riesigen Stein zerrte, den Emil Hesping in seinem Auto wegschaffen sollte.

»Wir werden es ihm nicht auf die Nase binden.« Herr Hesping ging in die Hocke und hievte den Stein hoch.

Frau Blau sagte, sie meine, vor Jahren gehört zu haben, dass Herr Immers' Großmutter Jüdin gewesen sei. »Wenn das stimmt«, erklärte sie, »kann ich mir denken, warum er so ist ... Weil er Angst hat, Angst vor diesem Teil seiner selbst ... Vielleicht ist das ja der Grund für seinen Judenhass.«

»Dieser Mensch würde, ohne mit der Wimper zu zucken, seine eigene Großmutter verraten«, sagte ihr Mann.

»Selbst wenn seine Großmutter Jüdin war«, sagte Trudi, »ist er inzwischen sicher felsenfest davon überzeugt, dass sie keine war. Ihr wisst doch, wie er ist.« Bisher war sie noch nie auf die Idee gekommen, dass der Metzger Angst haben könnte. Sie hatte nur seine Verachtung für die Juden und seine Bosheit gesehen, aber jetzt fragte sie sich, ob das nicht alles Angst und vielleicht auch Selbstverachtung war.

Kürzlich hatte er in seinem Laden ein Blumenbord aufgehängt, genau unter seinem Foto und den Porträts des Führers und des Heiligen, und er pusselte ständig an den Alpenveilchen herum und zwang einen zu warten und sich seine politischen Ansichten anzuhören, während er die Pflanzen goss und welke Blätter und Blüten abknipste. Ihr tat der Kriegsgefangene aus Krakau leid, der ihm im Geschäft helfen musste. Seit einiger Zeit trafen in Burgdorf Kriegsgefangene ein, einige Griechen und Franzosen, hauptsächlich aber Osteuropäer, die Bauernhöfen und Betrieben für niedere Arbeiten zugeteilt wurden. Als Zwangsarbeiter hatten sie ein Plätzchen zum Leben, aber keinen Ort, wo sie hätten hinflüchten können, ohne gejagt zu werden, und so arbeiteten sie Seite an Seite mit den Familienmitgliedern. Die Heidenreichs hatten einen stillen, stämmigen Franzosen aus Avignon, den der Tierpräparator im Verdacht hatte, sehr wohl Deutsch zu verstehen, obwohl er so tat, als verstünde er kein Wort.

Und Herr Buttgereit hatte den Polen, der mit ihm auf dem Feld arbeitete, strengstens verwarnt, sich ja nicht seinen Töchtern zu nähern. Er hatte ihn daran erinnert, dass es für Polen ein Verbrechen war, sexuelle Beziehungen mit Deutschen zu haben.

»Herr Immers«, sagte Frau Blau, »verkündet jedem, der in sein Geschäft kommt, falls Deutschland den Krieg verliert, müssen wir alle sterben ... Er sagt, dann gibt es keine Zukunft.«

Emil Hesping lachte, und seine dicken Augenbrauen stießen über der Nase zusammen. »Es gibt noch viel weniger Zukunft, wenn die Nazis den Krieg gewinnen«, sagte er im Brustton der Überzeugung und grub noch energischer.

In seinem Lachen schwang etwas Gefährliches, etwas, was Trudi das Gefühl gab, dass für ihn dieser Tunnelbau ein Abenteuer war, eine Form, es dem Führer heimzuzahlen. Sie wünschte auf einmal, ihr Vater hätte ihn nicht um seine Mithilfe gebeten. Aber Herr Hesping wusste, wie man Flüchtlinge außer Landes schaffen konnte; er hatte Verbindungen, zum Beispiel zu seinem Bruder, dem Bischof, der Emils Treiben oft missbilligt hatte und sich jetzt plötzlich mit ihm im selben Lager fand.

Sie beobachtete ihn, wie er grub, mit schnellen Bewegungen, Dreck im Gesicht und auf dem kahlen Schädel.

»Ich wollte dich schon lange etwas fragen«, flüsterte er ihr zu, als er sie dabei ertappte, wie sie ihn ansah.

Sie sah sich erschrocken um. Ihr Vater klopfte gerade den Mörtel von einem eiförmigen Stein, und die anderen waren nicht nahe genug, um mithören zu können.

»An dem Tag, als deine Mutter beerdigt wurde ...«

Sie fühlte den Splitt unter der Haut ihrer Mutter, sah das Motorrad kippen ...

»Warum hast du Klavier gespielt, Trudi?«

Sie konnte sich nicht erinnern, Klavier gespielt zu haben, und als sie es ihm sagte, meinte er: »Ich wollte mich nur vergewissern, dass ich mich recht erinnere.«

»Aber ich habe nicht gespielt.« Sie sah ihn verdutzt an, und als er nichts mehr sagte, nahm sie einen Eimer und füllte ihn mit Erde.

Sobald Leo Montag und Emil Hesping dem alten Herrn Blau das Graben oder das Heben der schweren Steine abnehmen wollten, protestierte er, und eines Nachts legten die beiden, als die Blaus im Bett waren, heimlich eine Zusatzschicht ein. Sofern Herr Blau am nächsten Abend den Fortschritt bemerkte, sagte er nichts, vielleicht, weil er im Geist mit der Einrichtung seines Kellers beschäftigt war. Er redete davon, dass er Bilder aufhängen wolle, um den Raum für seine jüdischen Gäste, wie er sie nannte, etwas heiterer zu gestalten, und er schleppte Stoffballen die Treppe herunter, in der Absicht, damit längliche Kissen zu beziehen, die zugleich als Matratzen dienen konnten, wenn man sie nebeneinanderlegte.

Als Leo ihn darauf hinwies, dass der Keller wie ein Keller aussehen müsse und jeder Hauch von Komfort nur verräterisch sei, war Herr Blau enttäuscht.

»Es gibt so viel anderes, was Sie aus dem Stoff machen können«, tröstete ihn Emil Hesping. »Die Leute werden Kleider brauchen. Und Decken.«

Manchmal, wenn sie Eimer mit Erde zum Bach schleppte, dachte Trudi an Max Rudnick, und dann fragte sie sich, wo er wohl war. Sie war sich sicher, dass er auch gern an dem Tunnel mitarbeiten würde, wenn sie ihn fragen würde. Nicht, dass sie das gewollt hätte – aber trotzdem, sie hatte das Gefühl, ihm vertrauen zu können. Er war seit Wochen nicht mehr in die Leihbücherei gekommen, und sie hoffte, dass ihm nichts zugestoßen war. Was nicht hieß, dass sie ihn vermisste – sagte sie sich.

Wenn sie mit den anderen an dem Tunnel arbeitete – dreckig, schwitzend und mit schmerzenden Muskeln –, fühlte sie sich mehr denn je zuvor als Teil einer Gemeinschaft. Wenn der Gang fertig war, würde er es Leuten ermöglichen, im Nu von einem Haus ins andere zu flüchten. Die Öffnungen in den Mauern würden gut getarnt sein: Auf der Blau'schen Seite wollten sie einen alten Kleiderschrank vor das Loch rücken, und die Montags hatten bereits ihre Kartoffelstiege so weit geleert, dass eine Person allein sie vor den Eingang ziehen konnte. Falls die Polizei eins der Häuser durchsuchte, würden die Flüchtlinge durch den Tunnel in das andere verschwinden und die Tarnung hinter sich wieder an ihren Platz ziehen. Problematisch konnte es nur werden, falls beide Häuser gleichzeitig durchsucht würden: Der Tunnel war so kurz und niedrig, dass sich höchstens zwei Personen darin verstecken konnten, und auch das nur für kurze Zeit. Aber normalerweise würden sich die Flüchtlinge hüben oder drüben im Erdgeschoss aufhalten, nahe genug bei der Kellertreppe, um sofort hinunterzueilen, wenn jemand an die Tür pochte.

Am Tag, nachdem der Tunnel fertig war, zog Frau Neimann, während Leo dem Jungen in der Küche Brote mit Margarine und Zucker machte, Trudi auf den Flur. Ihre hübschen Hände waren rau und rissig, und auf ihren Fingernägeln klebten nur noch ein paar Nagellackreste.

»Er hasst mich«, stieß sie flüsternd hervor.

»Wer?«

»Konrad. Wegen der Katze.«

»Ach nein. Er vermisst sie nur.«

»Hat er Ihnen irgendwas gesagt, Fräulein Montag?« Frau Neimann sah sie so eindringlich an, dass Trudi nicht anders konnte, als den Kopf zu schütteln. »Er ist doch alles, was ich noch habe. Ich ertrage es nicht, wenn er mich hasst.«

»Konrad hasst Sie nicht.«

»Sind Sie sicher? Mit Ihnen redet er mehr als mit mir.«

Trudi merkte bestürzt, wie sehr es sie befriedigte, dass der Junge sie seiner eigenen Mutter vorzog. »Ich bin sicher, dass er spürt, wie leid Ihnen das mit der Katze tut.«

Einen Moment lang wirkten die Augen der Frau fast belustigt. Dann lächelte sie. Aber unter diesem Lächeln lag noch etwas anderes, eine potenzielle Eiseskälte. »Es geht mir nicht um die Katze«, murmelte sie.

Trudi wusste nicht, was sie darauf antworten sollte. »Ihre Hände«, sagte sie schließlich, »wir müssen etwas für Ihre Hände tun.«

»Meine Hände?«

»Warten Sie.« Sie eilte die Treppe hinauf in ihr Zimmer und schnitt vor dem Spiegel eine Grimasse, während sie nach ihrem letzten Fläschchen Handmilch griff. »*Die Hände einer Frau verraten so viel*«, hatte Frau Simon sie gelehrt. Trudi hatte schon manchmal auf Shampoo verzichtet und sich die Haare mit Seife gewaschen, um sich die Handmilch leisten zu können. Bei sparsamer Benutzung wäre sie mit dieser Flasche ein paar Monate ausgekommen.

Ehe sie es sich anders überlegen konnte, nahm sie die Handmilch und ging wieder nach unten. »Für Sie«, sagte sie.

Frau Neimann nahm das Geschenk begierig an, zögerte dann aber. »Nur, wenn Sie für sich auch noch welche haben.« Sie streckte Trudi die Flasche halbherzig hin.

»Nehmen Sie sie.«

»Wir können sie uns doch teilen.«

»Solange Sie hier sind. Aber dann müssen Sie sie mitnehmen.«

Erna Neimanns Gesicht wurde totenbleich, und sie lehnte sich gegen die Wand.

»Was ist?« Trudi packte sie am Ellbogen.

»Sie haben vor, uns wegzuschicken. Deswegen geben Sie mir das hier.«

»Nein. Nein. Sie können dableiben. Solange Sie hier sicher sind. Aber das kann sich ändern. Das wissen Sie doch.«

Frau Neimann nickte. »Ich weiß.«

Es verwirrte Trudi, dass das Leben, trotz all des Leids um sie herum, in mancherlei Hinsicht ganz normal weiterging und dass sie gewisse Dinge genießen konnte – etwa den Duft von frischem Gras und die Knospen der Fliederbüsche, die Wärme der Frühlingssonne auf ihren Armen, die spielerischen Kapriolen der Schwalben, die zum Bach herabschossen. Irgendwie erfüllte sie dieser Frühling mit neuer Kraft und Hoffnung – eine trügerische Hoffnung, wie sie sich sagte, aber dennoch tat sie ihr gut und trieb sie wieder an den Fluss, wo das seichte Wasser unter den Trauerweiden – als hätte es die Farbe der jungen Blätter aufgesogen – ein eigentümlich milchiges Grün angenommen hatte, ein Grün, von dem etwas Friedliches, fast schon Erhabenes ausging. Drüben am anderen Ufer grasten Schafe auf der Wiese.

Sie wünschte, sie könnte Konrad mit an den Fluss nehmen, aber da ihn das in Gefahr gebracht hätte, malte sie ihm mit Worten das Bild des Rheins, wie er hinter der geschützten Bucht vorbeiströmte, stetig und klar, obwohl natürlich drunten im Flussbett Felsen waren, die Wirbel erzeugten. Mit ihren Geschichten führte sie den Jungen zu den Wiesen und zum Jahrmarktsgelände und zum Sternhof und ließ ihn die Frühlingsluft atmen, und sie merkte, dass durch das Erzählen all diese Orte auch für sie noch realer wurden. Sie freute sich an der Macht der Geschichten, die Außenwelt für den Jungen lebendig zu halten, und wie ein Zauberer ersetzte sie die Schafe durch weiße Kühe und postierte, eigens für Konrad, einen Papagei auf dem Rathausturm.

Sie erzählte dem Jungen nichts von den Juden-Karikaturen in der Zeitung; nichts von dem Pfarrer aus Neuss, der ins KZ gekommen war, weil er Juden Zuflucht gewährt hatte; nichts von der Bankangestellten nur vier Häuserblocks weiter, die sich hatte nackt ausziehen müssen und mit Gewehrkolben traktiert worden war, weil sie ihrer jüdischen Nachbarin, die deportiert werden sollte, zwei hart gekochte Eier gab. Sie erzählte dem Jungen nicht, wie oft sie nachts aufwachte, gelähmt vor Angst, und sich ausmalte, was ihr und ihrem Vater passieren konnte, wenn sie erwischt würden, und wie ihre Gedanken abbrachen, wenn sie zu entscheiden versuchte, was wohl das Schlimmste wäre.

Der Junge fragte sie jedes Mal, wenn sie von einem ihrer Spaziergänge zurückkam, nach den weißen Kühen, und dann erzählte sie ihm, dass es acht Stück gewesen seien, drüben am anderen Flussufer, genauso viele wie das erste Mal, als sie von ihnen gesprochen hatte, weil es ihn womöglich in Panik versetzen würde, wenn eine fehlte.

Konrad war angewiesen worden, sich von den Fenstern fernzuhalten, damit ihn niemand von draußen sehen konnte, aber eines Morgens entdeckte ihn Trudi hinter der Esszimmergardine, das Gesicht an die Scheibe gepresst.

»Was machst du da?« Sie zog ihn rasch weg und sah die Straße entlang. Da war niemand.

»Warten. Auf meine Katze.«

Sie nahm ihn mit ins Wohnzimmer, setzte sich mit ihm auf das Samtsofa und wünschte, sie könnte ihm eine Katze beschaffen. Aber irgendwann würde Konrad wegmüssen, in ein anderes Versteck, und eine Katze wäre nur ein weiterer Verlust.

»Wenn du versprichst, nicht mehr ans Fenster zu gehen, erzähle ich dir eine Geschichte von einer Katze.«

Er nickte.

»Einer ganz besonderen Katze.«

»Ich schwör's.« Er rückte näher heran.

Sie legte den Arm um seine Schultern. Ihrer beider Füße baumelten etwa gleich hoch über dem Boden. Das gefiel ihr. »Es geht um eine Katze und um den Vater meiner Schulfreundin Eva ... Ihr Vater war krank, weißt du. Keiner wusste, was mit ihm los war, er war zu schwach zum Aufstehen, so schwach, dass er nicht mal eine halb volle Tasse heben konnte … « Sie tat, als nähme sie eine Tasse hoch, und ließ ihr Handgelenk kraftlos wegknicken. »Und ihr Vater hatte außerdem noch schreckliche Angst vor Katzen. Er glaubte, dass Katzen Menschen ersticken, indem sie sich ihnen auf den Hals legen, wenn sie schlafen. Deshalb ließ er nachts immer sein Fenster zu.«

»Auch im Sommer?«, fragte Konrad, genau wie Trudi fast zwanzig Jahre zuvor Eva gefragt hatte.

»Auch im Sommer.« Sie erinnerte sich, wie verblüfft sie darüber gewesen war, und lächelte den Jungen an. »Aber Eva kam dahinter, dass die Krankheit ihres Vaters gerade in dieser schrecklichen Angst bestand. Sie war nur ein bisschen älter als du, und sie war, genau wie du, sehr gescheit. Eva dachte sich, wenn sie ihrem Vater die Angst vor Katzen nehmen könnte, würde er wieder gesund werden. Eines Nachts, als ihre Eltern schon schliefen, schlich sie in deren Schlafzimmer und machte das Fenster auf.« Sie schilderte dem Jungen das Fenster ganz genau, einschließlich des Windes, der die zarte Spitzengardine bauschte, und den zwei Fliegen auf der Fensterbank. »Und noch bevor Eva vom Fenster zurücktreten konnte, kam eine Katze, die sie noch nie gesehen hatte – eine glänzende gelbbraune Katze mit weißen Pfoten …«

»Meine Katze hatte auch weiße Pfoten.«

»Sie muss eine sehr hübsche Katze gewesen sein.«

»War sie auch.« Konrad klang geschmeichelt.

»Tja, also, diese Katze, die genau solche Pfoten hatte wie deine Katze – sie tat genau das, was Evas Vater befürchtet hatte. Sie legte sich auf seinen Hals …« Trudi legte eine Hand auf die Kehle des Jungen. »Und gerade als Eva die Katze vom Hals ihres Vaters wegziehen wollte, schlug er die Augen auf.« Sie riss die Augen weit auf. »Evas Vater starrte der Katze in die Augen. Sie waren wie die Lichter eines Autos, das aus der Ferne immer näher kommt – das kennst du doch?«

Konrad nickte.

»Evas Vater konnte nicht wegsehen. Aber er atmete … er atmete immer weiter …« Trudi hielt inne und versuchte, herauszufinden, wo die Geschichte sie hinführte, ließ sie sich in ihrem Inneren entfalten, bis sie Eva am Bett ihres Vaters stehen sah, in dem dünnen grünen Kleid, das sie in der ersten Klasse getragen hatte. Und dann erzählte sie Konrad, was sie sah.

»Eva stand lange Zeit am Bett ihres Vaters ... Sie hatte schon eiskalte Füße. Aber ihr Vater bemerkte sie gar nicht. Er sah nichts und niemanden außer der Katze – den Augen der Katze, meine ich –, und er blinzelte kein einziges Mal und die Katze auch nicht. Gegen Morgen erhob sich die Katze von seinem Hals, machte einen Buckel, rieb ihre Schnurrhaare an seinem Kinn und sprang aus dem Schlafzimmerfenster, ohne die Fensterbank zu berühren. Es sah aus, als würde sie fliegen, und Eva hörte sie gar nicht draußen landen.«

Konrad stieß einen Seufzer aus. »Ich wette, meine Katze kann auch so fliegen.«

Trudi drückte ihn an sich. »Sie muss wirklich eine tolle Katze sein.«

»Wenn ich sie finde, darf sie auf meinem Hals schlafen.«

»Das ist vielleicht nicht so gut«, sagte Trudi rasch.

»Glaubst du, ich finde sie wieder?«

»Hast du schon mal gehört, dass Katzen neun Leben haben?«

Er runzelte die Stirn.

Sie nahm seine Hände und zählte neun Finger ab. »Sagen wir mal, deine Katze hat ihr erstes Leben bei dir verbracht und ihr zweites bei dem kleinen Mädchen vom Bahnhof ...« Sie bog zwei seiner Finger zur Handfläche herunter. »Wie viele Leben hat sie dann noch, um dich wiederzufinden?«

Er schaute auf seine Finger. »Sieben«, sagte er. »Hat Eva ihre Katze wiedergesehen?«

»Ich glaube nicht. Aber die Katze hat ihr ja auch gar nicht gehört.«

»Meine hat mir gehört. Seit sie ganz klein war. Mein Vater hat sie mitgebracht.« Er zuckte mit den Augenlidern, als hätte es ihn erschreckt, von seinem Vater zu sprechen.

Vielleicht kann er noch nicht wieder an seinen Vater denken, dachte Trudi. Vielleicht kann er ja lediglich die Gedanken an diese Katze zulassen. Sie rieb seine Hände. »Eva ging wieder schlafen, nachdem die Katze weg war«, erzählte sie ihm, »und als sie aufwachte, hörte sie von drunten die Stimme ihres Vaters. Er war auf und angezogen – so hatte sie ihn noch nie gesehen –, und als sie die Treppe hinunterrannte, hob er sie hoch und ...«

Konrad fiel ihr ins Wort. »Vorher konnte er ja nicht mal eine Tasse hochheben.«

»Das stimmt. Bevor sich die Katze auf seinen Hals legte, war er ganz schwach. Weißt du, was er zu Eva sagte, als er sie wieder auf dem Fußboden absetzte? Er sagte, er habe in dieser Nacht einen Traum gehabt, von einer Katze, die ihn wieder gesund gemacht habe.«

»Hat Eva ihm erzählt, was wirklich war?«

»Nein.«

»Warum nicht?«

»Weil er geheilt war. Es war besser, ihn glauben zu lassen, was er glauben wollte.«

»Aber wenn das, was man glauben will, gelogen ist?«

Trudi wartete ab.

»So wie mit meiner Katze. Manchmal lügt meine Mutter.«

»Ich bin sicher, dass deine Mutter dich sehr lieb hat.« Er nickte, als hätte das damit nichts zu tun.

»Weglaufen und sich verstecken müssen – das ist schrecklich schwer, Konrad. Da tun Menschen vielleicht manchmal Dinge, die sie sonst nicht tun würden.«

»Ich glaube nicht, dass da ein kleines Mädchen war.«

Trudi strich ihm übers Haar.

»Ich glaube, meine Katze lebt immer noch dort auf dem Bahnhof.«

»Na ja – das wäre doch gar kein schlechter Ort. Denk doch mal … da hätte sie es warm genug, und die Leute würden sie füttern und sogar mit ihr spielen.«

»Ich gehe hin. Wenn der Krieg vorbei ist.«

Auf einmal erfüllte sie eine solche Sehnsucht nach Frieden, dass ihr ganz schwindlig wurde – eine Sehnsucht, so heftig wie einst ihr glühender Wunsch, dass ihr Körper wachsen möge, so verzehrend wie der Drang, sich an den Jungen zu rächen, die sie gedemütigt hatten. Und ihr größtes Verlangen in diesem Moment war, dass die Unterschiede zwischen Menschen nicht mehr zählten: Größen-, Rassen-, Glaubensunterschiede, Unterschiede, die zur Rechtfertigung dafür geworden waren, Menschen zu vernichten.

Nachts schliefen die Frau und der Junge in der Küche. Leo Montag hatte die Flucht so oft mit ihnen geprobt – ein kurzes Klopfen an die Wand, und selbst der Junge würde automatisch nach seiner Decke greifen und die Treppe hinunterrennen. Einer der großen Schrankkoffer im Keller war immer offen für das Bettzeug, und die beiden würden alles hineinwerfen, den Deckel schließen, in den feuchtkalten Tunnel klettern und die leere Kartoffelstiege wieder an ihren Platz ziehen. Auf der Blau'schen Seite würden sie den Schrank beiseitedrücken, ihn wieder zurückschieben und sich darin verstecken. Herr Blau hatte eine Steppdecke und Kopfkissen für sie in den Schrank gelegt, und Herr Hesping hatte in die Oberseite des Schranks Luftlöcher gebohrt, die man nur sehen konnte, wenn man auf einen Stuhl stieg.

Länger als ein paar Minuten in dem Tunnel zu bleiben, war schwieriger, als sie gedacht hatten, da aus dem Erdreich ständig Wasser hereinsickerte. Zuerst hatte Herr Blau versucht, den Tunnel mit Wolldecken abzudichten, aber die waren so schnell durchweicht, dass es keinen Sinn hatte. Schließlich war Trudi eingefallen, dass die Weskopps früher immer zelten gefahren waren, und es war ihr gelungen, der Witwe das Zelt im Tausch gegen zwei Jahre Gratisausleihe abzuschwatzen und der Frage, was sie denn damit vorhabe, auszuweichen. Nachdem Herr Blau das grüne Zeltleinen passend zurechtgeschnitten und die Tunnelwände damit ausgekleidet hatte, kam zwar die Feuchtigkeit immer noch durch, aber wenigstens beschmierten sich die Frau und der Junge nicht jedes Mal mit Matsch, wenn sie in den Gang flüchteten.

Bisher war noch niemand ins Montag'sche Haus gekommen, der eine echte Gefahr für die Flüchtlinge dargestellt hätte, und wenn irgendwelche Besucher gemerkt hatten, dass sie gleich wieder zur Vordertür hinauskomplimentiert wurden, hatten sie nichts gesagt.

»Wir kommen bald mal bei Ihnen vorbei«, sagte Leo Montag dann, oder: »Kommen Sie morgen in die Leihbücherei, wenn offen ist. Dann habe ich Zeit zum Reden.«

Aber es schmerzte Trudi, Matthias Berger anlügen zu müssen, damit er nicht mehr wiederkam. Und ihren Vater schmerzte es ebenfalls – auch er hatte sich immer auf diese Besuche gefreut. Matthias hatte etwa einmal in der Woche mit ihm Schach gespielt und sich zum Abschluss dann ans Klavier gesetzt. Der Unterricht bei Fräulein Birnsteig hatte seine Technik verfeinert, ohne seinem Spiel die Intensität zu nehmen. Er war es gewohnt, stundenlang zu bleiben – ein unverantwortbares Risiko mit Frau Neimann und Konrad im Haus.

»Das Klavier ist kaputt«, erklärte ihm Trudi.

»Lassen Sie es mich mal anschauen. Vielleicht kann ich es reparieren.«

»Es ist eine größere Sache. Ich – ich sage dir Bescheid, wenn es fertig ist.«

»Ich könnte doch trotzdem mit Ihrem Vater Schach spielen.«

»In letzter Zeit ist ihm nicht so nach Schachspielen. Warte lieber, bis das Klavier wieder heil ist ...«

Matthias ging, bestürzt, wie sie an seinen hängenden Schultern sah. Noch ehe er sich umgedreht hatte, vermisste sie ihn schon. Sie machte sich Sorgen wegen seiner Kopfschmerzen; er klagte zwar nie, aber sie sah es meist, wenn sie im Anzug waren, da er dann die Hände an die Schläfen presste, als könnte er so den Schmerz in Schach halten, und dann machte sie ihm Kamillentee, oder sie überredete ihn, sich aufs Sofa zu legen, bis es ihm wieder besser ging.

Sie hätte Matthias gern die Wahrheit gesagt, und auch Eva und den Abramowitz, die ihr Haus hatten räumen müssen und jetzt in einem möblierten Zimmer in der Lindenstraße wohnten, aber Emil Hesping hatte ihr nachdrücklich klargemacht, dass mit jeder weiteren Person, die von den Flüchtlingen wusste, das Risiko der Entdeckung wuchs. »Für uns alle«, hatte er gesagt.

Er war auch dagegen, Frau Weiler in irgendeiner Form einzubeziehen, aber da es unmöglich war, vier Menschen von den Lebensmittelzuteilungen zu ernähren, die kaum für zwei reichten, fragte Leo sie schließlich, ob sie vielleicht ein paar Lebensmittel erübrigen könne, da er zwei Menschen kenne, die in Not seien. »Das ist alles, was ich dir sagen kann, Hedwig«, erklärte er, als sie mehr wissen wollte.

»Das ist kein Problem«, sagte sie. »Es lässt sich immer eine Kleinigkeit abzweigen. Der Staat kann auch nicht alles kontrollieren. Schließlich verderben Sachen ja ...«

Obwohl Ilse Abramowitz von Frau Simon keine Briefe mehr bekam, opferte sie doch weiter ihre eigenen kärglichen Mittel, um Pakete abzuschicken, als könnten diese Sendungen verhindern, dass ihre jüdischen Freunde ganz verschwanden.

»Sie kommen wieder«, beharrte sie, und sie weigerte sich zuzuhören, wenn ihr Mann zu spekulieren begann, ob sie nicht vielleicht längst in den Lagern umgekommen waren.

Es war an einem Maiabend, und sie und ihr Mann waren allein in ihrem winzigen Zimmer. Er saß auf dem Bett, das sie mit einem bestickten Tischtuch bedeckt hatten, damit es mehr wie ein Sofa aussah. Das Leinentischtuch war eins der wenigen Dinge, die sie aus ihrem Haus hatten mitbringen können. Er las in dem Buch über Fotografie, das jemand – zweifellos der unbekannte Wohltäter – am frühen Morgen dieses Tages vor seine Tür gelegt hatte. Er war zwar dankbar dafür, fühlte sich aber dennoch betrogen, denn das, was er wirklich brauchte – Schutz für sich und seine Frau –, konnte ihm auch dieser nicht geben.

Ilse stopfte Strümpfe an dem schartigen Tisch, einen silbernen Fingerhut auf dem rechten Zeigefinger. »Sie sind in den Lagern, um zu arbeiten«, sagte sie.

»Das sagt man uns.«

»Du hast keinen Beweis«, rief sie unter Tränen.

Er nickte ernst und sagte, das stimme. »Ich habe keinen Beweis, Ilse.« Seine Hände juckten. Sie waren schon seit drei Monaten rot und geschwollen, seit er zur Zwangsarbeit in die Seifenfabrik musste. Es war eine halbe Stunde mit der Straßenbahn und noch einmal eine halbe Stunde Fußmarsch bis dorthin. Einige russische Kriegsgefangene arbeiteten Seite an Seite mit den Juden, aber sie durften nicht miteinander reden.

»Ich möchte lieber Unrecht erleiden«, sagte seine Frau, »als anderen welches antun.«

»Das ist doch nicht die einzige Alternative.«

»Aber wenn ich die Wahl hätte, Michel. Wenn du sie hättest ... Der Preis, den sie zahlen, ist so viel höher.«

»Quatsch«, sagte er. »Wenn du ...«

»Sie mögen vielleicht überleben, aber sie werden es nie verwinden.«

Er hob die Hand, um das Mitleid in ihrer Stimme abzuwehren – Mitleid nicht mit ihresgleichen, sondern mit denen, die sie verfolgten.

»Und das Allerschlimmste ist vielleicht, dass sie es nie begreifen werden ...« Ihre Stimme wurde sanft. »Dass sie immer noch denken, sie seien Menschen.«

»Verlang nicht von mir, dass ich sie bemitleide.«

Sie zog den Nähkorb näher heran und konzentrierte sich auf das Stopfen seiner schwarzen Socken, zog den Faden durch die abgewetzte Ferse, hin und her und hin und her – alles nur, dachte ihr Mann, um nicht über das nachdenken zu müssen, was mit ihresgleichen geschah. Als sie das Loch fertig gestopft hatte, zog sie den Faden methodisch durch seine eigene Schlaufe zu einem Knoten und biss ihn dann mit ihren ebenmäßigen Zähnen ab, obwohl die Schere direkt neben ihr lag. Früher hatte er sie immer darauf hingewiesen, dass sie damit ihre Zähne ruiniere. Aber was machte das jetzt schon noch aus?

Während sie die Socke mit ihrem Gegenstück ordentlich zusammenrollte, schlug Michel Abramowitz die Seite seines Buchs um, obwohl er sich an kein Wort von dem erinnern konnte, was er gelesen hatte. Es gab so vieles, was er Ilse nicht sagen konnte. Er konnte ihr nicht von den Gerüchten erzählen, die er gehört hatte: von Gefangenen, die sich gruppenweise hatten ausziehen müssen, ehe sie mit Genickschüssen getötet worden waren. Er musste dauernd daran denken – vor allem nachts, wenn er wach lag. Wie konnte ein Land so grausam sein und Menschen zuerst noch demütigen, bevor sie mit so grausiger Effizienz getötet wurden? Und was ihn gar nicht losließ, war die Sache mit den Kleidern. Was passierte mit den Kleidern, nachdem die Leute erschossen worden waren? Das schien, angesichts des Ausmaßes der Vernichtung, eine kleinliche Frage, aber es war das, was ihn quälte. Ihn verfolgte die Zwangsvision, wie die Kleider neuen Gefangenen ausgehändigt wurden, die sie dann eine Zeit lang trugen, bis sie sich ihrerseits zum Sterben ausziehen mussten. Und immer so weiter – bis schließlich das Einzige, was noch blieb, diese Kleider waren.

Faden ab.

Es ist erstaunlich, dachte Michel, woran sich Menschen gewöhnen und was sie immer noch Leben nennen: Wir haben fast unsere gesamte Habe verloren; wir dürfen unseren Heimatort nicht verlassen; wir dürfen keine öffentlichen Verkehrsmittel benutzen, wenn wir nicht mindestens sieben Kilometer von zu Hause entfernt arbeiten; wir dürfen keine Fotoapparate, Ferngläser, Operngläser oder Elektrogeräte mehr besitzen; wir mussten unsere Radios und unseren Schmuck abliefern; wir dürfen zwischen acht Uhr abends und sechs Uhr morgens nicht mehr aus dem Zimmer; wir werden getreten, geschlagen und gedemütigt; unsere Familien sind zerrissen worden ... und trotz alledem leben wir weiter.

Er musste daran denken, wie oft er seine Frau gescholten hatte, weil sie jeden neuen Angriff mit Würde hingenommen hatte. »Deine Anpassungsfähigkeit ist viel gefährlicher als sie alle miteinander ...« Aber was hatte er denn besser gemacht? Er hatte das alles doch letztlich auch hingenommen – nur aus Angst.

»Du sollst nicht so viel arbeiten, Ilse«, sagte er sanft.

Sie sah auf, lächelte ihn an und fädelte ihre Nadel ein.

Ihm fiel auf, wie schnell – schlagartig fast – sie gealtert war: die tiefer gewordenen Fältchen in ihrem Gesicht, die Steifheit in ihren Schultern und Händen. Sie war zwar immer noch schön, aber sie hatte ihre Lebendigkeit, ihren Schwung eingebüßt ... Und doch wahrte sie immer noch ihre Würde, ihr gepflegtes Äußeres, ihre Hoffnung, obwohl sie – ab morgen – auch in die Seifenfabrik musste. Mit ihren sechzig Jahren war sie für eine so schwere Arbeit viel zu alt. Aber die neuen Gesetze besagten, dass jüdische Männer bis fünfundsiebzig und jüdische Frauen bis siebzig Zwangsarbeit leisten mussten. Das wären für ihn dreizehn weitere Jahre. Daran durfte er gar nicht denken. Dieser Wahnsinn musste ein Ende nehmen. Es musste ihm ein Ende gesetzt werden. Jeden Abend betete er, dass Hitler umgebracht würde.

Wenigstens sein Sohn war noch rechtzeitig entkommen. Und er und Ilse hätten es beinahe auch geschafft. Auf dem argentinischen Konsulat in Düsseldorf hatte man ihnen bestätigt, dass die Visa bewilligt seien. Aber zuerst, so hatte man ihnen erklärt, müssten sie Gesundheitszeugnisse und die erforderlichen Impfbescheinigungen beibringen. Viermal hatten sie die Prozedur durchgemacht, und viermal hatten sie einen Brief erhalten, der besagte, dass ihnen keine Visa ausgestellt werden könnten, da aus Argentinien neue Richtlinien gekommen seien. Viermal hatte ihr Sohn ihnen das Geld geschickt, und viermal hatten sie die Kosten für diese Reise bezahlt, von der er inzwischen nicht mehr glaubte, dass sie sie je antreten würden.

Und dann war da noch seine Tochter, die beschlossen hatte, sich von ihrem Mann scheiden zu lassen, da es, wie sie sagte, seiner Praxis schaden würde, wenn er weiter mit einer Jüdin verheiratet wäre. Nobel, dachte Michel Abramowitz; selbst darin nimmt sie noch Rücksicht auf ihn. Aber er kannte Fritz gut genug, um sich ausrechnen zu können, dass er die Scheidung verlangt hatte, um sich von allen Kontakten zu Juden reinzuwaschen. Ruth hatte Arbeit in einer kleinen Klinik in Dresden gefunden, und sie hatte ihren Eltern geschrieben, sie sollten sich keine Sorgen um sie machen, sie habe ein Zimmer mit Waschbecken und Blick auf den Zwinger.

Blick auf den Zwinger, dachte Michel Abramowitz. Als ob das alles löste.

Seine Frau rollte die letzten Socken zusammen. Sie räumte Schere und Nadel in das Nähkörbchen, schichtete die zusammengerollten Sockenpaare in ihre Armbeuge und trug sie hinüber zur Kommode. »Gehen wir schlafen?«

Michel klappte sein Buch zu. Gemeinsam nahmen sie das Tischtuch vom Bett, schüttelten es aus und falteten es, aufeinander zugehend, als falteten sie die Jahrzehnte des Verlangens, bis der Abstand zwischen ihnen auf die Dicke des handlichen Rechtecks aus besticktem Leinen zusammengeschrumpft war.

15

1942

Alexander Sturm bestand darauf, dabei zu sein, als seine Frau wegen ihrer Eltern verhört wurde. Verblüfft, dass es ihm gewährt wurde, saß er neben ihr; aber dieser eine Durchsetzungsakt hatte seinen Kampfgeist so erschöpft, dass er nur stumm zuhören konnte, wie sie bestritt, irgendetwas von den Fluchtplänen ihrer Eltern gewusst zu haben. Er bewunderte, wie gelassen sie log, wie majestätisch sie den Kopf trug. So gefasst war sie in jener Nacht nicht gewesen, als ihre Eltern in einem Auto, das sie auf dem Schwarzmarkt gekauft hatten, aufgebrochen waren. Sie hatten Eva gedrängt, mit ihnen zu fahren, nach Süddeutschland und von dort über die Grenze in die Schweiz, wo sich ihre Brüder nach Beendigung ihres Studiums niedergelassen hatten.

»Ich würde es ja tun, wenn Alexander auch mitkäme ...« Ihre Augen hinter der jungenhaften Brille waren voller Tränen gewesen.

Alexander hatte ihr noch einmal erklärt, dass es viel unsicherer war, einfach so durch Deutschland zu fahren, als in Burgdorf abzuwarten, dass der Krieg zu Ende ging. »Er kann nicht mehr lange dauern«, hatte er gesagt und ihr aufgezählt, was ihre Eltern alles Verbotenes taten. »Allein schon nachts draußen zu sein, keinen gelben Stern zu tragen, Wertsachen dabeizuhaben ...« Er war wütend auf Evas Vater gewesen: selbst so gut wie hilflos, eine Last, wollte er dennoch mit seinem aussichtslosen Fluchtplan das Leben seiner Frau und seiner Tochter aufs Spiel setzen. »Sie könnten euch anhalten. Verhaften. Erschießen.«

Und jetzt hatte Eva die Folgen zu tragen.

Er war fest davon überzeugt, dass der Beamte ihr nicht glaubte, als sie erklärte, sie habe ihre Eltern vor fünf Tagen das letzte Mal gesehen. Nein, sie habe nichts Ungewöhnliches bemerkt. Ihr Vater habe im Wohnzimmer gelegen – »Er ist Invalide, wie Sie ja sicher wissen« –, während sie und ihre

Mutter in der Küche Kartoffelpuffer gemacht hätten. Nein, ihr Mann habe an dem Abend noch gearbeitet. Nein, ihre Eltern besäßen kein Auto. Nein ...

Während des Verhörs spürte Alexander mehrfach, dass Eva ihn Bestätigung heischend ansah, aber er war vor Angst wie gelähmt. Er hatte sich immer sicher sein können, dass er das Richtige tat, sein Privatleben genauso gut plante und organisierte wie seine Arbeit, sich an die Gesetze hielt. Er konnte nicht fassen, dass er so dumm gewesen war, unbedingt mit Eva hierherkommen zu wollen. Wenn sie beide verhaftet würden, könnte er gar nichts mehr für sie tun. Und für mich auch nicht, dachte er mit feuchten Händen.

Er war völlig verdattert, als er und Eva gehen durften. Als er auf den Bürgersteig hinaustrat und die Sonne auf der Stirn spürte, kamen ihm vor Dankbarkeit beinahe die Tränen. Der Himmel war klar und blau, und der Wind trug den Duft der Flussauen und das Gurren von Tauben heran. Er hakte Eva fest unter und führte sie eilig nach Hause, wobei er sich ständig umsah, weil er sicher war, dass sie verfolgt wurden. Er reagierte auf nichts, was sie sagte, bis sie hinter ihrer verschlossenen Wohnungstür waren.

»Was ist?« Sie fasste ihn an den Händen. Die Brillengläser vergrößerten ihre Augen.

Er sank gegen die Wand. »Wir müssen dich verstecken.«

»Augenblick mal. Wenn ich mich hätte verstecken wollen, hätte ich mit meinen Eltern gehen können.«

»Sie werden weiterfragen. Sie werden dich wieder holen.«

»Und ich werde antworten. So wie heute.«

»Heute haben wir Glück gehabt. Du hast doch gehört, was sie gesagt haben – dass sie sich melden, wenn sie noch mehr wissen wollen.«

»Deine Hände sind ja eiskalt.«

Er entzog sie ihr. »Deine Eltern hätten das bedenken sollen, ehe sie ...«

»Vielleicht hättest du das bedenken sollen, ehe du dich geweigert hast mitzukommen.«

»Ich habe dich nicht zum Hierbleiben gezwungen.«

»Doch, das hast du«, sagte sie leise. »Deinetwegen bin ich noch hier.«

Er zog sie an sich. Sein Atem ging schwer. »Ich will dich nicht verlieren, Eva.« Aber ihr Körper war steif in seinen Armen, und sie drehte das Gesicht weg. »Es tut mir leid.« Er musste an die Geschichten denken, die er und Eva einander immer wieder erzählt hatten, um sich Mut zu machen, Geschichten von mutigen Menschen – von dem Arzt, der sich mit einer Gruppe von Patienten nach Polen hatte deportieren lassen, von der jungen Frau, die ihren jüdischen Mann ins KZ begleitet hatte. Bis heute hatte Alexander geglaubt, dass auch er sich so entscheiden würde. Aber heute hatte er die Gefahr, die Macht des Feindes gespürt. Er wünschte, er hätte den Mut dieses Arztes, dieser Frau, aber er konnte nur *Narren … Narren* denken.

»Wir müssen dich verstecken, Eva«, sagte er.

»Du musst dich verstecken«, sagte Trudi Montag an diesem Abend zu Eva.

»Hat Alexander mit dir geredet?«

»Nein, ich weiß es von Jutta Malter. Sie hat mir von dem Verhör erzählt. Ich wollte gleich rüberkommen, aber ich dachte, es ist besser, ich warte, bis es dunkel ist.«

»Alexander bearbeitet mich auch, dass ich mich verstecken soll. Ich will nicht.«

»Natürlich nicht. Niemand will sich verstecken. Aber manchmal muss es sein. Wenigstens für eine Weile.« Trudi hievte sich auf das skandinavische Sofa mit den Teakholzarmlehnen empor.

»Ich habe solche Angst, dass meinen Eltern etwas passiert ist. Ich würde es nicht mal erfahren … Und ich kann mir nicht vorstellen, mich an einem fremden Ort zu verstecken.«

»Es muss ja kein fremder Ort sein.«

Eva sah sie verdutzt an.

»Sieh es als … einen Besuch. Bei einer Freundin. Einer alten Schulkameradin.«

»O nein. Ich will dich und deinen Vater nicht gefährden.«

Trudi dachte an Frau Neimann, die sich kein einziges Mal wegen des Risikos gesorgt hatte, das ihre Helfer auf sich nahmen. »Das ist äußerst bewundernswert«, erklärte sie Eva, »aber …«

»In ein paar Wochen werden sie die Sache mit meinen Eltern vergessen haben.«

»Gut. Dann kannst du ja vielleicht wieder auftauchen.«

»In der Zwischenzeit werden sie zu euch ins Haus kommen und mich finden und dich und deinen Vater verhaften.«

»Komm her.« Trudi deutete auf das Sofa. Ihre blanken Lederschuhe baumelten hoch über dem Parkett.

Eva setzte sich neben Trudi, so kerzengerade wie in der Schule – ein Musterbeispiel an guter Haltung. Die vielen kleinen Plisseefalten ihres Rocks breiteten sich um sie herum aus. Sie sah Trudi nicht an, sondern schaute auf ihre ausgestopften Eulen und Spatzen, Rotkehlchen und Schwalben, die in ewigen Flugposen die Bücherborde zierten.

»Sie würden dich nicht finden«, sagte Trudi.

»Du hast wohl einen Zaubertrank, der mich unsichtbar macht, was?«

»Sagen wir …« Trudi zögerte. »Sagen wir mal, wir sind vorbereitet.«

»Meine Katze wohnt in einem Bahnhof.«

»Was?« Eva blinzelte, noch im Halbschlaf. Ein Jungengesicht schwebte über ihr, wippendes Blondhaar über den Augenbrauen. Sofort fiel ihr wieder ein, wie Trudi sie in der Nacht hergebracht und ihr einen unterirdischen Gang gezeigt hatte, ehe sie ihr ein Lager auf dem Küchenfußboden gleich bei der Kellertür bereitet hatte.

»Meine Katze wohnt in einem Bahnhof.«

Eva tastete nach ihrer Brille. Der Junge beugte sich über sie. Hinter ihm schlief eine Frau. Sie lag zusammengerollt auf der Seite, mit dem Rücken zu ihnen.

»Die Leute füttern meine Katze. Jeden Tag.«

»Da geht es ihr aber gut.«

Er nickte. »Sie braucht nicht viel.«

»Wie heißt du?« Eva verschränkte die Arme unterm Kopf.

»Konrad.«

Sie hätte fast gesagt: »Eva Sturm«, aber ihr fiel noch rechtzeitig ein, dass es wohl besser war, wenn der Junge ihren Nachnamen nicht kannte, falls er je verhört würde. »Du kannst Eva zu mir sagen.«

»Schaust du gern Katzen beim Fressen zu?«

»Wie fressen sie denn?«

»Ordentlich. Nicht so wie Hunde. Hunde verschlabbern alles.«

Trudi kam mit einem Eimer Kohlen in die Küche und öffnete die Herdklappe. »Hast du gut geschlafen?«

Eva gähnte. »Besser, als ich dachte.«

»Meine Katze wartet, dass ich wieder zu dem Bahnhof komme«, sagte der Junge.

»Das ist gut«, sagte Eva.

»Glaubst du, sie wird auch so eine Zauberkatze?«

Die Mutter des Jungen murmelte etwas im Schlaf und drehte sich auf den Bauch, das Gesicht von Haaren verhangen.

»Eine Zauberkatze?«, flüsterte Eva.

»So wie die von deinem Vater.«

»Die Katze, die auf dem Hals deines Vaters geschlafen hat«, erklärte Trudi rasch. »Ich habe Konrad von der Katze erzählt, die du ins Schlafzimmer deines Vaters gelassen hast, damit sie ihn gesund macht.« Ihr Ton beschwor Eva, mit ihrer Geschichte mitzugehen.

»Ach, die Katze«, sagte Eva, aber in ihren Augen las Trudi, dass sie eine andere Katze vor sich sah – das kleine Kätzchen an Hans-Jürgens gestrecktem Arm, ein lebender Fellstreifen –, und für einen Moment waren sie beide wieder dort in dieser Scheune, zwei kleine Mädchen, sahen das Kätzchen wirbeln, wirbeln, rochen den Geruch von Tieren und Stroh, durchlebten diesen endlos brutalen Augenblick, ehe das Kätzchen in den Tod flog.

»Und dann ...«, sagte der Junge, »hat dein Vater dich hochgehoben.«

»Ja ...?«, sagte Eva gedehnt.

»Er war stark genug, um dich hochzuheben. Und bevor die Katze ihn gesund gemacht hat, konnte er nicht mal eine Tasse heben.«

»... nicht mal eine Tasse.«

»Hast du die Katze wiedergesehen?«

Sie sah an dem Jungen vorbei zu Trudi, die den Kopf schüttelte. »Nein«, sagte Eva, »ich habe die Katze nie mehr wiedergesehen.«

Der Junge schien enttäuscht.

»Aber ich habe etwas über sie gelesen«, sagte Eva.

Trudi trat näher heran.

»In einer Zeitschrift stand etwas über sie«, sagte Eva. »Sie ist ganz berühmt geworden. Eine Ärztin hat einen Artikel über sie geschrieben. Diese Ärztin benutzte die Katze, um ... um ...«

»Um Leute gesund zu machen, denen sie anders nicht helfen konnte«, sprang Trudi ein.

»Genau. So war es.«

»Meine Katze hat neun Leben. Und sie hat erst zwei davon verbraucht.«

»Eva kennt einen guten Trick für Leute, die sich verstecken müssen«, sagte Trudi.

»Ich?«

»Zeig Konrad, was man tut, wenn man niesen muss.«

Eva zog die Stirn in Falten und schüttelte den Kopf.

»Die Sache mit der Zunge. Weißt du nicht mehr?«

»Das hatte ich ganz vergessen.«

»Ich habe es früher immer geübt.«

»Dann zeig du's ihm.«

»Nein, es stammt ja von dir.«

Eva setzte sich auf und schlug die Decke zurück. Ihr Faltenrock war ganz zerknittert. »Schau her.« Sie beugte sich dicht zu dem Jungen hinüber, öffnete den Mund weit, bog die Zungenspitze an den Gaumen und wackelte damit. »Jetzt du.«

Der Junge versuchte es und lachte. »Das kitzelt.«

»Es soll ja auch kitzeln, Dummerchen.«

»Ein alter Indianertrick«, sagte Trudi. »So kannst du das Niesen unterdrücken, wenn du dich irgendwo versteckst. Aber wenn du lachst, nützt es nichts.«

»Das stimmt«, sagte Eva. »Wenn du lachst, dann ...« Sie brach ab und griff nach Trudis Hand. »Jetzt weiß ich wieder, was du damals gesagt hast, als ich es dir gezeigt habe. Mein Gott ...«

Trudi kniete sich neben Evas Kopfkissen. »Was?«

»Du hast gesagt, man weiß nie, wer einmal hinter einem her sein könnte.«

»Jetzt wissen wir's.« Trudi umarmte sie.

Evas Augen trübten sich vor Niedergeschlagenheit. »Aber Konrad wird aufpassen, dass uns nichts passiert«, sagte sie resolut. »Konrad wird ganz, ganz still sein, weil er wichtige Dinge vorhat, wenn das alles vorbei ist. Konrad hat nämlich eine Katze auf einem Bahnhof, die er holen muss.«

Der Junge strahlte sie an.

Frau Neimann reagierte misstrauisch auf diese neue Entwicklung, und obwohl Trudi sie zu beruhigen versuchte, tat sie, als ob Evas Anwesenheit sie alle gefährde. Aber der Junge war fasziniert von Eva, die ihn ihre dunkelrandige Brille aufprobieren ließ; er liebte es, die kunstvolle blausilberne Brosche zu berühren, die Evas Mutter früher immer getragen und die sie Eva in der Nacht ihrer Flucht an die Bluse gesteckt hatte.

Eines Abends, in der dritten Woche, die Eva bei ihnen verbrachte, flocht Trudi der Freundin im Wohnzimmer die Haare, während die anderen noch in der Küche saßen. Der gekräuselte Halsausschnitt der Bluse entblößte den zarten Knochengürtel zwischen Evas Schultern und die Grube an ihrem Halsansatz, und der Stoff hatte den gleichen Elfenbeinton wie ihre Haut. Als Trudi hinter Evas Stuhl stand und die dunklen Haarsträhnen durch ihre Finger gleiten ließ, war es, als wären sie beide wieder mit den anderen Zweitklässlern beim Frühlingskonzert in Fräulein Birnsteigs Villa. Trudi roch das gemähte Gras und den Flieder in dem formellen Garten, sah den Efeu die weißen Wände emporranken, hörte die wunderbaren Klavierklänge durch die geöffnete Glastür strömen und fühlte Evas Finger durch ihr Haar kämmen ...

»Er fehlt mir«, sagte Eva.

Trudi erinnerte sich an das intensive Glücksgefühl jenes Konzertabends und an ihre Seelenpein, als die anderen Kinder Eva am nächsten Tag in der Schule mit Verachtung gestraft hatten. Und für einen Moment war ihr, während ihre Finger die Haarsträhnen miteinander verflochten, als hätte ihr Anderssein damals auf Eva abgefärbt und als wäre sie deshalb jetzt schuld daran, dass Eva verfolgt wurde; und obwohl sie wusste, dass das nicht stimmte, fühlte es sich doch an, als wäre sie die Personifizierung des Andersseins, das Eva zur Ausgestoßenen machte.

»Ich wollte, ich könnte heute Nacht mit ihm schlafen ...«

Trudis Arme fühlten sich kalt und schwer an. Sie wollte sie sinken lassen, aber dann würde der Zopf sich wieder auflösen.

»Die Leute kennen Alexander nicht wirklich. Er zeigt sich ihnen nicht – nicht so, wie er wirklich ist. Für die Leute ist er nur ein arbeitsamer Mensch, zufrieden mit sich und dem, was er tut ... und ein bisschen förmlich.«

Trudi hatte genau das über Alexander gehört und auch, wie wichtig es ihm war, was die Leute im Ort von ihm dachten. *Förmlich* war ein zu milder Ausdruck. *Pedantisch* traf es besser. Menschen wie Alexander reizten sie in einem negativen Sinn: Sie konzentrierten sich so sehr auf Äußerlichkeiten, dass ihnen das Wesentliche entging.

»Er hat so viel riskiert, indem er mit mir zur Polizei gegangen ist«, sagte Eva. »Jetzt weiß ich: wenn es noch schlimmer wird, wenn ich je deportiert werde ...«

»Daran darfst du nicht mal denken.«

»... würde er mit mir kommen. Verstehst du nicht, was mir das für ein Trost ist – zu wissen, dass er es tun würde?«

»Du sollst deinen Trost daraus ziehen, dass du weißt, sie werden dich nicht kriegen. Hörst du?«

Eva hatte noch nie so viel an ihren Mann gedacht wie in den Wochen in Trudis Haus. Sie hatte ihn in dieser Zeit nur einmal gesehen, als er ohne Voranmeldung spät in der Nacht gekommen war, was sie, den Jungen und dessen Mutter in den Tunnel gescheucht hatte.

»Das kann ich nicht zulassen«, hatte ihn Leo Montag verwarnt, und seine Stimme war so streng gewesen, wie Trudi es noch nie gehört hatte. »Die Gestapo weiß inzwischen, dass Ihre Frau sich irgendwo versteckt hält. Die brauchen Ihnen nur zu folgen, und schon führen Sie sie direkt hierher.«

»Es hat mich niemand gesehen.«

»Das können Sie nicht beurteilen. Nicht im Dunkeln.«

»Ich war vorsichtig.«

»Das sind die auch.«

»Ich ...«

»Keine Diskussion. Ich will nicht, dass Sie noch mal hierherkommen. Damit gefährden Sie uns alle.«

Als Alexander Eva zum Abschied umarmt hatte, hatte er klagend in ihr Haar geflüstert: »Ich wollte, du könntest heute Nacht mit mir kommen ...« Aber dann hatte er sofort gesagt: »Nein, das ist egoistisch von mir. Hör nicht auf mich. Ich bin egoistisch. Es ist nur, weil ich mich so sehr nach dir sehne.«

»Ich möchte auch bei dir sein.«

Den ganzen restlichen Abend war Eva wütend auf Trudi und ihren Vater gewesen. Wie konnten sie so intolerant sein? Was wussten sie schon von so einer Liebe? Leo war Witwer, solange Eva denken konnte, und Trudi – nun ja, mit ihrem Körper würde Trudi nie eine solche Leidenschaft kennenlernen, wie sie sie erlebte.

Als Trudi jetzt ein schmales Band um das Zopfende wand, seufzte Eva: »Ich muss dauernd an Alexander denken.«

»Weißt du noch, damals in dem Bierzelt, vor neun Jahren? Da wart ihr noch nicht mal verlobt, Alexander und du.«

Eva nickte lächelnd. Sie hatten an jenem Abend miteinander getanzt, und wenn sie sich einen Schritt voneinander entfernt hatten, hatte sie es immer noch gespürt – diese Anziehung, als ob sie die Luft zwischen sich liebkosten. Sie hatte nicht damit gerechnet, dass das so lange anhalten würde, zwei Jahre Verlobungszeit und sieben Jahre Ehe, aber es war nur noch stärker geworden.

»Ihr seid an unserem Tisch stehen geblieben«, sagte Trudi, die Hände auf Evas Schultern, als wollte sie sie daran hindern, sich umzudrehen und ihr ins Gesicht zu schauen.

Eva musste einen Moment überlegen. An der Wand gegenüber verschwamm das feine Farnmuster mit dem verschossenen Braun der Tapete. Als sie und Trudi klein waren, waren die Farnwedel weiß gewesen, aber im Lauf der Jahre waren sie aschgrau geworden, und der Kontrast zu dem einst dunkelschokoladenbraunen Grund hatte sich verwischt.

»In dem Bierzelt«, half ihr Trudi auf die Sprünge.

»Du ... du warst mit Ingrid Baum und Klaus Malter dort.«

»Hast du mich mit ihm tanzen sehen?«

»Ja.«

»Was hast du gesehen?«

»Ich habe gesehen, wie ihr getanzt habt ...«

»Und ...«

»Und wie Klaus dich geküsst hat.«

Hinter ihr tat Trudi einen langen Seufzer – als ob sie die Luft ewig angehalten hätte.

»Was ist, Trudi?« Sie drehte sich um und sah Trudi an.

Trudis Augen waren hell und entrückt in dem breiten Gesicht.

»Trudi?«

»Kein Mensch – kein Mensch hat je irgendwas gesagt.«

»Was gab es da zu sagen?«, fragte Eva, und dann sagte sie leise und als bisse sie sich mitten im Satz auf die Zunge: »Aber natürlich ...«

Trudi fühlte kalten Zorn in sich aufsteigen. »Natürlich was?«

»Nichts.«

»Natürlich hat die arme Trudi ja sonst nie einer geküsst ...« Jetzt bohrte sich ihr Blick in Evas Augen. »War es das, was du gedacht hast, Eva Sturm?«

»Das habe ich überhaupt nicht gemeint.«

»Warum hast du dann *natürlich* gesagt.«

»Weil ich zuerst nicht verstanden hatte, wieso du mich nach diesem Abend fragst. Das natürlich bezog sich auf Klaus Malter. Er hat nichts mehr über den Kuss gesagt?«

»Nie.«

»Dieser – dieses Schwein. Bis jetzt habe ich immer ziemlich viel von ihm gehalten.«

»Aber du hast uns gesehen.«

»Ja, ich habe euch gesehen.« Eva nahm Trudis Gesicht zwischen ihre Hände. Ihre Finger lagen warm auf Trudis breiten Wangenknochen und Wangen. »Du hast an dem Abend wunderhübsch ausgesehen.«

»Ich habe mich manchmal gefragt, ob es wirklich passiert ist.«

»Es ist wirklich passiert.« Der obere Rand des Muttermals schaute aus Evas gerafftem Blusenausschnitt hervor, und Trudi sah sie vor sich, wie sie an jenem Tag vor langer, langer Zeit am Bach gestanden und ihr Unterhemd hochgehoben hatte, um ihr eigenes Anderssein zu offenbaren. Sie fragte sich, ob das Mal wohl blasser geworden war, als Evas Brüste die Haut gedehnt hatten, und sie wurde plötzlich verlegen, weil sie so gern gesehen hätte, ob es immer noch ihre Brustwarzen bedeckte. »Und wenn ich mal Kinder bekomme, trinken sie rote Milch aus mir.« Jetzt würde Eva vielleicht nie Kinder haben. Nicht, wenn sie in diesem Land bleibt, dachte Trudi, und sie wünschte, sie könnte ihre Freundin sicher hinter den Zauberranken verbergen, die sie einst im Traum gesehen hatte.

»Ich erinnere mich, wie ich dir beim Tanzen zugeschaut habe«, sagte Eva. »Ich weiß noch, dass ich gestaunt habe, weil ich gar nicht wusste, dass du so gut tanzen konntest.«

»Ich konnte gar nicht tanzen.«

»Dann musst du ein Naturtalent sein.«

»Und was noch? Was hast du noch gesehen?«

Eva lächelte und ließ Trudis Gesicht los. »Klaus ... ich habe gesehen, dass er von dir sehr angetan war und dass ihm das Tanzen Spaß gemacht hat und ...«

»Und was?« Wie begierig ihre Stimme klang.

»Willst du's wirklich hören?«

Trudi schluckte.

»Ich habe gesehen, wie er dich geküsst hat und wie er es durch und durch genossen hat. Ich hoffe, er wird dafür in der Hölle schmoren.«

»Nicht für den Kuss – nur dafür, dass er so getan hat, als wäre es nie passiert.«

»Wahrscheinlich wird er es kurz vor seinem Tod noch beichten, damit er nicht in die Hölle muss.«

»Ja, fünf Minuten, bevor er seinen letzten Atemzug tut.«

Eva lachte. »Das gefällt mir an eurer Religion: Man kann das größte Schwein sein, und wenn man es zeitlich richtig hinbekommt und noch schnell beichtet, ehe man seinen Geist aufgibt, ist man gerettet. Vielleicht sollte ich konvertieren. Euer dicker Priester hat sich jedenfalls alle Mühe gegeben, mich herumzukriegen.«

»Er ist nicht *mein* dicker Priester.« Trudi grinste. »Aber was die Zeitplanung angeht, hast du recht. Darauf läuft alles hinaus ... dass man weiß, wann diese letzten fünf Minuten anfangen, damit man sie nicht verpasst.«

»Natürlich muss dann auch gerade ein Priester zur Hand sein.«

»Das stimmt.«

»Gab es da sonst noch jemanden?«

Trudi zögerte. »Was meinst du?«, fragte sie, obwohl sie genau wusste, was Eva gefragt hatte.

»Einen anderen Mann.«

»Nein ... außer ...« Trudi zuckte die Achseln.

»Erzähl.«

»Ach, es ist nichts weiter, aber ...«

»Erzähl!«

»Dieser – dieser Mann ... der mit mir essen gehen wollte.«

»Und?« Evas Augen glitzerten.

»Na ja, ich habe Nein gesagt. Aber ich denke manchmal ... Und wenn ich Ja gesagt hätte?«

»Jemand, den ich kenne? Wie heißt er?«

»Max. Und du kennst ihn nicht.«

»Was macht er?«

»Er ist Lehrer. Privatlehrer, genauer gesagt.«

»Wie hast du ihn kennengelernt?«

Jetzt wünschte Trudi, sie hätte nichts von Max gesagt. Beschämt wegen der Sache mit dem Brief, ging sie zu dem Ständer mit dem ausgestopften Eichhörnchen und schnippte den Staub von dessen Schwanz.

Aber Eva ließ nicht locker. »Woher kennst du ihn? Mir kannst du's ruhig erzählen.«

»Ach, er kommt manchmal in die Leihbücherei.« Das war eine Halbwahrheit, keine richtige Lüge.

»Wenn du ihn das nächste Mal siehst, sag ihm einfach, du willst mit ihm essen gehen.«

»Das geht nicht.«

»Warum?«

»Weil ich nicht weiß, ob ich ihn jemals wiedersehe.«

Wenn Emil Hesping kam, hörten Trudi und ihr Vater mit ihm den verbotenen britischen Sender in dem Radio, das Trudis Vater ganz hinten in seinem Kleiderschrank versteckte. Herr Hesping verstand genug Englisch, um ihnen die Nachrichten zu übersetzen. Wenn die fremden Worte unter Knistern und Knacken durch den Äther kamen, ließen sie das Radio leise gestellt und legten die Ohren an das geschwungene Holzgehäuse, das genauso honigfarben war wie die Holzvertäfelung in Leos Schlafzimmer. Die Erkennungsmelodie des Senders war so eindeutig, dass man vorsichtig sein musste, damit einen nicht draußen jemand hören und verraten konnte.

Die Nachrichten, die die Zeitungen und die deutschen Sender brachten, waren zensiert, aber über den britischen Sender konnte man wenigstens den Stand des Krieges in Erfahrung bringen. Trudi erschien es sehr wichtig, zu wissen, was wirklich passierte, und es zu verbreiten, auch wenn sich viele Leute, die sonst immer begierig auf ihre Geschichten gewartet hatten, davor zu fürchten schienen, die Wahrheit über den Krieg zu hören. Sie wollten lieber so tun, als bombardierten die Briten *keine* deutschen Städte, als hätten die Deutschen *nicht* alle Männer von Lidice getötet – jenem tschechischen Dorf, wo die Mörder Reinhard Heydrichs, der als der Kopf der Judenverfolgung bezeichnet wurde, Unterschlupf gefunden hatten.

»Was glauben Sie, was die Amerikaner tun werden?«, wurde Trudi oft gefragt, als ob sie über ihre Tante Helene in New Hampshire direkten Zugang zu den Plänen der amerikanischen Militärs hätte.

»Die Amerikaner werden das nicht mehr lange zulassen«, erklärte sie mit einer Sicherheit, von der sie wünschte, sie besäße sie.

Sie konnte ihre Neuigkeiten schneller verbreiten, seit sie mit dem Fahrrad unterwegs war, das sie sich von dem Geld aus Tante Helenes Weihnachtspäckchen gekauft hatte. Es war die letzte Sendung aus Amerika gewesen, die angekommen war. Zuerst hatte sie gezögert, das Geld für sich selbst zu verwenden, aber die Hälfte der Scheine, die in den hölzernen Garnspulen gesteckt hatten, waren ausdrücklich für sie bestimmt gewesen. In ihrem Brief hatte Tante Helene darauf bestanden, dass sie sich etwas kaufen sollte, und als Trudi die Scheine auseinanderrollte, hatten sie sich sofort wieder zusammengekringelt. Nachdem Trudi das Garn Herrn Blau gegeben hatte, der oft bis spät in die Nacht Sachen für die Untergetauchten nähte, hatte sie von Ingrids Vater ein Kinderrad erworben, das sie zu einer wesentlich effizienteren Nachrichtenübermittlerin machte.

Es war eine Ironie des Schicksals – Erwachsenenräder und normal große Schläuche waren nicht mehr erhältlich, da der Materialmangel inzwischen alle Lebensbereiche erfasst hatte, aber da Kinderfahrräder ein Luxus waren, den sich niemand mehr leisten konnte, hatte Herr Baum noch zwei da, und er ließ Trudi das Rad, das ihr besser gefiel, zu einem Sonderpreis. Er gab ihr sogar noch ein Paar Ersatzschläuche und eine Luftpumpe gratis dazu – »Weil Sie es sind«, sagte er und beugte sein Grinsen dicht an ihr Gesicht, aber sie trat rasch einen Schritt zurück, ehe er sie ins Hinterteil zwicken konnte.

Es war ihr erstes Fahrrad. Mit dem Dreirad, das sie als Kind bekommen hatte, hatte sie nie viel anfangen können: Zuerst war sie nicht bis an die Pedale gekommen, und als sie es dann geschafft hatte, waren ihre Altersgenossen bereits auf richtigen Rädern herumgesaust, und sie hatte sich geschämt, Dreirad zu fahren. Aber dieses neue Rad hatte die Proportionen eines Erwachsenenrads, nur dass es im Ganzen kleiner und niedriger war, und mit dem stabilen weißen Rahmen und dem schwarzen Sattel wirkte es überhaupt nicht kindisch.

Binnen eines Tages lernte Trudi, damit zu fahren. Damit es ihr nicht gestohlen wurde, nahm sie es mit ins Haus. An manchen Abenden ließ sie

Konrad, der noch nicht Rad fahren gelernt hatte, im Flur üben. Sie rannte hinter ihm her und lachte über seine wackligen Versuche.

Jetzt konnte sie, wenn es sein musste, in Minutenschnelle überall hinkommen: ohne sich mit Strümpfen und Korsage abzuplagen, streifte sie sich irgendwelche Sachen über, egal, ob sie zusammenpassten oder nicht. Als sie einmal auf ihrem Fahrrad am Schaufenster des Lebensmittelgeschäfts vorbeifuhr und ihr Spiegelbild sah – die gestreifte Strickjacke, die um ihr geblümtes Kleid flatterte –, dachte sie, wie entsetzt Frau Simon über ihren Aufzug wäre.

Konrad half ihr gerade, das Rad mit einem Wildledertuch zu polieren, als sie die nächtlichen Schüsse ganz in der Nähe hörten, aber Trudi fand erst am nächsten Morgen heraus, was passiert war. Auf dem Dachboden von Herrn Neumaiers Schwiegersohn, der in Russland kämpfte, hatte man zwei Juden entdeckt. Sie waren beide auf der Stelle erschossen worden, vor den Augen der Apothekerstochter und ihrer Mutter, die sich die Schürze vors Gesicht hielten, um das Blut nicht sehen zu müssen. Als die beiden Frauen zum Verhör ins Theresienheim gebracht wurden, musste der Apotheker auch mit, noch in der warmen grauen Unterwäsche, in der man ihn aus dem Bett gezerrt hatte.

Er versuchte, dem Beamten klarzumachen, dass er seit über dreißig Jahren nicht mehr mit seiner Tochter geredet hatte. »Sie hat einen Protestanten geheiratet«, sagte er, als müsste ihn das von jedem Verdacht der Mittäterschaft reinigen. Seine Frau habe sich im Jahr nach der Hochzeit ihrer Tochter von ihm scheiden lassen, erklärte er, und seither habe er kein Wort mehr mit ihr gesprochen. Und auch nicht mit seinen Enkelkindern, die bereits erwachsen seien und woanders lebten.

»Wann haben Sie Ihre Frau das letzte Mal gesehen?«

»Gestern – aber ...« Er presste die schmalen Lippen zusammen, aber seine fleischigen Backen arbeiteten, als kaute er auf seinen Worten. »Das heißt nichts. Ich sehe sie fast jeden Tag. Weil sie gleich um die Ecke wohnt und an der Apotheke vorbeimuss, wenn sie zum Markt geht.« Seine Augen huschten zu seiner Ex-Frau hinüber und wieder zurück zu dem Beamten, der ganz und gar nicht überzeugt wirkte. »Sags ihm, Anneliese.« Seine Stimme war schrill. »Sag ihm, dass wir nie miteinander reden.«

Sie antwortete nicht.

»Jetzt reden Sie aber mit ihr«, bemerkte der Beamte.

»Aber verstehen Sie denn nicht …« Er nannte Zeugen: Anton Immers und zwei andere Männer aus dem Schachklub – gute alte Freunde, wie er sagte, die sich jedoch hüteten, irgendwelche näheren Kontakte zu dem Apotheker einzugestehen, und daher keine klare Aussage zu dem angeblichen Schweigen zwischen ihm und seiner Frau liefern konnten.

Trotz seiner Proteste wurde er im Theresienheim festgehalten und binnen einer Woche mit demselben Zug wie seine Frau und seine Tochter in ein Arbeitslager abtransportiert.

»Sie hätten die beiden Frauen auch erschießen können«, sagte Emil Hesping zu Trudi. Er drängte sie und Leo schon fast einen Monat, Frau Neimann und Konrad in ein anderes Versteck zu schicken. »Es ist gefährlich, sie zu lange dazubehalten. Nicht nur für euch. Auch für sie.«

Trudi argumentierte so wie bisher auch: »Niemand weiß, dass sie hier sind.« Aber wenn Herr Hesping recht hatte? Sie fürchtete sich davor, Konrad gehen lassen zu müssen, und sie konnte die Vorstellung nicht ertragen, keine Ahnung zu haben, wie es ihm ging. Diese Ungewissheit erschien ihr schlimmer, als um ihre eigene Sicherheit fürchten zu müssen.

Herr Hesping rieb mit dem Daumen an einem kleinen Fleck auf seinem Anzugrevers herum und wartete ab.

Sie fühlte sich genötigt, ihm zuzustimmen. »Also gut«, sagte sie ärgerlich. »Meinetwegen.«

»Ich lasse euch wissen, wann. Und, Leo, diese verbotenen Bücher, die du in der Leihbücherei aufbewahrst …«

»Ich weiß. Jetzt, wo die Leute da sind, habe ich auch schon gedacht, ich sollte sie wegschaffen.«

»Du musst sie verbrennen.«

»Genau das wollte ich vermeiden.«

»Ich bin nicht bereit, sie in meinem Auto wegzubringen und mich wegen so etwas erwischen zu lassen.«

»Verbrennen …«, sagte Leo leise.

»Es tut mir so leid.« Trudi legte ihm die Hand auf den Arm. Sie wandte sich Emil Hesping zu. »Wohin werden Sie Konrad und seine Mutter bringen?«

»Es ist schon etwas arrangiert.«

»Und ich darf nicht fragen.«

Er schüttelte den Kopf.

»Ich weiß«, sagte sie traurig.

»Ihr nützt uns nur etwas, wenn wir die Sache weiterführen können.«

»*Uns, wir* ... Wer ist *wir*? Wer noch?«

»Glaubst du, es wäre gut, wenn ich darauf antworten würde?«

»Ja«, sagte sie. »Nein.«

Am nächsten Morgen verteilte Leo in Schönschrift geschriebene Essens-einladungen für den Abend an Trudi, Eva, Frau Neimann und Konrad. Er verbannte alle aus der Küche und weigerte sich, auf Trudis Fragen irgendetwas anderes zu antworten, als dass sie sich fein machen sollten. Sie ärgerte sich über sein Theater, seine Heimlichtuerei – das schien so trivial angesichts der Tatsache, dass sie Konrad wegschicken mussten. Aber da der Junge wegen der Einladung schon ganz aus dem Häuschen war, tat sie, als freute sie sich auf das Essen.

Sie arbeitete den ganzen Tag allein in der Leihbücherei. Ein paar Mal, als keine Kunden da waren, kam ihr Vater herein und nahm einen Armvoll Bücher unten aus den Kartons. »Ich muss sagen«, erklärte er, »als Brennmaterial zum Kochen sind sie gar nicht schlecht.«

»Nach dem Krieg werden wir sie neu kaufen«, sagte sie trotz ihrer Gereiztheit und Niedergeschlagenheit.

Noch hatte sie Konrad und seiner Mutter nicht gesagt, dass sie bald gehen mussten. Wozu sie unnötig aufregen? Es konnte Wochen dauern. Oder Stunden, dachte sie. Oder Stunden. Sie musste sich zwingen, den Klatschgeschichten zuzuhören, die die Kundschaft mitbrachte. Widerstrebend machte sie sich für den Abend fertig. Sie zog das Leinenkostüm an, das sie in dem Jahr vor Ausbruch des Krieges genäht hatte, und lieh Frau Neimann ihren guten Fransenschal. Eva trug ihren Faltenrock mit einer grünen Seidenbluse, und der Junge sah in dem dunklen Anzug mit knielangen Hosen, den ihm Herr Blau aus einem alten Stoff genäht hatte, richtig erwachsen aus.

Als Trudis Vater sie schließlich alle in die Küche ließ, trug er seinen Sonntagsanzug und den goldenen Schlips. Die Silberstreifen glitzerten im Schein der sechs Wachskerzen, die er auf den Tisch gestellt hatte. Es gab Braten – einen ganzen Braten in einer Terrine mit dicker Soße. Trudi konnte sich nicht erinnern, wann sie das letzte Mal einen ganzen Braten gesehen hatte. Irgendwie hatte ihr Vater es geschafft, Erbsen, Spargel und Kartoffelklöße herbeizuzaubern und außerdem noch einen Erdbeerkuchen und zwei Flaschen Sekt. Mitten auf dem Tisch stand eine Vase mit roten und gelben Tulpen.

Konrad klatschte in die Hände.

Seine Mutter trat auf den Tisch zu.

»Gestatten Sie.« Leo Montag bot ihr seinen rechten Arm und Eva den linken und geleitete sie beide zu ihren Stühlen.

Trudi fragte sich besorgt, was er wohl gegen das ganze Essen eingetauscht hatte. Nicht das Radio, dachte sie. Nicht das Radio.

»Bitte, nehmen Sie Platz«, sagte er.

Sie kletterte die drei Tritte ihres Esstischstuhls hinauf, und als sie Eva ansah – deren Gesicht die gleiche wild entschlossene Fröhlichkeit zeigte wie damals bei dem Kostümfest, als sie in ihrem Nonnengewand so hemmungslos getanzt hatte –, beschloss Trudi, sich auf das Fest ihres Vaters einzulassen, dieses Fest, das ja auch aus Chaos erwachsen war.

Und auch wenn sich ihr Lachen anhörte, als hätten sie es einer unsicheren Zukunft gestohlen, wärmte und füllte das Essen doch ihre Bäuche, und der Sekt rötete ihre Gesichter. Ihr Vater referierte die albernsten Handlungsmuster der Liebesromane aus der Leihbücherei, und Trudi sah, dass Frau Neimann und Eva seinem Charme erlagen. Das Festmahl, das er zubereitet hatte, und seine Resümees stereotyper Liebeswirren, die immer in tränenreichen Versöhnungen und kitschigen Schlussszenen endeten, linderten die Angst, mit der sie alle jeden Abend ins Bett gingen und die wieder auf sie lauerte, wenn sie in den frühen Morgenstunden erwachten.

Das ist gefährlich, wollte Trudi sie warnen. Bis jetzt waren sie immer so vorsichtig gewesen, nie mehr als zwei Gedecke gleichzeitig aufzulegen, aber als sie in die strahlenden Gesichter sah, wusste sie, nicht weiterzufeiern wäre noch gefährlicher, denn es würde den Lebensmut untergraben, den dieser Abend wieder mobilisiert hatte.

Doch im Lauf des Abends wurde Leo Montag immer ernster, und es schien ihn große Anstrengung zu kosten, sie weiter zu unterhalten.

»Was ist?«, fragte Trudi schließlich.

Er sah von ihr zu Frau Neimann, die die Hände vor den Mund schlug.

»Nein«, sagte Frau Neimann.

Leo nickte.

»Wohin?«, fragte Frau Neimann.

»Das hat man mir nicht gesagt. Es ist besser so. Aber ich weiß, dass Sie dort sicher sein werden.«

»Wann?«

»Heute Nacht.«

Sie wies mit einer Kopfbewegung auf Eva. »Und was ist mit ihr?«

»Nur Sie und Ihr Sohn.«

»Ich verstehe ... Wer bringt uns hin?«

»Herr Hesping. Sie können ihm hundertprozentig vertrauen.«

Trudi stieg von ihrem Stuhl und legte die Arme um den Jungen.

»Kommst du mit?«, fragte er.

»Ich kann nicht.«

»Warum müssen sich Leute verstecken?«

Tränen drängten in ihre Nase, ihre Augen, und sie hielt sie mit einem Schluchzen zurück. »Das war nicht immer so.«

Die Verstörtheit war aus den Augen des Jungen gewichen. Er suchte Antwort bei ihr, nicht bei seiner Mutter.

Sie leitete ihre Abschiedsgeschichte ein. »Ich will dir erzählen, wie es war, bevor Leute gejagt wurden, Konrad ...« Um die Zeit anzuhalten, schloss sie die Augen und stellte sich vor, dass Pia mit ihr hier in dieser Küche saß und Othello, der Papagei, zwischen ihnen hin- und herflog, während sie beide für den Jungen das Bild der Insel woben, ein Tapisseriebild, so reich und prächtig, dass er sich einfach hineinversetzen konnte, wann immer er es brauchte ... »Und auf dieser Insel waren die Gehwege aus weißem Marmor. Jede Nacht wusch ein warmer Regen die Straßen und die dichten Blätter der Bäume. Am Tag schien immer die Sonne, und man konnte in der Bucht schwimmen.«

»Sogar im Winter?«

»Sogar im Winter. Die Bäume hingen voll tropischer Früchte und Nüsse, und niemand wusste, was Hunger hieß.«

Er seufzte. »Warum können wir nicht dorthin gehen?«

Wenn es die Insel doch nur wirklich gäbe. »Vielleicht«, sagte sie, »ist es Zeit für mich, wieder auf die Insel zurückzukehren.«

»Wie heißt sie?«

»Die Insel der kleinen Leute. Wo ich aufgewachsen bin.« Sie spürte den Blick ihres Vaters, und als sie zu ihm hinüberschaute, sah sie in seinen Augen so viel Schmerz und Liebe, dass sie es kaum ertragen konnte. »Eine Zauberinsel, Konrad, wo niemand größer ist als du und ich, wo Orchideen und Papageien und ...«

»Warum bist du dort weggegangen?«

»Weil ...« Sie suchte in ihrem Inneren nach dem Kern der Geschichte, und als sie ihn fand, erschrak sie, weil er den Jungen nicht trösten würde, wie sie gedacht hatte; und doch musste sie die Geschichte für ihn weitererzählen und gleichzeitig selbst versuchen, ihre Bedeutung zu verstehen. »Weil die Wasserfälle austrockneten. Vögel fielen vom Himmel. Alles verwelkte. Berge stürzten in sich zusammen, verschütteten die wunderschönen Edelsteintunnel ...«

»Warum?«

O Gott, sie wollte Konrad nicht gehen lassen. Sie hatte noch nie ein Kind so geliebt, und sie wollte ihn nicht hergeben, wollte ihn mit ihrem Körper vor jedem schützen, der es wagte, ihn anzurühren. *Er ist nicht mein Kind. Nicht meins.* Als sie einen Schritt zurücktrat, wurde ihr klar, dass sie nicht einmal ahnte, was die jähe Trennung von Angehörigen und Freunden bedeutete, die Juden tagtäglich erlitten. Sie hatte ihre Mutter verloren und diesen Schmerz erfahren, aber das war nur ein Verlust gewesen, nicht eine ganze Serie von Verlusten, noch dazu verbunden mit der Angst um das eigene Leben.

Wütend, dass sie in diesen Zeiten, unter diesen Gesetzen leben musste, senkte sie ihren Blick tief in die Augen des Jungen und versuchte, sich seiner Seele einzuprägen. *Du wirst dich immer an mich erinnern. Du wirst mich nie vergessen.*

»Warum ist alles verwelkt?«, wollte er wissen.

»Weißt du – normal große Leute wollten auf der Insel leben ...« Es fiel ihr schwer weiterzureden, aber sie musste. »Sie wollten auch etwas von ihrem Zauber haben. Aber die kleinen Leute waren sich uneinig, was sie tun sollten. Manche sagten: ›Ja, wir können doch alle auf der Insel leben, egal, wie groß wir sind ...‹«, ja, ihre Brust schmerzte. Ihr Kopf tat weh. »Aber die meisten wollten die großen Leute nicht auf die Insel lassen. Sie wussten nicht viel über sie – daraus entstehen die Vorurteile, Konrad – und hatten deshalb Angst vor ihrer Andersartigkeit. Sie wollten die Insel für sich behalten und fingen an, die großen Leute zu jagen … und sie jagten sogar die kleinen Leute, die die großen Leute zu beschützen versuchten.«

Sie fühlte, wie sich das Ende der Geschichte um sie und den Jungen wand und auch die anderen am Tisch mit umschlang: Sie hörten aufmerksam zu – nicht lachend, wie bei den Geschichten ihres Vaters, sondern bestürzt und traurig. »Alles auf der Insel verdorrte. Die Palmen verloren ihre großen Blätter. Pfirsiche verschrumpelten. Orangen wurden braun. Auch der größte Wasserfall war nur noch ein trübes Rinnsal.«

Es war ganz still in der Küche.

»Ist das der Schluss?«, fragte Konrad.

»Vorerst ja.« Wenn sie doch nur eine optimistische Geschichte fände, um sie ihm mit auf den Weg zu geben. Wenn er doch nur aus Deutschland herauskäme, so wie Stefan Blau vor fast einem halben Jahrhundert.

»Eines Tages wird es wieder anders«, sagte Konrad zu ihrem Erstaunen.

»Bestimmt«, pflichtete sie ihm rasch bei.

Ihr Vater stand auf. Alle sahen ihn an, aber niemand sagte etwas.

Frau Neimann schob ihren Stuhl zurück. »Ich muss packen. Es …« Ihre Stimme versagte. »Es ist Zeit, oder? Es ist doch wohl Zeit.«

Er nickte.

»Ich helfe Ihnen«, erbot sich Eva.

Trudi stürzte zur Spüle und ergriff die fast leere Handmilchflasche. »Vergessen Sie das hier nicht.«

Frau Neimanns Kinn zuckte. Sie schüttelte den Kopf.

Trudi drückte ihr die Flasche in die Hand. »Bitte. Sie und Konrad – Sie haben uns so viel gegeben.«

Im Hochsommer verströmte das Zeltleinen, mit dem der Tunnel ausgekleidet war, einen modrigen Geruch, und als Herr Blau es ablöste, waren dahinter große Schimmelflecken, und ein feiner Erdregen rieselte herab.

Ihr neuester Schützling, ein Taxifahrer aus Bremen, der schon in neun anderen Verstecken gewesen war, sorgte sich, ob der Boden über dem Tunnel womöglich eingesunken war.

»Das könnte man von der Straße aus sehen«, warnte er.

Herr Blau beruhigte ihn: »Zwischen meinem Haus und der Leihbücherei geht niemand durch.«

Aber als Leo den schmalen Grasstreifen inspizierte, entdeckte er eine flache Pfütze genau über dem Tunnel. In dieser Nacht stützten er und der Taxifahrer den Tunnel mit Pfählen und Balken ab, die in Herrn Blaus Keller lagerten. Sie diskutierten, ob man die Pfütze aufschütten solle, entschieden sich aber dagegen, weil die frische Erde mitten im Gras noch mehr auffallen würde.

Ihre nächsten Gäste, zwei ältere Schwestern aus Köln, schlugen vor, den Tunnelboden mit Brettern auszulegen, damit ihre Röcke trocken blieben.

»Dann könnte das Wasser durch die Ritzen ablaufen«, sagte die Größere, nachdem Trudi die Flucht mit ihnen geprobt hatte.

»Ja«, sagte die andere. »Wir könnten über die Bretter kriechen, ohne schmutzig zu werden.«

Irgendwie trug jeder der Untergetauchten etwas zur Verbesserung des Tunnels bei. Eva spannte dünnen Stoff von ihrem Nachthemd unter der Tunneldecke, um die Erdkrümel aufzufangen, die einem sonst in die Augen oder in den Kragen fielen. Sie war die Einzige, die schon seit dem Frühjahr bei Trudi und Leo war. Die anderen kamen und gingen in kurzen Abständen und brachten schreckliche Geschichten mit, schrecklicher als alles, was Trudi sich hätte ausdenken können, als ob irgendeine Gottheit verrückt geworden wäre und wahnsinnige Schicksale ersann; und jedes Schicksal barg in sich zugleich noch die Schicksale anderer, denen die Untergetauchten auf ihrer verzweifelten Flucht begegnet waren. Wenn Trudi ihnen zuhörte, überkam sie das Gefühl, mit etwas ganz und gar Unglaublichem konfrontiert zu sein, so, als geschähe das alles in einer Welt, die noch viel weiter weg war als Pias Insel. Alles, was in ihrer Umgebung passiert war, bevor Hitler und seine braunen Horden die Macht ergriffen hatten – selbst der Tod ihrer Mutter, das Verschwinden von Georg Weilers Vater und Klaus Malters Hochzeit, ja, sogar die Sache im Braunmeier'schen Stall –, waren Dinge gewesen, die im Bereich ihrer Vorstellungskraft lagen, die sie selbst in einen größeren Zusammenhang hätte einweben können; aber diese neuen Geschichten, die ihr die Untergetauchten zutrugen, hätte sie niemals erfinden können: Sie verschlugen ihr die Sprache, erschlugen sie mit ihrer Endgültigkeit, auch wenn das Ende im Dunkeln blieb.

Zweimal durchsuchte die Polizei die Nachbarschaft, während Flüchtlinge drunten im Tunnel kauerten, und Trudi war verblüfft, wie leicht ihr das Lügen fiel: »Nein, wir haben schon seit Tagen keinen Besuch mehr gehabt ... Mein Vater und ich – wir reden mit den Kunden, die in die Leihbücherei kommen, aber ansonsten leben wir ziemlich zurückgezogen ... Eva Sturm?« Sie legte den Kopf schief, zog den Hals ein, machte sich noch kleiner, harmlos, hilflos. »Natürlich kenne ich Eva Sturm ... von klein auf ... Ich war ja auch zu ihrer Hochzeit eingeladen. Eine wundervolle Hochzeit war das. Sie hätten – nein, nein, gesehen habe ich sie nicht. Schon seit Monaten nicht mehr ...« Ihr Körper verfiel in ein Hinken, hielt sie einige kostbare Sekunden auf, wenn sie sich erbot, sie durchs Haus zu führen, und sie humpelte unbeholfen zur Seite, wenn sie an ihr vorbeidrängten.

Innerlich betäubt durch die kalte Gewissheit, dass der Tunnel sicher war – sicher sein musste –, wartete sie an der Haustür, mit ruhigem Puls und höflicher Miene, ließ sie hinaus. Dann erst, wenn sie den Schlüssel im Schloss umgedreht hatte, begann sie zu zittern. Sie hielt sich am Geländer fest und sagte sich, dass es für Eva und die anderen im Tunnel noch viel schlimmer war und dass sie ihnen schnellstens sagen musste, sie könnten wieder herauskommen, aber sie musste sich erst eine Weile auf die Stufen setzen, ehe ihre Beine sie wieder trugen.

Emil Hesping und der Bischof koordinierten eine ständig wechselnde Zahl von Verstecken, von Köln bis hinauf zur holländischen Grenze. Da Emil immer schon zwischen seinen Turnvereinen hin- und hergefahren war, schöpften die Leute keinen Verdacht, wenn sie ihn ein paar Tage nicht sahen.

»Das Allerwichtigste ist«, ermahnte er Trudi regelmäßig, »dass keine Gruppe etwas über die anderen Gruppen weiß. Wir müssen auch aufpassen, was wir den Leuten sagen, die wir verstecken. Denk dran – sie könnten gefasst und zum Reden gebracht werden.«

»Das brauchen Sie mir nicht immer wieder zu sagen«, erklärte Trudi dann.

»Ich muss es mir selbst immer wieder sagen.«

Ihr Umgang mit Geschichten hatte sich geändert: Sie wählte sie sorgsam aus, immer auf die Sicherheit derer bedacht, die von ihr abhängig waren, auch wenn sie sich eingeschränkt fühlte, weil da so vieles war, worüber sie nicht reden durfte – wie die von Arthritis verkrüppelte Frau, deren Mann so zärtlich für sie gesorgt hatte, ohne zu ahnen, wie verblüfft Trudi über eine solche Liebe war, die nicht vor physischem Anderssein zurückscheute; oder die junge Krankenschwester aus Berlin, die den Montags zwei Löffel gestohlen hatte, ehe sie in ein neues Versteck gebracht worden war; oder der junge Priester, der seinen Namen hasste, weil er Adolf hieß, und der ihr einen ganz neuen Respekt vor Kirchenleuten eingeflößt hatte, nicht nur, weil er in seiner Kirche in Dresden Juden versteckt hatte, sondern auch durch seine Geschichten von anderen Priestern und Geistlichen, die – obwohl sie, wie er sagte, zum Teil ängstliche Gemüter waren – gegen die Judenverfolgung eingetreten und deswegen verhaftet oder sogar getötet worden waren.

Diese Geschichten stauten sich in Trudi auf, bildeten ein Reservoir, aus dem sie nicht schöpfen konnte, obwohl es mit jedem Tag der Angst um all die, die ihr Haus mit ungewissem Ziel verließen, tiefer wurde. Sie versuchte, sich zu sagen, dass sie sie nach dem Krieg loswerden könne, sie nur bis dahin aufhob; aber ein Teil von ihr wusste, dass diese Geschichten sich nie entfalten würden, dass es nach dem Krieg nur wenige Leute geben würde, die sie hören wollten, da die Burgdorfer ganz damit beschäftigt wären, aus dem, was geschehen war, eine Geschichte zu machen, mit der sie ruhig schlafen, eine heile Welt, die sie der nächsten Generation weitergeben könnten. Ironischerweise war es dann gerade Anton Immers – einer der wenigen, die zugaben, an den Führer geglaubt zu haben –, der den wackeren Burgdorfern ein Dorn im Fleisch wurde, denn er bedauerte das Ende des Naziregimes und träumte von seiner ruhmreichen Auferstehung.

Trudi begriff sich immer mehr als eine Art Kurierin; sie behielt ihre Geschichten für sich und verbreitete die Informationen des britischen Senders über die militärische Lage, die gewöhnlich dem widersprachen, was die deutschen Sender brachten. Sie musste oft an Konrad denken und gegen das schreckliche Gefühl ankämpfen, dass er, wo immer er sich aufhielt, in Gefahr war. Was den Priester Adolf anging, so wusste sie, seit sie ihn zum ersten Mal gesehen hatte, dass er den Krieg überleben würde: Es lag in seinen Augen, in der Art, wie sich sein abgezehrter Körper bewegte. Nachdem er während des Gottesdienstes verhaftet worden war, hatte er es geschafft, in den dichten Wald zu flüchten, kurz bevor der Transport am Tor des Konzentrationslagers Buchenwald bei Weimar angelangt war.

Am Abend, ehe der Priester die Leihbücherei wieder verlassen sollte, sah Trudi ihm beim Rasieren zu. Sie hatte einen ihrer goldgerahmten Spiegel für ihn auf den hinteren Rand der Spüle gestellt. Es war einer jener heißen Juniabende, an denen die Luft so feucht war, dass einem der Schweiß auf der Haut stand. Während Adolf sich das Gesicht mit der Rasierseife ihres Vaters einschäumte, zeigte er ihr, wie einer der Aufseher im Zug den Daumen in die weiche Stelle hinter seinem Ohr gestoßen hatte.

»Einen Moment lang habe ich gedacht, ich sterbe. Und dieser Transport hat mich gelehrt, was Hunger ist. Ich wusste vorher nicht, dass es solchen Hunger gibt. Ich habe mich dafür geschämt.« Er sprach schnell, fast flüsternd. »Hinter dem Hunger lauerte eine ständige Gier – wie ein wilder Hund, der sich jeden Moment losreißen kann. Ich hatte mehr Angst vor dieser Gier als vor den Wächtern, Angst, wozu sie mich treiben könnte ...«

Er starrte in den Spiegel und hob das Rasiermesser. »Dieser Hunger – der hat bei manchen von uns das Schlimmste zum Vorschein gebracht und bei anderen das Beste ... Ich habe gesehen, wie ein alter Mann niedergetrampelt wurde, als andere sich um eine rohe Kartoffel stritten. Aber natürlich waren nicht alle so. Viele haben verzichtet und das bisschen, was sie hatten, geteilt. Mir war schwindlig und kalt und schwach vor Hunger – das war alles, was mich beschäftigt hat ... Ich habe mir die Nähe zu Gott zurückgewünscht, habe versucht, mich darauf zu besinnen, wie viel Freude mir das Orgelspielen gemacht hat, aber alles drehte sich nur noch um meinen Bauch. Er war mein Gott, mein einziger Gefährte ...«

»Nachdem ich geflüchtet war ...« Er schüttelte den Kopf und setzte noch einmal an, und was er erzählte, raubte Trudi endgültig jeden Zweifel, den sie vielleicht noch gehegt hatte, da die Gerüchte über die Menschen, die zu Hunderten in diesen Lagern starben, viel zu entsetzlich schienen, um wahr zu sein. Sie sah den Priester zusammengeduckt zwischen den Bäumen außerhalb des hohen Stacheldrahtzauns kauern, sah ihn davonstolpern, weg von dem Massengrab – nackte Leichen in einer Erdgrube, obszön ineinander verschlungen. Er schlug sich durch den Wald bis nach Weimar durch, der Stadt, in der seine Lieblingsdichter Goethe und Schiller gelebt und geschrieben hatten, und versteckte sich zwischen den hohen

Grabmalen auf dem Friedhof, ganz in der Nähe der Gruft, wo die beiden Dichterfürsten ruhten.

»Diese Nächte auf dem Friedhof ...« Der Priester schabte den Schaum von seiner linken Wange. »Ich dachte, ich werde verrückt werden. Ich konnte nicht begreifen, wieso manche Menschen prächtige Grabsteine bekommen, während andere spurlos beseitigt werden. Das fand ich schlimmer als alles Unrecht, das mir je zu Ohren gekommen war. Ich konnte es nicht verstehen. Ich habe es versucht, und der Versuch hat mich fast in den Wahnsinn getrieben ...«

Er hatte sich langsam nach Westen durchgeschlagen, mithilfe von Menschen, die er, wie er sagte, nie vergessen werde. Unterwegs hatte er andere Flüchtlinge getroffen, aber nur eine Frau, die tatsächlich aus einem KZ entkommen war – ein Aufseher hatte sie aus Dachau hinausgeschmuggelt. Diese Frau, die mit dem Priester acht Tage ein Versteck hinter der falschen Rückwand eines Wandschranks geteilt hatte, hatte ihm von dem Lager erzählt – von dem Dreck, dem Hunger, den eitrigen Wunden –, aber das Schlimmste war für sie der Duschraum gewesen, wo sie sich, zusammen mit anderen, hatte ausziehen müssen, um dann unter dem eiskalten Wasser zu stehen und sich mit dem Desinfektionsmittel abbrausen zu lassen, das ihr in den Augen brannte, während die Aufseher sie lachend herumstießen.

Plötzlich wollte Trudi nichts mehr hören, die Erinnerung an das tilgen, was ihr der Priester bereits erzählt hatte, aber sie wusste, dass seine Worte sich in ihrer Seele eingegraben hatten, so unauslöschlich wie alles, was sie erlebt hatte. »Wie ist es mit der Frau weitergegangen?«, fragte sie heiser. Auf ihrer Stirn stand Schweiß.

»Es gelang ihnen nicht, sie zu brechen, obwohl jeden Tag Leute im Lager verrückt wurden. Tagtäglich. Der Waschraum wurde ihre Rettung, denn dort sah sie der Aufseher, der ihr schließlich zur Flucht verhalf ...« Der Priester zuckte zusammen, als er sich ins Kinn schnitt. »Der Aufseher dachte nicht, dass er sich in sie verlieben könnte.« Blut rann über den weißen Schaum, zerfloss zu einem rosa Fleck.

Trudi lief ins Bad und holte ein paar Blatt Toilettenpapier. »Hier.«

Er presste sie auf den Schnitt. »Sie hat ihn benutzt. So getan, als ob.«

»Das hätte ich auch getan –«

»Der Aufseher hatte alles genau geplant. Falsche Papiere für sie, damit sie heiraten konnten. Man stelle sich vor ... Er würde weiter sein Todeswerk tun, und sie würde daheim sitzen, ihm Essen kochen, seine Uniform sauber halten, Kinder für das Vaterland gebären.«

»Wie ist sie entkommen?«

»Sie hat eingewilligt, ihn zu heiraten, und er hat sie hinausgeschmuggelt. Unter einer Ladung Abfall. Er brachte sie in das Zimmer, das er für sie beide gemietet hatte, in München, über einer Bäckerei. Zuerst schloss er sie ein, aber sie wiegte ihn in dem Glauben, dass sie niemals ohne ihn weggehen würde.«

»Und da hat er ihr einen Schlüssel gegeben?«

»Ja.«

»Mein Vater musste meine Mutter auch einschließen.«

Der Priester sah Trudi an. Er hatte die Blutung gestoppt, indem er einen kleinen dreieckigen Papierfetzen auf den Schnitt geklebt hatte.

»Er musste es tun. Sie – es ging ihr nicht gut. Sie starb, als ich vier war.«

»Wie schrecklich für Sie.«

»Das ist lange her. Und verglichen mit dem, was Sie und viele andere erleiden ...«

»Ach, das dürfen wir nicht tun – unser Leid gegeneinander aufrechnen. Das schmälert das, was uns widerfährt, setzt es herab. Wir müssen sagen, ja, das ist es, was mir widerfahren ist, und das ist es, was ich daraus machen werde.« Er spülte sein Kinn ab. »Wissen Sie, was ich tun werde, sobald ich kann?«

Sie schüttelte den Kopf.

»Meinen Namen ändern. Offiziell.«

Sie war enttäuscht von seiner Antwort. Das schien so unbedeutend, gemessen an allem, was er dann tun könnte. »Sie brauchen den Leuten doch nicht zu sagen, dass Sie Adolf heißen. Sie hätten es nicht mal mir zu sagen brauchen. Sie hätten sich doch einen anderen Namen ausdenken können.«

»Aber verstehen Sie denn nicht?« Er beugte sich dicht zu ihr herab. Sein Gesicht roch nach der Rasierseife ihres Vaters. »Im Moment kann ich nach außen hin gar nichts tun, sonst erwischen sie mich wieder, aber das sage ich mir, wenn ich den Mut verliere: Ich werde meinen Namen ändern. Ich hasse diesen Namen. Natürlich würde ich gern wichtigere Dinge tun – dem allen ein Ende machen, den Transporten, den Lagern ...«

»Dem Krieg«, sagte Trudi.

»Ja, aber ich weiß, das alles kann ich nicht abstellen, und ich muss mich an etwas festhalten, was in meiner Macht steht.« Seine Augen flammten vor Überzeugung. »Indem ich diesen Namen laut nenne, schüre ich meine Wut, meine Entschlossenheit ...«

Sie wünschte, er hätte länger bleiben können, aber er war nur noch ein paar Stunden da, Herr Hesping hatte bereits etwas Neues für ihn arrangiert. Sie und ihr Vater waren nur eine Station auf seinem Weg dahin, seinen Namen abzulegen.

Als der ältere Weskopp-Sohn in diesem Herbst an der Ostfront fiel, begann die Witwe Weskopp, die bisher stumm gelitten hatte, zu schreien, und sie schrie immer weiter. Als die Nachbarinnen herbeigerannt kamen, fanden sie sie in dem Zimmer, das ihre Söhne geteilt hatten. Sie stand da und starrte auf die gerahmte Schmetterlingssammlung – staubige Formen, die einmal leuchtend bunt gewesen waren, auf Stecknadeln gespießt – an der Wand zwischen den beiden Betten. Man hörte ihr Schreien im ganzen Ort. Es hielt in Wirklichkeit wohl nicht sehr lange an, schien aber den ganzen Tag in der Luft zu hängen. Und auch in der Nacht noch wachten die Leute auf und glaubten, dieses Schreien gehört zu haben, in dem sich der ganze Schmerz Bahn brach, den der Ort erduldet hatte – durchdringender und erschreckender als das Sirenengeheul, wenn die Flugzeuge über Burgdorf hinwegzogen, um ihre Bomben auf Düsseldorf und Köln abzuwerfen.

Die Witwe Weskopp, die noch in Trauer um ihren Mann und ihren jüngeren Sohn war, blieb bei dem Schwarz. Es sollte künftig die einzige Farbe in ihrem Leben sein, außer dem Violett der Veilchen, die sie, gleichsam als Gegengewicht, auf ihrer Fensterbank zog.

Als Trudi von der Beerdigung des Weskopp-Sohnes zurückkam, wartete Eva in der Küche.

»Ich gehe nach Hause«, sagte sie knapp.

»Du weißt, dass das unklug ist.«

»Aber ich weiß auch, dass ich so nicht weitermachen kann. Manchmal vergesse ich, dass du meine Freundin bist ... Ich sehe nur noch meine Gefängniswärterin.«

»Eva ...«

»Jeder kann sterben. Du hast doch gesehen, wie schnell das geht. Der junge Weskopp ...«

»Er war im Krieg.«

»Alexander kann jeden Tag in den Krieg geschickt werden.«

»Es geht mir nicht um *sein* Leben.«

»Eine kurze Nacht, Trudi. Eine einzige gottverdammte wunderbare Nacht. Ist es zu viel, sich das zu wünschen?«

»Zu wünschen? Natürlich nicht, aber –«

»Wenn ich eine Nacht bei Alexander sein kann, werde ich diese Versteckerei wieder aushalten, das weiß ich.«

»Das ist es nicht wert, Eva.«

»Wie kannst du das beurteilen?«

»Sprich wenigstens mit meinem Vater.«

»Er kann mich auch nicht halten.«

Sie schlüpfte durch die Küchentür hinaus, als die Straßen dunkel und leer waren, und versprach, vor Tagesanbruch zurück zu sein. Trudi stellte ihren Wecker. Als sie aufwachte, war der Himmel noch schwarz, und sie spürte das tiefe Ziehen in ihren Hüften. Sie wusch sich, zog sich an und ging nach unten in die Küche. Sie hatten schon seit einer Woche keine Flüchtlinge mehr da, und ohne Eva fühlte sich das Haus an wie eine leere Schale, eine nutzlose Kulisse, die der erste heftige Windstoß davonblasen würde. Sie stellte sich vor, wie Eva ihren Mann zum Abschied umarmte, aus dem Haus eilte, vorsichtig über den Markt und um den Kirchplatz huschte. Jeden Moment musste sie an die Hintertür klopfen. Trudi würde sie hereinziehen, ihr Gesicht auf Spuren dieser einen einzigen gottverdammten wunderbaren Nacht absuchen.

Aber draußen war alles still.

Wenn sie eine einzige gottverdammte wunderbare Nacht in ihrem Leben zu verbringen hätte, überlegte Trudi, und sich aussuchen könnte, mit wem ... Sie wusste es sofort ganz genau: Max Rudnick. Nicht Klaus Malter? Nein, Max Rudnick. Aber Max Rudnick hatte wahrscheinlich nie daran gedacht, eine Nacht mit ihr zu verbringen. Sie fragte sich, wo er war, in dieser Nacht, in diesem Moment. Es war fünfzehn Monate her, dass sie ihn kennengelernt hatte, sechs Monate, dass sie ihn zuletzt gesehen hatte.

»Begib dich nicht in Gefahr«, flüsterte sie.

Der Himmel färbte sich von Schwarz zu einem dunklen Blauviolett, zu Mittelblau und schließlich zu dem matten Hellblau eines wolkenlosen Morgens. Und als es an der Hintertür pochte, war es nicht Eva, die draußen stand, sondern Frau Weiler, das Kopftuch über dem krausen Haar halb gelöst.

Völlig aus dem Häuschen, weil sie in dieser Nacht Großmutter geworden war, ließ sie sich auf den nächsten Stuhl fallen. »Zwillinge, Trudi, zwei Mädchen. Du musst sie sehen. Oh …« Sie hob die Hände an ihren Hals und verkrallte sie ineinander. »Eva Sturm – hast du von Eva Sturm gehört?«

»Was ist passiert?« Trudi packte sie am Arm.

»Ich war dabei, als sie geboren wurden.« Frau Weiler saugte ihr Gebiss an Ort und Stelle. »Helga wollte, dass ich ihr helfe. Sie sind beide …«

»Eva – was ist mit ihr? Wie …«

»Sie haben sie verhaftet. Sie haben die Wohnung durchsucht und dann das ganze Haus, und sie haben sie auf dem Dachboden gefunden.«

»Wo ist sie?«

»Das weiß keiner.«

»O Gott, das habe ich befürchtet … Wer hat es Ihnen erzählt?«

»Jutta Malter. Sie war dabei, als sie Eva weggebracht haben.«

»Und Alexander?«

»Den haben sie nicht mitgenommen.«

»Er ist noch da?« Trudi stürzte zur Tür.

»Ich habe gehört, er hat sich in der Wohnung eingeschlossen.«

16

1942

Alexander machte nicht auf, nicht an diesem Tag und auch nicht an den folgenden Tagen. Draußen vor seinen Fenstern schwebten Frauenstimmen wie die Seelen ausgestopfter Vögel. Ein paar von den Stimmen erkannte er: Trudi Montag, seine Nichte, die Schwiegertochter des Metzgers. Andere verschmolzen zu einem Chor, verstummten, kamen wieder. Er setzte sich auf das skandinavische Sofa, und wenn er einnickte, passte er auf, dass er nur im Sitzen döste: Das wenigstens konnte er für Eva tun – sich nicht den Komfort des Liegens gestatten, obwohl sein Körper sich danach sehnte. Hör auf, wies er seinen Körper zurecht, wenn der sich beschwerte, es geht nicht um dich. Es geht um Eva.

Manchmal wankte er ins Bad.

Manchmal aß und trank er, empört, dass sein Körper ihn zu solchen Verrichtungen zwingen konnte.

Trudi Montag kam wieder.

Andere auch.

Klopften.

Klopften und riefen seinen Namen.

Wenn die Gestapo-Leute wiederkamen, würden sie seine Tür aufbrechen, und er würde sie empfangen. Es gab keinen Grund, für irgendjemand anderen aufzustehen. Sein Mund war trocken und salzig – nicht frisch salzig wie der Schweiß unter den Brüsten seiner Frau, sondern widerlich salzig, alt und verbraucht. An einem Abend saß er auf dem Sofa, als die Sirenen heulten, und er hörte seine Mieter in den Luftschutzraum eilen, den er im Keller eingerichtet hatte. Einige hämmerten an seine Tür, riefen, er solle mitkommen.

Bis auf ein paar verirrte Bomben, die die Flieger auf dem Rückweg von ihren Angriffen auf wesentlich größere Ziele abgeworfen hatten, hatte Burgdorf nicht viel abbekommen. Seltsam, dass er sich so sehr vor den Bomben gefürchtet hatte. Er hatte bei Luftangriffen die Fenster aufgerissen, damit die Scheiben nicht von der Erschütterung zersprangen, und war dann hinunter in seinen Luftschutzkeller gerannt. Aber jetzt blieb er auf dem Sofa sitzen und sehnte sich einen Himmel herbei, wie er ihn einmal während eines Bombenangriffs in Köln gesehen hatte – erhellt von Leuchtgebilden, die aussahen wie Christbäume und langsam auf die Stadt herabschwebten, wobei sie alles in ihren gespenstischen Schein tauchten. Jetzt wünschte er sich, dass die Fenster zersprängen und Wolken von Hitze und Rauch hereinließen, die das Atmen unmöglich machen würden. Er sehnte sich danach, zu ersticken, ausgelöscht zu werden, unter einem feuerhellen Himmel. Reglos saß er da und betete darum, unter den Trümmern seines Hauses begraben zu werden. Und dann war es Morgen, und das Haus um ihn herum stand immer noch, und er saß auf dem Sofa, und seine Frau war weg. Alles beim Alten.

Sie kam immer wieder, diese Zwergenfreundin seiner Frau, und ihre Fäuste scharrten flatternd an seiner Tür, am Käfig seines Herzens. Bald war es, als wäre sie die ganze Zeit da draußen, und er ertappte sich dabei, wie er selbst in der Leere der Nacht, wenn alles still war, nach ihrem Flügelschlag horchte. Die Muskeln seiner Oberschenkel und seines Hinterns fühlten sich platt gesessen an. Die Kleider, die er getragen hatte, als sie Eva geholt hatten, lagen steif auf seiner Haut und rochen. Er hatte sie hastig übergezogen – Hose und weißes Hemd –, als er das Auto draußen vor dem Haus hatte halten hören.

Ein Glück, dass ich wach war, ein Glück, ein Glück … Er hatte Evas Kleider aufs Bett geworfen. »Zieh dich an.« Durch den Vorhangspalt hatte er sie aus dem Wagen steigen sehen. Zwei Mann, die Anzüge vom Dunkel aufgesogen, die Gesichter gespenstisch schwebende Ballons.

Ehe sie an der Haustür angelangt waren, hatte er Eva am Handgelenk gepackt und zur Wohnungstür hinausgezogen – *ein Glück, ein Glück –*, hatte die Tür leise zuschnappen lassen und Eva in den ersten Stock hinaufgezerrt, wo er mit ihr gewartet und jeden ihrer Pulsschläge durch seinen ganzen Körper hatte zucken fühlen, bis sie seine Tür aufgebrochen und ihnen damit die Zeit gegeben hatten, die restlichen Treppen hinaufzurennen.

Er war zu neu, der Speicher – nicht genügend Koffer und Kisten und Möbel, als dass sich dunkle Winkel hätten bilden können. Es war ein Speicher, den man fast sofort überblickte – nicht wie der seiner Großeltern, wo jeder Schritt eine Entdeckung, eine Ablenkung bedeutet hatte. Schnell hatte er Eva hinter die Kisten mit dem restlichen Baumaterial gezogen: Tonziegel, dünne Holzstreifen für die Parkettböden, Tapetenrollen, Farbeimer.

Sie hatten eine Ewigkeit gebraucht, um bis zum Speicher vorzudringen – er hatte sie im ersten Stock in der Wohnung seiner Nichte Jutta gehört, dann in den Räumen im zweiten Stock, und ihre Stimmen waren durch die Dielenbretter gedrungen, auf denen sie beide kauerten, er und seine Frau, seine Frau – aber dann waren sie auf der Speichertreppe gewesen.

Er hatte sich auf dem Polizeirevier sitzen sehen, in Handschellen in einer Zelle, mit Eva in einem vollgestopften Zug. Wenn sie nicht wäre ... Plötzlich hatte er sie gehasst. »Ich liebe dich«, hatte er heiser geflüstert. Seine Finger hatten geschmerzt, als sie ihren Arm umklammert hatten.

»Ich dich auch.« Ihr Gesicht war ein Gemälde gewesen, eindimensional, reglos. Sie war aufgestanden. Hatte seine Finger von ihrem Arm abgestreift wie einen unnützen Armreif.

Sein Rücken und sein Hals hatten sich schweißnass angefühlt.

»Bleib da.« Sie war schon auf dem Weg zur Speichertür gewesen, als die aufgeflogen war.

Hinterher hatte sich Alexander, wenn auch nicht lange, einzureden versucht, dass seine Beine versagt hatten, als er hatte aufstehen wollen, um sich mit ihr abführen zu lassen, wie sie immer – auch im Moment ihrer letzten heroischen Geste – geglaubt hatte, dass er es tun würde, denn das war das Versprechen gewesen, das sie einander gegeben hatten.

»Ich dachte, Sie würden dabei sein wollen«, sagte Matthias, als er Trudi zwei cremefarbene Umschläge reichte, der eine an sie adressiert, der andere an ihren Vater.

»Was ist das?«

»Eine Einladung.« Er war in die Leihbücherei gekommen, hatte aber zwischen den Bücherregalen gewartet, bis Frau Bilder fünf Kriegsromane ausgeliehen und ihre Körperfülle zur Tür hinausmanövriert hatte.

Trudi öffnete den Umschlag und las die Ankündigung seines Klavierkonzerts. »Oh, Matthias, danke«, sagte sie. »Das freut mich ja so für dich. Vielen Dank.«

Er errötete vor Stolz. »Ich habe sogar einen Smoking.«

»Dann wirst du ja ganz erwachsen aussehen.«

»Der unbekannte Wohltäter hat ihn in unserer Küche hinterlassen.«

»Wie? Wann?«

»Heute Morgen.«

»Und er passt?«

»Die Jacke. Die Hose ist zu lang, aber meine Großmutter näht die Säume um.«

»In letzter Zeit ist er wieder aktiv. Ich habe gehört, Frau Immers – sie bekommt doch immer diesen schrecklichen Ausschlag auf der Kopfhaut – hat zwei Flaschen von dem medizinischen Haarwaschmittel gefunden, das sie sich nicht mehr kaufen konnte. Mitten in ihrem Hühnerstall ... Hör mal, kannst du noch ein wenig bleiben? Mein Vater ist im Wohnzimmer.«

Matthias zögerte.

»Er wird sich bestimmt freuen, dich zu sehen.«

»Sind Sie sicher, dass es recht ist, wenn ich einfach reingehe?«

Sie musste an all die vielen Male denken, die sie ihn weggeschickt hatte, wenn Flüchtlinge da gewesen waren. »Geh nur durch.« Sie zeigte auf die offene Tür zum Flur. Es war nicht mehr nötig, sie abzuschließen. Das Haus war leer, seit Eva in jener Nacht vor zwei Wochen nicht zurückgekehrt war.

Emil Hesping weigerte sich, ihnen wieder jemanden zu bringen. »Warten wir eine Weile ab«, hatte er gesagt. »Ihr habt ein bisschen Erholung nötig. Und wir wissen nicht, was sie ihnen erzählt.«

»Eva nicht«, hatte sie gesagt.

Und er hatte den Kopf geschüttelt, aber nichts gesagt, was sie sich nicht schon selbst ausgemalt hatte – die Folter.

Was Trudi über Evas Verhaftung wusste, hatte sie von Jutta, die den Gestapo-Leuten auf den Speicher gefolgt war, nachdem sie ihre Wohnung auf den Kopf gestellt hatten. Eva hatte mitten im Speicherraum gestanden, als sie sie gefunden hatten, und nicht einmal den Versuch gemacht, sich zu verstecken.

»Sie ist auf sie zugegangen«, hatte Jutta gesagt, als Trudi bei ihr gewesen war.

»Und Alexander?«

»Sie haben nur Eva mitgenommen.«

Trudi hatte Jutta scharf angesehen. Sie hatte gespürt, dass sie ihr etwas verschwieg, aber nicht gewusst, was. »Haben sie nach ihm gesucht?«

»Sie wollten Eva. Damit waren sie zufrieden.«

»Sag deinem Onkel, ich möchte mit ihm sprechen.«

»Es geht ihm nicht gut.«

»Ich muss herausfinden, was mit Eva ist.«

»Er redet nicht mal mit mir.«

Fräulein Birnsteig war, obwohl Jüdin, bisher aufgrund ihrer Berühmtheit verschont geblieben, aber ihre Villa war als Erholungsheim für SS-Offiziere beschlagnahmt worden. Sie hatte ihre Haushälterin und ihren Wagen verloren, aber ihr blieben noch immer ihr Schlafzimmer und das Musikzimmer, in das sie oft zitiert wurde, um für die Offiziere und deren Gäste Klavier zu spielen. Nicht einmal ihre Übungszeiten gehörten mehr ihr: Offiziere spazierten herein und lehnten sich ans Klavier, um ihr zuzusehen oder, schlimmer noch, sich weiter zu unterhalten, während sie spielte.

In dieses Musikzimmer kamen Trudi und ihr Vater zu Matthias Bergers Klavierabend. Das Publikum war viel kleiner als bei den Frühlingskonzerten, und die Fenster waren gegen die frische Oktoberluft geschlossen. Über die Hälfte der Gäste trug Uniform, und gleich neben dem Klavier war die rote Fahne mit dem Hakenkreuz gut sichtbar drapiert. Es brannten keine Kerzen wie früher, sondern Glühbirnen, in deren hartem Licht der einst so elegante Hals der Pianistin käsig und faltig wirkte. Als das Konzert mit »*Deutschland, Deutschland über alles*« eröffnet wurde, brachte Trudi es nicht über sich, laut mitzusingen. Sie sah zu ihrem Vater hinüber und merkte, dass auch er nur stumm die Lippen bewegte.

Sie fragte sich, wie es wohl für Fräulein Birnsteig war, die Nationalhymne zu spielen. Ob auch andere bemerkten, wie zögernd sie die Tasten anschlug? Sie sah nicht mehr betörend aus, sondern dünn und krank – diese Frau, die an ihre Träume glaubte, die Konzertreisen wegen solcher Träume abgesagt hatte, die eine Bettlerin eingestellt hatte, weil sie geträumt hatte, die Frau sei ihre Schwester. Wo ist die Bettlerin jetzt?, wollte Trudi Fräulein Birnsteig fragen. Und was ist mit Ihren Träumen? Haben Sie das hier auch geträumt – diese Fahne und die Uniformen und die Feldstühle? Und wenn ja, was haben Sie getan, um Ihr Leben danach zu richten?

Aber dann war zum Glück die Hymne vorbei, und Matthias stakste zum Klavier, das Gesicht kreideweiß, die Augen auf den Boden geheftet. Doch sobald er sich auf die Klavierbank setzte, richteten sich seine Schultern gerade, und sein Rücken straffte sich zu einem schönen, kräftigen Schwung. In seinem Smoking sah er aus wie der Mann, der er einmal werden würde, nicht wie ein dreizehnjähriger Junge. Als er die Tasten berührte, kam ein wunderbares Selbstvertrauen über ihn. Sein Kopf folgte den Bewegungen seiner Hände. Von ihrem Platz aus sah Trudi die Veränderung, die mit seinem Gesicht vorging, den grünlichen Schimmer seiner Pupillen, und sie musste daran denken, wie er das erste Mal bei ihr im Haus gewesen war. Schon damals war die Musik für ihn ein Weg gewesen, dem Leid zu entkommen. Sie wünschte, sie hätte auch so etwas, irgendetwas, was sie davontragen würde, weg von dem Schmerz, der sie nur zu oft befiel. Sie hatte wegen Konrad Schmerzen gelitten, wegen Adolf, dem Priester, und jetzt wegen Eva, und jeder Schmerz warf sie zurück auf den frühesten – den Verlust ihrer Mutter.

Trudi fühlte, wie Matthias' Klavierspiel sie in ihren Bann zog, aber als sie die Augen schloss, wurde es zu Fräulein Birnsteigs Klavierspiel, und vor ihr wirbelten die Bilder, die sie bei jenem Frühlingskonzert im zweiten Schuljahr überfallen hatten: Stiefel auf Marmorfliesen; die hochstehenden weißen Bäuche schwangerer Mädchen; schreiende Säuglinge – Trudi setzte sich kerzengerade auf, die Augen weit geöffnet. Die Stiefel waren jetzt da. Hier, auf diesen Marmorböden. Und die Angst, die sie damals gefühlt hatte, war ebenfalls da. Die Bäuche, dachte sie, während die Musik durch sie hindurchpulste, was ist mit den Bäuchen? Sie wollte es nicht wissen; und doch fühlte sie, wie die Zukunft an ihr zog, sich ihr durch diese Stiefel zu beweisen versuchte, ihr schwor, dass die Bäuche und die Säuglinge ebenfalls irgendwo in diesem Zeitstrudel warteten.

Ihr Vater beugte sich dicht zu ihr herab. »Was ist, Trudi?«, flüsterte er.

Sie schüttelte den Kopf, versuchte, ihn durch ein Lächeln zu beruhigen. In der Pause verließ sie als Erste das Musikzimmer, noch ehe der Applaus aufhörte. Aber Frau Buttgereit kam hinter ihr her in die achteckige Eingangshalle, wo ein Tisch mit Erfrischungen aufgebaut war, und drückte ihr ein Glas Wein in die Hand. Das goldene Ehrenkreuz der deutschen Mutter steckte an ihrem Kragenaufschlag.

»Gefällt Ihnen das Konzert?«, fragte sie und trat dichter an Trudi heran, da sich jetzt auch andere Leute um den Tisch drängten.

»Es würde mir noch besser gefallen, wenn es ohne Fahne und Deutschlandlied ginge.«

»Psst.« Frau Buttgereit trat von einem Krampfaderbein aufs andere und sah sich nervös um. »Haben Sie von den ganzen Lehrerstellen in Düsseldorf gehört? Wenn Monika noch hier wäre, könnte sie sich bewerben.« Trudi wollte nur weg, aber sie war zwischen Brustkörben, Rücken und dem Tisch eingekeilt.

»Sie ziehen immer mehr Lehrer ein, um sie an die Front zu schicken.« Vielleicht war Max Rudnick ja dort, an der Front. Vielleicht schon tot und begraben. Hör auf, ermahnte sie sich. Er würde nie Soldat werden. Seine Augen waren viel zu schlecht. In letzter Zeit musste sie bei allem an Max denken: beim Teetrinken, Büchereinräumen, Tabakabwiegen ...

»Ich habe ja nichts dagegen, dass Monika bei der KLV arbeitet«, beeilte sich Frau Buttgereit zu versichern. »Es ist nur so weit weg. Wir hätten sie so gern näher bei uns. Aber wenigstens kann sie das tun, wofür sie studiert hat.«

Als sie ins Musikzimmer zurückkehrten, spielte Matthias mit seiner Lehrerin ein Duett. Trudi konnte sehen, wie stolz Fräulein Birnsteig auf ihn war. Ich wette, er ist der beste Schüler, den sie je hatte, dachte Trudi, der allerbeste. Sie wurde durch zwei SS-Leute abgelenkt, die neben den Stuhlreihen entlanggingen und redeten. Warum konnten sie nicht bis nach dem Konzert warten? Der eine hatte sogar die Stirn, sich durch ihre Reihe zu quetschen und mit seiner schwarzen Uniform den Leuten die Sicht zu versperren.

Vor Trudi blieb er stehen und sagte etwas.

Sie verstand ihn nicht. »Was?«

»Ich sagte: Kommen Sie mit.«

Eva, dachte sie. Sie sind dahintergekommen, dass Eva bei uns war. In den Reihen vor ihr drehte sich niemand um. Alle schauten auf das Klavier.

»Aufstehen, Sie da.«

»Was soll das?«, fragte Trudis Vater.

Matthias hörte auf zu spielen. Fräulein Birnsteig spann den dünnen Strang ihres Parts noch einen Moment lang weiter, nahm aber dann ebenfalls die Hände von den Tasten.

»Weiterspielen«, rief der SS-Mann. »Und Sie ...« Er packte Trudi an der Schulter. »Raus jetzt.«

Eva Eva Eva ...

»Ich komme mit.« Ihr Vater erhob sich.

»Sie bleiben hier.« Der SS-Mann stieß ihn auf seinen Stuhl zurück und zog Trudi zum Ende der Sitzreihe.

Matthias und Fräulein Birnsteig bewegten weiter die Finger über die Tasten, als versuchten sie, Trost aus dem klaren Schwarz-Weiß zu ziehen. Trudi konnte ihr Spiel noch hören, als sie nach draußen zu einem Wagen gebracht wurde. Kalte Nachtluft wehte durch den Wollstoff ihres Kostüms. Sie zitterte.

Ihr Vater kam mit ihrem Mantel aus dem Haus gerannt.

»Vorsicht, Alter.« Der eine SS-Mann hob den Arm.

»Lassen Sie mich ihr wenigstens den Mantel geben.«

Den Mantel um sich geschlagen, saß sie auf dem Rücksitz des Wagens. Das weiße Haar ihres Vaters glitt an der Scheibe vorbei, dann die dicken steinernen Pfeiler der Ausfahrt, dann Bäume und das lange unbeleuchtete Straßenstück zwischen der Villa und dem Friedhof, wo etliche alte Gräber aufgelassen worden waren, um Platz für neue Särge zu schaffen. Trotz der vielen Gefallenen starben die alten Leute im Ort genauso wie in Friedenszeiten. Der Tod hatte ein so neues Gesicht bekommen, dachte Trudi, dass den Alten eigentlich ein Aufschub gewährt werden sollte, eine Galgenfrist. Doch ihre Beerdigungen fanden immer weiter statt, gleichzeitig mit denen der Gefallenen. Für sie kam der Tod zum angemessenen Zeitpunkt, aber jetzt lastete auf ihnen die bestürzende Tatsache, dass ihre Söhne vor ihnen gestorben waren. Außer der Reihe. Oder ihre Töchter, dachte Trudi und stellte sich ihren Vater allein vor.

Das letzte Mal war sie zur Beerdigung von Schwester Adelheid auf dem Friedhof gewesen, der Priester-Nonne. Es war gespenstisch gewesen, als sie sich dort am offenen Grab plötzlich von Nonnen eingerahmt gefunden hatte, genau wie die Schwester, sooft sie das Kloster verlassen hatte. Wenigstens hatte die Nonne mit dem herzförmigen Gesicht das getan, woran sie geglaubt hatte, auch wenn sie dafür bestraft worden war. Aber mit dieser Bestrafung war zugleich eine seltsame Freiheit verbunden gewesen, dachte Trudi, nicht die Resignation, in der das Leben so vieler Frauen versandete.

Der Wagen fuhr an der ausgebrannten Synagoge vorbei und hielt vor dem Theresienheim. Von den beiden SS-Leuten flankiert, ging Trudi an der Hakenkreuzfahne in der Eingangshalle vorbei. Über der Bank, wo früher das Bild von Jesus in dem blauen Gewand gehangen hatte, hing jetzt der Führer. Sein Mund sah aus, als würde er gleich eine dieser Schreireden hervorstoßen, die Trudi im Radio gehört hatte. Seine Augen sahen sie an – die Sorte Augen, hatte Herr Hesping gesagt, die die Leute hypnotisiert.

»Wenn sie diese Augen nicht sehen und nur das Geschrei hören würden«, hatte er ihr erklärt, »könnten sie ihm leichter widerstehen.«

Es war seltsam, im Theresienheim zu sein, ohne eine einzige Nonne zu sehen. Trudi hatte gehört, dass die Schwestern immer noch ein paar Räume gleich neben der Kapelle bewohnten, aber sie war seit der Beschlagnahme des Gebäudes nicht mehr dort gewesen. Vielleicht war Eva ja hierhergebracht worden, um auf ihren Abtransport zu warten. Wenn Eva ihnen etwas verraten hatte, dann nur unter der Folter. Trudi fragte sich, wie viel sie wohl selbst aushalten würde, und sie war froh, dass bei ihr zu Hause niemand versteckt war, den sie verraten könnte.

Die ganze Nacht war sie allein in einer Zelle. Niemand kam, um ihr Fragen zu stellen. Es war dunkel, bis auf den Mond vor dem vergitterten Fenster und den Lichtschlitz unter der verschlossenen Tür. Sie hatte Durst. Wenigstens rauche ich nicht, dachte sie. Sonst wäre es noch viel schlimmer. Ich würde unbedingt eine Zigarette wollen ... Sie rieb sich die Arme und ging zwischen dem Fenster, das nicht einmal eine Minute von ihrem eigenen Garten entfernt war, wenn man sich beeilte, und dem einzigen Möbelstück, einem Schrank, hin und her. So musste es also für Frau Simon gewesen sein ... Es tröstete sie ein bisschen, sich vorzustellen, die ganze Kraft ihrer Gedanken darauf zu konzentrieren, dass Konrad in Sicherheit war, außer Landes, in der Schweiz vielleicht oder in England. Er würde sich nicht mehr verstecken müssen. Er würde mit anderen Kindern in die Schule gehen und wieder eine Katze haben können. Und dann dachte sie an die Abramowitz, die zweimal gerüchteweise gehört hatten, dass sie abgeholt werden sollten; sie hatten sich beide Male darauf vorbereitet, obwohl ihnen Trudis Vater angeboten hatte, sie zu verstecken oder an einen sicheren Ort zu bringen. Sie hatten es abgelehnt, ihn zu gefährden, und als er Herrn Abramowitz gefragt hatte, ob er seine Holzkiste wiederhaben wolle, hatte Herr Abramowitz gesagt, er wolle sie lieber bei ihm lassen.

Ein paar Mal hockte sich Trudi auf den Linoleumboden und presste die

Schenkel zusammen, um den Harndrang zu unterdrücken, aber dann stand sie gleich wieder auf und ging weiter hin und her. Obwohl sie ihr den Mantel gelassen hatten, war ihr kalt. Und sie hatte Hunger. Die Ungewissheit, warum sie verhaftet worden war, wuchs und wuchs und wurde zu einem unkontrollierbaren Schlingern, so wie der Gang der Heidenreich-Tochter. Der ganze Krieg war so, ein unkontrollierbares Dahinschlingern, und vielleicht war Gerda Heidenreich längst tot und begraben und irgendwo, wo ihre zeigerlose Uhr die richtige Zeit anzeigte.

Im letzten Sommer, als eine Gruppe Juden vor der Werkstatt des Tierpräparators zum Abtransport zusammengetrieben worden war, war Gerda, die auf der Eingangstreppe gesessen hatte, mit in den Lastwagen gesteckt worden, obwohl ihr Vater noch geschrien hatte: »Meine Tochter ist keine Jüdin.« Soweit er herausgefunden hatte, war sie in eine Forschungsklinik gebracht worden, wo sie angeblich, zusammen mit anderen geistig zurückgebliebenen Menschen, wissenschaftlich untersucht werden sollte.

Herr Heidenreich – der zu jeder Rede, jeder Veranstaltung, jedem Aufmarsch ging – versuchte, seine Frau davon zu überzeugen, dass ihre Tochter wiederkommen würde, gesünder und normaler als zuvor. Seine Führertreue ging so weit, dass er seiner Frau verbot, traurig zu sein. »Sie werden irgendeine Behandlung finden, die ihr hilft, eine Operation oder Medikamente ...«, erklärte er Kunden, die ihm ihre Lieblingskatze oder einen erlegten Fuchs zum Ausstopfen brachten, tote Körper, denen er eine solche Lebendigkeit verlieh, dass sie viel echter aussahen als in Natur.

Im Morgengrauen, als das Dämmerlicht, das durch das eine Fenster fiel, Trudis Zelle zuerst mit Tiefblau und dann mit Grau erfüllte, untersuchte sie den Schrank und fand ihn unabgeschlossen und leer, bis auf eine Gipsstatue mit einem weißen Gewand und einem gipsernen Dorn in der Stirn – die heilige Rita, die gegen ihren Willen mit zwölf verheiratet worden war. Verwitwet und zweifache Mutter, versuchte sie immer wieder, ins Kloster zu gehen, obwohl die Klosterregeln besagten, dass nur Jungfrauen aufgenommen werden durften. Sie war die Schutzpatronin für verzweifelte Lebenslagen. Trudi fragte sich, was die heilige Rita wohl tun würde, wenn sie hier in dieser Zelle säße.

»Vergib mir«, flüsterte sie, als sie in den Schrank stieg, »aber das hier ist eine verzweifelte Lebenslage.« Sie raffte ihren Wollrock hoch, hockte sich in die Schrankecke und pinkelte, fühlte das letzte bisschen Wärme aus sich herausströmen. »Vergib mir«, sagte sie noch einmal, während sie leise wippte, um die letzten Tropfen abzuschütteln.

Während des Vormittags hörte sie mehrmals Schritte draußen auf dem Gang, Stimmen, und als es Nachmittag wurde, war sie sicher, dass die SS-Leute vergessen hatten, jemandem zu melden, dass sie hier war. Sie musste an Schwester Adelheid denken. »Solange man immer wieder ausbricht, kriegen sie einen nicht. Auch wenn sie glauben, sie hätten einen.« Ihr Magen schmerzte, und ihr Mund fühlte sich wund an. Wenn ihr Hunger auch so schlimm werden würde, wie es der Priester Adolf geschildert hatte? Wenn es mit ihr auch so weit kommen würde, dass sie – nachdem ihr alles andere genommen war, ihre Würde wie ihre Habe – nur noch der Tyrannei ihres Bauches unterworfen war?

Sie erwog, an die Tür zu pochen, aber sie hatte Angst, was passieren würde, wenn sich die Tür öffnete. Als sie schließlich aufging, war Trudi froh, eine junge Wärterin vor sich zu sehen.

»Aufstehen!« Ein Ring mit langen Schlüsseln hing an ihrem Gürtel.

Trudi rappelte sich hoch, den Rücken an der Wand.

»Name?« Auf dem Revers der Wärterin steckte ein rundes Abzeichen mit dem Hakenkreuz. In ihrer schmal geschnittenen Uniform und den blank gewienerten kniehohen Stiefeln sah sie gleichzeitig aufreizend und gefährlich aus.

»Trudi Montag.«

»Alter?«

»Siebenundzwanzig.«

»Beruf?«

»Ich arbeite in einer Leihbücherei.«

Die Frau schrie ihr die Fragen entgegen, und Trudi zuckte zusammen und versuchte, sie zu beantworten, selbst wenn sie sinnlos waren.

»Warum waren Sie in dem Konzert?«

»Ich liebe Musik.«

»Wollten Sie dort jemanden treffen?«

»Nein.«

»Sollte dieses Treffen dem Austausch von Informationen dienen?« Die Frau strahlte Selbstsicherheit aus, die Art von Selbstsicherheit, wie sie Leute erlangten, wenn sie eine Uniform trugen, die ihnen eine vorher nie gekannte Autorität verlieh.

»Ich war wegen der Musik dort.«

Trudi wartete, dass Evas Name fiele, aber die Fragen drehten sich alle nur um das Konzert: wo sie gesessen habe, worüber sie geredet habe, mit wem sie geredet habe, und während die Frau sie anschrie, sie solle gefälligst antworten, stellte sich Trudi vor, wie sie zu einem Viertel des Fahrpreises durch China reiste und für ihr Geld viermal so weit kam wie eine Frau von der Größe dieser Wärterin. Schließlich begriff sie, dass ihre Verhaftung nichts mit Eva oder den anderen Untergetauchten zu tun hatte. Irgendjemand hatte die Bemerkung gehört, die sie zu Frau Buttgereit gemacht hatte. Doch die grimmige Miene der Wärterin gab ihr wenig Anlass, erleichtert aufzujubeln. »Sie gestehen also, diese Äußerung über die Fahne getan zu haben?«

»Ich …« Trudi seufzte und schlug die Augen nieder. Wenn die Wärterin spürte, dass sie von ihr nicht restlos eingeschüchtert war, würde alles nur schlimmer werden. »Es war eine unüberlegte Formulierung. Wirklich. Verstehen Sie – was ich gemeint habe, war, dass die Fahne im Weg hing, dass sie es für jemanden meiner Größe sehr schwer gemacht hat, das Klavier zu sehen.«

»Und unsere Nationalhymne?«

»Ich habe sie einfach lieber am Ende eines Konzerts als am Anfang.« Als sie den Kopf zurücklegte und einen flehenden Blick emporsandte, merkte sie, dass die Wärterin nicht recht überzeugt war. »Ich gebe zu – meine Ausdrucksweise war sehr unglücklich.«

»Mehr als unglücklich.« In den Augen der Wärterin sah Trudi jene Neugier aufblitzen, die ihr immer schon begegnet war. »Sie ist zersetzend.«

Am späten Abend bekam Trudi ein Schüsselchen Erbsensuppe und eine Scheibe Schwarzbrot, und am Morgen wurde sie in den oberen Stock gebracht und zu drei anderen Frauen gesperrt, die alle viel älter waren als sie. Sie kannte nur eine von ihnen, Frau Hecht, eine jüdische Näherin, deren Mann in Polen gekämpft hatte und als erster Burgdorfer gefallen war. Die beiden anderen waren von außerhalb hergebracht worden.

Frau Hecht war krank. Ihre Haut fühlte sich heiß an, und wenn sie hustete, bebte ihr ganzer Körper. Die anderen breiteten auch noch ihre eigenen Wolldecken über sie und hoben ihr etwas von ihren Wasserrationen auf. Sie beschworen den Wärter, der das Essen brachte und ein bartloses Jungengesicht hatte, einer der Nonnen Bescheid zu sagen, damit sie Frau Hecht Medizin brachte.

Aber er schüttelte den Kopf, als hätte er Angst, ihnen auch nur zuzuhören. »Nonnen ist es nicht gestattet, mit Gefangenen zu sprechen.«

Während Frau Hecht die meiste Zeit schlief und fiebrige Worte vor sich hin murmelte, waren die beiden anderen Frauen ängstlich aufgeregt. Sie spekulierten, wo man sie wohl hinbringen würde. Sie sorgten sich, wo ihre Koffer geblieben waren, und beklagten sich darüber, was sie alles hatten zurücklassen müssen. Bei ihrer Ankunft im Theresienheim hatte man ihnen das Gepäck abgenommen, und sie warteten immer noch darauf, dass sie es wiederbekämen.

In der Nacht, als die Frauen in ihren Kleidern schliefen – zwei auf jedem der schmalen Betten –, brachte der junge Wärter Schwester Agathe zu ihnen. »Fünf Minuten«, flüsterte er und schloss sie zu ihnen in die Zelle.

Die Schwester hielt überrascht den Atem an, als sie Trudi sah. »Sie – ich wusste gar nicht, dass Sie hier sind, Fräulein Montag.«

»Schon die dritte Nacht.«

»Wo ist die Patientin?«

Trudi zeigte auf Frau Hecht, die neben ihr lag. »Sie glüht.«

Die Nonne öffnete Frau Hechts Bluse, die vom tage- und nächtelangen Tragen schmutzig war und stank, und steckte ihr ein Thermometer unter den linken Arm. Ihre Finger ertasteten den Puls. »Das ist gar nicht gut«, sagte sie nach einer Pause.

»Stirbt sie?«, fragte die eine Frau vom Nachbarbett aus.

»Natürlich nicht«, sagte die andere.

»Ich wollte nicht...«

»Sie kann Sie doch hören.«

Aus den Falten ihres Gewands zog die Nonne ein kleines Fläschchen hervor. Sie ließ Frau Hecht zwei Pillen schlucken und drückte Trudi das Fläschchen in die Hand. »Geben Sie ihr alle vier Stunden zwei davon.«

Die Tür öffnete sich einen Spaltbreit. »Schnell«, sagte die Jungenstimme. »Schnell jetzt.«

»Bitte, sagen Sie meinem Vater ...«, flüsterte Trudi, aber die Nonne eilte hinaus, ohne sich noch einmal umzusehen.

Als sie am Morgen von einem älteren Wärter zum Waschraum geführt wurden, fürchtete Trudi schon, der junge Mann sei erwischt worden, aber am Abend war er wieder da und brachte ihnen das Essen.

Trudi fragte sich, was es wohl für ihn hieß, Befehle zu befolgen und doch um eines Akts der Menschlichkeit willen das Risiko auf sich zu nehmen, selbst verhaftet zu werden. »Danke«, flüsterte sie ihm zu.

Seine Augen huschten ängstlich weg, und sein Mund wurde hart. »Nicht reden«, blaffte er.

Sie senkte den Blick. Tut mir leid, wollte sie sagen, aber selbst das würde ihm Angst machen, ihn kompromittieren. Sie mussten beide so tun, als wäre in dieser Nacht nichts geschehen.

In der kurzen Zeit, wenn sie ihre Zelle verlassen durfte und vor dem Waschraum anstand, brachte Trudi einiges über ihre Mithäftlinge in Erfahrung. Sie trat nahe genug an sie heran, um sich flüsternd mit ihnen verständigen zu können, aber nicht so nah, dass der Wärter sie anfuhr. Sie sprach mit einer jungen Jüdin, einer Verkäuferin, die auf dem Bahnhof verhaftet worden war, nachdem sie sich eine Fahrkarte gekauft hatte. Ein ehemaliger Schlosser, dessen Brille verbogen war und nur noch ein Glas hatte, erzählte ihr von dem Federbett, das er extra eingepackt hatte; er war außer sich vor Wut, dass man es ihm weggenommen hatte, wo er doch dafür auf so viele andere Dinge verzichtet hatte, die er hätte mitnehmen können.

»Die hätten sie Ihnen auch weggenommen«, machte ihm Trudi klar.

»Das ist nicht recht.«

»Natürlich nicht.«

Ein anderer Mann, ein jüdischer Professor, war beim Eierstehlen festgenommen worden. Er war vor zwei Jahren aus Heidelberg weggegangen und untergetaucht, hatte in Scheunen oder im Wald geschlafen und sich mit einem Fahrrad fortbewegt, obwohl die Reifen längst verschlissen waren und er Lumpen um die Felgen hatte wickeln müssen.

»Ich werde nicht lange hierbleiben«, versicherte er Trudi. »Es ist gegen meine Natur, irgendwo länger als eine Woche zu bleiben.«

Sie wies ihn nicht darauf hin, dass das nicht mehr seine Entscheidung war. »Wenn Sie je Hilfe brauchen ...«, setzte sie an.

»Das ist nett von Ihnen, meine Liebe. Aber Sie dürften wohl kaum in der Lage sein, jemandem zu helfen.«

Es freute sie für ihn, als sie am Morgen nach ihrem Gespräch hörte, dass es ihm gelungen war, aus dem Theresienheim zu fliehen. Fast alle, die sie an diesem Tag sah, flüsterten aufgeregt darüber, selbst die beiden Wärter, aber die Geschichten widersprachen sich: Der Professor sei aufs Dach geklettert und habe sich an einem Seil aus Bettlaken heruntergelassen; der Professor sei einfach in einer gestohlenen Uniform durch den Haupteingang spaziert; der Professor habe sich mit Klauen und Zähnen nach draußen gekämpft ...

Trudi konnte sich nicht genau vorstellen, was es hieß, sich mit Klauen und Zähnen nach draußen zu kämpfen, aber das war die Version, die ihr am besten gefiel und die sie weiterverbreitete, weil sie das ausdrückte, wozu sie sich allmählich selbst fähig fühlte. Doch vorerst tat sie nichts anderes, als zu warten. Sie machte sich Sorgen um ihren Vater, hoffte, dass er sich ihretwegen nicht selbst gefährdete.

Frau Hecht war immer noch krank, obwohl das Fieber gesunken war. Sie erzählte Trudi, dass Schwester Agathe schon einmal bei ihr gewesen sei. »Um mir ein gekochtes Ei zu bringen ... Stellen Sie sich vor. So ist sie, die Schwester, bringt den Gefangenen Sachen, sooft sie kann, auch wenn sie sich damit selbst in Gefahr bringt. Eine Frau, eine Witwe – sie ist nicht mehr hier –, hatte bei der Verhaftung ihre Schuhe verloren, und die Schwester hat welche für sie aufgetrieben, schwarze Lederschuhe, nur ein kleines bisschen zu groß ...«

Als die beiden anderen Frauen aus ihrer Zelle an zwei aufeinanderfolgenden Tagen weggebracht wurden, widersetzten sie sich nicht. Mit starrem Blick fielen sie in jahrzehntelang geübte Manieren zurück und verabschiedeten sich mit gemurmelten Höflichkeitsfloskeln von Trudi und Frau Hecht.

Eine von Trudis neuen Zellengenossinnen, eine Zigeunerin, hatte tiefe Ritzwunden auf dem Rücken, weil sie unter einem Stacheldrahtzaun hindurch auf eine Weide gekrochen war, wo sie sich drei Wochen in einem Gebüsch versteckt und Milch direkt aus den Eutern der Kühe getrunken hatte, bis sie der Bauer eines frühen Morgens entdeckt hatte.

Viele Häftlinge waren Juden, aber es gab auch solche wie Trudi, die etwas Falsches gesagt oder, schlimmer noch, flüchtige Personen bei sich versteckt hatten. Gegen Ende ihrer dritten Woche im Theresienheim wurde Trudi am späten Nachmittag die Treppe hinuntergeführt und in den Büroraum gebracht, der früher der Mutter Oberin gehört hatte.

»Die Kleine aus dem Hutladen.« Der Mann hinter dem Schreibtisch legte die knochigen Finger wie zum Gebet zusammen – nur, dass sich die Handflächen nicht berührten – und ließ seine Fingerspitzen gegeneinandertrommeln. »Du hast also deinen Mund nicht gehalten?«

Obwohl sie ihn nur einmal gesehen hatte – an dem Tag, als er Frau Simon verhaftet hatte, erkannte sie ihn sofort wieder. Sein Gesicht war noch hagerer geworden, die Augen waren noch tiefer in ihre Höhlen gesunken, und er wirkte noch müder und desinteressierter.

Sie wollte ihm wieder sagen, dass sie kein kleines Mädchen sei, aber sie schwieg, da inzwischen vier Jahre vergangen waren und sie jetzt besser wusste, was einem passieren konnte. Sie wusste, was Hunger und Angst waren und dass er die Macht hatte, sie in den Tod zu schicken. Ihr Wollkleid war unter den Armen verfilzt, und sie fühlte sich schmutzig.

Er sagte: »Die Regeln, die einst der Neugier Grenzen gesetzt haben, existieren nicht mehr.«

Sie schwieg verwirrt.

»Verstehst du mich?«

»Nein.«

»Solltest du aber. Weißt du nicht, was jemandem wie dir in unserem Land passieren kann?«

Der Buttgereit-Sohn ... der Mann, der sich aufs Herz tippt ... die Heidenreich-Tochter ... Nein, sie war nicht wie sie.

»Du wirst zum Versuchskaninchen ... zum Forschungsobjekt für die allmächtige Medizin«, sagte er und erzählte ihr von Operationen an Zwillingen, an Leuten, die in irgendeiner Weise anders waren. »Weil die Regeln, die einst der Neugier Grenzen gesetzt haben, nicht mehr existieren ... Manche Leute würden vielleicht sogar sagen, Zwerge haben kein Recht zu leben.«

Sie spürte, wie ihr Rücken eine Attacke startete. Sie nahm all ihre Kraft zusammen, um der vertrauten Schwere im Kreuz zu begegnen, und fragte: »Und Sie? Glauben Sie das auch?«

Er sah sie ruhig an, und in seinen Augen las sie, was sie schon vor vier Jahren gewusst hatte – dass er an nichts und niemanden glaubte.

Sie hielt ihm ein ebenso ungerührtes Gesicht entgegen. Es gab ihr immer noch einen Stich, wenn jemand das Wort Zwergin laut aussprach, aber wenn sie eins gelernt hatte, dann war es, die Zwergin zu sein, die Zwergin zu spielen. Es war fast schon komisch – diese seltsame Macht, andere auf sich herabsehen zu lassen, sie sich in der Illusion wiegen zu lassen, sie seien besser als man selbst. Diese Illusion war ein Geschenk – das sie machen konnte, einfach nur durch ihr Dasein –, ein Geschenk, das manche Leute grausam werden ließ und andere ungeschützt und damit benutzbar.

Ein Muskel unter seinem linken Auge zuckte, zitterte und zuckte wieder. Er hob die eine Hand halb, ließ sie aber wieder sinken, ehe sie sein Gesicht berühren konnte. »Wie ist das, ein Zwerg zu sein?«

Sie wusste, für ihn war das ein Spiel, eine Zerstreuung, mehr nicht, denn es war ihm egal, was mit ihr war. Damit es ihm nicht gleichgültig wäre, müsste sie ganz genau herausfinden, was ihn aus seiner Apathie reißen könnte. Das Geheimnis, dachte sie, als sie sich auf den Eindruck besann, den sie damals spontan von ihm gehabt hatte, das Geheimnis der totalen Gleichgültigkeit.

Sie sah zu ihm auf. »Ein Zwerg zu sein heißt, dass man sein tiefstes Geheimnis sichtbar mit sich herumträgt – nach außen gekehrt.« Sie musste an den Artikel denken, den sie einmal in der *Burgdorfer Post* gelesen hatte, über ein Kind in Ägypten, ein kleines Mädchen, das mit den Organen außen auf der Haut zur Welt gekommen war. »Wie dieser Mann, den ich kenne, der mit dem Herzen außen auf der Brust zur Welt kam. Die Leute konnten es schlagen sehen. Und weil es so offen dalag, dachten sie, sie wüssten alles über ihn. Er musste sein Herz mit einem Mullverband bedecken, zum Schutz vor Infektionen, vor Staub und Hitze und Schnee ...«

Der Blick des Gestapobeamten ruhte auf ihr; in seinen Augen war kalte Neugier; seine Finger hatten wieder zu trommeln begonnen.

Sie versuchte zu erfühlen, was ihn in ihren Bann ziehen würde. Sie hatte schon oft erspürt, was die Leute hören wollten, aber es war das erste Mal, dass es die ganze Geschichte bestimmte. Und mein Schicksal, dachte sie. »Also, dieser Mann ... er ließ sich seine Jacken so schneidern, dass sie weit in den Schultern und um die Brust waren, aber der Stoff beulte sich trotzdem über der Schwellung, bewegte sich bei jedem Herzschlag. In seinen Träumen war sein Brustkorb glatt, sein Herz sicher in seinem Körper verborgen. Und wenn er betete ...«

»Beten ist etwas für Einfaltspinsel.«

»Beten ist etwas für Einfaltspinsel«, pflichtete sie ihm bei. »Das hat er schließlich auch gemerkt.«

»Was hat das alles mit dem Zwergsein zu tun?«

»Eine Menge.« Ihre Beine zitterten, aber sie wagte nicht, sich zu setzen. »Eine Menge«, sagte sie und zwang sich preiszugeben, was sie noch nie jemandem erzählt hatte: »Wissen Sie, in meinen Träumen bin ich oft groß. Ich – ich habe mich noch früher immer an Türrahmen gehängt, um meinen Körper zu strecken ...«

Die dünnen Finger stellten ihr Getrommel ein, als sie schilderte, wie ihr die Arme vom Hängen abgestorben waren, wie sie sich Kopftücher umgebunden hatte, damit ihr Kopf nicht noch größer würde. Zwischendurch blieben ihr die Worte in der Kehle stecken, aber sie redete weiter, auch wenn es hieß, ihr Innerstes nach außen zu stülpen, wie bei dem ägyptischen Kind, sich auszuliefern, auf Leben und Tod.

Obwohl er mehrmals zur Tür schaute, als wünsche er, sie wegschicken zu können, glitt sein Blick, wie von einer Schnur gezogen, immer wieder zu ihr zurück. »Weiter«, befahl er, wenn ihr die Stimme wegblieb.

»Ich habe mir Kleider genäht, die mich ein paar Zentimeter größer wirken ließen. Ich habe geglaubt, durch Beten könnte ich erreichen, dass ich wachsen würde ...«

»Weiter.«

Plötzlich überkam sie ein Gefühl der Macht – der Macht, am Leben zu bleiben. Sie hatte andere mit ihren Geschichten am Leben gehalten, wenn ihnen die Entdeckung durch die Gestapo drohte. Diesmal ging es um sie selbst. »Dieser Mann, dessen Herz außen am Körper schlug – als er noch ein kleiner Junge war, wollten ihn die anderen Kinder nicht mitspielen lassen. Sie riefen ihm Schimpfnamen nach, lachten ihn aus ...« Es war die richtige Geschichte. Musste die richtige sein. Sie sah den Jungen außerhalb des Kreises der anderen Kinder stehen, voller Sehnsucht, dazuzugehören, voller Hass auf die anderen, weil sie ihn nicht mitmachen ließen, und sie führte den Gestapobeamten mit ihren Worten auf jenen Schulhof, wo die anderen Kinder, nachdem sich die Eltern des Jungen beschwert hatten, gezwungen wurden, den Außenseiter mitspielen zu lassen.

»Weiter.«

Sie fühlte sich leer, entleert und gereinigt, als sie ihn durch die Schulzeit des Jungen geleitete und in einen Biergarten, wo der Junge zum ersten Mal tanzte, die Arme steif ausgestreckt, damit das Mädchen, das er liebte, nicht an sein Herz kam. »Seine Arme wurden ganz steif, sie taten weh, aber er wagte es nicht, das Mädchen enger an sich zu ziehen ...«

»Weiter.«

»Die Leute ließen den Mann niemals vergessen, was mit seinem Herzen war. Sie begegneten ihm mit Mitleid, mit Anteilnahme. Aber darin lag ihr Irrtum – dass sie glaubten, nur weil sie die Beule auf seiner Brust sahen, wüssten sie, wie es für ihn war, mit dem Herzen außen am Körper zu leben. Und das ... das ist das Geheimnis.«

»Er hat sie in dem Glauben gelassen.«

Sie nickte.

»Er hat es nie richtiggestellt?«

Sie schüttelte den Kopf.

Er betrachtete sie eine ganze Weile. »Natürlich«, sagte er. »Natürlich.«

Draußen wurde es dämmrig; das Zwielicht verschliff die Kanten seines hageren Gesichts, füllte die Höhlungen mit den Geisterschatten gewesenen Fleischs. Plötzlich wusste Trudi mit absoluter Sicherheit, dass er im nächsten Frühjahr nicht mehr am Leben sein und dass er von eigener Hand sterben würde. Sie starrte auf seine Hände, die jetzt einen Federhalter in die Tinte tauchten und Worte auf ein Blatt Papier kritzelten.

»Ich will dich hier nicht wieder sehen.«

Ihr Blick schnellte von seinen Händen zu seinem Gesicht empor. »Was?«, fragte sie.

»Ich sagte, ich will dich hier nicht wieder sehen.«

»Bestimmt nicht.«

»Hüte deine Zunge. Grüß die Fahne, sing, wenn du musst, und beschwer dich nicht. Über gar nichts.«

Als seine riesige Unterschrift über den unteren Rand des Blatts kroch wie ein urzeitliches Insekt, sah Trudi sich zusammengerollt in dem schmalen Tunnel zwischen den beiden Kellern kauern. Evas Moskitonetz-Konstruktion schaukelte über ihr, und in der Erde hing der dumpfe, heimliche Geruch jener Orte, an die nur die gelangen, die willens sind, sich tief genug zu verkriechen. Meiner Mutter hätte dieses Plätzchen gefallen, dachte sie erstaunt. Ein zweites Erdnest. Komisch, dass ich bis jetzt noch nie daran gedacht habe.

Es war der kälteste Winter, an den sie sich selbst als alte Frau noch erinnern würde. Der Fluss war fest zugefroren, eine breite, leere Fläche, ohne die üblichen Kähne, Spiegelbild der Leere des Ortes. Es gab wenig, um die erbarmungslose Kälte zu mildern. Trudi war nicht mehr richtig warm geworden, seit sie aus dem Theresienheim entlassen worden und durch die Gärten und über den Bach nach Hause gerannt war und sich gegen die Hintertür geworfen hatte und dann in die Arme ihres Vaters. Auch als er den hohen Badeofen für sie angeheizt und sie in dem dampfenden Wasser gelegen hatte, war ihr noch kalt gewesen.

Brennmaterial war in jenem Winter knapp, und sie heizte jeden Tag für eine Stunde den großen grünen Kachelofen, weil er weniger Kohlen fraß als der Küchenherd. Auf seiner kleinen Oberfläche kochte sie im Wohnzimmer das karge Mittagessen. Nicht einmal Matthias, der öfters vorbeikam, um für sie Klavier zu spielen, vermochte sie mit seiner Musik zu wärmen.

Sie war nur ein paar Wochen weg gewesen, aber ihr Vater schien um Jahre gealtert. Es war, als lebte er jetzt fast nur noch durch seine Augen. Obwohl er jahrzehntelang kaum je ein Treffen des Schachklubs versäumt hatte, war für ihn damit Schluss, als bei einem Schachabend einige Mitglieder – die jede neue Ungeheuerlichkeit der Nazis bejubelten – die Verhaftung Erwin Spieckers feierten, seines Freundes, der mit ihm im Ersten Weltkrieg gekämpft hatte.

Wie ihm Frau Spiecker erzählte, erfolgte die Verhaftung eine halbe Stunde, nachdem der Richter mit zwei Anwälten aus seinem Düsseldorfer Gerichtssaal gegangen war und die Bemerkung hatte fallen lassen, wenn es militärisch so weitergehe, werde Deutschland den Krieg nicht gewinnen. Man hatte ihn nach Berlin gebracht, um ihn hinzurichten – Hochverrat, hieß es, und seine Frau, die mit ihrem achten Kind schwanger war, wartete auf die Erlaubnis, ihn im Gefängnis zu besuchen.

»Ich bin wieder herausgekommen«, versuchte Trudi, sie zu trösten, »und seine Bemerkung war nicht schlimmer als meine.«

»Für mich ist es immer noch ein Wunder, dass Sie das geschafft haben«, sagte Frau Spiecker.

Als sie schließlich die Besuchserlaubnis erhielt, saß sie die ganze Nacht im Zug. In Berlin musste sie stundenlang auf einem ungeheizten Flur warten, ehe sie ihn sehen durfte. Er stank am ganzen Körper und entwand sich sofort ihrer Umarmung. Er, der sich immer so pedantisch sauber gehalten hatte, um den üblen Geruch zu bekämpfen, der von seinem Körper ausging, war so beschämt, dass er darauf bestand, sie nur quer durch den Raum zu sehen.

Viermal wurde die Hinrichtung verschoben, und viermal ließ Frau Spiecker ihre Kinder bei Nachbarn in Burgdorf und machte sich, von Leo Montag mit Seife, Zigaretten und Kriminalromanen für Erwin versehen, auf die lange Reise nach Berlin, darauf eingestellt, sich – ein weiteres Mal – endgültig von ihrem Mann zu verabschieden. Doch beim vierten Mal war er nicht mehr da, als sie ankam: Er sei verlegt worden, sagte man ihr, in ein Gefangenenlager südlich von Berlin, wo ihn niemand besuchen dürfe.

»Wenigstens ist Erwin noch am Leben«, erklärte sie Leo Montag, als er sie am Bahnhof abholte. »Wenigstens lebt er noch.«

An diesem Sonntag fuhr Leo sie und ihre Kinder zur Kirche, wo etliche Männer aus dem Schachklub wie jeden Sonntag mit frommer Miene und besitzergreifendem Habitus in den Bänken knieten und befriedigt die vertrauten Rituale genossen: den schweren Weihrauchduft, die Engelsstimmen des Chors, die dünnen Hostien, den Kelch mit dem Blut Christi.

Leo musterte mit zusammengekniffenen Augen die schwachrosa verfärbten Stellen in dem Altartuch, erkannte die Blutflecken, die nie wieder ganz herausgewaschen worden waren, nachdem er seine Frau von der Kirche nach Hause getragen hatte. Wie lange war Gertrud jetzt tot? Dreiundzwanzig Jahre, dachte er, und das Tuch ist immer noch da.

Er sah zur Frauenseite hinüber, wo die Frau des Richters kniend betete. Ihr dicker Bauch drückte gegen die vordere Wand der honigfarbenen Kirchenbank, als wollte er beweisen, dass Fleisch stärker sei als Holz. Oder Stein, dachte Leo. Oder die Schneide des Schmerzes. Eines Tages würde ihr Mann schon Jahre tot sein. Und sie würde feststellen, dass man Dinge überlebte, von denen man nie gedacht hätte, dass man sie überleben könnte.

Als er Frau Spiecker einen Monat später zur Messe brachte, trug er ihren kleinen Säugling, seine Patentochter Heide, auf dem Arm. Inzwischen fand die Messe in der Kapelle statt. Da die Gemeinde durch den Krieg immer mehr geschrumpft war, hatte Herr Pastor Beier beschlossen, den Gottesdienst dorthin zu verlegen. Die Kapelle war zwar zwei Kilometer vom Pfarrhaus entfernt, aber sie war klein genug, um sie zu beheizen, und vor die Wahl zwischen den jeweiligen Unannehmlichkeiten gestellt, hatte der dicke Priester den Anmarschweg der Kälte vorgezogen, da er dachte, seine Haushälterin werde es schon arrangieren, dass ihn jemand im Auto mitnahm – der Tierpräparator etwa oder die Frau des Zahnarztes, die sich geehrt fühlen müssten, ihm behilflich sein zu können. Aber leider stellte sich heraus, dass er doch oft das Fahrrad nehmen musste, und es dauerte die halbe Messe, bis sich sein Atem beruhigt hatte.

An diesen Fahrradsonntagen, wie er sie bald für sich nannte, waren seine Predigten kürzer als sonst. Er erklärte dies dem Bischof in einem Brief und ersuchte um ein Auto, damit er seiner Gemeinde besser dienen könne. Er legte besondere Betonung auf seine Alten- und Krankenbesuche, überging hingegen die Essenseinladungen, die er sich trotz der immer kärglicheren Lebensmittelzuteilungen nach wie vor zu sichern wusste.

Nie spürte Leo die Zweiteilung innerhalb des Ortes so deutlich wie in der Kapelle. Früher war die Gemeinde als ein Ganzes erschienen, eine Gemeinschaft von Menschen, die derselbe Glaube und viele gemeinsame Werte verbanden – auch wenn Leo nicht in allem damit einverstanden gewesen war, aber jetzt war dieser Glaube durch diejenigen befleckt worden, die ihn dazu nutzten, sich für etwas Besseres zu halten, die die Verbrechen an den Juden damit rechtfertigten, dass sie Strafe verdienten, weil sie Christus getötet hätten.

Christi Blut. Wenn der dicke Priester den Kelch hob, konnte Leo nicht umhin, an die Grausamkeiten zu denken, die über Jahrhunderte um des Blutes Christi willen verübt worden waren. Katholischer Voodoo-Zauber, dachte er, wenn der Priester den Kelch an die Lippen setzte und die frommen Burgdorfer die Zungen herausstreckten, um den Leib Christi zu empfangen.

Trudi briet gerade Bratkartoffeln auf dem Kachelofen, als ihr Vater erwähnte, dass Max Rudnick am Nachmittag vorbeikommen würde.

Sie wandte sich ab, damit er nicht sah, wie rot sie wurde, und rüttelte die Bratkartoffeln in der Pfanne hin und her, um zu verhindern, dass sie anbrannten. »Warum?«, fragte sie.

»Er kam heute Morgen vorbei, als du gerade beim Bäcker warst, und ich habe ihm gesagt, dass du heute Nachmittag da bist.«

»Wieso?«

»Wieso nicht?«

Sie wendete die knusprigen Kartoffelscheiben.

Ihr Vater trat an den Ofen und hielt die Hände über die Pfanne, um sie zu wärmen. »Er sagt, er möchte mit dir reden.«

Als Max Rudnick am späten Nachmittag die Leihbücherei betrat, war Trudi erstaunt, wie sehr sie sich freute, ihn zu sehen; aber sie war außerstande, es ihm zu zeigen, denn sie musste die ganze Zeit daran denken, wie sie ihn damals getäuscht hatte. Dieser gemeine Brief, den sie ihm an den Tisch gebracht hatte ... Sie schämte sich, als wäre es erst gestern gewesen, und sie wusste, dass sie nie wieder jemanden so vorsätzlich verletzen würde.

Und da sie innerlich so aufgewühlt war, wusste sie nicht, wie sie Nein sagen sollte, als er sie für den nächsten Tag einlud, mit ihm essen zu gehen.

»Um sechs«, rief er ihr zu, als er die Leihbücherei verließ. »Ich hole Sie morgen um sechs Uhr ab.«

Während sie sich bettfertig machte, grübelte sie, wie sie das Unternehmen absagen könnte. Plötzlich dachte sie an die – wie Eva sich ausgedrückt hatte – gottverdammte wunderbare Nacht, die sie sich mit Max erträumt hatte. Sie zuckte zusammen. Natürlich hatte Max nie an so etwas gedacht. Ihr Essen würde damit enden, dass er sie als Angelika entlarvte, wegging und sie mit der unbezahlten Rechnung sitzen ließ. Sie würde ihren Vater anrufen und ihn bitten müssen, sie abzuholen und genug Geld mitzubringen. Er hatte wirklich Nerven, dieser Max Rudnick. Wenn er morgen kam, würde sie ihm geradeheraus erklären, sie habe keine Lust, mit ihm essen zu gehen ...

Doch als sie am Morgen aufwachte, war sie ganz kribbelig vor Vorfreude. Nur noch elf Stunden, bis sie ihn sehen würde. Ob er wohl jetzt auch gerade an sie dachte? Sie kam sich albern vor, hatte Angst, war glücklich. Bei der Arbeit in der Leihbücherei war ihre Energie grenzenlos. Sie sah sich Max am Tisch gegenübersitzen, sah ihn, wie er sich in ihrem Schlafzimmer über sie beugte, und wenn ihre Kunden sie etwas fragten, tauchte sie verdattert aus ihren Fantasien auf. Sie konnte nicht erwarten, dass es sechs Uhr würde, und gleichzeitig wollte sie es in die Länge ziehen, diese köstliche Spannung, die ihren Tag durchzog und bewirkte, dass sie sich anmutig fühlte, ja, sogar ein bisschen größer, als ob ihr Körper endlich ihre Gebete von damals erhört hätte.

Als Max Rudnick sie das erste Mal küsste, fühlte Trudi das Angelika-Geheimnis zwischen ihnen, aber sie küsste ihn zurück, leidenschaftlich, gierig, weil sie glaubte, es sei ein gestohlener Kuss. Wenn er die Wahrheit über die Briefe erführe, würde er sie nicht mehr sehen und schon gar nicht küssen wollen. Und doch bemerkte sie, wie sie während des Kusses lächelte, da ihr aufging, dass es ziemlich genau zehn Jahre her war, dass Klaus Malter sie geküsst hatte, und weil sie sich gelobte, dass es nicht wieder zehn Jahre dauern würde, bis sie das nächste Mal einen Mann küsste.

Der zweite Kuss folgte direkt auf den ersten, und danach kamen noch mehr Küsse, von denen sich ihre Lippen sanft geschwollen anfühlten. Sie gewöhnte sich an seine melodiöse Stimme. Sie konnte ihn zwar nicht immer gleich verstehen, aber seine Hände folgten seinen raschen Worten, als wollte er sie festhalten, bis Trudi dann plötzlich verstand, was er gesagt hatte. Und selbst wenn sie es nicht verstand – Max Rudnick war ein geduldiger Mensch, dem es nichts ausmachte, seine Worte noch einmal zu wiederholen.

Wenn er sie in den Armen hielt, war es, als wäre er nie weg gewesen, obwohl er ihr erzählte, dass er in Köln gewesen war, um seine russische Großmutter während ihrer letzten Monate zu pflegen und die Erbschaftsangelegenheiten zu regeln. Es war nicht viel da gewesen, aber sie hatte alles ihm hinterlassen. Das war gut, da der Industrielle mit seiner Familie in die Schweiz geflüchtet war und Max nur zwei neue Privatschüler gefunden hatte.

Er hörte ihr voller Mitgefühl zu, als sie ihm von der Haft erzählte. Bald schon begann sie, die ganz normalen Dinge an ihm schön zu finden: Die eingezogenen Schultern erschienen ihr geschmeidig, und das schwarz gewellte Haar auf seinem Kragen war jetzt nicht mehr zu lang; es schmiegte sich vielmehr um seine wohlgeformten Ohren. Sie konnte sich nicht mehr vorstellen, wieso sie seinen Schnauzbart als mickrig wahrgenommen hatte, wo doch in Wahrheit die vielfältig schattierten, hellseidigen Haare nur seine sensible Oberlippe zur Geltung brachten. Und während ihre Liebe verwandelte, was sie sah – ganz allmählich, sodass jede Begegnung eine neue Entdeckung brachte –, fragte sie sich, ob es für ihn umgekehrt auch so war. Vielleicht nahm er ja nur ihre silberblonde Haarflut wahr. Vielleicht waren seine Augen ja so schlecht, dass er sie kaum sah. Sie wusste, dass ihm der Klang ihrer Stimme gefiel – das hatte er ihr gesagt –, und sie war sich sicher, dass er ihre Gespräche genoss. Seit er ihr erklärt hatte, sie habe so lebendige Augen, ertappte sie sich immer wieder dabei, wie sie sie vor dem Spiegel studierte, als gehörten sie einer anderen Frau.

Sie wollte nicht denken, dass ihn an ihr nur faszinierte, dass sie anders war, aber genau darum ging ihr erster Streit. Sie standen unter der Markise eines Düsseldorfer Kinos und warteten, dass der kalte Regen nachließ, damit sie zu seinem Auto laufen konnten. Der Film, den sie gesehen hatten, war eine Liebesschnulze, die in den Alpen spielte, mit Gejodel, Lederhosen, blonden Zöpfen und Bernhardinerhunden, die Schnapsfässchen um die zottigen Hälse trugen und blonde Helden aus Gletscherspalten retteten.

Max spähte in den Regen hinaus und erklärte, er bewundere sie, weil sie so stark sei und so besonders.

»Innerlich bin ich genau wie andere«, sagte sie.

»Wie könntest du innerlich wie irgendjemand anderes sein?«

»Wieso nicht?«, fauchte sie zurück.

»Weil dein Leben dich geformt und einzigartig gemacht hat.«

»Nur, weil ich äußerlich anders bin ...«

»Aber davon rede ich nicht.«

»Doch, das tust du wohl.«

»Ich meine wirklich genau das Gegenteil. Jeder von uns ist besonders. Selbst die, die sich äußerlich ähnlich sind, sind innerlich ganz und gar einmalig.« Die dunkle Straße war menschenleer. »Nimm mal an, da sind zwei alte Männer, sagen wir, Brüder, gleiche Größe, gleiche Haarfarbe – oder Glatze –, und beide haben ihr Leben lang in derselben Stadt gewohnt ... Wenn du mich fragst, sind sie trotzdem ganz und gar nicht gleich.«

»Ja, aber sie werden mich beide anschauen und ihr Gleichsein benutzen, um sich von mir abzugrenzen. Sie werden denken, dass ich überhaupt nichts mit ihnen gemeinsam habe.«

»Dann sind sie zwei alte Dummköpfe.«

»Und es gibt Tausende wie sie, Männer und Frauen, die davon ausgehen, dass bei mir alles kleiner ist – was ich fühle, was ich denke ...«

Er legte die Hand um ihren Kopf und beugte sich herab. Im Schein des Leuchtschildes über dem Kinoeingang waren seine Brillengläser beschlagen.

»Das brauchst du nicht zu tun«, sagte sie, als er sie küsste, aber dann sah sie seine traurigen, unverstellten Augen, die viel zu tief waren, um an

Oberflächlichem hängen zu bleiben, und sie begriff, dass er sie wollte, so, wie sie war.

Aber als er sie an der Hand nahm und mit ihr über die nasse Straße zu dem Hotel auf der anderen Seite lief, ein Zimmer für sie beide nahm und ihr das Haar mit einem Handtuch trocknete, kaum dass sie drinnen waren, hatte sie schreckliche Angst, sich auszuziehen und in seinen Augen denselben Abscheu zu sehen, wie sie ihn damals in ihren eigenen gesehen hatte, als sie aus Klaus Malters Praxis gerannt war und die Spiegel ihr das zerstückelte Bild ihrer selbst zurückgeworfen hatten, blasses Fleisch, das ihr aus den goldenen Rahmen entgegenquoll.

Aber Max küsste sie, sah sie zärtlich an. Im Zimmer war es kalt. Regen trommelte auf die Dachziegel, gegen das Fenster, und sie schloss die Augen, bereit, geschehen zu lassen, was immer geschehen würde, denn sich davor zu fürchten, darauf zu warten, war schlimmer. Dann waren seine Hände auf ihren Brüsten, und sie war einen Moment lang verwirrt, dachte, dass sie Klaus Malter gehörten, da es in ihren früheren Fantasien seine Hände gewesen waren, und sie schlug rasch die Augen auf und hielt sie offen, sagte sich: Das ist Max, das ist Max – Und als sein schnelles Atmen zu einem leisen Schrei wurde und er innehielt, über ihr schwebend wie ein Komet, kurz ehe er leuchtend herabschießt, fühlte sie sich übergangen. Ihr Körper fühlte sich warm und locker an, fast wunderbar, aber da war nicht dieses süße Zucken, das sie selbst so oft herbeigeführt hatte.

Er seufzte, küsste sie auf die Nase, die Stirn, das linke Ohr, rollte sich neben sie, einen warmen Arm unter ihrem Kopf, die gebeugten Knie an ihren Fußgelenken. Als sie sich ihm zuwandte, murmelte er etwas. Sein Arm zuckte.

»Warum ich?«, flüsterte sie.

Aber er war schon eingeschlafen.

Sie hatte noch nie mit jemandem in einem Bett geschlafen. Es war seltsam, eng, aufregend – als hätte ihr Körper noch einen Rumpf, einen Kopf und normal große Gliedmaßen hervorgetrieben, die sich in ein paar Stunden von ihr ablösen würden. Aber jetzt noch nicht. Noch nicht. Sie musste daran denken, dass Kinder oft mit Geschwistern in einem Bett schliefen. Sie fragte sich, ob ihre Eltern noch mehr Kinder bekommen hätten, wenn sie kein Zwergenkind gewesen wäre. Kurz ehe sie einschlief, fiel ihr wieder ein, wie sie Frau Blau einmal gefragt hatte, ob ihre Mutter normal geblieben wäre, wenn sie kein Zwergenkind bekommen hätte, und wie wichtig es für sie gewesen war, als Frau Blau geantwortet hatte: »Deine Mutter war schon seltsam, ehe du geboren wurdest. Versteh mich nicht falsch, Trudi, ich habe sie gemocht. Sie war eine herzensgute Frau. Aber was immer ihr zugesetzt hat – es war schon da, seit sie ein kleines Mädchen war.«

Als Trudi einen Orgasmus hatte, als sie das nächste Mal mit Max Rudnick zusammen war, war sie entsetzt, weil sie ihn benutzt hatte, um den Stall heraufzubeschwören, die Jungen und die Angst, die sie brauchte, um zu – um ...

»Warum weinst du?«, fragte er und streichelte ihr Haar.

Sie konnte nicht antworten.

»Nichts, was du sagst, kann schlimmer sein als dieses Schweigen.«

Sie schüttelte den Kopf.

»Hab ich dir wehgetan?«

»O nein«, sagte sie, beschämt, weil ihre Fantasien sie wieder eingeholt hatten, weil ihre Lust Angst brauchte. Sie hatte sich schon öfters hinterher hohl und leer gefühlt, aber jetzt war es noch schlimmer, weil sie Max betrog.

Er schmiegte sich um sie, wiegte sie sanft in den Armen.

Es verblüffte sie, dass ihr sein Körper schon nach so kurzer Zeit so vertraut sein konnte. Sie war so gern mit ihm in seinem Mietszimmer über dem Uhrmachergeschäft in Kaiserswerth, obwohl es so kalt war, als speicherten die Wände den unbarmherzigen Winter. Und es wirkte noch kälter, weil der Raum fast leer war: Außer seinem Bett gab es nichts Weiches, nur die Ecken und Kanten zweier Stühle und eines Tischs, eines Regals, des Schranks, des Waschbeckens und des Ofens. Max hatte nur sehr wenige persönliche Dinge, als wäre er darauf vorbereitet, rasch zu verschwinden, und das einzig Überraschende in diesem kargen Raum waren seine ungerahmten Aquarelle, die er mit Stecknadeln an die Wände gepinnt hatte, allesamt Fantasiebilder wirbelnder Farbtürme, die sich zum Himmel hin öffneten und aussahen wie exotische Blumen.

Manchmal war sie kurz davor, ihrem Vater zu erzählen, dass etwas Wunderbares zwischen ihr und Max vor sich ging. Er schlief zwar immer, wenn sie im Morgengrauen heimkam, und fragte sie nie, wo sie gewesen sei, aber sie hatte das Gefühl, dass er Bescheid wusste und sich für sie freute. Doch inzwischen war schon so viel zwischen ihr und Max geschehen, und ihrem

Vater jetzt etwas zu sagen, hätte geheißen, ihm zu gestehen, dass sie ihm zu Anfang nichts erzählt hatte.

Ihre instinktive Verschwiegenheit in allem, was sie selbst betraf, ließ Trudi die Sache mit Max auch vor allen anderen geheim halten. Sie würden ihn nur mit Verachtung strafen, weil er sich mit ihr eingelassen hatte, so wie sie Eva damals nach dem Konzert mit Verachtung gestraft hatten. Außerdem war Liebe ohne Ehe Sünde. Obwohl es genügend Leute taten, durfte man es nicht zugeben, da einen sonst der ganze Ort ächten musste.

»Eines Tages«, sagte Max, »wenn du meinst, du kannst es – erzählst du mir dann, warum du geweint hast? Auch wenn ich nicht weiß, wie ich dich danach fragen soll?«

Sie nahm seine Hand, um sie genau zu betrachten. Nicht nur seine Hand war sonnengebräunt. Sein ganzer Körper hatte diesen weichen Braunton. Es wäre so einfach, alle Hemmungen fallen zu lassen und sich mit ihrer ganzen Liebe auf ihn zu werfen, so wie Seehund sich ihr mit seinem ganzen Welpengewicht und seinem ganzen Hundeherzen entgegengeworfen hatte.

»Wirst du's tun?«, fragte er.

»Ich sehe deine Haut so gern an meiner …«

»Wieso?«

»Weil ich immer weiß, wo ich aufhöre und wo du anfängst. Schau.«

Er griff hinter sich, nach seiner Brille, und als er sich auf die Ellbogen hochstützte, war auch er fasziniert vom Kontrast ihrer Hauttöne. »Das ist so schön, wie deine Haut strahlt … als ob sie tausend Kerzen von innen er- leuchten.«

Sie sah sich schon, allein in ihrem Zimmer, in die Spiegel ihrer Mutter schauen und dem Strahlen nachspüren, von dem er redete, und die Wärme von tausend Kerzen in sich fühlen. Sie war erstaunt, wie wohl sie sich in ihrem Körper fühlte – ganz, gesund, schön. Wie Pia, dachte sie. So muss sich Pia gefühlt haben.

»Mein Lichtwesen«, murmelte Max an ihren Lippen.

»Mein Lichtwesen«, würde sie sich daheim in ihrem Bett zuflüstern, ihr Lächeln im Kissen vergraben.

17

1943

Hast du eigentlich irgendwelche Fehler, Max?«, fragte sie ihn in einer Februarnacht, als sie neben ihm in seinem schmalen Bett lag.

»Wie meinst du das?« Er strich mit einer Hand leicht über die Innenseite ihres Arms.

»Du bist zu perfekt, zu gut ... Das macht mir Angst. Weil ich denke, ich sehe dich nicht richtig.«

»Na ja, wenn du versprichst, es nicht weiterzusagen ...« Er sah sich um, als wollte er sich vergewissern, dass niemand sein Geständnis hören konnte. Die Lippen dicht an Trudis Ohr, flüsterte er: »Ich habe schon mal gestohlen.«

»Was?«

»Ein Päckchen Schokoladenzigaretten. Als ich acht war.«

»Ich bin beeindruckt.«

»Sollst du auch sein.«

»Ist das alles?«

»Manchmal werde ich schrecklich wütend, und ich zerschlage Sachen.«

»Zum Beispiel?«

»Ach – Spielsachen, als ich klein war. Einmal habe ich den Drachen meines besten Freundes zerfetzt, weil der sich über den Drachen lustig machte, den ich gebaut hatte ... Vor ein paar Jahren habe ich ein Autofenster eingeschlagen.«

»Wie kam das?«

Er zögerte.

»Erzählst du's mir? Bitte?«

»Ich war mit – mit einer Frau unterwegs nach Bremen. Wir haben uns mit Fahren abgewechselt, und als ich ausstieg und auf die Fahrerseite hinübergehen wollte, hat sie die Tür verriegelt. Wir hatten die ganze Zeit Witze gemacht, und sie fand das wohl lustig. Sie saß drinnen und lachte, und ich habe sie gewarnt. Ich habe geschrien: ›Mach auf‹, aber sie hat mit dem Schlüssel hinter der Windschutzscheibe herumgeklimpert, und ich habe einen Stein aufgehoben. Zuerst hat sie gelacht, aber als ich den Stein hochhob, veränderte sich ihr Gesicht, und ich konnte sehen, dass sie Angst hatte. Angst, mich reinzulassen. Aber ich konnte mich nicht bremsen. Obwohl ich wusste, dass irgendwas außer Kontrolle geraten war und dass ich den Moment verpasst hatte, als das passiert war.«

»Hast du ihr wehgetan?«

»Nein. Ich habe das Beifahrerfenster eingeschlagen.«

»Hast du sie danach noch mal wiedergesehen?«

»Wir – wir waren verheiratet.«

Trudi setzte sich auf und zog die Arme eng an sich, sodass kein Teil von ihr ihn mehr berührte. Auf dem Fußboden vor seinem Schrank standen ihre schwarzen Schuhe, die mit den hohen Absätzen, die sie in seinem Zimmer gelassen hatte, damit sie besser an den Tisch und das Waschbecken kam.

»Schau mich an«, sagte er. »Ich habe sie seit Jahren nicht mehr gesehen.«

»Dann bist du geschieden?«

»Nicht rechtlich. Aber ich werde mich scheiden lassen, falls wir uns je weit genug einigen können, um irgendwelche Papiere zu unterschreiben.«

Ihr Körper fühlte sich so starr an, als wäre ihr Herz stehen geblieben.

»Komm her.« Er breitete die Arme aus. »Bitte, Trudi?«

Sie schüttelte den Kopf. Ein Haar von ihm lag auf ihrem Arm, dunkel und gelockt. Sie brachte es nicht über sich, es zu berühren, und blies es weg.

»Frag, was immer du wissen möchtest.«

»Du hättest es mir nicht erzählt ...«

»Ich verspreche, dir die Wahrheit zu sagen.«

»Du hättest es mir nicht erzählt ...«

»Ich denke nicht an sie, Trudi. Ich fühle mich nicht als verheirateter Mann.«

»Aber du bist einer.«

»Menschen erzählen einander nun mal nicht immer alles sofort.«

Ihr Gesicht glühte. »Wie meinst du das?«

»Würdest du nicht auch sagen, dass man mit manchen Eröffnungen lieber wartet, bis der andere dafür bereit ist?«

»Ich – ich weiß nicht.«

»Aber du wolltest doch wissen, ob ich Fehler habe.«

»Jetzt weiß ich's.«

»Du hast gesagt, ich sei zu perfekt.«

»Es hätte nicht gleich eine Ehefrau sein müssen.«

Am nächsten Tag fuhr Ingrid Baum auf der Ladefläche eines Lasters, der vorher Kartoffeln transportiert hatte, nach Burgdorf. Die Pritsche war voller Kartoffeldreck, dickem grauem Staub, der sich auf ihrer Haut absetzte. Ihre Reisegefährten waren ein Schuhmacher aus Bonn und seine große Familie, die zur Hochzeit eines Onkels nach Oberhausen wollten; sie sangen und lachten, boten ihr Kuchen an und bestanden darauf, dass sie von der Flasche Schnaps kostete, die selbst unter den Kindern herumging. Ingrid mochte zwar keinen Schnaps, nahm aber dennoch einen Schluck, um die Frau des Schuhmachers nicht zu kränken, die sich an sie lehnte und ihre vertraulichen Mitteilungen über die Gelüste ihres Gatten und die Zähflüssigkeit ihres Regelblutes ins Ohr flüsterte.

Als es zu regnen begann, drängte sich die Familie dichter zusammen, wobei Ingrid einbezogen wurde, als gehörte sie dazu. Das Einzige an ihr, was nicht eiskalt war, war ihr linkes Ohr: Es brannte bis tief in den Schädel hinein, und die ganze Gesichtshälfte schmerzte. Sie versuchte, sich zu erinnern, wann es angefangen hatte, aber sie wusste nicht einmal mehr, wie sie ihren Koffer gepackt hatte, den der Regen jetzt aufweichte. Als der Griff abfiel, drehte sie ihn in den Fingern hin und her. Der älteste Sohn streckte ihr den Schnaps hin, aber sie schüttelte den Kopf. Der Kartoffelstaub sog das Wasser auf, bis sie alle in klebrigem Matsch saßen. Als der Lastwagen sie vor der Leihbücherei absetzte, waren ihre Hände und ihr Gesicht dreckverschmiert, ihre Kleider klatschnass.

Trudi, die am Fenster gestanden und in den Regen hinausgestarrt hatte, während sie ihr nächtliches Gespräch mit Max noch einmal Wort für Wort durchgegangen war, kannte weder den Laster, noch erkannte sie die Frau, die auf dem Bürgersteig zurückblieb, einen Koffer mit beiden Armen an sich gedrückt wie ein schlafendes Kind. Aber dann drehte sich die Frau um, und es war Ingrid. Trudi rannte hinaus, zog sie nach drinnen, drängte sie, den Mantel und die nassen Schuhe auszuziehen. Nachdem sie sie in eine Decke gewickelt hatte, bot sie ihr Suppe und ein heißes Bad an, aber Ingrid war zu erschöpft, um zu essen oder sich zu waschen.

»Was ist denn passiert?«, fragte Trudi, nachdem sie den Ofen angeheizt und Ingrid in einem Sessel daneben platziert hatte, die Füße auf einem Schemel.

Ingrids Augen wurden starr. Sie griff sich ins Haar und zog sich eine nasse Strähne vor das schmale Gesicht.

»Warum bist du von dort weggegangen?«

»Ich ... weiß nicht.«

Aber nach und nach konnte Trudi aus ihr herausholen, dass sie sich nur erinnerte, mit ihrem Koffer aus dem KLV-Heim gerannt zu sein, wo sie die letzten eineinhalb Jahre unterrichtet hatte. Und sie war aus einem Zug gestiegen, erinnerte sich aber weder an die Fahrt noch an den Kauf einer Fahrkarte. Der Laster? Sie hatte irgendwo in der Kälte gestanden, als der Schuhmacher angehalten und sie mitgenommen hatte.

»Es gibt da einen Mann, der mich heiraten will«, sagte Ingrid ohne sonderliche Begeisterung.

»Wer?«

»Ulrich.«

»Und ...?«

Ingrid lehnte den Kopf an die Sessellehne und starrte an die Decke. »So wohlerzogen.«

»Der Mann, der dich heiraten will?«

»Nein, nein. Eine von den Schülerinnen, Suse.« Ingrids Stimme versiegte zu einem leisen Murmeln, als redete sie mit sich selbst. »Ein Gesicht wie ein Engel – aber Fräulein Wiedesprunt hat sie immer im Auto mitgenommen, ihr Lakritz gebracht, sie bei sich im Zimmer schlafen lassen ... Ich wusste nicht, was ich dagegen tun sollte. Das Mädchen – vielleicht war ja gar nichts ... Trudi?« Sie setzte sich gerade auf. »Trudi.«

»Ich bin hier.«

»Ich habe schmutzige Dinge über sie gedacht ... Die Tinte verläuft immer. Schulhefte – sie rationieren sie und –«

»Bist du deshalb weggegangen? Wegen dem Mädchen?«

»Das Papier – es ist so miserabel, dass die Tinte verläuft ...« Ingrid fiel in einen amtlichen Ton, als imitierte sie jemanden: »Wir müssen jede einzelne Anschaffung auf ihre Notwendigkeit hin prüfen.«

»Warum erzählst du mir nicht ein bisschen mehr von diesem Mann, der dich heiraten will?«

»Ulrich Hebel.«

»Was ist er für ein Mensch?«

»Jetzt ist er Soldat.«

»Und vorher?«

»Eisenbahn. Er war bei der Eisenbahn.«

»Liebst du ihn?«

»Er sagt, es ist auch seins.«

»Was?«

Ingrid schälte sich aus der Decke und zeigte auf ihren leicht gerundeten Bauch. »Die Frucht meiner Sünde«, sagte sie, als zitierte sie aus der Bibel.

»Sag es nicht so hässlich.«

Ingrid schlug die Hände vor die Augen.

»O Ingrid ...« Trudi umarmte sie und löste ihr behutsam die Finger vom Gesicht. »Ich weiß, das ist schwer, aber du wirst das Kind schon lieben. Und ich werde dir helfen ...« Sie sah sich schon Ingrids Kind in einem Korbwagen herumfahren, sah sich in der Sonne auf den Eingangsstufen sitzen, das Kind in den Armen. Sie würde einen gemusterten Kopfkissenbezug nähen, mit dazu passendem ...

»Es ist des Teufels.«

»Sag so was nicht.«

»Heiraten macht die Sünde nicht ungeschehen.«

»Es ist keine Sünde.«

»Die Kirche sagt es aber.«

»Pfeif auf die Kirche.«

Ingrid bekreuzigte sich und gab einen Jammerlaut von sich.

»Was ist?«

»Mein Ohr – es tut weh.«

»Ich laufe schnell rüber in die Apotheke und hole Ohrentropfen.«

»Ist nicht so wichtig.«

»Doch, ist es wohl. Wissen deine Eltern von dem Kind?«

»Mein Vater bringt mich um.«

»Das wird er schon nicht tun. Und außerdem ...« Trudi zögerte. Wenn Ingrid bei ihr bliebe, würden sie keine Juden mehr aufnehmen können. Aber seit ihrer Verhaftung war das Haus als Versteck sowieso zu riskant geworden. Emil Hesping hatte immer noch keine neuen Flüchtlinge zu ihnen gebracht, aber er nahm die Lebensmittel und die Kleider, die Trudi für ihn sammelte. Die meisten Lebensmittel bekam sie von Frau Weiler, und Hilde Eberhardt war eine gute Quelle für Kindersachen – sie gab alles her, worum Trudi sie bat, ohne je eine Erklärung zu verlangen. Es war in Burgdorf wohlbekannt, dass die Hebamme als Entgelt für ihre Dienste oft Hemdchen, Höschen und Kleider nahm, aus denen das letzte Kind der Familie herausgewachsen war. Sie hatte einen ganzen Fundus an Sachen, die sie an Leute verschenkte, die sich keine Kinderkleidung leisten konnten. Manchmal – so hieß es – brachte sie armen Leuten sogar Kleidungsstücke und Windeln mit, statt Geld zu nehmen.

»Du könntest bei uns bleiben«, erklärte Trudi Ingrid. »Für eine Weile ... Mein Vater wäre bestimmt einverstanden.«

»Ich muss meine gerechte Strafe hinnehmen, die Vernichtung meiner Seele ...«

Trudi stöhnte. »Tu dir das nicht an.«

»Den Niedergang meines Geistes ...«

»Hast du mit einer Hebamme gesprochen? Warst du beim Arzt?«

»Verderbnis durch das Fleisch ...«

»Ich könnte Hilde Eberhardt holen ... hierher.«

»Nein«, unterbrach Ingrid ihre Litanei.

»Und dieser Mann? Der, der dich heiraten will?«

»Wenn er Urlaub bekommt.«

»Dann willst du ihn heiraten?«

»Damit das Kind einen Namen hat. Für mich ist es zu spät. Ich bin auf ewig verdammt. Ich werde nie Missionarin werden.«

»Soll ich den Priester holen?«, fragte Trudi wenig überzeugt. Aber vielleicht war ja selbst der dicke Priester immer noch besser als gar keiner. »Dann kannst du beichten. Dich von der Sünde reinigen.«

»Ich bin die Sünde.«

»Ingrid!«

»Ich habe das immer schon gewusst.«

»Und was ist an dir, weshalb dir auf gar keinen Fall vergeben werden kann? Was ist an dir so besonders?«

Aber Ingrid schüttelte den Kopf. Ihre Augen glitzerten. »Ich bin die Sünde.«

Während Leo Montag einen starken russischen Tee für Ingrid bereitete, lief Trudi wegen der Ohrentropfen zu Neumaiers Apotheke. Die hatte zwar jetzt eine neue Besitzerin, Fräulein Horten, aber die Leute nannten sie immer noch Neumaiers Apotheke. Seit der Apotheker vor neun Monaten mit seiner Tochter und seiner Ex-Frau abtransportiert worden war, hatte man nichts mehr von ihm gehört, und es bestand allgemein der Verdacht, dass er nicht nur einen Teil der Spendengelder für die Hitlerstatue in die eigene Tasche gesteckt hatte, sondern auch die meisten Zahlungen für die Parteimitgliedschaft. Die Stosicks waren nicht die Einzigen, die nie irgendwelche Unterlagen geschickt bekommen hatten.

Trudi wollte gerade Ingrids Medizin bezahlen, als die Sirenen losheulten. Sie sah zur Tür und überlegte, ob sie noch schnell nach Hause rennen sollte, aber Fräulein Horten fasste sie am Arm.

»Mein Vater...«, sagte Trudi.

»Sie bleiben besser hier.«

Fräulein Horten führte sie die Treppe hinunter in den riesigen Keller, wo schon mehrere Mieter aus dem Haus auf Apfelkisten und Koffern saßen, die Augen an die Decke gerichtet, als könnten sie hindurchgucken und die Gefahr über sich erkennen. Bei den vielen Bombenangriffen, die zu jeder Tages- und Nachtzeit auf die benachbarten Großstädte geflogen wurden, musste man mit Irrgängern rechnen und sich jedes Mal schleunigst mit einer bereitstehenden Tasche oder einem Koffer mit den nötigsten Dingen in den nächsten Keller begeben. Mütter zerrten ihre kleinen Kinder aus den Betten und rannten, beruhigend gegen das Geschrei anredend, die Treppen hinunter. Oft dauerten die Luftangriffe nicht lange, aber es konnte einem auch passieren, dass man stundenlang in einem Keller saß, umgeben von anderen, die ihrer Todesangst durch Weinen, Beten oder Jammern Herr zu werden suchten.

Der Metzger und seine Schwiegertochter waren schon im Keller, beide noch in ihren gestärkten Schürzen. Gleich darauf kam der Optiker mit seinem griechischen Fremdarbeiter und dann die Lehrerin aus dem zweiten Stock mit der Brocker-Tochter, die seit Kurzem bei ihr als Hausmädchen arbeitete. Die Nächsten waren Jutta Malter und ihre Schwiegermutter, die Professorin, die sie des Öfteren für ein paar Tage besuchte.

Als Letzter kam Alexander Sturm, mit käsigem Gesicht und viel dünner als früher. In dem halben Jahr seit Evas Verhaftung hatte Trudi ihn nur zweimal gesehen, und bis auf einen kurzen Gruß hatte er nicht mit ihr gesprochen. Er kam nicht mehr zur Messe. Er verbreitete wieder den Ernst, der ihn als Knaben gekennzeichnet hatte – als wären seine Emotionalität und die damit einhergehende Attraktivität allein Evas Werk gewesen. Die strahlenden Ehejahre waren spurlos von ihm abgefallen, und trotz seines kunstvoll gezwirbelten Schnurrbarts wirkte er wieder ziemlich unscheinbar, gealtert, als wäre er über Nacht vom jungen Mann zum blutlosen Spießer geworden.

Während seiner Ehe mit Eva war er Trudi nach und nach sympathischer geworden, und sein Haus war ein Ort gewesen, den sie gern besucht hatte. Aber seit Evas Verhaftung hatte sie – wie auch andere – spekuliert, warum er wohl ungeschoren davongekommen war, und da er keinerlei Erklärung abgab, hatte sein Ruf als anständiger Mensch gelitten.

Er saß auf dem bloßen Fußboden, dort, wo früher die Briketts gestapelt worden waren, mit dem Rücken an der kahlen staubschwarzen Wand, als kümmerte ihn sein Anzug nicht. Die kleinen Fenster hoch über ihm waren mit schwerem Zeltleinen verdunkelt. In der Ecke bei den Regalen lehnte der sperrige Jesus, den Herr Neumaier immer um den Kirchplatz geschleppt hatte. Seine Beine waren leicht angezogen und die Arme über dem Kopf zusammengelegt, als wäre er bereit, seinen Platz am Kreuz wieder einzunehmen. Ein mächtiger Holznagel heftete seine Hände zusammen, und leberbraune Farbe rann von der Dornenkrone herab. Die neue Apothekerin hatte versucht, den Jesus dem Priester zu vermachen, der ihr geraten hatte, ihn den Nonnen zu schenken, aber sie hatte sich nicht ins Theresienheim gewagt und die Figur schließlich in den Keller geschleppt, wo sie bei jedem Fliegeralarm in ihrer einsamen Wacht gestört wurde.

Trudi dachte an ihren Vater und Ingrid im Keller der Leihbücherei. Sie hatte jedes Mal Angst, was sie nach dem Bombenangriff draußen vorfinden würde, und war immer aufs Neue erstaunt, dass der Ort verschont blieb. In Düsseldorf war es anders: Dort hatte sie Kinder in den Trümmern zerbombter Häuser spielen und Frauen nach verschütteten Habseligkeiten graben sehen.

Die Brocker-Tochter wimmerte und verbarg das Gesicht in den Händen. Jutta Malter musterte sie von der Seite und sah dann die Professorin an, als erwartete sie, dass die etwas unternehme. Plötzlich hatte Trudi Mitleid mit Klara Brocker – auch wenn sie Ingrid den wertlosen Rosenkranz für das Schmuckkästchen angedreht hatte. Ihr Vater war im Krieg, und ihr Haus war eins der wenigen, die von verirrten Bomben getroffen worden waren. Sie und ihre Mutter wohnten jetzt in einer kleinen Wohnung im vierten Stock des Hauses, das früher Frau Simon gehört hatte.

»Es dauert nicht mehr lange.« Die Professorin streckte die Hand aus, um Klara übers Haar zu streichen. »Nicht mehr lange.«

In der dunklen Kellerhälfte zitterte das Mädchen am ganzen Körper. »Auf meinem Fahrrad bin ich schnell ...«

Die Augen der Professorin waren müde, als sie Klara das Haar aus der Stirn und hinter die hübschen kleinen Ohren strich. Seit man ihr ihre Arbeit genommen hatte, war die Professorin müde. Sie wachte müde auf und ging müde zu Bett.

»Blitzschnell ...«

»Ich weiß.«

Ganz aus der Nähe kam das Geräusch eines tieffliegenden Flugzeugs, dann eine Detonation. Der Erdboden erzitterte.

»Man könnte glatt den Glauben an die Menschheit verlieren«, sagte der Metzger.

Trudi fuhr zu ihm herum. »Da haben Sie so lange gebraucht? Das merken Sie erst jetzt, wo Sie in Gefahr sind?«

»Ich habe keine Lust, mich mit Ihnen zu streiten, Fräulein Montag.« Im Atem des Metzgers hing ein halbes Jahrhundert Tabaksqualm. »Wenn die Welt Deutschland nur in Frieden ließe. Wir versuchen doch nur, die Ordnung in unserem eigenen Land wiederherzustellen.«

Klara Brockers Zähne klapperten. »Ich wette, wenn ich auf mein Fahrrad steigen würde – wenn ich auf mein Fahrrad steigen würde und feste treten, würde ich wegkommen.«

»Du wirst nirgends hingehen«, sagte der Metzger.

»Bitte, lassen Sie sie in Ruhe«, sagte die Professorin.

Sie schwiegen alle und horchten durch die dicken Wände. Trudi spürte, dass Alexander sie beobachtete, aber als sie zu ihm hinübersah, wandte er den Blick ab, als hätte er Angst, sie in seine Seele schauen zu lassen. Sie fühlte, dass er darum rang, das Geheimnis um Evas Verhaftung vor ihr zu verbergen. Wie hält er das aus?, dachte sie. Sie wollte ihm sagen, dass sie, seit sie mit Max zusammen war, Evas Verlangen nach ihm nachfühlen konnte und verstand, warum sie das Risiko für jene eine Nacht auf sich genommen hatte.

»Es war nicht nur Ihre Schuld«, flüsterte sie ihm zu.

Alexander lehnte den Kopf an die Wand und schloss die Augen.

Trudi fragte sich, ob Max die Detonation wohl auch gehört habe, und sie hoffte, dass er in Sicherheit war. Als sie letzte Nacht auseinandergegangen waren, hatte sie ihn nicht küssen wollen. Wenn wir das hier überleben, dachte sie, werde ich seine Frau nie mehr erwähnen. Vielleicht dachte er ja jetzt auch gerade an sie. Das passierte öfters: Er erzählte ihr, dass er an sie gedacht hatte, und wenn sie dann fragte, wann, stellte sich heraus, dass es genau im selben Moment umgekehrt auch so gewesen war.

»Aber ich kann nicht mit meinem Fahrrad wegfahren«, sagte Klara Brocker. »Ich kann nicht, nicht, solange es meiner Mutter so geht.« Ihre Augen huschten panisch von Gesicht zu Gesicht, während sie erzählte, wie ihre Mutter beim letzten Fliegeralarm auf dem Weg zum nächsten Keller gestolpert und hingefallen war und an den Händen und im Gesicht geblutet hatte. »Sie ist ganz allein«, rief Klara und sprang auf.

Der Optiker versperrte ihr die Tür.

»Für deine Mutter ist es bestimmt leichter, wenn sie weiß, dass du in Sicherheit bist«, sagte die Professorin.

»Wir können jetzt nichts für unsere Eltern tun«, erklärte Trudi Klara.

»Komm her.« Klaras Arbeitgeberin fasste sie an den Händen und zog sie neben sich. »Für die Kinder ist es immer am schlimmsten.«

»Ich bin kein Kind.«

»Ich habe nicht dich gemeint.« Sie erzählte Klara, dass die Schüler sich in der Schule nicht mehr auf den Unterricht konzentrieren konnten, da sie immer Angst hatten, dass wieder Bomben fallen würden. Oft heulten mitten in der Stunde die Sirenen los, und sie mussten ihre Ranzen schnappen und hinunter in den Schulkeller rennen. Die Lehrer versuchten dann, die

Angst der Kinder zu lindern, aber sie konnten sie nicht alle beruhigen. Und wenn sie wieder aus dem Keller kamen und die Schule noch stand, waren sie erleichtert. »Das Allerschlimmste«, sagte die Lehrerin, »ist die Angst um ihre Eltern.«

»Mit gutem Grund.« Herr Immers zog ein Messer und ein Stück geräucherten Schinken hervor und begann, Scheiben abzuschneiden. »Die Leute werden unter ihren eigenen Häusern begraben.« Er reichte die Schinkenscheiben herum. »Wisst ihr noch das eine Mal, als im ganzen Ort nichts weiter beschädigt war als diese blauen Ziegel über den Rathausfenstern? Lagen abgeschlagen auf dem Bürgersteig wie faule Zähne ... Aber in der Woche darauf haben sie es nachgeholt. Die Kornmühle zerbombt. Ein Glück, dass sie so weit außerhalb liegt.«

»Mein Vater und ich«, sagte Trudi, »sind hingefahren. Das Dach ist weg, und die Mauerbögen sind eingefallen.«

»Nach dem Krieg bauen wir sie wieder auf«, sagte der Optiker.

»Das glaube ich nicht«, sagte Trudi leise.

»Wieso nicht?«, fragte Jutta Malter.

»Ich weiß nicht. Es ist einfach nur so ein Gefühl.«

Als die Entwarnung kam, wollte Trudi die Treppe hinaufrennen, um nachzusehen, ob ihr Vater und Ingrid unversehrt waren.

»Warten Sie.«

Sie drehte sich um.

Alexander saß immer noch an der Kohlenwand, die Unterarme auf den angezogenen Knien, die Hände vor sich wie zwei Kelche.

Sie ließ die anderen vorbei. »Was ist?«

»Wie ...«, Alexander holte tief Luft, »wie war das für sie, diese letzten Tage bei Ihnen?«

Sie trat dicht an ihn heran und sah ihm ins Gesicht, wartete, dass er ihr erzählte, was in jener Nacht geschehen war. Und um das herauszufinden, war sie bereit, dazubleiben, zuerst seine Fragen zu beantworten. »Eva hat Sie vermisst. Das war für sie das Schlimmste an der ganzen Versteckerei.«

»Was hat sie über mich gesagt?«

»Dass die Leute Sie nicht richtig kennen ... Sie hatte Angst, dass Sie in den Krieg müssten, und sie sagte, wenn sie eine einzige gottverdammte wunderbare Nacht mit Ihnen haben könne – so hat sie es gesagt, Alexander, eine einzige gottverdammte wunderbare Nacht –, dann würde sie es wieder aushalten, sich verstecken zu müssen.«

Er zog die Beine enger an den Körper, legte die Stirn auf die Knie. Seine Schultern bebten.

Trudi legte die Hand auf sein sandfarbenes Haar. »Sie war sich sicher, dass Sie mit ihr gehen würden, falls sie sie verhaften würden ...«

»Ich bete jede Nacht, dass ich am Morgen nicht mehr aufwache.« Seine Stimme war tief und eindringlich. »Heute Morgen habe ich gebetet, dass eine Bombe unser Haus trifft.«

»Hoffen wir, dass Ihre Gebete nicht erhört werden, wenn Sie uns alle mitnehmen wollen.«

Er sah erschrocken auf. »Seien Sie nicht so böse. Ich dachte nur an mich.«

»Eben.«

»An meinen Tod«, berichtigte er. »Vielleicht sollte ich zur Wehrmacht gehen ... Auf die Weise ein Ende machen.«

»Für sie kämpfen?«

»Einfach nur kämpfen. Bis ich getötet werde.«

»Ich will wissen, wie das mit Eva war. Was ist passiert, als sie bei Ihnen war?«

»Ich – ich schaue die ganze Zeit ihre Vogelsammlung an ... Letzte Woche habe ich ihr eine ausgestopfte Nachtigall gekauft.«

»Letzte Woche?«

»Für sie, wenn sie wiederkommt. Als Geschenk. Erinnern Sie sich noch an die Eule, die ich ihr geschenkt habe?«

»Zur Hochzeit, ja.«

»Und an diesen Vogel mit der roten Brust, den Ihr Hund getötet hat?«

»Er hat noch ein paar Tage gelebt. Evas Mutter hatte seinen Flügel geschient.«

»Wir hätten mit Evas Eltern gehen sollen. Sie wollte ja. Aber sie ist hiergeblieben, weil ich nicht wegwollte.«

»Als sie bei Ihnen war, Alexander – was ist in dieser Nacht passiert?«

»Glauben Sie, jemand hat der Gestapo einen Tipp gegeben?«

»Das habe ich mich auch schon gefragt.«

»Sie hat mich immer bearbeitet, dass ich den Metzger raussetzen soll, aber er hat einen Zehnjahresvertrag ... Wenn ich Verträge schließe, muss ich sie auch respektieren.«

»Respektieren, ah ja.«

Er zog die Schultern hoch. »Ich glaube nicht, dass der Metzger sie verraten hat. Er wusste nicht, dass Eva und ich wegen des Mietvertrages gestritten haben.«

»Sie kamen also in Ihr Haus«, half Trudi nach, »und Sie?«

»Wir sind die Treppe hinaufgerannt. Auf den Speicher. Haben uns da versteckt.«

Sie roch seine Angst, die Angst, ihr zu viel zu erzählen. Seine Augen waren abgeschottet, und seine Worte als solche gaben nicht viel her. Und doch war es gerade sein Bemühen, die Wahrheit zu verbergen, das sie ihr verriet, das die nächtliche Szene auf dem Speicher vor ihr erstehen ließ, als wäre sie selbst dabei gewesen. Sie roch den Geruch der Tonziegel und des Parketholzes, als Alexander und Eva sich hinter die Kisten mit Baumaterial duckten. Sie hörte Schritte auf der Treppe, spürte den Luftzug, als die Speichertür aufflog.

Auf Alexanders Stirn stand Schweiß. »Wir hatten gerade noch die Zeit, uns zu sagen, dass wir einander lieben ...«

Trudi fühlte seine Bestürzung wegen der Hassgefühle, die ihn dazu trieben, diese Liebesworte zu sagen, verstand seine Erleichterung, als Eva ihren Arm seinen Händen entzog und aus dem Dunkel trat.

»Meine Beine – ich konnte meine Beine nicht bewegen ... O Gott.«

»Und sie haben Sie nicht gesehen?«

»O Gott.«

»Sie haben nicht nach Ihnen gesucht?«

Er zuckte zusammen, die Augen schreckgeweitet, und sie hörte das Gelächter, als die Gestapo-Leute um die Kisten herumtraten und ihn mit den Schuhspitzen stießen.

»Ein feiner Held«, sagte der eine.

»Einen feinen Helden haben Sie da.« Der andere lachte, als er sich Eva zuwandte.

»Sie wollten mich. Sie haben mich gefunden«, sagte Eva, so kerzengerade wie immer.

Trudi griff nach Alexanders Händen. Sie waren klamm. »Was haben Sie dann gemacht? Erzählen Sie's mir!«

Er entriss ihr seine Hände und schlug sie vors Gesicht, versuchte, es vor ihr zu verbergen, dieses jämmerliche Schauspiel, wie er auf allen vieren auf dem Speicher herumkroch, gezwungen durch die beiden Pistolen, die auf seinen Kopf gerichtet waren. Aber sie spürte die rauen Holzbohlen unter seinen Händen, sah Evas Fußgelenke, als er an ihr vorbeikriechen musste.

»Sie haben mich dort liegen lassen«, flüsterte er. »Auf dem Boden.«

Die Spannung war aus seiner Stimme gewichen, und seine Augen waren erschöpft, als hätte es ihn erleichtert, es auszusprechen.

Als sie aus dem Keller nach oben gingen, roch die Luft verbrannt. Es war so heiß, dass sie kaum atmen konnten. Ein gelber Dunstschleier hob sich und enthüllte die Konturen von Häusern und Dächern, und Alexander zeigte hinüber auf die andere Straßenseite, wo das Haus der Talmeisters getroffen worden war; aber der Kirschbaum auf dem Bürgersteig war unversehrt, und die kahlen Äste umrahmten gelbbraune Rauchwolken, die von dem Steinhaufen aufstiegen und über die Nachbardächer davondrifteten.

Die Hitze des Krieges füllte Trudis Lungen, als sie zur Leihbücherei rannte und nach ihrem Vater rief. In ihrer unmittelbaren Nachbarschaft waren die Häuser noch heil. Nur drei Fenster der Leihbücherei waren zerborsten, und über dem Lebensmittelgeschäft war ein Teil des Dachs weggerissen.

»Das lässt sich alles reparieren«, sagte ihr Vater.

»Das lässt sich alles reparieren«, wiederholte Ingrid hinter ihm, noch immer in die Decke gewickelt.

Aber Trudi schüttelte den Kopf, kämpfte mit dem Entsetzen darüber, dass so viele Leben vernichtet waren, auch das von Alexander Sturm, der, obwohl er noch herumlief und auf Bäume zeigen konnte, genauso tot war wie die Weskopp-Söhne, die unter der Erde verfaulten.

Seit Max ihr von seiner Frau erzählt hatte, war sie ihm gegenüber vorsichtig. Sie fragte sich, was er in ihr sah. Manchmal hatte sie Angst, er wolle sich vielleicht nur für die Demütigung durch den Brief rächen und würde sie verlassen, sobald sie ihn liebte.

Schließlich fand sie den Mut, ihn zu fragen. »Warum ich?« Sie fragte es geradeheraus und unvermittelt.

»Was meinst du?« Sie saßen an seinem Tisch, und er schälte gerade eine Orange, die ihm einer seiner Privatschüler geschenkt hatte.

»Warum hast du dir gerade mich ausgesucht, Max?«

Er löste die kühlen Schnitze voneinander und arrangierte sie auf einer weißen Untertasse. »Mund auf«, sagte er und steckte ihr einen in den Mund. »Weil ich dich mag.«

Nachdem sie jahrelang keine Orange mehr gegessen hatte, trieb ihr der Geschmack des süßen, saftigen Fruchtfleischs Tränen in die Augen. »Aber wie hat es für dich angefangen?«

»Ich glaube, ich war einfach fasziniert von dir ...« Er aß bedächtig, tupfte sich mit dem Finger den Saft aus den Mundwinkeln und leckte ihn ab, als wollte er nur ja keinen einzigen kostbaren Tropfen vergeuden. »Da.« Er steckte Trudi noch einen Schnitz in den Mund. »Ich glaube, du hast mich neugierig gemacht.«

»Wieso?«

»Ach, dieses geheimnisvolle Etwas, das du an dir hattest. Als wir uns begegnet sind, wusste ich nicht, dass wir ein Liebespaar werden würden. Das hat sich nach und nach so ergeben.«

An diesem Abend führte er sie das erste Mal zum Tanzen aus, nicht in das Kaisershafener Gasthaus hoch über dem Rhein, wo sie sich in ihrer Fantasie mit ihm hatte tanzen sehen, sondern in eine Düsseldorfer Kellerbar, wo ein Saxofonspieler mit einer roten Weste eindringliche Variationen immer derselben Melodie spielte.

Max beugte sich dicht an sie heran. »Ich wusste gar nicht, dass du so gut tanzen kannst.«

Sie lächelte. »Man hat mir gesagt, ich sei talentiert.«

»Man hat mir gesagt, ich sei schön«, zitierte er, was sie in dem Angelika-Brief geschrieben hatte.

Sie wurde stockstarr.

»Vergiss nicht, deine Füße zu bewegen.«

»Wann?«, fragte sie, und ihre Stimme war hoch und kratzig. »Wann hast du's gemerkt?«

»In der Woche, nachdem wir uns kennengelernt hatten, als ich in der Leihbücherei war und du nicht da warst. Dein Vater trug gerade ein paar Bücher in die Kartei ein ...«

Sie fühlte ihre Füße irgendwelche Schritte machen – die erstarrte Karikatur einer Tanzenden. Ihre Hand war ein feuchter Stein in seiner. Sie starrte auf die Knöpfe seines Jacketts.

»Ich habe deine Handschrift erkannt. Ich wollte eigentlich gar kein Buch ausleihen, aber ich habs getan, einfach nur, um noch mal einen Blick auf eine Karte werfen zu können.«

»Aber warum bist du wiedergekommen?«

»Ich hätts fast nicht getan, weißt du noch? Ich bin acht Monate weggeblieben.«

»Fast neun.«

»Da hatte sich ein ganz schöner Batzen an Überziehungsgebühren angesammelt ... Ich glaube, ich bin zurückgekommen, weil ich wissen wollte, warum du das getan hast – warum du diesen Brief an meinen Tisch gebracht hast.«

»In deiner Annonce stand, du seist neugierig.«

»In deinem Brief stand, du seist groß.«

Sie zuckte zusammen.

»Entschuldige, Trudi.«

Sie wollte weglaufen, die Tür der Kellerbar hinter sich zuknallen, hinaus auf die Straße rennen. »*Du* hast wenigstens die Wahrheit geschrieben.«

»Ich habe doch gesagt, entschuldige bitte.«

»Ich bin diejenige, die sich entschuldigen muss.«

»Ich wusste nicht, dass ich noch so ärgerlich bin.«

Sie sah auf. »Ich habe mich scheußlich gefühlt, weil ich dich so verletzt habe. Ich habe mich so geschämt, ganz oft – ich wünschte, ich könnte es ungeschehen machen.«

»Anders hätten wir uns nie kennengelernt.«

»Warum hast du's mir nicht gleich gesagt?«

»Dann wärst du weggelaufen.«

»Und jetzt?«

»Jetzt läufst du nicht mehr weg.«

»Wieso bist du dir da so sicher?«

»Weil das, was jetzt zwischen uns ist, stark genug ist, um es auszuhalten ... Und außerdem bin ich mir nicht sicher, es ist eher eine Hoffnung.«

»Wir sind immer noch am Tanzen.«

»Möchtest du dich lieber setzen?«

»Nein.« Sie schüttelte den Kopf. »Diese Sache in dem Restaurant – das war zuerst nur ein Ulk.« Ängstlich und gleichzeitig erleichtert erzählte sie ihm, wie sie die Anzeigen gelesen hatte, wie sie seine herausgepickt hatte, ohne jede Absicht, sich mit ihm zu treffen, und wie sie schließlich beschlossen hatte, ihn zu beobachten. »Ich war so wütend. Ich habe mich so gedemütigt gefühlt.«

»Warum?« Er strich ihr übers Haar, vom Scheitel bis zu der dicken Schnittkante unterhalb ihrer Ohren.

»Weil du mich überhaupt nicht gesehen hast.«

»Ist dir schon mal der Gedanke gekommen, dass du auch etwas dazu beigetragen haben könntest?«

»Es war, als ob ich gar nicht da wäre. Da habe ich beschlossen, dir wehzutun.«

»Ich habe dich gesehen«, sagte er sanft. »Ich habe eine kleine Frau mit blondem Haar und außergewöhnlichen Augen gesehen. Aber gewartet habe ich auf eine große Frau mit kastanienbraunem Haar. Und nach der habe ich Ausschau gehalten.«

Auf einmal wusste sie nicht mehr, was sagen.

»Ich bin froh, dass es heraus ist.« Er zog sie enger an sich. »Es stand immer zwischen uns.«

»Wie deine Frau«, sagte sie, und sofort fiel ihr ihr Gelöbnis ein, kein Wort mehr über seine Frau zu sagen, wenn sie den Bombenangriff überleben würden.

»Wie die Frau, mit der ich verheiratet war. Vielleicht verstehst du jetzt, warum ich es dir nicht gleich gesagt habe.«

»Du bist immer noch mit ihr verheiratet.«

»In meinem Herzen nicht.«

»Aber vor dem Gesetz.«

»Das macht dir wohl viel aus?«

»Sobald ich an sie denke.«

»Dann denk nicht an sie.«

»Ich tus aber.«

»Sie will mich nicht zurückhaben. Ich will sie nicht zurückhaben. Es gibt nichts zu fürchten.«

»So einfach ist das nicht.«

Als sie in dieser Nacht miteinander schliefen, kostete es sie keinerlei Mühe, die wilden Fantasien fernzuhalten, die sich sonst immer an sie heranschlichen. *Das ist Max*, sang ihr Körper, *das ist jetzt* ... Und als sie mit ihm davongetragen wurde, war es, als ließe sie alles hinter sich, was sie kannte – ihr Land, ihre Sprache, Sitten und Gebräuche. Sie hatte Frauen darüber reden hören, dass es so war, wenn man ein Kind gebar – das kurze Zögern, ehe der Punkt kam, an dem man den Lauf der Dinge nicht mehr aufhalten konnte.

Jetzt, da er das Angelika-Geheimnis kannte, konnte sie ihm auch erzählen, dass sie sich schämte, weil sie immer wieder in Fantasien zurückfiel, die sie nicht haben wollte. »Aber diesmal nicht«, sagte sie. »Diesmal habe ich sie nicht gebraucht.«

Er fragte nicht, welcher Art diese Fantasien waren. »Vielleicht brauchst du sie ja gar nicht mehr«, sagte er. »Und wenn doch, ist das auch in Ordnung. Viele Menschen sind bei der Liebe im Kopf anderswo.«

»Und wo bist du, Max?«

»Das weißt du doch schon.« Er zeigte auf seine Zimmerwände.

»Willst du sagen, du gehst die Wände hoch?«

Er lachte. »Meine Bilder. Ich – es ist mir peinlich, dir das zu erklären, aber für mich sind das alles Orgasmusbilder. Das ist es, was ich sehe, wenn ... verstehst du?«

Sie betrachtete die üppigen Farben, die zu fantastischen Gebilden verwirbelten und in den Himmel emporstiegen.

»Da ist so viel Licht drin, so viel Freude in deinen Bildern. Gar nichts Dunkles ... Darf ich dich etwas fragen?«

»Ob welche davon unsere sind?«

Sie nickte.

Er zeigte auf ein Bild über dem Tisch und eins neben dem Fenster. »Meine besten.«

»Orgasmen oder Bilder?« Sie lächelte.

»Das kann ich nicht trennen.«

»Und die anderen?«

»Vor deiner Zeit ... Hier, ich will dir noch etwas anderes zeigen.« Er stieg aus dem Bett und kam mit einer Kohleskizze wieder zurück. »Das habe ich heute Morgen gemacht. Das ist meine russische Großmutter, die mich aufgezogen hat.«

»Sie hat ein wundervolles Gesicht ... Diese Linien um den Mund – darin liegt wahre Güte. Und auch etwas Kindliches.«

»So habe ich sie in Erinnerung. Seit sie tot ist, habe ich versucht, sie nach Fotos zu zeichnen, aber die Skizzen haben nie gestimmt.« Er rieb mit dem Daumen über das Papier, machte die Konturen des Kinns ein wenig weicher. »Aber heute beim Aufwachen hatte ich gerade von ihr geträumt, und ich sah sie noch vor mir – genau so.«

»Wie alt war sie, als sie starb?«

»Fast achtzig. Sie wurde 1863 geboren. In Smolensk. Als sie zwei war, saß sie auf dem Sarg ihrer Mutter, als er zum Friedhof getragen wurde. Das war ihre früheste Erinnerung. Als alte Frau hat sie immer häufiger davon geredet.«

Trudi sah den offenen Sarg ihrer Mutter, die gekreuzten Handgelenke und die Lilie – obwohl die nicht da gewesen war, ehe ihr Vater Herrn Abramowitz mit seiner Kamera in die Kapelle mitgenommen hatte. »Meine Mutter ist jung gestorben«, flüsterte sie.

»Wie alt warst du da?«

»Es war kurz vor meinem vierten Geburtstag.«

»Das tut mir leid.«

»Sie hatte einen Liebhaber. Bevor ich geboren wurde.«

Max legte den Arm um sie.

»Er hatte ein Motorrad. Mein Vater war zu der Zeit im Krieg.« Sie erzählte ihm von dem Erdnest unterm Haus und von der Anstalt, von dem Storchenzucker und dem Begräbnis ihres Bruders.

Und als er ihr mit gebannter Aufmerksamkeit zuhörte und nur nachfragte, wenn sie innehielt, und sie mit diesen Fragen immer weiterführte, wusste sie, dass sie gefunden hatte, was sie sich schon so lange ersehnte – jemanden, der ihre Geschichten hören wollte, jemanden, dem sie alles erzählen konnte, jemanden, bei dem sie nicht aufpassen musste, was sie sagen durfte und was sie besser verschwieg. Es war eine Nähe, wie sie sie als Kind für kurze Zeit mit Robert und Georg und dann mit Eva gehabt hatte, und bis jetzt war ihr gar nicht klar gewesen, wie sehr sie das vermisst hatte.

In diesem Frühjahr wurde Max' Auto für Kriegszwecke beschlagnahmt, aber der Uhrmacher, der Max das Zimmer vermietet hatte, borgte ihm sein Ruderboot und sein Fahrrad. Als die Abende lauer wurden, brachte Max das Rad im Boot über den Rhein und fuhr damit zum Braunmeier'schen Anlegesteg, wo er sich mit Trudi traf. Jedes Mal, wenn sie sich auf dem Steg liebten, hatte Trudi das Gefühl, sich diesen Ort ein Stück weiter zurückzuerobern.

»Dieser Steinhaufen da«, hatte Max gefragt, als ihm die aufgetürmten Steine am Ende des Stegs aufgefallen waren, »hat der irgendwas zu bedeuten?«

Sie sah sich mit dreizehn dort knien und Steine in den Fluss schleudern, sah sich über fünf Jahre später wieder an diese Stelle zurückkommen, nachdem sie Klaus Malter mit Brigitte Raudschuss gesehen hatte – *einen Stein für ihre Liebe zu ihm, einen für ihren Hass auf ihn, einen für ihre Sehnsucht, einen für ihre Wut, einen für ihre Scham, weil sie ihn liebte, ohne dass er sie wiederliebte ...*

Sie fühlte, wie sich eine Geschichte in ihr regte, und sie spann sie aus, für Max, für sich selbst. »Der Steinhaufen ist viele Hundert Jahre alt.« Sie begann, ein Märchen von einer Wassernixe zu erzählen, eine Geschichte von Verrat, Liebe und Scham, obwohl sie die Einzelheiten noch nicht kannte. »Jeder Stein steht für ein Menschenleben, und die Leute, die vor langer Zeit die Rache der Wassernixe überlebten, gelobten, diesen Steinhaufen als ewige Erinnerung hier liegen zu lassen.

Die Steine werden nach jedem Hochwasser wieder aufgeschichtet, obwohl keiner weiß, wer das Ritual aufrechterhält. Manche Leute sagen, sie ist immer noch da, dort unten im Wasser, und wacht über den Steinhaufen, wartet darauf, noch weitere Steine für weitere Menschenleben dazulegen zu können.«

»Was war denn mit ihr? Warum war sie so rachsüchtig?«

»Sie war nicht immer so.« Trudi sprach langsam, fasste die Bilder in Worte, während sie in ihr aufstiegen. »Die Leute sahen ihr immer zu, wenn sie hier im Fluss herumschwamm. Sie bewunderten ihre Einzigartigkeit, ihre Anmut. Sie sah nämlich von der Taille aufwärts aus wie eine Frau, aber statt Beinen hatte sie einen Fischschwanz. Er war silbern und grün und schillerte, wenn die Sonne darauf fiel. Männer verliebten sich in ihre Schönheit und wollten sie besitzen, und eines Morgens kamen vier von ihnen ...« Plötzlich konnte sie nicht weiterreden.

Max nahm ihre Hände.

»Sie – sie lockten sie an Land. Genau hier. Mit Versprechungen. Freundschaftsversprechen. Und dann schleiften sie sie weg ... in eine Kirche, und versuchten, sie auseinanderzureißen, damit sie wie eine Frau wäre. Aber sie entkam.« Jetzt strömten die Worte aus ihr heraus. »Sie entkam ihnen und schleppte sich blutend zum Fluss zurück. Es dauerte viele Monate, bis ihre Wunden verheilt waren, und als sie wieder stark genug war, ließ sie den Fluss in ihre Häuser steigen und nahm Rache. Sie ersäufte einen der Männer in seinem Bett und einen anderen in seinem Keller. Sie brachte sie alle um«, flüsterte Trudi, »alle vier. Und jedes Mal – hinterher – holte sie einen Stein vom Grund des Flusses herauf.« Sie zeigte auf den Steinhaufen.

»Als Mahnmal für die Toten«, sagte Max.

»Und für die Lebenden.«

»Es sind aber mehr als vier Steine.«

»Als sie mit ihnen fertig war, holte sie sich auch ihre Angehörigen und alle, die sie geliebt hatten.« Die Geschichte beängstigte Trudi. Sie musste daran denken, wie sie sich mit Georg auf dem Kirchturm versteckt und ihm und sich mit Gruselgeschichten Angst eingejagt und dann diese Angst mit Geschichten von Sternschnuppen und Wassernixen verscheucht hatte. *Wassernixen.* Doch jetzt war auch ihre Wassernixengeschichte grausam, und ihr fiel keine andere Geschichte ein, die ihre Angst hätte vertreiben können.

»Sie ging zu weit«, sagte Trudi, »und mit jedem Stein, den sie drauflegte, fühlte sie sich innerlich schwerer. Kälter.« Sie sah auf den Fluss hinaus und dachte daran, wie sie das Leben der Jungen unterminiert hatte. Jetzt war der Krieg zum Werkzeug ihrer Rache geworden – jedenfalls bei zweien von ihnen: Hans-Jürgen Braunmeier war in Russland vermisst, und Fritz Hansen war vor sechs Monaten ohne Unterkiefer zurückgekommen. Er war ihm weggeschossen worden. Er hatte schon zwei Operationen hinter sich, und seine Mutter sagte, noch sieben weitere würden nötig sein, um sein Kinn so weit wie möglich wiederherzustellen. Er trug vom Hals aufwärts einen Mullverband, der von dem herunterrinnenden Speichel immer schmutzig aussah, auch wenn er gerade erst erneuert worden war.

»Und wenn die Wassernixe die Steine in den Fluss werfen würde?«, fragte Max.

»Warum?«

»Um den jahrhundertealten Hass herauszulassen?«

»Aber wenn die Steine weg sind, könnte sie womöglich vergessen.«

Er sah sie ruhig an. »Genau«, sagte er. »Sie könnte womöglich verzeihen.«

Die Identität des unbekannten Wohltäters enthüllte sich in einer Mainacht, als er – statt wie sonst Gaben zu hinterlassen – etwas mitzunehmen versuchte. Seine Beute war das Hitlerdenkmal vor dem Rathaus, die grüne Statue mit dem missratenen Ohr und der Kruste aus Taubendreck. Der unbekannte Wohltäter wurde dabei gefasst, wie er die Statue auf einen Leiterwagen verfrachtete, den offenen Werkzeugkasten noch neben sich. Wie die Burgdorfer hinterher hörten, war er auf der Stelle erschossen worden, während er noch zu scherzen versuchte, dass er nur eine kleine Spazierfahrt mit dem Führer habe unternehmen wollen, weil es doch langweilig sein müsse, so viele Jahre immer am selben Ort zu stehen.

Nicht, dass die Polizisten gleich gewusst hätten, dass der Dieb der unbekannte Wohltäter war – das kam erst heraus, als sie seine Wohnung durchsuchten und dabei auf ein abgewetztes Kassenbuch stießen, eins von der Sorte, wie sie vielleicht ein paar Jahrzehnte zuvor ein Buchhalter benutzt hätte, mit detaillierten Einträgen, die über dreißig Jahre zurückreichten und Schuh- und Kleidergrößen, Krankheiten, Steckenpferde, Bedürfnisse und heimliche Wünsche verschiedenster Personen sowie das Alter ihrer Kinder vermerkten. Spalten mit Häkchen und Datumsangaben belegten, was er ihnen alles ins Haus geschmuggelt hatte – Fahrräder und Körbe mit Lebensmitteln, Bücher und Spielzeug, Geld und Mäntel und auch ein Paar Rollschuhe für einen Jungen namens Andreas Beil, der jetzt erwachsen war und zu den Polizisten gehörte, die den unbekannten Wohltäter erschossen hatten.

»Mein Gott«, stöhnte Andreas Beil, als er seinen Namen in dem Buch entdeckte. »Die ganzen Jahre wollte ich mich bei ihm bedanken.«

»Warum hat Emil für so ein sinnloses Heldenstückchen sein Leben riskiert?«, fragte Leo Montag schmerzerfüllt.

Trudi schüttelte fassungslos den Kopf.

Die ganze Stadt war fassungslos. Woher hatte Emil Hesping das Geld für die ganzen Geschenke gehabt? Wie hatte er ihre geheimsten Wünsche in Erfahrung gebracht? Warum waren sie nie auf ihn gekommen?

»Nicht mal ich habe es gewusst.« Leo streichelte das glänzende Holz des Grammofons, das der unbekannte Wohltäter in die Leihbücherei geschmuggelt hatte, als Gertrud das erste Mal in der Anstalt gewesen war. »Du warst zu klein, um dich noch daran erinnern zu können … aber Emil hat deine Mutter ziemlich gerngehabt.«

Die Splittsteinchen unter der Haut. Ein Motorrad, das kippte, kippte – Trudi sah zu ihrem Vater hoch. Wie viel wusste er?

»Manche Leute würden wohl sagen, er hat sie verehrt.«

Graues Frühlingslicht drückte gegen das Schaufenster, düster und urzeitlich, drohte jede Farbe mit seinem grau in grau zu verschlingen. Trudi sah einen Schornsteinfeger vorbeigehen. Georg hatte immer geglaubt, Schornsteinfeger brächten Glück. Aber Emil Hesping hatte kein Glück gehabt. Oder vielleicht doch, weil es ihm gelungen war, das Geheimnis des unbekannten Wohltäters so lange aufrechtzuerhalten.

»… aber Gertrud wollte ihn die letzten Jahre nicht mehr um sich haben. Jetzt sind sie beide tot.« In der Stimme ihres Vaters schwang eine seltsame Sehnsucht.

»Ich mache mir Sorgen wegen des Eintragungsbuchs«, sagte Trudi. »Wenn er nun auch über die Verstecke Buch geführt hat, über die Leute …«

»Nicht Emil. Das hätte er niemals getan. Weißt du noch, wie er uns immer ermahnt hat, ja nichts aufzuschreiben, keine Namen, nichts, was wir tun? Er wollte, dass wir alles sofort vergessen. Keine Vergangenheit, keine Zukunft. Die Geschenke waren etwas anderes … etwas, wovon er sich ausmalen konnte, es wieder zu tun. Diese Listen besagen, dass es eine Zukunft gab, an die er glauben konnte.«

Als es Andreas Beil gelang, die Freigabe des Leichnams zu erwirken, kam Emils Bruder, um bei der Beerdigung an seinem Grab zu beten. Der Bischof sah so aus, wie Emil mit Haaren ausgesehen hätte – die gleiche Körperhaltung, die gleichen Augenbrauen, sogar das gleiche Lachen. Obwohl Herr Pastor Beier gekränkt war, schlug der Bischof seine Einladung, im Pfarrhaus zu übernachten, aus und blieb stattdessen bei den Montags.

Als Trudi schlafen gegangen war, saßen Leo und der Bischof am Küchentisch, zwischen sich eine Flasche Cognac, die der Bischof in seinem schwarzen Koffer mitgebracht hatte.

»Ihre Freundschaft hat Emil viel bedeutet«, sagte der Bischof.

»Wenn er doch nur mit mir geredet hätte«, sagte Leo. »Wir hätten über seinen Plan gelacht, uns vorgestellt, wie wir die Statue gemeinsam wegkarren. Es wäre so gewesen, als hätten wir es getan, und dann hätte ich es ihm ausreden können.«

»Vielleicht hat ihn etwas ... Vielleicht ...« Der Bischof schüttelte den Kopf. »Ich hatte schon befürchtet, dass es zu viel für ihn werden könnte. Ich wusste nur nicht, dass es schon so bald passieren würde.«

»Wollen Sie sagen, er hat sich absichtlich erwischen lassen?«

»Ich glaube nicht, dass er es so geplant hatte. Ich denke eher ... schon als Junge, wenn ihm die Schule zu viel wurde, hat Emil verrückte Dinge riskiert.«

In dem Durchgang zwischen der Leihbücherei und dem Lebensmittelgeschäft schrien zwei Katzen, und als Leo aufstand, um das Fenster zu schließen, atmete er einen Schwall Fliederduft, von dem ihm ganz schwindlig wurde, und er musste sich mit beiden Händen an der Fensterscheibe festhalten.

»Einmal zum Beispiel«, sagte der Bischof, »da war Emil etwa zehn, ein Jahr älter als ich, und er hatte Angst, einen blauen Brief zu bekommen und die vierte Klasse wiederholen zu müssen. Hinter unserem Haus stand eine Scheune, und er kletterte auf das Scheunendach und balancierte den First entlang, bis er abstürzte. Er brach sich ein Bein und zwei Rippen. Ein andermal warf er Eier gegen ein Kirchenfenster ... Ich habe Emil bewundert und gleichzeitig gefürchtet. Damals waren wir uns nicht besonders ähnlich. Aber jetzt ...« Er wandte das Gesicht ab.

Leo wartete ab. Schließlich sagte er: »Sie sind auf die gleiche Weise mutig.«

»Wirklich?« Der Bischof schien dankbar. »Ich habe mich immer eher für furchtsam gehalten. Im Vergleich zu Emil, meine ich.«

»Meine Tochter und ich ...«, Leo setzte sich wieder hin, »wir wollen immer noch helfen.«

»Das ist zu gefährlich. Ihre Verbindung zu Emil ... Man wird Sie beobachten. Wir müssen vorsichtig sein. Ich bin es so leid, vorsichtig zu sein ... Manchmal wünschte ich, ich könnte einfach laut sagen, was ich von den Nazis halte, meinen Einfluss nutzen ...«

Leo schüttelte den Kopf.

»Ich weiß.« Der Bischof füllte ihre Gläser wieder. »Ich habe zu viele andere aus hohen Ämtern verschwinden sehen. Der Einzige, den ich kenne, der unbeschadet den Mund aufgemacht hat, ist der Bischof von Münster. Das ist mir ein Rätsel.«

»Sie haben viel Gutes getan, durch Ihre Arbeit im Stillen.«

»In grimmigem Schweigen.«

»Dieser Kurswechsel ...«, sagte Leo, »die Juden umzubringen, statt sie aus Deutschland zu vertreiben ... Emil hat immer behauptet, das sei nicht aus der Kriegssituation erwachsen, sondern von vornherein so geplant gewesen.«

»Und Sie?«, fragte der Bischof. »Was glauben Sie?«

»Ich weiß nicht genau. Ich war mir nie so sicher wie Ihr Bruder. Aber in meinen finstersten Momenten gebe ich ihm recht.«

»Ich auch.« Der Bischof zögerte. »Es wird Gerüchte geben ... also sollten Sie es besser von mir erfahren.«

»Was?«

Eine der Fliegen, die an dem gelbbraunen Fliegenfänger über dem Tisch klebten, zuckte noch immer mit den Beinen.

»Der Vorsteher des Turnvereins hat mich angerufen. Offenbar hat Emil all die Jahre, die er dort tätig war, Gelder unterschlagen.«

Leos Gesicht hob sich mit einem Ruck. »Die Geschenke.«

Der Bischof schaute ihn fragend an.

»So muss Emil die Geschenke finanziert haben.« Leo erzählte dem Bischof vom unbekannten Wohltäter und den Gaben, die über dreißig Jahre vielen Burgdorfern das Leben versüßt hatten. »Wenn dieser Ort je so etwas wie einen Helden hatte, dann war es Emil ... Und wir wussten nicht mal, wer er war.«

»Ah ja«, murmelte der Bischof und hob die Hand wie zum Segen, aber auf halbem Weg hielt er inne, ein Lächeln auf den Lippen. »Und wir wussten nicht mal ...«

Die ganzen nächsten Wochen räsonierten Trudi und ihr Vater immer wieder über weit zurückliegende Situationen, in denen sie in Emils Gegenwart erwähnt hatten, dass die Braunmeiers durch das Unwetter ein Kalb verloren hatten, dass die kleine Brocker in einem Schaufenster einen Kaninchenfellmuff bewundert hatte oder dass sich Herr Buttgereit keine neuen Mäntel für seine Familie leisten konnte.

»Wir haben ihm geholfen.«

»Er verstand sich aufs Zuhören.«

Bald konnten sie nicht mehr verstehen, wieso sie die ganze Zeit nicht darauf gekommen waren, dass Emil Hesping der unbekannte Wohltäter war. Und so ging es allen im Ort.

»Wissen Sie noch, wie der Haushälterin vom Herrn Pfarrer damals auf dem Markt der Henkel ihres Einkaufskorbs abgebrochen ist? Als sie wieder zum Pfarrhaus kam, stand schon ein neuer Korb mit zwei Kohlköpfen vor der Tür.«

»Wisst ihr noch, wie Frau Simons Fahrrad gestohlen wurde und sie ein neues in ihrem Schlafzimmer fand?«

»Weißt du noch, wie der kleine Weiler damals die Lederhose bekam?«

»Wisst ihr noch, wie die Hebamme ...«

»Weißt du noch, wie ...?«

»Wissen Sie noch ...?«

Den Burgdorfern gefiel es, sich als Komplizen des unbekannten Wohltäters zu sehen, und sie waren stolz auf jeden noch so kleinen Beitrag, den sie geleistet haben könnten.

»Ich habe ihm damals erzählt, dass Holger Baum seine Brieftasche verloren hatte.«

»Von mir wusste er das mit Frau Blombergs gebrochenem Knöchel.«

»Wenn ich nicht gewesen wäre, hätte er nie von dem kranken Hund der Bilders erfahren.«

Die Leute legten Emil Blumen aufs Grab: Tulpen und Vergissmeinnicht und Flieder; manche entschuldigten sich flüsternd dafür, dass sie ihn je für selbstsüchtig oder unmoralisch gehalten hatten. Wenn sie an der Hitlerstatue vorbeikamen, die jetzt mit Schrauben und Ketten an einem Eisensockel befestigt war, warfen sie verstohlene Blicke auf die eingetrockneten Blutspritzer, die sich braun von dem silberweißen Taubendreck auf der Brust des Führers abhoben. Selbst Herr Pastor Beier, der nie viel für Herrn Hesping übriggehabt hatte, wünschte jetzt, er hätte seinen Wunsch nach einem Auto bei ihm angemeldet statt beim Bischof, und er hielt eine lange Predigt über das Bibelwort, dass Geben seliger ist denn Nehmen.

Sie war vor Max da und setzte sich auf einen Stein, der breit genug für sie beide war. Innerhalb von Minuten wurde der blaue Himmel grau, und ein weißlicher Nebel wälzte sich vom Rhein heran. Er verschluckte das Ende des Stegs und quoll dann über Land wie von einem Malerpinsel hinterlassen, verhüllte Felsen, Büsche und Weiden, bis Trudi schließlich auch von ihm umgeben war. Der Nebel war so dicht und weiß, dass die Helligkeit Trudi in die Augen stach, aber sie gewöhnte sich daran, fühlte sich unsichtbar. Dieses Gefühl des Geschütztseins gefiel ihr sogar: Sie kannte diese Umgebung, auch wenn sie sie nicht sah, aber andere konnten nicht wissen, wo sie war. Sie wünschte, der Nebel wäre schon die ganzen letzten zehn Jahre da gewesen und hätte sie alle geschützt.

Der Nebel war kompakt – kompakter, schien ihr, als ihr Fleisch. Wenn Max nur schon da wäre: Sie könnten sich in diesem Nebel lieben. In ihrem Unterleib fühlte sie die warme Schwere, als hätte er sie schon berührt. Zum Teufel mit der Versteckerei ... Wenn es nach ihr ginge, würde sie auf der Stelle ins Zentrum von Burgdorf spazieren, Hand in Hand mit Max, und es mitten auf dem Kirchplatz tun, durch den Nebel vor neugierigen und entsetzten Blicken geschützt. Sie musste lächeln, kam sich aber sofort frivol vor, weil doch Krieg war und die Leute so hungrig und arm waren, dass jemand sogar die Sammelbüchse für die Heidenkinder aus der Kirche gestohlen hatte. Die letzte Gans hinter der Werkstatt des Tierpräparators war verschwunden – zweifellos in irgendeinem Kochtopf –, obwohl doch jeder wusste, dass Herr Heidenreich, der jeden Tag betete, dass seine Tochter wiederkäme, diese Gans für die Feier ihrer Heimkehr aufgespart hatte. Während Trudi und ihr Vater Lebensmittel als Leihgebühr für ihre Bücher erhielten, hatten fast alle Leute, die sie kannten, irgendwelche Besitztümer verkaufen müssen, um nicht zu verhungern.

In der tiefen Stille des Nebels wünschte sich Trudi inbrünstig, den Krieg zu überleben – und sei es nur, um zu wissen, was dann kam –, und plötzlich sah sie sich als alte Frau, mit faltigem Gesicht und friedvollen, aber wissenden Augen, und da wusste sie mit absoluter Sicherheit, dass sie noch lange leben würde. Sie wünschte, sie hätte die gleiche Gewissheit in Bezug auf ihren Vater und Max und Eva oder auch Alexander Sturm, der, nach längerem Schwanken zwischen dem Gefühl, dass Eva noch lebte, und dem, dass sie tot war, vor einem Monat zu der Überzeugung gelangt war, dass sie nicht mehr am

Leben war. Nachdem er ein Testament gemacht hatte, das Jutta zu seiner Alleinerbin bestimmte, hatte er sich freiwillig zur Wehrmacht gemeldet.

Der Nebel machte alles gleich. Vorher waren da unzählige Farb- und Formnuancen gewesen, aber jetzt war alles weißgrau. Trudi erkannte die Umrisse des Busches direkt vor ihr und dann die schemenhaften Formen vorbeifliegender Vögel, die jedoch nur für einen Moment auftauchten und gleich wieder vom Nebel verschluckt wurden. Es war schön und geisterhaft und erlaubte ihr, so zu tun, als wäre kein Krieg und als würde sie sich irgendwann – in einer lichtdurchstrahlten Zukunft – an das erinnern können, woran sie sich erinnern wollte.

Sie fragte sich, wie nah Max wohl war und ob er die Schönheit des Nebels auch bemerkte. Obwohl sie ihn jede Woche ein- oder zweimal sah, musste sie viel an ihn denken, wenn er nicht da war. Manchmal zu viel, dachte sie beunruhigt. Und wenn ihn ihre Gier nach seiner Liebe abschreckte? Wenn ihre Liebe plötzlich in Hass umschlug, wie schon bei anderen? Der Nebel, der sie jetzt von ihm trennte, machte ihr bewusst, wie es wäre, ihn nicht mehr zu haben, und sie spürte wieder jene alte, übermächtige Panik, dass jemand, den sie nicht erreichen konnte, tot oder auf andere Weise für sie verloren war. Nur gab es diesmal keine verschlossene Tür, um ihren Kinderkörper dagegenzuwerfen und sich die Fäuste blau zu schlagen, nur diese weiße Nebelwand, die nachgab, wenn sie sich bewegte, und sich ihrem Körper anpasste wie eine zweite Haut.

Als sich der Nebel verzog, merkte sie, dass sie keine zwanzig Meter von Max entfernt saß. Zuerst rührte sich keiner von ihnen. Ein jähes Glücksgefühl überkam sie, weil sie ihn wiederhatte. Dann lachte er plötzlich und sprang auf, und sie erhob sich ebenfalls, verblüfft, dass die Luft ihrem Körper keinen Widerstand entgegensetzte.

»Was ist?«, fragte er. »Was ist?«, und strich ihr das Haar aus dem Gesicht. »Du hast dich doch nicht gefürchtet, oder?«

Sie schüttelte den Kopf, und die Luft um ihren Hals war leicht und kühl.

***

Als Ingrid Hebel ihre neugeborene Tochter das erste Mal mit in die Leihbücherei brachte, kam Frau Weiler eilig von nebenan herübergelaufen und wischte sich die Hände an der gestärkten Schürze ab. »Darf ich das Kleine halten?«, fragte sie und streckte die Arme aus, ehe Trudi auch nur einen Blick auf das Neugeborene werfen konnte. Seit Frau Weiler ihre Zwillings-enkeltöchter hatte, war sie aufgeblüht. Jetzt brach sie bei jedem Säugling in Entzücken aus, selbst bei kleinen Jungen.

»Wenn sie nur zu Georg so gewesen wäre«, sagten die Leute und dach-ten an den unglücklichen Jungen in seinen Mädchenkleidern.

Frau Weilers hervorstehende Augen spähten in das Gesicht des Säug-lings. »Wie heißt sie denn?«, fragte sie.

»Rita.«

»Sie sieht genau aus wie Ihr Mann.«

Ingrids Gesicht, das ohnehin schon von der Sonne gerötet war, nahm ein noch tieferes Rot an. Am Tag, nachdem sie mit dem Kartoffellaster zu-rückgekommen war, war sie in die Wohnung ihrer Eltern über dem Fahr-radladen zurückgekehrt, und Trudi hatte Ingrids Vater noch drei Straßen weiter brüllen hören. Von den Heidenreichs hatte Trudi gehört, Ingrids Vater habe den Pastor aufgesucht, und beide hätten vom Pfarrhaus aus eine Reihe Telefongespräche geführt, unter anderem auch mit der Wehrmacht, wo sie darum ersucht hätten, dass ein gewisser Ulrich Hebel, vormals bei der Eisenbahn beschäftigt, rechtzeitig Heimaturlaub bekäme, um dafür zu sorgen, dass sein Kind einen Namen habe.

Anfang Juli, eine Woche vor der Geburt des Kindes, war der Soldat Hebel zu einer überstürzten Hochzeit in Burgdorf erschienen. Er sah überhaupt nicht so aus, wie Trudi ihn sich vorgestellt hatte – eine Filmgestalt mit lei-denschaftlichen Augen, die jemanden wie Ingrid davon überzeugen konnte, ihre Unschuld zu opfern. Er war vielmehr kleiner als Ingrid und ein ganzes Stück älter, ein bedachtsamer Mensch, das sah man, der leicht in Verlegen-heit geriet und seine Braut vergötterte, obwohl ihm sein künftiger Schwie-gervater als Erstes einen Fausthieb ins Gesicht verpasste, sodass sowohl bei der Trauung als auch noch bei seiner Abfahrt nach Hamburg, wo die Briten vorrückten, seine rechte Wange die Farbe einer nicht mehr ganz frischen Rinderniere hatte.

»Geben Sie mir jetzt mal das Kleine«, mahnte Trudi Frau Weiler.

Frau Weiler beugte sich vor und legte Rita zögernd in Trudis Arme. »Vor-sicht.«

»Glauben Sie, dass ich sie fallen lasse? Und dass sie am Ende auch eine Zwergin wird?«

»Ach Trudi«, sagte Frau Weiler mit einem kurzen, indignierten Seufzer. »Du wirst immer gleich so ... so ...«

»Wie?«

»Es ist doch nur, weil sie in dem Alter noch so zerbrechlich sind ...« Sie wandte sich zur Tür. »Bring sie mir bald mal wieder, Ingrid.«

»Mach ich.« Ingrids Stimme war tonlos.

»Setz dich«, forderte Trudi sie auf.

Aber Ingrid blieb vor ihr stehen und fixierte Rita, als wartete sie darauf, dass ihr Hörner wüchsen oder dass sie irgendeinen schrecklichen Fehler machte. Trudi fand die Kleine sehr hübsch, mit ihrem dunklen Kranz von glattem Haar und den winzigen Händen, die lockere Fäuste bildeten. Sie steckte in einem gesmokten Kleidchen aus dem Fundus der Hebamme.

Trotz des Drängens ihrer Mutter hatte sich Ingrid geweigert, während der Schwangerschaft irgendetwas für das Kind zu stricken oder zu nähen. Sie hatte die meiste Zeit damit verbracht, in der Kirche zu knien und Gott um Vergebung zu bitten, während ihr Leib immer runder geworden war, bis man schließlich gar nicht mehr gedacht hätte, dass sie noch in eine Kirchenbank passte.

»Nach der Hochzeit wird es besser werden«, hatte ihre Mutter den Nachbarinnen erklärt, aber Ingrid war weiter mit leerem Blick in die Kirche gepilgert, auch als sie Ulrich Hebels Frau geworden war.

»Wenn das Kind da ist, wird es besser werden«, hatte ihre Mutter den Nachbarinnen erklärt, um sich selbst zu beruhigen, da sie sich sorgte, wie Ingrid wohl zu dem Kind sein würde, aber zu ihrer Erleichterung kümmerte sich Ingrid ordentlich um ihr Töchterchen, wenn es auch schien, als erfüllte nur ihr Körper diese Aufgabe, während ihre Seele mit ihrer Sünde rang.

»Manche Frauen brauchen eben länger, bis sie Muttergefühle entwickeln«, trösteten die alten Frauen Ingrids Mutter, während sie untereinander flüsterten: »Das ist unnatürlich«, und von der gewaltigen Woge der Liebe erzählten, die sie erfasst hatte, als man ihnen ihre Säuglinge das erste Mal in die Arme gelegt hatte.

Sie waren schockiert, dass Ingrid sich nicht einmal bei der Hebamme bedankt hatte, die bei ihrer Entbindung einen Mehlsack voller winziger

Hemdchen, Schühchen und Kleidchen mitgebracht hatte. Sogar die Windeln waren gebügelt und ordentlich gefaltet gewesen und hatten so frisch geduftet wie die Luft in der Wohnung der Hebamme. Die Böden der Hebamme waren immer makellos, da sie nicht nur jeden Tag putzte, sondern auch zu Hause immer die Schuhe auszog und auch ihren Sohn nur mit Hausschuhen herumlaufen ließ. Ehe sie Besucher hereinließ, inspizierte sie ihre Schuhsohlen, um sicherzugehen, dass sie nicht in Taubendreck oder Hundehaufen getreten waren.

Doch in diesem August, einen Monat, nachdem sie Ingrids Tochter auf die Welt geholt hatte, kümmerte sie sich nicht um die Schuhe ihrer Besucher. Ihr Gesicht war rot und verquollen vom Weinen, wenn die Leute in ihren Sommertrauerkleidern, die sie über Nacht zum Lüften nach draußen gehängt hatten, zu ihr in die Wohnung kamen und ihr üppige Kuchen, Fleisch und Salate aus ihren eigenen mageren Zuteilungen brachten, zum Ausgleich für die knappen Beileidsworte zum Tod des Mannes, der seine eigene Mutter denunziert hatte.

Am späten Abend bat die Hebamme eine der alten Nachbarsfrauen, auf den schlafenden Adi aufzupassen, und ging noch einmal zum Friedhof, wo die Kränze und Gestecke auf dem frischen Grab ihres Mannes unter dem Viertelmond schimmerten. »Ich liebe dich«, flüsterte sie, in dem Bemühen, noch einmal ihr letztes Zusammensein mit Helmut heraufzubeschwören, aber stattdessen sah sie seine Mutter vor sich, an dem Tag, als sie abgeholt worden war. »Ich liebe dich«, versuchte sie es noch einmal. Manchmal hatte sie auf Helmuts Herzschlag gelauscht, wenn er schon geschlafen hatte. Die Wange an seiner Brust, hatte sie das langsame, stete Pochen an ihrer Haut gespürt. *Nie wieder.*

»Du wirst mir fehlen«, flüsterte sie, aber in den wenigen Tagen, seit Helmuts Leichnam in Burgdorf eingetroffen war, damit er mit allen militärischen Ehren beigesetzt werden konnte – wozu auch eine Messe gehörte, für die der Priester den Altar mit Stahlhelm und Hakenkreuzfahne dekorierte –, schon in diesen wenigen Tagen hatte sie gemerkt, dass die Leute sie auf ganz neue Weise akzeptierten.

Sie dachte an ihr rotes Lieblingskleid, das sie jetzt ein ganzes Jahr nicht mehr würde tragen können. Vielleicht sollte sie es schwarz färben. *Witwenkleider.* Wenigstens würde das Schwarz die Schmutzflecken vom letzten

Sonntag überdecken, als sie das Kleid zur Messe getragen hatte. Als sich wieder einmal eine Ohnmacht anbahnte, hatte sie Adi zu Frau Heidenreich hinübergeschoben, die neben ihr kniete, und als sie draußen auf der Kirchentreppe zu sich gekommen war, war ihr Kleid beschmutzt gewesen, und die Zwergin hatte sich über sie gebeugt und ihr mit beiden Händen Luft zugefächelt. Trudis Gesicht hatte so weich ausgesehen, fast wie ein Traum. Nanu, hatte Hilde gedacht, Trudi sieht aus wie eine Frau, die geliebt wird … Aber sie hatte sich sofort gesagt, nein, das kann nicht sein, nicht die Zwergin, und sie hatte mit niemandem darüber gesprochen, weil alle sie ausgelacht hätten.

Sie hätte jetzt nicht an Kleider denken sollen. Auch nicht an andere Leute. Nur an Helmut, ihren Ehegatten. *Gatten, Gatten, Gatten.* Wenn man es einfach nur als Wort nahm, bedeutete es gar nichts. Seltsame Vorstellung, dass sie überhaupt je verheiratet gewesen war.

»Du fehlst mir.«

Sie sagte es noch einmal. »Du fehlst mir.«

Ein Schatten glitt von einem nahe gelegenen Grab heran, als hätte sie eine verirrte Seele herbeigerufen.

Hilde schrie auf.

»Schsch – ich bins nur.« Der Schatten trug eine Gießkanne in der einen Hand und entpuppte sich als die Witwe Weskopp, die jeden Tag auf den Friedhof kam, um das breite Grab zu pflegen, in dem ihr Mann und ihre Söhne ruhten. Manche Leute sagten, sie lebe praktisch auf dem Friedhof. »Wenn es so heiß ist wie heute«, sagte die Witwe, »gießt man besser nach Sonnenuntergang.«

Sie drückte der Hebamme die Gießkanne in die Hand, fasste sie am Ellbogen und führte sie zum nächsten Wasserhahn, wo sie wartete, bis Hilde die Kanne mit kaltem Wasser gefüllt hatte.

Als Hilde die Kanne über Helmuts Grab neigte, hielten silberne Wasserwürmer ihre Hand an der dunklen Erde fest. Sie ließ den Henkel los. Sprang zurück, als die Blechkanne scheppernd auf die steinerne Grabeinfassung fiel.

»Nicht so.« Die Witwe bückte sich, um ihre Gießkanne aufzuheben. »Es ist wichtig, jeden Tag zu gießen.« Sie hatte etwas Lauerndes. Alle wussten, dass sie ihren Stolz drein setzte, die schönsten Blumen zu ziehen, nicht nur in ihrem Garten und ihrem Haus, sondern auch auf dem Friedhof.

Als ob diese Blumen ein Ersatz sein könnten, dachte Hilde. Wenigstens habe *ich* einen Sohn. Sie schämte sich ihrer Hartherzigkeit und überlegte, was sie Nettes zu der Witwe sagen könne, die Helmuts Grab entlangschritt und mit lang geübten Armbewegungen die Kanne schwenkte.

Hilde bemühte sich, nicht auf den Bogen von silbernen Würmern zu schauen.

»Und die Kerzen nicht vergessen«, setzte die Witwe ihre Instruktion fort. »Es ist wichtig, dass man die richtigen Kerzen kauft.« Sie stellte die Gießkanne ab und führte Hilde zu ihrem Familiengrab. »Kurze, dicke Kerzen.« Sie zeigte auf das Flackern in dem Glaslaternchen, das zwischen zwei perfekten Rosensträuchern stand. »Manche Kerzen sind zu lang und dünn und brennen gleich herunter.«

»Ich habe keine Laterne.«

»Ich bringe Ihnen eine. Und dann brauchen Sie noch eine Vase, die unten eine Spitze hat, damit sie in der Erde stecken bleibt.«

Jetzt bin ich eine von ihnen – eine Witwe. Einen Augenblick lang empfand die Hebamme ein würgend süßes Trostgefühl, aber dann sah sie sich, für immer in Schwarz, mit ihrer eigenen Gießkanne zum Friedhof radeln, über Nacht gealtert, und sich über die Blumen und die Erde beugen, die sie vom verwesten Fleisch ihres Mannes trennten.

»Nein«, sagte sie, »nein«, unfähig, sich zu rühren, während die schwarze Gestalt der Witwe Weskopp auf sie zuschaukelte, als wollte sie sie verschlucken.

18

1943–1945

Ich habe Helmut den Tod gewünscht, als ich damals für seine Mutter die Laken zu einem Schlafsack zusammengenäht habe und gesehen habe, wie sie den Birnbaum berührt hat ...«

Trudi und Max lagen in der sandigen Kuhle am Fluss, ganz vorn auf dem Anleger, die Haare noch nass vom Schwimmen. Den Kopf an seine Schulter gelehnt, erzählte sie ihm von dem Tag, an dem Renate Eberhardt abgeholt worden war. Der Sand unter ihnen war noch warm von der Sonne, obwohl die Abenddämmerung schon die Helligkeit vom Himmel löschte und die Umrisse der Bäume, Felsen und Kähne deutlicher hervortreten ließ. Max war noch nackt, aber Trudi war, wie immer, schon wieder in ihr Kleid geschlüpft.

»Es tut mir leid für die Hebamme. Helmuts Beerdigung war die einzige, bei der ich je das Gefühl hatte, die meisten Leute sind froh, dass dieser Mensch unter der Erde ist – selbst Leute, die für diese braunen Horden sind. Wir standen an seinem Grab, aber ich wette, wir haben alle an seine Mutter gedacht. Schade, dass du Renate Eberhardt nicht mehr kennengelernt hast. Sie war eine der beliebtesten Frauen im Ort ...«

Sie hob den Kopf und lauschte einen Moment auf das dumpfe Muhen einer Braunmeier'schen Kuh. »Ich habe ihr mal Obst gestohlen. Birnen. Als ich fünf war. Georg Weiler und ich, wir haben uns in ihren Garten geschlichen, und als sie rauskam, ist Georg weggerannt, und mich hat sie erwischt. Damals war sie gerade mit Helmut schwanger.«

Max flocht seine Finger in ihre und legte das Fingerknäuel auf ihren Bauch.

Trudi spürte die Wärme durch ihr Leinenkleid und erschauerte vor Behagen. »Weißt du, was sie getan hat? Sie hat mir zwei Birnen geschenkt, und

ein paar Wochen später ist sie mit ihrem neugeborenen Kind in die Leihbücherei gekommen und hat mir noch eine Birne gebracht.«

Warmer Wind trug Kamillenduft vom Deich herüber. Max rollte sich
auf Trudi und stützte sich auf den Ellbogen ab, sodass sein Gewicht nicht
auf ihr lastete. Er hatte die Brille abgenommen, und die blasse Haut um
seine Augen stach von seiner Sonnenbräune ab. Sie zog ihn herunter, da er
ihr die Sicht auf die ersten Sterne versperrte, und streichelte seinen nackten Rücken. Ihre Finger umkreisten die behaarte Stelle tief unten in seinem
Kreuz. Sie liebte es, diese Stelle zu berühren – sie war seidig, und auch wenn
sie sie jetzt nicht sehen konnte, wusste sie ganz genau, wie sie aussah: ein
ovaler Wirbel, wie die Haare auf dem Hinterkopf eines kleinen Kindes.
Es erfüllte sie mit Staunen, den Körper eines anderen Menschen so genau
zu kennen – zu wissen, wie er sich anfühlte, wie er schmeckte, roch, aussah,
sich anhörte, und eine Freude an ihm zu haben, die sich auf ihren eigenen
Körper übertrug.

»Du ...« Max seufzte. »Du bist so unendlich wie der Nachthimmel ...
so geheimnisvoll wie der wolkenverschleierte Mond ...«

Sie lachte in seinen Armen, fasziniert und begierig nach mehr. »So siehst
du mich?«

»Deine Energie ...«, flüsterte er, »ist so groß, dass ich manchmal das
Gefühl habe, sie zieht mich gleich zu dir dort in den Himmel hinauf.«

»Es gäbe Schlimmeres.«

»O ja.« Er kitzelte sie mit seinem Schnauzbart an der Nase und küsste
sie dann richtig. »Viel Schlimmeres. Wenn ich dir zum Beispiel nie begegnet wäre.«

»Lass mich dich anschauen.« Sie manövrierte ihn so hin, dass sie sein
Gesicht im Dämmerlicht sehen konnte. Manchmal hatte sie das Gefühl,
dass er vor ihren Augen attraktiver wurde, aber das konnte ja nicht sein.
Er musste immer schon so gewesen sein, seit sie sich kennengelernt hatten,
und ihr war einfach nur entgangen, was für ein außergewöhnliches Gesicht er hatte. Es war sogar dann noch außergewöhnlich, wenn er bedrückt
war – wie so oft in diesem letzten Monat, seit er zur Arbeit im Büro einer
Munitionsfabrik zwangsverpflichtet worden war. Seine schlechten Augen
hatten ihm den Waffendienst an der Front erspart, nicht aber den Schreib-
tischdienst in einem Rüstungsbetrieb. Seine Aufgabe war die Buchführung

über die Lagerbestände und die Fremdarbeiter, die streng bewacht wurden, um Sabotageakten vorzubeugen.

Lange Lastkähne trieben mit der Strömung, manche beleuchtet, andere fast ganz dunkel. Ab und zu drang ihr Tuten durch die Nacht, hallend und traurig.

Max setzte sich auf. »Lass uns weggehen.«

»Auf Urlaub?«

»Ganz und gar. Wohin würdest du gern gehen?«

»Nach China«, sagte sie, ohne zu zögern, und kniete sich in den Sand, sodass ihr Gesicht auf derselben Höhe war wie seins.

Er lachte. »Ernsthaft.«

»Nach China. Erstens kann ich da fast umsonst reisen ...«

»Das sagtest du schon.«

»Und zweitens ist es weit weg von Deutschland.«

»Ein guter Grund.« Er wischte ein paar Sandkörnchen von ihrer Schläfe. »Aber bis wir uns China leisten können, sollten wir uns etwas ausdenken, was nicht ganz so weit weg ist. Ich wollte, wir könnten in Frankreich leben. Es gibt da eine Kapelle, die ich dir zeigen möchte. In einem Dorf, nicht weit von Paris. Drinnen ist eine Marmortafel mit einer Inschrift, die besagt, dass das Kirchlein im Ersten Weltkrieg von französischen Bauern errichtet wurde, die Gott gelobt hatten, ihm eine Kapelle zu bauen, wenn die Deutschen den Krieg nicht gewinnen würden. Als Deutscher habe ich mich seltsam gefühlt, als ich das gelesen habe. Jetzt hoffe ich, dass sie für diesen Krieg eine zweite Kapelle bauen werden.«

»Ich würde ihnen eigenhändig dabei helfen«, sagte Trudi.

»Paris würde dir gefallen. Als ich 1934 dort war, habe ich vor Notre-Dame eine Ballerina gesehen ...« Als er sie ihr beschrieb – das kurze rote Tutu und die schwarzen Strümpfe –, sah Trudi sie dort tanzen, als befände sie sich auf der berühmtesten Bühne der Welt. Hunderte von Menschen blieben stehen und sahen ihr zu, und gegen Ende ihrer Darbietung zog sie einen Mann zu sich in den Kreis ... einen Clown, der zuerst linkisch herumstolperte. Doch bald tanzte er mit ihr, als hätte sie ihn verzaubert.

»So was kann es nur in Paris geben«, sagte Max.

Trudi lächelte leise. »Ach – ich glaube, das kann es überall geben.«

»Wir werden auf dem Montmartre wohnen. Ich könnte dort malen.«

»Und was tue ich?«

»Geschichten erzählen ... Kinder kriegen ... mit mir tanzen ...«

Die Welt begann, um sie zu kreisen, während der Geruch der Erde und des Flusses sie umhüllte. Ein eigenes Kind ... Aber wie konnte sie es riskieren, ein Kind in die Welt zu setzen, das vielleicht mit ihrem Zwergenwuchs geschlagen wäre und ihre Qualen leiden müsste? »Das mit den Kindern. Meinst du das ernst?«

Max rieb sich mit beiden Händen das Gesicht und verschränkte dann die Finger hinterm Kopf.

»Meinst du's ernst?«

»Ich – ich weiß nicht, warum ich das gesagt habe.«

Sie konnte nicht atmen. »Es ist nicht gesagt, dass sie so werden wie ich.«

»Trudi ...«

»Zwerge können normal große Kinder bekommen.«

»Das bezweifle ich nicht. Es ist nur ...«

»Was? Was?«

»Ich weiß nicht, ob ich Kinder will.«

»Warum hast du dann das mit den Kindern gesagt?«

»Ich weiß nicht«, sagte er zerknirscht.

Sie setzte sich auf ihre Fersen und starrte an ihm vorbei.

»Bitte – sei nicht so, Trudi.«

»Wie – so?« Sie breitete ihre kurzen Arme aus. »So bin ich nun mal. Ich bin so geboren. Als Zwergin. Ahnst du überhaupt, wie ich dieses Wort hasse? *Zwergin* ... Hier – schau genau hin, Max Rudnick.«

»Du weißt, dass ich nicht deinen Körper gemeint habe.«

»Er ist ich.«

»Ein Teil von dir. Und du benutzt ihn geschickt ... als Schild, als Waffe. Das ist deine Art zu kämpfen. Deine Stärke und deine Schwäche.«

Sie schüttelte den Kopf, wütend auf ihn, weil er recht hatte.

»Du wirst zornig, wenn es jemand wagt, dich anzuschauen. Aber ich habe noch nie jemanden gekannt, der die Leute so scharf beobachtet wie du.« Die Worte schossen aus ihm heraus, als hätte er sie zu lange zurückgehalten: »Du – du missverstehst alles. Du nimmst alles so – so ernst. Wenn jemand lacht, kann er, deiner Meinung nach, nur über dich lachen ...«

Die Luft um sie herum war absolut still. Als ob die Erde aufgehört hätte, sich zu drehen. Das ist das Ende, dachte sie. Das letzte Mal, dass wir zusammen sind. Ich werde ihn nie wiedersehen. Und das ist gut so. Wenn das seine wahren Gefühle für mich sind ...

»Du machst es anderen schrecklich schwer, dir nahezukommen.«

»Warum – zum Teufel – quälst du dich dann damit ab?« Sie spürte das Brennen in ihren Augen, das sich mit Sicherheit in Tränen verwandeln würde, wenn sie nicht machte, dass sie wegkam.

»Weil ...«, er packte sie am Handgelenk, als sie sich hochrappelte, »ich dich nun mal zufällig liebe.«

Sie riss ihren Arm los. »Einmal sagst du, du liebst mich, und im nächsten Moment sagst du, ich missverstehe alles und lasse dich nicht an mich heran ... Entscheide dich. Was denn nun?«

»Alles miteinander.« Er hockte vor ihr, nackt, die Augen dicht vor den ihren. »Und nicht immer gleichzeitig. Trudi ...« Er fasste sie an den Schultern und schüttelte sie sanft. »Trudi, was willst du denn, was ich verstehen soll? Dass du innerlich nicht anders bist als andere? Das hast du mich schon gelehrt.«

Das Brennen quoll aus ihren Augen, über ihr Gesicht.

»Komm her.« Er zog sie dichter zu sich. »Glaubst du mir, dass ich dich liebe?«

Sie schniefte. Nickte. Sagte: »Ja.«

Er nahm sie fest in die Arme. »Wie können wir inmitten des Todes an Kinder denken? Manchmal habe ich solche Angst, ich könnte den Tag nicht überleben. Die Arbeit in dieser verdammten Fabrik – ich kann nur noch daran denken, von hier zu verschwinden.«

Sie streichelte sein Gesicht.

»Vielleicht nach dem Krieg, Trudi. Wenn wir überleben ...«

»Wir werden überleben«, sagte sie grimmig entschlossen.

Er legte den Kopf auf ihr Haar. »Irgendwie habe ich nicht viel Zutrauen, dass ich das Ganze lebendig überstehe.«

»Wir werden es beide überstehen.«

»Wenn wir es überleben – vielleicht können wir dann über Kinder reden.«

Sie regte sich nicht.

Er schob eine Hand unter ihr Kinn und hob ihr Gesicht an. »Schau dich an. Du bist ja ganz nass.« Mit den Händen wischte er ihr die Tränen ab. »Also – bist du froh, dass du mich hast?«

Sie musste grinsen. »Manchmal.«

»Auch wenn ich nicht immer weiß, was ich will?«

»Auch dann.«

Plötzlich zuckten die Muskeln auf seiner Brust. »Pschsch ...« Er hob die Hand.

»Was ist?«

»Ich habe etwas gehört.«

Sie horchten beide angestrengt.

Es war eine Stimme, eine Männerstimme. Sie rief ihren Namen. Zweimal.

»Mein Vater.« Sie strich sich den Rock glatt.

Max schnappte sich seine Kleider, fuhr hinein, schlüpfte in seine Schuhe, ohne sie zuzubinden, war schon auf seinem Fahrrad und radelte los, ehe sie die Stimme ihres Vaters wieder hörte.

»Trudi ...«

Sie wartete, bis Max nicht mehr zu sehen war. »Hier«, rief sie und ging der Stimme entgegen.

Ihr Vater stand auf halber Höhe des Fußwegs vom Deich zum Fluss. »Eine Postkarte.« Er war außer Atem. »Aus Zürich. Kein Wort – nur eine Zeichnung. Eine Katze und ein Zug.«

»Gott sei Dank.« Sie fasste ihn an den Händen. »Konrad – sie sind in Sicherheit.«

»Trudi!« Jemand kam aus der Richtung angelaufen, in die Max auf seinem Fahrrad verschwunden war.

Max, dachte sie, aber die Gestalt war kleiner und breiter.

»Trudi – alles in Ordnung, Trudi?« Es war der Sohn des Metzgers, Anton, der gerade Heimaturlaub hatte. »Ich habe versucht, den Mann zu erwischen, aber er ist auf seinem Fahrrad entkommen. Hat er dich belästigt?«

»Nein«, sagte Trudi. »Nein. Welcher Mann?«

»Der, der nichts anhatte. Ich war beim Angeln und hörte jemanden nach dir rufen, und dann habe ich ihn mit dir auf dem Anleger gesehen und ...«

»Ach, *der*.«

Anton starrte sie an.

»Er hat mich nur gebeten, auf seine Kleider aufzupassen. Weil ...« Sie spürte den Blick ihres Vaters auf ihrem Gesicht. »Er wollte schwimmen und hatte Angst, jemand könne seine Kleider stehlen. Da hat er mich gefragt, ob ich auf sie aufpassen kann.«

»Und du hast ihm das abgenommen?«

Sie sah zu dem Metzgersohn empor und nickte wie ein braves Kind. »Es ist ja so ein warmer Abend. Ich konnte verstehen, dass man da schwimmen möchte.«

»Er hat sich vor deinen Augen ausgezogen?«

»Ich habe nicht hingeschaut.«

»Weißt du denn nicht, in welcher Gefahr du geschwebt hast? Wir sollten die Polizei holen.« Er schien drauf und dran, in den Ort zu rennen und einen Suchtrupp in Marsch zu setzen.

»Anton ...« Sie hob die Hand und legte sie auf seinen Arm. »Ich bin sicher, er wollte nur schwimmen.«

»Was hat er noch gesagt?«

Sie sah zu ihrem Vater hinüber, dann wieder zu dem jungen Anton Immers empor. »Lass mich nachdenken«, sagte sie, um Zeit zu gewinnen. *Konrad ist in der Schweiz,* sang etwas in ihr. *Konrad ist in Sicherheit.*

»Hat er gesagt, du sollst dich auch ausziehen?«

Sie gab ihrer Stimme einen entrüsteten Ton. »Ich gehe nur schwimmen, wenn ich meinen Badeanzug dabeihabe. Er hat mich nur gefragt, ob der Fluss hier gefährlich ist.«

»Bist du sicher, dass er dich nicht berührt hat?«

»Er wollte nur schwimmen.«

»Männer versuchen manchmal ...«

»Ich habe ihm gesagt, er soll auf Strudel aufpassen und sich von den Kähnen fernhalten.«

»Das ist nicht das Einzige, wovon er sich fernhalten soll.«

»Er war doch nur ein paar Minuten da. Er hatte ja nicht mal Zeit, ins Wasser zu gehen.«

»Warum ist er so plötzlich abgehauen?«

»Das hat er nicht gesagt.« Sie wollte, sie hätte sich eine bessere Antwort einfallen lassen.

Ihr Vater trat zwischen sie und Anton Immers. »Danke für Ihre Aufmerksamkeit. Ich kümmere mich jetzt um die Sache. Sie brauchen sich nicht weiter ...«

»Aber machen Sie Ihrer Tochter klar, in welcher Gefahr sie war.«

Trudi kochte vor Wut. Sie wollte ihm ins Gesicht schreien, dass sie gerade mit ihrem Geliebten zusammen gewesen war und dass sie nach Paris gehen würde, wo sie nie wieder irgendein Immers'sches Gesicht zu sehen bräuchte.

»Herr Montag, dieser Mann hätte Ihre Tochter vergewaltigen können.«

»Ich werde mit meiner Tochter reden«, versicherte ihr Vater Anton Immers. »Komm jetzt«, sagte er zu ihr, »Zeit, dich nach Hause zu bringen.«

Sie sagten nichts, bis sie auf dem Deich waren. »Morgen werden alle darüber reden«, stöhnte sie.

»Wenigstens ist es eine ziemlich gute Geschichte«, sagte ihr Vater. »Ich bin sicher, Anton hat sie geglaubt ... Ist alles in Ordnung?«

»Natürlich.« Sie wartete, dass er sie nach Max fragte, und sie war bereit, ihm die Wahrheit zu sagen.

»Ich freue mich so für Konrad und seine Mutter«, sagte er.

»Das gibt mir Hoffnung. Für uns alle.«

Er sah sie von der Seite an. »Und wegen deines Freundes, Herrn Rudnick ... Sag ihm, er braucht sich vor mir nicht zu verstecken.«

Der Mantel des russischen Soldaten hing noch immer an dem Kleiderständer im Flur zwischen der Leihbücherei und den Wohnräumen der Montags, und Trudi ließ ihn dort hängen, als ob sie – wie die alten Frauen in Burgdorf einander zuflüsterten – einen Mann zurückerwartete. Schließlich war da dieser Vorfall am Rhein gewesen, der sie alle dazu gebracht hatte, Trudi mit anderen Augen zu sehen – die Zwergin, die sonst immer über sie klatschte.

Zweifellos hatte ihre Unerfahrenheit mit Männern dazu geführt, dass sie so blauäugig reagiert hatte, als dieser Fremde eines späten Augustabends drunten am Fluss an sie herangetreten war und sie – so ging das Gerücht – gebeten hatte, auf seine Kleider aufzupassen, während er badete.

»Man stelle sich vor ...«, sagten die Leute und waren sich einig: Die Unverfrorenheit dieses Mannes war gar nichts im Vergleich zu Trudi Montags Naivität.

»Was Männer angeht, ist Trudi Montag wie ein Kind«, sagten die Leute kopfschüttelnd.

Der nackte Mann sei ein Fremder gewesen, meinten einige, während andere darauf beharrten, es müsse einer von diesen versteckten Juden gewesen sein. Zwei Dinge waren für sie klar: dass der Mann keiner von ihnen war und dass Trudi Montag hätte vergewaltigt oder ermordet werden können. Zum Glück – so ging es durch den Ort – waren Trudis Vater und der junge Anton Immers rechtzeitig gekommen, um den nackten Mann zu verjagen.

»Er hatte sich schon ausgezogen«, sagte Frau Weiler.

»Und Trudi ist einfach sitzen geblieben.« Herr Blau klickte mit seinem Gebiss.

»Jede andere Frau wäre um ihr Leben gerannt«, sagte die älteste Buttgereit-Tochter.

»Es lag daran, dass sie keine Ahnung hatte, in welcher Gefahr sie schwebte«, erklärte die Pfarrhaushälterin Herrn Pastor Beier.

»Wie ein Kind.«

»Ja, wie ein Kind.«

»Mein Sohn ist gerade noch rechtzeitig gekommen«, berichtete der Metzger seiner Kundschaft.

»Ein Auto für die Pfarrstelle würde es erleichtern, die Ehre unserer jungen Frauen zu schützen«, drängte der Pfarrer den Bischof in einem Brief.

Diese Version des abendlichen Vorfalls am Fluss entsprach genau dem, was Trudi die Leute glauben machen wollte, und es amüsierte sie sehr zu hören, dass ihr Vater angeblich immer nach ihr suchte, wenn sie um neun noch nicht zu Hause war.

»Um neun schlafe ich doch normalerweise schon«, sagte sie, als er es ihr erzählte.

»Ich nehme an, sie möchten gern glauben, dass jemand auf mich aufpasst.«

Trudi schürte die Gerüchte, indem sie gelegentlich eine scheinbar naive Bemerkung fallen ließ, die andere veranlasste, ihr im Gegenzug schockierende Beinahe-Vorfälle in ihrer eigenen Verwandtschaft zu gestehen. Und so steuerte sie die Geschichte ...

Mochten sie ruhig glauben, dass sie noch nie etwas mit einem Mann gehabt hatte.

Mochten sie ruhig Mitleid mit ihr haben.

Mochten sie ruhig denken, dass sie durch Zufall an jenem *einen* Abend am Fluss jenem *einen* Mann begegnet war.

Hätten die Burgdorfer gewusst, was dort am Fluss wirklich geschehen war, wären sie wütend auf Trudi gewesen, weil sie sie getäuscht hatte – nicht wegen der Geschichte, die sie ihnen erzählt hatte, sondern weil sie all ihre Erwartungen über den Haufen warf. Diese Erwartungen hatten sich im Lauf der Jahre verfestigt und dazu geführt, dass sie Trudi bemitleideten, weil sie nie einen Mann und Kinder haben würde, dass sie sich ihr überlegen fühlten, da ja jeder von ihnen ganz bestimmt besser dran war als sie, und dass sie sie fürchteten, weil sie zu viel über sie wusste.

Sie ahnten ja nicht, dass sie den nackten Mann – wie er inzwischen allgemein hieß – schon über zwei Jahre kannte und dass er seit zehn Monaten ihr Geliebter war. Sie ahnten ja nicht, wie es war, wenn er mit einer Fingerspitze alles an ihr nachfuhr – Hüften, Ohren, Knie, Brüste, Kinn, Rücken, Unterarme und Zehen –, und wie sie unter seiner leichten Berührung erbebte und ihren Körper durch den sanften Druck seiner Hände entdeckte.

Wäre ihnen eine normal große junge Frau mit einer so windigen Ausrede gekommen – ein fremder Mann auf dem Anleger, der wollte, dass sie seine Kleider bewachte –, hätte ihr kein Mensch geglaubt. Manchmal machte es Trudi wütend, dass alle ihre Geschichte so bereitwillig akzeptierten, auch Klaus Malter, der mit einer infizierten Schulterwunde von der Front nach Hause geschickt worden war und sie eines Sonntags nach der Kirche fragte, ob es ihr gut gehe – als ob sie von ihrer schockierenden Begegnung gezeichnet wäre. Sein Ton war besorgt, und sie war kurz davor, ihm zu sagen, dass Max viel besser küsste als er.

In ihrer Wut ließ sie die Geschichte immer neue Blüten treiben und rächte sich, indem sie sie in Umlauf hielt, ihr immer neues Leben verlieh, und es sollte eine jener Geschichten werden, mit denen auch die aufwachsen würden, die noch nicht einmal geboren waren – die nächste Generation der Immers, Baums und Malters –, und sie sollte noch immer erzählt werden, wenn Trudi Montag längst eine alte Frau sein würde. Es geschahen noch so viele weitere Dinge, die sie niemandem verraten würde, nicht einmal Hanna Malter, der Tochter von Klaus und Jutta, die erst in drei

Jahren zur Welt kommen sollte und die Trudi lieben würde, als wäre sie ihr eigenes Kind. Nicht einmal Hanna würde wissen, dass Trudi den nackten Mann nach jenem Abend auf dem Anleger weiterhin sah, dass sie sich ein Stück weiter südlich trafen, wo der Fluss turbulent war und die Schatten der Pappeln nicht bis auf den flachen Stein fielen, der breit genug für sie beide war – weit genug weg von Burgdorf.

Eines Nachts im Juni 1944 starb Herr Abramowitz im Schlaf. Eine Woche nach seiner Beerdigung wurde seine Frau verhaftet, als sie in einem überraschenden und grandiosen Akt der Wut das HJ-Heim in Frau Simons ehemaligem Hutladen demolierte. Die beiden uniformierten Scharführer, die die zierliche alte Frau mit ihrem Krückstock hereinkommen sahen, waren zu überrascht, um sich zu rühren, als sie mit dem Stock um sich schlug, Papiere und Akten zu Boden fegte, Lampen zertrümmerte und den pyramidenförmigen Spiegel zerschlug, der ihr – im Moment des Zersplitterns – noch einmal alles spiegelte, was sich in ihrer Ehe ereignet hatte.

Ihr Stock fetzte die Mitgliederzahl-Landkarten mit den kleinen Steckfähnchen von den Wänden, zerschlug gerahmte Fotos von Kindern, die singend um Lagerfeuer saßen und in Umzügen marschierten. Dem Stock ausweichend, rangen die beiden Scharführer sie zu Boden und fesselten ihr die Hände – jedoch erst, nachdem sie dem einen die Brille zerschlagen und beiden Striemen am Hals und im Gesicht beigebracht hatte.

In den Tagen, nachdem Frau Abramowitz weggebracht worden war, erzählten sich die alten Frauen im Ort von den erstaunlichen Kräften, die Frauen kurzzeitig aufbieten konnten: Sie erinnerten sich an die Mutter, die einen Traktor von der Brust ihrer eingeklemmten Tochter gewuchtet hatte, und an die Frau, die ihren verletzten Mann, der doppelt so schwer war wie sie, zwei Kilometer zum Arzt geschleppt hatte.

In der Martinskirche betete Pastor Beier immer noch für die Soldaten, die im Feld ihr Leben gelassen hatten, aber er sprach niemals von den Juden, die deportiert oder umgebracht worden waren. Auf dem blutroten Teppich, der sich die Marmorstufen zu dem schwarzen Marmoraltar hinaufzog, reckte er die fleischigen Arme empor und beschwor Christus, sich der Soldaten anzunehmen, die ihr Leben für das Vaterland geopfert hatten, so wie er seines am Kreuz geopfert hatte.

Leo Montag wanderte benommen in der Leihbücherei umher, als wäre er zum zweiten Mal Witwer geworden, und Trudi begann, sich zu fragen, wie viel Kraft ihm Frau Abramowitz' unausgesprochene Liebe über die Jahre gegeben hatte. Eines späten Abends überkam ihn eine seltsame Unrast: Er stellte die ihm noch verbliebenen Bücher im Wohnzimmer um und sah alte Fotos durch. Obwohl Trudi müde war, blieb sie auf. Zweimal fragte sie ihn, ob er nicht lieber schlafen gehen wolle. Es war schon nach Mitternacht, als er in den Keller hinunterhumpelte und die Kiste heraufholte, die ihm Michel Abramowitz vor fast sechs Jahren anvertraut hatte. In Michels Regenmantel eingeschlagen fanden sie, zwischen Leinenservietten gebettet, die beiden silbernen Kerzenleuchter, die früher auf dem Abramowitz'schen Klavier gestanden hatten; einen Brillantring und einen zweiten Ring mit einem ovalen Aquamarin; die Rubinhalskette, die Michel Ilse zum zwanzigsten Hochzeitstag geschenkt hatte; acht Paar Manschettenknöpfe und drei Armbänder; eine Kollektion antiker Goldmünzen und die handgeschnitzte Mesusa, die am Haustürpfosten der Abramowitz gehangen hatte.

»Wir müssen diese Sachen Ruth zukommen lassen«, erklärte Leo Trudi.

»Meinst du nicht, es ist besser, wir warten bis nach dem Krieg?«

»Ich weiß nicht mehr, was das heißt: *nach dem Kriege*.«

»Er wird aufhören. Er muss.«

»Ruth muss erfahren, was mit ihren Eltern passiert ist.« Er war dabei gewesen, als Frau Abramowitz Ruth vom Telefon des Zahnarzts aus zu erreichen versucht hatte, um ihr zu sagen, dass ihr Vater tot sei. Aber in der Klinik, in der Ruth arbeitete, hatte sich niemand gemeldet. »Ilse hat ihr wegen ihres Vaters geschrieben. Sie müsste schon geantwortet haben.«

»Vielleicht ist sie nicht mehr in Dresden«, sagte Trudi leise.

Er packte die Kiste wieder zu. »Ich werde ihr das hier bringen.«

»Wie willst du sie finden? Und woher willst du das Benzin für die Fahrt bekommen?«

»Herr Blau hat genug gehamstert.«

»Er hat doch gar kein Auto.«

»Du weißt doch, wie er ist.« Leo griff sich seine Schlüssel. »Er hortet immer alles, für den Fall, dass er es brauchen könnte. Er wird schon wissen, dass ich ihn nicht leichtfertig darum bitte.«

»Es ist spät. Du bist müde.«

Die Kiste unterm Arm, ging er zur Tür.

»Und es ist viel zu weit. Du wärst die ganze Nacht unterwegs.«

»Angenommen, ich wäre tot oder deportiert worden – würdest du es nicht wissen wollen?«

»Dann lass mich wenigstens mitkommen.«

»Jemand muss in der Leihbücherei sein.«

»Ich hänge ein Schild auf, dass wir krankheitshalber geschlossen haben.«

Sie nahm ihm die Kiste ab. »Und das hier müssen wir unauffälliger verpacken. Für den Fall, dass wir angehalten werden.«

Während ihr Vater nach nebenan ging, um mit Herrn Blau zu reden, packte Trudi einen Koffer und versteckte den Schmuck und die Münzen in zusammengerollten Socken und die Mesusa in einer zusammengefalteten Jacke. Die Kerzenleuchter stopften sie unter das Reserverad. Vier Kanister Benzin im Kofferraum, fuhren sie schweigend aus Burgdorf hinaus. Die Scheinwerfer ihres Wagens waren das einzige Licht weit und breit. Wenn sie Häuserruinen und zerfetzte Zäune aus dem Dunkel hoben und über zerborstene Bäume und gesprengte Brücken glitten, blutete Leos Herz.

Trudi nickte zwischendurch immer wieder ein, und Leo fühlte sich wie der einzige Überlebende in einer unwirklichen Landschaft. Jedes Mal, wenn Trudi mit steifem Rücken und steifen Knien aufwachte, hatte sie im Halbschlaf geträumt, dass sie in einem Viehwaggon deportiert wurde. Sie schämte sich, dass sie überhaupt schlafen konnte, schämte sich, dass ihr Körper schon gegen so geringfügige Unbequemlichkeiten protestierte; das war nichts im Vergleich zu dem, was Frau Abramowitz und Eva erlitten haben mussten. Und doch – während sie so wegdöste und aufwachte und wieder wegdöste, vermittelten ihr ihre eigenen Schmerzen doch wenigstens ansatzweise ein Gefühl dafür, wie die Nazis über einen hereinbrachen und einem alles nahmen, was einen zu einem einzigartigen Menschen machte, einem alles nahmen, was einem eine Identität gab, bis sie eine schreckliche Gleichheit hergestellt hatten: Sie nahmen einem die Familie, das Recht, den erlernten Beruf auszuüben, Besitztümer, für die man gearbeitet hatte, alles, was einem wichtig war – Musik, Bücher, Kunst. Und wenn man dachte, dass man nichts mehr hatte, was sie einem noch nehmen konnten, entrissen sie einem die elementarsten Dinge, die man für selbstverständlich gehalten hatte – Essen und Kleidung; das Recht, unbeobachtet zur Toilette zu gehen oder sich zu waschen. Sie pferchten einen ins KZ, wo man nur einen Mehlsack zwischen sich und dem harten Fußboden hatte, raubten einem die Würde, machten alle auf grässliche Weise gleich. Und wenn man all die Qualen überlebte und die Zumutungen ertrug, die Exkremente, das ständige Zusammengepferchtsein und den Hunger, der das alles beherrschende Gefühl wurde – stärker noch als die Angst –, dann bestätigte das nur, was sie von einem dachten: dass man wie ein Tier war.

Trudi schauderte. Links von ihr wippte das Profil ihres Vaters durch die Nacht, umrahmt von dem dunklen Wagenfenster. Er hielt den Mund fest zusammengepresst und sah ernst und entschlossen aus. Sie musste an den Priester Adolf denken, der früher in Dresden gewohnt hatte, und sie sehnte sich nach der Gewissheit, dass auch er in Sicherheit war, so wie Konrad. Vielleicht würden sie ja an der Kirche vorbeikommen, wo er verhaftet worden war. Sie wusste zwar nicht mehr, wie sie hieß, war sich aber sicher, dass sie sie erkennen würde. Adolf hatte versprochen, ihr nach dem Krieg zu schreiben. *Vergiss es ja nicht,* beschwor sie ihn innerlich. *Vergiss es ja nicht, sonst denke ich, du bist tot.*

Es war nicht richtig, dass Adolf und die anderen Priester, die gegen die Nazis angetreten waren, gejagt, inhaftiert oder getötet wurden, während der dicke Priester sicher und wohlgenährt in seinem Pfarrhaus saß, durch nichts in seiner Freiheit eingeschränkt als durch die indirekten moralischen Vorwürfe seiner Haushälterin, Fräulein Teschner. Trudis Augen klappten zu. Sie fühlte, wie sich – weit weg – der dicke Pfarrer in seinem Bett wälzte, während er von dem Auto träumte, das ihm der Bischof nach dem Krieg ganz gewiss zugestehen würde.

»Wir haben die ganze nächste Nacht für die Heimfahrt gebraucht«, würde sie Max nach ihrer Rückkehr aus Dresden erzählen. Sie würden in seinem Zimmer in Kaiserswerth sein. Draußen auf der Fensterbank würde eine Taube auf dem Tontopf mit der einen vertrockneten Geranie landen und an der Erde herumpicken.

»Wir haben die Klinik gefunden, aber Ruth arbeitet nicht mehr dort. Sie ist vor zwei Monaten nicht zu ihrem Dienst erschienen, und als die Oberschwester zu ihrer Wohnung fuhr, hat niemand aufgemacht. Wir sind dort gewesen, mein Vater und ich, und haben bei dem Hausbesitzer geklopft, der im Erdgeschoss wohnt, aber er hat gesagt, wir sollten gehen, Ruth sei weggezogen. Er sah aus, als hätte er Angst.«

»Vermutlich hatte er Angst.«

Sie würde Max erzählen, wie sie den ganzen Tag in Dresden herumgefahren waren, in der Hoffnung, Ruth vielleicht zufällig zu sehen, und wie dringend es ihr plötzlich erschienen war, Ruth zu sagen, dass ihre Mutter ihr, Trudi, gute Manieren beigebracht habe – »Ihre Mutter war eine gütige, großzügige und liebevolle Frau« – und wie es ihrem Vater widerstrebt hatte zurückzufahren, ohne Ruth ihre Familienschätze übergeben zu haben.

»Wenn du möchtest«, würde Max ihr anbieten, »können wir ja nach dem Krieg hinfahren. Und schauen, ob wir Ruth finden. Ich habe eine Tante nicht weit von dort, in Leipzig. Die könnten wir besuchen.«

An seinem neunten Hochzeitstag kehrte Alexander Sturm ohne Urlaubsschein nach Burgdorf zurück. Über ein Jahr hatte er gekämpft, sich wie ein Rasender in die Schlacht geworfen, um sich selbst auszulöschen, aber es war, als läge ein Fluch auf ihm: Während um ihn herum Soldaten getötet und verstümmelt worden waren, hatte er nicht einmal einen Kratzer abbekommen.

In seiner Uniform marschierte er vom Bahnhof zu seinem Wohnhaus, bat Jutta um seine Schlüssel, mied dabei ihren Blick, der Zeuge seiner Feigheit geworden war, und wimmelte ihre Fragen ab, indem er versprach, demnächst mit ihr zu reden. Als er seine Wohnungstür aufschloss, waren seine Räume noch so, wie er sie verlassen hatte: Offenbar hatte seine Nichte jemanden beauftragt, sie regelmäßig zu putzen. Er streifte seine Uniform ab, badete ohne Hast, wusch sich das kurz geschorene Haar und zog seinen guten blauen Anzug an, der sich anfühlte, als wäre er für einen viel schwereren Mann geschneidert worden. Die Jacke war zu weit, und ohne Hosenträger wäre die Hose nicht oben geblieben. Es war später Nachmittag, als er die Treppe zum Speicher emporstieg.

Während nur wenige Straßen weiter Trudi zwei Liebesromane an Klara Brocker verlieh – angeblich wieder für deren Mutter –, stand Alexander Sturm in der Mitte des Speicherraums.

»Ich hätte mit dir und deinen Eltern gehen sollen«, sagte er laut.

Schweigen war alles, was zurückkam.

»Ich habe immer geglaubt, dass ich mit dir gehen würde, ins Exil und sogar in den Tod ... Jetzt bin ich dazu bereit.«

Durchs geschlossene Fenster sah er den Kirschbaum drüben auf der anderen Straßenseite und dahinter den ausgebrannten oberen Teil des Talmeister'schen Hauses und das untere Stockwerk, wo die Familie noch immer wohnte.

»Selbst wenn du am schlimmsten aller Orte bist, wäre ich lieber mit dir dort als alleine hier. Selbst wenn du tot bist, wäre es besser, mit dir tot zu sein.«

Er trat ans Fenster. Die Sonne versank gerade hinter den Ziegeldächern seines Heimatorts. Tauben und Spatzen pickten an den herabgefallenen Kirschen auf dem Gehweg herum, und als Alexander auf den Matsch aus rotem Fruchtfleisch und weißen Kernen starrte, wurde es für einen Moment zu Evas Fleisch, das mit einem Haufen Fleisch und Knochen verschmolz. Er atmete schwer, sehnte sich danach, Teil dieses Haufens zu sein. Raues Stöhnen kam stoßweise aus seiner Kehle. Er kroch hinter die Kisten.

»Verstehst du denn nicht?«, flüsterte er. »Ich wollte mein Versprechen nie brechen.« Er erinnerte sich, wie Jutta ihn hochgezogen hatte, nachdem die Gestapo-Leute ihn hatten liegen lassen, erinnerte sich an ihre starken Arme, als sie ihn die Treppe hinunter in seine Wohnung geführt und dort eine Wolldecke nach der anderen um ihn gewickelt hatte, weil sein Körper nicht aufhören wollte zu zittern.

»Es war zu spät, Eva. Noch ein paar Minuten – und ich hätte es geschafft aufzustehen. Ich wollte mit dir kommen. Du musst mir glauben.«

Der Himmel draußen vor dem Fenster war malvenfarben gestromt, und in dieser freundlichsten aller Beleuchtungen – da die Zeit zurückspringen und noch einmal ansetzen kann – erfuhr Alexander Sturm seinen Augenblick der Gnade. Erfüllt von heiliger Scheu, zitternd, sah er Eva in einem blauen Abendkleid auf sich zuschreiten, die Haare zu einem Zopfkranz gewunden. »*Bleibst du dabei, dass du mit mir kommen willst?*«, fragte sie, und er sprang auf, und seine Beine gehorchten ihm. »Ja«, sagte er, »ja«, und sie streckte ihm die Hand hin, und er fühlte sie, fühlte sie, nein, es war keine Geisterhand; sie war wirklich, so warm wie sein eigenes Fleisch. »Dann bist du gar nicht tot«, sagte er, und sie lachte. »*Nein. Nein, natürlich nicht*«, und die ganze Pein, die ganze Scham, die ihn so lange gequält hatten, wichen von ihm, und dennoch, dennoch durfte er die Weisheit, die aus seiner Qual erwachsen war, behalten, als er ihr in die Arme sank. Ihre

Haut roch nach Sommer und war wundervoll weich unter seinen Händen, und er dachte, dass das gewiss das Äußerste an Glück war, was ein Mensch verkraften konnte, fast zu viel für ein einziges Herz, um es zu fassen, ohne zu platzen. Er zog seine Frau eng an sich, das Gesicht an ihrem Haar, und als er sie von sich weghielt – die Hände auf ihren Schultern, damit er in ihre Augen blicken konnte –, sah sie ihn ohne jeden Vorwurf an.

»*Die Leute werden sich erzählen, wie du mir gefolgt bist*«, sagte sie, und er fühlte schon, wie ihn die Anerkennung umspülte, die er so bitter vermisst hatte. Sie steckte ihm eine weiße Nelke ans Revers. »Woher hast du die Blume?«, fragte er, weil er sie jetzt erst sah, und sie küsste ihn und sagte: »*Sie warten auf uns.*« Er wollte fragen, wer auf sie warte, aber sie befahl ihm schon, das Fenster zu öffnen, und er fühlte dieselbe ekstatische Freude wie damals am Tag seiner Hochzeit, die Gewissheit, dass er und Eva immer zusammen sein würden. »Immer ... Ich wusste nur nicht, dass es auf diese Art sein würde«, erklärte er ihr, trunken vor Dankbarkeit, dass ihm diese Begnadigung, diese Absolution, zuteilgeworden war. Er fühlte sich auserwählt, erfüllt von dem Bewusstsein, dass er ein außergewöhnlicher Mensch sein musste, wenn ihm gestattet wurde, diese entscheidendste Situation seines Lebens noch einmal leben zu dürfen. Noch nie hatte er sich so furchtlos gefühlt. Ihm kam der Gedanke, dass jene andere Szene hier auf dem Speicher – sein Herumgekrieche auf dem Fußboden, der Spott der Gestapo-Leute, *feiner Held feiner Held feiner Held, den Sie da haben,* ihre Fußtritte, *feiner Held feiner Held* – vielleicht nur ein Schattentraum gewesen war, Produkt seiner Angst vor dem, was passieren könnte. »*Komm*«, sagte Eva, und als sie hinauskletterten und auf dem flachen Stück Dach vor dem Fenster standen, fiel ihm plötzlich auf, dass sie beide wie für ein Fest gekleidet waren, sie in ihrem Abendkleid, er in seinem guten Anzug. »*Aber es ist ja ein Fest*«, sagte Eva, als hätte sie seine Gedanken gelesen, und er sagte: »Ein Fest, ja.« Hier oben war die Luft kühler als auf der Straße, klarer. Getränkt mit dem Duft der Wiesenblumen und der sorgsam gepflegten Pflanzen in den nahen Balkonkästen, strich sie um seinen Hals, wob sich durch seinen Kaiser-Wilhelm-Schnurrbart. Eva breitete die Arme aus, und in dem Moment, da er auf sie zutrat, wurde ihm ein kurzer Blick auf Juttas Tochter zuteil, die in diesem Haus gezeugt werden und mit Geschichten über die Liebe zwischen ihrem Großonkel Alexander und ihrer Großtante Eva groß werden würde. Er wollte Eva von dem kleinen Mädchen erzählen, aber die Sommerluft rauschte durch seinen Körper, wurde sein Fleisch, seine Stimme …

… Erst bei Alexanders Beerdigung, als der Priester gerade Weihwasser ins offene Grab sprengte, erinnerte Trudi sich wieder an Alexanders Stimme, damals, vor dem Braunmeier'schen Stall. All die Jahre, dachte sie, habe ich diesen Teil einfach vergessen.

»Dein Onkel«, erklärte sie Jutta Malter in Alexanders Mietshaus, wo die Trauerfeier stattfand, »hat einmal etwas sehr Wichtiges für mich getan.« Jutta beugte sich zu Trudi herab. »Das hat er mir nie erzählt.« Ihr Haar fiel blond und lose auf die Schultern ihres schwarzen Kleides.

»Das liegt daran, dass er es nicht wusste.«

»Was war es denn?«

Trudi schüttelte den Kopf. »Er – er hat mich gerettet.«

Jutta wartete, ohne sie zu drängen. »Es hätte ihn bestimmt gefreut, das zu wissen.«

»Ich wollte, ich hätte es ihm gesagt.«

Unter Juttas Augen waren tiefe, dunkle Ringe. Sie hatte zwei Tage mit Herrn Pater Beier gestritten, weil er nicht hatte zulassen wollen, dass ihr Onkel im katholischen Teil des Friedhofs begraben würde.

»Aber er ist ein Selbstmörder«, hatte der Pater insistiert.

»Das ist überhaupt nicht bewiesen.«

»Frau Talmeister hat ihn springen sehen.«

»Nun, er hat das Dach inspiziert. Er war lange weg.«

»Ein Deserteur. Sie wissen ja wohl, dass zwei andere Soldaten, die zu feige waren, in unserem Krieg zu kämpfen, bei der Sternburg erschossen wurden, als sie Gemüse vom Feld stehlen wollten.«

»Vielleicht sind sie ja die wahren Helden. Sie haben sich geweigert, bei …«

»Ich werde mir das nicht anhören.« Der Priester trat einen Schritt von ihr weg. »Frau Talmeister hat Ihren Onkel vom Fenster aus beobachtet.«

»Wenn Frau Talmeister nichts Besseres zu tun hat, als den ganzen Tag aus dem Fenster zu hängen, heißt das noch lange nicht, dass sie weiß, was vor sich geht.«

»Ich wollte, ich könnte Ihnen helfen – wirklich –, aber was Selbstmord anbelangt, sind die Gesetze der Kirche nun mal eindeutig.«

»Mir ist es völlig egal, wo mein Onkel begraben wird. Ich bin nur hier, weil ich weiß, dass es ihm nicht egal wäre.«

Sie wiederholten immer wieder dieselben Worte, und als Jutta ging, war dem Pfarrer ganz flau vor Hunger. Sein Hunger schien mit jedem Jahr größer zu werden und begann sich schon Minuten nach der letzten Mahlzeit wieder zu regen. Und dabei dehnte sich sein Körper immer weiter aus, dehnte die Nähte, die seine Haushälterin murrend herausließ oder mit Einsätzen versah.

Die ganze Nacht hindurch malte Jutta, unfähig, von der Leinwand zurückzutreten, auf der die leuchtend roten Silhouetten zweier Körper erschienen, die wie geflügelte Samen aus einem gelben Himmel herabwirbelten.

Früh am nächsten Morgen, noch vor der Frühmesse und dem Frühstück, drückte sie auf die Türklingel des Pfarrhauses und marschierte geradewegs in das Arbeitszimmer des Priesters, obwohl Fräulein Teschner sie aufzuhalten versuchte.

»Herr Pastor Beier schläft noch.«

»Dann wecken Sie ihn. Bitte.«

»Wenn ich ihn wecke, muss er sich für die Messe fertig machen.«

»Es dauert nicht lange.«

Jutta stand mitten im Arbeitszimmer, als der Priester hereinkam, die Haare nur vorn gekämmt. Er hatte sich offenbar nicht damit aufgehalten, sich die Zähne zu putzen, denn sein Nachtatem wehte vor ihm her.

»Kein Platz für meinen Onkel – kein Platz für mich.«

»Aber ... aber, Frau Malter.« Der Priester legte ihr die Hand auf die Schulter.

Sie zog ihre Schulter weg, trat zurück. »Nein. Ich komme nicht mehr in die Kirche.«

Es war –? viel mehr als ihre Worte – die Entschlossenheit in ihren Augen, die den Priester überzeugte, dass sie es ernst meinte. Wie konnte er zulassen, dass ihre Seele aus dem Gnadenschoß der Kirche fiel? Und außerdem war seine Gemeinde so geschrumpft und verarmt, dass er es sich nicht leisten konnte, jemand so Wohlhabenden wie die Zahnarztgattin zu verlieren, die, wie jeder wusste, die Alleinerbin ihres Onkels war.

»Sagen Sie ...« Er sah auf seine blanken Schuhspitzen, das Einzige an ihm, was sein Bauch nicht verdeckte. »Ihr Onkel hatte also die Gewohnheit, gewisse Reparaturen selbst vorzunehmen?«

»Normalerweise hat er Handwerker beauftragt.«

»Aber zuerst hat er selbst nachgesehen, was gemacht werden musste?«

»Selten.«

»Trotzdem …« Er sah Jutta in die Augen. »Es ist eine Ausnahmesituation, wenn man nach so langer Abwesenheit wieder nach Hause kommt … Sagen Sie«, half er ihr nach, »gab es Probleme mit dem Dach?«

»Nein.«

Der Priester bemühte sich, seine Gereiztheit aus seiner Stimme herauszuhalten. »Aber falls es Probleme gegeben hätte …«, sagte er und tilgte Frau Talmeisters Aussage, dass Alexander mehrere Minuten dort auf dem Dach gestanden habe, die Arme ausgebreitet – »Wie eine Engelsstatue«, hatte Frau Talmeister gesagt –, »falls es Probleme gegeben hätte«, sagte der Priester, »hätte es tückisch sein können … in dieser schwindelnden Höhe.«

Ingrid wohnte mit der kleinen Rita über dem Fahrradgeschäft in ihrem alten Kinderzimmer, und sie betete jeden Abend für die Errettung der Seele ihrer Tochter. Ihr frischgebackener Ehemann war wieder in den Krieg gezogen, und sie hatte ein schlechtes Gewissen, weil sie ihn nicht vermisste.

Mindestens einmal in der Woche brachte sie Rita mit in die Leihbücherei und ließ sie zwischen den Regalen herumkrabbeln und spielen, dort, wo sie und Trudi zum ersten Mal miteinander geredet hatten. Sie beobachteten die Kleine von der hölzernen Ladentheke aus, wo jetzt nur noch die leeren Tabaksgläser standen. Tabak war schon lange nicht mehr zu bekommen, und die Kunden, die zur Tür hereinkamen, wollten Bücher oder ein bisschen Klatsch.

Da inzwischen so gut wie alle wehrfähigen Männer zwischen fünfzehn und sechzig eingezogen worden waren, wurden die meisten Lehrerstellen mit Frauen besetzt. Als Ingrid eine Stelle an einer Düsseldorfer Schule fand, erbot sich ihre Mutter, Rita zu hüten. Ingrids Klasse war riesig, mehr eine Bewahranstalt für hungrige Kinder als ein Ort des Lernens. Fast sechzig Schüler drängten sich in den Bänken, hockten an den Wänden, wenn sie nicht mehr stehen konnten, und saßen auf den Fensterbänken, stumpfe Augen in den schmalen Gesichtern.

Die häufigen Fliegerangriffe auf Düsseldorf machten das Unterrichten noch schwieriger. Ingrid musste mittendrin abbrechen, um die Kinder schnellstens in den riesigen Keller zu bringen. Dort betete sie mit ihnen, bis der Angriff vorbei war, und sobald sie sich um ihre Tochter zu sorgen begann, sagte sie sich, wenn es denn Gottes Ratschluss sei, Rita so früh zu sich zu nehmen, werde sie garantiert in den Himmel kommen.

Wenn sie wieder aus dem Keller heraufkamen, erwarteten sie manchmal neue Schrecken: verstümmelte Menschen, die auf Handwagen zum Krankenhaus gekarrt wurden; tote Ziegen mitten auf der Straße; Menschen, die unter den Trümmern ihrer Häuser begraben lagen, während andere sie auszugraben versuchten. Manche fand man lebend, die meisten tot. Einer ihrer Schüler, der achtjährige Hermann Blaser, wurde nach einem Bombenangriff vermisst und erst Stunden später gefunden, völlig verkohlt. Auf dem Weg von der Schule zur Straßenbahn begegnete Ingrid seiner Mutter, die, wahnsinnig vor Schmerz, mit einem alten Seifenkarton herumlief, in dem sie Hermanns Knochenreste gesammelt hatte.

Die Erde der Friedhöfe kam nicht zur Ruhe. Ingrid fand es immer verwirrender, den Frontverlauf feststellen zu wollen. Mussten die Zivilisten nicht ebenso leiden wie die Soldaten? Was war das für eine Welt, in der man nach einem Bombenangriff aus dem Keller kam, in eine Luft, die dick und durchsichtig war, und immer noch erleichtert aufatmete, weil man verschont geblieben war?

In ihrer Nachbarschaft bemerkte Ingrid eine gewisse politische Ernüchterung, die in dem Maß um sich griff, wie die Leute der Zerstörung ausgesetzt waren und die Ohnmacht und den Schmerz ihrer Mitmenschen vor Augen hatten. Noch nie hatte sie die Burgdorfer so arm, so hungrig, so ängstlich gesehen, und sie beneidete Trudis Vater, der auch mit Steckrübensuppe zufrieden war und die Gabe hatte, in jedem Menschen das Gute zu sehen, selbst in ihr, die sie immer so hungrig war, dass sie schon nach dem bloßen Geruch von kochenden Kartoffeln und Sauermilch gierte. Äußerlich, das wusste sie, ließ sie sich ihre Gier und ihren Missmut nicht anmerken, aber innerlich wütete sie gegen ihren Hunger.

Viele Burgdorfer wünschten sich die Zeiten zurück, da ihre Not den unbekannten Wohltäter auf den Plan gerufen hätte. Als der Winter kam, machte die Kälte den Hunger noch schlimmer. Flüchtlinge aus Schlesien und anderen Teilen des Reichs ließen sich in Burgdorf nieder. Mehrere alte Menschen und zwei Säuglinge erfroren in ihren Häusern.

In den Kellern war es noch kälter als überall sonst, und selbst das Beten half wenig gegen die körperlichen Schmerzen, die die extreme Kälte verursachte. Im Keller ihrer Eltern kam Ingrid plötzlich der Gedanke, dass ihre Vorstellungen von der Hölle ganz verkehrt sein mussten, denn die Hölle musste zweifellos der kälteste Ort sein, den man sich vorstellen konnte. Während der Luftangriffe versuchte sie, ihre Tochter warm zu halten, indem sie sie in Kleidungsstücke von sich wickelte, die sie in ihrem kaputten Koffer an der Treppe aufbewahrte. Der Fußboden, auf dem sie und ihre Eltern viele Nächte verbrachten, war hart – trotz der Decken, die ihr Vater ausbreitete. Diese Decken waren der einzige Komfort, den sie von ihm annahm; sooft er ihr eine seiner Jacken anbot, lehnte sie ab, weil sie nichts an ihrem Körper ertragen konnte, was er so dicht auf der Haut getragen hatte. Aber selbst mit mehreren Decken und zwei Mänteln war ihr kalt. Und irgendetwas guckte immer heraus – ihre Beine, ihre Arme oder ihr kalter, kalter Hals. Obwohl sie nie ein Wort über die Kälte verlor, kam sie sich selbstsüchtig vor, dass sie sie überhaupt bemerkte, weil sie ihr so zusetzte, dass sie innerlich weinte.

Im Lauf des Winters sprach Max immer öfter davon, Ruth Abramowitz zu suchen und Trudi seiner Tante vorzustellen. Leos Auto war inzwischen für Kriegszwecke beschlagnahmt worden, und als Trudi Max fragte, wie er denn nach Dresden kommen wolle, meinte er, sie könnten ja mit dem Zug fahren. Um Geld für die Fahrkarten zu beschaffen, verkaufte er drei seiner Bilder an eine wohlhabende Frau, deren Tochter er Privatstunden gegeben hatte. In der Munitionsfabrik stellte er sich krank. Er brach mehrmals an seinem Schreibtisch zusammen, bis sie ihn für eine Woche nach Hause schickten. Am zweiten Februarsonntag 1945, einen Tag vor seinem achtunddreißigsten Geburtstag, waren er und Trudi bereit, nach Dresden zu fahren, als Trudis Vater plötzlich hohes Fieber und Husten bekam.

»Fahrt nur«, sagte Leo zu Trudi. »Ich komme schon ohne euch zurecht.«

Aber sie nutzte die Gelegenheit, dazubleiben. Sie hatte die ganze Zeit schon Angst vor der Begegnung mit Max' Tante gehabt. Wie würde sie reagieren, wenn sie ihren Neffen mit einer Zwergin auf ihre Haustür zukommen sah?

»Wir können ja später fahren«, schlug Max vor.

»Warum fährst du nicht ohne mich?«

»Weil wir diese Reise zusammen machen wollten.«

»Wir verreisen ein andermal. Im Sommer. Du könntest vielleicht ... na ja, deine Tante ein bisschen auf mich vorbereiten? Außerdem wäre es gut, wenn Ruth das mit ihren Eltern wüsste.«

»Aber ich will den Schmuck und die anderen Sachen nicht mitnehmen, wenn ich allein fahre.«

»Warum nicht? Ich traue dir. Und sie braucht die Sachen vielleicht.«

Als Max aus dem Haus ging, sagte er noch einmal: »Es wäre mir immer noch lieber, du kämst mit, oder wir würden später zusammen fahren.«

Später sollte sie immer wieder über diese beiden Alternativen nachgrübeln – dass sie mit Max in Dresden gewesen wäre, als die Brandbomben die Stadt auslöschten, oder dass sie ihn bewogen hätte, die Reise aufzuschieben. Wenn sie doch nur gewartet hätten, wie er es vorgeschlagen hatte. Dann wären sie noch beide am Leben. Und sie hätten Max' Geburtstag am richtigen Tag gefeiert. Sie hätte sich nicht von ihm überreden lassen dürfen, ihm schon einen Tag vorher zu gratulieren, wo sie doch wusste, welche Katastrophen solch vorzeitiges Feiern in der Familie ihres Vaters nach sich gezogen hatte. Doch am Morgen seiner Abreise hatte Max einen Steckrübenkuchen mit in die Leihbücherei gebracht und sie auf seine scherzhafte Art überredet, ihm da schon seine Geschenke zu geben: zwei Hemden und eine Weste, die sie für ihn genäht hatte. Ihre Bedenken waren ihr albern vorgekommen – schließlich war ja zu ihren Lebzeiten noch nie etwas Schlimmes passiert, aber vielleicht lag das ja auch nur daran, dass sie diesen Aberglauben, mit dem sie aufgewachsen war, immer beherzigt und nie irgendetwas vorzeitig gefeiert hatte. Als Max, zwei Tage, nachdem er Burgdorf verlassen hatte, in Dresden verschwand – oder vielleicht auch woanders, sagte sich Trudi, weil er doch zuerst zu seiner Tante nach Leipzig gefahren war oder sich gar mit den Abramowitz'schen Schätzen davongemacht hatte, obwohl sie wusste, dass er niemals jemanden bestehlen würde –, war es wie ein Beweis dafür, dass an dem Aberglauben doch etwas dran war.

Sie konnte das Ausmaß der Zerstörung nicht fassen. Tausende und Abertausende Menschen waren an jenem Februardienstag in Dresden umgekommen, darunter viele Flüchtlinge, die gar nicht erfasst werden konnten.

Phosphortanks waren auf die Stadt abgeworfen worden, hatten Menschen in lebende Fackeln verwandelt und Scharen brennender, schreiender Gestalten zu den Löschteichen getrieben, die für die Brandbekämpfung gedacht gewesen waren, sich jetzt aber in Gräber verwandelten, da viele Menschen ins tiefe Wasser gedrängt oder niedergetrampelt wurden und so ertranken. Und dann regneten die Bomben auf die Stadt. Vierzig Minuten lang. Flächendeckend. Wahllos. Auf Kirchen und Krankenhäuser, Gefängnisse und Schulen. Überall Tod und Verstümmelung. Ein Bombenteppich.

Mit jedem entsetzlichen Detail, das sie erfuhr, wuchs Trudis Verzweiflung, aber sie versuchte dennoch, sich Max am Leben vorzustellen – verwundet und nicht in der Lage, ihr mitzuteilen, was mit ihm war, aber am Leben. Sie würde Geduld haben. Sie würde warten. Wie lange es auch dauern mochte. Nachts ließen ihre Ängste all die schrecklichen Dinge vor ihr erstehen, die ihm widerfahren sein konnten, und die schlimmste Version war, dass er als eine der verkohlten Leichen in den Massengräbern lag, die als ein riesiger Graben rings um das Zentrum von Dresden ausgehoben worden waren.

Gebeutelt zwischen der Angst, dass er tot war, und dem Gefühl, verstoßen worden zu sein – vielleicht hatte er sie ja nur verlassen wollen; vielleicht war er ja zu seiner Frau zurückgekehrt –, wanderte sie durch Burgdorf auf der Suche nach ihm, obwohl sie genau wusste, dass sie ihn nicht finden würde. Sie versuchte, sich vorzustellen, dass er ganz in der Nähe war, versuchte, ihn durch die Kraft ihrer Gedanken herbeizubeschwören.

Sie fuhr mehrmals mit der Straßenbahn nach Kaiserswerth und sprach mit dem Uhrmacher, der Max nicht mehr gesehen hatte, seit dieser aus dem Haus gegangen war, um nach Dresden zu fahren. »Er hat gesagt, in einer Woche sei er wieder da«, erklärte er ihr und gab ihr den Schlüssel zu Max' Zimmer, wo sie stundenlang saß.

Wenn ein Flugzeug tief über das Dach hinwegflog, sah sie nicht einmal aus dem Fenster. Sie musste daran denken, wie ärgerlich sie auf Alexander reagiert hatte, als er ihr gesagt hatte, er bete, dass sein Haus von einer Bombe getroffen werde. Damals hatte sie das nicht verstanden, dachte sie und entschuldigte sich im Stillen bei ihm.

Die meiste Zeit starrte sie auf die Bilder, und sie sah sich in seinen Armen liegen und ihn fragen: »Was hast du diesmal gesehen?« Und Max würde es ihr sagen, zuerst mit Worten, dann mit Farben. In seinen Armen hatte sie versucht zu sehen, was er sah – exotische Turmgebilde, ganze Städte –, und einmal hatte sie es geschafft, im intensivsten Moment, an der Schwelle, eine gelbe Blume zu sehen, eine Blume in einem warmen Orangegelb, die hinter ihren Lidern erblühte und alles andere auslöschte, bis alles in ihr orangegelbe Wärme gewesen war.

Sie wanderte herum. Sie schlief. Ohne Rücksicht auf die Zeit. Es kam vor, dass sie sich mitten in der Nacht plötzlich am Fluss oder auf dem Jahrmarktsplatz fand, ohne sich erinnern zu können, wie sie dorthin gekommen war. Auf ihrem Gesicht fühlte sie die alten Tränen, den Rotz, und sie bewegte die Arme, um unsichtbare Angreifer abzuschütteln. Sie achtete nicht mehr auf ihre Kleidung, ihr Haar. Da die Leute nichts von ihrer Liebe zu Max gewusst hatten, kamen sie nicht auf sie zu, um sie zu trösten, ihr Leid zu teilen oder ihr zu erklären, dass sie nicht die Einzige sei, die jemanden verloren hatte, dass sie alle Freunde und Angehörige hätten, die verschwunden waren – tot vielleicht oder irgendwo im Ausland. Der Einzige, der Bescheid wusste, war ihr Vater, der die Leihbücherei schloss, um sie zu suchen, wie er einst ihre Mutter gesucht hatte, der wusste, wo er sie finden und wie er sie nach Hause bringen konnte, der dafür sorgte, dass sie sich hinsetzte, und ihr etwas Warmes und Beruhigendes einflößte, der seinen Kamm aus der Hemdtasche zog und ihr Haar glatt kämmte.

Sie fuhr immer wieder nach Kaiserswerth, und als ihr der Uhrmacher erklärte: »Ich muss das Zimmer wieder vermieten – ich meine, wenn Ihr Freund nicht bald wiederkommt«, ließ sie die Schuhe mit den extrahohen Absätzen in Max' Schrank, aber seine Bilder nahm sie mit nach Hause, wo sie sie einpackte und ganz hinten in ihrem Wandschrank verstaute.

Einen Monat nach dem Angriff auf Dresden kam der traurigste aller Eisenbahnzüge durch Burgdorf, ein langer Zug, voll mit KZ-Häftlingen – graue Gesichter und gestreifte Anzüge hinter den Scheiben. Abgemagert, hungrig und krank, wurden sie von einem KZ in ein anderes transportiert, weil die Amerikaner näher rückten. Als der Zug eine halbe Stunde lang am Bahnhof von Burgdorf hielt, stieg keiner der Häftlinge aus. Bewaffnete SS-Leute säumten den Bahnsteig, schotteten den Zug gegen die Reihe von Einwohnern ab, die ihn betrachteten.

Die Luft war feucht und kühl und schloss sich doch schwer um die drei Gruppen, wie in einer jener gläsernen Halbkugeln, die in eine Hand passten und doch eine ganze Stadt enthielten und in denen sich – solange man sie nicht schüttelte, um ein Schneegestöber zu erzeugen – nichts regte. Aber plötzlich bewegte sich etwas: Eine Frauengestalt in einem beigen Regenmantel löste sich aus der Zuschauerreihe und provozierte damit eine Serie weiterer Bewegungen. Es war die jüngste Buttgereit-Tochter, Bettina, die sich den zugreifenden Händen ihrer Schwestern entwand, auf den Zug zustürzte und den halben Laib Brot, den sie gerade Frau Bilder für ein besticktes Täschchen abgehandelt hatte, zu einem der halb offenen Zugfenster emporstreckte. Mehrere knochige Hände griffen nach dem Brot, aber noch ehe sie es packen konnten, umringten vier SS-Leute Bettina Buttgereit, die schwarzen Uniformen ein undurchdringliches Knäuel, das ihren hellen Mantel verschluckte und sie völlig verdeckte, bis es sich wieder entwirrte. Sie hielten Bettina von beiden Seiten gepackt und stießen sie zu dem Zug hin. In den Zug hinein.

Die Reihe der Burgdorfer wich stumm zurück, schrumpfte in sich zusammen. Als der Zug gerade anfuhr, bemerkten die Leute das Gesicht eines alten Mannes, das ihnen seltsam vertraut vorkam, obwohl niemand sagen konnte, wer er war. Hinter dem vorbeigleitenden Fenster reckte er das knochige Kinn, presste die fleischlosen Lippen aufeinander und heftete die eingesunkenen Augen auf irgendetwas über den Köpfen der Leute.

Nach der Sache mit dem Zug war es, als könnten die Amerikaner jeden Tag da sein. Ende März rückten sie schließlich auf Burgdorf zu, und das Erste, was ihre Ankunft ankündigte, war das Grollen ihrer Panzer. Als Trudi aus dem Bett stieg und aus dem oberen Flurfenster sah, rannten draußen auf der Straße Menschen in Deckung, als hätten sie die Luftschutzsirenen gehört. Während sie noch dabei war, ein weißes Laken aus dem Fenster zu hängen, flog die Vordertür auf.

Es war Frau Weiler, mit einem Weihwasserbecken im Arm. »Schnell, Leo, Trudi ...«, rief sie. »Zur Kirche. Wir müssen uns verstecken.« Sie starrte auf Trudi, als die die Treppe herabkam, noch im Nachthemd und mit wirren Haaren. »Zieh dir wenigstens einen Mantel an.«

Noch vor gar nicht langer Zeit hätte Trudi die Amerikaner als Retter willkommen geheißen, aber seit der Bombardierung Dresdens hatte sich das geändert. Außerdem hatte ihre Tante sie in einem Brief gewarnt, dass viele Amerikaner glaubten, alle Deutschen seien Nazis. Trudi wusste ja schon, was es hieß, als Feind im eigenen Land angesehen zu werden, weil man gegen die Nazis war, und jetzt fühlte sie sich noch isolierter, da womöglich beide Seiten sie als Feind betrachten würden.

Sie spürte die Hand ihres Vaters an ihrem Ellbogen. Sie war draußen auf der Straße, mit ihm und Frau Weiler, deren Kopftuch von ihrem grauen Haar rutschte, während um sie herum Weihwassertropfen flogen. Sie rannten über den Kirchplatz und verschwanden im Keller der Martinskirche, wo sich der Priester bemühte, fast zwei Dutzend Menschen zu beruhigen, von denen die meisten verängstigter waren als während der Luftangriffe, die ihnen – im Vergleich zu dieser Situation – immerhin schon vertraut waren.

Leo und Trudi saßen neben Ingrid, die mit ihrem Kind und ihren Eltern da war.

»Uns wird nichts passieren.« Frau Weiler besprengte alle mit ihrem Weihwasser.

Der Priester verscheuchte sie mit einer Handbewegung.

»Uns wird schon nichts passieren ...«

»Seien Sie sich da nicht so sicher«, sagte der Tierpräparator. »Diese Amerikaner haben schon viele von uns mit ihren Bomben umgebracht.«

Fräulein Teschner umklammerte ein langes weißes Tuch, das sie bei ihrer Flucht aus dem Pfarrhaus eben noch schnell vom Kirchenaltar gerissen hatte.

»Sie kommen mit Bajonetten«, flüsterte der Tierpräparator. »Und sie werden jeden abstechen, der sich ihnen in den Weg stellt.«

»Jemand muss unser Unterhändler sein«, beschloss seine Frau.

»Jemand, der Englisch kann«, sagte der Priester.

»Meine Tochter hat Englisch studiert«, verkündete Herr Baum, und alle sahen auf Ingrid, die Rita in ihren steifen Armen wiegte.

Wortlos legte sie ihre Tochter Trudi in die Arme, obwohl ihre Mutter schon hilfsbereit zugreifen wollte. Trudi blinzelte. Das Kind sah ihr mit Ingrids Augen ins Gesicht. Sie winkelte die Arme an und zog Rita enger an sich. *Max. Wenn du doch nur gewartet hättest. Sieben Wochen. So lange ist es erst her, dass du weggefahren bist. Sieben Wochen.*

»Als Friedenszeichen.« Fräulein Teschner drückte Ingrid das weiße Tuch in die Arme.

»Sie müssen das nicht tun«, sagte Leo Montag zu Ingrid, als die zur Tür ging.

Der Tierpräparator sagte: »Sie stechen mit ihren Bajonetten ins Stroh und in die Matratzen, um zu prüfen, ob sich jemand darunter versteckt.« Seine Frau nickte. Ihre Hand zitterte, als sie ihre Lippen nachzog. Aber Ingrid hatte den Gesichtsausdruck einer Märtyrerin, die endlich den Peiniger gefunden hat, der ihr das ewige Seelenheil garantierte.

»Denken Sie dran«, sagte der Priester, »Sie müssen Englisch mit ihnen reden, wenn sie kommen ... Sagen Sie ihnen – Sagen Sie, dass wir uns ergeben. Dass auch wir gelitten haben.«

»Dass wir froh sind, dass sie da sind«, sagte Ingrids Vater.

Leo Montag ergriff das Wort. »Sagen Sie ihnen als Erstes, dass hier keine Soldaten sind.« Sein Blick glitt über alle Anwesenden und kehrte wieder zu Herrn Heidenreich zurück. »Das Abzeichen ...«, er wies auf das Hakenkreuz an Herrn Heidenreichs Revers, »heute könnte es Sie das Leben kosten.«

Der Tierpräparator, der einst so stolz darauf gewesen war, dem Führer die Hand geschüttelt zu haben, fummelte an der Anstecknadel herum. »Mein Gott, ich kriege sie nicht ab. Ich ...«

Die Pfarrhaushälterin schoss quer durch den Kellerraum, schob seine Finger beiseite und zerrte so heftig an der Anstecknadel, dass ein Stück Stoff mit abriss. Ihre flackernden Augen suchten den Keller ab und glitten zu der Ecke hinüber, wo die Krippenfiguren lagerten. Ohne zu zögern, stopfte sie das Abzeichen unter Marias langen Gipsrock.

Alle starrten auf die Statue.

»Nicht hinschauen«, zischte sie.

Ingrid begann, mit ihrem weißen Tuch zu wedeln.

Ihre Mutter betete: »Vater unser, der du bist im Himmel ...«

»Sie sind da!«

Herr Baum wimmerte.

»... geheiligt werde dein Name ...«

»Ich höre gar kein ...«

»Pschsch.«

»... zu uns komme dein Reich ...«

Das Kinn des Priesters zitterte.

»... dein Wille geschehe ...«

Das Altartuch blähte sich in Ingrids Händen, als vier amerikanische Soldaten hereingestürmt kamen. »*No German soldiers here*«, rief Ingrid, »*no German soldiers* ...«

»*No – German – soldiers*«, wiederholte der Priester die fremden Worte.

Der Tierpräparator fiel ein: »*No – German – soldiers. No* ...«

»... wie im Himmel so auf Erden ...«

»*We surrender*«, rief Ingrid, jeden Märtyrerehrgeiz über Bord werfend.

»*Surrender ... surrender* ...«, wiederholten andere Stimmen.

Die Burgdorfer erklärten einander, wie froh sie seien, dass die Amerikaner – Amis, sagten sie – ihre Gegend besetzt hatten und nicht die Russen. Zwar waren mehrere Zivilisten erschossen worden, als sie den Besatzern Widerstand leisteten, aber das war jetzt alles Vergangenheit, und die Amerikaner organisierten die Schulspeisung. Die Kinder, die zur Schule kamen, manche barfuß, alle hungrig, bekamen je einen Blechnapf und einen Löffel. An den Schultagen zwischen zehn und elf Uhr stellten sie sich in einer Schlange an und rückten langsam dem Geruch der heißen Suppe entgegen, die in großen Töpfen vor sich hin brodelte. Das Angebot war abwechslungsreich: Erbsensuppe, bunte Gemüsesuppe, Rinderbrühe mit Reis, Rahmsuppe, Linsensuppe.

Das Lieblingsgericht der Kinder war Kakaosuppe: süß und braun, füllte sie nicht nur ihre Bäuche – sie sättigte zugleich ihre Seelen mit der Erinnerung an Schokolade, die sie vor langer Zeit gekostet hatten. Manchmal, wenn die Kinder den Hunger nicht mehr aushielten und die Suppenausgabe zu lange auf sich warten ließ, schlugen sie mit ihren Löffeln gegen die Blechnäpfe. Eines fing an, ein zögernder, scheppernder Schlag, dem sofort ein ganzer Chor folgte, stetig und immer lauter, bis er die Stimme der Lehrerin übertönte. Manche Lehrerinnen nahmen ihre Suppenration mit nach Hause, um sie mit ihrer Familie zu teilen, dankbar für die Hilfe der Amis.

Überall in Burgdorf waren Amerikaner in den Häusern einquartiert. Trotz der Warnungen, keinem Deutschen zu trauen, freundeten sich manche von ihnen mit den Einwohnern an und zeigten ihnen Fotos von ihren

Frauen und Kindern. Das Rathaus und das frühere HJ-Heim beherbergten jetzt Büros der amerikanischen Militärverwaltung, und die Villa der Pianistin – wo Fräulein Birnsteig im Januar Selbstmord begangen hatte, nachdem sie erfahren hatte, dass ihr Adoptivsohn im KZ umgekommen war – verwandelte sich in einen Offiziersklub. Die Hakenkreuzfahnen und SS-Embleme verschwanden aus den eleganten Räumen, und an den Samstagabenden spielte eine Tanzkapelle amerikanische Musik.

Obwohl es die Burgdorfer guthießen, dass ein paar von den tüchtigeren Jungen Botengänge für die Soldaten übernahmen oder ihnen die Schuhe putzten und dafür Kaugummipäckchen und schmale Riegel amerikanischer Schokolade nach Hause brachten, hatten sie für die jungen Mädchen, die es wagten, mit den Soldaten tanzen zu gehen oder sogar mit ihnen im Auto herumzufahren, nur Verachtung übrig.

Klara Brocker war eins dieser Mädchen. Mit ihren neunzehn Jahren war sie auf dem Höhepunkt ihrer Reize – klein, fröhlich und proper, von jener kurzlebigen Schönheit, die nie voll erblüht, sondern unter dem Firnis ihrer eigenen Adrettheit erstarrt. Der Ami, der in ihrem Haus einquartiert war, schenkte ihr eine Kiste Pfirsiche, die Jahre des Hungers in ihrem flachen Bauch annullierten. Er brachte ihr Nylonstrümpfe und spendierte ihr eine Dauerwelle. Blond und mit einem kleinen Muttermal auf der Schläfe, war er so groß, dass sie beim Tanzen den Kopf unter sein Kinn schmiegen konnte.

Eines Tages kam Klara Brockers Amerikaner in die Leihbücherei, da er gehört hatte, die Montags hätten Verwandte in Amerika. Während er und Leo eine aus deutschen und englischen Brocken zusammengestückelte Unterhaltung führten, blieb Trudi – die ihre Arbeit in der Leihbücherei wieder aufgenommen hatte – auf der hölzernen Leiter stehen und stellte geschäftig Bücher in einem der oberen Borde um. Als der Amerikaner sagte, er wolle gern mit einem Freund wiederkommen, der in New Hampshire aufgewachsen sei, nur eine Stunde vom Lake Winniepesaukee, wo Stefan und Helene Blau lebten, überließ sich Trudi der Fantasie, wie sie sich mit diesem jungen Soldaten anfreunden und ihn besuchen würde, sobald sie nach Amerika führe. Er würde sie vom Schiff abholen und nach New Hampshire fahren, wo ihre Tante Helene sie beide mit einem großen Festmahl empfangen würde ...

Der junge Soldat, der ein paar Tage darauf in die Leihbücherei kam, war nicht annähernd so groß wie Klara Brockers Amerikaner, und als er um den Ladentisch herum zu der Leiter kam, um sich Trudi vorzustellen, und sie in sein einsames Jungengesicht hinabsah, ertappte sie sich schockiert bei dem Gedanken, dass es bestimmt nicht allzu schwer wäre, ihn ins Bett zu bekommen. Das würde Max recht geschehen.

Sofort kam sie sich treulos vor. Der junge Soldat sagte etwas zu ihr, aber sie konnte nicht antworten, weil sie wieder im Nebel war – nur, dass der Nebel diesmal nicht schön war, sondern grau und dick und erstickend, und er war mit jedem Tag, an dem Max nicht zu ihr zurückgekehrt war, dicker geworden. Sobald sich der Nebel verzog, sagte sie sich, würde sie Max sehen können. Er würde viel näher bei ihr sein, als sie gedacht hatte.

In dieser Nacht war sie so wütend auf Max, weil er nicht zurückkam, dass sie sich selbst berührte, selbst jene orangegelbe Wärme zum Erblühen zu bringen suchte, aber was sie weckte, war die Schreckensszene im Stall, und sie hörte auf, ehe sie der alte Hass wieder einholen konnte.

19

1945–1946

Als die Männer von Burgdorf heimkehrten, waren sie schweigsam, beladen mit Geheimnissen, an die sie nicht einmal denken durften. Viele hatten Läuse und Durchfall. Ihre Gesichter waren aschfahl und rau von Stoppeln. Scham oder Trotz in den Augen, kamen sie in die Leihbücherei, unter dem Vorwand, nachfragen zu wollen, wann Leo Montag wieder eine Tabaklieferung erwarte.

Aber Leo war nicht mehr die Orientierungsfigur, die er für die Heimkehrer des letzten Krieges gewesen war; er war müde, alt und lebte mehr und mehr in seiner Bücherwelt. Er hatte nach und nach seine eigene Büchersammlung wieder ergänzt, indem er Leihbücher gegen Werke zuvor verfemter Autoren eintauschte. Trudi hatte das Harken des Gartens übernommen, eine Arbeit, die Leo immer Freude gemacht hatte. Sein Hinken hatte sich verschlimmert, und sein linkes Bein schlief dauernd ein. Er war schon mehrmals beim Aufstehen umgeknickt und hingefallen, und Trudi hatte Angst, er könne sich etwas brechen. Bevor sie morgens die grünen Läden der Leihbücherei öffnete, bettete sie ihn auf das Sofa, das Emil beim Poker gewonnen hatte, das schmerzende Bein mit einem Kissen unterlegt, einen Stapel Bücher auf einem Stuhl in Reichweite.

Die Angehörigen hießen ihre Männer und Söhne willkommen, ohne zu fragen, was sie im Krieg getan hatten. Da sie nicht glauben mochten, dass einer der Ihren an den Gräueltaten beteiligt gewesen war, von denen die Amerikaner behaupteten, dass sie stattgefunden hatten, konzentrierten sie sich darauf, Verletzungen zu heilen, Krücken für die Versehrten aufzutreiben, die Ausgehungerten aufzupäppeln. Sie schnitten SS- und SA-Insignien aus Kriegsfotos heraus, und wenn einer der Männer aus einem Albtraum hochschreckte und so laut schrie, dass selbst die Nachbarn aufwachten, war da sicher eine Ehefrau, Mutter oder Schwester, die sich über ihn beugte, seinen Kopf hielt und murmelte: »Es ist ja vorbei.«

Aber natürlich war es nicht vorbei.

Für manche begann die Hölle erst jetzt. Und Trudi war eine der wenigen, die dafür sorgten, dass sie begann, indem sie die Worte aufstocherte, die unter den unausgesprochenen Schrecken verschüttet lagen. *Und was hast du im Krieg gemacht?*, dachte sie jedes Mal, wenn sie sie sah. *Und du? Und du?*

Aber was sie mit den heimkehrenden Soldaten und allen anderen Menschen im Ort teilte, war das Staunen darüber, dass man einfach ins Bett gehen und schlafen konnte – dass man sich hinlegen konnte, ohne mit einem Ohr nach dem Feind zu horchen oder sich zu fragen, wann man wohl wieder aufspringen musste.

Wie schon im Ersten Weltkrieg hatten sich die Grenzen zwischen den unverheirateten und den verheirateten Frauen verwischt, denn sie hatten sich alle gegenseitig beigestanden und Stärke daraus gezogen, dass sie Arbeiten verrichteten, von denen sie vorher gedacht hatten, dass nur Männer sie tun könnten. Aber jetzt, da der Krieg vorbei war, bemerkte Trudi, dass die ledigen Frauen wieder Außenseiterinnen waren – mit weniger Chancen denn je, einen Mann zu finden, da es so viel mehr Frauen im Ort gab als Männer.

Die Witwen, deren Männer gefallen waren, schienen plötzlich gealtert, auf einen Schlag der älteren Generation zugehörig, eine neue Garde alter Frauen, obwohl sie an Jahren noch gar nicht alt waren. Beim Anblick dieser Kriegerwitwen waren die Frauen, deren Männer heimgekehrt waren, noch dankbarer, und sie wandten sich von den Witwen ab und ihren Männern zu. Kinder mussten jetzt ihre Mütter mit diesen unbeholfenen Männern teilen, die sie Vater nennen sollten, obwohl sie vielleicht, als ihre Väter in den Krieg gemusst hatten, noch gar nicht auf der Welt gewesen waren oder so klein, dass sie sich nicht daran erinnern konnten. Wenn auch die meisten Witwen ihre Kinder allein großzogen, mussten sich manche Kinder jetzt an Onkel gewöhnen – Männer, die bei ihren Müttern im Bett schliefen.

Trotz der harmonischen Fassade dankbaren Beisammenseins bemerkte Trudi den Bruch in etlichen Familien, die Dumpfheit und Betäubung, die viele Heimkehrer nur durch Alkohol aufrechterhalten konnten, die Scham in den Augen mancher Ehefrauen, wenn sie am Arm ihres Mannes spazieren gingen. Für sie lag über dem Ort der Geruch des Todes – fast mehr noch als während des Krieges –, und sie war nicht weiter überrascht, als drei Männer binnen eines Monats nach ihrer Heimkehr Selbstmord begingen und die Frau eines SS-Offiziers eines sonnigen Morgens am Frühstückstisch zu weinen begann und erst um drei Uhr nachmittags wieder aufhörte, als sie sich mit dem Rasiermesser ihres Mannes die Pulsadern aufschnitt.

»Man muss die positiven Dinge im Leben sehen«, sagten die Leute zu Trudi, wenn sie mit diesen Geschichten durch den Ort zog.

»Es ist nicht gut, über die schlimmen Dinge nachzugrübeln.«

»Reden wir nicht mehr davon.«

»Niemand möchte diese Jahre noch einmal durchleben.«

»Wir müssen vorwärtsschauen.«

Selbst Leute, die immer an persönlichen Werten festgehalten hatten, regten sich auf, wenn sie auf die Kriegsjahre angesprochen wurden, und nahmen sich gegenseitig in Schutz. »Unsere Männer haben genug durchgemacht …«

Sie verstanden nicht, warum Trudi Montag – wie sie es ausdrückten – unbedingt im Dreck wühlen wollte, verstanden nicht, dass es für sie nichts mit Dreck zu tun hatte, sondern mit dem Bedürfnis, die Wahrheit ans Licht zu bringen und sie nie zu vergessen. Es war nicht so, dass sie sich gern an diese Dinge erinnert hätte, aber ihr war klar, dass alles, was sie über das Geschehen dieser Jahre wusste, von jetzt an immer mit ihr sein würde und dass sich niemand der Verantwortung dafür entziehen konnte, in dieser Zeit gelebt zu haben.

Das Schweigen der Menschen erinnerte Trudi an die Haut ihrer Mutter, die sich über jener alten Sünde geschlossen hatte, und es erinnerte sie an den Fluss, der im Frühling alles überdeckte, wenn auch im Hochsommer das Verborgene wieder zum Vorschein kam: die Enden der Anleger, die Steine in Ufernähe, der Müll, den die Leute ins Wasser geworfen hatten. Und sie dachte daran, wie sie auch bei hohem Wasserstand immer noch gewusst hatte, wo die großen Steine lagen und wo die Anleger endeten, weil sie den Fluss unzählige Stunden beobachtet hatte, so, wie sie auch ihre menschliche Umgebung beobachtet hatte und deren tiefste Strömungen kannte.

Es verblüffte sie, dass die Menschen einfach vergessen konnten, wie sie selbst die Nazis unterstützt hatten, dass sie einfach leugnen konnten, was sich hier in ihrem Land abgespielt hatte – Dinge, von denen sie noch vor zehn Jahren nicht geglaubt hätten, dass sie geschehen könnten. Von Klara Brockers Amerikaner erfuhr sie, dass selbst in Dachau, wo die Bewohner den Rauch der verbrannten Leichen geatmet hatten, noch immer Leute darauf beharrten, dass das Todeslager doch nur ein Arbeitslager gewesen sei.

Die Burgdorfer spekulierten besorgt über das Schicksal derer, die noch vermisst wurden – die Juden natürlich ausgenommen. Nur sehr wenige Leute teilten Trudis Freude, als sie erfuhr, dass Evas Eltern in Schweden und am Leben waren. Sie hatten ihr ihre Adresse geschickt, für den Fall, dass sie je etwas von Eva hörte.

Als die Kriegsgefangenen nach und nach zurückkamen, konnte man ihnen ansehen, wo sie in Gefangenschaft gewesen waren: Die, die aus russischen Gefangenenlagern kamen, hatten nur Lumpen am Leib und Schuhe, die aus Holz und Stoff- und Lederstücken zusammengeschustert waren, während die Gefangenen aus England neue Uniformen im satten Braun eines Sonntagsbratens und richtig passende Lederschuhe trugen; die aus Russland hatten Hungerschatten unter den Augen, während die aus England wohlgenährt wirkten; die aus Russland waren verschüchtert, während die aus England von einer Zukunft zu sprechen wagten.

Georg Weiler kam aus einem russischen Gefangenenlager, die Fingernägel abgekaut, das sonnenfarbene Haar ohne Glanz. Sein Lachen klang matt, und wenn er von den Russen sprach, dann nur, um zu erklären, die Gefangenenlager seien ihre Rache für all die gefallenen russischen Soldaten. Trudi hatte zwar Mitleid mit ihm, konnte es aber nicht zeigen, da sein Verrat von damals immer noch zwischen ihnen stand, sobald sie ihn sah. Von seiner Mutter erfuhr sie, was er hinter sich hatte. Die Gefangenen hatten im Freien schlafen müssen. Im Schlamm, sagte seine Mutter. Ohne zureichende Unterkunft, Nahrung und medizinische Betreuung war ein erheblicher Teil der Männer gestorben.

»Aber ich hatte Glück«, erklärte Georg seiner Mutter. »Sie haben mich nicht gebrochen.«

»Ich sehe Georg so gern mit den Zwillingen«, sagte Frau Weiler zu Trudi. »Er ist den Mädchen ein wunderbarer Vater ...« Sie sah sich um, um sich zu vergewissern, dass niemand mithörte. »Außer, wenn er trinkt. Er hat ja immer schon gern einen Schnaps oder zwei getrunken, aber nicht so ... Ich bin sicher, das gibt sich wieder. Der Krieg ist erst so kurz her. Wenn er das alles erst mal verwunden hat ...«

»Er wird es nie vergessen«, sagte Trudi.

Georg fand Arbeit auf einem Bauernhof in der Nähe des Friedhofs, wo er den Stall ausmistete und Steine vom Feld klaubte. Als Trudi einmal vom Friedhof kam, wo sie ihr Familiengrab gegossen hatte, lud Georg gerade Mist auf einen Karren.

Als er sie bemerkte, stand plötzlich Scham in seinen Augen. »Eines Tages fahre ich wieder Auto«, rief er ihr zu, so trotzig, als habe er immer ein Auto besessen.

Sie dachte an den Wagen, den er gewonnen und wieder verspielt hatte, ehe er damals hatte einrücken müssen. »Du hattest deins doch nur ein paar Tage.«

Obwohl er grinste und grüßend seine Mistgabel hob, sah sie doch immer noch seine Scham: Sie verband ihn mit ihr, das war besser als nichts.

Alle Bilder-Söhne – außer dem dicken Jungen natürlich, der vor zwölf Jahren verschwunden war – kehrten nach Burgdorf zurück, vom Krieg gezeichnet, aber – wie Mutter Bilder ihren Freundinnen erklärte – weder verkrüppelt wie manche ihrer früheren Spielgefährten noch tot wie die meisten von ihnen, einschließlich der Weskopp-Brüder von nebenan. Aus Rücksicht auf die Witwe Weskopp zügelte Frau Bilder ihre Freude über die Rückkehr ihrer Söhne: Sie verzichtete darauf, das aufwendige Willkommensmahl zu veranstalten, das sie sich während der Kriegsjahre, wenn die lähmende Ungewissheit zu groß geworden war, zum Trost ausgemalt hatte, von der Suppe bis zum letzten Petersilienzweiglein und selbst der Tischdecke – der, die ihre Großmutter mit einer blauen Rosenborte bestickt hatte.

Manchmal empfand es Trudi als erstickend, dass die vier Jungen von damals allesamt wieder da waren. Keiner von ihnen war im Krieg geblieben, wenn auch Hans-Jürgen zunächst als in Russland vermisst gegolten hatte und Fritz Hansen ohne seinen Unterkiefer beinahe ein toter Mann war. Trotz der mittlerweile fünf Operationen sah er immer noch grausig aus. Seine Eltern hatten die Bäckerei wieder eröffnet und führten sie mithilfe von Alfred Meier, der den Lieferwagen fuhr, aber ihr eigener Sohn blieb immer nur im Keller, wo die Backöfen waren. Fritz wollte zwar gern im Laden bedienen, aber seine Eltern sagten sich, dass niemand mehr bei ihnen kaufen würde, wenn die Leute sein verstümmeltes Gesicht sehen müssten und den Mullverband, der, sooft Fritz ihn auch erneuerte, immer durchweicht aussah und bei jedem Atemzug zitterte wie ein kleines Tier, das sich an seiner Kehle festgesaugt hatte.

Paul Weinhart war auf wundersame Weise davongekommen, als amerikanische Panzer die Schützengräben überrollt hatten, die er und fast zweihundert andere Soldaten ausgehoben hatten – mit Regenwasser vollgelaufene Erdrinnen, in denen die Männer hockten und vor Hunger und Erschöpfung immer wieder einnickten. Nur Paul und vier andere hatten es geschafft, auf Bäume zu klettern und sich zu verstecken, bevor die Panzer über das matschige Gelände gedonnert waren und die Deutschen lebendig begraben hatten. Und das war kein Versehen gewesen, denn Paul hatte gesehen, wie die Panzer zurückgesetzt und alles, was sich noch regte, unter ihren schweren Ketten zermalmt hatten.

Hans-Jürgen Braunmeier war in einem amerikanischen Gefangenenlager aufgetaucht. Als seine Mutter in das Lebensmittelgeschäft kam, erzählte sie Frau Weiler, dass einige Amerikaner die Gefangenen gequält hätten, indem sie ihnen kein Wasser gaben, obwohl sich das Lager auf einem Hügel direkt über einem klaren Bach befunden habe. Ein einundzwanzigjähriger Bayer war, vor Durst völlig von Sinnen, unter dem Drahtzaun durchgekrochen und hatte sich den Abhang zum Bach hinunterrollen lassen. Als er gerade das Gesicht ins Wasser getaucht hatte, war er erschossen worden. Ihr Sohn sei ganz sicher, berichtete Frau Braunmeier, dass die Amerikaner ihre Gefangenen mit nur zwei Schüsselchen Suppe am Tag absichtlich am Rand des Verhungerns gehalten hätten, obgleich in dem Lager genügend Lebensmittel gewesen seien. »Ihre Vorstellung von Strafe«, hatte Hans-Jürgen seinen Eltern erklärt. »Sie haben gesagt, das sei nur gerecht, denn die Juden in den KZs hätten noch weniger zu essen bekommen.«

Solche Äußerungen lösten im ganzen Ort Empörung aus. Hatten sie nicht alle Mangel gelitten? Sie hatten doch auch Männer und Söhne verloren – nicht im KZ zwar, aber im Feld und in der Gefangenschaft. Und für sie war das Leiden mit dem Ende des Kriegs nicht vorbei gewesen. Immerhin waren die Juden aus den KZs befreit worden.

In dem amerikanischen Lager, in dem ihr Sohn gewesen war – so berichtete Frau Braunmeier dem Tierpräparator –, seien die Gefangenen gezwungen worden, Schwerstarbeit zu leisten. Sie hätten die zerstörten Straßen wieder instand setzen müssen. Täglich seien mindestens zwei der unterernährten Männer zusammengebrochen. Nicht wenige seien gestorben. Ihr Sohn habe zuerst eine Zeit lang in der Lagerküche arbeiten dürfen, aber als er dabei erwischt worden sei, wie er Kartoffelschalen vom Abfallhaufen gegessen habe, sei er zum Latrinenreinigen eingeteilt worden.

»Die Amis haben sich benommen, als wäre jeder unserer Männer Hitler«, flüsterte Frau Braunmeier der Pfarrhaushälterin zu. »Mein Sohn sagt, es habe ihre schlimmsten Seiten zum Vorschein gebracht. Und da halten sie sich für besser als die Deutschen.«

Solche Geschichten schürten bei den Burgdorfern Misstrauen gegenüber den amerikanischen Soldaten, die mitten unter ihnen lebten, diesen Männern, die manchmal ganz freundlich zu ihnen waren und die kleinen Kinder auf ihren Schultern reiten ließen. Es war offensichtlich, dass sie mit den Männern härter umsprangen, sie verhörten und Beweise verlangten, dass sie nicht an den sogenannten Kriegsverbrechen beteiligt gewesen waren.

Selbst Männer, die nicht im Krieg gewesen waren, wurden verhört, so auch Herr Pastor Beier, der von den schrecklichen Kriegsgeständnissen in seinem Beichtstuhl ganz erschöpft war. Erzürnt, dass man ihn ins Rathaus beordert hatte – obwohl dieses gleich gegenüber vom Pfarrhaus lag, wo ihm seine Haushälterin das Leben schon schwer genug machte, indem sie ihn mit Blicken bedachte, die ihm das Gefühl gaben, sie auf irgendeine schwerwiegende Weise enttäuscht zu haben –, musste er fast eine Stunde warten, bis ein junger amerikanischer Offizier, dessen Knie sehr wahrscheinlich noch nie das harte Holz einer Kirchenbank gedrückt hatten, von ihm wissen wollte, wie seine Position während des Krieges gewesen sei.

»Ich habe für meine Gemeinde gelebt.« Die Hände über dem dicken Bauch gefaltet, gab Pastor Beier die Erklärung ab, die er sorgfältiger ausgearbeitet hatte als jede Predigt. Er hatte sie am Morgen nach der Ankunft der Amerikaner niedergeschrieben und seither täglich daran gefeilt. Während er dem amerikanischen Offizier berichtete, was er alles für seine Gemeindemitglieder getan hatte, bebte seine Stimme vor Überzeugung wie bei seinen besten Kanzelauftritten. »Ich weiß, Sie werfen uns vor, dass wir geschwiegen haben. Aber was hätte es denn genützt? Sehen Sie sich doch an, was aus den Priestern geworden ist, die es versucht haben.« Er legte eine dramatische Pause ein. »Sie wurden verhaftet. In Konzentrationslagern umgebracht. Ich habe bewusst geschwiegen, weil ich wusste, ich würde mehr für meine Gemeinde tun können, wenn es mir gelänge dazubleiben.«

Der Pfarrer befürchtete zwar, dass sein Ruf durch das Verhör gelitten haben könnte, tröstete sich aber nach Einbruch der Dunkelheit damit, dass er sich drei Brötchen mit Leberwurst strich und sich über die Graupensuppe hermachte, die Fräulein Teschner für den nächsten Tag vorgekocht hatte. Beim Essen dachte er an das Auto, das ihm der Bischof jetzt, da der Krieg vorbei war, gewiss gewähren würde. Ein Wagen ..., dachte der Priester, während er das Kaninchenragout aufaß und das letzte Glas Kirschkompott öffnete, ein hübscher Wagen ... mit blauen Sitzbezügen, wenn es nach ihm ginge ...

In dieser Nacht träumte er von dem Auto, und in seinem Traum hatte es weiche blaue Sitze, nagelneu, aber das Steuerrad war ein Ei, ein Riesenei mit unversehrter Schale, und als er mit dem Goldkreuzchen, das seine Mutter früher um den Hals getragen hatte, daran klopfte – vorsichtig natürlich, weil er die Schale nicht kaputt machen, sondern nur ihre Festigkeit testen wollte –, blieb sie heil, und aus ihrem Inneren kam der Klang einer einzelnen Glocke. Der Priester wusste zwar nicht, was er mit dem Traum anfangen sollte, aber er schien ihm ein gutes Omen, und so war er gar nicht überrascht, als er an diesem Vormittag einen Brief erhielt, der besagte, der Bischof prüfe sein Gesuch wegen eines Fahrzeugs.

Trudi hatte auf Max Rudnick gewartet, als die Gefangenenlager sich geleert hatten, denn wenn er in Gefangenschaft geraten war, würde er jetzt doch bestimmt zu ihr zurückkehren. Und als er nicht kam, versuchte sie, sich damit abzufinden, dass er tot war. Aber das hätte geheißen, dass sein Fleisch irgendwo unter der Erde verfaulte, und diese Vorstellung konnte sie nicht ertragen. Es war weniger schmerzhaft, sich vorzustellen, dass er irgendwo lebte, mit Ruth Abramowitz, seiner neuen Geliebten. Er musste sie in Dresden sofort gefunden haben, am Abend vor dem Bombenangriff, und sie hatten sich auf den ersten Blick ineinander verliebt, obwohl an Ruths einem Schneidezahn ein Stück fehlte und Max ohne seine Brille blind war.

Vielleicht war seine Brille ja kaputtgegangen, und er konnte ihren abgeschlagenen Zahn nicht sehen. Ohne seine Brille, hatte er gesagt, war für ihn alles verschwommen, nur ein Farbgemenge ohne klare Umrisse. Aber wahrscheinlich würde ein Mann, der eine Zwergenfrau lieben konnte, jede Frau lieben ...

Mit den Abramowitz'schen Schätzen, von denen sie sich ein ganz hübsches Leben machen konnten, waren die beiden in Max' Wagen in ein kleines Hotel in Süddeutschland gefahren, wo Ruth als Kind einmal mit ihren Eltern gewesen war. Sie hatte immer schon dorthin zurückkehren wollen, und als sie Max gesehen hatte, hatte sie sofort gewusst, dass sie mit ihm hinfahren würde. Inzwischen diskutierten die beiden schon über die Namen der Kinder, die sie haben würden.

Obwohl Trudi wusste, dass die Szenarien, die sie da entwarf, genauso klischeehaft und albern waren wie die Strickmuster der Liebesromane, die sie an ihre Kundinnen verlieh, konnte sie die Eifersucht nicht abschütteln. Sie sah die beiden in ihrem Hotelzimmer oder in der Wohnung, die sie gefunden hatten, immer, immer zusammen im Bett. Die Fenster waren offen, ganz weit offen, und ein warmer Wind bauschte die Gardinen und strich über ihre nackten Körper. Hör auf, sagte sie sich dann, hör auf. Aber stattdessen versetzte sie Max und Ruth nun an irgendeinen anderen Ort, nördlich von Dresden, Hamburg vielleicht oder die Insel Rügen, wo sie Arm in Arm am Wasser entlangspazierten.

Sie hasste Ruth Abramowitz inzwischen schon regelrecht und fühlte sich fähig, Max dafür umzubringen, dass er sie mit Ruth betrog. Und dennoch, dennoch – sie würde ihm verzeihen, wenn er zu ihr zurückkäme. Jetzt. Immer wieder verlängerte sie die Frist, binnen derer sie ihn zurücknehmen würde: Zuerst lief sie Ende Mai ab, dann wurde Mitte Juni daraus, und als beide Daten und auch der Todestag ihrer Mutter verstrichen, gewährte sie ihm Aufschub bis zum 23. Juli, ihrem dreißigsten Geburtstag. Auch wenn Max am Abend vor ihrem Geburtstag käme, gelobte sie sich, würden sie nicht eine Stunde vor der Zeit feiern. Auch nicht, wenn er sie anflehte.

»Schau doch, was passiert ist, als wir deinen Geburtstag zu früh gefeiert haben«, würde sie ihm erklären, »schau doch, was es uns gebracht hat. Du bist verschwunden, und ich hatte Angst, du würdest nie mehr wiederkommen.«

»Es hat keinen Tag gegeben, an dem ich nicht an dich gedacht habe, Trudi.«

Ihr dreißigster Geburtstag würde der großartigste werden, den sie je gefeiert hatte – spektakulärer als das Feuerwerk, zu dem ihr Vater sie an ihrem vierten Geburtstag mitgenommen hatte, fantastischer als Pias Zirkus, festlicher als das Diner, das ihr Vater an jenem letzten Abend für Konrad und Frau Neimann veranstaltet hatte. Und für Eva, dachte sie, und für Eva, und sie kam sich schlecht vor, weil sie überhaupt an ihren Geburtstag gedacht hatte. Sie war egoistisch. Egoistisch und habsüchtig. Eva würde nie mehr Geburtstag feiern. Und Ruths Eltern auch nicht. Und auch nicht Adolf, der Priester. Wenn noch jemand von ihnen am Leben wäre, hätte er inzwischen sicher geschrieben oder sich wieder eingefunden. Und Ruth war vermutlich auch tot, in Dresden verbrannt und zerschmettert. Wie Tausende anderer Menschen und auch Max, der sie höchstwahrscheinlich in der kurzen Zeit, ehe die Stadt zerstört worden war, nicht mehr gefunden hatte.

Das erste Jahr nach dem Krieg war für die Burgdorfer das schwerste. Es gab kaum Lebensmittel und Kohlen. Einige Leute erfroren. Die Milch schimmerte immer noch bläulich und war so wässrig, dass man durchschauen konnte. Wenn man seine Schulden nicht zahlte, kam der Gerichtsvollzieher zu einem in die Wohnung, um den Kuckuck auf die Rückseite der Möbel zu kleben. Dann hatte man immer noch ein wenig Zeit, um zu zahlen, aber wenn man es nicht schaffte, sah die ganze Nachbarschaft zu, wie einem das Klavier oder die Kommode aus dem Haus getragen wurde.

Diese Schande.

Obwohl fast alle schwer zu kämpfen hatten, empfand man es doch als ehrenrührig, wenn die Familie hungern musste. Angesichts dieser Armut war es noch wichtiger, alles sauber zu halten. Die Armut ließ einen an den unbekannten Wohltäter denken, und diese Erinnerung wiederum trieb einen – obwohl man ärmer denn je war – dazu, anonyme Gaben auf die Türschwellen derer zu legen, die noch bedürftiger waren als man selbst.

Doch selbst in den magersten Zeiten kamen die Leute zu Trudi, um ihre Geschichten zu hören, Geschichten über andere Leute in ihrem kleinen Ort, in dem das Schweigen grassierte. Wenn sie auf sie herabsahen, konnten sie sich überlegen fühlen – eine Haltung, die die meisten von ihnen mit der

Muttermilch eingesogen hatten. Sie konnten auf ihren verkrüppelten Körper und ihr breites Gesicht herabsehen, und selbst die Hässlichsten unter ihnen konnten sich als etwas Besseres fühlen. In Trudi Montags Gegenwart konnten sie sich selbst neu erfinden, konnten sie alle Selbstzweifel vergessen, die sie heimsuchten, wenn sie nachts allein im Bett lagen, konnten sie – sogar mit einem Anflug von gönnerhaftem Wohlwollen – ihre Geschichten als etwas entgegennehmen, was ihnen zustand.

Trudis Gabe war ihr Wissen. Ihr Wissen um die Worte, die die Gedanken in den Köpfen der Leute benannten, die Worte, die die Ängste und Geheimnisse in ihren Herzen maskierten. Ihre Fähigkeit, diese Geheimnisse hervorzuzwingen, sie wie Wasserfürze durch das Schweigen emporblubbern zu lassen. Sie nannten Trudi eine Schnüfflerin, eine, die ihre Nase in alles hineinstecken musste. Aber obwohl sie ihnen unbequemer denn je war, kamen sie immer wieder – um Bücher auszuleihen, wie sie sich einredeten, doch was sie in Wahrheit hertrieb, auch diejenigen, die Trudi Montag fürchteten, waren die Geschichten, die sie ihnen über ihre Verwandten und Nachbarn erzählte. Und sie brachten dafür Geschichten aus ihrem eigenen Leben mit, die Trudi durch ihre Fragen aus ihnen herausholte oder ihnen ohne ihr Wissen abluchste, indem sie mithörte, wenn sie sich zwischen den Regalen miteinander unterhielten; und die Leute bemerkten nicht einmal, was sie ihnen entlockt hatte, bis die Worte, die sie gegen ihre Geschichten getauscht hatten, zu neuen Geschichten herangereift waren, die viel mehr über sie enthüllten, als sie selbst über sich wussten.

Um sein Schicksal zu wenden, spielte Georg zweimal in der Woche abends Karten. Helga protestierte zwar, weil er zu viel trank, aber er entwaffnete sie rasch, indem er fragte, ob sie sich gar nicht freue, dass ihr Mann unversehrt zurück sei. »Was sind schon zwei lumpige Abende«, fragte er, »verglichen mit Jahren im Krieg?« Und dann beugte er sich über das Bett, in dem seine Zwillingstöchter nebeneinander schliefen, und küsste sie aufs Haar.

Wie hätte Helga auf Dauer einem Mann böse sein können, der ein so zärtlicher Vater war? Die meisten Väter, die sie kannte, ihr eigener eingeschlossen, schenkten ihren Kindern kaum Beachtung, schon gar nicht, wenn es Mädchen waren. Georg dagegen ließ die Zwillinge auf seinen Knien reiten oder spielte mit ihnen in der Wohnung Fangen, bis sie vor Wonne kreischten; er sang ihnen so wunderschön vor, dass Helga die Fenster öffnete, damit die ganze Stadt hören konnte, wie glücklich ihr Mann mit seiner Familie war.

Als Georg seine Arbeit auf dem Bauernhof verlor, weil er sich dreimal morgens verspätet hatte, war Helga gerade wieder schwanger, aber er schaffte es, binnen eines Monats etwas Neues zu finden, genau, wie er versprochen hatte. Als Taxifahrer war er zwar noch mehr von zu Hause weg, aber Helga freute sich dennoch für ihn, weil er so stolz aussah, wenn er hinterm Steuer saß. Und außerdem vergötterten die Zwillinge ihren Vater und alle anderen Kinder aus der Nachbarschaft ebenfalls: Er war nie zu müde, sich auf dem Bürgersteig hinzuhocken und mit ihnen zu spielen, ihnen zu zeigen, wie man Murmeln gewann oder einen Kreisel in Drehung versetzte.

»Ich habe dir ja gesagt, ich würde bald wieder Auto fahren«, rief er Trudi zu, als er einen Fahrgast am Bahnhof absetzte, wo sie mit Matthias Berger am Fahrkartenschalter stand.

»Und ich dachte, du meinst dein eigenes Auto«, gab sie bissig zurück. Kopfschüttelnd wandte sie sich Matthias zu, der sie erschrocken ansah. »Dieser Georg Weiler ...«, sagte sie. »Hinter den großen Worten ist er nichts als ein Feigling.«

Matthias war auf dem Weg nach Kaiserslautern, um in das dortige Priesterseminar einzutreten, obwohl Trudi alles darangesetzt hatte, ihn davon abzubringen und ihn zu überreden, stattdessen Musik zu studieren. Seit Fräulein Birnsteigs Selbstmord hatte er sehr viel mehr Zeit in der Martinskirche verbracht als in der Leihbücherei, da er für die Seele der Pianistin gebetet hatte. Leo war schließlich dahintergekommen, dass Matthias einen neuen Mentor gefunden hatte: Herrn Pastor Beier, der auf die zögernden Fragen des Jungen, wie denn das Leben eines Priesters so sei, mit einem solchen Enthusiasmus lospredigte, dass Matthias sich um die Aufnahme ins Seminar beworben hatte, obwohl er erst sechzehn war.

»Dein Talent ...«, beschwor ihn Trudi noch einmal, »dort vergeudest du es nur.«

Aber das Klavierspielen machte ihn traurig. Irgendwie hatte Trudi das Gefühl, ihn im Stich gelassen zu haben. Wenn sie ihn in jenen Jahren, als sie die Untergetauchten bei sich versteckt hatten, nicht aus ihrem Haus ferngehalten hätte, würde er sich jetzt vielleicht in Burgdorf fester verwurzelt fühlen. Von seinen Angehörigen war nur noch eine Großmutter übrig, die zu gebrechlich war, um ihn zum Bahnhof zu bringen. Trudi nahm an, dass sie und ihr Vater das Familienähnlichste waren, was er je gehabt hatte. Erst als die Amerikaner da gewesen waren, hatte sie sich getraut, Matthias zu erklären, warum sie ihn hatte wegschicken müssen.

»Einmal habe ich einen Jungen hinter Ihrem Fenster gesehen«, sagte er. »Einen kleinen Jungen.«

»Das muss Konrad gewesen sein. Er und seine Mutter waren bei uns versteckt.«

»Er hat sich geduckt, als er mich sah ...« Er lachte, ein verlegenes Lachen, das seine grünen Augen dunkel werden ließ. »Ich weiß noch, dass ich dachte, Sie und Ihr Vater hätten einen anderen Jungen gefunden, der für Sie Klavier spielt.«

»O Matthias.«

»Da war ich noch jünger.«

»Es wäre gefährlich für dich gewesen, von ihnen zu wissen.«

Das Geräusch des einfahrenden Zuges schlug in den Bahnhof, und die vorderste Reihe der Wartenden wich von der Bahnsteigkante zurück, wie von einem heißen Wind versengt.

Matthias griff nach seinen Koffern.

»Versprich, dass du uns besuchen kommst.«

»Das tue ich. Und ich werde schreiben.«

»Hast du deine Fahrkarte?«

»In der Jackentasche.«

Um selbst nicht loszuweinen, versuchte sie, ihn zum Lachen zu bringen. »Wusstest du schon, dass ich als kleines Mädchen auch Priester werden wollte?« Sie erzählte ihm von den Kerzen und den lateinischen Gesängen, der Apfelkiste, die ihr als Altar gedient hatte, und den Hostien – runden Graubrotscheiben.

»Das überrascht mich gar nicht«, sagte er. »Ich habe immer schon gefunden, dass Sie einer der mutigsten Menschen sind, die ich kenne. Sie tun genau das, was Sie wollen.«

»Aber das ist nur Eigensinn.«

»Für mich ist es Mut.«

Obwohl die grüne Hitlerstatue längst von den Amerikanern entfernt worden war, starrten die Leute jedes Mal, wenn sie am Rathaus vorbeikamen, auf die Stelle, wo sie gestanden hatte, und sie dachten an den unbekannten Wohltäter, der hier sein Leben gelassen hatte.

Innerhalb der Friedhofstore hatte die Gemeinde ein Marmordenkmal errichtet, auf dem in drei langen Spalten die Namen der Soldaten standen, die für das Vaterland gefallen waren. Und doch – an Tagen, an denen das Licht in einem ganz bestimmten Winkel einfiel und die Erinnerung einem eine kurze Ruhepause ließ, konnte man sich beinahe einreden, dass der Krieg nie stattgefunden habe. Man stürzte sich auf die positiven Momente, hielt sich daran fest und sagte sich, dass alles in Ordnung sei, und wenn man nicht zu lange zu genau hinsah, konnte man sich etwas vormachen, genau wie all die anderen, die auf irgendeine Weise gebrochen und verändert waren. Und wenn man dann gerade das Gefühl hatte, dass das Leben wieder so war wie früher, passierte etwas, was einen an die eigene Gebrochenheit erinnerte: Ein Vater brach seiner kleinen Tochter den Arm, während er sie züchtigte; ein Hund wurde von einem Traktor überfahren; ein junger Mann erstickte an einer Fischgräte; ein amerikanischer Offizier stand plötzlich bei einem vor der Tür.

Als die Amerikaner ihre Untersuchungen fortführten, verloren Lehrer, die in der Partei gewesen waren, ihre Stelle. Es gab Prozesse, Urteile. Einige Leute wurden zu Unrecht belangt, andere gingen frei aus, obwohl sie schuldig waren. Etliche Lehrer flüchteten aus Angst vor drohenden Verhören von heute auf morgen mit ihren Familien und ließen ihre Häuser zurück. Andere warfen sich vor einen Zug. Wieder andere schworen, dass sie nur Parteimitglied geworden waren, weil sie um ihr Leben gefürchtet oder sich dazu gezwungen gesehen hatten, um eingestellt oder befördert zu werden. Ihr Verhalten während der Kriegsjahre sei musterhaft gewesen, behaupteten sie. Als sie erst einmal in der Partei gewesen waren, hätten sie es natürlich nicht mehr gewagt, sich in irgendeiner Weise zu widersetzen, da sie dafür ins KZ gekommen wären.

»Heimliche Befreiungskämpfer«, pflegte Klara Brockers Amerikaner nach einem weiteren Entnazifizierungstag zu Klara zu sagen. Und er nahm sie mit hinunter in den Keller, wo er auf den Decken, die er neben der Kartoffelstiege auf dem Fußboden ausgebreitet hatte, in sie stieß. »Hast du

gewusst – mein deutsches *Fräulein* ...«, sein schmales Gesicht bewegte sich über ihrem, das Haar viel heller als die Augenbrauen, »dass euer ganzes Land – voll war – mit heimlichen – Befreiungskämpfern?«
Nicht nur die Lehrer wurden überprüft. Viele Leute im Ort hatten Angst, dass ihre Nachbarn oder Kinder sie an die Amerikaner verraten könnten, dass es plötzlich an ihre Tür klopfte und sie geholt würden, dass sie keine Arbeit finden oder die, die sie hatten, verlieren würden. Trudi schien dies alles auf eine sehr ironische Weise dem zu ähneln, was die Juden so viele Jahre durchgemacht hatten, und sie empfand keinerlei Mitleid, wenn Leute wie Frau Heidenreich und deren Bekannte sich wortreich über ihr eigenes Leiden ausließen. Waren sie nicht die eigentlichen Opfer? Hatten sie nicht die Trennung von ihren Angehörigen erdulden müssen? Die Panik während der Bombenangriffe? Viele von ihnen beklagten die Jahre ohne ihre Kinder. Während die Juden wie Könige behandelt wurden, wurden kleine Leute wie sie immer noch verfolgt und auf ihre politische Überzeugung hin ausgequetscht, obwohl sie doch bis nach dem Krieg nicht geahnt hatten, was in den KZs tatsächlich passiert war, und da waren sie schockiert, ach was, entsetzt gewesen.

So begann eine allgemeine Jagd nach Empfehlungsschreiben von Leuten, die nicht in der Partei gewesen waren, die sich den Nazis widersetzt hatten, obwohl das damals allen anderen als reine Torheit erschienen war. Jetzt war es gut, solche Leute zu kennen, und noch besser, wenn sie einem einen Gefallen schuldeten.

In der Leihbücherei war noch nie so viel los gewesen. Die Leute beknieten Trudi und ihren Vater, Schreiben zu verfassen, die ihnen einen untadeligen Charakter bescheinigten und bestätigten, dass sie immer gegen die Partei gewesen waren. Und wenn sie mit Geschichten kamen, die ihre Unschuld belegen sollten, Geschichten, von denen sie hofften, dass Trudi sie verbreiten würde, dann fühlte sich Trudi benutzt: Als Geschichtenerzählerin kannte sie die Grenze zwischen Wahrheit und Lüge, und sie versah ihre Geschichten, wenn sie sie in Umlauf setzte, mit Einleitungen wie: »Das ist das, was er die Leute glauben machen möchte ...« Und dann spekulierte sie darüber, was wirklich passiert war. Wenn es mit ihrem Gewissen zu vereinbaren war, verfasste sie die Schreiben, aber sie weigerte sich, selbst gezimmerte Wahrheiten zu bezeugen, vor allem, wenn sie mit Geschenken einhergingen. In diesen Monaten nach dem Krieg hatte sie mehr Feinde und Freunde als je zuvor.

Frau Blau war mit ihren Bestätigungsschreiben weniger wählerisch als Trudi. »Wenn wir einander helfen können«, meinte sie, »sollten wir es auch tun. Die Zeiten sind schwer genug.«

Zwei evangelische Familien in Burgdorf, die, wie sich herausstellte, ebenfalls Juden versteckt hatten, empfanden eher wie Trudi und weigerten sich, irgendjemanden reinzuwaschen, der mit den Nazis sympathisiert hatte. Eine der beiden Familien wohnte gleich neben dem Tierpräparator. Als er diese Nachbarn bat, sich schriftlich für ihn zu verbürgen, wiesen sie ihn ab.

»Ich kann nicht«, sagte Trudi, als er zu ihr kam.

»Sie haben Juden versteckt. Ich habe Sie nie angezeigt.«

»Sie wussten ja gar nicht, dass ich Leute hier hatte.«

»Ich habe es gewusst. Ich habe sie gesehen ... wenn sie spätnachts kamen. Und mit Herrn Hesping wieder gingen. Aber – ich wollte Sie und Ihren Vater nicht in Schwierigkeiten bringen.«

Sie starrte ihn an, spürte, dass er die Wahrheit sagte. »Das reicht nicht.«

»Ich habe auch meine Tochter verloren, Fräulein Montag.«

»Das tut mir leid ... Aber ich kann Ihnen nicht helfen.«

Er beugte sich über den Ladentisch, schob zwei Bücherstapel beiseite. Seine Augen wirkten gequält. »Herr Hitler hat nur unser Bestes gewollt.«

»Und sehen Sie sich an, was er uns gebracht hat. Sehen Sie sich an, was daraus geworden ist, Herr Heidenreich.«

»Aber er hat es gut gemeint. Das hat er. Ich kann nicht glauben, dass ...« Er richtete sich abrupt auf. Zitterte. »Sie müssen doch zugeben, am Anfang hat er das Beste gewollt.«

Herr Stosick, dessen Haar nach dem Tod seines Sohnes nicht wieder nachgewachsen war, bat Trudi zwar nicht um Unterstützung, aber sie ging eines Abends von sich aus zu ihm und bot ihm an, ein Schreiben für ihn zu verfassen.

»Das ist nett von Ihnen, aber ich glaube nicht, dass ich es nötig habe, Sie zu beanspruchen.« Er führte sie in die Küche, wo seine Frau gerade eine mottenzerfressene Strickjacke aufribbelte, um aus der noch intakten Wolle Socken zu stricken.

Herr Stosick rückte einen Stuhl für Trudi ab und nötigte sie, Platz zu nehmen. »Ich muss Herrn Neumaier dankbar dafür sein, dass er das Geld für die Mitgliedschaft, das er meiner Frau abgenommen hat, in seine eigene Tasche gesteckt hat. Deswegen kann ich jetzt nachweisen, dass ich nicht in der Partei war. So wenige Lehrer durften wieder an die Schulen zurück ... keiner, der in der Partei war. Was für ein Dilemma. Ich wäre wahrscheinlich am Ende doch noch eingetreten, aber ich konnte immer sagen, ich hätte meinen Mitgliederbeitrag schon bezahlt.«

Es klang, als hätte er einen Teil seiner Selbstachtung wiedergefunden. »Das Unterrichten ist mein Leben«, sagte er. »Aber ich mache mir Sorgen um die Kinder. Sie haben nicht mehr denselben Respekt vor ihren Lehrern wie vor dem Krieg. Und wir haben keine Schulbücher, keine Lehrmaterialien. Die meisten von uns unterrichten aus dem Gedächtnis.«

Als Trudi eines Morgens im Oktober die Leihbücherei öffnete, stand Paul Weinharts alte Mutter draußen. Ihre Augen waren verquollen, und ihre Finger zupften an ihrem melierten Wollmantel. »Paul – er ist verhaftet worden. Die Amis haben ihn festgenommen, als er Kartoffeln ausgefahren hat. Sie haben ihn doch von klein auf gekannt, Trudi. Bitte – schreiben Sie einfach nur, dass er jemand ist, der niemals anderen etwas zuleide tun könnte ...« Sie öffnete ihre Handtasche und streckte Trudi einen elfenbeinfarbenen Briefpapierblock hin. »Bitte?«

Trudi sah Pauls Gesicht vor sich, als stünde er selbst da. Mit dreißig sah er immer noch aus wie früher als Junge – nur größer und breiter –, und seine Zehen zeigten beim Gehen immer noch nach außen. »Hat Ihr Sohn Sie hergeschickt?«

Die alte Frau schüttelte den Kopf. »Ich habe ihn nicht mehr gesehen, seit sie ihn mitgenommen haben ... gestern.«

Ich will nicht, dass Ihr Sohn irgendeine Art von Glück im Leben findet. Nicht das kleinste bisschen. Aber was Trudi sagte, war: »Ich bin nicht die richtige Person dafür.«

»Sie können ihm helfen. Auf Sie werden die Amis hören.«

»Ich bin nicht die richtige Person dafür, Frau Weinhart.«

»Sie waren mit ihm auf der Schule.«

Trudi schwieg.

»Warum können Sie's denn nicht tun?«

Trudi schüttelte den Kopf.

»Warum?«

»Sie sind eine anständige Frau, Frau Weinhart ... Ich will Sie nicht verletzen. Aber ich kann diesen Brief nicht schreiben«, sagte sie, ihre Worte vorsichtig wählend, »weil ich weiß, dass Ihr Sohn jemand ist, der durchaus anderen etwas zuleide tun kann.«

Die Buttgereits, die, wie viele andere auch, gehorsame Bürger gewesen waren, behaupteten jetzt, gegen die Nazis gewesen zu sein. Als Beweis führten sie das Schicksal ihrer drittjüngsten Tochter Bettina an. »Eine Heldin« nannten sie sie, und sie erzählten immer wieder, wie sie mit ihrem Brot zu dem traurigsten aller Züge hingelaufen war, um den Hungernden zu helfen, und wie sie gepackt und niedergerungen und für immer mit den Häftlingen abtransportiert worden war.

»Eine Tochter ist für das eingetreten, woran unsere Familie geglaubt hat«, verkündete ihr Vater in Potters Gasthof und schlug dazu mit der Hand auf den Tisch – derselben Hand, die er immer zum Hitlergruß emporgereckt hatte. »Jedes Mitglied meiner Familie hätte dasselbe getan wie Bettina. Und vergesst nicht«, an diesem Punkt wurden seine Augen feucht, »vergesst nicht, dass mein einziger Sohn ein Opfer der Nazis wurde, weil er verkrüppelt war.«

Seine Frau erzählte überall, dass sie gut zu Juden gewesen sei, wo immer sie gekonnt habe. »Ich bin für die Juden eingetreten«, erklärte sie einem, »immer, solange es mich nicht in Gefahr gebracht hat.« Aber sie trug immer noch das Ehrenkreuz der deutschen Mutter und schien nicht zu begreifen, dass sie sich damit zu Hitler bekannte. »Es ist zu wertvoll, um es wegzuwerfen«, protestierte sie. »Und außerdem habe ich es verdient.«

Trudi konnte Feiglinge wie Herrn und Frau Buttgereit schwerer tolerieren als Fanatiker wie den Metzger, der immer noch stolz darauf war, hinter Hitler gestanden zu haben. Der alte Anton Immers war wenigstens ehrlich. Aber sie hatte all diejenigen satt, die – obwohl sie in der Partei gewesen waren – schworen, in ihrem Herzen immer Widerstand geleistet zu haben. *In ihrem Herzen.* »Sie haben entweder kein Herz«, erklärte sie Ingrid eines Sonntags, als sie mit Rita zum Spielplatz gegangen waren, »oder wenn sie eins haben, ist es hohl.«

»Das von meinem Vater ist schwarz.« Ingrid setzte sich auf die Bank, die Hände im Schoß gefaltet. »Mein Vater zerschneidet Fotos. Er behält nur Gesichter oder Körper.«

Rita zog an dem schwarzen Mantel ihrer Mutter, aber Ingrids Augen starrten an ihr vorbei.

»Komm her«, sagte Trudi und hob Rita auf das Schaukelbrett. »Halt dich fest. Ich stoß dich an.«

»Er schneidet Hakenkreuzabzeichen aus den Kragenaufschlägen heraus ...« Ingrids Stimme übertönte das Quietschen der Schaukel. »Er schneidet Hände mit Fahnen weg. Er schneidet meinem Bruder und meinem Mann die Abzeichen aus den Uniformen ...«

Ingrids Mann Ulrich war im Mai aus dem Krieg heimgekehrt, hatte im August Arbeit bei der Eisenbahn gefunden, im September Ingrid geschwängert und war im Oktober ums Leben gekommen, als in Bonn ein Kohlenzug entgleist war. Ingrid war fest davon überzeugt, dass sein Tod eine Strafe Gottes war, dass sie auf ewig eine ledige Mutter bleiben sollte.

»Aber du bist Witwe«, hatte ihr Trudi bei der Beerdigung erklärt.

Ingrid hatte den Kopf geschüttelt. »Damit will Gott mir sagen, dass er meine Heirat nie akzeptiert hat.«

Wenn es nach Ingrid ging, hatte sie zwei uneheliche Kinder – eins, das bereits auf der Welt war, und ein zweites, das in ihr heranwuchs, und sie quälte sich mit der Frage, was das für den Status ihrer Kinder in Bezug auf die Ursünde hieß. »Sie muss doch bei ihnen noch schwerer wiegen als bei Kindern, die aus einer gottgesegneten Ehe hervorgegangen sind.«

»Der Priester hat deine Ehe gesegnet«, rief Trudi ihr in Erinnerung.

»Es war eine Mussehe. Ich war schon schwanger. Für meine Tochter wäre es besser, sie wäre nie geboren worden.«

»Sag so was nicht.«

»Und für das neue Kind auch ... Die Sünde kommt von den Eltern auf die Kinder.«

Ingrid fühlte sich sogar schuldig an den Sünden und Leiden ihres Bruders Holger, der in der SA gewesen war und jetzt in einem amerikanischen Gefangenenlager bei Würzburg saß. Ingrids Mann war vor seinem Tod noch mit ihr mit dem Zug dorthin gefahren, um Holger zu besuchen. Sie hatten zwar das Lager nicht betreten, aber durch den Drahtzaun mit ihm sprechen dürfen. Zuerst hatte Ingrid ihn gar nicht wiedererkannt – sein Gesicht war abgezehrt, und er ging so krumm wie ein alter Mann.

Ingrids Bruder sah noch schlimmer aus als Richter Spiecker, der keine neunzig Pfund mehr gewogen hatte, als er zurückgekommen war, nachdem er Monate in einem amerikanischen Krankenhaus in Berlin verbracht hatte. Der Richter schien immer noch zu schwach, um die Eingangsstufen zur Leihbücherei zu erklimmen, wenn er Leo besuchte, und er war in den Jahren, die er weg gewesen war, um eine Generation gealtert. Er hatte, wie er Leo erklärte, überhaupt nur überlebt, weil er drei Wochen vor Kriegsende geflohen war, als die Lageraufseher ihn und alle seine Mithäftlinge mit ihren Gewehrläufen aus dem KZ und durch Wälder und Wiesen getrieben hatten, einem unbekannten Ziel entgegen. Wer zu erschöpft oder zu krank gewesen war, um den brutalen Marsch fortzusetzen, war erschossen worden.

Eines Nachts im Wald, als er gemerkt hatte, dass er keinen Schritt mehr weitergehen konnte, hatte sich der Richter hinter ein dichtes Brombeergestrüpp geworfen und war mitten zwischen die dornigen Ranken gekrochen, sicher, dass sie ihn finden und töten würden. Doch wie er dort gekauert hatte, von den Kratzern und den Dornen, die sich in seine Haut gruben, auf seltsame Weise wieder belebt, hatte sich der Elendszug der Gefangenen an ihm vorbeigeschleppt. Vier Tage später war er, verwirrt durch den Wald taumelnd, von einem schwarzen amerikanischen Soldaten gefunden worden, der ihn zu einem Lastwagen getragen und ins Krankenhaus gebracht hatte.

Als der Richter nach Burgdorf zurückkam, stellte er fest, dass der Anwalt, der ihn denunziert hatte, während des Krieges Karriere gemacht hatte und jetzt Teilhaber einer Kanzlei war. Obwohl seine Frau ihn drängte, die Amerikaner zu informieren, wollte Richter Spiecker kein Leben der Rache leben.

»Und wo bleibt die Gerechtigkeit?«, wollte seine Frau wissen.

»Es kann nicht immer gerecht zugehen.«

»So hast du früher nicht gedacht.«

Dem Richter wurde seine alte Stelle wieder angeboten, und er nahm an, noch ehe er wieder ganz gesund war, aber ihm schien sehr viel mehr daran zu liegen, mit seinen Kindern zu spielen, vor allem mit dem achten, der kleinen Heide, die nach seiner Verhaftung geboren worden war.

»Als ob er gewusst hätte, dass er bald sterben würde«, sollte seine schwangere Witwe Leo Montag erklären, nachdem der Richter auf dem Bürgersteig zusammengebrochen war, und die alten Frauen würden sie zu trösten versuchen, indem sie ihr vorhielten, es sei doch ein Wunder, dass der Richter überhaupt zurückgekehrt sei, wenn man bedenke, was er gelitten habe, und er habe doch immerhin für diese paar Monate mit seiner Familie glücklich sein dürfen.

»Er hat Ihnen ein neues Leben hinterlassen«, sagten sie und näherten die Fingerspitzen dem Bauch der frisch verwitweten Frau, zogen sie aber, kaum dass sie ihn berührten, wieder zurück, als wären sie selbst nicht so recht davon überzeugt, ob das ein Grund zur Dankbarkeit war.

Nach der Beerdigung des Richters blieb Herr Stosick auf dem Friedhof zurück, um eine Kerze auf dem Grab seines Sohnes zu entzünden. Als er nach Hause kam, warteten zwei Amerikaner auf ihn, und er wurde zum Verhör geführt. Es stellte sich heraus, dass ein gewisser Günther Stosick für den Tod einiger Hundert Juden im KZ Buchenwald verantwortlich war, und obwohl Herr Stosick den Amerikanern erklärte, dass er an der Ostfront gekämpft habe und nie auch nur in der Nähe von Buchenwald gewesen war, verlor er seine Lehrerstelle und kam in Haft.

Wie viele andere Soldaten war er den Kriegswirren entronnen, ohne ordnungsgemäß aus der Wehrmacht entlassen worden zu sein: Er hatte keine Papiere, nichts, was hätte beweisen können, wo er gedient hatte. Als Leo Montag ins Gefängnis ging, um sich nach Herrn Stosick zu erkundigen, empfing ihn ein amerikanischer Offizier, der Deutsch konnte und freundlich zu ihm war.

»Ich kann mich für Herrn Stosick verbürgen«, erbot sich Leo. »Ich schicke Ihnen ein Schreiben. Ich kenne ihn gut – als Freund und als Schachspieler. Aggressivität liegt überhaupt nicht in seiner Natur.« Er erzählte dem Amerikaner von Bruno, der sich umgebracht hatte, nachdem ihn seine Eltern aus der Hitlerjugend genommen hatten. »Er war von Anfang an dagegen.«

Der Offizier hörte ihm zwar mit offensichtlicher Sympathie zu, erklärte aber, Herrn Stosicks Hintergründe müssten überprüft werden, und das werde seine Zeit brauchen.

»Mein Freund war nie in der Partei«, insistierte Leo und versuchte, seine Kraftreserven zu mobilisieren. »Er war nicht aufseiten der Nazis.«

»Nicht gerade ein häufiger Name«, sagte Günther Stosick zu Leo, als sie miteinander sprechen durften. »Ich kann verstehen, dass sie sicherstellen müssen, dass ich es nicht war.«

Als Leo wieder zu Hause ankam, musste ihn Trudi aus dem Auto und ins Haus führen. Seine Hände zitterten, als er sich auf dem Sofa niederließ und das linke Bein anhob, damit sie ein Kissen darunter schieben konnte. Vorsichtig half sie ihm, das Hosenbein hochzukrempeln. Die Stahlscheibe, die ihm vor über dreißig Jahren anstelle seiner Kniescheibe eingesetzt worden war, drückte gegen die Haut, die rot und berührungsempfindlich war.

Sie befeuchtete ein Handtuch mit kaltem Wasser und legte es zusammengefaltet auf das Knie ihres Vaters. »Ist es so besser?«

Er murmelte etwas, und obwohl sie sich über ihn beugte, konnte sie ihn nicht verstehen.

»Was ist?«

»Wenn man älter wird, stirbt einer nach dem anderen, bis man endlich ganz allein ist ...«

»Du wirst nicht sterben.« Sie legte ihm die graue Strickjacke um und deckte ihn mit einer Wolldecke zu. »Wie wäre es mit einem Tee? Ich mache dir einen russischen Tee.«

»Nein.«

»Dann etwas zu essen.«

Er schüttelte den Kopf.

»Du wirst nicht sterben. Und du bist nicht allein. Vergiss das nicht. Du hast mich. Und ich weiß, dass Herr Stosick wieder freikommt.«

Sie warteten den ganzen Winter auf Günther Stosick, und eines Morgens im März 1946 wurde er überraschend entlassen: Die Amerikaner hatten den anderen Günther Stosick aufgespürt, der in Buchenwald gewesen war. Herr Stosick hielt sich nicht damit auf, zu Hause anzurufen – er wollte nur weg. Es schneite, als er vom Gefängnis zum Bahnhof rannte, wobei ihm die Tasche mit seinen wenigen Habseligkeiten gegen die Beine schlug. Die Bahnsteige waren überfüllt, und als der Zug einfuhr und die Menschentrauben brüllend zu den Waggontüren drängten, fürchtete er schon, seine Frau nie wiederzusehen. Die Schlange hinter ihm stieß und drückte. Er fiel hin. Als ihm der Asphalt die Hände aufschürfte, schrie er mit letzter Kraft: »Mich werdet ihr nicht zertrampeln«, und in diesem Moment – da er seine

Zukunft am Schopf packte und die Leute hinter ihm zögerten – rappelte sich Herr Stosick hoch und kletterte in den Zug.

Die schwangeren Frauen in diesem Frühjahr 1946 weckten in Trudi eine Sehnsucht nach Max Rudnick, wie sie sie seit Monaten nicht mehr gespürt hatte. Zwar war er nie aus ihrem Bewusstsein verschwunden, aber diese dick gerundeten Bäuche, die stolz neues Leben zur Schau trugen, machten es ihr fast unerträglich, ohne ihren Geliebten zu sein. Sie nahm seine Bilder aus ihrem Wandschrank und hängte sie in ihrem Zimmer auf, aber wenn sie sie ansah, wurde sie nur noch trauriger. »Mein Lichtwesen« hatte er sie genannt. Die Leute behaupteten, die Traurigkeit lasse mit der Zeit nach, und vielleicht war es ja auch so, aber schlimmer noch als die Traurigkeit fand Trudi die Ungewissheit. Was war aus Max geworden? Wenn sie sicher wüsste, dass er tot war, könnte sie wenigstens richtig um ihn trauern und darauf vertrauen, dass jede Stunde sie weiter vom Augenblick seines Todes wegtragen würde; und selbst wenn sie genau wüsste, dass er lebte und nicht die Absicht hatte, zu ihr zurückzukehren, könnte sie wüten und heulen und ganz allmählich über ihn hinwegkommen; aber diese Ungewissheit – ob sie irgendwann von seinem Tod erfahren oder ob sie ihm plötzlich gegenüberstehen würde – zermürbte sie.

An manchen Tagen, wenn die Sehnsucht ihr allzu heftig zusetzte, versuchte sie, ihr zu entkommen, indem sie an die Leute dachte, die viel schlimmer dran waren als sie – etwa die vielen Kriegsamputierten. Einer von ihnen, der Neffe des Friseurs, Wolfgang, hatte beide Beine verloren. Trudi hatte gesehen, wie ihn seine verwitwete Mutter mit verblüffender Kraft in seinen Rollstuhl hievte: Die alte Frau beugte sich über ihn, und er verschränkte beide Arme hinter ihrem Nacken, während sie ihn hochhob und in den Armen wiegte wie den Säugling, der er einmal gewesen war, als versuchte sie, alles Leid ungeschehen zu machen, das ihrem Sohn widerfahren war, seit sie ihn das erste Mal so gehalten hatte.

Ohne seine Beine war Wolfgang kleiner als Trudi. Sie würde zwar keinen einzigen Zentimeter mehr wachsen, aber sie hatte wenigstens funktionierende Beine und konnte gehen, wohin sie wollte. Sein Anblick erfüllte sie mit Mitleid und erinnerte sie daran, sich auf das zu konzentrieren, was sie hatte, und nicht auf das, was sie niemals haben würde. Sie sagte sich, wenn sie auf ihr Leben zurückblickte – die ganzen dreißig Jahre in einer Art blitzschnellen Rückblende betrachtete –, sei es doch gut gewesen. Nicht, dass sie all die Momente der Verzweiflung oder Wut vergessen hätte, aber unterm Strich war es ein gutes Leben. Sie dachte an Max und daran, wie glücklich sie sich schätzen konnte, all die Erinnerungen an ihn zu besitzen.

Max – immer wieder landete sie bei ihm.

Vielleicht war Max für immer aus ihrem Leben verschwunden.

Manchmal entkam sie dem Schmerz, indem sie sich vorstellte, ganz aus Deutschland zu verschwinden. Ihre Tante Helene und ihr Onkel Stefan würden sich freuen, sie zu sehen. Schließlich stand die Einladung, seit Trudi vier gewesen war. Sie sah sich durch das Gebäude gehen, das ihre Tante ihr geschildert hatte, und englische Worte sprechen, die sie mit dem amerikanischen Soldaten geübt hatte. Mit dem Aufzug, der mit einem Teppichboden ausgelegt war, würde sie in den sechsten Stock hinauffahren, und dort würde sie die Aussicht auf den See und die Berge bewundern und mit ihrer Tante und ihrem Onkel vor dem Marmorkamin sitzen, während Robert Klavier spielte.

Seit Kriegsende kamen wieder Pakete aus Amerika: Tante Helene hatte Trudis gesamte Nachbarschaft adoptiert und schickte Kisten mit Trockenmilch, Trockenei, Reis und Mehl nicht nur für ihre Verwandten, sondern auch für deren Freunde. Sie hatte die Nachbarn in ihrem Wohnhaus mobilisiert, die Dinge zusammenzutragen, die Trudi ihr auf ihr Geheiß auflistete, doch wenn Trudi diese Listen schrieb, die viele Grundbedarfsgüter – Nahrungsmittel, Kleidung, Seife – enthielten, musste sie nur an die Listen denken, die die Leute für ihre letzte Reise ins KZ gemacht hatten. Zu Weihnachten waren acht Pakete aus Amerika eingetroffen, mit lauter hübsch verpackten Gaben, darunter eine riesige rote Bluse für die Hebamme, die bei der Ankunft der letzten Sendung gerade in der Leihbücherei gewesen war und geseufzt hatte: »Ich wollte, ich hätte auch Verwandte in Amerika.«

»Aber sie kennen mich doch gar nicht«, hatte die Hebamme ausgerufen, als sie die rote Bluse zugeknöpft hatte. »Sie passt, und diese Leute kennen mich doch gar nicht.«

»Jetzt schon«, hatte Trudi gesagt und für Adi Trockenmilch in einen Becher Wasser gerührt.

Im Frühling begann Robert, der inzwischen einen einjährigen Jungen namens Galeb hatte, die abgelegten Kleidungsstücke seines Sohnes zu schicken. Manche waren kaum getragen, und Trudi brachte sie Ingrid, die jetzt in den siebten Schwangerschaftsmonat kam, und Jutta, die ein paar Wochen weiter war.

An dem Tag, an dem Jutta erfahren hatte, dass sie schwanger war, hatte sie Trudi mit dem Geständnis überrascht, dass sie sich seit ihrer Hochzeit ein Kind wünschte und schon gedacht hatte, sie sei unfruchtbar. Ein Teil von Trudi – der gemeine, habsüchtige Teil – wollte schon beinahe sagen: *Du – du, die du alles hast, den Mann, den ich einmal wollte, das Kind, das ich so gern zur Welt gebracht hätte ...du kannst leicht auf mich herabsehen.* Aber Jutta sah gar nicht auf sie herab. Und so beschloss Trudi, Juttas Geständnis zu würdigen, indem sie keine Klatschgeschichte daraus machte.

Es war ein gutes Gefühl, mit einem Geheimnis rücksichtsvoll umzugehen, vor allem, wenn es jemanden betraf, der im Ort nicht akzeptiert war. Die Leute meinten, Jutta sondere sich durch ihre Malerei ab; und die Familie ihres Mannes – mit Ausnahme seiner Mutter – hatte sie nie so freudig aufgenommen wie damals Brigitte Raudschuss. Jutta war zu groß, zu jung, zu selbstständig. Sie rauchte zu viel, war nicht vornehm genug und bemühte sich nicht, den alten Tanten bei den Familientreffen schönzutun.

Von all den noch ungeborenen Kindern in Burgdorf war es Juttas Baby, dessen Entwicklung Trudi am meisten faszinierte. Um Juttas körperliche Veränderungen verfolgen zu können, spazierte sie oft an Alexander Sturms Mietshaus vorbei, in der Hoffnung, sie zu sehen. Während Jutta ihren Bauch stolz vor sich hertrug, wich Klara Brocker beschämt allen Blicken aus. Obwohl sie ihren Körper mit weiten Mänteln und Kleidern verhüllte, wölbte sich die Mitte ihrer properen Person unübersehbar von dem Leben, das ihr ihr amerikanischer Soldat – dem sie so viele Geschenke verdankte – hinterlassen hatte, bevor er sich aus ihrer Reichweite hatte versetzen lassen. Geblieben waren Klara von ihm lediglich elf Gläser mit eingemachten Pfirsichen und die Verachtung der Burgdorfer, die ihre Nylonstrümpfe immer nur mit Kopfschütteln quittiert hatten. Und natürlich das Kind; sie hatte dieses Kind, das ihren Körper entstellte und ihre Sünde öffentlich sichtbar machte.

Die Witwe des Richters war dicker als Jutta, Klara und Ingrid, vielleicht, weil ihr Körper sich schon so oft ausgedehnt hatte. Die Hebamme betreute die Schwangeren, außer Jutta, die sich entschieden hatte, zu Schwester Agathe zu gehen, nicht ahnend, dass die Nonne gerade in einer Gewissenskrise steckte. Jutta erinnerte sich nur, dass Schwester Agathe bei medizinischen Prozeduren immer so sanft und geschickt gewesen war und ihr nie vorgeworfen hatte, sie sei zu unvorsichtig.

Aber jetzt war die Schwester unsicher geworden. Sie aß kaum und widersetzte sich dem Rat der anderen Nonnen, sich Ruhe zu gönnen. Sie litt an Schweißausbrüchen, die ihre Unterkleidung und ihr Habit durchtränkten. Während des Winters und dieser ersten Frühlingswochen war ihr Fleisch fast durchscheinend geworden, als wollte sie in ihren eigenen Bauch schauen, der kein Nest für Babys war, so wie die gewölbten Frauenbäuche überall im Ort.

Als Herr Pastor Beier herbeigeholt wurde, um mit ihr zu reden, bat Schwester Agathe, mit ihm in den Klostergarten gehen zu dürfen, wo sie ihm gestand, dass sie während des Krieges den Nazis geholfen hatte.

»Das kann nicht sein.«

»O doch. Indem ich versucht habe, das Los der Gefangenen zu erleichtern. Ich wollte ihnen das Leben erträglicher machen und habe ihnen, sooft es ging, Medikamente und Essen gebracht. Jetzt wollte ich, ich hätte sie stattdessen beschworen, nur wegzulaufen, zu fliehen.«

»Sie haben getan, was Sie zu der Zeit für richtig hielten.«

»Aber es war nicht richtig.«

»Sie haben Ihr Bestes getan.«

»Das Beste für mich ... Verstehen Sie denn nicht? Ich habe mich besser gefühlt, wenn ich ihr Leid lindern konnte.«

»Wir konnten nicht wissen, wie das alles enden würde.« Der Priester starrte auf seine Hände, plumpe weiße Hände mit quadratischen Nägeln, Hände, die immer noch so aussahen wie damals, als er ins Seminar eingetreten war. Plötzlich schnürte ihm der Verlust all dessen, woran er damals geglaubt hatte, die Kehle zusammen. »Ich ...« Er griff sich mit einer Hand an die Stirn. »Ich habe seither auch einige meiner Entscheidungen in Zweifel gezogen.«

»Das ist gut«, murmelte die Nonne.

Er sah alarmiert auf.

»Ich habe die Gefangenen den Nazis ausgeliefert ... dieser schreckliche Gehorsam. Ich wollte ihnen ihre letzten Tage hier so angenehm wie

möglich machen, wollte, dass sie in Würde von hier weggehen konnten ...
Aber wenn ich das Ganze sehe, war ich einfach nur ein weiteres Werkzeug,
eine Mittäterin.«

»Sagen Sie das nicht.« Auf dem runden Gesicht des Priesters lag ein gequälter Ausdruck. »So gesehen, wären wir alle Mittäter.«

»Aber das sind wir doch. Begreifen Sie das nicht?«

Ihre Hände auf den prallen Bauch der Zahnarztfrau zu legen, war Schwester Agathe ungeheuer, und sie erschrak fürchterlich, als sie an einem Maimorgen keine Lebensregung fühlte. Fest davon überzeugt, dass ihre Berührung das Ungeborene umgebracht hatte, rief sie die Oberin Ingeborg, die bestätigte, dass das Kind tot sei. Schwester Agathe versuchte, Jutta zu besänftigen, und war völlig verzweifelt, als die junge Frau von dem weiß verhüllten Untersuchungstisch kletterte und aus dem Theresienheim stürzte. An diesem Tag legte sich Schwester Agathe ins Bett, und auch als sie am nächsten Tag erfuhr, dass sich Jutta Malter im Laderaum des Bäckereiautos zum Haus der Hebamme hatte bringen lassen und dort ein kleines Mädchen geboren hatte – lebend und wohlauf –, weigerte sie sich fortan, irgendjemandem durch ihre Fürsorge zu schaden.

Der Pastor hatte noch nie so viele Taufen in so kurzer Zeit abgehalten: Da waren die Malter-Tochter Hanna, Georg Weilers Sohn Manfred, die kleine Enkeltochter des alten Anton Immers, Sibylle, die Kinder der beiden Witwen – ein Sohn, Heinz, für die Witwe des Richters, eine zweite Tochter, Karin, für Ingrid Hebel – und natürlich Klara Brockers unehelicher Sohn Rolf. Es folgten die Kleins mit einer Tochter, die Müllers mit einem Sohn und zwei ledige Mütter mit Kindern von amerikanischen Soldaten.

Dann tauchte, wie durch ein Wunder, noch ein weiteres Kind auf. Später würden die Leute sagen, es habe damit angefangen, dass die Hebamme – nachdem sie die Letzte ihrer Klientinnen entbunden und ihre Fußböden gewachst hatte – eines Donnerstags mit ihrem Sohn Adi Burgdorf verließ. Als sie am Nachmittag des nächsten Tages wieder in ihr Haus zurückkehrte, hatte sie einen Säugling in den Armen.

»Wem gehört das Kleine?«, fragten die Leute.

»Wo haben Sie es her?«

Aber die Hebamme sagte nur: »Das ist meine Tochter Renate.«

Die Burgdorfer fanden es gut, dass Hilde Eberhardt das Kind nach ihrer Schwiegermutter nannte, als wollte sie Abbitte für ihren Mann leisten, der, wie jeder wusste, nie zugelassen hätte, dass sie diesen Namen wählte. Obwohl die Kleine dunkel und fremdländisch wirkte – überhaupt nicht wie ihre blonde Mutter und Großmutter –, erinnerte sie die Leute wieder an die Lücke, die Renate Eberhardts Verschwinden in ihrer Mitte hinterlassen hatte, und sie akzeptierten sie als eine der Ihren.

Sie waren bereit, dieses Kind anzunehmen, und stellten weniger Fragen als sonst, was nicht hinderte, dass sie spekulierten, wer wohl Renates Eltern waren. Manche fragten sich, ob sie ein adoptiertes Zigeunerkind sei. Da war so etwas an ihr, diese dunkle Intensität. Aber es gab ja nicht viele Zigeuner, die die KZs überlebt hatten. Andere glaubten, dass die Hebamme ihre leibliche Mutter war und ihre Leibesfülle ihr ermöglicht hatte, die Schwangerschaft zu verheimlichen. Sie konnte das Kind doch allein zur Welt gebracht haben, indem sie sich Kissen in den Rücken gestopft und zwischen ihre massigen Schenkel gegriffen hatte. Als nicht einmal Trudi Montag herauszufinden vermochte, wo das Kind der Hebamme herkam, fand sich der Ort damit ab, dass dies eines jener Geheimnisse war, denen man nie auf die Spur kommen würde.

Hilde Eberhardt liebte es, das Kind in die Kaschmirschals zu wickeln, die sie für ihre Schwiegermutter gekauft hatte. »Dieser Schal hat deiner Großmutter gehört«, erklärte sie Renate, während sie sie in den Armen wiegte. Adi, inzwischen fünf – und mit seinem hellen Haar und seiner hellen Haut seinem Vater so ähnlich, dass sie manchmal wegschauen musste –, beobachtete sie schweigend und streckte die Hand aus, um Renates Gesicht zu berühren. Wenigstens war er vom Wesen her nicht wie sein Vater, eher schüchtern und freundlich – darin kam er nach ihr. Wenn sie doch nur darauf bestanden hätte, ihm einen anderen Namen zu geben. Obwohl er sein Leben lang Adi gerufen worden war, konnte sie nicht vergessen, dass sein voller Name Adolf war, ein Name, den niemand mehr seinem neugeborenen Sohn gab.

Nach und nach normalisierte sich der Ablauf der Tage in Burgdorf. Die Leute nahmen ihre Spaziergänge wieder auf, eine Gewohnheit, die viele während des Krieges hatten fallen lassen. Ein Leiden wie Frau Buttgereits riesige Nierensteine – das in den Nöten des Krieges unbedeutend erschienen wäre – vermochte jetzt wieder Mitgefühl zu wecken. Das Leben war wieder normal, normal genug jedenfalls, dass die Frauen über einen neuen Kleiderschnitt reden oder sich einmal die Woche die Haare beim Friseur legen lassen konnten.

Die Außenmauern der Häuser wurden geschrubbt, und neue Gardinen wurden genäht, zuerst für die Fenster zur Straße, damit die Fassaden anständig aussahen. Die Hebamme versah das Zimmer ihrer Tochter mit einer neuen Tapete und mit Gardinen, deren Spitzenmuster Püppchen darstellte, die sich an den Händen hielten. Die Blumenkästen an den Fenstern waren üppiger denn je. Beim Burgdorfer Friedhof richteten die Leute ihre Schrebergärten wieder her, mit ordentlichen Beeten, wo sie Gemüse und Blumen ziehen konnten. Der Kastanienbaum vor der Leihbücherei prangte von Blüten, und die Schatten seiner Blätter wurden immer länger. Anstelle mancher Ruinen wurden moderne Wohnhäuser gebaut, kastenförmige Backsteinbauten mit beinahe flachen Dächern und großen Fenstern; die Trümmer wurden auf eine Kippe gebracht, die eigens an der Straße zu der verlassenen Getreidemühle angelegt worden war.

Normalität hieß, dass die weißen Ausflugsdampfer wieder nach Fahrplan fuhren – nicht nur sporadisch, wie in den letzten Jahren. Arn Wochenende wehte abends Musik vom Rhein herüber, und Trudi stand auf dem Deich und sah die Paare auf den Booten tanzen, umgeben von schaukelnden Lampions, die aussahen wie rote und blaue Monde. Dann kämpfte sie mit der nur allzu vertrauten Sehnsucht nach Max, die inzwischen zu ihrem Leben gehörte wie das Atmen. Wenn er zurückgekommen wäre, könnte sie jetzt dort mit ihm tanzen.

Kinder gingen in die Apotheke und fragten nach Pröbchen von Hautcreme, Lippenstift oder Hustenbonbons, die die Vertreter Fräulein Horten daließen. Der Lumpensammler erweiterte sein Haus um einen Anbau. Die Schachabende fanden wieder bei Herrn Stosick statt, der so gründlich rehabilitiert war, dass die Leute wegen Entlastungsschreiben zu ihm kamen. Klubmitglieder nahmen an Schachturnieren in Köln und Bielefeld teil und brachten nicht nur eine ansehnliche Zahl Trophäen mit zurück, sondern auch Geschichten, wie sie sich in diesen Städten verlaufen hatten, obwohl sie sich dort vor dem Krieg so gut ausgekannt hatten. Jetzt waren ganze Straßenzüge abgerissen, und alles wirkte fremd.

Als dem Priester schließlich ein Fahrzeug bewilligt wurde – ein Motorroller im selben Blau wie die Innenausstattung seines Traumautos, sahen ihn die Leute hinter dem Pfarrhaus und auf dem Kirchplatz üben, die Lippen – ob vor Konzentration oder vor Enttäuschung, ließ sich nicht sagen – fest aufeinandergepresst und die Beine gespreizt, um seinen massigen Körper im Gleichgewicht zu halten.

Während der Sonntagsmesse saßen die Männer wieder an ihrem Stammtisch in der Traube, um ihre Familien von der Martinskirche heimzugeleiten, sobald sie der Priester mit dem abschließenden »... *in nomine patris et filii et spiritus sancti*« entlassen hatte.

»Zurück zum normalen Leben«, sagten die Leute.

»Zurück zum normalen Leben«, ermahnten sie einander.

Aber Trudi wusste: Unter diesem Firnis der Normalität war der Ort ein Monstrum. Sie sah die Hässlichkeit, die Entstelltheit, die durch die Ordnung und Sauberkeit, die gefällige Oberfläche, nur hervorgehoben wurden. Alle Kräfte gingen in das hektische Bemühen, das Zerstörte wiederaufzubauen, die Ordnung wiederherzustellen, den Ort aufzuputzen, als hätte sich durch den Krieg nichts geändert.

Manche Leute behaupteten immer noch, sie könnten nicht fassen, wie das mit den KZs habe passieren können, und Trudi wurde nie recht klar, wie viele Bescheid gewusst hatten und wie viele Angst gehabt hatten, das Entsetzliche für wahr zu nehmen.

»Ich werde das nie begreifen ... bis an mein Lebensende nicht.«

»Man hat uns nicht gesagt, was los war.«

»Jemand hat es mir '44 gesagt, aber ich habe es nicht geglaubt, und dann hat sich herausgestellt, dass es tatsächlich stimmte.«

»Vergesst nicht – Hitler war Österreicher, kein Deutscher.« Die meisten dachten nicht gern an Hitler zurück, und wenn sie überhaupt von ihm sprachen, dann nur, um einem zu erklären, dass ihnen das Ganze gar nicht gefallen hatte. Ihre Bereitschaft, einem mächtigen Führer zu folgen, wurde jetzt ihre Entschuldigung: Da sie selbst keine Entscheidungen getroffen, sondern lediglich Befehle ausgeführt hatten, traf sie keine Schuld. Sie nahmen es als Herausforderung, als die *Burgdorfer Post* berichtete, andere Länder behaupteten, Deutschland werde sich nie wieder erholen, es sei für immer in Armut versunken. Sie waren sich alle einig, dass keiner der

Kriegsgegner etwas davon hätte, Deutschland mitten in Europa wie tot darniederliegen zu lassen. Schließlich waren die Deutschen fleißig, und auch wenn sie wenig Materialien hatten, konnten sie doch arbeiten. Hatten sie das nicht immer schon gekonnt? So viel musste die Welt doch inzwischen über die Deutschen wissen. Und selbst wenn die Schäden manchmal so verheerend schienen, dass man glauben konnte, nichts ließe sich je wieder reparieren, kamen sie gar nicht auf den Gedanken, aufzugeben. In dem Gefühl, dass die Augen der Welt auf ihre Bemühungen gerichtet waren, strengten sie sich noch mehr an, um sich Respekt und Bewunderung zu verdienen.

In ganz Deutschland halfen die Frauen beim Wiederaufbau. Sie schleppten Steine und mauerten Wände, arbeiteten in Staub und Dreck, ohne sich zu beklagen, vollbrachten Wunder, getragen von dem Glauben, dass bessere Zeiten vor ihnen lagen. Abends trennten die Frauen die Nähte alter Kleidungsstücke auf, wendeten den Stoff und nähten daraus etwas, was fast wie neu aussah: kurze Hosen für Jungen, Faltenröcke für Mädchen, Hemden mit steifen Kragen für Männer, Kleider mit Gürteln für sich selbst. Jetzt waren sie nicht mehr so heruntergekommen wie in den letzten Kriegsjahren, sondern wieder normal. Fast normal.

20

1946–1949

Keine der Buttgereit-Schwestern hatte geheiratet: Monika, die Zweit-
älteste, war jetzt Musiklehrerin an der katholischen Schule; zwei halfen, die
Kinder ihrer verheirateten Cousinen zu betreuen; eine ging in ein Kloster
bei Koblenz; Bettina ward nie mehr gesehen, nachdem sie mit jenem Zug
fortgebracht worden war; zwei fanden Arbeit in der Wollfabrik in Neuss;
eine wurde Gerichtsstenografin, und die Älteste, Sabine, blieb bei ihren Eltern, entschlossen, sie in grimmer Pflichterfüllung bis ans Grab zu pflegen.

Monika Buttgereit und der Fahrer des Bäckereiautos, Alfred Meier, hatten ihr keusch-zartes Verhältnis wieder aufgenommen, sobald Alfred von
der Front zurückgekehrt war. Er hatte Sabine mit zwei Freunden bekannt
gemacht, in der Hoffnung, dass sie heiraten und ihm und Monika den Weg
frei machen würde, aber jeder der beiden war nur einmal mit ihr ausgegangen. Herr Meier war schon kurz davor, die Hoffnung aufzugeben, dass er
und Monika je Mann und Frau werden könnten, als Sabine plötzlich Blut
spuckte. Ihre Eltern sagten, sie habe eine schwache Lunge, und während
der ganze Ort darauf wartete, dass sie starb, und sich die Eruption der Leidenschaft ausmalte, zu der es kommen würde, wenn die Musiklehrerin und
der Fahrer des Bäckereiautos endlich heiraten könnten, dauerte das keusche
Verhältnis fort. Ein gedämpftes Schwelstadium dessen, was hätte sein können, manifestierte sich in noch extravaganteren Hüten auf Monikas Kopf
und einem mordlustigen Glitzern in Herrn Meiers Augen, sooft er Monikas
ältere Schwester ansah.

Doch als Sabine im Spätsommer starb, setzten Alfred und Monika keinen
Hochzeitstermin fest. Zu kurz nach dem Todesfall, sagten sich die Leute.
Aber nach und nach begriffen sie, dass die beiden nicht vorhatten, etwas
an dem Verhältnis zu ändern, das sie gewohnt waren. Sie trafen sich weiter-

hin einmal in der Woche, und manchmal nahmen sie, wenn sie ausgingen, Monikas Eltern mit und steckten ihnen Servietten in den Halsausschnitt wie kleinen Kindern.

Alfred sparte, um ein kleines Fischrestaurant zu eröffnen, wie er als Junge einmal am Meer eins gesehen hatte – wo man kross ausgebackene Fischstücke in fettigen Pergamentpapiertüten bekam. Er machte Überstunden in der Bäckerei und gewöhnte sich an, mit Georg Weiler, der inzwischen mit seiner Frau und seinen Kindern in die kleinste Wohnung in Alexander Sturms Mietshaus gezogen war, Karten spielen zu gehen. Alfred wünschte, er wäre auch so unbeschwert wie Georg, der niemals Jahre auf eine Frau gewartet hätte, der meistens Glück hatte, weil er an sein Glück glaubte, der ihm, wann immer er Geld hatte, Gebäckstücke abkaufte und sie dem erstbesten Kind schenkte, das auf dem Bürgersteig spielte. Und doch spürte er tief drinnen in Georg etwas Verschüttetes, etwas schrecklich Vertrautes und doch Unbenennbares, woran sich kein Soldat erinnern wollte. Er hatte es in sich selbst gespürt, hatte es in den Augen anderer Männer gesehen. Es bewirkte, dass er sich schmutzig fühlte, trieb ihn, mit Huren zu schlafen, statt eine anständige Frau wie Monika zu beflecken. Bei Georg brach es durch, wenn er zu viel trank und sein Gesicht eine verquollene Maske wurde. Dann brauchte er Alfreds Hilfe, um nach Hause zu kommen. Wenn er Georg die Treppen zum dritten Stock hinaufbugsiert hatte, machte Alfred sich rasch davon, weil anständige Frauen mit vorwurfsvollen Augen ihn beklommen machten.

Es war kein Geheimnis im Ort, dass Helga Weiler allen Grund hatte, vorwurfsvoll zu schauen, wenn ihr Mann betrunken war, da er dann ausfällig gegen sie und die Kinder wurde und so lange tobte, bis sie – den Mantel überm Nachthemd, das Baby im einen Arm und die beiden Mädchen an der freien Hand – die Treppe hinunter und über den Hof in den anderen Trakt des L-förmigen Gebäudes rannte und an Jutta Malters Tür klopfte. Dort waren sie sicher, wenn Jutta auch nur mühsam davon abzuhalten war, die Treppe hinaufzustürmen und Georg zur Rede zu stellen.

Ein verirrtes Gewitter entlud sich an einem Dienstag im Oktober 1946 über Burgdorf, und der Blitz erschlug zwölf Milchkühe auf der Weinhardt'schen Weide. Es hatte fast eine Woche geregnet, und die Kühe standen dicht zusammengedrängt in einer riesigen Pfütze unter der Eiche, die der Blitz spaltete. Der elektrische Schlag tötete sie allesamt auf der Stelle.

Für Trudi spiegelte dieses Unglück nur den Zustand ihrer Umgebung wider. Obwohl der Krieg schon seit eineinhalb Jahren zu Ende war, spürte sie seine Präsenz noch immer in der Rache der Natur, dem schrecklichen Leiden einzelner Menschen und den jähen Akten individueller Gewalt – alles noch verschlimmert durch das Schweigen, gegen das sie ankämpfte, um zu verhindern, dass es sich über den ganzen Ort breitete. Sie sah die Präsenz des Krieges im mühsamen Humpeln eines Amputierten, in dem lebenden Mull auf der Kehle des Bäckersohns, hörte sie in dem Klageschrei des Soldaten, der zehn Monate nach seiner Heimkehr seine Frau erschossen hatte ...

Die Leute versicherten sich gegenseitig, dass alles wieder normal sei, aber man spürte überall eine enorme Trauer, die Hinterlassenschaft derer, die gefallen oder vermisst waren oder im Gefängnis saßen, und was man tun musste, war, diese Trauer über sich zusammenschlagen, über sich hinwegspülen zu lassen, denn wenn man es nicht tat, verfolgte sie einen, brach einem durch die Haut, rot und hässlich wie Eiterbeulen. Wenn man vor dieser Trauer floh, konnte sie einen zu Boden werfen, einen verstümmeln.

Jutta Malter sah diese Kaputtheit genauso deutlich wie Trudi. Was Trudi in Worten festhielt, hielt Jutta mit Farben fest. Ihre Malleidenschaft war seit dem Krieg noch obsessiver geworden, als müsste sie diesen Ort nacherschaffen, wo ihre Mutter sie hingebracht hatte und dann gestorben war, wo ihr Onkel aus dem Dachbodenfenster gesprungen war und wo ihre Tochter sie in einer Weise verankerte, wie sie nie gedacht hätte, dass irgendjemand es könnte. Während Hanna auf einer weichen Decke neben ihrer Staffelei spielte, malte Jutta grellfarbene Gebäude, die aussahen wie gelähmte Gesichter, gelbe Wolken, die wie Flammen über den roten Himmel fegten, gesichtslose Menschen, deren Körper gewinkelte graue Striche vor einem überwältigend farbigen Hintergrund waren. Und wenn sie so fieberhaft arbeitete – und sich an das Bündnis mit ihrem Auge hielt, alles zu zeigen: das Leid und die Freude –, ging von ihren Bildern jene besondere Schönheit aus, die nur aus dem Dunkel erwächst.

Am frühen Nachmittag, wenn sie mit ihrem Mann zu Mittag gegessen hatte und er zu seinen Patienten zurückgekehrt war, fuhr sie Hanna aus, wobei sie mit einer Hand den korbgeflochtenen Kinderwagen schob und in der anderen eine Zigarette hielt. Fast jedes Mal, wenn sie an der Leihbücherei vorbeiging, kam Trudi herausgelaufen, um zu fragen, ob sie die Kleine halten dürfe. Seit ihrer Kindheit war Jutta von der Zwergenfrau fasziniert. Einmal hatte sie sie gemalt, aber sie hatte Trudi das Bild nicht gezeigt, aus Angst, sie zu kränken. Auf diesem Bild sah man einen Teil des Ortes durch die Lücke zwischen Trudis O-Beinen, während der Rest sich in ihren breiten Körper fügte.

Trudi nahm Hanna dann aus dem Wagen und hielt sie, sachte wippend, auf dem Arm. »Wenn Sie eine Weile ungestört malen wollen«, sagte sie, »bleibt Hanna sicher gern hier.« Die ersten Male hatte Jutta protestiert, aber Trudi hatte ihre innere Unruhe gespürt, den Kampf zwischen der Malerin und der Mutter.

»Nachmittags ist es hier so ruhig. Da bin ich froh, wenn ich Gesellschaft habe.«

Bald schon freute sich Jutta auf diese einsamen Arbeitsstunden. Ohne ihre Tochter konnte sie wieder in der Umgebung des Ortes umherstreifen, durch die Wiesen und Felder, und ihre Staffelei bei der Kiesgrube oder bei der immer noch in Trümmern liegenden Mühle aufstellen.

Wenn man in der Hoffnung auf ein bisschen Klatsch in die Leihbücherei kam, merkte man bald, dass von Trudi Montag nichts Lohnendes zu erwarten war, wenn sie Hanna bei sich hatte. Sie lieh einem Bücher aus, trug sie in die Kartei ein, gab einem korrekt heraus, aber sie hielt die ganze Zeit das blonde Kind auf dem Arm und gurrte und flüsterte auf es ein, ohne sich dafür zu interessieren, was man zu erzählen hatte. Und Hanna brabbelte zurück, eine Serie blubbernder Laute, denen niemand außer Trudi eine Bedeutung entnehmen konnte. Selbst wenn man sich nach der Gesundheit ihres Vaters erkundigte – der jetzt am Krückstock ging und immer schwächer schien –, bekam man nur knappe Antworten, und wenn man ein Stück Kuchen oder ein Glas eingelegte Gurken für ihn daließ, bedankte sich Trudi lediglich, ohne einem zu berichten, wie gut ihrem Vater die letzte Delikatesse geschmeckt habe, die man ihm gebracht hatte.

Manchmal, wenn Jutta ihre Tochter abholen kam, hielt sie sie ganz fest und studierte ihr kleines Gesicht, als forschte sie, ob ihr in ihrer Abwesenheit etwas weggenommen worden war. Einmal brachte sie Hanna zehn Tage nicht in die Leihbücherei, weil sie das Gefühl hatte, keine normale Mutter zu sein, wenn sie so daran hing, Zeit für sich allein zu haben; und da sie nicht wusste, wie sie das Trudi erklären sollte, mied sie sie einfach, indem sie einen anderen Weg wählte, wenn sie Hanna ausfuhr. Aber sie konnte sich einfach nicht richtig in ihre Arbeit vertiefen, wenn ihre Tochter dabei war, und so sagte sie sich schließlich, dass Hanna gern bei Trudi war.

Da Trudi sich weigerte, Geld dafür zu nehmen, dass sie Hanna hütete, lud Jutta sie eines Nachmittags, während ihr Mann damit beschäftigt war, Frau Weskopps eitrigen Weisheitszahn zu ziehen, zu sich ein und forderte sie auf, sich irgendeins ihrer Bilder auszusuchen. Das Bild von Trudi lag sicher unter ihrem Bett versteckt, und ihre übrigen Werke lehnten im Wohnzimmer an Sofa, Sesseln und Tischbeinen.

»Ich sehe, Sie haben Evas Sofa behalten«, sagte Trudi.

»Es erinnert mich an sie und meinen Onkel. Wir haben die meisten Möbel übernommen, als wir in ihre Wohnung gezogen sind.«

»Eva hätte das sicher so gewollt.« Trudi sah sich um. »Aber die ausgestopften Vögel sind nicht mehr da.«

»Für mich sind das tote Vögel. Und wir hatten schon Tod genug um uns herum.« Jutta zeigte auf ihr Bild von der Schreberstraße. »Erkennen Sie's?«

Trudi nickte. Jutta hatte ihre Straße aus einem seltsamen Winkel gemalt, die Gebäude zurückgeneigt, die Fassaden dem feurigen Himmel entgegengereckt, die Leihbücherei, das Lebensmittelgeschäft und das Blau'sche Haus grellblaue Dreiecke.

Jutta hatte damit gerechnet, dass Trudi dieses Bild nehmen würde oder das von der Kiesgrube im Gewitter, mit Lichtblitzen, die die Luft über dem dunklen Wasserloch zerschnitten, aber Trudi ging an den Burgdorf-Bildern vorbei und blieb vor der Leinwand stehen, auf der zwei rote Figuren aus einem gelben Himmel herabschwebten.

»Ihr Onkel?«

Jutta nickte.

»Und Eva?«

»Ich weiß nicht.«

Trudi nickte. »Es muss Eva sein.«

Auf Juttas Armen bildete sich Gänsehaut. *Natürlich ist es Eva, war es die ganze Zeit schon Eva. Wie konnte ich es nicht wissen und sie trotzdem malen?*

Trudi steuerte auf das Bild zu, von dem Jutta niemals erwogen hatte, es wegzugeben – ihr bislang einziges Bild von Hanna –, und stand stumm vor der quadratischen Leinwand mit der Gestalt des Säuglings, eine Woche nach der Geburt; Juttas Hände, in einem Tiefgrün, bargen den vollkommenen kleinen Körper, der lehmfarben war, als wäre er gerade aus der Erde herausgeformt worden. Und diesmal waren unter ihren Pinselstrichen Gesichtszüge entstanden – unverwechselbar Hannas Gesicht.

»Es gibt noch andere«, sagte Jutta, beunruhigt durch die Art und Weise, wie Trudi das Bild anstarrte.

»Das da«, sagte Trudi in einem Ton, der keine Diskussion zuließ.

Sie hängte das Bild zu Max' Bildern in ihr Schlafzimmer. Manchmal wurden die Hände, die das Kind hielten, ihre eigenen, und dann musste sie sich ins Bewusstsein rufen, dass Hanna ja Klaus und Jutta als Eltern hatte. Wieder verlor sie sich in sehnsüchtigen Fantasien von Ehe und Familie, und sie musste sich ermahnen: Wer bist du, dass du denkst, du könntest so etwas haben? Und doch brach dieses drängende, schmerzliche Wollen wieder auf und richtete sich auf dieses Kind, Hanna, dessen Eltern die Macht hatten, es ihr zu entziehen – so, wie sie es an Hannas erstem Weihnachten getan hatten, indem sie mit ihr zu einer von Klaus' reichen Verwandten gefahren waren, nachdem Trudi sich die ganze Zeit auf diesen Heiligabend gefreut hatte, an dem sie ihr die Puppenkleider schenken würde, die sie an den langen Winterabenden mit so viel Liebe genäht hatte.

Sie hatte den Stoff in Mahlers Kaufhaus in Düsseldorf gekauft, und die Verkäuferin hatte sie gefragt, was sie daraus machen wolle.

»Ein Kleidchen. Für eine Puppe.«

»Für eine Puppe Ihrer Tochter?«

Und irgendwie hatte sie genickt.

»Wie heißt Ihre Tochter denn?«

»Hanna.«

»Wie alt ist sie?«

»Sechs Monate.«

»Ein süßes Alter.«

»Sie fängt schon an zu sitzen.«

»Hat sie Ihr Haar?«

»Ganz hell, ja.«

»Und blaue Augen?«

»Ja.«

Es hatte sich nicht wie Lügen angefühlt. Zumal sie ja mit der Wahrheit angefangen hatte. Und doch hatte ihr diese Unterhaltung auf der Seele gelegen, als sie den Sonntagsstaat für Hannas Puppe genäht hatte, ein rosa Kleid mit marineblauen Borten und einen marineblauen Hut, der so elegant war, dass selbst Frau Simon begeistert gewesen wäre.

Als Matthias Berger nach Burgdorf zurückkehrte, um seine Großmutter zu besuchen, kam er in die Leihbücherei und gestand Trudi, er überlege sich, das Seminar zu verlassen. Er war jetzt eineinhalb Jahre dort und sagte, er fühle sich mit jedem Tag mehr als Außenseiter.

»Du kannst bei uns wohnen«, bot sie spontan an.

»Ich – ich will Ihnen nicht zur Last fallen.«

»Du könntest ein Zimmer mieten. Den ganzen zweiten Stock sogar. Du weißt doch, wie knapp Wohnungen sind.«

»Ja, aber ...«

»Spielst du noch Klavier?«

»Seit ich im Seminar bin, nicht mehr.«

»So ein Jammer ... hier wartet ein Klavier auf dich.« Ihre Stimme überschlug sich vor Aufregung. »Komm, wir erzählen es meinem Vater.«

»Halt«, sagte er. »Warten Sie.«

»Er wird sich ja so freuen. Ich bin bis jetzt noch gar nicht auf die Idee gekommen, einen Mieter zu nehmen. Stell dir vor – du, hier bei uns im Haus.« Sie sah schon ihr Alltagsleben vor sich – wie sie ihm auf dem Flur begegnen würde, wie sie zusammen essen würden, wie sie ihm und ihrem Vater beim Schach zuschauen würde. Natürlich musste er wieder Klavier spielen.

»Ich habe mich noch nicht endgültig entschieden. Ob ich weggehe.«

Sie wusste, sie war aufdringlich, aber sie konnte nicht anders. »Es wäre meinem Vater ein solcher Trost, dich hier zu haben. Es geht ihm in letzter Zeit nicht so gut.«

Matthias hob die Hände ans Gesicht und presste die Finger gegen die Schläfen.

»Hast du immer noch diese Kopfschmerzen?«

Er nickte und schwieg dann, so lange, dass sie schon glaubte, er hätte sie ganz vergessen.

»Es ist etwas passiert«, sagte sie. »Im Seminar. Ich weiß es.«

Er sah sie erschrocken an.

Sie fasste ihn am Ellbogen, führte ihn zwischen die Regale, kletterte auf die vierte Trittstufe der Leiter und setzte sich hin, das Gesicht auf einer Höhe mit seinem. »Erzähls mir.«

»Ich sollte jetzt gehen.«

»Bitte.«

»Es ist so grässlich.«

Und es war grässlich. Eine Gruppe Seminaristen hatte Matthias nach der Spätandacht draußen vor der Kapelle umstellt, ihn in den Wald hinter den Seminargebäuden geschleppt, einen Strick durch die Gürtelschlaufen seiner Hose gezogen und fest verknotet. Sie hatten ihm Rizinusöl eingeflößt, ihn mit Stöcken durch den Wald gejagt und dabei »du schwule Sau« gezischt, während er versucht hatte, seine Hose aufzukriegen, um sich hinter einen Baum zu hocken und sich von dem schrecklichen Druck in seinen Gedärmen zu befreien. Aber ihre Stöcke hatten ihn daran gehindert, den Strick aufzuknoten, und kurz darauf hatte er vor Demütigung geheult, während ihm der Kot die Beine hinunterrann.

»Diese Schweine.« Trudi war außer sich vor Wut.

»Und wissen Sie, was ich dabei die ganze Zeit dachte?« Sein Gesicht war verzerrt. Weiß. »Dass ich es verdient habe. Obwohl ich nie einen von ihnen angerührt habe.«

»Niemand verdient es, so behandelt zu werden. Diese Schweine. Und es war nicht einmal originell. Die Mussolini – Faschisten – die haben das mit Leuten gemacht. Da warst du noch ein kleiner Junge … Hast du es gemeldet?«

»Nein.«

»Warum nicht?«

»Weil ich das schon probiert habe … Wegen anderer Sachen. Vorher. Sachen, die nicht so schlimm waren. Püffe. Hänseleien. Die Priester im Seminar nehmen das nicht so ernst. Sie sind sowieso schon der Meinung, dass ich einfach anders bin.«

»Das hat in diesem Land Tradition – Menschen anzugreifen, die anders sind. Sie auszurotten.«

»Sie machen es schwerwiegender, als es ist.«

»Es ist schwerwiegender, als ich es je machen könnte, glaub mir, Matthias. Verstehst du denn nicht – dieser Krieg geht immer noch weiter. Bevor sich nicht jeder von uns all den Dingen stellt, die geschehen sind, wird der Frieden nicht kommen, von dem die Leute glauben, dass er schon da sei.«

Er schwieg eine ganze Weile. Schließlich sah er sie an. »Was würden Sie tun, wenn Sie zum Falschen bestimmt wären?«

Sie hatte schreckliche Angst, etwas zu sagen, was für ihn alles noch schlimmer machen würde. Ihr war klar, dass er nicht von der Kirche sprach, sondern von seinem inneren Kampf gegen das, was ihn trieb, sich seinem eigenen Geschlecht zuzuwenden. Sie wollte ihm die Hand auf den Arm legen, aber er sah so zerbrechlich aus, als er so vor ihr stand, dass sie sicher war, er würde in Stücke zerspringen, wenn sie ihn berührte. »Es muss schlimm sein«, sagte sie vorsichtig, »wenn man sich zu etwas bestimmt fühlt, was man nicht will.«

»Und was macht *man* damit?« Seine Stimme war rau. Spöttisch.

»Ich weiß nicht. Es sei denn ...«

»Es sei denn, was?«

»Es sei denn, man kann irgendwie lernen, das zu wollen, wofür man bestimmt ist.« Du musst gerade predigen, Trudi Montag, sagte sie sich. Was ist mit dir? Wie gut hast du gelernt, zu wollen, was dir bestimmt ist? Mit Leib und Kopf und Seele. Ganz und gar. Wie Pia. Die gar nichts anderes gewollt hätte.

Pia hätte dem Wunderheiler niemals geglaubt – einem uralten Holländer mit jugendlichem Schritt und hypnotischen Augen, der vor zwei Monaten durch Burgdorf gezogen und in die Leihbücherei gekommen war, um seine Wunderelixiere anzupreisen. Natürlich hatte Trudi auch nicht geglaubt, dass sie von der süßlich riechenden Flüssigkeit, die er ihr verkaufen wollte, tatsächlich wachsen würde. Aber wie hätte sie sich die Chance entgehen lassen können, dass es doch stimmte? Und so hatte sie das Fläschchen rasch gekauft, bevor jemand hereinkommen oder sie sich eines Besseren besinnen konnte.

Sie war froh gewesen, dass Max nicht da war, denn wenn sie es mit seinen Augen sah, war es ihr peinlich. Oder mit Pias Augen. Sie hatte es nicht nötig, sich von ihnen belehren zu lassen. Als sie an jenem Abend die erste Portion der dicken, honigfarbenen Flüssigkeit eingenommen hatte – die doppelte

Dosis, damit sie schneller wirkte –, hatte sie sich dabei ertappt, wie sie mit derselben Inbrunst daran glaubte wie früher, als kleines Mädchen, an Gottes Zauberkräfte. Und natürlich hatte sie sich betrogen gefühlt, als der Trank nichts genützt hatte, und sie war wütend auf sich selbst gewesen, wegen ihrer unendlichen Bereitschaft, zu glauben und sich beschwindeln zu lassen.

»Und wenn das, was einem bestimmt ist, Sünde ist?«, flüsterte Matthias.

Trudi schüttelte langsam den Kopf. »Mein Vater – er hat eine Theorie über die Sünde ... Der Pastor wäre sicher nicht damit einverstanden, aber mein Vater sagt, vieles von dem, was die Kirche Sünde nennt, ist einfach nur menschlich.«

»Ich wollte, ich könnte auch so denken.«

»Er sagt, das Wichtigste ist, gütig zu sein.«

»Ich habe Ihren Vater immer gemocht. Er ...« Matthias hielt inne und sah Trudi an, als fürchtete er, sie werde ihn wegschicken. »Nicht so – ich meine, ich habe ihn – bewundert ...« Seine Stimme zitterte. »Ich schätze Ihren Vater sehr«, sagte er steif.

»Es wäre ihm eine große Ehre, das zu hören. Und es wäre ihm auch eine große Ehre, dich auf unserem Klavier spielen zu hören. Hier gibt es schon viel zu lange nicht mehr genug Musik, Matthias. Vergiss nicht, deine musikalische Begabung ist auch eine Bestimmung.«

Tränen traten ihm in die Augen.

»Eine höhere Bestimmung als das Priesteramt«, flüsterte sie.

Er sah sie wortlos an.

»Wirst du über das nachdenken, was ich gesagt habe?«

Er nickte. »Ich muss gehen.«

»Aber du hast meinen Vater noch gar nicht gesehen.«

»Ich – ich komme wieder. Ich versprechs. Morgen.«

Doch als er am nächsten Nachmittag wiederkam, wollte er sich nur von ihr und ihrem Vater verabschieden. Er gehe schon früher wieder ins Seminar zurück, erklärte er, und sie wusste, er tat es, um seinem inneren Chaos ein Ende zu machen.

Ärgerlich, weil er sein Talent vergeudete und sich selbst bestrafte, fragte sie: »Warum willst du dorthin zurück?«

»Weil ...« Er hockte sich mit einem traurigen Lächeln vor sie hin und nahm ihre Hand. »Wenn ich draußen bleibe, ist die Versuchung stärker.«

»Aber im Seminar bist du nicht sicher.«

»Mein Körper vielleicht nicht. Aber wenigstens meine Seele.«

An einem Morgen im April 1947 versuchte Ingrid Hebel, ihre Kinder zu retten, indem sie ihnen zu dem verhalf, was für sie das größte aller denkbaren Geschenke war: eine Ewigkeit im Himmel. Wenn sie abends betend neben ihren Betten gekniet hatte, hatte Gott sie daran erinnert, dass niemand außer ihr diese Kinder genügend liebte, um das für sie zu tun. Es war ihre einzige Chance, errettet zu werden. Wenn sie weiterlebten, würden sie das Vernunftalter erreichen und der Sünde anheimfallen wie sie. Jetzt waren sie beide noch rein, obwohl sie die Gier in ihnen schon gesehen hatte – selbst in den Augen der Kleinen, wenn sie sie gestillt hatte.

Das Vernunftalter begann zwar erst mit sieben, aber Ingrid wagte es nicht, so lange zu warten: Sie musste ihren Kindern den Eintritt in die himmlische Ewigkeit sichern. Und zum Glück rief Gott sie zu dieser Tat, während die beiden noch rein waren. Als sie sich einmal entschieden hatte, diesem Ruf Folge zu leisten, fielen die Seelenqualen, die sie gepeinigt hatten, solange sie denken konnte, von ihr ab. Eine heitere Ruhe kam über sie. Fast schon eine heilige Ruhe. Das Einzige, was sie betrübte, war die Tatsache, dass sie nicht mit ihren Kindern gehen konnte; aber sie war schon befleckt, und für sie wäre es eine Todsünde, dieses Leben hinter sich zu lassen. Nein, ihr Heil lag darin, ihre Töchter dem Himmel zu übergeben und zu warten, bis Gott sie rief, ihnen zu folgen.

Rita war fast vier, und die kleine Karin lernte gerade laufen, als Ingrid mit den beiden in die Straßenbahn stieg und zur Oberkasseler Brücke fuhr, ein Fläschchen Weihwasser in ihrer Handtasche. Es war noch früh am Morgen, und ihre Töchter trugen die langärmligen weißen Kleidchen, die sie in Vorbereitung auf diesen Tag an den langen Winterabenden für sie gestrickt hatte. Das Baby auf dem Arm und Rita an der Hand, stieg sie aus der Straßenbahn und ging zu der Brücke, die sich zwischen Düsseldorf und Oberkassel über den Rhein spannte.

Das Wasser stand hoch, und das Rauschen des Flusses übertönte die Stimmen ihrer Kinder. In der Mitte der Bücke blieb Ingrid stehen. Bleiches Licht brannte die Ränder der Wolken weg, brach durch die graue Decke, verband als leuchtende Treppe Himmel und Fluss. Rita sah es auch. Sie lachte und zeigte auf die Wolkenlücke. Ingrid setzte die kleine Karin auf dem Gehweg ab, nahm das feine Kettchen mit dem goldenen Kreuz von ihrem Hals und hängte es Rita um. Dann öffnete sie das Weihwasserfläschchen, segnete beide Kinder – »*Im Namen des Vaters und des Sohnes und des Heiligen Geistes*« – und hob Rita der leuchtenden Treppe entgegen. Erfüllt von einer so warmen und unbekannten Freude, dass sie sicher war, Gottes Willen zu tun, küsste sie Rita, deren Stirn noch feucht von dem Weihwasser war. »Ja«, erklärte sie Rita, »ja, Gott wartet auf euch … bald werden wir wieder beisammen sein können … vergesst nicht, mir auch ein Plätzchen frei zu halten …«, und dann war Rita schwerelos in ihren Armen – ein Engel, jetzt schon ein Engel –, und sie flog davon und die leuchtende Treppe empor und sang, sang mit hoher Stimme, und als Ingrid sich bückte, um die Kleine hochzuheben – *Dafür bin ich geboren … In deine Hände, dein Herz, o himmlischer Vater* … und flüsterte »Oh, mein Süßes, mein Liebes«, war Karins Körper schwerer als der von Rita, viel schwerer; er leistete Ingrids Armen Widerstand, blieb am Boden, als wiese Gott dieses Kind zurück, obwohl Ingrid sich mühte, mit aller Kraft gegen das Gewicht anzerrte, und das Gewicht wurde zu Händen, Körpern, die sie festhielten und ihre Tochter Gott entrissen – *so nah, o Herr, bei dir* – und Gott stattdessen den gekrümmten Körper einer Frau darboten – *viel zu alt, um errettet zu werden* – der sich dem Licht entgegenwarf … das Licht verdeckte – das Licht auslöschte.

»Sie kam zu spät«, erklärte Ingrids Mutter, als sie vor dem verschlossenen Raum im Theresienheim, wo Ingrid eingesperrt war, Trudi begegnete. »Die Frau, die meine Enkeltochter retten wollte«, Frau Baum weinte, »sie kam zu spät.«

Der Fluss war so kalt gewesen und die Strömung so schnell, dass der Schleppkahn Rita zehn Kilometer flussabwärts nur noch tot hatte auffischen können. Die Frau und zwei Männer waren zur Arbeit gefahren, als sie auf der Brücke gesehen hatten, wie Ingrid das ältere Kind auf die Brüstung hob, aber sie hatten Ritas Sturz in den Rhein nicht mehr verhindern können. Während die Männer Ingrid festgehalten und ihr die Kleine entwunden hatten, war die Frau auf die Brüstung gestiegen und gesprungen.

»Diese Frau – sie hätte auch umkommen können. Sie ist immer noch im Krankenhaus.« Frau Baum trocknete sich die Augen mit einem zusammengerollten Taschentuch und klopfte an die Tür, bis diese von einer großen, schlanken Nonne aufgeschlossen wurde. »Kommen Sie.« Frau Baum stieß Trudi mit dem Ellbogen an. »Vielleicht redet Ingrid ja mit Ihnen.«

Ingrid lag auf dem Rücken, die Augen glasig und blicklos. Ihr Gesicht war flach, eingefallen, als hätte sich ihr Fleisch in den drei Tagen, seit sie mit ihren Töchtern auf die Brücke gegangen war, zersetzt. Auf einem Stuhl neben dem Bett ließ die Nonne die Holzperlen eines Rosenkranzes durch die geübten Finger gleiten. Bis zum Vorabend war Ingrid im Gefängnis gewesen, wo sie Essen und Trinken verweigert hatte, und als die Polizei eingesehen hatte, dass sie zu krank war, um dort zu bleiben, hatten sich die Schwestern erboten, sie wieder so weit gesund zu pflegen, dass sie die Gerichtsverhandlung durchstehen würde.

»Hat sie gegessen?«, fragte Frau Baum die Nonne.

»Noch nicht. Wir haben versucht, sie zu füttern.«

Als Trudi Ingrids Hände ergriff – dieselben Hände, die Rita in den Tod gestürzt hatten –, fühlten sie sich an wie Wachs, das auf der weißen Decke erstarrt war. Dagegen war das überlebende Kind warmes Fleisch und warme Haut gewesen. Nach Ingrids Festnahme hatte Trudi Karin stundenlang auf dem Arm gehalten. Als sie in die Wohnung über dem Fahrradgeschäft gekommen war, hatte Karin auf dem Schoß ihres Großvaters gesessen und lachend mit seinem Schnurrbart gespielt, und es war Trudi schrecklich und wundersam zugleich erschienen, dass sie lachen und spielen konnte.

»Ich frage mich, wie viel ihr an Erinnerung geblieben ist«, hatte Trudi gesagt.

Herr Baum hatte den Nacken seiner Enkeltochter gestreichelt. »Sehr wenig ... und sie weiß sicher nicht, was es bedeutet. Morgen wird es noch weniger sein. Und bald wird sie es ganz vergessen haben. Kinder sind so.«

»Ingrid hat nie vergessen«, hatte Trudi geflüstert.

Seine breite Hand war Karins Rücken hinuntergeglitten. »So ists fein«, hatte er gesagt, »feines Mädel.«

Da hatte ihm Trudi Karin vom Schoß genommen. Sie wünschte, sie hätte sie jetzt mit hierherbringen können, um sie Ingrid in die Arme zu drücken und zu sagen: »Das ist deine Tochter. Du kannst sie nicht einfach so zurücklassen.«

Frau Baum beugte sich über Ingrid und weinte wieder. »Sagen Sie etwas zu ihr, Trudi.«

»Ingrid? Ich bins, Trudi ... Bitte, schau mich an, ja?«

Aber Ingrid war irgendwo auf der Brücke des Nichts, fixiert in jenem Moment, da Gott sie mit einem einzigen feurigen Hauch seiner Allmacht erlöst und verstoßen hatte, da er ihre Seele versengt hatte und ihr Körper als eine leere Hülle zurückgeblieben war, die dahinwelken und binnen einer knappen Woche unter der Erde liegen würde, bei ihrer älteren Tochter, die erst an diesem Morgen begraben worden war.

Der Ort würde sich über Karins Geheimnis schließen und sie in dem Glauben aufwachsen lassen, dass ihr Onkel Holger und seine Frau ihre leiblichen Eltern seien. Sie waren anständige Leute, Holger und Erna Baum, bereit, sich der neuen Verantwortung mit Ernst zu stellen, lange Jahre im Schweigen geübt und entschlossen, ihr Bestes an diesem Kind zu tun, das beinahe von seiner eigenen Mutter ermordet worden wäre. Als gewissenhafte, wenn auch nicht sonderlich fantasiebegabte Menschen würden sie Karin beibringen, was richtig und was falsch war, sie in die Kirche mitnehmen und so tun, als hätte es Ingrid nie gegeben. Sie würden Familienfotos, auf denen Ingrid zu sehen war, vernichten, es sei denn, Ingrid stand ganz am Rand: Dann würden sie sie einfach wegschneiden wie ein belastendes Indiz.

Und doch würden Holger und Erna Baum – und mit ihnen der ganze Ort – darauf warten, dass Ingrids Verdorbenheit in Karin zutage träte, eine Erwartung, die sie bestätigt finden würden, wenn der Leib der Dreizehnjährigen von der Sünde ihres Großvaters schwellen würde, so, als hätte ihre ertrunkene Schwester einen Weg gefunden, durch Karins Körper in die Familie zurückzukehren und ihr Recht auf Weiterleben doch noch einzufordern.

In den Monaten nach Ingrids Tod hielt Trudi sich von deren überlebender Tochter fern. Und doch, so schien es ihr, sah sie Karin überall: auf der Straße, wenn ihre Großmutter sie im Sportwagen ausfuhr, im Kindersitz auf Ernas Fahrrad, im Schaufenster, wo sie mit blinkenden Fahrradteilen spielte ... Was sie davon abhielt, sich Karin zu nähern, waren ihr Drang, der Kleinen von ihrer Mutter zu erzählen, der sie mit jedem Tag ähnlicher sah, und das Wissen, dass es für Karin schädlich wäre, wenn sie erführe, dass ihre Mutter ihre Schwester umgebracht und auch sie umzubringen versucht hatte.

Wenigstens brauchte sie nicht mehr aufzupassen, dass sie mit ihren Geschichten nicht das Leben untergetauchter Menschen gefährdete. Die Gefahr, die ihre Geschichten für andere – und für sie selbst – bedeuteten, war jetzt subtilerer Art. Als sie noch jünger gewesen war, hatte sie Geheimnisse als eine Art Währung benutzt, aber inzwischen hatte sie erfahren, dass Geheimnisse sie benutzen konnten, indem sie stärker wurden als sie. Das passierte immer dann, wenn sie sich von einem Geheimnis nicht fernhalten konnte – wenn sie von ihm angezogen wurde wie Georg Weiler von der Flasche –, obwohl sie spürte, dass es besser für sie wäre, nichts davon zu wissen. Wenn sie erst einmal über das Wissen verfügte, war es schwer, es nicht zu benutzen.

Und doch – wenn sie sich entschloss, Geheimnisse zu bewahren, dann wurden diese Geheimnisse auf eine seltsame Weise ihre Kinder. Sie spürte, wie sie mit ihr unter einem Dach wohnten, konnte sie frühmorgens wispern hören, sich sicher sein, dass sie immer für sie da sein würden.

Solange sie sie nicht missbrauchte.

Als 1948 jeder Deutsche vierzig Deutsche Mark in neuer Währung für sein Geld erhielt, gab es plötzlich alle möglichen Dinge zu kaufen, die vorher nicht erhältlich gewesen waren – etwa Schokolade und leicht verderbliche Waren. Sie lagen in den Geschäften aus, als wären sie irgendwie schon die ganze Zeit da gewesen. Die Menschen feierten, und es schien, als hätte sich der Ort nun endlich wieder völlig erholt. Der Haufen rußgeschwärzter Steine dort, wo einst die Synagoge gestanden hatte, war inzwischen beseitigt, und auf der einen Hälfte des Grundstücks standen jetzt eine italienische Eisdiele, wo es elf Sorten Eis gab, darunter lilarotes Himbeereis, das süß und sauer zugleich schmeckte, und Alfred Meiers Fischrestaurant, wo man heiße, goldbraun panierte Fischfilets in Pergamentpapiertüten bekam und dazu in Öl gebratene Kartoffelstäbchen, die sich *Pommes frites* nannten und die man in Mayonnaise stippte.

Trudi hatte noch nie Pommes frites gegessen, und als sie sie das erste Mal probierte, überkam sie eine solche Gier, dass sie noch zwei weitere Portionen bestellte und ihr daraufhin die ganze Nacht schlecht war. Noch wochenlang würgte es sie schon beim Gedanken an das knusprige Kartoffelzeug, aber schließlich siegte die Gier, und sie ging wieder hin, beschränkte sich aber auf eine Portion. Manchmal saß Monika Buttgereit mit einem Buch an einem der Tische; wenn Alfred Meier gerade niemanden zu bedienen hatte, setzte er sich zu ihr, und wenn sie sich unterhielten, berührten sich ihre Worte, während ihre Hände ein Stück auseinander auf dem rot-weiß karierten Tischtuch lagen.

Die andere Hälfte des Synagogengrundstücks war von der Gemeinde asphaltiert worden, als Parkplatz für das Theresienheim, das jetzt wieder als Kloster und Krankenhaus diente. Hakenkreuzverzierte Wände waren längst überputzt und neu gestrichen. Obwohl niemand je offen etwas gegen Juden sagte, spürte Trudi Überreste der alten Vorurteile gegenüber den wenigen, die überlebt hatten und nach Burgdorf zurückgekehrt waren.

Sie wusste, die Beschädigtheit würde sich wieder zeigen, so wie sie sich bei Ingrid, dem Richter, Fritz Hansen und unzähligen anderen gezeigt hatte. Und es dauerte nicht lange. Im November dieses Jahres brachte Hans-Jürgen Braunmeier seine Verlobte um. Er entdeckte sie halb nackt im Auto des Mannes, der sie am Samstag zuvor in der Traube zum Tanzen aufgefordert hatte, als sie dort beide Hans-Jürgens dreiunddreißigsten Geburtstag gefeiert hatten. Ohne Hans-Jürgen eines Blickes zu würdigen, war sie aufgestanden und dem Mann auf die Tanzfläche gefolgt, fünf Tage und fünf Nächte hatte Hans-Jürgen seiner Verlobten und diesem Mann hinterherspioniert, während sie jede einzelne seiner eifersüchtigen Fantasien ausagierten, als wäre er es, der ihr unzüchtiges Treiben steuerte.

Nachdem er sie beide erschossen hatte, ging er nach Hause auf den elterlichen Hof und setzte sich an den Küchentisch, ruhig und unendlich müde, die Pistole zwischen den kraftlosen Händen vor sich auf dem Tischtuch. Seine Eltern riefen die Polizei, und zu seinem Prozess strömten mehr Menschen als in die Ostermesse. Sie standen auf den Stufen des Gerichtsgebäudes Schlange, um einen Sitzplatz in dem Saal zu ergattern, wo der Richter Klassenkameraden und Nachbarn von Hans-Jürgen und eine verblüffend große Zahl von Leuten, die irgendwie Zielscheibe seiner Wut geworden waren, als Zeugen vernahm.

Eine Nachbarin erinnerte sich, dass Hans-Jürgens Mutter ihr erzählt hatte, er sei eine schwere Geburt gewesen und habe während seiner ersten beiden Lebenstage ihre Brust abgelehnt.

Seine Klassenlehrerin in der ersten Klasse, Schwester Mathilde, wurde mit den Worten zitiert: »Der Mörder hat den größten Teil seiner Schulzeit in der Ecke verbracht, mit dem Rücken zum Rest der Klasse.«

»Hans-Jürgen Braunmeier war vom ersten Tag in unserer Schule an unerziehbar«, bestätigte seine Klassenlehrerin in der siebten Klasse.

Neun Tage lang luden die Burgdorfer die ganze lange Litanei von Hans-Jürgens Missetaten vor Gericht ab, während seine Mutter sich hinter geschlossenen Vorhängen in ihrem Schlafzimmer verkroch und sein Vater im Gerichtssaal in der ersten Reihe saß, die knochigen Schulterblätter spitze Höcker unter dem abgewetzten Sonntagsanzug, das Gesicht so grimmig befriedigt, als hätte er immer gewusst, dass sein Sohn einmal so enden würde.

Hans-Jürgen stand nicht nur wegen Mordes vor Gericht, sondern wegen aller Sünden, die er je begangen hatte, seit dem Tag seiner Geburt. Es war ein kalter, feuchter Winter, und die Menschen hatten Angst, weniger vor ihm als vor dem, was sie tief in sich selbst begraben hatten, aber jetzt konnten sie ihre Angst herauslassen und auf ihn schieben; sie konnten sich über die Untaten des fünf- oder siebenjährigen Hans-Jürgen entsetzen und das Gemetzel des Krieges vergessen. Obwohl Hans-Jürgen jeden Abend ins Gefängnis gesperrt wurde, hielten die Leute ihre Kinder im Haus; junge Frauen wurden gewarnt, dass schon ein Spaziergang zum Jahrmarktsplatz tödlich sein konnte, und junge Männer gingen dazu über, zu einem Rendezvous Messer oder Pistolen mitzunehmen.

Als ein Klassenkamerad berichtete, wie Hans-Jürgen in der zweiten Klasse einer Katze die Pfoten versengt hatte, erwog Trudi auszusagen, dass er einmal ein Kätzchen umgebracht hatte, als sie und Eva mit ihm im Stall gewesen waren. Aber sie wagte es nicht, sich zu melden, denn sie wusste, wenn sie erst einmal im Zeugenstand wäre, würde sie nicht dagegen ankönnen, dem ganzen Ort auch von jener anderen Sache im Braunmeier'schen Stall zu erzählen, da dieses Geheimnis seit Hans-Jürgens Verhaftung in ihr angeschwollen war, als suchte es einen Weg nach draußen.

Sie sagte sich, dass der Ort sie nicht brauche, um Hans-Jürgen zu überführen: Es gab genug andere, die darauf brannten, ihre Beschwerden über den Mann mit dem üppigen Bart und den zornigen Augen loszuwerden, der sich weigerte, auch nur ein Wort zu seiner Verteidigung zu sagen, und seine Ankläger ansah, als wollte er sich jedes einzelne Gesicht für die Ewigkeit einprägen.

Zwar berichteten Zeitungen im ganzen Land über den Mord, aber sie ließen das Thema bald wieder fallen, während das Lokalblatt die Panik schürte, indem es so gut wie jeden interviewte, der gegen Hans-Jürgen Braunmeier ausgesagt hatte. Es brachte Fotos von seiner Verlobten und ihrem Grab. Sie war in Neuss begraben, woher sie stammte, aber Kalle Husen, der mit ihr erschossen worden war – ein verheirateter Mann, man stelle sich das vor –, war in Burgdorf aufgewachsen, in derselben Straße wie die Bilders und die Weskopps. Trotz der Schande, die er über seine Familie gebracht hatte, hatten seine Frau und seine Kinder, seine Eltern und Geschwister an seinem offenen Grab Gebete gemurmelt, und die Konturen ihrer Körper hatten sich verwischt, als wären sie zu einer Masse verschmolzen. In einem weiteren Kreis, der Familie und Grab umschloss, hatten die Burgdorfer in ihren Beerdigungskleidern dagestanden und einander zugeflüstert, wie schrecklich dieser Verlust für die Eltern sein musste. Wie viel konnte eine Familie ertragen? War es nicht genug, dass zwei ältere Husen-Söhne im Krieg gefallen waren? Aber wenigstens waren sie als Helden gestorben, während Kalles Tod sein ehebrecherisches Treiben öffentlich gemacht und die Familie nur in Kummer und Scham gestürzt hatte.

Außerhalb dieses größeren Kreises stand ein schlaksiger Mann ganz allein da, die Hände vor dem teuren Mantel gefaltet. Denen, die ihn bemerkten, kam er seltsam bekannt vor, obwohl sie sich nicht erinnern konnten, ihn schon einmal gesehen zu haben. Vielleicht ein entfernter Verwandter, der zu Kalles Beerdigung gekommen war, dachten sie sich und vergaßen ihn, bis sie ihn wieder sahen. Er näherte sich der Haustür der Husens, eine Stunde, nachdem alle anderen zum Leichenschmaus eingetroffen waren.

Frau Bilder war es, die ihn beim Namen rief, wobei sie sich mit einer Hand am Türpfosten festhalten musste, und kaum hatte sie den Mund geöffnet, wusste natürlich jeder, wer dieser Mann war.

»Er hat sich so verändert«, flüsterten die Leute.

»Er ist so dünn geworden.«

»Ein Wunder.«

»Warum hat er seine Familie all die Jahre nicht wissen lassen, wo er war?«

Die Leute drängten sich um Rainer Bilder und seine Eltern, sagten ihm, dass sie ihn vermisst hätten, und verbreiteten die Nachricht von seiner Rückkehr in ihrer Nachbarschaft. In den nächsten Tagen würden nicht wenige behaupten, schon die ganze Zeit gewusst zu haben, dass der Mann auf dem Friedhof der dicke Junge war, der sich vor fünfzehn Jahren in Luft aufgelöst hatte.

»Ich hatte so ein Gefühl, dass es Rainer sein musste.«

»Mich hat es gar nicht überrascht.«

»Seht ihr – am Ende kommen die Leute doch wieder.«

»Ein Wunder. Es ist ein Wunder.«

»Ich habe damals befürchtet, dass ihn jemand entführt hätte.«

»Den? Wer will denn so einen dicken Jungen?«

»Jetzt soll er ja ziemlich berühmt sein.«

»Und reich.«

»Steinreich.«

»Journalist.«

»Hat alle möglichen Preise bekommen.«

»Er hat in der Zeitung von dem Mord gelesen.«

»Er arbeitet für eine Zeitung.«

»Nein, für eine Zeitschrift.«

»In Hamburg.«

»Heidelberg.«

»Ich habe gehört, er ist verheiratet.«

»Mit einer reichen Frau.«

»Und Kinder hat er auch.«

»Wer hätte das gedacht?«

»Glaubt ihr, er bleibt hier?«

Aber Rainer Bilder schien sich viel mehr für den Mord zu interessieren als für seine Familie. Jedenfalls verbrachte er mehr Zeit bei Hans-Jürgen Braunmeier als in dem Backsteinhaus, wo er aufgewachsen war. Er war der einzige Journalist, von dem sich Hans-Jürgen interviewen ließ. Im Besuchsraum des Gefängnisses saßen sich die beiden an dem grauen Tisch gegenüber, die Köpfe zusammengesteckt, und sie redeten so schnell und leise miteinander, dass Andreas Beil, der sie bewachte, zwar das Auf und Ab ihrer Stimmen hören, aber nichts verstehen konnte.

Leute, die Rainer Bilder auf der Straße trafen, versuchten, ihm mit Informationen behilflich zu sein, die er nicht brauchte. Als ihn eines Abends sein Bruder Werner über den Mörder auszuquetschen versuchte, überfiel Rainer plötzlich eine unerklärliche Angst, während er zu erklären versuchte, warum er nichts von dem weitererzählen könne, worüber er und Hans-Jürgen sprachen. Diese Angst war immer noch da, als Rainer einschlief, aber am Morgen hatte er sie vergessen, und er sollte sich erst in zehn Jahren wieder daran erinnern, wenn sein Bruder Hans-Jürgens nächstes Opfer werden würde.

Rainer würde Burgdorf verlassen, lange bevor sein Interview erschien, aber er würde sein Versprechen halten und ein Exemplar der Zeitung seinem Bruder schicken, der es dem Rest der Familie zeigen und in ganz Burgdorf herumgehen lassen würde. »Wenn Liebe tödlich wird« würde als Überschrift darüberstehen, und Hans-Jürgen würde als ein einsamer, verstörter, von seiner Umgebung kaum geduldeter Junge dargestellt werden, der zu einem noch einsameren Mann herangewachsen war. Fast alle würden sich über Rainers schamlose Sympathie mit dem Mörder empören.

»Er gibt uns allen die Schuld, nicht Hans-Jürgen.«

»Wäre er doch geblieben, wo er war.«

»Was er seinen Eltern damit antut ... schon wieder.«

»Als ob einmal nicht gereicht hätte.«

»Es gibt viele Arten, einen Sohn zu verlieren.«

»Und wir haben ihn noch so freundlich begrüßt.«

Inzwischen hatte der Richter Hans-Jürgen in der Grafenberger Anstalt unterbringen lassen, die ohnehin schon überfüllt war – hauptsächlich von Soldaten, die mit seelischen Schäden aus dem Krieg heimgekehrt waren, aber es waren auch einige Juden dort, die die KZs nur stumm oder verwirrt überlebt hatten. Obwohl sich die Burgdorfer beschwerten, das Urteil sei zu milde, waren die meisten doch froh, Hans-Jürgen hinter Schloss und Riegel zu wissen.

Monate nach dem Prozess wachte Trudi eines Nachts auf und bekam keine Luft, als ob ihr der Rotz von damals Nase und Mund verstopfte und auf ihrer Haut trocknete. *Wie oft denn noch?* Aus Angst, wieder in den Traum zurückgesogen zu werden, warf sie die Decke von sich und hockte sich auf die Bettkante.

»Du bist verrückt. Wie deine Mutter ...« Hans-Jürgens Gesicht schwamm über ihr, so jung wie an jenem heißen Sommertag, an dem sie ihm erklärt hatte, keine Frau werde ihn je lieben und seine Liebe werde eine Frau nur einem anderen Mann in die Arme treiben. *»Verrückte Zwergin«* hatte er

sie genannt, und jetzt war er dort in der Anstalt bei ihrer Mutter, hinter den scherbengespickten Mauern, in grünen Räumen, die nach Kerzen und Zimt rochen. Ihre Mutter war in Gefahr, wenn er auch dort war. Trudi rang um Atem, und als sie die Luft in langen Zügen in sich hineinsog, wusste sie, dass Hans-Jürgen aus der Anstalt fliehen und noch mehr Menschen umbringen würde – alles Liebespaare, immer in ihren Autos. Sie sah die körnigen Zeitungsfotos von den blutbespritzten Autos; Fotos von Opfern, die mitten in der Liebesumarmung von Schüssen in Brust, Bauch und Genick getroffen worden waren; Fotos von Hans-Jürgen, älter, noch immer mit Bart, und Fotos von einem Mann mit Stirnglatze, der als sein Psychiater vorgestellt wurde und in einem Interview erklärte, wahrscheinlich reinszeniere Hans-Jürgen Braunmeier immer wieder den Mord an seiner Verlobten.

»Es war kein Fluch«, flüsterte Trudi ins Dunkel ihres Zimmers.

Aber das Gesicht lachte – »*Ein blöder Fluch. Dein blöder Fluch*«, als hätte sie ihm die Eifersucht eingepflanzt und damit nicht nur ihn zerstört, sondern auch die, die er getötet hatte.

»Nein. Du warst schon so, lange bevor ich irgendetwas zu dir gesagt habe. Du weißt doch, was du mit mir gemacht hast – und mit der Katze. Ich wollte mich nur an dir rächen …« Sie knipste das Licht an, und das Gesicht verschwand, aber was sie nicht zum Verschwinden bringen konnte, waren ihre Gewissensbisse, dass sie vorsätzlich so grausam zu Hans-Jürgen gewesen war. Es war ein schrecklicher Gedanke, dass etwas, was sie vor so vielen Jahren zu ihm gesagt hatte, womöglich zu dem beigetragen hatte, was er seiner Verlobten antat. »Nein«, rief sie unter Tränen aus, »du hättest sie auch so umgebracht. Es hatte nichts mit dem zu tun, was ich gesagt habe.« Aber wenn man darüber nachdachte, richtig darüber nachdachte, konnte es einen dazu bringen, gar nichts mehr zu sagen, außer wirklich netten Sachen.

In diesem Winter nahm sie die kahlen Bäume vor der Landschaft so deutlich wahr wie nie zuvor. Es war, als hätten sie plötzlich eine ganz eigene Schönheit entfaltet, indem sie ihre vielen fein verästelten Linien entblößten. Subtile Färb- und Formdetails der Äste – die vorher von üppigen Blätterhauben verdeckt gewesen waren – zeichneten sich jetzt gegen den Himmel ab, klar und schmerzlich schön. Manchmal, spätnachmittags, postierte sie sich so, dass sie den Sonnenuntergang durch die nackten Äste beobachten konnte.

Während die meisten Leute die Winterbäume nur öde fanden und ungeduldig auf die ersten Blätter warteten, lernte Trudi die Bäume dann am meisten schätzen, wenn sie sich ihr gänzlich enthüllten, ihr jeden Zweig und jeden Ast darboten. Menschen offenbarten sich ihr oft auf diese Weise – ohne es zu wissen. Und sie nahm, was sie ihr gaben, zog es an sich und hielt es fest, wie man einen geliebten Menschen festhält. Der Rest – die Blätter und Blüten – waren vergänglicher Putz. Manchmal wünschte sie, sie könnte sich auch bis auf ihre Wirbelsäule und ihre Knochen entblößen, ihren innersten Kern freilegen, so wie sie den Kern dieser Bäume erkennen konnte – kennen und sehen und erkannt werden. Mit Max war sie dem am nächsten gekommen. Und mit der kleinen Hanna konnte sie sich vorstellen, sogar noch mehr von sich zu zeigen.

Je länger sie Hanna kannte, desto stärker wurden ihre Fantasien, dass sie es war, die sie großzog. Sie wusste, wenn Hanna wählen könnte, würde sie lieber bei ihr leben wollen. Und so flüsterte sie ihr die Worte ins Ohr, die sie sich bei anderen Kindern nur zu denken erlaubt hatte.

»Ich kenne dich ...«

»Du wirst dich immer an mich erinnern ...«

Und die Worte, die sie noch keinem anderen Kind entgegengeschickt hatte: »Ich hätte deine Mutter sein sollen.«

Und Hanna nickte dann, als stimmte sie ihr zu, und manchmal hob sie eine mollige Hand an Trudis Gesicht und packte eine Portion Fleisch und Haut, als wollte sie sagen, dass Trudi ihr gehöre.

Als einmal eine neue Kundin fragte, ob Hanna ihr Kind sei – »Die Haarfarbe und die Augen – genau wie Ihre« –, war Trudi für einen Moment verdutzt, aber dann küsste sie Hanna auf die Stirn und sagte: »Ja, danke, sie gehört mir. Danke, ja.«

Es machte Trudi zu schaffen, dass ihr Vater dem Kind gegenüber so zurückhaltend war. Er beobachtete sie beunruhigt, wenn sie Hanna in die Küche oder ins Wohnzimmer brachte, wo er saß und las, und als sie ihn einmal fragte, warum er die Kleine nicht gern um sich habe, sagte er: »Sie ist nicht dein Kind, Trudi.«

Sie starrte ihn an. »Meinst du, das weiß ich nicht?« Aber was sie dachte, war: *Sie hätte meins sein sollen.*

Doch von da an achtete sie darauf, Hanna in Gegenwart ihres Vaters nicht zu küssen oder zu umarmen, und sie vergewisserte sich, dass er nichts von den Worten hören konnte, die sie und das Kind aneinander banden. Was zwischen ihr und Hanna war, war tiefer als alles, was sie je für andere Kinder empfunden hatte, selbst für Konrad, und sie war sich ganz sicher, dass es immer da sein würde.

Die Bemerkung ihres Vaters ließ sie auch genauer aufpassen, was sie Matthias schrieb. Dieser Briefwechsel bedeutete ihr viel, aber in letzter Zeit stichelte Matthias an ihr herum, weil sie so wenig über sich selbst schrieb. »Ich freue mich immer, von Hanna zu hören«, hatte er geschrieben, »aber was ist mit Ihnen? Was tut sich in Ihrem Leben?«

Hanna tut sich in meinem Leben. Aber natürlich konnte sie ihm das nicht schreiben, und so wurden ihre Briefe kürzer, Bulletins über ihren Vater. Sein Arzt hatte gesagt, Traubenzucker wäre gut zu seiner Kräftigung, aber es war schwer, welchen zu kriegen, da in der Apotheke jede neue Lieferung sofort ausverkauft war. Der Tierpräparator hatte gemeint, Lauch- und Ochsenschwanzsuppe sei das beste Stärkungsmittel, aber als er seine Frau mit einem Topf Suppe vorbeigeschickt hatte, hatte Leo nur ein paar Löffel gegessen. Wenn Trudi ihrem Vater helfen wollte, schien ihn das nur verlegen zu machen, und sie hatte inzwischen begriffen, dass es ihm am liebsten war, in Ruhe gelassen zu werden.

Wenn sie in sein faltiges Gesicht sah, wurde ihr bewusst, dass ihre Mutter für sie immer jung geblieben war. Ihr Vater wurde alt, aber ihre Mutter würde immer fünfunddreißig sein. Einmal hatte Trudi auf der Toilette eines Restaurants gesehen, wie eine ältere Frau ihr Spiegelbild – das sorgsam frisierte Haar, die Maske aus Make-up – mit solcher Panik und Konzentration musterte, als kostete es sie enorme Mühe, ihr Gesicht zusammenzuhalten, es nur ja nicht entgleiten zu lassen. Diese Anspannung. Sie war sicher einmal schön gewesen. Für eine schöne Frau musste das Altwerden schwerer sein als für eine wie sie, die nie schön gewesen war. Jeder Mensch hatte etwas, womit er kämpfte – etwas, was ihn zerstören oder stärken konnte –, und das, womit sie hatte kämpfen müssen, war vielleicht gar nicht so schlimm. Jedenfalls war sie inzwischen an ihren Körper gewöhnt, auch wenn sie sich an das Wort Zwergin vielleicht nie gewöhnen würde. Für sie würde das Altwerden leichter sein als für diese Frau. Erstaunlich, dass tatsächlich irgendetwas für sie leichter sein konnte als für andere.

Sie dachte, dass sie, obwohl sie noch etliche Jahre vor sich hatte, doch auf dem Weg war, Teil einer Gemeinschaft zu werden – der Gemeinschaft der alten Frauen, die die wahre Macht in Händen hielten. Wie tröstlich, dass sie diesen Weg nicht allein gehen musste, dass es endlich einen Kreis geben würde, der sie bereitwillig aufnehmen würde, denn im Alter würden die anderen Frauen sich mit ihren eigenen körperlichen Veränderungen abgefunden haben und das Anderssein nicht mehr so unbarmherzig bekämpfen, da es sie ebenfalls eingeholt haben würde.

Den ganzen Dezember war Trudi mehr mit Hanna zusammen als sonst, da Jutta sich von der Geburt und dem Tod ihres Sohnes erholen musste. Joachim war in der zweiten Lebenswoche gestorben, und wie Trudi hörte, hatte Jutta das tote Kind in den Armen gewiegt und sich über Stunden geweigert, es Klaus oder dem Doktor zu geben.

Als Frau Weskopp, die nun schon sechs Jahre Schwarz trug, Jutta bei der Beerdigung zu trösten versuchte – »Ein Glück, dass der kleine Joachim getauft war, da kommt er nicht ins Fegefeuer« –, hatte Jutta ihre ganze Wut gegen die alte Frau gekehrt und sie angebrüllt, sie solle sich lieber um ihre Nazi-Söhne sorgen, die in der Hölle brieten.

Solche Ausbrüche gegen Personen aus ihrer Mitte nahmen die Burgdorfer auch nicht gerade für die junge Zahnarztfrau ein, die ihre Traditionen missachtete und sich jetzt – da ihr der Tod eines Sohnes Mitgefühl hätte eintragen können – noch mehr absonderte und nicht einmal mehr zur Kirche kam.

Klaus Malter nahm Hanna zwar weiterhin mit zur Messe, aber das genügte Herrn Pastor Beier nicht. Er fühlte sich von Jutta betrogen, da er doch ihren Onkel, den Selbstmörder, beerdigt hatte, um sie in der Kirche zu halten. Er fand, dass die Zahnarztfrau ihre Abmachung gebrochen hatte, und als er seinem inneren Impuls folgte und mit seinem Roller zu ihrem Haus fuhr, um sie unangemeldet aufzusuchen, so, wie sie damals in sein Arbeitszimmer eingedrungen war, trug sie, als sie ihm die Tür öffnete, ein schwarzes Kleid und darüber ein Herrenhemd mit roten und grünen Farbklecksen auf Brust und Ärmeln, als wollte sie verleugnen, dass sie in Trauer war. Sie rauchte hastig, und ihre Tochter klammerte sich an ihr Bein und lugte neugierig zu dem Priester empor.

»Ja?«, sagte Jutta. »Ja?«, als ließe sich der Grund seines Kommens ebenfalls mit einem Wort angeben.

»Wir haben Sie in der Kirche vermisst.«

Sie stand in der Tür, ohne ihn hereinzubitten, die Lippen so blass wie ihr Gesicht, das blonde Haar schlaff auf ihren Schultern.

»Ich würde mich freuen, Ihnen die Beichte abnehmen zu können«, sagte der Priester, und sie lachte, als belustigte sie der Gedanke zu beichten. »Ich weiß, es ist schrecklich für beide Eltern, wenn ein Kind stirbt«, fuhr er fort, »aber vor allem doch für die Mutter … als ob ein Teil von ihr gestorben wäre.«

»Was wissen Sie davon?«, fuhr sie ihn an. »Was können Sie schon davon wissen?«

»Ist Ihre Frau in guten Händen?«, fragte der Priester den Zahnarzt, als er auf dem Rückweg zum Pfarrhaus kurz in seiner Praxis vorbeischaute. »Sie sieht nicht gut aus.«

Klaus Malter, der eine beträchtliche Spende für die Erneuerung des im Krieg beschädigten Buntglasfensters über dem Altar geleistet hatte, versicherte dem Priester, es gehe Jutta so gut, wie es einer Frau gehen könne, die ein Kind verloren habe.

»Ich werde für Ihre Frau beten«, versprach der Priester.

Und das tat er auch. Sobald er seinen Roller hinter dem Pfarrhaus abgestellt hatte, betrat er die Kirche, wo, wie üblich, mehrere alte Frauen in dem Licht knieten, das durch das moderne Fenster fiel, dessen Farben er ausgewählt hatte – Rot, Weiß und Schwarz. Bald würde er genug Spendengelder beisammenhaben, um die vierzehn Kreuzwegstationen in Holz schnitzen zu lassen und an den Seitenwänden anzubringen, unter den alten Fenstern, die er hoffentlich eines Tages auch würde ersetzen lassen können.

Der Priester bekreuzigte sich, ließ sich vor dem Altar auf die Knie nieder und heftete den Blick auf das Wandgemälde vom Letzten Abendmahl. Das Brot in Christi Händen war goldbraun, wie frisch gebacken. Mit knurrendem Magen bat der Priester Christus, Jutta Malter wieder in den Schoß der Kirche zurückzuführen und ihr seine Barmherzigkeit zu beweisen, indem er ihr ihren Hochmut vergab. Über ihm speisten die gemalten Heiligen, und hinter sich spürte er die tröstliche Gegenwart der Gipsheiligen – des heiligen Stefanus, der heiligen Agnes und des heiligen Petrus – und des Beichtstuhls, wo die Leute ihre Sünden abluden, damit er sie schluckte. Und er roch frisches Brot – nein, Blumen, obwohl Winter war und die Altarvasen leer standen; Jahrhunderte süßen Kirchenblumendufts hatten sich in den Mauern abgesetzt.

Trudi konnte verstehen, warum Jutta nicht mehr zur Kirche ging. Sie hatte auch schon manchmal mit dem Gedanken gespielt, nicht mehr hinzugehen, aber sie mochte noch immer die Musik und die Rituale und selbst den Kirchengeruch, der manchmal in den Kleidern der Leute hing, wenn sie in die Leihbücherei kamen. Außerdem war Hanna jeden Sonntagmorgen in der Messe, und obwohl ihr Vater sie an der Hand hielt, wenn er mit ihr die Kirchentreppe herunterkam, entwand sich ihm die Kleine doch jedes Mal, um zu Trudi zu rennen, während er gemessen folgte und sie auf seine förmliche Art begrüßte. Das Rot seines Barts war jetzt schon durch graue Strähnen gedämpft. »Es ist Zeit, dass wir nach Hause gehen, Hanna«, ermahnte er die Kleine, oder: »Sag Fräulein Montag jetzt Auf Wiedersehen.«

Als Hanna einmal nach der Messe nicht zu ihr hinübersah, fühlte sich Trudi verraten, obwohl sie sich selbst sagte, dass das Kind es einfach vergessen hatte. Doch es bedurfte mehrerer Hanna-Besuche, bis sie die Kränkung verwunden hatte. Sie hasste es, so schutzlos zu sein, hasste es, das Kind an Tagen, an denen sie es nicht sah, so schrecklich zu vermissen.

An einem regnerischen Julinachmittag, den Jutta mit Malen verbrachte, nahm Trudi Hanna mit in das Erdnest ihrer Mutter. »Hier habe ich immer mit meiner Mutter gespielt, als ich so klein war wie du.« Sie breitete ein Handtuch auf dem Boden aus, damit sie sich daraufsetzen konnten.

Hanna zeigte auf die winzigen Spuren im Staub. »Puff puff«, sagte sie. »Puff-puff-Bahn.«

»Erdbeerkäfer.« Trudi guckte sich um. »Ich sehe heute gar keine. Erdbeerkäfer haben kleine Füße, die diese Spuren machen. Und sie riechen wie Erdbeeren.«

Hanna hob einen trockenen Zweig auf und ritzte damit ihre eigenen Spuren in den Boden. Wassertröpfchen glitzerten an den feinen Fäden eines riesigen Spinnennetzes, und der modrige Erdgeruch war tröstlich. Wenn sie doch nur mit Hanna hierbleiben könnte. Für immer. Oder weit mit ihr weggehen könnte, irgendwohin, wo niemand sie beide kannte und wo sie

Hanna als ihr Kind aufziehen würde. Denn das, was sie für Hanna empfand, musste das sein, was eine Mutter für ihr Kind empfand. Plötzlich wurde sie zornig auf Max, weil er nicht zurückgekommen war, um mit ihr Kinder zu haben. Aber wenn er zurückgekommen wäre und sie geheiratet hätte, was wäre dann aus ihrer Liebe geworden? Hätte sie sich abgenutzt, verbraucht, in Bitterkeit verwandelt wie in so vielen Ehen, die sie vor Augen hatte?

»Beer-Beer-Käfer ...«, sang Hanna und stocherte mit dem Stöckchen in der Erde herum.

Trudi strich ihr über das seidige Haar. In zwei Wochen würden ihre Eltern mit ihr wegfahren, auf die Nordseeinsel Wangerooge, wo sie jeden Sommer Urlaub machten. Trudi wünschte, sie würden Hanna bei ihr lassen. Wenn man Hanna sagen könnte, Trudi sei ihre richtige Mutter, würde sie bald an ihr hängen wie eine Tochter. Sie war erst drei, klein genug, um ihre Eltern zu vergessen. Wenn sie zum Beispiel sterben würden. Alle beide. Wenn Klaus und Jutta etwas zustoßen würde – ein Zugunglück oder irgendeine rasch zuschlagende tödliche Krankheit –, dann könnte sie Hanna großziehen. Sie würde ihr ein Zimmer einrichten, mit weißen Gardinen und rosa – nein, sonnengelb tapezierten Wänden. Sie würde ihr Rüschenkleidchen nähen, ihr diese Plüschgiraffe kaufen, die sie in Mahlers Kaufhaus gesehen hatte, mit ihr auf den Spielplatz gehen und zu Alfred Meier, Pommes frites essen, und ihr abends Gutenachtgeschichten vorlesen und ...

Aber wenn Klaus Malters Verwandtschaft sich einmischte? Wenn diese Leute mit ihrem Geld und ihrer Macht und ihren Anwälten kämen und forderten, dass sie Hanna ihnen überließ? Wie sollte sie ihnen begreiflich machen, dass Hanna bei ihr bleiben musste? Dass niemand von ihnen sie je so – würde lieben können?

Für eine solche Liebe verdiente man, auch etwas zu bekommen.

Sie sah sich zu einem Zug rennen, das Kind auf dem Arm, obwohl es ziemlich schwer war – auf der Flucht vor Klaus Malters Verwandten ... Gedanken und Bilder wirbelten durch ihren Kopf, und ihr wurde ganz schwindlig. Flau im Magen. Sie rappelte sich rasch hoch, um Hanna hinaus ins Licht zu bringen. Es regnete stärker als zuvor. Im Haus schrubbte sie sich und der Kleinen Gesicht und Hände und redete dabei rasch auf Hanna ein: »Deine Mutter kommt dich bald holen. Weißt du, dass deine Mutter eine große Künstlerin ist? Und so schön ... Und dein Vater ist ein guter Zahnarzt. Du hast Glück, du hast wirklich Glück, dass du einen Vater und eine Mutter hast …« Hinterher konnte sie sich kaum noch erinnern, was sie Hanna erzählt hatte, nur, dass es eine Auflistung der Tugenden ihrer Eltern gewesen war.

Wind und Regen ließen die Zweige des Kastanienbaums über die Fenster der Leihbücherei schaben, während sie wartete, dass Jutta auftauchte, und als sie schließlich kam und das Kind sich Trudi für den üblichen Abschiedskuss zuwandte, konnte sie es nicht berühren, und darum tat sie, als sähe sie nichts.

»Ich fühle mich nicht wohl«, erklärte sie Jutta. »Bringen Sie sie besser eine Zeit lang nicht her.«

»Kann ich irgendetwas für Sie tun?« Die große Frau beugte sich herab und legte Trudi ihre kühle Handfläche auf die Stirn.

»Es ist nichts.« Trudi wich zurück. »Gar nichts.«

»Hanna hat etwas getan, was Sie geärgert hat.«

»Aber nein. Natürlich nicht.«

»Ich fühle mich nicht wohl«, erklärte sie ihrem Vater, als Jutta gegangen war. »Ich habe die Leihbücherei geschlossen.«

»Wo willst du hin?«, rief er ihr nach, als sie zur Tür ging.

»Ich brauche ein bisschen Luft.«

»Das Unwetter wird immer schlimmer. Zieh wenigstens einen Mantel über.«

Aber sie war schon draußen im Regen. Ihr Haar und ihre Kleider waren sofort klatschnass. Sie hatte keine Ahnung, wo sie hinwollte, wusste nur, dass sie von dem Ort wegmusste, wo sie mit ihrer eigenen Beschädigtheit konfrontiert worden war. Sie hätte diese Beschädigtheit sehen müssen, als sie ihre Liebe zu Hanna mit dem Mantel des Schweigens umgeben hatte. Es war etwas Verrücktes an dieser Liebe – derselbe Funke von Wahnsinn, den sie bei Ingrid bemerkt hatte, wenn sie von Gott redete; bei ihrer eigenen Mutter, wenn sie davongelaufen war; bei Herrn Heidenreich, wenn er seinen Führer gepriesen hatte. Und für sie alle war dieses Eckchen Wahnsinn in ihrem Leben auch eine Zuflucht gewesen, wo sie das Gefühl von Zugehörigkeit oder Frieden gefunden hatten. So wie diese Liebe zu Hanna für sie.

Mit Hanna war sie ihr bestes Ich.

Und ihr schlimmstes.

Und das musste aufhören.

Vor ihr stieg der Boden an, und sie erkannte den lang gezogenen, gleichmäßigen Wall des Deichs. Sie rutschte fast aus, als sie hinaufkletterte, und als sie oben stand, konnte sie den Fluss nicht sehen, nur den Regen, der als graue Wand herabpeitschte. Aber sie meinte, den Fluss zu riechen – so, wie sie ihn im Haar ihrer Mutter gerochen hatte, wenn diese von einem ihrer Fluchtversuche zurückgekehrt war. Als sie auf der anderen Seite des Deichs hinabstieg, fühlte sie bereits den Verlust der kleinen Hanna. Sie fühlte diesen Schmerz und den Schmerz um andere, die sie verloren hatte: Max, ihre Mutter, Ingrid, Frau Simon. Für einen Moment glaubte sie, dort auf der Wiese den Mann, der sich aufs Herz tippt, zu sehen, aber es war nur ein verkrüppelter Baum. Sie hatte plötzlich das Gefühl, dass ihr Leben voll von Geistern war: Es gab Tage, an denen sie mehr an die Toten dachte als an die Lebenden. Sie sah Frau Abramowitz im Dunkeln an ihrem Fenster stehen, sah die Umrisse ihres Körpers, als der Himmel um sie herum heller wurde und das Licht sich verdichtete, bis es sie als ein Strahlenschein umgab. Sie sah Fienchen Blomberg im Lebensmittelgeschäft, Eva am Tag ihrer Hochzeit, beide von Lichträndern umgeben, und sie hatte schreckliche Angst vor all den Verlusten, die vor ihr lagen, vor allem vor dem ihres Vaters.

Nasse Grashalme, kalt und scharf, stachen sie in Nase und Wangen, als sie hinfiel. Sie krümmte die Finger und versuchte, sie in die Erde zu krallen, sich an irgendetwas Festes zu klammern, das diese eisige Einsamkeit verscheuchen könnte, aber alles, was sie zu fassen bekam, waren Unkraut und Gras. Die Erde unter ihr war unnachgiebig, gleichgültig. Wenn ihr Körper nicht im Weg wäre, würde der Regen auf dieses Stück Boden fallen. Plötzlich fiel ihr die erste Bluse ein, die sie genäht hatte, nachdem sie Pia begegnet war: Sie konnte den weichen Stoff fühlen, sah diesen ganz bestimmten Blauton vor sich, genau wie Pias Wohnwagen, und war plötzlich von einer heftigen Sehnsucht nach dieser Bluse erfüllt; aber gleichzeitig war ihr klar, dass die Bluse für einen Teil ihres Lebens stand, der unwiderruflich vorbei war.

Sie hörte das stete Tosen des Rheins über das Heulen des Sturms hinweg. Langsam stand sie auf. Ihre Hüften schmerzten, ihre Beine waren taub. Dennoch stapfte sie weiter in Richtung Fluss, wobei ihr der nasse Rocksaum gegen die Beine schlug. Das Wasser war von einem noch undurchdringlicheren Grau als der Regen, aber als sich ihre Augen auf die verschiedenen Grautöne eingestellt hatten, erkannte sie Felsen und Büsche und Bäume und Kähne und sogar eine Schwalbe, eine einzelne Schwalbe, die auf eine Weide zuschoss, so pfeilgerade, dass es aussah, als würde sie gegen den Stamm prallen, und erst im letzten Moment mit schrillen Schreien zur Seite wegschwenkte. *Man muss nur den richtigen Zeitpunkt erwischen.* Sie musste daran denken, wie Eva über die Katholiken gewitzelt hatte, die fünf Minuten vor dem Tod noch schnell beichteten.

Als sie sich auf einen Baumstamm setzte, konnte sie sehen, wie sich das Muster des Wassers an der Stelle veränderte, wo es um einen hervorragenden Felsen strömte. Sie kannte diesen Felsen gut: Während des Frühlingshochwassers lag er unter Wasser, unsichtbar, obwohl der Fluss wusste, wo er war, und über ihn hinwegrauschte; im Hochsommer jedoch kam er immer hervor. Aber der Fluss verharrte nicht jammernd vor diesem Hindernis und versperrte allem nachfolgenden Wasser den Weg. Nein. Er floss einfach weiter, teilte sich, schäumte und wurde dann wieder eins, nachdem er den Felsen hinter sich gelassen hatte. Er hinterließ seine Spuren an dem Felsen, so wie jede Stunde ihres Lebens ihre Spuren an ihr hinterlassen hatte, sie geformt hatte, zusammen mit den Menschen, die ihre Träume nährten – als Erster ihr Onkel Stefan Blau, der in einen fernen Weltteil aufgebrochen war. Plötzlich war ihr, als wäre sie der Fluss, als wirbelte sie in immer wieder neuen Mustern um den Felsen herum, indem sie sich teilte und wiedervereinte, ohne sich in brackigen Stehwassertümpeln zu fangen. Im Lauf der Jahre hatte sie von dem Fluss mehr gelernt als von irgendeinem Menschen, und was der Fluss sie gelehrt hatte, war immer mit intensiven Gefühlen verbunden gewesen – heftigem Schmerz oder überschwänglicher Freude. Es lag im Wesen des Flusses, turbulent und sanft zu sein, manchmal überbordend und dann wieder zurückgenommen, gierig zu sein und Freude zu schenken. Und es würde immer zum Wesen des Flusses gehören, der Toten zu gedenken, die unter seiner Oberfläche lagen.

Was der Fluss ihr jetzt zeigte, war, dass sie um die Beschädigtheit herumfließen konnte, sie hinter sich lassen und wieder mit sich selbst verschmelzen konnte. Wenn dieser Fels ihre Liebe zu Hanna war, konnte sie sich davon aufhalten, blockieren lassen – oder sie konnte den Felsen akzeptieren und respektieren und ihre Richtung ändern, um ihn zu umrunden. Sie musste lächeln, denn für einen Moment schien es, als ob das Wasser versuchte, flussaufwärts zurückzufließen, als ob es Dutzende kleiner Hände über den Felsen zurückstreckte, hinter sich griff, sich der Strömung widersetzte. Und das war gut so. Mit den Jahren würde der Fels umgeformt werden, so wie die unzähligen Steine auf dem Grund des Flusses, die man nicht sehen konnte; sie beeinflussten die Strömung, aber sie behinderten sie nicht, nahmen ihr nicht ihre Kraft, brachten sie nicht von ihrem Ziel ab. Sie konnte sehen, dass sie die Neigung hatte, zuerst zu lieben und dann rachsüchtig zu werden – so wie mit Georg und Klaus und Eva, obwohl sie Eva am Ende wieder geliebt hatte –, und dass sie ihre Liebe genau prüfen und sich vergewissern musste, dass sie heil und unbeschädigt war, ehe sie sie jemandem anbieten konnte. Ihre Liebe zu ihrem Vater war heil und unbeschädigt, aber ihre Liebe zu Hanna war angekränkelt, und sie musste erst heilen, ehe sie sie Hanna wieder antragen konnte.

Wenn sie sie ihr je wieder antragen könnte.

Sie erschauerte. Es gab da etwas, was sie erledigen musste, etwas, was sie zurückgeben musste, weil es ihr nicht gehörte. Sie sah Jutta in einem anderen Regen hoch über der Kiesgrube stehen, roch den Schwefelgeruch von Blitzen, sah die entblößten Birkenwurzeln und erinnerte sich an ihre ungute Vorahnung, dass Jutta in Burgdorf nie wirklich sicher sein würde. Sie stöhnte. *Aber ich dachte doch nicht, dass ich es bin, die dich bedroht.*

Es war nach Mitternacht, als sie heimkam. Obwohl ihr Vater ein Licht für sie angelassen und einen Zettel ans Treppengeländer gepinnt hatte, der besagte, der Badeofen sei eingeheizt, nahm sie sich nicht die Zeit, sich zu trocknen oder aufzuwärmen. In ihren durchweichten Kleidern rannte sie hinauf in ihr Zimmer und nahm Juttas Bild von der Wand. Sie gestattete sich nicht einmal, einen letzten Blick darauf zu werfen, sondern trug es hinauf ins Nähzimmer und stellte es hinter die Tür. Morgen früh würde sie es Jutta zurückbringen und ihr erklären, dass es etwas war, was sie sich nie hätte aussuchen dürfen. Und wenn Jutta ihr immer noch ein Bild schenken wollte, würde sie sie bitten, dieses Geschenk für sie auszusuchen.

21

1949–1952

Sich von Hanna fernzuhalten war leichter, als sie gedacht hatte, denn sooft sie die Kleine sah, und sei es nur von Weitem, fühlte sie sich selbst so gefährdet, dass sie ihr gar nicht nahe kommen wollte. Natürlich vermisste sie sie. Für ihren Vater zu sorgen, konnte sie nur eine gewisse Zeit ausfüllen. Außerdem war es ihm unangenehm, wenn sie ihn zu sehr mit Aufmerksamkeit bedachte, dann zog er sich nur noch mehr in seine Bücher zurück. Er schien jetzt immer zu frieren, auch an den wärmsten Tagen, und trug eine Wollweste über dem Hemd oder sogar zwei und dazu noch seine graue Strickjacke. Wenn Emil noch am Leben gewesen wäre, hätte er ihren Vater zum Reden gebracht, ihn in eine ihrer lebhaften Diskussionen verwickelt.

Trudi suchte sich zusätzliche Arbeit in der Leihbücherei. Obwohl die Romane sie nach wie vor langweilten, genoss sie den steten Strom von Leuten, die zu ihr kamen, ohne dass sie etwas dafür tun musste – so anders als damals in der Schule, als sie sich so sehr bemüht hatte, andere an sich zu ziehen. Jetzt konnten sie sich gar nicht von ihr fernhalten: Sie hatte so eine Art, sie mit Gerüchten zu ködern, mit ihren scharfen blauen Augen durch sie hindurchzuschauen, etwas zu sehen und sich den Rest zu denken. Und immer, immer hatte sie neue Geschichten für sie, Geschichten, die fesselnd und dramatisch waren, nicht melodramatisch wie diese Romane, in denen Gefühle nur in ihrer grellsten Form vorkamen – Hass, Liebe, Angst, Glückseligkeit. Sie erzählte ihnen Geschichten voller subtiler Empfindungsnuancen, die noch in ihren Herzen nachhallen würden, wenn sie schon längst vergessen hatten, wie diese Schundromane, die ihnen die Flucht aus ihrem eigenen Leben ermöglichten, ausgegangen waren.

Unter ihren neuen Kundinnen war eine jüdische Frau, die jedes Mal, wenn sie in die Leihbücherei kam, drei Kriminalromane auslieh. Zwar waren einige Juden nach Burgdorf zurückgekehrt, aber Angelika Tegern war die einzige Jüdin, die sich neu im Ort niedergelassen hatte. Die hochgewachsene, schöne Frau mit dem traurigen Mund war mit einem Architekten verheiratet. Als sich die beiden ein Grundstück am Fluss kauften und sich ein prächtiges Haus mit einer verglasten Sonnenterrasse darauf bauten, sah sich Anton Immers veranlasst, wieder einmal über die Juden herzuziehen: »Da sieht man es doch – *die* leben in Luxusvillen, und anständige Leute wie wir …« Als seine Schwiegertochter es nicht mehr aushielt und ihm erklärte, die Deutschen könnten nie wieder gutmachen, was sie den Juden angetan hatten – »Ich fühle mich immer schuldig, obwohl ich nicht mitgemacht habe« –, sprach der alte Metzger wochenlang nicht mit ihr.

Als Frau Tegern das erste Mal in die Leihbücherei gekommen war, war Trudi überrascht, denn sie hieß nicht nur Angelika, sondern sah auch genau so aus, wie Trudi sich in ihrem Brief auf Max Rudnicks Annonce beschrieben hatte. Obwohl Frau Tegern sehr zurückhaltend war, bekam Trudi doch aus ihr heraus, dass ihre Eltern im Konzentrationslager umgekommen waren. Als ihr Vater Ende der Dreißigerjahre aus politischen Gründen inhaftiert worden war, hatte ihn ihre Mutter immer besucht, auch nach der Einführung des Judensterns noch. Sie hatte sich geweigert, den Stern auf ihren Mantel zu nähen, und hatte so ungehindert reisen und die gefährlichen Besuche fortsetzen können. Doch 1945 war sie selbst deportiert worden und in Theresienstadt umgekommen.

Als Angelika Tegern einmal erwähnte, der Metzger habe so eine unangenehme Art, sie anzusehen, versicherte ihr Trudi, Herr Immers sehe jeden misstrauisch an, sogar seine alten Nazikumpane.

»Ich werde Ihnen etwas über ihn erzählen«, eröffnete sie ihre erste Einführungslektion für Frau Tegern, die ihr klarmachen sollte, wem sie trauen konnte und wem nicht. »Er ist nicht nur ein Dreimonatskind, sondern er lügt auch.«

»Inwiefern?«

»Na ja, im Grunde ist er ehrlich – diese sturköpfige Art von Ehrlichkeit, verstehen Sie? –, aber er lügt, wenn er erzählt, dass er im Ersten Weltkrieg gekämpft hat. Er war nicht tauglich für den Militärdienst, also hat er dem Tierpräparator für ein paar Würste die Uniform abgehandelt und sich darin fotografieren lassen … Und diese Aktenmappe, die er immer mit sich herumschleppt – Sie haben sie doch schon gesehen, oder? –, die braucht er angeblich dazu, Informationen über Leute zu sammeln, aber seine Schwiegertochter schwört, dass er nichts weiter drin hat als Zeitungsausschnitte über den Führer.«

Trudi bemerkte, dass Frau Tegern gern neue Bücher auslieh: Es war ein besonderes Gefühl, wenn man sie das erste Mal aufschlug und die Seiten noch aneinanderklebten – da waren nur die Geschichten, gedruckte Buchstaben auf sauberem Papier, noch nicht befrachtet mit den Schicksalen der Menschen, die sie lasen und ihre Spuren in Gestalt eines Knicks oder eines Flecks hinterließen. Trudi begann, frisch gelieferte Bücher für Angelika Tegern zurückzulegen, ehe sie sie an andere verlieh. Sie kannte die Vorlieben ihrer Kundschaft und empfahl je nachdem Romane um Leidenschaft, Verbrechen oder Abenteuer – selbst denjenigen, die so taten, als wollten sie sie gar nicht selbst lesen, wie Klara Brocker, die sich die Lippen anmalte, nur um morgens zum Metzger zu gehen, und behauptete, sie wolle Liebesromane für ihre Mutter, die mit ihr und ihrem unehelichen Sohn in der engen Wohnung an der Barbarossastraße wohnte. Es hieß, der Schlaganfall der alten Frau sei die Folge des Schocks wegen Klaras Schwangerschaft gewesen. Obwohl der Junge, den diese Schwangerschaft auf die Welt gesetzt hatte, bereits drei Jahre alt war und seine Großmutter vor ihrer Erkrankung ihre Freude an ihm gehabt hatte. Aber jetzt war sie linksseitig gelähmt, auch im Gesicht, und musste mit dem Löffel gefüttert werden. Die Maske permanenter Missbilligung, die auf ihren Zügen lag, bestätigte nur, dass sie schrecklich unter dem Fehltritt ihrer Tochter gelitten haben musste.

Trudi fand es nur passend, dass ihre Kundschaft sich aussuchen konnte, was sie wollte: ihre Geschichten oder die gedruckten Geschichten in den Büchern mit den kitschigen Schutzumschlägen, die unverfänglich waren, da niemand aus dem Ort darin vorkam. Ab und zu besann sie sich darauf, Geschichten für Hanna aufzusparen – Geschichten über sich selbst, die das Mädchen verstehen würde, sobald es älter wäre. Wenn sie sich vorstellte, mit Hanna zusammen zu sein, wurde es leichter, diese Bilder von jenen anderen, viel früheren zu trennen – den Bildern von ihr selbst mit *ihrer* Mutter in dem Erdnest –, und dann dachte sie an jene allerersten Geschichten, die sie erzählt hatte, Geschichten, die einen Zweck gehabt hatten: ihre Mutter ans Licht zu locken.

Jetzt hatten ihre Geschichten einen neuen Zweck. Sie spann sie aus, um ihre Bedeutung zu erkennen. Beim Erzählen, so merkte sie, kam man an einen Punkt, an dem man nicht mehr zurückkonnte, an dem die Entwicklung der Geschichte einen selbst zu verändern begann. Das Entscheidende war, jede Geschichte durch sich hindurchfließen zu lassen. Es war ihr nicht mehr möglich, Geschichten aus den alten Gründen zu erzählen – um sich zu rächen, jemanden auszuhorchen oder jemanden zu besänftigen. Aber die meisten Leute bemerkten das nicht. Sie hatten immer noch Angst vor ihr. Sie begriffen nicht, dass sie jetzt die Geschichte um der Geschichte willen erzählte, sich daran freute, wie sie sich in ihr ausformte. Es begann immer noch damit, dass sie sich von einem Geheimnis angezogen fühlte, aber sie konnte den Drang, es weiterzuerzählen, bezähmen, es sich zu etwas setzen lassen, das die Lebensfragmente, die ihr zufielen, so lange nährte, bis die Geschichte bereit war, sich zu entfalten.

Hanna wusste zuerst nicht, was sie vermisste, nur, dass morgens beim Aufwachen oft eine Traurigkeit über sie kam, die sie dazu trieb, unter ihr Federbett zu kriechen und zu weinen. Ihre Mutter las ihr dann vor, und ihr Vater ließ sie mit seinen Schachfiguren spielen, und sie lächelte und umarmte ihre Eltern und fragte sich, ob diese Traurigkeit wohl einfach das war, was Kindsein bedeutete. Nicht, dass die Traurigkeit immer da gewesen wäre – nein, manchmal war sie tagelang verschwunden, aber dann holte sie sie wieder ein.

In ihrem vierten Lebensjahr zog ihr Vater den Gartenzaun hinterm Haus immer höher, weil sie in der Nachbarschaft umherstrolchte und es vorkam, dass sie durch irgendein Fenster kletterte und die Leute sie in ihrem Haus fanden, wie sie mit einem Spielzeug oder mit einer Garnitur Schnapsgläser spielte. Manchmal überredete sie Manfred Weiler, der im anderen Trakt des Mietshauses wohnte, mit ihr auszureißen, und dann schaukelten sie auf den Schaukeln der katholischen Schule, bis eine der Nonnen sie am Arm packte und nach Hause brachte.

So hoch der Zaun auch wuchs – Hanna kletterte darüber, einer vagen Sehnsucht folgend, die sie über ihre eigene kleine Welt hinaustrieb. Und dann, an einem schwülen Sommertag, ein paar Monate nach ihrem fünften Geburtstag, sah sie die kleine Frau mit einem Korb und einer gelben Strickjacke über der gelb-blauen Kittelschürze auf dem Markt stehen und mit einem Bauern reden, der ihr Tomaten abwog. Und sofort wusste Hanna, warum sie immer wieder von zu Hause weggelaufen war. Sie schoss auf die kleine Frau zu, schob ihre Finger in die breite Hand und strahlte das runde Gesicht an, das so viel näher an ihrem war als die Gesichter anderer Erwachsener. In ihrem Inneren fühlte sie eine tiefblaue Ruhe, einen sanften blauen Strudel, so blau wie die Blumen auf der Kittelschürze und die Augen vor ihr, blaue Augen, die blinzelten, während die breite Hand sich ihr zu entziehen versuchte.

Aber Hanna dachte nicht daran, sie loszulassen.

»Wo ist deine Mutter?«

»Zu Hause. Sie malt.«

»Weiß sie ...«

»Ich bin über den Zaun geklettert.«

»Das solltest du nicht tun.«

»Ich weiß.«

Ein Storch flog über das Dach der Bäckerei, und Hanna zeigte zu ihm empor. Sie verfolgten seinen Flug, bis er auf Potters Gasthof landete.

»Als ich noch kleiner war als du jetzt«, sagte die kleine Frau, »hat meine Mutter gewollt, dass ich Würfelzucker auf die Fensterbank lege.«

»Warum?«

»Damit mir der Storch ein Brüderchen oder ein Schwesterchen bringt. Aber ich habe den Zucker aufgegessen ... Und mein Bruder ist gestorben.«

»Meiner ist auch gestorben.«

»Ich war bei seiner Beerdigung.«

»Aber er ist aus dem Bauch meiner Mutter gekommen. Nicht vom Storch.«

»Dein Bruder ist wenigstens lebendig zur Welt gekommen. Meiner schon gestorben, bevor er geboren wurde.«

»Wieso?«

»Ich habe ihn kein einziges Mal anfassen können.«

»Wie hat er geheißen?«

»Horst. Das steht auf unserem Grabstein.«

»Mein Bruder hat Joachim geheißen. Hast du mich bei der Beerdigung gesehen?«

»Ja.«

»Hab ich geweint?«

»Du warst noch zu klein, um das alles zu verstehen … Ich bringe dich jetzt besser heim.«

»Kann ich dich mal besuchen?«

»Die Tomaten – ich muss sie bezahlen. Lass mich los.« Hanna klatschte nach einer Fliege, die sich auf ihrem Arm niederlassen wollte, und verlagerte ihren Griff an den Henkel des Korbs. »Jetzt würde ich weinen.« Die blauen Augen wanderten zurück auf Trudis Gesicht.

In der Nähe sprang der Motor eines Rollers an, und das Knattern schwoll zu einem lauten Getöse, als der dicke Priester, wacklig auf dem schmalen Sitz thronend, am Markt vorbeifuhr. Er schien gut gelaunt und winkte Gemeindemitgliedern, die ihn grüßten, leutselig zu. Seit seine Schwester Hannelore vor einigen Monaten seine Haushälterin abgelöst hatte, waren seine Predigten erbauender geworden. Die Leute sagten, es sei nicht leicht für ihn gewesen, Fräulein Teschner dazu zu überreden, eine bessere Stelle anzunehmen, und seine Schwester habe Glück, dass sie für ihn arbeiten dürfe. Wer sonst wollte schon eine alte Jungfer mit verkrüppelten Händen? Aber Trudi ließ nichts auf Hannelore Beier kommen. Früher wäre es ihr unangenehm gewesen, sich in irgendeiner Form mit der Schwester des Pfarrers gemein zu machen, aber jetzt hatte sie ihren eigenen Ehrenkodex, was Menschen anging, die als anomal galten.

Am nächsten Marktstand strich eine Bauersfrau die Kreideziffern auf den Schiefertäfelchen durch und schrieb neue Preise darunter. Trudi wählte acht weiße Champignons und einen kleinen Blumenkohl aus. Als sie bei dem Mietshaus ankamen, hielt Hanna noch immer den Korbhenkel umklammert, und sie wollte ihn nicht loslassen, bis ihre Mutter schließlich sagte, wenn es Trudi recht sei, werde sie sie bald einmal in die Leihbücherei bringen.

Trudi zögerte. Es war über zwei Jahre her, dass Hanna das letzte Mal bei ihr gewesen war. Sie probierte es in Gedanken aus, stellte es sich vor – Hanna und sie in ihrem Haus –, und es schien nicht mehr gefährlich zu sein: Sie saßen an ihrem Küchentisch, zwischen sich die satinbezogene Hutschachtel, in der ihre Mutter die Papierpüppchen aufbewahrt hatte, und sie zeigte dem Mädchen, wie man die Laschen um die Schultern und Hüften der Püppchen knicken musste. Hanna lachte, als sie ihnen die langen Papierkleider in den satten Lila-, Rot- und Grüntönen anzogen und sie mit passenden Hüten und Sonnenschirmen ausstaffierten.

Trudi nickte langsam, und Hanna ließ den Korb so plötzlich los, dass er herunterfiel.

»Wann?«, fragte das Mädchen, während es das Gemüse auflas. »Wann?«

»Das entscheidet deine Mutter.«

Trudi war vorsichtig gegenüber dem Kind, das mit seiner jahrelang aufgestauten Zuneigung zu ihr kam. Doch nach und nach vertraute sie ihren eigenen Grenzen und begann, Hannas Besuche zu genießen. Es machte ihr Spaß, kleine Überraschungen für Hanna bereitzuhalten: ein Malbuch und Buntstifte, Torte mit Schlagsahne und Schokoraspeln, zwei grüne Haarschleifen, passend zu ihrem Sonntagskleid.

Hanna kannte ein paar von den Liedern, die Trudi als Kind gelernt hatte, und manchmal sangen sie gemeinsam »Fuchs, du hast die Gans gestohlen ...« oder »Wie das Fähnchen auf dem Turme ...«. Trudi ließ Hanna mit der Spieluhr spielen, die ihr Emil Hesping geschenkt hatte, und holte Fotos heraus, die Frau Abramowitz von ihr gemacht hatte, als sie in Hannas Alter gewesen war. Aber diese steifen Bilder in rötlichen Brauntönen waren allesamt dunkler, als sie die jeweiligen Situationen in Erinnerung hatte.

Drunten am Bach zeigte Trudi Hanna, was sie am Tag der Beerdigung ihres Bruders mit ihrer Mutter entdeckt hatte – wie sie so durch die glitzernde Oberfläche schauen konnten, dass sie nicht nur den Schlick auf dem Grund des Baches sahen, sondern auch die Spiegelung des Himmels und ihrer beider Gesichter.

Sie spielten zusammen mit den Papierpüppchen, als der hölzerne Eiskasten gegen einen elektrischen Kühlschrank ausgetauscht wurde. Er reichte Trudi bis an die Schultern und machte in Abständen ein Geräusch, das wie das Brummen einer Fliege klang und durch das ganze Haus dröhnte. Leo Montag, der den größten Teil des Tages verdöste, ließ sich davon nicht stören, aber Trudi wachte die ersten Nächte davon auf, und je mehr sie sich bemühte, es zu überhören, desto durchdringender wurde das Brummen, und es pulste in ihren Ohren wie Wasser nach dem Schwimmen.

Anfangs hatte Trudi immer etwas parat, was sie Hanna zeigen oder schenken konnte, aber bald merkte sie, dass das Kind nichts lieber mochte, als ihre Geschichten zu hören. Viel nachdenklicher als Jutta, die ganz im Moment aufging, folgte Hanna den Windungen der Geschichten, fand Verbindungen, überbrückte Lücken mit Fragen, die Trudi tiefer in ihre eigenen Erinnerungen hineinführten. Und in dem Maß, wie sie aktiv an den Geschichten mitwirkte, spürte sie die Freude, die es brachte, sich selbst zu offenbaren.

Doch genau wie andere Kinder, die in den letzten Kriegsjahren oder nach dem Krieg geboren waren, fragte Hanna nie nach dem Krieg. Für diese Kinder, das wusste Trudi, war das Schweigen normal: Sie waren damit aufgewachsen. *Normal* – ein schreckliches Wort, wenn man darüber nachdachte. Die meisten wussten, dass es einen Krieg gegeben hatte – schließlich waren immer noch einige Ruinen da, um es zu bezeugen, aber sie hatten früh gelernt, dass es sich nicht gehörte, diesen Krieg zu erwähnen, selbst wenn sich tief in ihrem Inneren Fragen regten. Trudi hoffte, Jutta würde Hanna vom Krieg erzählen, wenn sie älter war. Dass Klaus es tun würde, war unwahrscheinlich. Sie selbst konnte nichts weiter tun, als Hanna zu ermutigen, alles zu fragen, was sie wissen wollte.

»Alles?« In den Augen des Kindes standen Staunen und gieriges Verlangen.

»Alles.« Sie waren in Trudis Küche, und Hanna balancierte auf den Podesten vor den Hängeschränken. »Ich werde antworten, wenn ich es kann. Und wenn ich es nicht kann oder nicht will – oder wenn du zu jung dafür bist –, sage ich es dir.«

»Bist du so klein, weil deine Mutter dich als Baby nicht richtig festgehalten hat und du auf den Kopf gefallen bist?«

Trudi erstarrte. »Wer sagt das?«

»Rolfs Mutter.«

»Über diese Klara Brocker könnte ich dir einiges erzählen. Sie ist die Letzte, die irgendetwas über mich sagen sollte.« Trudi bremste sich. Sie hatte Hanna Antworten versprochen, keine Tiraden. »Ich bin klein, weil ich so auf die Welt gekommen bin. So, wie dein Vater mit roten Haaren auf die Welt gekommen ist oder Frau Blau mit einem krummen Finger. Früher habe ich gedacht, das mit ihrem Finger käme vom Staubwischen ... Es gibt einen Namen für Leute wie mich – *Zwerge*. Nicht, dass mir dieses Wort gefällt, aber so heißt es nun mal. Ich weiß, dass die Leute ihren Kindern sagen, sie würden so werden wie ich, wenn sie sich die Zähne nicht putzen oder ihre Leber nicht aufessen oder Butter mit dem Löffel essen oder über die Straße gehen, ohne nach rechts und links zu schauen, oder Spinnen anfassen oder ...«

»Aber es gefällt mir, dass du klein bist.«

Trudi starrte sie an.

»Und ich will so ein Haus wie deins, wenn ich groß bin.«

»Aber dann bist du zu groß für diese Podeste.«

»Vielleicht kann ich ja klein bleiben.«

»Wünsch dir das lieber nicht, Kind.«

»Und wer hat dir von ihm erzählt?«, wollte Trudi wissen, als Hanna sie eines Tages nach dem Mann am Fluss fragte.

»Herr Immers.«

»Der alte Immers oder sein Sohn?«

»Sie sind beide alt.«

Trudi lachte. »Für dich schon. Wie ich auch.« Es war niemand in der Leihbücherei, und sie ließ Hanna mithelfen, die Bücher wieder einzusortieren.

»Du bist nicht richtig alt.«

»Ich kann immer noch ohne Stock gehen.«

Hanna nickte ernst.

»Das war ein Witz. Mit dem Stock ... Sag mal – was hat Herr Immers erzählt?«

»Dass er und dein Vater gerade noch rechtzeitig da waren.«

»Rechtzeitig wofür?«

»Um dich zu retten.«

»Mich zu retten, ja? Dann muss es der Sohn gewesen sein ... Der Mann am Fluss ist zehnmal – ach was, hundertmal besser gewesen als irgendein Immers.« Sie straffte die Schultern. »Ich hätte ihn heiraten können.«

Hanna kletterte die Leiter hinauf, setzte sich ganz oben hin, die Ellbogen auf die Knie gestützt, und sah auf Trudi herab.

»Dieser Mann«, sagte Trudi, »war ein netter Mann, ein anständiger Mann ...« Sie roch seinen Duft, spürte das Gewicht seines langen Körpers. Wie konnte Max so nah sein? So weit weg? »Aber die Leute hier im Ort können sich nicht vorstellen, dass sich so ein Mann mit mir abgibt. Nein – es fällt ihnen leichter zu glauben, dass er mir etwas Böses tun wollte.«

»Herr Immers sagt, er war nackt.«

»Da hat Herr Immers recht. Der Mann wollte nämlich schwimmen und hatte keine Badesachen dabei.«

»Meine Mutter schwimmt ohne Badeanzug. Wenn sie draußen im Meer ist. Oder im Fluss. Dann zieht sie ihn aus. Mein Vater sagt, eines Tages wird sie ihn noch verlieren.«

»Typisch für ihn.«

»Ist der Mann geschwommen?«

»Er war ein guter Schwimmer.«

»Warum hast du ihn nicht geheiratet?«

»Weil er nicht wiedergekommen ist.«

»Vielleicht ist er ja gerade auf dem Weg.«

»O Hanna.« Die endlosen Tage des Wartens, des Aufbietens aller Gedankenkräfte, um Max zurückzuholen. »*Erzähl mir, was du diesmal gesehen hast, Max.*« – »*Ich werde es für dich malen.*« – »*Sags mir jetzt ...*« Das Flammen orangegelber Blütenblätter, das sich über weiße Großstadtmauern breitete, bis in den Himmel hinein. »Er war Maler.«

»Wie meine Mutter?«

Trudi nickte.

»Vermisst du ihn?«

Und plötzlich weinte sie, weinte vor diesem Kind, das die Leiter hinunterstieg und die Arme um sie schlang und immer wieder sagte: »Jetzt hast du ja mich.«

»Und ihn werde ich auch immer haben. Weißt du – weißt du, Hanna, er musste weggehen, in ein anderes Land ... Er baut nämlich Städte, Häuser, so schön, wie du sie dir gar nicht vorstellen kannst ...« Sie weinte, während sie Max vor Hanna erstehen ließ, im Licht der Erinnerung und des Schmerzes, einem Licht, wie man es an schattigen Plätzen findet – kein hübscher, glimmriger Schein, der rasch vergeht, sondern Licht, das seine Kehrseite aus Dunkelheit, Bizarrheit, ja, sogar Hässlichkeit in sich trägt – so wie das Leuchten von Erdbeerrot auf weißen Frauenfingern.

Aber Hannas Vater war schockiert von der Geschichte, die seine Tochter mit nach Hause brachte, und als Trudi am nächsten Morgen die Tür der Leihbücherei aufschloss, stand er in seinem gestärkten weißen Kittel draußen. Mit einem knappen Gruß stapfte er an ihr vorbei.

»Hanna ist zu klein für solche Geschichten.«

Trudi schloss die Tür und folgte ihm zum Ladentisch. »Welche Geschichten?«

»Über den Mann am Fluss. Wir alle wissen, dass Sie ihn vorher nie gesehen hatten.«

»Wissen wir das?«

Sein Blick senkte sich rasch auf seine Hände.

Sie musste daran denken, wie sie sich vor vielen Jahren danach gesehnt hatte, diese Hände zu berühren. Und sie erinnerte sich an das Kleid, das sie an jenem Abend trug, als sie mit ihm getanzt hatte, das ärmellose Chiffonkleid mit dem spanischen Bolerojäckchen, das ihr Frau Abramowitz mitgebracht hatte. Sie erinnerte sich, wie sie mit ihren absurd hohen Absätzen auf Zehenspitzen hatte laufen müssen, und sie dachte, wie viel wohler sie sich doch jetzt in ihren flachen Leinenschuhen und der vom Waschen weich gewordenen Kittelschürze fühlte.

»Und wenn ich ihn nun gekannt hätte, Klaus Malter, was dann? Würde das irgendetwas ändern? Wenn ich ihn schon monatelang gekannt hätte? Oder jahrelang? Wenn er nun ein Mann war, der nicht, nachdem er mich geküsst hatte, so tat, als wäre nichts gewesen?«

Als das Gesicht des Zahnarztes rot wurde, röter als sein Bart, wusste sie, dass auch er diesen Kuss nie vergessen hatte, dass er immer an ihn gedacht hatte und dass ihm die Sache auf der Seele lag, und in diesem Moment des Triumphs dachte sie, dass ihrer beider Leben vielleicht leichter gewesen wäre, wenn sie über jenen Abend geredet hätten. Vielleicht hätte sie dann statt dieses Triumphs seine Freundschaft haben können.

»Und wenn dieser Mann mich geliebt hat?«, flüsterte sie.

»Ich – ich kann das nicht beantworten.«

»Ich verlange nicht, dass Sie es beantworten. Ich möchte, dass Sie es sich vorstellen.«

Er wurde noch tiefer rot. »Hanna ist erst fünf. Für sie ist es besser, nichts von solchen Dingen zu hören.«

»Hanna hat mich gefragt. Sie hatte Gerüchte gehört – von einem unbekleideten Mann am Fluss, von irgendeiner Gefahr, in der ich angeblich war. Ich habe ihr nur so viel gesagt, dass sie keine Angst mehr zu haben brauchte.«

»Trotzdem – ich möchte nicht, dass sie hierherkommt und Ihnen zur Last fällt.«

»Ihre Tochter fällt mir nicht zur Last.«

»Wir sind uns da nicht einig – meine Frau und ich. Was Hannas Besuche hier angeht.«

»Und was ist mit Hanna? Zählt es denn gar nicht, was sie will?«

Er schwieg.

»Denken Sie doch mal daran, was ich ihr alles nicht erzählt habe – zum Beispiel, was wirklich mit ihrem Großonkel und Eva war.«

»Alexander ist gestorben. Mehr braucht Hanna nicht zu wissen.«

»Sie weiß ohnehin schon mehr – und zwar nicht von mir. Sie hat in der Bäckerei gehört, dass er aus dem Dachbodenfenster gesprungen ist.«

»Und was haben Sie gesagt?«

»Dass sie richtig gehört hat.«

Klaus stöhnte.

»Ihre Tochter sagt, Sie hätten ihr gesagt, Eva sei an Tuberkulose gestorben.«

»Das ist etwas, was ein Kind verstehen kann.«

»Davon wird es nicht wahr. Wie auch immer – das ist Ihre Angelegenheit. Im Moment glaubt sie, dass Alexander sich umgebracht hat, weil seine Frau an Tuberkulose gestorben ist. Ich habe ihr nichts anderes gesagt. Obwohl mir das nicht gefällt. Aber wenn sie mich Dinge fragt, die mich betreffen, sage ich ihr die Wahrheit.«

Die alten Frauen fanden, es sei eine gute Idee, dass der Zahnarzt Klara Brocker einstellte, damit sie sich um seine Tochter und die Wohnung kümmerte, da seine Frau so damit beschäftigt war, zu malen und ihre Trauer um ihren Sohn zu pflegen – als hätten andere Leute noch nie Kinder verloren.

Aber Trudi verstand nicht, wie Jutta ihre Tochter der Obhut dieser ordentlichen Frau mit den gezupften Augenbrauen und der straffen Dauerwelle überlassen konnte. Wieder einmal hatte Klara Brocker einen Weg gefunden, an etwas zu kommen, was für jemand anderen bestimmt war, und ihre neue Rolle in Hannas Leben war für Trudi schwerer zu verkraften als die Sache mit Ingrids Schmuckkästchen.

Hanna, die die ersten fünf Jahre ihres Lebens damit verbracht hatte, neben ihrer malenden Mutter zu spielen oder nach draußen zu schlüpfen und im Ort herumzustromern, hasste die neue Haushälterin. Jetzt wurde sie nicht nur ständig überwacht und mindestens einmal am Tag zum Beten in die Kirche geschleppt – sie hatte auch ihre Mutter verloren, die sich in den zweiten Stock zurückzog, um dort den ganzen Tag zu malen. Herr Tegern hatte ihr die Räume, die sie als junges Mädchen bewohnt hatte, zu einem Atelier umgebaut, und von dem einen großen Fenster – genau unter dem Dachbodenfenster – konnte sie über die ganze Stadt schauen.

Rolf Brocker kam immer mit seiner Mutter. Er war ein pausbäckiger Junge mit fein geformten Ohren, und er stritt mit Hanna um ihre Spielsachen und erzählte ihr, sein Vater sei im Krieg gefallen. Hanna kannte zwar Kinder, deren Väter als Soldaten gefallen waren, aber die waren alle älter als Rolf und sie. Wenn sie jetzt in die Leihbücherei ging, dann meistens mit der Haushälterin und deren Sohn. Aber Trudi verstand es, Klara Brocker abzulenken: Sie bot ihr an, auf die Kinder aufzupassen, und redete ihr zu, sich in aller Ruhe die richtigen Bücher auszusuchen.

Obwohl ihre Mutter inzwischen viel zu krank war, um noch zu lesen, lieh Klara Brocker immer noch Bücher für die alte Frau aus. Sie kam mit den beiden Kindern in die Leihbücherei und sagte kopfschüttelnd zu Trudi: »Ich weiß nicht, warum meine Mutter diesen Schund liest.« Aber in ihren Augen stand Gier, wenn sie die Liebesromane berührte, die, außer französischen Gauloises-Zigaretten, ihr einziger Luxus waren.

Und Trudi spielte mit. »Das hier ... das könnte Ihrer Mutter gefallen«, riet sie ihr, und sie fragte sich, welchen Vorwand sich Klara wohl suchen würde, wenn ihre Mutter starb. Vielleicht würde sie ja einen Monat oder sogar ein halbes Jahr wegbleiben, aber Trudi wusste, sie würde wiederkommen und wortlos mehrere Romane ausleihen.

Ein paar Tage, nachdem die Kinder in die erste Klasse gekommen waren, hörte Trudi, Sibylle Immers habe Hanna auf dem Pausenhof ein Bein gestellt und Hanna habe Sibylle daraufhin auf den Arm geboxt. Als beide Mütter zur Rektorin bestellt worden waren und diese jedem Mädchen zur

Strafe drei Rosenkränze habe aufgeben wollen, habe Jutta erklärt, sie werde ihre Tochter immer ermutigen, sich zur Wehr zu setzen, wenn sie angegriffen werde. Während Trudi ihr im Stillen dafür applaudierte, sahen die Leute darin nur einen weiteren Versuch der Zahnarztfrau, sich abzusondern.

Leo Montag hatte jetzt einen Großteil der Zeit Schmerzen, und die neue Ärztin, Frau Doktor Korten, kam jeden Tag, um ihm eine Spritze zu geben. Für ein paar Stunden legte sich der Schmerz – dieses schwere Ziehen, das von einem Pochen in Leos linkem Knie ausging und durch seinen ganzen gebrechlichen Körper pulste –, aber bald schon war er wieder da, bahnte sich seinen Weg von derselben Stelle aus, als hätte die Stahlscheibe sein Fleisch infiziert und ganz in Stahl verwandelt.

Die untersetzte junge Ärztin war ein paar Monate zuvor, am kältesten Tag des Winters, aus Bremen gekommen und hatte die Villa der Pianistin – die seit dem Krieg leer gestanden hatte – gekauft, mit dem Plan, sie in eine Frauenklinik zu verwandeln, obwohl ihr die Leute sagten, dass sie viel zu weit außerhalb lag. Aber offenbar machte es ihr nichts aus, auch Männer zu behandeln, denn sie kam mit ihrem Auto zu jedem, der sie rief. Als sie Leo warnend erklärte, seine Rippen stünden hervor, und er müsse unbedingt mehr essen, erzählte er ihr, wie schwer er sich fühle. Die Last dieses Stahlkörpers zu bewegen, kostete mehr Kraft, als er hatte, und er blieb in seinem Schlafzimmer und verbrachte seine Zeit zwischen dämmrigem Schlaf und seinen an der Wand neben dem Bett aufgestapelten Büchern, von Trudi mit Essen versorgt, das er kaum je aufaß.

Manchmal ließ er sich, um die Besorgnis aus den Augen seiner Tochter zu vertreiben, von ihr die Treppe hinunterbringen und auf Emils Sofa betten. Dann setzte sie sich zu ihm und las ihm vor. Aber er war viel lieber in seinem Zimmer, umgeben von den Fotos seiner Frau. Im Lauf der Jahrzehnte waren sie so verblasst, dass niemand außer ihm mehr Gertruds Züge erkennen konnte – allenfalls noch eine geisterhafte Frau in verschiedenen Nuancen von Perlgrau –, aber er sah ihr schwarzes, wirres Haar, ihr fiebrig gerötetes Gesicht.

In der Nacht, als der Deich brach, glaubte Leo, Gertrud draußen vor seinem Fenster lachen zu hören. Der Rhein war den ganzen Winter zugefroren gewesen, und als das Eis dünner wurde, trat der Fluss über die

Ufer, überschwemmte die verkohlten Reste eines Hirtenfeuers zwischen den Steinen und ergoss sich über die Wiesen. Wie in anderen Jahren hatten die Burgdorfer versucht, den Deich mit Sandsäcken und aufgeschaufelter Erde zu verstärken. Aber der Fluss brach durch die Barrikaden, riss Bäume und Büsche heraus wie Unkraut. Er floss in die Straßen und Häuser, über Betten und Tische. Aus der Werkstatt des Tierpräparators befreite die Flut den ausgestopften Dackel der Familie sowie ein staubiges Eichhörnchen. Als strömender Regen hinzukam, stieg das Wasser noch weiter. Familien schleppten ihre Habe in die oberen Stockwerke. Manche zogen zu Nachbarn in höher gelegene Wohnungen. Die Messe wurde in der Kapelle auf dem Hügel abgehalten. Leo Montag konnte die Boote auf der Straße vorbeifahren sehen. Er dachte, dass das Hochwasser Burgdorf wieder zu einer Gemeinschaft machte, wie es seit dem Krieg keine mehr gewesen war: Plötzlich kämpften die Leute alle gegen denselben Feind, ihren Fluss, einen Feind, der ein äußerer war und leicht zu identifizieren. Für manche wurde das Hochwasser fast zu einer Art Volksfest; sie zeigten auf einen Spatz, eine Meise oder Taube; sie bestaunten die Möwen, die dem Rhein in den Ort gefolgt waren.

Als sich der Fluss wieder zurückgezogen hatte, meldete Frau Weskopp einen Grabraub. Sie war völlig hysterisch, als sie zur Polizei geradelt kam, aber als Andreas Beil das Familiengrab inspizierte, stellte sich heraus, dass sich durch das Wasser lediglich – wie auch bei anderen Gräbern – die Erde über dem mittleren Sarg gesenkt hatte, sodass eine flache Kuhle zurückgeblieben war.

An diesem Tag bereitete Trudi ihrem Vater ein Überraschungsdiner zu seinem siebenundsechzigsten Geburtstag: ein Huhn, das sie gegen Leihbücher eingetauscht hatte, neue Kartoffeln und frische Erbsen, Erdbeerkuchen und Wein. Beim Kochen gelang es ihr, sich eine Zeit lang keine Sorgen um ihn zu machen, da sie sich ausmalte, wie er das Essen genießen würde. Nachdem Frau Doktor Korten da gewesen war, um ihm seine Spritze zu geben, führte Trudi ihn zum Tisch, den sie liebevoll gedeckt hatte, mit Kerzen und der besten Tischdecke ihrer Mutter, die sie gebügelt hatte, bis man keinen einzigen Knick mehr entdecken konnte. Seine Augen glänzten, als er die Kerzen betrachtete, aber er aß kaum etwas. Als Trudi ihm wieder die Treppe hinaufhalf, erschien er ihr so leicht, dass sie dachte, sie hätte ihn auch tragen können, und er schlief ein, während sie ihm noch aus seinem Geburtstagsgeschenk vorlas, einem Buch von Bertolt Brecht, das er bisher nicht hatte wiederbeschaffen können.

Er starb am Nachmittag des nächsten Tages. Sie wusste es, bevor sie in sein Zimmer hinaufrannte, wusste es, als sie auf die Äste der Kastanie draußen vor dem Fenster sah und sich erinnerte, wie ihr Vater ihr erzählt hatte, dass er diesen Baum bei der Mühle ausgegraben und hier eingepflanzt hatte, damit er ihre Mutter im Haus hielte. Es hatte bei ihrer Mutter nicht gewirkt, und jetzt – da der Baum größer war als ihr Haus und Schatten spendete und im Herbst glänzende Kastanien, die aus ihren stachligen Schalen barsten – hatte es auch bei ihrem Vater nicht funktioniert. Auch er hatte sich davongemacht und nur seinen Körper zurückgelassen.

Frau Weiler und andere Nachbarsfrauen drängten sich in ihr Leben, in ihr Haus und trafen Bestattungsvorbereitungen, die ihr unglaublich kompliziert erschienen, obwohl sie selbst schon des Öfteren geholfen hatte, sie für andere zu treffen. Sie wanderte benommen von einem Zimmer ins andere, wies alles zurück, was ihr an Essbarem hingestreckt wurde, starrte an Leuten vorbei, die ihr im Weg standen und mit ihr darüber reden wollten, was für ein empfindsamer und aufmerksamer Mensch ihr Vater gewesen war.

Matthias Berger kam mit dem Zug zur Beerdigung, und Klaus Malter fragte so gedämpft, ob er Trudi zum Friedhof fahren könne, als habe er Angst, ihren Vater zu wecken. Zu Leo Montags Beerdigung kamen so viele Menschen wie schon lange zu keiner Beerdigung mehr. Die Witwen von Burgdorf brachten Blumen an sein Grab, als wäre es das ihres eigenen Mannes, und wenn Trudi über ihre Tränen hinausblickte, sah sie eine unermessliche Trauer, als hätte ihr Vater tatsächlich alle diese Witwen hinterlassen.

Am Grab stand Herr Stosick – beleibt und kahlköpfig – hinter ihr, als wäre er bereit, sie aufzufangen, falls sie ohnmächtig würde. Alle Männer aus dem Schachklub waren anwesend, obwohl ihr Vater schon lange nicht mehr dort gewesen war. Ingrids Tochter stand, die gleichmäßig geflochtenen Zöpfe vorn auf ihrem Kleid, neben ihrem Großvater, dessen Schatten für immer an Ingrids Zimmerdecke haften würde. Wenn sie doch nur zu Karin sagen könnte: »*Ich habe deine Mutter als junges Mädchen gekannt…*« Wenn sie Karin doch nur mitteilen könnte, was sie an Ingrid gemocht hatte. Sie dachte an ihren Vater, der mit solchem Anstand gelebt hatte, dachte, wie glücklich sie sein konnte, diese Erinnerungen an ihn zu haben. Sie wünschte, Ingrids Tochter könnte auch so an ihre Mutter denken. Sie sah sich an dem Tag, als die Amerikaner gekommen waren, im Keller der Kirche sitzen, sah Ingrid, wie sie sich herunterbeugte, um ihr ihre erstgeborene Tochter in die Arme zu legen. »Ich werde da sein«, versprach sie dem Mädchen im Stillen, »ich werde da sein, wenn du alt genug bist, um nach deiner Mutter zu fragen.«

Angelika Tegern legte einen Strauß weiße Lilien auf das Grab, und Frau Weskopp hatte zwei Tontöpfe mit Veilchen dabei, einen für Leo Montag, den anderen für Helmut Eberhardt, da die Hebamme – die so penibel war, was ihre Wohnung anbelangte – das Grab ihres Mannes völlig vernachlässigte, seit ihre Tochter an Kinderlähmung erkrankt war. Jetzt pflegten es Frau Weskopp und die anderen Witwen – nicht aus Loyalität Helmut gegenüber, sondern weil sie nicht zulassen konnten, dass das Grab eines Soldaten unordentlich aussah.

Die Hebamme war überzeugt, dass der Geist ihres Mannes sie mit Renates Krankheit dafür strafe, dass sie das Kind nach seiner Mutter genannt hatte. Um seiner Wut zu begegnen, rief sie die ältere Renate an. Die meisten ihrer Gebete schienen an sie gerichtet, nicht an Jesus oder die Heiligen. Sooft die Hebamme ihre Tochter im St.-Lukas-Krankenhaus besuchte, brachte sie das Umlegetuch ihrer Schwiegermutter mit und wickelte ihre Tochter in den weichen Kaschmir, im Vertrauen darauf, dass sie dann beide, zumindest für diesen Moment, sicher waren.

Manchmal dachte sie, dass ihre Bindung an die ältere Renate stärker sei als die zu ihren eigenen Kindern. Aus Respekt ihr gegenüber lebte die Hebamme mit ihren Kindern noch immer im oberen Stock, während sie den unteren für Renate in Schuss hielt. Und sie fand es nur richtig, dass die ungenießbaren Früchte ihres Birnbaums sie und den ganzen Ort jeden Sommer an den Tag erinnerten, an dem ihre Schwiegermutter abgeholt worden war.

Leo Montags Leichenschmaus fand bei Frau Blau statt, die jetzt zweiundneunzig und seit ein paar Jahren verwitwet war und in ihrem Rollstuhl welk und verhutzelt wirkte. Aber ihr Haus roch immer noch nach frisch gewachsten Böden, und alle wussten, dass sie weiterhin alles abstaubte, was sie vom Rollstuhl aus erreichen konnte.

»Dein Vater«, Frau Blau packte Trudi, als diese im Wagen der Malters angekommen war, mit verblüffender Kraft am Handgelenk, »dein Vater konnte sein Land lieben, obwohl es ihn enttäuscht hatte …« Ihr faltiges Kinn arbeitete, und ihre Lippen schoben sich vor, als sie schluckte. »Dir fehlt der Stolz auf dein Vaterland, Trudi. Vergiss nicht, wir sind ein Volk, das überall in Europa Respekt genießt … Wir gelten als fleißig, treu, intelligent, sauber und ordentlich.« Sie hustete heftig.

Trudi versuchte, sich aus dem Griff der alten Frau zu lösen. »Soll ich Ihnen ein Glas Wasser holen?« Ihre Kopfhaut schmerzte, jede einzelne Haarwurzel, als endeten all ihre Nerven dort.

»So viele gute Eigenschaften, Trudi. Es gibt eine Menge anständige Deutsche, bedeutende Deutsche …«

»Ich weiß, aber …«

»Baumeister und Maler und Komponisten, die in der ganzen Welt berühmt sind … Große Wissenschaftler und Dichter, Trudi … Du brauchst dich nicht dafür zu schämen, dass du Deutsche bist.«

»Es belastet mich, Deutsche zu sein. Wir alle sind damit belastet.«

»Dein Vater …«

»Mein Vater … Wissen Sie, was er immer zu mir gesagt hat, Frau Blau? Solange unser Land es nötig hat, Konflikte mit Gewalt zu lösen, kann es wieder passieren.«

»Nein, Trudi, nein. Dieses ganze Unglück kam durch einen einzelnen Menschen über unser Vaterland, und das ist sehr bedauerlich … Aber es hat nicht unser ganzes Volk verdorben.«

Sobald Trudi sich befreit hatte, wurden ihre Hände von anderen ergriffen, während Stimmen über ihr erklärten, was für ein wunderbarer Mensch ihr Vater gewesen sei. Sie konnte nicht in diese Gesichter emporschauen, die ihren Schmerz öffentlich machten. Sie wollte nur zu Hause sein, allein mit ihrer Trauer und den Gedanken an ihren Vater. Aber gerade vertraute ihr Frau Weiler an, dass sie ihr Lebensmittelgeschäft zu verkaufen und in eins der neuen Wohnhäuser gleich um die Ecke von ihren Enkelkindern zu ziehen gedachte; und Fritz Hansen, durch dessen frischen Mullverband schon wieder Eiter sickerte, überbrachte ihr das Beileid seiner Eltern und einen gelblich weißen Käsekuchen, den niemand anrühren wollte. Frau Tegern lud sie ein, zu ihr und ihrem Mann zum Essen zu kommen: »Wann Sie möchten. Jederzeit. Lassen Sie es mich einfach nur wissen ...«, während Matthias flüsternd von seinen gestohlenen Jahren sprach –»Ich schiebe meine Gelübde immer weiter hinaus ...« Und dann erzählte ihr Klaus Malter – mit einer solchen Pein in der Stimme, als hätte er all die Jahre der Reserviertheit völlig vergessen, er habe Angst, dass ihn seine Frau – angesichts des Altersunterschieds – um viele Jahre überleben werde, und Trudi sah ihn in seinem Ehebett liegen, allein.

Als die Gäste allmählich gingen, wollte sie plötzlich nicht mehr allein sein, und sie bat Matthias, sie nach nebenan zu begleiten. Doch als er sich ans Klavier setzte und für sie spielte, war seine Musik ein Geschenk, das zu spät kam.

In den Wochen nach der Beerdigung fand Trudi vor ihrer Tür immer wieder anonyme Gaben, die im Geist des unbekannten Wohltäters dort deponiert worden waren; butterweiche Lederpantoffeln, genau in ihrer Größe, den Spitzenkragen, den sie vor Monaten in einem Kaufhaus betrachtet hatte, eine blau-weiße Porzellanvase wie die, die sie auf Frau Tegerns Glasveranda gesehen hatte, und Essen – komplette Mahlzeiten, auf Tellern arrangiert und mit Geschirrtüchern zugedeckt.

Ohne ihren Vater fühlte sich das Haus riesig und leer an, und sie verließ es so oft wie möglich. Sie aß mittags nicht mehr warm, sondern nur Schwarzbrot und Käse, und wanderte, während die Leihbücherei geschlossen war, im Ort herum, um das zu tun, was sie am besten konnte: Geschichten sammeln. Der neueste Klatsch hielt sie zwar in Atem, aber die Leute merkten, dass sie nicht wirklich von ganzer Seele dabei war. Sie vergaß mitten im Satz, was sie hatte sagen wollen, und ging weiter, ohne die richtigen Fragen zu stellen. Ihre Wangen wirkten nicht so voll wie sonst, und manchmal schien sie zu hinken.

An den Abenden, die jetzt schon länger wurden, ging sie wieder spazieren, bis sie müde war. Ihre Beine taten weh, und wenn sie sich hinsetzte, kam sie kaum wieder hoch, weil ihr Kreuz so verspannt war, aber nach und nach gewöhnte sich ihr Körper ans Laufen. Doch den Gedanken an ihren Vater entkam sie trotzdem nicht, denn die Frauen, die in die Leihbücherei kamen, um Bücher auszuleihen, wollten immer über Leo reden, und sie hörte die Sehnsucht in ihren Stimmen. Manchmal meinte sie, ihn in der Küche oder im Wohnzimmer zu hören, während sie Kunden bediente, und sie erwartete schon halb, dass die Tür aufgehen und er dort stehen würde, auf seinen Stock gestützt, in all die Kleiderschichten gehüllt, die ihn doch nicht warm halten konnten. Der Alltag ohne ihn war schlimmer als sein Tod selbst. Am allerschlimmsten war es, nicht mehr die Sicherheit zu haben, dass man all die kleinen Dinge des Lebens mit jemandem teilen konnte, der einen so gut kannte. Wer sonst würde sich je dafür interessieren, was man dachte, wenn man zum Fenster hinaussah, oder was man zum Frühstück gegessen hatte?

Als sie sich schließlich überwand, die Sachen ihres Vaters zu sortieren, begann sie damit, die brüchigen Fotos ihrer toten Mutter von der Wand zu nehmen. Sie öffnete den Kleiderschrank, um seine Anzüge herauszunehmen, und sah sich als kleines Mädchen dort drinnen stehen, die Seide ihrer Mutter an ihren Wangen, ganz sicher, dass ihre Mutter zurückkommen würde – nur war sie damals noch jung genug gewesen, um das für möglich zu halten.

Als sie die Kleider ihres Vaters für die Armen der Gemeinde einpackte, stieß sie auf eine der Hutschachteln ihrer Mutter, mit einem roten Filzhut, der längst aus der Mode war. Vielleicht konnte sie ihn Monika Buttgereit geben, damit sie sich etwas Schickes daraus machen ließ. Obwohl Sabine Buttgereit jetzt schon sechs Jahre tot war, unterhielten die Musiklehrerin und Alfred Meier immer noch jenes keusche Verhältnis, das es sonst nur in Märchen gab und das der Priester jungen Paaren, die es nicht abwarten konnten, sich zu verloben, als Beispiel vorhielt. Die beiden gingen zwar jeden Samstagabend miteinander aus, aber Herr Meier betrat nicht einmal Monikas Wohnung, wenn er sie mit einem Blumenstrauß abholen kam. Sie war immer fertig, wenn er kam, und er brauchte nie länger als einen Herzschlag oder zwei zu warten, bis sie herauskam, ihm die Hand gab, die Blumen bewunderte und kurz verschwand, um sie in eine bereits mit Wasser gefüllte Vase zu stellen. Wenn er sie heimbrachte, war es dasselbe: Er brachte sie bis zur Tür, gab ihr die Hand und ging dann wieder zu seinem Wagen, ein wenig steif, als hätte – so argwöhnten die alten Frauen – die Routine züchtigen Liebeswerbens die Leidenschaft verdrängt.

Die Schwester des Pfarrers schickte zwei Ministranten in die Leihbücherei, und diese luden die Kartons mit Leo Montags Habseligkeiten auf einen Leiterwagen und karrten sie zum Pfarrhaus. Trudi behielt nur die Bücher ihres Vaters, sein handgeschnitztes Schachspiel und seine graue Strickjacke, die sie über seinem Stuhl hängen ließ, so, wie er sie immer darüber gehängt hatte. Manchmal drückte sie sie kurz im Vorübergehen.

Eines späten Abends, als sie stundenlang spazieren gewesen war, klopfte es an ihre Tür. Es war Jutta Malter, in ihrem weichsten Angorapullover, in der Hand ein Einmachglas mit den letzten Himbeeren des Sommers. Sie bestand darauf, die Beeren für Trudi in ein Schälchen zu kippen – mit Milch und einem Löffel Streuzucker –, und setzte sich, um Trudi schweigend beim Essen zuzusehen. Diese Beeren füllten etwas in Trudis Innerem, stärkten sie viel mehr als all die nahrhaften Mahlzeiten, die andere ihr gebracht hatten. Die alte Angst, dass ihr von Zucker schlecht werden könnte, stieg zwar kurz in ihr auf, legte sich aber sofort, als Jutta den Arm um ihre Schultern legte. »Hanna hat Sie vermisst«, sagte sie.

In dieser Nacht erwachte Trudi immer wieder aus demselben eindringlichen Traum, in dem sie mit ihrem Vater und Georg bei der Mühle war. Sobald sie dem Schlaf nachgab, kam der Traum wieder – er warnte sie, sagte ihr etwas, woran sie sich erinnern sollte, so viel war ihr klar, noch während sie träumte –, und als sie gegen fünf endgültig wach wurde, stand sie auf und trat ans Fenster. Aber sie konnte ihre Erinnerungsbilder von der Mühle und die Traumbilder nicht trennen; je angestrengter sie es versuchte, desto weiter rückte der Traum von ihr ab, bis ihr am Ende des Tages, als sie die Leihbücherei schloss, nur noch das Gefühl von Dringlichkeit und Gefahr blieb, das sie im Traum gehabt hatte.

Statt sich ihr Abendessen zu kochen, stieg sie auf ihr Fahrrad und fuhr hinaus zur Mühle, die nie wieder aufgebaut worden war. Als sie das Wäldchen erreichte, das das ausgeweidete Gebäude umgab, stieg Nebel aus dem Sumpf, und es war so still, dass sie meinte, den Himmel atmen zu hören. Doch dann merkte sie plötzlich, dass es ihr eigener Atem war.

Obwohl die Mauerbögen eingestürzt waren, konnte sie noch immer den eleganten Schwung der Backsteine sehen, wie in ihrem Traum. Hier hatten sie und Georg Weiler Fangen gespielt, und ihre Stimmen waren über das rote Ziegeldach und die Bäume emporgestiegen. Sie spürte wieder die dunkle Vorahnung, die sie an jenem Tag vor über dreißig Jahren überkommen hatte, nur dass sie jetzt inmitten dieser Zerstörung stand: Bäume reckten ihre vergilbten Kronen dem zerfetzten Dach entgegen; bröckelnde Treppen führten ins Nichts; ein schwarzer Balken, halb verkohlt und an manchen Stellen ganz dünn, spannte sich über das Loch zwischen dem Kamin und der nächsten Wand. Aber sie roch kein Feuer, nur den süßlich dumpfen Geruch von verfaulendem Holz.

Eine vertrocknete Distel hinderte ein Büschel Kamille daran zu wachsen, und als sie sie herausriss, sah sie sich und Georg lachend Sträuße von lila Disteln pflücken, die sie mit nach Hause nehmen würden, um mit Sand und Wasser aus dem Bach Distelsuppe daraus zu machen. Und ihr Vater – sie sah das Gesicht ihres Vaters vor sich, so, wie es an jenem Tag gewesen war, und wusste, dass er in ihrem Traum ebenso jung gewesen war –, ihr Vater hatte einen Löffel genommen und mit ostentativem Entzücken in ihre Suppe getunkt.

Und jetzt war ihr Vater tot.

Es traf sie so hart, dass sie sich auf der Stelle zusammenkrümmte und sich den Bauch hielt. Kamillenduft hüllte sie ein, und als sie auf den Boden sah, waren die kleinen Blüten direkt vor ihr, die gelben Blütenherzen von weißen Blättern umrahmt. Je genauer sie hinschaute, desto mehr sah sie, und desto mehr vergaß sie sich und ihren Schmerz und wurde Teil von etwas, das sie nicht benennen konnte, als ob sich ihr, während sie sich einer kleinen Welt zuwandte, eine größere Welt auftäte. Wie oft hatte sie sich nach einer Welt gesehnt, in der sie sich frei – oder wenigstens beinahe frei – bewegen konnte, einer Welt, in der sie sich zu Hause fühlte? Wie oft hatte sie sich vorgestellt, auf der Insel der kleinen Leute zu leben? Und doch war alles, was sie brauchte, direkt hier. Pia hatte recht gehabt – sie gehörte hierher. Trotz des Schweigens über den Krieg. Wegen des Schweigens. Die Arbeit mit Emil Hesping und den Untergetauchten hatte sie gelehrt, was Zusammengehörigkeit hieß, dass es etwas war, was man begründen, herstellen, leben konnte.

Sie stand auf und ging zu einem Baumstumpf bei dem alten Kamin. Sie setzte sich und lehnte sich gegen die Mauersteine und den bröckelnden Mörtel. Ihr linkes Knie fühlte sich steif an, und als sie den Fuß näher heranzog und ihr Bein massierte, vom Knöchel bis zum Knie, so lange, bis es sich wieder locker anfühlte, konnte sie sich gar nicht mehr vorstellen, einen anderen Körper zu haben. Sich an einen neuen Körper zu gewöhnen, würde Jahre dauern. Nie wieder Hängeübungen an Türrahmen, gelobte sie sich und verzieh ihrem jüngeren Selbst, dass es seinen Körper so misshandelt hatte. Glasscherben glitzerten im Moos und im Unkraut, die aus dem Schutt wuchsen – Schönheit, die sich ihren Weg durch Trümmer bahnte. Und doch war das Gefühl von Tod und Verderben immer noch da, rings um sie herum, und plötzlich wusste sie, dass es aus ihrem Traum kam.

Georg, dachte sie, *Georg,* und sie spürte wieder die Gefahr, sah das Gesicht ihres Vaters, jung und ernst, und begriff, dass sie von Georgs Tod geträumt hatte. Und als sie sich bemühte, noch mehr zu sehen – es würde ein Tod von eigener Hand sein, und seine Frau würde nichts tun, um es zu verhindern –, stand er da vor ihr, *ein Junge, der aussieht wie ein Mädchen wie ein Mädchen wie ein Mädchen,* in seinem zierlichen blauen Kittelchen, das ihm bis über die Knie reichte, blonde Ringellocken bis auf die Schultern. »*Schau.*« Er hielt ihr einen schwarz-orangen Schmetterling hin. »*Ich wette, der hier kann noch fliegen. Ich habe ihm gar keinen Staub von den Flügeln gerieben. Schau.*« Er warf den Schmetterling in die Luft, sah ihm hinterher. Er hatte den Kopf zurückgelegt, so wie damals, wenn er vor ihrem Fenster gewartet hatte, dass sie herauskäme und mit ihm spielte, und er sah so aus, wie er ausgesehen hatte, ehe er wie die anderen Jungen geworden war, vor jenem Tag im Braunmeier'schen Stall, bevor er im Krieg gekämpft und bevor er angefangen hatte, zu trinken und seine Frau und seine Kinder zu schlagen, bevor Absolution zur Farce geworden war – während sie in ihrem sechsunddreißigjährigen Körper dastand, durch die Zeit von ihm abgeschnitten, durch die Zeit wieder mit ihm vereint.

»*Sags mir.*« Er ergriff ihre Hand und zog sie hoch, sodass sie größer war als er.

»Was?«

»*Was mit mir passieren wird.*«

Während die sandfarbenen Augen forschend in die ihren sahen, fühlte sie sich davontrudeln, zurück in ihre Kindheit, als sie noch geglaubt hatte, alle wüssten, was in den Herzen anderer vor sich ging: Sie sah sich mit Georg auf dem Kirchturm, fühlte, wie die Schere den Widerstand seiner Locken überwand, roch die Blumen in Frau Eberhardts Garten, hörte die Musik aus Fräulein Birnsteigs Villa herüberwehen, hörte das Babygeschrei und die Stiefeltritte, aber dann war es eine andere Musik, und es war Matthias, der spielte, bei seinem Konzertabend, und die Stiefel waren da und auch das Grauen, das sie bei jenem ersten Konzert verspürt hatte.

»*Sags mir.*«

»Du warst mein erster Freund.« Sie konnte nicht weitersprechen, weil ihre alte Liebe zu Georg in ihr emporstieg. Sie nahm diese Liebe, als könnte sie sie mit Händen greifen, und streckte sie Georg hin. Wenn sie ihm doch nur auch ihr eigenes gedämpfteres Leid geben könnte. Wenn sie doch nur ihr altes Verlangen nach Rache hingeben könnte, um ihn zu erlösen. Sie sehnte sich danach, die Jahre zwischen diesem Jungen und dem Mann, der er geworden war, zu überbrücken, sie mit der Geschichte einer Freundschaft zu überbrücken, die weiter gehalten hatte, nachdem sie und Georg in die Schule gekommen waren, einer weisen, ernsten Geschichte, deren Wahrheit die Wunden zu heilen vermochte, die sie bloßlegte. Sie hörte die Stimme des Ortes – »*Es ist nicht gut, über die schlimmen Dinge nachzugrübeln ...*« – »*Niemand möchte diese Jahre noch einmal durchmachen ...*« – »*Wir müssen vorwärtsschauen ...*« Sie verstand das Bedürfnis der Leute, sich gegenseitig durch ihr Schweigen zu schützen, besser denn je zuvor. Wie groß war die Versuchung, Georg eine heile Welt anzubieten und alles wegzulassen, was ihn schmerzen könnte. Aber wenn sie das tat, würde sie zu dem Schweigen beitragen, gegen das sie immer gekämpft hatte.

Dennoch – sie konnte mit ihrer Freundschaft beginnen. Und es war wahr, dass sie einmal einen Freund namens Georg gehabt hatte, dass sie zusammen in der Allerheiligenprozession mitgelaufen waren und in dem Erdnest ihrer Mutter gespielt hatten, dass sie gestohlene Schokoladenzigaretten geraucht hatten und Boote aus Blättern und Birkenrinde schwimmen ließen, dass sie einen Schneemann mit einer Karottennase gebaut und Tauben über die Felder gescheucht hatten, dass sie in der Kirche gekniet hatten und ...

Es war zu viel, das Wissen um seinen Tod.

»*Sags mir.*«

Für einen Augenblick – und so plötzlich, wie es wieder verschwand – lag das verquollene Trinkergesicht des Mannes über den zarten Zügen des Jungen. Nein. Das hier war Georg, ihr großmütiger Freund Georg, der es verstand, die Sonne vom Himmel zu holen und in seiner rot-gelben Glasmurmel einzufangen; Georg, der sich immer wieder neue Wetten ausdachte – wie viele Fenster oder Tauben sie auf ihrem Spaziergang sehen würden, wie viele Kinderwagen in einer Stunde am Lebensmittelgeschäft vorbeikommen würden ... Glück. Für Georg waren Glück und Wunder eins gewesen. Er hatte geglaubt, selbst ein Wunder vollbringen zu können – einen Vogel aus Erde und Wasser formen und in den Himmel fliegen lassen zu können.

»Du warst mein erster Freund ...« Sie war überwältigt von der Angst, ihn zu verlieren, von dem Schmerz, dass sie ihn verlieren würde. Und doch war etwas Köstliches daran, ihr Verlangen nach Rache aufzugeben. Es war nicht das erste Mal, dass sie das Geschichtenerzählen benutzte, um Angst zu bannen, und während Georg die Worte aus ihr herauszog, vereinten sich Augenblicke seines Lebens und ihres Lebens im Wirbel einer einzigen, niemals endenden Geschichte, die sich hin und her durch die Zeitschichten wob – einer Geschichte, voll von Magie und Wahrheit, Zerstörung und Wiedergutmachung, Trauer und Freude, Liebe und Verrat, die sie mit Georg verband, weil sie ihre eigenen Erfahrungen von Liebe und Verlust hineinflocht und ihm von Konrad und dessen Mutter in dem Tunnel erzählte, vom unbekannten Wohltäter und der Lederhose, die er Georg schenkte, von Klaus Malter, der in ihrem Zahn bohrte, von Ingrid, die ihre Töchter auf die Brücke führte, von Frau Doktor Rosen, die Bücher über Zwerge las, von Max Rudnick, der seine russische Großmutter zeichnete, von Frau Abramowitz, die das HJ-Büro demolierte ...

Es war eine Geschichte, die über sie und Georg hinausgehen würde. Während sie sie zusammenfügte, empfand sie ein tiefes Mitleid mit ihm und mit allen, die in ihrer Geschichte vorkamen. Und als das, was passiert war, mit dem zu verschmelzen begann, was hätte passieren können, wurde das Gewebe ihrer Geschichte reicher und bunter. Sie ließ Max nach Burgdorf zurückkehren, auf dem Kahn von Georgs Vater, der all die Jahre den Fluss auf und ab geschippert war, der ihn davongerissen hatte. Sie ließ Georg Seehunds Kopfumfang messen und mit ihm zum Rathaus laufen, wo eine Gruppe von Burgdorfern die Hitlerstatue mit Äxten in Stücke hieb. Im Braunmeier'schen Stall zeigte Eva Georg, wie man das Niesen unterdrückte, wenn man in einem Versteck saß, während der Metzger und der Apotheker vergeblich nach ihnen suchten. Evas Vater öffnete sein Fenster weit, wickelte sich in den Mantel des russischen Soldaten, legte sich auf sein Bett und sah Regen, Kälte, Katzen und anderen Gefahren freudig entgegen. Trudis Mutter und Schwester Adelheid kamen mit klaren, ruhigen Augen aus dem Tor der Grafenberger Anstalt und trugen ihren eigenen

Altar zwischen sich. Zur Feier der Heimkehr ihrer Tochter Ruth veranstalteten Herr und Frau Abramowitz ein großes Fest in ihrem Haus ... Und in all das hinein wob Trudi für Georg und für sich selbst die Versicherung, dass man sich einen Menschen, der einmal Teil des eigenen Lebens gewesen war, trotz aller Verlustschmerzen für immer bewahren konnte, solange man darauf vertraute, dass sich die Summe aller gemeinsamen Stunden in einem leuchtenden Augenblick verdichten ließ.

Georg hob ein Vogelnest vom Boden auf, drehte und wendete es in den Händen. So hatte sie ihn am meisten geliebt – mit dem langen Haar und den Mädchenkleidern –, bevor er sich veränderte, bevor sie ihm geholfen hatte, sich zu verändern, indem sie ihm die Haare abschnitt. Und dennoch – wie könnte sie es nicht wieder für ihn tun, wenn er sie darum bäte? Sie fühlte die alte Freude darüber, mit ihm zusammen zu sein, und fast schien es möglich, dass ihn sein Glück vor dem Tod bewahren würde, der auf ihn wartete. Aber sie wusste bereits, dass es nicht so war. Sie hörte ihre jungen Stimmen auf dem Kirchturm, wo Georg ihr gesagt hatte, er wolle im selben Alter sterben wie Jesus.

»*Dreiunddreißig ist sehr alt.*«

»*Vielleicht können wir ja gemeinsam sterben.*«

Laut sagte sie: »Aber wir sind beide schon älter als dreiunddreißig.«

Der Junge nickte. Obwohl er reglos dastand, während sie redete, bewegte der Wind seine Locken, seinen Kittel. Sie wusste, dass die Worte bereits ihm gehörten, obwohl sie sich immer noch verändern konnten, und dass die Geschichte sie womöglich beide zu dem Ende führen würde, das sie fürchtete. Und doch – dass eine Geschichte auf eine bestimmte Weise verlief, hieß nicht, dass sie immer so bleiben würde: Geschichten nahmen ihre alte Form mit und verschmolzen sie mit der neuen Form. Ihr war noch nicht klar, wie all die Knoten und Klumpen ihrer beider Leben sich in ihrer Geschichte ordnen würden, aber sie dachte, es musste ein bisschen so sein wie beim Rechen: Nicht jedes Stückchen Erde glättete sich sofort. Ihr Vater hatte die Erde hinter der Leihbücherei jede Woche gerecht, und von ihm hatte sie gelernt, dass Harken mit Geduld zu tun hatte. Aber der Boden in dem leeren Gemäuer der Mühle war verfilzt und uneben von zerbrochenen Steinen und altem, vertrocknetem Unkraut, knorrigen Wurzeln umgestürzter Bäume und den silbernen Skeletten winziger Vögel ...

Sie sah sich den Bambusrechen ihres Vaters von dem Gestell unter dem hinteren Teil des Hauses nehmen, sah sich die Bambuszähne durch die Erde ziehen, immer wieder einen Schritt zurücktreten und den Rechen zu sich ziehen, in dem Wissen, dass nach und nach der ganze Boden das gleichmäßig gerippte Muster zeigen würde. Doch bis dahin würden – genau wie in ihrer Geschichte für Georg – Klumpen übrig bleiben, und sie musste den Rechen immer und immer wieder darüber ziehen, die Erde verteilen und den Unrat aufsammeln. Es war, als ob alle Geschichten, die sie je erzählt hatte, sie hierhergeführt hätten, zu diesem Moment, zu dieser Geschichte, die sich durch sie erzählen würde: Es würde die beste Geschichte sein, die sie je erzählt hatte, besser noch als die Geschichte, die sie und Pia damals im Zirkus zusammen gesponnen hatten. Und als sie an all die Menschen dachte, die ihre Geschichten geliebt hatten – ihr Vater, Hanna, Max, Eva, Konrad, Robert und zuallererst ihre Mutter –, fühlte sie die Kraft ihrer Arme so deutlich, als zögen sie den Rechen mit ihr durch die Erde. Das endgültige Muster würde nicht sofort erscheinen: Davor lagen ganz neue Anläufe und behutsames Feinkämmen, davor lagen Ausdauer und Ehrfurcht vor der Aufgabe, davor lag die Zuversicht, dass sich ein Muster herausbilden würde.

Georgs Augen waren ernst, während er darauf wartete, dass sie weitererzählte. Es war jene kurze Phase des Abends, wenn die Dinge klar in den Himmel gezeichnet sind, kurz bevor sie ihre *Getrenntheit* aufgeben und im Dunkel verschwimmen. Trudi reckte sich. Was sie Georg anbieten konnte, war viel mehr als das, was passiert war – eine bestimmte Abfolge, die ihn zum Kern der Geschichte führen würde, einer Geschichte, die eine ganze Welt enthielt. Es hatte damit zu tun, was man zuerst erzählte – obwohl es nicht zuerst passiert war – und womit man aufhörte. Es hatte damit zu tun, was man hervorhob und was man wegließ. Und was man niemals vergessen wollte.

Dank

Bei der Arbeit an diesem Buch wurden mir großzügige Hilfe und Unterstützung zuteil, für die ich sehr dankbar bin. Meine Patentante, Käte Capelle, hatte den Mut, mir Fragen zu beantworten, die ich als Kind nicht stellen konnte, da ich im Schweigen der Nachkriegszeit in Deutschland aufwuchs. Tante Käte brach, als sie hoch in den Achtzigern stand, dieses Schweigen, indem sie ihre Erinnerungen an die Kriegsjahre für mich auf Band sprach. Die Schriftstellerin Ilse-Margret Vogel, die im Widerstand aktiv war, ehe sie schließlich in die USA emigrierte, lieh mir Fotoalben aus ihrer Kindheit und eröffnete mir wichtige Einblicke in das Leben in Deutschland zwischen den Weltkriegen. Der Historiker Rod Stackelberg vertraute mir Tagebücher an, die er als Junge in Deutschland schrieb. Er und die Germanistin Sally Winkle gaben mir Hinweise für meine Recherchen und lasen das Manuskript auf historische Korrektheit durch. Die Schriftstellerin Sue Wheeler, die mich durch ihre Klugheit und ihre Liebe zur Literatur immer wieder anspornt, in meiner eigenen Arbeit mehr zu wagen, hat nahezu alles, was ich geschrieben habe, seit wir uns auf der Universität begegnet sind, im Manuskriptstadium gelesen. Meine Agentin Gail Hochman half mir bei den Recherchen zu jüdischen Traditionen. Gordon Gagliano freute sich über Trudis ideelle Anwesenheit unter unserem Dach und beriet mich im Hinblick auf Katholizismus und architekturhistorische Fragen. Die Frauen aus meiner Frauengruppe bieten mir seit acht Jahren einen Ort, an dem wir uns gegenseitig unsere Geschichte erzählen und sie zu bejahen lernen. Das Northwest Institute for Advanced Study gewährte mir für den Sommer 1992 ein Forschungsstipendium. Vielen herzlichen Dank.